野呂邦暢

文遊社

野呂邦暢 小説集成 5

諫早菖蒲日記

落城記

目次

野呂邦暢 小説集成 5

監修　豊田健次

諫早菖蒲日記

第一章

まっさきに現われたのは黄色である。

黄色の次に柿色が、その次に茶色が一定のへだたりをおいて続く。

堤防の上に五つの点がならんだ。

堤防は田圃のあぜにいる私の目と同じ高さである。点は羽をひろげた蝶のかたちに似ている。河口から朝の満ち潮にのってさかのぼってくる漁船の帆が、その上半分を堤防のへりにのぞかせているのである。

ゆっくりとすべるように動く。

朝は風が凪いでおり、さもなければ西の逆風が吹く。けさはいつになく東の風である。帆を張るのはめずらしいことだ。

河岸に群れつどうた漁師の身内どもが見える。先頭の船が帆柱にかかげた大漁旗をみとめてどよめいていることだろう。今しがた私が遠眼鏡でたしかめたものである。舟付場に女子が近づくのはかたくいましめられている。去年までは私が舟溜りへおりて魚の水揚げを見物していても母上はだまっておられた。しかし、去年の暮れ、嘉永の御代が安政となりかわってからは、母上は何かにつけて口やかましく女子の心得を説かれる。十五歳といえば、男子なら元服をする年齢である。いつまでも志津は子供のつもりであってはならぬと申される。

先頭の船が帆をまきあげた。舟溜りはすぐである。二番目の船も帆をたたみかけている。目を下流の方へやったとき、私は奇妙なものを見つけた。

五番目の船よりずっとおくれてもう一艘さかのぼってくる。紺地に白い紋様を染めぬいた帆を張っている。私は遠眼鏡をもちいた。それは帆とともに櫓も使っているらしい。みるみるしんがりの漁船に追いつき追いぬいて、今や行きあしをおとした黄色い帆のわきをかすめ、舟溜りの上手にある番所の方へすすんだ。そこから先は建物のかげになって見えない。

遠眼鏡にうつった帆の紋所はのぼりふじである。噂にのみきいてこれまで私が見たことのない諫早の藩船韋駄天丸であろう。佐賀表より急ぎの注進は海路をへてつたえられる。川は有明海へ通じ、河口より佐賀の厘外津《りんげつ》までは海さえ荒れなければ二潮、すなわち半日の行程であるという。

私の見なれた注進船は小鷹丸である。それが先年、竹崎で難破してからは円寿丸にかわり、まれに柳丸が航行した。しかし、このごろのように佐賀からの注進がめざましくふえると二艘では足りなくなり、朽ちかけた韋駄天丸にも手を入れて走らせることになったときいている。

早船は父上の話によると、かつては月に一度あるかないかということであった。それが私の生まれた天保のころからおいおいにしげくなり、今は月に一度どころか二度も三度も漕ぎのぼってくるようになった。佐賀表では何やらただならぬ気配であるらしい。

ただならぬのは佐賀とかぎらず長崎もそうである。去年、入港したロシアの軍艦四隻が去ったのはようやく今年に入ってからである。京、大坂、江戸の物情もおだやかではないときいている。不穏は外国船の往来しきりであることに由来していると思われる。諫早藩の砲術指南という役目がら、父上の心痛もひととおりではない。長崎港警備は佐賀から命ぜられた諫早藩の任務である。当番を長崎で交代して帰諫される父上は出立時とくらべて別人のようにやせておられる。

辰の刻をつげる安勝寺の鐘である。いつもなら西風によってまぢかでつき鳴らされるようにきこえるのに、きょうは耳をすましていなければききとりにくい。

鐘がきこえる。

わが家へもどりかけたとき、あぜ道をかけてくる吉爺《きちじい》に気づいた。不自由な片脚を引きずって頭をふり走るかっこうは遠くからもすぐわかる。脚は吉爺が鉄砲足軽であった若年のみぎり、調練のさいに身ぢかで破裂した弾丸の破片で傷ついてから元にもどらなくなった。脚が不自由では御奉公にもさしつかえる。わが家の仲間として父上につかえるようになったのはその数年後からである。

私は吉爺といっしょに家へもどった。

例によって母上は私が定められた時刻に帰宅しなかったことを責められた。河岸見物に出かけたと思っておられる。雄斎伯父の姿が見えない。きょう私たちとともに本明《ほんみよう》川上流へ向うことになっている。先程伯父の小者伊矢太がやって来て五反屋敷の辻で落ち合おうと告げたという。

私は山歩きにそなえて野袴をつけた。この日のために自分で縫ったものである。母上は袴の緒を結ぶのに手をかしながら、女だてらに野袴をはくとはなげかわしいという意味の愚痴をこぼされた。父上にはきこえない。耳が遠いからである。石火矢の調練がたびかさなるうちに耳をいためてしまわれた。よほど大声で叫ばないかぎり母上の声はつうじなくなっている。どうしたかげんか私の声はきこえるのである。それゆえ、来客と応対するさい、私はなくてはかなわぬ者となっている。ききとりにくい客の言葉を私が父上にくり返し伝えるのである。男同士の席に婦女子が同席することを、母上はずいぶん気にやまれた。父上の求めてされることであるとしても客に対して不作法ではないかという。

しかし、私が居なければ父上は相手のいうことの半分しかおわかりにならない。世間話ならともかく御役所のこと、御役のこと、かりそめにも一藩の指南であればわきまえていなければならないことも多々あるのだ。


測り縄と六尺棒を持って吉爺がさきに立った。父上も縄を輪にまいて持たれた。

私は遠眼鏡を袋に入れて肩にかけた。初夏の日ざしは目にまぶしい。笠をかぶっていてよかったと思う。初めはかぶるつもりではなかった。草木の生いしげった山へのぼるのに笠などつけては身動きにも不便と思われたからである。それに私は生まれつき不器用で、笠の緒をいちいちしめ直すのが苦手だ。母上からたっての仰せで笠をつけた。この齢になれば、侍の娘が大道で顔をさらすものではないといわれる。

このとしになればとか、十五歳といえばもうだれも子供あつかいにはしないとか、くり返しいわれるけれども、私にしてみれば自分が今年になってにわかに大人びたとはどうしても思えない。身も心も十四歳のままである。私はそう信じている。

しかし、単衣の襟もとからしのびこんで肌をくすぐる風、袖口から這入ってわきの下や胸をなでる風の快さは今年のものだ。路ばたに木洩れ陽をふりまいている樟の葉むれのなんというみずみずしい青さ。去年も同じ風に吹かれ、同じ樟の若葉を見たのに、あたかも初めて目にするもののようである。

何を見てもこのごろは気が弾む。きらきらと輝く路上の砂にたったいま水が撒かれ、黒と白の縞模様を織り出している。川面はいちめんにさざ波立ち、玻璃のような光を放つ。ありふれたものを見ているのに、この世のものとは思えない美しさをおぼえて、ゆえもなく私は胸をときめかす。

大人になるということは、もしかしたら自分が変るのではなく天地の風物が変ることではないのだろうか。五反屋敷の辻には人だかりがしていた。こちらから橋をわたりきった所に一団の町人がたむろしている。制札でも読んでいるのだろうか、それにしてはおかしなかっこうである。柱のまわりに立つ人の輪は、めいめい顔を外側に向けている。私が歩みよろうとすると、吉爺におしとどめられた。

業柱《ごうばしら》抱きというものであるそうだ。罪とがのお仕置として柱にゆわえられ、道ゆく人々にさらされるのである。取り囲んでいる町人たちは見物人ではなくて罪人の一家眷族という。身内の恥を世間にさらすにしのびず、体でもって楯となっているのである。罪科をしるした立札がそばにあった。六尺の高さにかかげられたそれを隠そうとする者はさすがにいない。彼らは私たちが前にさしかかったとき膝をかがめ、伏目がちな面持を装って恐縮を示した。立札には賭博の常習者とあった。吉爺のいうところでは、昔は春秋の彼岸にのみ寺の門前でさらし者にしたそうである。このごろのように町人といわず百姓も賭博にふけり生業をかえりみないやからがふえると、なまなかな仕置ではききめがないゆえ通行人のもっとも多い橋のたもとで業柱抱きに処するのだという。身内の恥をおもんぱかって親類縁者が罪人を人目からさえぎるのはつとに禁じられている。役人に咎められてあのやからもきびしいお叱りをこうむることは必定である、と吉爺はなげかわしげにつぶやいた。

雄斎伯父が現われるまでに私たちはしばらく待たなければならなかった。

ややあって急ぎ足で橋をわたって来た伯父上は、会所によって来たのでおくれたといいわけをなさった。けさの韋駄天丸が佐賀表からもたらしたしらせが何か、昵懇《じっこん》の組頭にといただしていたのだという。父上は雄斎伯父のいわれることを私のなかだちなしに理解される。二人は肩を並べて道を急がれた。私は後ろからついて歩いた。父上は耳打ちされるごとに重々しくうなずいたり頭をふったりなさった。韋駄天丸のしらせはまだ公になっていないゆえ伯父上は小声で話されるのである。

私たちは蓮光寺の下を通り、笹神町から宇戸へ出て本明川の左岸ぞいに歩いた。

対岸に永昌宿を見て正應寺の前をすぎるとき、私たちはほとんど真北へ向って進んでいることを知った。父上が帯に下げたオランダ渡りの磁石を示して私に教えられたのである。仲沖の家を出てからおよそ半刻あまりで、私たちは目指す大渡野へ着いた。

ずっとそうて来た本明川から道を東へ折れ、二丁あまり歩くと川と並行した丘がある。多良岳の尾根である。川をこのままさかのぼり上手で鈴田峠の方へ折れれば、峠の向うは大村領である。私はまだ行ったことがない。川向う、すなわち本明川の東には西がわよりはるかに高い山々がつらなっている。

私たちは丘のすそにある平松神社の境内で暫時、息を入れた。神社の裏手にある神主宅をおとなった吉爺がもどって来て、あるじのいらえがないと報告した。戸障子はあけ放ってあるそうである。境内は年へた桜で囲まれており木かげでくつろいでいると汗ばんだ肌がみるみるさわやかになった。

いい風だ、と父上はいわれた。

伯父上は絵図面を開いて神社の上手にそびえる丘と見くらべられた。絵図面は前に一人でここを踏査された父上の描かれたものである。伯父上が実地に来られるのは初めてであるそうだ。

見たところ別にどうと変り映えのしないただの台地に感じられる、と伯父上はもらされる。私が見分けえたのは赤松と竹と柏くらいである。あとは名も知らぬ雑木でその丘はいちめんに覆われている。伯父上は深い繁みを目のあたり見てうっとうしい面持になり、本当にこの小丘が城跡であるかどうかと父上にただされた。その問いに対して父上は足ごしらえに余念のない振りをすることで決意のほどを示された。

私の手甲脚絆は吉爺がしめ直してくれた。笠は三つとも境内においてゆくことにした。吉爺は初めからかぶっていない。

丘はそのすそに平松神社のある丘から独立している。森にふみ入ってみてわかった。急峻な勾配で切り立っている二つの崖をさししめして、父上はかつて一つの丘であったものを堀をうがって二つに切り離したのだと説明された。

吉爺が先頭に立ち、鉈でまえに立ちふさがる草木を払った。後ろに父上が絵図面を案じつつしたがい、私がつづき、一番あとから雄斎伯父がついて来られた。分厚くつもった落葉を踏む足が沈みこむような気がする。乾いているのは表面だけで落葉はたっぷりと湿気をふくんでいる。わらじは水を吸って重たくなり、足袋の裏もぬれるのがわかった。

谷はつま先あがりに丘の裏手へつづき、登るほどにせばまってきた。吉爺が立ちどまった。父上も立ちどまって左手の崖、萱のしげみを指さされた。苔むした石垣がのぞいている。ところどころ崩れた箇所もあるけれども、石垣は丘の中腹を取りまいている。雄斎伯父は下手からあえぎあえぎ登って来られた。なれない山歩きに難儀しておられる。父上が示した石垣にもおざなりにうなずいて、頂上は遠いのかときかれた。

石垣は四角な切り石で築かれたものではなくほとんど丸い自然石ばかりが用いられている。天正以前の築き方である、と父上はいわれた。私たちは谷底から丘の傾斜にとりついた。立木がまばらになったかわりに勾配は急になった。先頭に吉爺がすすみ、今度はその次に雄斎伯父がつづいた。父上が一番あとである。木の根をつかみ、土のくぼみを足がかりにしてはいのぼった。

それでもだれより早く頂上にたどりついたのは父上であった。伯父上はまたおくれられた。われらはいにしえの大手門から本丸へ入城した、と父上はいわれた。二つの大きな角石が台地のふちにあった。伯父上は脇差をとって草によこたえ、その礎石に腰かけて汗をぬぐわれた。

頂上は幅十間、長さ七十間あまりの平地で周囲は石垣でかためられている。父上は休むまもなく吉爺に測り縄の一端を持たせて石垣の高さ、土塁の厚さ、空堀の深さを計量された。私は遠眼鏡で四方を見わたした。眼下に本明川が銀色のすじとなって城下の方へ流れている。その川をはさんでま向いに風観岳がそびえている。本丸から風観岳まではおよそ五丁あまりの見当である。上流は土地がなだらかに高まり鈴田峠に至り、下流は城下の手前に本明、目代、栄田の田畑がひろがっている。すなわちこの小丘は谷の要衝にあり、大村領と諫早領の境界ちかくを占めて、ここをぬかなければ軍勢はいずれの土地へも進攻することはかなわないのである。測り縄をまいては張りしながら父上は大声で私にかくの如くとかれた。

これまで名のみ伝えきいてありかの知られなかった大昔の伊佐早城こそわれらがいま立っている丘ではあるまいか、と父上はいわれる。

伊佐早とは建武の代に本明を根城にしたあの伊佐早三郎入道のことなのか、と伯父上は問われた。ふところをくつろげて帳面で風を入れつつ信じられないといった体できき返された。いかにも諫早往古の領主、船越氏にかわった伊佐早氏のことを自分はいうておる、と父上はおっしゃった。百聞は一見にしかず、この石垣がきのうやきょう築造されたとはよもや兄上も思われまい、父上は自信満々である。

「あそこが兵糧倉のごたる」

竹の鞭で本丸から一段低くなった台地を指して父上はいわれた。全体としてこの丘は尾根のはずれを切りとって独立した地形である。川に南面した傾斜がもっとも急で、中腹をかためた石垣もその辺りではほとんどくずれおちているという。

伯父上は兵糧倉とおぼしき台地に目をやり、しばらくみつめておられたが、やおら腰を上げて石垣をおりそちらへ草を分けて行かれた。倉の跡は萱が浅い。むきだしの地肌も見える。伯父上はそこにしゃがみこんで、数本の草をためつすがめつ見ておられる。

私も石垣をすべりおり、空堀をとびこえて見に行った。何事でも異なことがあればじっとしておられないのである。

「こげんものが生えとるとは……」

伯父上は指でその草を根から掘り出そうとしておられる。高さは二尺あまり、長い葉柄のさきに露草に似た丸い葉がつき、小さな白い花がゆれている。見馴れない植物である。私は伯父上が根を掘るのを手伝った。野生の朝鮮人参などあるはずがない、しかしこれはまぎれもなく朝鮮人参である。まったく解せないことだ、と伯父上は掘りとった植物の土を払いながら首をふりふりおっしゃった。

「それでこそ来たかいがあったというものぞ。昔の城主がまいた種子から生えたとでござろうが」と父上はおっしゃった。「さいばのう」伯父上はあわれむように父上を見やって、そもそも朝鮮人参は本邦に自生するものではなく、将軍家光公に対州侯の献じたのが渡来のはじまりであり、それ以前はいずこにも見られなかったとおっしゃった。しかるがゆえにこのものは大渡野の村人が水はけのよい北向きの台地に目をつけて栽培したのがのこったのであろう。

朝鮮人参は高貴薬にて、長崎の薬種問屋でもたやすく手に入らず、まれに入荷しても一匁が同じ重さの銀を支払わなくてはあがなえない、これを持ちかえって大事に栽培し、ずいじ御殿様にさし上げよう、と伯父上は語られた。十五代武春様は若年である上にきわめて病弱であらせられる。これをせんじて服用なされば必ずや薬効あらたかなるものがあるに違いない。それでこそ医師のつとめというものである……。

父上はいまだに腑におちない面持で、顎を撫でておられる。家光公の御時といえば今を去る二百年前のことであり、伊佐早三郎入道がこの城をかまえた建武年間より三百年あまりも下った時代である。しかし、どう見ても城の遺構は当時さかんに築造された山城の形にしか見えない、とつぶやかれる。

吉爺は元通りきちんと測り縄を輪にまいてつつましく父上のかたわらにひかえている。主人の疑問に仔細らしく深々とうなずいてみたり、父上が腕をこまぬいて思案にくれた様子を示されると吉爺もたちどころに腕を組んでためいきをつくのである。

はた、と父上は手をうたれた。

吉爺も手をたたいた。

百済とは朝鮮の古名であろう、そのむかし、延喜の御代に諫早を領していた豪族は百済人の末裔ときいている。その者が彼の国からもたらしたのではないか。伯父上は延喜という年号がおわかりにならないようである。そうかもしれぬ、いずれにせよ朝鮮人参がここに生えていることは事実であるから、自分はだれがまいたとしても異存はない、そういわれて谷間へおりて行かれた。

伯父上が私たちと行をともにされたのは人里はなれた丘の周辺で薬草を採取するのが目当てなのであった。きょうは願ってもない珍草を発見されたわけである。城の築造年代を詮議することなどもはやどうでもいいことであるらしい。

父上は絵図面をひらき、風でとばされないよう四すみに石をのせて、測った数値をこまかく記入された。どうやって本丸へ石火矢を引き上げるのか、と私はたずねた。長崎港の方々に台場が築かれ、不埒な所業に及ぶ外国船にそなえて石火矢をすえつけているのは私もきいている。台場にするのではない、と父上はおっしゃった。新たに砦を築くのでもない。

面妖な、と私はいった、台場にするのでも砦をもうけるのでもなければ、何故に父上は丘をそこかしこ測られるのであろう。

「これは面妖な」吉爺も私に賛同した。御役目の内と思ってけんめいに働いたのである。御主人様はいかような心づもりではるばると一里も遠出されたのであろう。

父上は絵図面を描き上げるのに熱中されて私たちのいうことがきこえない様子であった。私は谷底を見おろした。木立のあいだに伯父上の歩きまわる姿が見えかくれした。崖下の小暗い湿地には、どくだみもげんのしょうこも豊富に生えている。さきほど通りすぎるとき伯父上は嘆声をあげられていたのである。

父上からもれきくところによれば、諫早家のふところぐあいはこのところ逼迫して、煙硝の購入もままならず、年に一度と定められた鉄砲隊の射ち方調練にさしさわりが生じているとのことである。煙硝でさえそうであるから大枚を要する薬草はなおさらであろう。伯父上が喜ばれるのも道理と思わなければならない。


私たちは丘を下って平松神社の境内へもどった。吉爺は伯父上が採集した薬草類を縄でたばね、六尺棒の両端につるしてはこびやすくした。かなりの分量である。そこへ神主があらわれて私たちを座敷に請じ入れた。小柄で骨張った老人である。年のころは六十代か七十代か察しかねる。身ごなしの軽いところを見れば壮年のように思われるけれど、皺のよりぐあいは八十翁と見てもあやまってはいないように思われる。神主は平松孝之丞と名のった。

ありがたいことに平松氏は耳が遠く、大声で叫ぶがごとく話される。私が言葉をなかだちするまでもない。父上も大声を発された。

「これはみめ良い御息女をお持ちで藤原様はしあわせですば」

と神主はいい、私に年齢をたずねた。

「うけたまわったおとしよりずっと大人びておられるごたる」

平松氏は大げさに感心してみせた。すすめられた茶は濃くて舌も縮むほどに苦かったが山歩きでかわいたのどにはことのほかおいしく感じられた。伯父上は茶の種類をきかれた。裏庭で栽培している茶の木の新芽をつんで炒ったものだという。

「たっぷりと茶の葉を淹れるのがこつですたい」

城の辻にはどんな用事で、と神主はきいた。「城の辻とは……」父上は膝をのり出された。丘の字名は往古より城の辻と呼ばれている、と神主は答えた。父上はすぐさま矢立をぬいて絵図面の余白に「字、城の辻」と書きこまれた。

伯父上はうんざりした面持である。これでは話が長引くと思われたか、神主に茶の礼をいわれて先に帰ると申された。私に向って、

「志津、そなたは父と帰りんさい、わしは吉をかりるけん」

吉爺は縁側から腰を上げて六尺棒を天秤のようにかついだ。げんのしょうこの甘い香りが座敷にながれこんで来た。淡い紅紫色をした花弁が見えた。一度でいいから病気というものにかかってみたい、ふとそう思った。直次郎様の蒼白い額が目にうかんだ。いつもふせっておられる。蒲柳の質なのである。好古館へかようお姿も月のうち何度かでほとんど家にこもりがちときいている。直次郎様をひとめ見たいばかりに大手口へ私は出かけるのだが、行き会うことはめったにない。父上の話では、執行《しぎょう》家の御次男は好古館創設以来またとない秀才の由である。しかし、ほかにぬきんでた学生も体が壮健でなければ上様に心ゆくまで奉公もかなわない。私において胸の痛むことである。

吉爺のかつぎ上げた薬草包みからこぼれおちた紅紫色の花弁は庭土の上でみるみる生気を失った。朝鮮人参は直次郎様にきかないだろうか。諫早様にききめがあるものなら執行様にも効果があってしかるべきである。一株しか見当らないのが心のこりであった。


朝、起きぬけに私は裏庭へ行った。

きのう、平松神社の境内のすぐ近くをながれる小川のほとりにひとむらの菖蒲を見つけ、根ごと掘りとって移し植えたのである。裏庭のすみにほかよりは低い湿地があり、真夏でも土は黒い。持ち帰った時刻に花はしおれてしまったが、いまあらためると再び生色をおびてみずみずしい紫色で目をたのしませる。

父上は昨夜おそくまで書きものをされていた模様である。私はしつけない遠出に疲れて夕食もそこそこにすませ、はやばやと湯をつかうや寝についた。朝まで夢も見ずに寝入ったと思う。

父上の夜ふかしは母上の愚痴で知った。諸式が高く張るこのごろ、燈油代がかさむのを何と心得ておいでだろう、とおっしゃるのである。丑の刻まで父上は書見をし、ものを書いておられたそうである。思うに神主平松氏の話に少からぬ感銘をもよおされたゆえであろう。あれからおよそ一刻あまりも父上は老翁と話しこまれた。

平松神社の創建はふるく、和銅元年にさかのぼる。祭神は伊邪那岐、伊邪那美命である。和銅の御代といえば、およそ千二百年の昔になる、と父上は指をくって感嘆された。すなわち諫早最古の神社である。

「さてこそ……」

父上は膝をたたいてしきりにうなずかれた。もし吉爺がいたら彼の男も同様に父上と身ぶりを同じくしたことであろう。故老の説によれば、本明大渡野は諫早でもっともふるく鍬を入れられた地であるという。付近の畑からは素焼のかわらけや石器の破片がしばしば出土して、畑の境界はそれらをもって仕切りとなすほどであるそうだ。

平松氏は文机の上から緑色の細長い石をとって私に与えた。つい先日、雨あがりに畑のあぜで土の下から現われ出た品であるという。径一寸五分、長さ六寸あまり、掌中に支えると持ち重りがする。古人が使った石庖丁の由である。文鎮にちょうどよろしい、みやげに進ぜよう、と平松氏はいった。

障子は桟だけ、畳は表がやぶれて藁がはみ出しておりその上にござをしいて私たちは坐っていた。見たところ老神官はやもめぐらしであるらしい。世話をする女人は居ないのであろうか。私はそのときまた直次郎様のことを思った。

いかにも由緒ある神社のごとく拝見つかまつった、と父上はいたく感じ入ったふうである。軒はかたむき、壁はおち、拝殿には蜘蛛の巣がかかっていても、いわれをきけば有り難みがますのであろう。父上は古いものなら何でも御気に召すと見える。

神官はまんざらでもない様子であった。学問のある御侍と話をするのは久々のことゆえいかにも愉しい、といい新しく茶の葉を入れかえてすすめた。由緒ある神社を代々つかさどって来たのなら、神主殿の出自も定めし名のある家柄であろう、と父上はいわれた。

「おお、そのこと」

老翁はおもむろに片手をあげてひらひらと動かし、「平松氏とは平氏の流れでごんす」とさりげなくつぶやいた。「なんと……」父上は耳に手をあてがってきき返された。大声で話していた相手がにわかに声をおとしたのできこえられなかったのだ。神主はせき払いをして、「平氏でござれば」といった。それもきこえられなかった。

「平氏でごんず」

とうとう神主はもと通り大声で答えた。そしてどうしたことか平松氏は額からしたたりおちる汗を垢じみた手拭いでごしごしとぬぐったのであった。

ひるすぎ、母上はとらをつれて船越郷の松尾家へおもむかれた。

私は門口から母上の姿を見送り、ころあいを見すまして船番所へ出かけた。吉爺には口外しないようにいい含めておいた。留守ゆえにわがままがかなうのである。父上もきょうは登城されている。登城とはいうものの諫早藩に実は城はないのである。物入りが実入りを上まわるとて山下淵のほとりにそびえていた高城《たかしろ》を藩みずからの手で打ちこぼったときいている。石高一万石ではちっぽけな城ひとつを支えるのもなまなかなことではないらしい。

したがって御役人は登城するとは名のみで、じっさいは旧高城の東側にある川中島の御会所へ出向くのである。殿様の御屋敷とは庭ひとつへだててとなりあわせている。城へ行かずとも登城というのは何故か、といつか父上にたずねたことがある。武士のつとめは城をまもることにある。たとえまもるべき城を持たずとも朝ごとに御会所へまかり出るのは城へおもむくことと変らない、父上はこう返答された。

船番所の柵から十間あまり離れた堤防に私はたたずんだ。樟の木かげである。鼻につんとする匂いが上から降ってくる。

朝一番の船で佐賀から船を旅して来た人々が陸へ上り今しも船番所でお改めをすませて柵の外へ現われ出たところである。にぎやかな櫓の音が家にきこえた。十挺や二十挺ではあのような音にならない。私は家で立ったり坐ったりして母上にたしなめられた。五、六十挺の櫓がきしるひびき、音頭をとって漕ぐ水夫たちの気配はいつきいても私を落着かなくさせる。母上がお出かけにならなくても私はしのび出ていただろう。じっとしてはいられないのである。

遠来の旅人を見るのが私は好きだ。

けさの船は六十挺立の八幡丸であった。柵の内外がこんでいるのもうなずける。夕べは北風であったから順風満帆、飛鳥のように有明海を帆走って来たであろう。侍、医師、商人、儒者、僧、海になれない旅人はいちように蒼ざめている。侍の中には城下でよく見かける方もまじっている。身なりのいいのは鍋島様の御家中である。顔だちは諫早様の侍とあまりちがわないけれども、乗船手形を改めるのはまず鍋島様からであるゆえ、すぐにそれとわかる。

見なれない顔もある。

京、大坂、江戸の御侍である。長旅のこととて羽織の紋も汚れ、襟といえば垢で光っている。月代もろくに剃らないでいるため、よく光る目がなければ侍のなりをした旅芝居の芸人と思ったかもしれない。

光る目、きびきびとした動作、都の人と田舎人とをわかつものはそこである。彼らは諫早様の家臣が二足で歩くところを一足で歩く。いちばん後から番所の門を後にした人々が河岸を下って往還に出たときは列のいちばん先に立っていた。彼らはそろって色が白く、それゆえ伸びた髭がいちだんとむさくるしく感じられる。二十歳をいくらも出ない年配である。長崎へおもむく学生であろう。彼らはオランダ人の教授につき新知識を学ぶのである。今夜は矢上に泊り、明日は日見峠をこえて、ひるすぎには長崎に着くと思う。

旅人たちは私の前をすぎた。

若い侍は何日も体を洗っていないらしく異様な匂いがした。

医師が通り、大きな風呂敷包みを背にした商人が通り、黒衣の僧が通った。ある者は私に目をくれ、ある者は一顧も与えなかった。医師と儒者を、私はその衣服から漂うてくる匂いで見分けた。身なりが似ているからである。諫早様のお達しによって漢方医たちがすべからく蘭方を自家薬籠のものにおさめることになったのは近ごろのことである。これはどうやら諫早にかぎることではなく諸国のなりゆきであるらしい。

そのことを私は雄斎伯父からきいている。

蘭方を学ぶには長崎へ旅して彼の地のオランダ人医師に親しく手ほどきを乞わねばならぬ。旅人に医師がふえるのもことわりである。紅毛人は傷口を針で縫うという。激甚な痛みもたちどころに和らげる薬を用いるという。死病にかかった病者も碧眼の医師にかかれば平癒することがあるという。

直次郎様も若しかするとオランダの国手ならいやし得るであろう。旅人を見送ったあとで私の考えたのはそういうことであった。執行家の跡目は、長男の直太郎様がつがれる。長男のやまいはなおっても、次男坊のやまいはなおりにくい、と雄斎伯父はいわれる。長年、病者をみとって来た伯父は、ときどきぞっとするようなことをいわれる。それが世間というものだ、と事もなげにおっしゃるので、私はわれしらずうろたえてしまう。


夜さり、父上は居室から私を遠ざけられた。午後おそく帰られたおり、むつかしい面持であったから、会所で何やら良くないことがあったとは察せられた。

しかし、母上に話をされるときはたいてい、私を介してなさるのに、今夜はお二人だけである。私にもしらせたくない内緒事なのであろう。このごろ、会所をひけておもどりになる父上が明るい顔をしていられることはめったにない。「乱麻の世である」、いつもそうおっしゃる。

私は台所で吉爺が縄をなうのを見た。組方調練に、御台場を築くのに、測り縄はなくてはならないものである。昔は一年に三、四度しか用いなかったけれども、このごろのように山歩きをして大昔の城跡まで測地する仕儀になると、測り縄がすりきれるのも早いと吉爺はいう。

口に含んだ水を吹きかけて藁を湿し、木槌でたたいて柔らかくしておいてより合せる。両の掌をあわせてもむようにすると、あれよという間に一本の縄がのびる。吉爺は縄ないの達人である。だれよりも早く、だれよりも丈夫な縄を一晩で十間もない上げる。文化九年の十一月、と吉爺はいった、江戸表から伊能様という偉い御侍が下って来て海岸線を測量された。御一行のあつかいにはゆめ手落ないようにという鍋島様からのお達しであったので、諫早様は二十名にもおよぶ侍、足軽を供出して便宜をはかったということである。

伊能様とはどういうお方であったか、と私はきいた。

「えろう足の速か方でしたと」吉爺は手を休めずに答えた。もうすぐ七十に手がとどこうという御年配であるのに、「山でん川でんどんどん走りでごんす」。

それは吉爺がいくつのときなのか、と私はきいた。

御父上が前髪を立てておられた時分で、あれは……吉爺は指おり数え、二十歳の秋のことであると語った。竿取《さおとり》が甚七どんに佐助どんで、二人は鉄砲足軽の中でもえりぬきの健脚であった。助勢衆を宰領したのは当時の砲術指南役であった祖父藤原作左様である。そして、伊能忠敬様が諫早を測量されたとき、もちいた測り縄は吉爺が精魂こめてない上げたものであった。

はるばると江戸表から下ってまいられた将軍様の御家来が張られる上は、万一切れでもしたら末代までの名折れゆえ神前に燈明をあげて縄をない申した、と吉爺はいった。

侍は祖父の他にも執行家や早田《そうだ》、寺田という家臣があったのに、祖父作左様が任ぜられたのは如何なる理由によるものであろう、と私はつぶやいた。当代より石高は祖父の代には高かったのだが、それも執行家や早田家とはくらべものにならないほど低い。
地図つくりは代々御家の役目であるから、と吉爺は答えた。身分のちがいについていえば、執行様といえども伊能様の前ではただの田舎侍である、さすれば測量と絵図面引きに堪能な作左様が助勢を宰領されるのが伊能様にも好都合と考えられたのであろう。
さても伊能様の御一行はそろって早口で、と吉爺はいった、何といっておられるか二、三べんききかえさなければ用向きがわからなかった。あれが江戸弁というものだろうか。馬廻りも徒士の人も訛がつよいのにはほとほと困り果てた。そういって吉爺は歌った。いつものまだら節を歌った。
――矢上書出しゃ諫早どまる、
あすは多良越え、浜どまる。
吉爺はのどが自慢である。夜なべ仕事には必ずこの歌を歌って我とわが身を鼓舞する。伊能様の御一行と宿をともにした晩もこれを歌って旅人を慰めたという。二度も三度も所望されたそうである。祝いの席でもきまってまだら節を歌う。
――わしが思いは多良岳山の、
あらゆる木の葉の数おもい、
吉爺が歌うのをきいて私は心が沈んだ。土間にぼんやりと目を落している私の気を引き立たせようとしてか、吉爺はまだら節にまつわる話を語った。
草刈りに出かけた百姓が、家を出しなにまだら節を歌いはじめた。鎌をふるうあいだも、草を山と牛に背負わせて家に帰りついたおりも歌い終らない。歌詞が長いからである。困った男は草をおろしてまた刈りに出かけ日もくれてから帰ったが、それでも歌はやめられない。入るに入られず家のまわりを牛をひいてぐるぐる回りながら歌っている男のあとを家族がひきとって歌い、やっとのど自慢の百姓はわが家へ入るを得たそうな。

——銀のかんざし帆柱に立てて、
　さらしの手んげを帆に立てて、

私は笑い、吉爺に小声で唱和した。
吉爺は木槌をとり藁束を力強くたたいて拍子をとった。

——照らす天道さんにゃ焦がれて死なん、
　そなた思いで焦がれ死ぬ、

私はふとその草刈り男というのは吉爺のことではなかったかと考えた。武士の娘が下男ふぜいと歌を歌うのが母上に知れたら只ではすまない。しかし、台所から離れた居室にこもり父上と大声で何やら談じておられる母上に私の歌がきこえようとは思われなかった。

白地に紺でそめた矢絣を私は楽しみにしていた。夏ものの単衣を母上が縫って下さる。裏と表の戸障子をあけはなっても、梅雨晴れの日射しはきつく、庭の照り返しがあって黄八丈の単衣も汗ばみがちである。
父上は間もなく佐賀表にのぼられることになっている。矢絣は彼の地で諫早屋敷出入りの呉服屋が持参するという。大川で蛍が舞う時分には矢絣を着られるだろう。もの心ついてから私が手つかずの布地で着物をこしらえてもらうのは初めてである。

母上は古着を解いておられた。嫁入り前に着ていられた絞りである。矢絣のかわりにこれを仕立直して下さるという。あまりのことに押しだまっている私に、父上はまたお上から家禄をへらされたゆえ、暮し向きも相応に引きしめなければ、とおっしゃる。

昨晩の話がのみこめた。父上の沈痛な表情も納得される。いかなる落度で、とたずねれば、上は御家老から下は足軽まで、減米、借上を達せられたという。これは諫早藩のみならず鍋島の支藩である蓮池、小城、鹿島の家中も同じときく。

鍋島様は差し出しを命じた銀をもって新式の石火矢、鉄砲を買い入れられる心づもりである。今年、四月に江戸は品川沖に築いた六つの御台場は、一万二千両もの費用がいったという。そこにすえつける大砲は一つの台場でも二十八門もある由、徳川様も軍費を捻出するのに苦労しておられる。まして西九州の小国諫早の家計はなみたいていの工夫ではおぼつかない。

母上はといた絞りを私の肩にあてがって身頃をはかられた。藍に細い紅柄が走る上等の生地である。市中で求めれば矢絣より何倍も高いにちがいない。しかし私は新しい布地で単衣をあつらえたい。

寺社は梵鐘を供出し、鋳つぶして大砲にする。みなひと心をあわせて国のそなえに力をそそいでいる。単衣をあきらめるのも武士の娘であれば当然である、と母上はおっしゃった。私は少し泣いた。絞りはいらぬ、鹿子でも有松でも欲しくもない、夏じゅう黄八丈でがまんすると申し上げた。母上はやにわに物差で私の膝を打ちすえられた。武士の娘がそんなにききわけの悪いことをいうとはけしからぬとの仰せである。

母上は、私がききあきた話をまたくり返された。

わが藤原家は諫早家の第一代龍造寺家晴様が、この地に封ぜられてから代々七十石をたまわって来た。寛永十四年、原城に立てこもった耶蘇教賊徒を豊前守茂敬様とともに攻めて大いに手柄をたて恩賞をちょうだいしている。藤原左近の代である。

耶蘇教一揆は大軍勢をもってとりかこむ寄手をまえにひるむ色を見せなかった。攻めあぐねた幕軍の総大将板倉内膳正様は諸将を召して、たれぞ原城の出丸を攻める者はないかと仰せあった。あまたひかえている諸国の武将の中でこのときあえて口をひらいたのは、ひとり諫早豊前様のみである。自分は搦手の先陣であり、松山出丸にもっとも近いゆえ、攻め方を諫早一手に下命願いたいと名のられた。おゆるしが出たのはもちろんである。

自陣に引きとられた豊前様に鍋島紀伊守様から上使がつかわされ、「松山の出丸はけわしくて、よし乗っとったとしても足場がない。ふみ留りがきかないから攻めてもききめあるまい」とかたちばかりの攻めをすすめられた。

豊前様はこのとき二十九歳、いかに鍋島様の心やりは重畳でも血気さかんなご年配、上使には丁重に礼をのべられてお帰りを願い、翌日未明、えりすぐった手勢を率いて攻めのぼられた。一揆勢は寄手が出丸の崖下にとりつくころから石を投げ、雨あられと鉄砲を打ち、城兵のある者は出丸の外まで這い出して弓矢を放った。味方は一人倒れ二人落ちて、ようやく出丸の一角をおしやぶったときは豊前様以下十数人にすぎなかった。藤原左近もその一人である。

城方けんめいのいくさぶりと諫早勢の苦戦を遠望していた鍋島若狭守様、左京亮様が使を送り肩がわりを申し出られたが豊前様はきかれなかった。しかし、鍋島の手勢である諫早勢をみすみす出丸で賊徒にうちとられては板倉様にも面目たたぬとて、若狭守様が手勢数百を送られた。

このとき早く、出丸の塀をうちこわし敵陣深くおし入って旗印を立てようとした先鋒杉野甚左殿は兜を射ぬかれて絶命し、かわりに旗をひろった早田次郎殿も矢傷を負い、ここをせんどと射かける矢ぶすまに寄手がひれ伏して動きもとれぬ仕儀となったとき、藤原左近は手負いの身をかえりみず、すっくと立ちあがって左手に旗、右手に刀を持って飛び来る矢を切り払い薙ぎ払いしてついに松山出丸のまん中に諫早様の旗をひるがえした。これをはるかにのぞまれた鍋島様は、諫早の功名見届けたり、出丸を打ちくずしたからにはかねて申合せしたる如くすみやかに引きあげられたし、と合図の貝を吹かれたので、諫早勢は無傷の者も手負いの者も、出丸の塀によじ登り、よういほう、よういほう、よういほう、と鬨の声を三度あげて兵を引いたそうな。

このときあげた鬨の声が、原城攻めで寄手のあげた最初の勝鬨であった。攻囲軍はいっせいに楯をたたいて寡兵よく出丸の堅陣をやぶった諫早勢の働きをほめそやしたという。

もともと鬨の声というものは、国においてことなる。薩摩から来た島津の方は、「やよ、やよ」と叫び、筑前の黒田勢は「おう、おう」といい、対馬の宗の者共は「あいや」と連呼する。東国の諸勢はおおむね「えいとう、えい、おう」と叫ぶ。城攻めも一カ月をこえると滞陣の軍勢は士気がおとろえる。遠路をはるばると旅して来た兵はなおさらである。おもに東国勢は朝な夕な、勇気をふるい立たせるために物頭が音頭をとって鬨の声をあげた。

えいとう、えい、おう、とは軍書講談のたぐいで承知してはいたものの、耳できくのは初めてである。諫早衆はいたく感銘し、いったん緩急あるときは東国の声をまねて、「えいとう、えい、おう」と鬨をつくる肚づもりであった。しかしながら出丸で激戦をまじえたおりは、そのことをうち忘れ、お国ぶりにふさわしく「ようほう、ようほう」と鬨をつくった。もしあのとき、東国流を猿まねしていたら、肥前の田舎侍は自前の勝鬨もわきまえなんだとて、いいもの笑いになったであろう。お国ぶりというものは何であれ粗略にしてはならないと、母上はおっしゃるのである。

幕府老中は江戸にあった鍋島勝重様に、諫早豊前守が戦功抜群なる旨、家光様の耳に達しおいた、と仰された。豊前守様の父君の後室長寿院様にもおほめの書翰を鍋島様は下さった。

これもひとえに出丸の一郭へ旗をおし立てた藤原左近が働きあったればこそとて、豊前様は愛用の脇差を与えられた。家門の誉れこれにすぐるはない。藤原家の家宝である肥前興光の銘刀にまつわる話は父上からも母上からもたびたびきかされている。杉野、早田という侍大将の氏名も、寄手の諸勢に細川、立花、有馬という名前があったこともおぼえてしまった。私とても耶蘇教一揆を征伐したてんまつは、そらで語れると思う。

賊徒をうちしたがえる直前に、藤原左近は出丸のいくさで負うた手傷が膿んでみまかった。諫早藩の手の者で、死者は九十一人、傷者は二百九十六人という。当時たかだか二万余石の小藩で、四百人ちかい死傷者は稀有のいくさである。城下ならびに郷村の家々は門戸をとざし、寂として声なしという有りさまであった。

乱を平げてから諫早豊前守様が江戸表へのぼられると、大納言紀伊守様が自邸へおまねきになり、親しく酒肴をたまわってねぎらわれた。また、時の閣老酒井様も声をかけられて松山出丸のいくさを御聴取された。そのつどおそれ多くもお上は藤原左近の鬼神も哭くますらおぶりを奏上なさったという。男子の本懐とはこのことではあるまいか。父祖は身をすてて主家の名を高めたのである。

左近の代は七十石であった、と私は話をもどした。

ほうっておけば母上はいつまでも先祖の武功を語られる。それが何の落度もないのに年を下るごとに六十石となり五十石となり今や四十石である。将軍家のお耳にもきこえるほど手柄をたてた藤原家に対してなさるお仕打ちとはおぼえないと私は申し上げた。あまりといえば理不尽である。四十石ではない、父上のお話ではこのたび、藩士は禄に応じてさらに二分引を余儀なくされるとのことである。すなわち八石を借上げられてわが家は三十石あまりとなる。

そうすると私が昨晩、吉爺とらちもないまだら節など歌って笑いさざめいていたころ、母上は涙を流していられたのかもしれぬ。矢絣どころの段ではなかったのである。

元和五年、諫早藩は一万石を鍋島様に召上げられ、さらに寛延年間、二代目直孝様のとき高来郡三千石を減地されている。八代目茂行様のとき、またもや四千石をなけなしの知行からけずられ、このおりは耐えかねた百姓どもが一揆をおこし、日田と長崎の代官所に強訴を企てるまでに立ち至った。削地四千石は明和四年すなわち十七年後に諫早へ戻されたから、はりつけ、獄門、生害、切腹を命ぜられた強訴の侍百姓どもあわせて二十五人は浮ばれたといえなくもない。

しかし、この他にも郷払いとて諫早を追われた訴人一味は総勢三十人以上といい、遠国で乞食同然の境遇に落ちて、生地へ帰った者は五指にもみたなかったそうである。いかに主家の仰せとはいいながら理非をわきまえぬ仕打ちではあるまいか、と私はなじった。

母上は少々私をもてあましていられる。番所へ船を見に行ってはどうか、河岸で魚市が立つじぶんである。きょうにかぎって一人で見物に行ってもよろしいなどといわれる。きくところによれば、諫早家の祖龍造寺公は、もともと鍋島の主であったという。世が世なら、鍋島こそ諫早家の前に膝を屈しているべきである、私は雄斎伯父が日ごろいわれることをまねた。

母上は物差をつかまれた。私はよこざまに逃げて裏木戸から庭へとび出した。河岸の方から漁師たちがののしりさわぐ声が伝わって来た。

水揚げされた魚介はむしろにならべてある。いわし、ぼら、あさり貝、くちぞこなどがここに一山あそこに一山と買い手を待っている。魚町の市場へはこばれたのこりが河岸で売られるのである。

漁師たちはみな裸であった。あかがね色に陽灼けした五体をおおうているのは褌一本きりで、のどもさけんばかりに声をかけあって帆を桁にまきつけていた。私は黒光りする漁師の体を見た。小さな斑点が肌のあちこちで日ざしを反射する。しばらく眺めるほどにそれは皮膚にこびりついている鱗のせいとわかった。漁師たちはむしろにならべられた魚よりもなまぐさかった。

彼らは私の方へちらちらと目をやった。帆をしめつける縄をいつもよりきつく引いているようである。とくに船大工の倅である私と同年の浜平は体を弓なりにそらしてぎりぎりと帆綱をまいた。彼の男はたった一度しか私を見なかった。浜平の黒いふくらはぎにも二の腕にも点々と鱗がくっついていて、それは他の漁師どものそれよりひときわ明るく輝くかに見えた。

くちぞこという魚がある。ひらめに似た魚で、私はこれをひらめと区別し得ない。吉爺にいわせるとひらめの方が数等、横幅が大きくひと目でわかるという。腹は白い。背中は赤みがかった焦茶色で、それは有明海という泥海の色でもある。

私を追って家から出て来た吉爺は銭をにぎっていた。母上がくちぞこを求めるようにと渡されたそうである。私はくちぞこが厭でならない。見るからに愚鈍そのものである阿呆めいた顔が諫早会所のだれかれを思わせるのだ。

半びらきにした分厚い唇、世の中はこんなものだとでもいいたげなどんよりとした眼がせまい眉間の下で今にもくっつきそうに寄っており、とがった頭はそりたての月代に似ている。まったく当地の御侍は、脳天をそり上げることだけにしか関心がないようだ。それ以外の、たとえば禄を削られること、外国船がわが国をおそうこと、その船には死人をもよみがえらせる術を心得た医師が乗っていることなどより、そりのこした月代の無駄毛一本の方が気がかりなのである。鍋島様からいじめられるのもこれでは当り前だ。佐賀は諫早をあなどっている。そうとしか思われないのである。船番所でしかつめらしく日がな一日、帳面に出入りする船と往来手形の事項を書きつけるしか能のない侍どもは男子といえぬ。彼らのうちでそも幾人がいざというとき腹を切り得るであろうか。

寛延の百姓一揆で、佐賀に召し捕えられ、打首にあった酒屋七五郎なる町人は、いまはのきわに何かいいおくことはないかと役人に問われて、おいどんが身は、血が三升あるか三斗あるか、首ば切ったら量ってもらいたかもんばい、といいからからと笑いつつ刃の下に首をさし伸べたという。

また、切腹を申しわたされた百姓のうち、小長井村の善左衛門なる者は、どうせ命を奪われるものなら鍋島の家来を一人でも冥途の道づれにしてゆかんとて、検使の侍に切りつけ、あえなく討たれたという。その無念いかばかりであったろう。もう一人、西長田の平吉なる百姓は、今生の思い出にまだら節を二節まで歌った。検使にせかされて口早に歌ったが一句もまちがえなかった。百年前は、百姓といえども胆がすわっていたようである。

顔を洗うより早く裏庭の夾竹桃へ急ぐ。木かげに植えた菖蒲を見るのが朝の楽しみである。槍の穂先に似た葉身が露にぬれてさ青に光る。一晩のうちにいちじるしく伸びている。掘りとって来たころとは見ちがえるばかりである。これは生粋の諫早菖蒲であると草木に通じている雄斎伯父はいわれた。大村城の庭園で栽培されているのは江戸菖蒲だそうである。花びらが大きく一見はなやかであるが葉身に水がゆきわたらず、開いた花も一両日でしおれてしまう。伊勢菖蒲、肥後菖蒲、みな同じである。

ところがそれらの原種である諫早菖蒲は野生のまま手を加えられていないので、花びらは小さいかわりに葉身が大きく強く、少々の日でりにあってもしゃんとしている。花びらのいろどりはやや淡いが、江戸菖蒲のように一、二日でしおたれない、伯父上はそうおっしゃった。

「葉がまっすぐに突っ立っておる、そこがよかところたい」

私は一株の菖蒲が年をへて二株になり十株になり、この庭いっぱいをうずめつくすほどにふえる所を思いえがいた。梅雨晴れの空と同じ色をおびた青紫の花びらが開くのはさぞかし見ものであろう。

きょう、父上は非番である。

例によって朝から居室にこもり、書きものをなさった。

ひるすぎ、来客があり、とりつぎに行ったおりも文机のわきにうずたかく書物や絵図面をかさね、しらべものに没頭しておられた。

客は鉄砲組の組頭、西村官兵衛殿である。

「来たか」と父上は予期していたようにつぶやいて、こちらへお通しするようにといわれた。

諫早家の軍学は北条流である。しかし、砲術は吉田流と荻野流の二つともが御前流儀と定められている。官兵衛殿は荻野流の指南役である。禄高も父と同格ときいている。しかし、お上からのお達し状には文化三年から吉田流指南番である藤原家の姓名が筆頭人として書かれてきたゆえ、同格とはいいながら西村家もわが家に一目をおかざるをえなかった。

足のふみ場もないほどにとりちらかした書物を片づけて父上は客を請じ入れられた。

私は茶をすすめて父上のかたわらにひかえた。西村様は今年は雨が少い、梅雨もこの分では早目に明けるだろうとか、しかし日でりが続けば稲穂に害虫がたかり百姓どもが難儀するとか、不作で米の値段が上れば、只でさえ諸式高騰している現在、侍も庶民も困ることは必定とか、だれでも時候の挨拶がわりにこのごろ、口にすることを長々と話された。

父上は言葉すくなく相槌を打っておられる。きこえているのかどうか怪しいものである。客の表情から今の所どうせたいした話ではあるまいと推測しておられるのだろう。

役目のことゆえおり入って二人だけで話したい、と西村官兵衛殿は切り出された。

娘のことなら気にするには及ばない、知っての通り自分は耳が遠いから、娘が居なくてはかんじんの話をききもらすことがある、と父上はいわれた。自分が客人ととりかわす話は、内緒事であれ何であれ口外するような娘ではない。

いい御器量で行末がおたのしみであろう、と来客はお世辞をいった。

ご家老は家中の者に、禄がへった分だけ内職をして補えとの仰せであるが、おいそれと内職などあるものではない、侍たる者が百姓町人のまねをするのはいかがなものか、生計は前々から禄引きあるたびに切りつめられるかぎり切りつめておる、お達しをうけて実は困惑している、官兵衛殿はいわれた。

父上は耳のうしろに手をあてがって客人の言葉をききとられた。自分も困惑しておる、と大声で返答された。

「きく所によれば鍋島様の御家中でも禄引き相成ったげな。しかるに火術方のみは従来どおりとくべつの御配慮によって禄を下しおかれる。げに斉正様は名君と拝されます」

「火術方に禄引きがなかったといわれるとですな」

父上は感銘をうけた気色である。

「内外の形勢を観ずれば、風雲急なるものがある、このとき火術方のつとめはないがしろにできぬ、禄引きは詮議に及ばずと申されたげな。ききしにまさる英邁、感服つかまつりました」

と官兵衛殿はいわれた。父上は耳にあてがった手をひらひらと動かされた。よくきこえないと私に合図されたのである。私は「火術方のつとめは重い」とだけ伝えた。西村様はやや不満そうに見えた。

「いかにも火術は国の大事でござれば」

父上は合点された。客は話をつづけた。

「斉正様は天保元年に十七歳で位につかれたけん、当年とって四十三歳、ものごとの道理を十二分にわきまえておられる御年配でごんす、せめて武春様があと十歳、御年を召しておられたら佐賀同様、こちらの家中にても砲術にたずさわる物頭は禄をへらされはせんかったであろうが」

私は話の後半を父に伝えた。

「官兵衛殿、そのことはここだけの話にしておかんば」

父上はきっぱりと申しわたされた。

西村様はいずまいをただして、

「作平太殿、われわれのおつとめは鉄砲だけではごんせん、本明川の改修工事もごんす、藩史編纂もごんす、諫早領の測量と地図つくりも兼番しとります、役目は佐賀の火術方よりきつうごんす、西村がいまさらいうまでもなか」

役目は佐賀の火術方よりきつい、と私はかいつまんだ。官兵衛様は膝をのり出されたが、「ぜひもなかことです」という父上の返事にがっかりされた様子である。

「さきごろ、武春様から御下問あった西洋新式銃のことできょうは参ったとでごんす」

「左様、トントロ筒のこと、私はご下問に答えて元込火縄無用の鉄砲なれば購入すべく申し上げた、そのこと官兵衛殿承知と心得ておった」

「佐賀ではドンドル筒と申す」

「呼び名はちごうても同じ物でごんす」

「佐賀は三十六万石の大藩、蔵入り地だけでも十万石、わが諫早の十倍ごんす、鍋島様が買うからとてわが方も買うべしということわりは通り申さん、さなきだに困窮の家中でござれば」

さなきだにとはどういう意味かと私は西村様にたずねた。そのくだりは伝えること無用と客人はいわれた。

「たった今、買入れよと申してはおらんよ官兵衛殿、私は武春様の御下問はただ買うべきか買わざるべきかにあると解釈した、藩庫の中身のほどは知り申さぬ、ただ火縄銃では外国船を打ち払われんゆえ、新式銃には新式銃をもって当るべしと申し上げた、一介の砲術指南にすぎない者が御勘定奉行の胸算用をおしはかるとは、らちもなかことであろうが」

「武春様は若年でござれば、指南役のすすめをうのみにされる、家中の者どもが伝来の弓槍鎧を売り払うほどに逼迫しておるとは、よもやご存じではあるまいなあ」

「おお、そのこと、私は去年ロシアの軍艦にて、あまた新式銃と旋条付大砲をとくと見物いたした、蒸気で走る車の雛形もござった、安政の代はもはや弓矢刀槍、売り払っても仔細あるまい」

「作平太殿、いささかことばがすぎるとではなかろうか」

西村様はたじたじとなられた。

「かいつまんで申し上げれば」西村様は私と父上を等分に見ながら話された。「諫早家は鍋島様と御親類同格であるによって、諸事、先例を佐賀表にあおいで藩政を切りまわしてまいった、ついては火術方の禄引き御免も佐賀の例にならってはいかがとおうかがいを立てたい所存でごんす、作平太殿、何事もお役目専一、もし禄引きあらば御役を十全にはたすことおぼつかぬ、その次、ドンドル筒購入のこと、あまりに高値ゆえ、鍋島様お買入れ分を諫早に貸与方かなわぬか殿にお願いあってはと存じ申す」

西村様は一気にまくしたてられた。

私はお話を要約して、火術方の禄引き御免、ドンドル筒を佐賀より拝借、と父上に伝えた。もっともなお考えではあるが、と父上はしばらく目をつぶって首をかしげられた。

「そのこと、官兵衛殿、虫がよすぎると思わないか」

「もとよりばんばん承知の上でごんす、新式銃を買いととのえたあかつき、鉄砲組は申すに及ばず藩士一同、路頭に迷う仕儀になりはてては、そも何ぴとが異人とあいまみえるか、お考えあれ」

「官兵衛殿のご心配、しかとうけたまわった、佐賀表に出向のみぎり武春様に申し上げよう」

「じゅくじゅくと言上されたい」

かしこまった、と父上は大声で答えられた。ずいぶん失礼をつかまつったが、これも役目を大事と思えばとてのことゆえ許してもらいたい、といいのこして西村官兵衛様は退散された。父上は縁側に出て、庭の柿の木を見上げられた。夜来の雨で、葉は一枚一枚が洗われたように光っている。今年の柿は甘かろう、と父上はひとり言をもらされた。うちの柿は一年ごとに甘くなったり渋くなったりする。去年は渋柿で、ゆがいても干しても甘くならなかった。例年、渋柿はそうすれば甘みがさすのである。去年の夏は異常に寒く、袷を着てふるえた日もあった。

柿が甘くなったら尋常な年といえるだろう。私は尋常な年を好む。

父上と共に縁側へ出て、柿の葉のしげりぐあいを眺めた。夏に庭が涼しいのは柿の枝々が日をさえぎり、濃いかげをつくるからである。吉爺が生れたときは、もう軒より高く、亭々とそびえていたという。

今宵も夜なべして書きものをなさる父上のもとへ、私はうどんを持っていった。母上が手ずから打たれたもので、父上はことのほか気に入っておられる。召し上ってしまわれるまで私はかたわらにひかえた。

父上は文机のそばに文書や冊子のたぐいをつみ上げておられた。しみにくわれたふるい諫早領の絵図面も二、三枚ひろげてあった。鍋島様から取りあげられた領地は諫早でも米の出来が良い土地ばかりである。水陸のかなめ、交通の要衝はぜんぶ鍋島様の飛び領となっている。深海《ふかのみ》、西長田、小豆崎、中山、福田、大渡野、栄田、真崎、貝津、小船越、平山、土師野尾《はじのを》、栗面《くれも》、小川、川床《かわとこ》、宇木《うき》、あわせて十六村である。

私は絵図面に点々としるされた御蔵入り地を見て、鹿子絞りの紋様に似ていると思った。諫早家にのこっているのは、耕すこともままならぬ荒蕪の地、湿地、米穀のみのりすくない痩せ地のみという。箸をおかれてから父上は、いまを去る二百六十余年まえの出来事を私に語って下さった。

諫早家の祖龍造寺の一統は、天正の初め、九州において薩摩の島津、豊後の大友とならび称され、隆信公の代は五州二島の太守とうたわれるに至った。すなわち肥前、筑前、筑後のすべてと、肥後、豊前の大半をおさめ、あわせて壱岐、対馬を領したのである。しかるにその後、秀吉公の九州平定によって龍家の所領は肥前一国と削られ、ひとまず本領は安堵されたものの、秀吉公は何かにつけて龍造寺家よりその臣鍋島家を重用されるようになった。鍋島家は主君ご幼少のみぎり、後見人としてまつりごとをあずかり、あるじが成年に達すれば返すという起請文をさし出していながら秀吉公の寵愛をたのみに、やがて主家を横領し、龍家を佐賀より伊佐早へおしこめてしまった。

いってみれば初代諫早の主、龍造寺家晴様は生国佐賀を追われて、やむなくこの地へ討ち入ったのであった。

それまで二百有余年にわたって諫早を領していた西郷氏こそいいつらの皮というものである、と父上はおっしゃった。

きょう、雄斎伯父が見えられた。

父上は登城されてるすであった。

庭からおとなう声を私は初めいぶかしく思った。伯父上は佐賀の諫早屋敷につめておられるはずである。機織部屋から出て、表座敷にまわってみると、縁側に腰をおろし、母上と談笑しておられる雄斎伯父のせなかが見えた。

「志津、伯父上から有り難か拝領ものぞ」

二人の間には風呂敷包みがある。解いた結び目をなおして母上は私におしやられた。反物である。矢絣である。私はとびついた。嬉しさのあまり結び目を解く指がふるえてままならない。伯父上はだまって笑っておられる。佐賀みやげである、と雄斎伯父はいわれた。

搗き立ての米粒ほどに白い矢絣が風呂敷からころがり出た。私はあわてて四つんばいのまま反物の後を追いかけた。あまりに勢いこんで風呂敷を解いたのでまかれた生地が膝からすべりおち畳の向うへ行ったのだ。追いかけなければ手もとから生あるもののように逃げ出してしまいそうな気がした。

呉服の松永屋で求められたのだそうである。「ああ、松永屋……」母上はためいきをつかれた。名のみきいて一度も佐賀のそこで呉服を求めたことはない。母上も私も、松永屋という屋号に深く感銘した。同じ矢絣でも松永屋のさらものは手ざわりからちがう。紺の紋様が目にしみるほど鮮かである。

佐賀城下に成富質屋という豪商がある。そこの長女が多年、瘰癧《るいれき》をわずらって、あまた医師に見せたけれどもはかばかしくない。伯父上が長崎のオランダ医について蘭方をわきまえておられることを伝えきいた成富屋が、鍋島様の藩医を介して診療をこうた。武春様に一応おゆるしを願い出た上で成富屋へおもむいた。蘭方においては、瘰癧も癆痎《ろうがい》もやまいの根は同じである。長崎でおさめた処方にしたがって癆痎の薬を投薬したところ、旬日をへずしてのどのはれがひいた。成富屋があるじの喜びはひととおりではなかった。

「成富屋といえば、諫早様が借銀なされているあの……」

母上がたずねられた。

「左様でごんす、つまびらかにはせなんだがわれら四百両とも五百両とも伝えきいとる。武春様御側用人は一も二もなくゆるされた、丁重にみてさし上げよとのことでした」

私は生地をひろげてはまき、まいてはひろげた。矢絣の単衣をきて、蛍を見物している自分の姿を思いえがいた。

「佐賀の御城下には肥前一の薬種問屋がござるとか」

母上は手ずから淹れた茶をすすめられた。

「烏犀円《うさいえん》の野中屋でござろう、成富のあるじは八方手をつくして妙薬を求めた由だから野中屋のもこころみたはず、ばって蘭方の薬はききめ神速と心得た」

佐賀は都ほどに広い御城下にちがいない、と私はいった。京、大坂へ上りたいと思ったことは一度もないのに、佐賀はぜひたずねたい。大路小路に軒をつらねた商家のたたずまいはさぞかし見ものであろう。漆器の蒔屋、仁戸田醬油屋、あかかべ酒造、弥富肥料屋などでは、内働きの者どもだけでも五十人を下らぬという。

「作平太殿はこのごろどうしてござる」

伯父上はきかれた。

「あいかわらず非番のおりは書見と書きものに憂き身ばやつしております」

「せんもなかことよ」

「義兄上からいいきかせて下さるまいか、じゅくじゅくとさとして下さるまいか、二度も禄引きがあっては家の内証もらくではなかかと」

「夜なべしてまで書きものするようになったのはいつからかん」

「そのこと、油代がかさむようになったのは初の禄引きがあってからでごんす、人がかわったごとなり申して、あまり物もいわず」

母上はためいきをつかれた。嬉しいにつけ、やるせないにつけ、きょうはさいさいためいきをもらされる。

「長崎御台場そなえは諫早家の責任、作平太殿の苦労がしのばれる、於ふじ殿も大変であろう」

伯父上はねぎらわれた。女には女の心労がある、と母上は愚痴をこぼされた。せんだって、西村様が見えて……。母上は主として藩士の内証に関する客のいい分を物語った。

「それについて作平太殿はなんといわれた、武春様に言上したであろうか」

「せっかくではあるが、いうだけやぼと申しました。殿様の御覚えめでたい西村様に万一、御不興があってはとひかえるつもりのごとあります」

「袴とひがごとは畳んでおくのが肝腎《かんじん》、という言葉がある、佐賀にて火術方のみ禄引き御免という噂は虚言《すらごと》でごんす、官兵衛殿は希望を現実と思いちがいなされた」

雄斎伯父はつと縁をはなれて庭に立ち、柿の木を見上げられた。夏から秋にかけて落ちる柿の葉はすてずにとっておいてもらいたい、柿のへたも例年のように面倒でもとりのけておいてもらいたい、といわれた。柿のへたは吃逆《きっぎゃく》の妙薬である。しかし、柿の葉は何に用いられるのだろう、雄斎伯父のことだからある種の薬用にされるにちがいない。母上はよろこんで承知された。隣近所からも柿の落葉をもらいうけて進ぜる、とまでいわれた。そんなに沢山は要らない、と伯父上は苦笑いをして申された。


雨が降りつづいた。

思えば、雄斎伯父のおとなわれた日が晴れまを見た最後の日であった。

翌日から篠つく雨である。吉爺は朝夕、裏手の川を見に行く。朝は河口上空の雲の色を、夕べは城山上空の雲の色をながめ、川の流速と水位とをしらべて、夜のうちに氾濫することがないか見とどけるのである。吉爺は鉄砲足軽をお役御免となって、しばらくのあいだ、諫早佐賀間を往来する回船にのりくんでいたことがあった。海と空の気象を見ることにかけては、仲沖界隈の武家屋敷で吉爺の右に出る者はない。

ことしの梅雨《ながせ》はおかしい、すくなくとも三日に一度は晴れるのに、のべつまくなしに降る、大洪水のまえ触れではあるまいか、と吉爺はいった。最初、川を見に行くのは吉爺ひとりであったが、四日めから父上も同行された。船番所の桟橋ちかくに、水しるべとして目盛をきざんだ柱が立ててある。増減する水位をそれで測って帳面に書き入れるのである。

父上は素焼の皿に火縄をとぐろ状に巻いて入れ、それが一定の長さまで燃えると、雨合羽をまとって河岸へ出られる。安勝寺の鐘が鋳つぶされて大砲になったので、領民は時刻を知るすべを失っている。鐘をつくまでは昔の人はこうして火縄を燃やし灰の長さで時をはかっていたそうである。

河川奉行に任ぜられている父上は、本来なら今年の正月から本明川改修工事をとりしきっておられるはずであった。川底をさらって土砂を堤防に上げ、屈曲している水路をまっすぐにし、永昌の下あたりから山下淵にかけて支流をこしらえ、水をわかてば、少々の雨では溢れないと父上は自信たっぷりおっしゃった。その旨、工事趣意書に明記して、御家老の裁可もえておられるとのことである。

しかし、工事に先立つ用意銀が、台場の整備費、鉄砲大筒などに消えて、着工のめどは立たないという。異国船がこうもひんぴんとやって来なかったら、とうに工事をしていたであろうに、と父上は無念の気色である。あるがままの本明川を絵図面に描き、掘削する予定の支流や、正すことになる水路をその上に朱色で描いて、あるべき本明川を父上は表わされた。趣意書を草するとき、墨をすったのは私である。

あの絵図面も趣意書も今は空しく会所の文庫に埃をかぶっていることだろう。いかにも口惜しいことである。

きょうは朝から雨あしがしげかった。午をすぎるころになってもいっこうに雨はおとろえず、空は夕方のように暗くなった。私は雨戸をたてきり屋内で燈火を点じた。父上がいいつけのままに煙硝を土蔵の二階に上げた。夜は高潮がさす。雨が同じ勢いで降りつづければ、堤防をこえること必定である。

父上は吉爺をともなって河岸へ出かけられた。

とらは一人で鎧櫃を土蔵へはこんだ。母上がとらを力持ちとてほめられると、とらはいたく感じ入って簞笥火鉢のたぐいまで土蔵へかつぎこもうとした。それより大事なものがある。私は父上の居室から文箱、書物、絵図面をとりまとめて、土蔵のいちばん高い所、梁に火縄でしばりつけた。矢絣の反物もそうした。

吉爺が一人でもどって来た。父上は水がふえるのを船番所の役人たちと見はっておられるという。万一、水が溢れでもすれば、堤防の内側にある仲沖はいうに及ばず、新中川良、唐津あたりの武家屋敷、漁師や船大工たちがすんでいる一郭も水につかってしまう。

舟泊りにもやってあった回船飛船はどうなっているか、と私は吉爺にたずねた。

朝のうちに水門をひらいて倉屋敷川に入れ、引綱で運河の上手へ一艘ずつはこんでいって、今はことごとく牢屋裏の河岸につないであるとのことである。そうきいて私はほっとした。橋も堤防をも突きくずす水勢は六十挺立の船など木の葉のようにもてあそぶだろう。

「吉よい、今夜の大潮は何どきかん」

と母上がきかれた。

「おおかた四ツ半どきと心得とります」

二人は軒をたたく雨音でおたがいのいうことがききとれず大声を張り上げなければならなかった。父上が畳をはいで土蔵に入れておけと吉爺に命ぜられたという。四ツ半どきまでに雨がやめば、堤防はもちこたえるだろうか、と母上は問われた。しかし、すでに河口から潮が逆流して来ている、流速はすっかりおちて、船番所下の水しるべは没して見えぬという。

とらは台所で飯を炊きにかかった。母上のいいつけである。私は裏庭に生えている蕗をつんで来て醬油で煮た。往還を戞々とすぎる馬蹄のひびきを耳にした。そのあとについて走る五、六人の足音もきこえた。御会所の見回りであろう。

とらは炊きあがった飯を釜から寿司桶に移している。吉爺は天井板をはずして棟木に畳をのせている。母上は簞笥の中身を土蔵へはこびこんでおられる。私はうちわで寿司桶をあおいだ。子供のころ、盆正月の前夜に私はいつまでも眠れなかったことを思い出す。八坂神社の祭礼の晩も同じである。家の中でふだんは暗い台所に燈火がふやされ、にぎにぎしく立ち働くとらや母上の影が壁にうつっている。ぱちぱちとはぜているのはかまどに燃えている粗朶。母上は庖丁で何やらきざんでおられる。その音をきいていると何ともいえぬいい気持になる、しあわせというのは祝祭の前夜をさしていわれることではないだろうか。同じ気持を今また私は味わっている。

外で叫び声がした。

畳を上げ終った吉爺が外へ出てすぐに帰って来た。

「古町の橋がきゃあ流れたぞ、いうとります」

「人は流れておらなんだか」

「人は浮いとりません、家はもう十軒以上流れたげな」

「吉よい、旦那様にこれを、お茶はあとでとらに持参させると申し上げよ」

母上は竹の皮で包んだにぎり飯を吉爺にわたされた。船番所につめる役人にゆきわたる数だけにぎったのである。

「かしこまってごんす」

「ぬらすな」

と母上は念をおされた。とらは赤くはれた手のひらを水で冷やした。炊きたての飯を一度に三十個あまりもにぎるとこうなる。会所から来た御見回り役がわが家で休憩されるかどうかも父上にこっそりたしかめて来るようにと門口でいわれた。

吉爺は陣八笠にみのをまとった。包みは二箇に分けてある。ぬらさずに船番所へはこぶにはどうすればいいか思案にくれている。笠をはずして包みにかぶせたり、みのの下にかかえこんだりしている。このころから雨に横なぐりの風も加わって、庭木のざわめきがはげしくなった。みのの下に包みをかかえた吉爺に傘をさしかけた私がよりそってゆけばいい、と私はいった。にべもなくこれはしりぞけられた。とらが傘をさしてついてゆくことになった。何かがきこえた。

私は耳をすました。

板木《ばんぎ》が鳴っている。風と雨の音でともすればかき消えそうであるが、きこえてくるのは確かに板木のひびきである。気のせいといわれた母上も私にならって耳をかたむけられ、あれは土園川《どうぞんごう》の堤防が破れたしらせにちがいない、といわれた。方角は北である。土園川が溢れれば当分、佐賀街道は通れなくなる、と私がいいかけたとき、母上は目でだまるように制止された。

半鐘が鳴っている。

今度は南である。音は風にさらわれて、とぎれとぎれに伝わってくる。梅津川の土井が切れたらしい、と母上はおっしゃった。

寛永末年には馬の鞍坂で手が洗えたという。元禄の大水では五百人あまりの流れ亡者が河口にただよったともきいている。さればこそ本明川の改修は歴代諫早家に課せられたつとめであった。

「田町、魚町、流れ町、諫早様は御船待ち、せめて住みたや上ん馬場、目代《めしろ》にそびえる四本松」という俗謡は大洪水のあとはやったものという。

私は裏木戸から庭をのぞいた。ものぐるおしくどよめいている夾竹桃の気配が感じられるだけである。裏庭はまっくらで、それと見当をつけたあたり、私が植えた菖蒲は見えない。風で折れたか、水にひたっているかもわからない。土園川が溢れても、梅津川の土井が切れても、よし本明の大川が氾濫しても、私は自若としていられる。菖蒲に異変がなければ他はどうなってもいいとさえ思う。

吉爺が帰って来た。

御見回り役はまもなくわが家へおよりになるという。とらももどって来た。からげた裾からのぞく脚が、膝の上まで泥にまみれている。けっきょく、傘は何の役にも立たなかった、吉どんが不ぞろいの脚でかければ、上体が傘の外にはみ出して、ついて走るのにも難儀したことであった、とらはいい、母がわかした湯茶を持って船番所にとって返した。

吉爺は表木戸をあけ放ち、門口に松明をともした。私は母上と二人して畳をはいだ座敷にうすべりをしいた。

「御見回り役はどなた様ぞ」

「執行様でごんす」

と吉爺は答えた。執行直右衛門様は長崎在勤のはず、お帰りになったとはきいていない。「吉よい、まこと執行様とお顔を拝見したか、司京様のききたがえではあるまいな」と母上はいわれた。

「船番所には篝火が焚いてごんした、あかあかと焚いてごんした、お供の仲間ににぎり飯ばわたすとき、しっかり見とどけ申した、執行家の次男坊殿でごんした」

「直次郎殿が……」

「床几に打ちかけられて御主人様と談じておられました、それは凛々しい武者ぶりと拝見つかまつった」

私は玄関に走り出た。蹄の音がきこえたからである。焔を吐いている松明にまどわされてか、門口で馬ははげしくいななき、棒立ちになった。騎乗の人はたくみに馬をのりこなし、鞭でしずめられた。松明に馬が尻を向けるよう手綱をさばき、身軽に鞍をおりられた。陣笠の下にあるお顔はまぎれもなく直次郎様である。

「水を……」

父上が大声で命ぜられた。

私はあわてて台所へかけこみ、ありったけの盥に水をはって玄関へはこんだ。好古館の入口でお見かけしてから二月あまりたっている。青葱のようであった顔色が、こよいは見ちがえるほどに生き生きと紅がさしている。私はうつけたようにお顔を見上げ、直次郎様がされた会釈に会釈を返すことも忘れ、父上にたしなめられて度を失った。

「志津、何をしておる」

母上がさえぎられた。

私は直次郎様の御足を洗おうとしていた。母上が私にとって代り、私には父上の御足を洗うようにといわれた。自分でも何をしているかうろたえたあまりわきまえていなかったのだ。吉爺ととらが手桶で水をはこび、汚れた盥の中身を入れかえるのに忙しかった。お供の仲間は馬を軒下に引き入れ、鞍に雨合羽をかけていた。座敷にあがられたのは直次郎様と父上のみである。他につれ立って来た船番所の役人衆は、上りがまちに腰をおろして茶碗酒をくまれた。

翌朝は一点の雲もなかった。

風だけが嵐のなごりに庭木をゆすっているだけであるが、それも昨晩の強い勢いはない。しらしら明けに私は裏庭へ走った。

庭の東南隅は低地でいつも湿っているが、今は夾竹桃の根方まで水が来ている。菖蒲は葉先を五分の一あまり水面にのぞかせていた。早々と水にひたされたのがさいわいしたのかもしれない。地上にむき出しのままであったら、根もとを風で折られたこともあり得る。葉をむしりとられもする。水が菖蒲をまもったのである。神仏に祈願したかいはあった。二、三日すれば水は引くだろう。菖蒲は元通りそのすこやかな葉を風に洗わせるだろう。直次郎様はあれから子の刻すぎまで父上と談じておられた。

四ツ半刻の大潮を、仲沖の堤防は支えた。その後、雨は小降りになり、土井すれすれまで上った水もおもむろに引いていったという。

吉爺の話によれば、潮がのぼりつめたちょうどそのとき、雲間から月がもれて、まんまんとみなぎった川を照したとか。河岸にむらがった人々は流木にすがってただよう獣や人間の姿をみとめたという。それもつかのまのことで、雲がたちまち月をおおいかくし、川は闇でとざされた。

まこと地獄のごとござりました、河岸の者どももあれよと立ちさわぎもせず、水にうかんだ者も救けを求めずだまって見ているだけでごんした、と吉爺は報告し、瞑目して念仏をとなえた。

半鐘は梅津川の土井が切れたしらせではなかった。山下淵で本明川から分れてお屋敷の裏を通り、田町から這松下へぬける支流が水門をこわしたために鳴らされたのだそうである。もし水門が破壊されなかったら、仲沖の堤防はやぶれていたであろう、と吉爺はいった。裏小路から魚町にかけて、浸水した商家は数知れず、死人行方不明は三十名を下らぬときいている。そうすれば私たちの安全は彼の者どもの生命によってあがなわれたことになる。それにしても合点が参らない、直次郎様がどうして見まわり役をつとめられたのか、川目付は別の御方ではなかったか、と私は母上に問うた。

川目付はことしから西村官兵衛様にかわって執行直右衛門様が拝命されている、たまたま長崎御台場に直右衛門様が出張りされているので、直次郎様が御家老のさしがねで見まわりに来られた、というのはせんぱん、武春様の御前で好古館の学生総代として北条流軍学を直次郎様は講義なされ、武春様はさすが直右衛門の倅よ、と感銘あそばされた由であった、衆に秀でた人材を部屋ずみのまま埋れさせておくのはもったいないとの仰せで、父親不在のおりは目付役を代行されることになっておった。以上のしだいは母上からきかされたことである。

朝餉をしたためたあと、土蔵をあけ放って昨晩はこび入れた品物をとり出した。油紙で二重三重に包んだ煙硝が湿っていなかったのは何よりだった。佐賀表にて買い入れたものである。砲術調練が五年に一回あるかないかであった昔は、雲仙岳で産する硫黄と領内でえられる硝石、燐などをもちいて、西村家藤原家がかわるがわる製造していたそうである。裏庭のすみにいやな臭いのする掘立小屋が今ものこっている。

吉爺がわが家に召し抱えられたころ、小屋の内にむしろが重ねてあり、毎日肥桶で尿をはこんでむしろにかけるのが仕事であったという。百日あまり経ってからむしろをとりのけ、土を乾燥させると硝薬の成分がかもし出されている。表土をこそいで大釜に入れ、水をそそいでかきまぜる。その上澄みを煮沸して微量の硝薬が精製されるとのことである。

（混ぜ合せるのがむずかしゅうて、せっかくこしらえた煙硝に火をつけてもくすぶるだけでごんした）

吉爺はこぼした。小屋の土がほど良く硝薬を含んでいるかどうかは、その土をなめてみなければわからなかった。

（あんばいの良か土は舌にぴりりと来るもんでごんす、旦那様は、吉よい、ぐあいを見てくれろと申されたあと、御酒をふるまって下さいました）

掘立小屋はいま肥桶をしまう場所になっている。煙硝小屋という名前がのこっているきりである。吉爺は泥をなめなくてもいいようになったが、酒にありつく度合もへったことになる。私が十をすぎたころから煙硝は領外から買い入れるようになったという。裏木戸わきにある吉爺の部屋から煙硝小屋は見える。晩酌をたしなむつど、老いた下郎は時勢の移り変りを思っているやもしれない。

長雨で湿った衣類調度をひなたに干した。

直次郎様の羽織も乾いた。

昨晩、お帰りになるとき、泥と雨でぬれそぼっていたのを父上がお預りになったのである。初めは渋っておられたが、父上たってのお求めでわたして帰られた。夜目には雨合羽をまとっておれば羽織なしでもそれと察せられないのである。それにつけても、雨にぬれてお帰りになりお体にさしさわりはなかったのであろうか。

乾いた羽織を風呂敷に包んで、母上が執行家へ参上することになった。私が行くというのに、子供をさし向けては失礼にあたるとてお許しにならない。何かといえばもう子供ではないといわれて来た。羽織をお届けするだけのことではないか。口惜しいことである。お供をすることもさしつかえがあるといわれる。母上は吉爺をつれてお出かけになった。

私は河岸へ行った。

舟泊りの桟橋はあとかたもない。水は堤防の中ほどまで引いていた。多勢の百姓が水ぎわにむらがって流れついた木片を集めている。川面に舟を浮べて、上流からただよってくる材木を拾う連中も認められた。この分では水でうちこわされた家はすくなくないことだろう。朝餉のとき、父上は異国船が来航しなかったら城下も水をふせげたろうに、といわれた。諫早家の用意銀は鉄製の大砲を鋳造するとかいう鍋島様の反射炉つくりに召し上げられたのだそうである。

物のことわりをわきまえない女子供に、そういうことを語るのはどうかと思う、と母上は気をつかわれた。父上は、女子供といえども新しい時勢が到来するからには物のことわりをわきまえなければならぬとおっしゃった。

船番所の下、堤防と葦のあいだに、流れ亡者がよこたえてある。菰の下から突き出ている脚はさらしたように白い。見てはならぬと思いながらも私はいつのまにか引きよせられるようにそばへ近づいていた。水死人は川におし流されるとき、流木や石でこづかれて一様に肌がむけており、菰をめくって身よりを探している人々もすぐにはそれと見分けられないのだった。

ようやく探し当てた身内を用意の桶に入れる段になって硬直した手足がつかえ、たやすくおさまらない。見ればまだ二十歳あまりの若者である。父親と見えた男は死人の腕を関節のあたりでへし折った。枯木の折れるような音をたてて、ひん曲っている脚も折った。泣きながらそうした。葦は泥で汚れて茶色になり根元から下流の方へ倒れていた。日は検死役の番所衆の上にも、菰をめくって身よりを探している連中の上にも、舟を漕ぎ出して木切れを拾い集めている漁師たちの上にも照っていた。

　母上はひるすぎおもどりになった。

　直次郎様はひと寝入りされるや早朝から会所に出仕され、その足で佐賀表に諫早洪水注進のため朝の一番船で出帆なさったという。そうすると私が菖蒲をながめているとき、一丁とはなれていない船番所におられたのだ。知っていたら船出をかげながらお見送りするのだった。

　城下では辻々で炊出しが行なわれていたという。西の方に立ちのぼる煙はかまどの煙であった。私は水でひしがれた家々を焼いているのかと思っていたのだ。

　志津がかりについて来ていたとしても、あれでは円立寺の角までやっとであったろう、と母上はいわれた。往還は藁と泥と木材でふさがれ、一足はこぶのも難渋したそうである。大城戸通りは倒れた家でぬけられず、仕方なしに上町へ遠回りすると、上門口の橋も落ちていたので、吉爺に背負われて川をわたられた。裏小路の橋も落ちていた。上使屋の屋根にはさかさになった伝馬船が乗っていたという。

　執行家は東小路町にある。さいわい、そこは魚町よりやや高台にあるので、庭が水にひたっただけですんだ。仲沖のわが家から小半刻とかからない道のりを、母上は吉爺にたすけられて一刻をついやされたのであった。家を失った城下の流れのこりは、宗門別にそれぞれの寺へ引取られている。諫早様は江戸御用銀四十貫目、御介抱銀四十貫目を下しおかれるという。執行家からの帰りに会所へよった母上が、父上からうけたまわったことである。父上は今夜お帰りにならないという。明日には佐賀から見分の上使が見える。夜を徹して接待の準備をされなければならぬ。

　母上は父上にも着替えと弁当をとどけたのであった。

会所も軒まで水につかった。

父上は御文庫の番頭《ばんがしら》に命じて自らも文書類を屋根にひろげて乾かしておいでであった。番頭は手近の文箱のみをかたげて屋根に逃げた。水の来るのが早すぎて、御文庫の書付をぜんぶ、安全地へうつすゆとりはなかったという。かかる場合は、藩の公式記録である諫早日新記など櫃におさめて、高台である天祐寺へはこぶことになっている。

半鐘が鳴るのをきくや番頭はさっさと文箱をこわきに会所の屋根へのぼったのであろう。

「父上は文庫の中から古文書をとり出して、これも反古になった、ああこれも読めぬ、となげいとられた、文字の書いてある紙片は何でも父上は目がないから、文庫一杯の書物書付を反古にして、お力落しであろう、番頭は父上からきついお叱りをうけたろうぞ」

と母上はいわれた。

番頭の失態は父上の責でもある。藩史を編む役を上様から仰せつかっているからには、御文庫の古記録を早々に整理閲覧しなければというのが父上の口癖であった。気落ちされた面持が目に見えるようである。母上が着替えと弁当の包みをさし出されても口をきかれず、顎で山とつんだ反古をさして、そこへおいておけという身ぶりをされたという。番頭はいたみ方がすくない文書を探し出しては父上に示していた。そうすることでおのれの失態をいくらかでもつぐなおうとしているかに見えた、と母上はおっしゃった。番頭はいやが上にも泥と紙屑にまみれ、あえてそれを払おうとせずに恐縮の体を表わしていたそうである。

御文庫には諫早入りをなされた龍造寺家晴公が天正年間まで当地を領していた西郷家を討ちとっていらいの事蹟が、数百冊の文書となってしまわれていた。鍋島勢の幕下にしたがい、文禄より慶長まで朝鮮で戦ったおりの論功行賞記も反古になったとか。かえすがえすも惜しいことである。

父上は好古館の学生たちを召し出して、たとえ泥に埋れた文書でもねんごろにもてあつかい文字を読みとれるものは用意の紙に写させておられたという。

西郷氏が諫早を領していたのは、およそ二百年間という。いくたりかの豪族が西郷氏とこの地で覇を争っていたのである。伊佐早氏もその一人であった。西郷氏は伊佐早氏をほろぼしたとき、いっさいの文書を焼いてしまったといわれる。京が戦火ですさんでいた応仁の世のことである。なぜ焼かなければならなかったのか。おそらく中世の諫早では領主が交代するにあたって何か血なまぐさい出来事はさけられなかったのであろう。

西郷氏の出自はつまびらかではない。肥後の菊池氏から出たともいわれる。肥前の西、高来郡の土豪ゆえ、西郷の氏を鎌倉幕府からたまわったともいう。

しかし、西郷氏以上に不分明なのは彼以前に当地で権勢をふるっていた伊佐早氏である。もともとこの地の豪族であったのか、よそからわたって来た者かかいもくわからない、と父上は何かにつけて残念がられる。隣藩大村氏や島原藩が所蔵する古記録に、たまさか見られる口碑伝説をつなぎあわせて、伊佐早氏がかつては船越氏とともに、正応の年代にこの土地の総領であったことをうかがうのみであるという。源氏の家人であった船越一族は、元寇役の負担が重荷にすぎて力を失うことになった、ときいている。

私はせんだってたずねた本明川上流の古城を思い出す。

山の頂、石垣でかこまれた本丸跡と見える一郭に生えていた楊梅《やまもも》の木を思い出す。高さ一丈あまり、樹齢はかなりと見えた。城が軍勢にかこまれて籠城を余儀なくされるとき、城兵は楊梅の実で飢えと渇きをいやすという。雄斎伯父の話である。城を築くとき、随所にこの木を植えるならわしが昔はあったようである。平松神社があるじの誇らしくいうことがまことなら伊佐早氏はもと平氏であったかもしれぬ。西郷氏は稗史を信ずれば南朝方にくみして、北朝方へ走った伊佐早氏と争っている。秀吉公が九州へ西下されたころ、佐賀より来たった龍造寺一族は西郷氏を討った。あの楊梅はもし伊佐早氏が城の本丸に植えたものとすれば、本明川左岸の台地から諫早における千数百年の有為転変を見まもって来たことになる。

伯父上は樹皮をはいでかまれた。霍乱《かくらん》、解毒にききめがあるそうである。

私はくろずんだ緑色をおびた葉のあいだに白い花弁を見出した。幹を両手でゆすった。高い木はけんめいにゆさぶっても小ゆるぎさえしなかった。夏には紫がかった苺のような実をつけるという。

風が起った。

赤ん坊の爪のように白い花びらがこぼれおちた。おしても突いてもゆるがなかった木は風にこたえて枝々をそよがせた。花びらは沈丁花のような匂いを私と伯父上にふりかけた。

夜さり、台所の土間で吉爺は縄をなっている。

鉄砲組方の調練がちかく目代野でもよおされる。一丁縄と十間縄を調練にそなえてなっておかなければならない。いつものことながら吉爺が測り縄をなうのは目にもとまらぬ早わざである。いくすじかの藁しべがもみ合せている両手に吸いこまれたかと思えば、一本の縄に変って生あるもののようにするするとのびてゆく。うちわのように大きい手である。その手で吉爺は櫓をにぎり、帆をはったのだ。

「吉よい、陸《おか》を行けば佐賀まで何日かかると」

「三日でごんす、早馬なら一日」

「船で走れば佐賀まで何日かかると」

「風向き次第でごんす、順風なら半日、逆風なら岬泊りして追い風に変るまで碇ばうたずばなりませんと」

「吉よい、本明川を下れば海に出るとだろう」

「河口に出るまでが難儀でごんす、あっち曲りこっち曲りせずばなりませんと、潟に舳先ば乗り上げれば舵とりが名折れ、ふうけもんのどまぐれのとそしられます、吉は一度も舵とりばあやまったことはござんせん」

「吉よい、私は海ば見たことはなかと」

「干き潮どきの川下りはむずかしゅうごんす、舵ばとられて再々《さいさい》、舳先を岸の潟にくいこませます、水が矢のごと速う流れますけん、帆ばおろして櫓と舵さばきであやつりますと、船長《ふなおさ》の腕の見せどころでごんす」

「海は大水になった川よりも広かとだろう、海では舵とりも安堵してよかろうに」

「海は広うごんす、ばって海には海の難所があって、隠れ岩やら速潮やら、舵とりが安堵するのは湊についたときだけでごんす」

「諫早から佐賀の厘外津まで吉ひとりで舵ばとるのか」

「なんのひとりで半日も舵ばとり得ましょう、一刻ごとに交代しますと、小舟なら知らず十反帆二十反帆の大船は漕ぎ手、舵とりが心を一つに合せずば、思う方へすすみません。このこと家の内証をやりくりする女房の胸算と同断」

「吉よい、吉にもつれあいがあったろう、つれあいはいかがした」

吉爺はなった測り縄を掌と上膊部にかけて輪にした。天保の末まで、すなわち自分が五十代であった時分に、諫早家は弓組をそなえていた、と吉爺はいった。

「早田五郎左衛門様、弥永勘太夫様、片田江、山口、中島様、早田陣三郎様が組頭で、それぞれ二十人から三十人の足軽を率いて弓組の調練をなされましたと、目代野に勢ぞろいした組方が五郎左衛門様の下知で、いっせいに弓ば放った、六隊百三十人あまりがいちどきに射た矢がすっとんでゆくとを爺は見たことでした、矢羽がきらきらと光って薄《すすき》が空に浮んだごと見えましてごんした」

私は今の今まで吉爺に女房があったことを思ってもみなかった。

「志津様、早田家の生垣を見たことおありか、弓組の者は篠竹を垣に用います、お家は鉄砲組、西村家も執行家も蓬萊竹を植えとられます、種子島の火縄は篠竹から作れませぬ」

「吉は一度もめとらなんだか、めとったらつれあいはいかがしたと」

「弓組の調練に測り縄はいりませぬ、的場はきまっとります、射手の場所も寛永の代からうごきませぬ、明日が調練という日は弓に弦を張ればよろし」

船に乗りたい、と私はいった。

「大水が引いた日に志津様を川舟に乗せ申した、そのこと御主人様に言上法度《はっと》、吉は御手討ちにあうやも知れず」

川舟ではない、二十反帆六十挺櫓の大船に乗って海をわたりたい、と私はいった。

「大船に乗ってどこへ行かれますと」

乗れるならどこでもかまわない、と私はいった。女子は乗せられない、吉爺が竹崎沖で難破したおり、たっての願いで長崎から筑前博多へ上る母娘づれを乗せていた、金比羅様の怒りにふれたと、水夫どもは乗船をゆるした吉爺を口々に非難したという。

「船出すれば、吉よい、肥後にも天草にもゆけるだろう、海路は自在ときいた」

「海に関所はありませぬ」

「薩摩にもゆけるだろうか」

「志津様はなんで薩摩へゆかれますと、海路も陸路も薩摩は法度と心得とります」

「吉は海に関所はないというた」

「北風に帆柱を折られ櫓も流されて、八代沖までただようて行ったことがごんす、八代はぎりぎり肥後の南界、生きたここちもしませなんだ」

「吉よい、日がくれても海は青かとだろうか」

「お天道様が沈めば船は帆を下します、夜は陸が見えませぬ、陸伝いに帆走りますけに、さあて、夜さりいっとき海は藍色にそれから墨色と見うけます」

「月夜でもか」

「月夜でも星月夜でも、志津様は笹神町におわす歌よみの師匠が吉にたずねたごたることば問われました」

「その師匠、吉に何をたずねた」

「不知火を実見したであろう、その形状、色どりをありていに申せといわれました」

吉爺は藁をたたく木槌で凝った自分の肩をたたき始めた。八代沖まで流されたとき、海の果てにゆれる火を見た、このあたりで見る漁り火と変った所は見えなかった、しかし、嵐がすぎた晩に漁をするのもいぶかしく思われたので、噂にきく不知火はあれかとおぼえた。「そのこと、吉は不知火と漁り火の分明さだかならぬことあらかじめ申し上げ、八代海で見た火をありていに言上いたしました」

佐賀から諫早までの船路において不知火を見ること、かなうまいか、と私は吉爺にたずねた。

「竹崎沖では夜さり蟹ばとります、小長井沖では烏賊釣り舟ば出しますと、湯江沖で泊っとるとき、一村あげて松明ばともし海老網を流す所ば実見したこと、げに見ものでありました、陸は火事かと思いました」

直次郎様も佐賀から鍋島様の洪水検分役をともなって諫早へおもどりになったとき、漁り火をごらんになったであろう。

「伯父《おんじ》がするごとせよ」

雄斎伯父はいわれた。罌粟《けし》が花ざかりである。私は金谷久保《かなやくぼ》にある伯父上宅の薬草園をたずねていた。したてあがった矢絣を着て参上した。ついでにたまった柿の落葉も吉爺に持たせた。吉爺はすぐに帰った。

伯父上は、矢絣が私によく似合うとことのほか満足されたようである。いちだんと娘らしくなったともいわれた。

「男まさりの志津とも思えん、門口に立っとるのを見て、初めはどこの御寮人かと思った」

伯父上は罌粟畑にかがんで花びらの下にふくらんでいる子房に小刀を当てられた。縦にあさく傷をつけると、まもなくねばり気のある汁液がにじみ出てくる。それがかたまりかけると竹べらでかきとり、竹の皮にすりつけた。伯母上がそれをひなたにならべ、風でとばないように石を重しにのせられる。

私は伯母上のすすめで浴衣に着替え、たすきをかけた。罌粟の汁は布にこびりつくと洗っても落ちないそうである。伯父上のすることを真似て、花びらの子房を小刀で傷つけ、にじみ出る汁液をかたまらないうちにそぎとった。傷は三条だけつけるように、と伯父上は念をおされた。ひなたで乾かした汁液は濃い茶褐色に変じている。これは腹痛にきくそうである。伯父上はいわれた。

「矢傷、槍傷、刀傷、なんにでもきく」

「弾丸傷にはきかないのでありますか」

「おお、弾丸傷に効かないことがあろうか、いかなる苦痛もやわらげる、量と服み方によっては魂天外に飛ぶ思いもする」

白い花があり、紫と深紅の花があった。ご家老方に世事の憂さを忘れさせるために栽培された罌粟であろうか、と私は問うた。万が一、長崎表で外国船を迎えていくさになった場合にそなえて栽培しておる、と雄斎伯父はいわれた。茶褐色のねばねばしたものは阿片と呼ばれる。清国が天保の末つ方、イギリス国とまじえたいくさは阿片がもとであったという。長崎へ生糸を買いに来た清の商人から伯父上はいくさのてんまつをきかれた。

清国はひとにぎりのイギリス勢にさんざん打ち敗かされた。

「それというのも毛唐は新式砲を持っておった、道理は旋条銃に通らぬ、百の説法より御台場を一つでも多く築くこと、鍋島様もこのことふかく肝に銘じられた」

もともと藤原家は長男である雄斎様がつがれることになっていた。十二歳になられた年の夏、食あたりがこじれて永い間、病の床につかれ諫早はいうに及ばず佐賀、筑前の医師にかかっても快癒なさらず、病は日ごとに重くなるばかりで、思いあまった末、藁をもつかむ気持で鍋島様の藩医を介して長崎出島の蘭館につめておられるオランダ人医師の見立てを作左様は乞われたのであった。

雄斎様はたちどころに病いえて長崎からもどられた。紅毛の医術に感銘をおぼえられ、砲術よりは病者を救う術をきわめることを、心に深く思い定められたのは、そのおりという。家督を次男である父上作平太がつぐことはとくに願い出て殿様のおゆるしがあった。それというのも父上が、好古館で学んでいたころから数理に明るく、舎密学を好まれていたからである。祖父作左様も、指南役としてふさわしいのは父上の方であると、かねてから見なしておられたので、藩主のおゆるしがあったときはこの上なく喜ばれたときいている。二人の子はそれぞれ自らに適した道をえらんだわけである。

「伯父上、うちの吉につれあいはありましたと」

「吉のつれあいは旅芝居の役者と走り逃げた、このこときかなんだか」

「走り逃げた、いつごろ走り逃げました」

「他国者とそれも河原乞食風情とかけおちした、爺はきついお咎めをうけた、やるせない思いをしたことだろう」

天保が弘化に変る年のことであったという。一座は諫早領内にある佐賀の飛び領地、土師野尾《はじのお》村で小屋がけしたので、詮議役もよく改めえなかった。吉爺のつれあいが家を出たのは初めてではない。船頭と逃げたこともあった。薬売りの後を追ったこともあった。吉爺が大酒を飲むのにあいそをつかしたからだという。

私はいった。

「さいばとて吉は酒をやめようとはしませぬ」

「やめようぞ、かえって吉は大酒をくらうごとなったと、志津も心せよ、酒飲みは女房が逃げても酒をやめようとは思わぬ、他国へ逃げても辛苦するがおちぞ」

目代野でもよおされた弓組の調練を見物していたとき、吉はすでにやもめであったのだ。

「伯父上、イギリス国も耶蘇教と心得ます」

「知れたこと、毛唐はみな耶蘇教ぞ」

「寛永島原の乱のこと父上からきかされました、四郎の軍勢は耶蘇教でありましたろう」

「藤原の先祖、江戸表まで武名をとどろかせた」

「オランダ国の軍船デ・ライプ丸とペッテン丸、海上より原城めがけて石火矢をうちかけたとか、耶蘇がなぜ耶蘇をうつか、私合点がゆきませぬ」

「仏門にも真宗あり法華宗あり禅宗あるがごとく耶蘇教にも、ともに天を戴かざる宗派の別があろう、そのことわり同断と思え」

オランダ軍船の名前をどうして承知しておるのか、と伯父上はたずねられた。父上が夜なべして書きものをなさるあいだ、私はおそばにひかえて墨をすることがある。おりおりもれうけたまわる、と私は答えた。作平太は禄をへらされるたびに書見と書きものに身をやつす、らちもない、油代より紙代がついえなこと、と伯父上はひとりごとをつぶやかれた。志津は男に生まれればよかった、作平太は儒者になればよかった……

日ざしが変った。私はかげになった竹の皮を日当りのいい場所に移し、矢絣に着替えてうちへもどった。柿の葉は乾かして粉末にしてお茶がわりに服用すると胃を強くするそうである。内憂外患こもごも至る、と伯父上はいわれた。長崎港に軍船を率いて来航したオロシア国上使プチャーチンのこと、本明川洪水のこと、禄引きによって藩士内証が苦しいこと、御隠居茂孫様は心痛なさって食も細うなられた、このごろ、会所へまかり出ても、老臣どもをはじめ重だった侍はみなうつうつとして冴えない顔色であるという。当主武春様は八歳におわせば、国の大事より女中衆とおたわむれになることに熱心である、初代龍造寺家晴様がいらっしゃれば、と心ある家臣でなげかぬ者はない、と伯父上はいわれた。

「ゆくゆくは婿をとって藤原家をつぐ身、そのこと申し上げて御免こうむることかなわぬだろうか」

母上は顔色を変えておられる。

佐賀表諫早屋敷で梅井とかいう奥女中が、老齢を理由に生家へ下ることになった。他に二人が食あたりで亡くなり、もう一人が藩士と世帯を持つためにお屋敷を出る。とりあえず諫早からさし出された藩士某の娘はわきが持ちが露見して不採用となった。側用人が藤原作平太の娘を所望なされた由である。指南役の女房殿は歌よみにすぐれ、手習い裁縫、活花など藩士の娘に教えているときく、家格も申し分ないゆえ奉公にさし出すように、このこと一門の名誉と思え、側用人じきじきのお達しであった、と父上はおっしゃる。

「用人様は鎌田利兵衛殿であろう、さきさまはわれらをご存じない、なぜに志津をお名指しか、私きこえませぬ」

お屋敷へ上れば短くても七、八年、永ければ梅井殿のように五十すぎまでつとめなければならない。年増になってお下りをゆるされたところでだれかの後添いにもらわれれば運がいい方で、たいていは扶持米もいただかず、身内の厄介になる。一門の名誉と思え、といわれれば有り難いふうを装いはするが、内心は当惑するのである。

先年、御役をしりぞいた浦島なる奥女中は四十有余年気をかけよく精勤いたし神妙のいたりとて、二人扶持米三石六斗を特別のおぼし召しで下しおかれたときいている。若年のみぎりは上様の乳人もつとめた女性である。

城下ではこのことがもっぱらの噂であった。上様がお手もと不如意はつとに知れわたっていたからである。しかし、浦島女は生家断絶し、身をよせる家とてなく、西楽寺の境内に雨露をしのぐ庵をむすんで、その後七年をへてある男児を養子に入れたが、会所は扶持米が浦島一代かぎりである旨、わざわざ書付を発行した由である。

「一人娘を女中にとり立てたこと、私、先例をききませぬ、あなた様には何とお答えあった」

「二、三年、行儀見習いをさせては、とのことであった」

「二、三年が五、六年にのびても生家へもどること一存ではゆるされませぬ、藤原家の跡目をいかがなされる」

「あらためてお達しあるまでは、とのことだから奉公の儀きまったわけではない」

「だから今のうちにご容赦をお願いしなければ、だまっているとお受けしたことになりましょう」

御家老早田様に口ききを頼むつもりでいる、と父上はおっしゃった。そもそも志津を側用人に推薦したのはどなたであろうか、と母上はたずねられた。奥女中は組頭格以上の口ききがいるのである。

「西村官兵衛殿が推薦のごたる、側用人は何ともいわれなかったが」

「ありそうな話でごんす、西村様は藤原家断絶を願っておられるのであろう、さすれば荻野流砲術のみが諫早藩の流儀にとりたてられるゆえ」

まさかそこまでは、ただのいやがらせであろう、と父上は一笑にふされた。

「で、跡目相続のこと用人殿は何とお考えあったかうけたまわりましょう」

母上はしつこく問いただされる。

「藤原家はもともと雄斎殿が本家ゆえ、雄斎殿の次男を婿養子にとるも一法といわれた」

「善は急げと申します、さっそく、今夜にでも早田様のもとへまかり出て、奉公の儀ご容赦下さるよう言上あれ」

世上にゃバッチが毒、山にゃかずらが毒、という諫早のことばがある。バッチとは奥女中をやめて生家に返された年増をさす。嫁に行きそびれた女はただのごくつぶしにすぎない。

私は金谷久保で、たこのて塔と呼ばれる大名墓を見たことがある。藩士に縁づいた奥女中の墓といわれる。上様親類の者にかぎられた墓がその女中にはかくべつのおぼし召しで許されたのだときいている。私としては佐賀表へ上りたいのはやまやまであるが、菖蒲を世話する者がいなくなる。一、二年ならともかく、たこのて塔を許されるほど長期にわたって奉公するのは気がすすまない。

父上は明日かあさってといわれたが、母上の願いもだしがたく、今夜、早田様宅へ参上することを約束された。

紅い旗を持った男たちが田圃のあぜを駆けて行く。水を張った田の面に紅いものがさかさに映っている。白い旗を持った男たちがそのうしろを追いかける。堤防ごしに船を見ていた私が、何気なくふりかえると、百姓どもの虫追いが目に入った。紅旗をひるがえす百姓男は順ぐりに各自の田をめぐりあぜを走った。

「実盛虫ゃ死んだぞ」

追いかける連中は腹のあたりに小太鼓を首からつってかけ、それをたたきながらはやしたてた。稲にむらがる螟虫を実盛虫という。源氏から出て平家につかえ、最後には田の草をとっていた百姓に殺されたという実盛の名を、百姓は虫につけている。昔、平家に治められた伊佐早では平家の武将として死んだ者すら出自が源氏であるとてよくいわないのである。

実盛虫ゃまだ死なぬ、紅旗組はいいかえし、白旗組に追われてやがて消えた。田圃は静かになった。梅雨明けの日ざしがきつい。初夏と思えぬ暑さが連日つづいている。実盛虫は炎天に跳梁するのである。

わが家の門口を入ろうとした私は見なれない人物に気づいた。狩衣のような水色の衣をまとった老人である。生垣ごしにのび上って屋敷内をうかがっており、私をみとめると、「おおこれは」となつかしげに声をかけた。平松神社の神主である。干し若布のようなぼろ着姿であった先日とはうって変った様子ゆえ、まぢかに声をきくまで、私は思い出せなかった。田祈禱に招かれたついでに会所へよったが、きょうは父上非番とのこと、ご在宅ならばお耳に入れたいことがあって立ちよった、と神主はいった。私は父上にとりついだ。

神主は手土産にとて干鱈一尾をさし出した。

れいによって私は父上のかたわらにひかえた。

神主は時候の挨拶をし、稲の作柄に言及し、先日の訪問を謝した。生垣の手入れがいいと感心し、庭が広いといってうらやみ、柿の木が見事な枝ぶりであると嘆賞した。

「父上のお耳に入れたいことがあるとの仰せでありました」

神主が悠長にかまえるので、私は口をはさんだ。父上は耳に掌をあてがわれた。

「城の辻にせんだって私、しかけた野兎の罠ば見まわりに行きましてごんす、そのおり土中に埋れた石造りの五輪塔を掘り出しました。崖下のやぶゆえ雨で流された物と心得ます」

父上は手文庫をあけてそそくさと絵図面をとり出された。城の辻とは先日、私たちが登った小丘の字名である。

「崖といわれた、その箇所、図面で説明あれ」

「これはくわしい絵図、私、城の辻がふもとに六十年住みついて、森の奥にかかるたたずまいあること思い及ばず、そのこと迂闊にすぎました」

神主は絵図面にも感心した。一点をさして、「この辺りとおぼえましてごんす、在所の百姓、ひがしぐわと呼び申すが東鍬にあらずして東曲輪とあてるが妥当と存じます」

父上はいささか昂奮の体である。ただちに筆をとって、絵図面の一箇所に東曲輪と書きこまれた。

「いかにもこの崖、城の曲輪に思われる、かたじけない、で、五輪塔には何か銘文のごとき文字が読まれたであろうか」

「そのこと、永年、土中に埋れておったたゆえ、しかとは読めませなんだが藤原様に実見いただければと思い拓を取り申した」

神主はふところから紙切れを出した。父上はひったくるように受取って見入られる。

「いかに」

と神主はいった。

永の字はわかるが次の文字が享であるか正であるかおぼつかない、と父上は申された。字面が大半欠けているのである。永享であれば後花園天皇の御代、永正であれば後柏原天皇の御代、同じ室町幕府の代でも七十年あまりへだたりがある、と神主はいった。

五輪塔には時代のかたちというものがある、発掘した物には安土桃山の代に造られた五輪塔とは明らかに異なったかたち姿がうかがわれる、と神主はいった。時代が下るにつれて屋根の反りが急になる。

「昔の物は反りがなだらかでごんす」

五輪塔は高さ三尺あまりという、台座はどこを掘っても見当らなかった、思うに崖上からくずれ落ちた物のはず、その辺りは笹やぶゆえ土中に今も埋れているのであろう、と神主はいった。にしぐわから昔、宝篋印塔が出土したことがあった……

「にしぐわ?」

父上はききとがめられた。それも土地の字名である、西曲輪がなまったものとおぼえる、神主は絵図面でさし示した。東曲輪の反対斜面である。宝篋印塔にははっきりと天文十七年の銘が読みとられた。父上はふるえる指で筆をとって、出土地点に印をつけられた。五輪塔のかたちで時代が知られるとはおもむきのある話である、と今度は父上が感心される。

神主はやや得意然として、墓標にも同じことがいえるといった。墓銘を読まずに姿かたちを見ただけで判別すること自分の特技である、と自慢した。父上は膝をのり出し、耳のうしろにあてがった手をひらひらと動かされた。享保のころまでは墓碑がだんだんりっぱになる、しかし、享保をさかいに墓石は小さくなってゆく、このこと一目瞭然、と神主はいった。

「佐賀の御仕打ち、百姓どもは語らねど、墓石おのずから語るでごんす、ところで……」

目代野でちかく砲術調練がもよおされるというのは本当か、と神主はたずねた。

「わが社に慶長のころ、朝鮮の役より凱旋した侍が奉納した鎧具足、安置してごんす、その鎧、例年正月の鎧祝いに拝殿へお飾り申す、八幡座の鉢に鍬形打った三枚兜、由緒ある鎧と心得た、さきごろ、ある御侍が見えて、旬日拝借したいとの仰せ、借料は払うとのことでごんした」

「きとくな御仁よ」

「あちゃ」

神主はけげんそうな面持である。

いや、奇特とは武運めでたく生還したその侍のおこないである、と父上はおっしゃった。異土へ遠征するにさいして近郷近在の神社に祈願した侍は多い、しかし、願いかなって帰国すると、奉納を約束したことを打ち忘れ、神をないがしろにする者すくなくなかった、と父上はおっしゃった。

神主は目をぱちぱちさせた。父上は鎧具足を売り払った同輩を暗黙のうちにかばわれたように見うけた。武士の情というものであろう。たび重なる半知借上で背に腹はかえられず伝来の武具を手ばなすのもむりはない、かつえ死にした御侍の家に鎧がのこっていたところでどう仕様もない、と神主はいった。

もはや父上は耳に手をあてがわれない。

何をいいたいのであろうか、私は神主の内心をはかりかねた。

神主はせき払いした。売るべき鎧を持っている御侍はまだいい、先代か先々代がとうの昔に手ばなしている家は、このたびの禄引きにいかが対処するのであろうか、と神主はいった。

「そこもとのご懸念ひとえに御家中を案ずればこそでありましょう。その心根、私感じ入りました」

父上はおっしゃった。

神主は会釈してつづけた。

「こちら様は歴代諫早様につかえる石火矢指南役、禄高にかかわらず家格は御家老なみとうけたまわっておりましてごんす」

「そのこと、滅相もない」

「ご謙遜、おくゆかしくさすがと心得ましてごんす」

社領として平松神社には七反の田畑があった。慶長年間より租税は免ぜられている。龍造寺様が当地へ討ち入り、西郷氏を追って領主となられてからも、この土地は安堵された。

「ところが村方役人、先日わが社へおこしあって、今年の秋より地租を献納せよとの仰せでごんす、あまつさえ川ぞいの五反歩は家中の御侍にゆずりわたすべくお達しありました」

自分は職分の上で村方役人と交渉がない。気の毒とは思うが、寺社奉行がつかさどる仕事をとやかくいう立場には居ない、と父上はおっしゃった。そして、ふと思いついたように、川ぞいの土地をゆずりわたす藩士とは何者かと問われた。

「村役人は、はっきりといわれませんが、ご家中の石火矢指南役とか、じせつがら御役はもの入りゆえ禄引き分だけ空閑地をお下げわたしになって金穀をおぎなわれる心づもりと拝察しましてごんす」

父上は耳にあてがった手をうごかされた。私は神主のいうことを伝えた。

「私、うけたまわっておらぬ、指南役とは根も葉もない噂と心得あれ」

父上は気をわるくされたようである。

「藤原様とは申しておりませぬ、石火矢方と申し上げた。荻野流指南役の……」

「西村官兵衛殿が……」

「社領を召されること、由緒あるわが社廃絶と同断でごんす」

平松神社のいわれをもっとも知っているのは寺社奉行より藤原様である、村方役人は召し上げられた田地は、城の辻を開墾しておぎなえといわれる、ご存じのように丘は急斜面ゆえ中腹を畑にすることはかなわぬ、のこる所は本丸跡であるが、そのためには場合によっては石垣をくずさなければならぬ、水をはこび上げる通路からこしらえることになる……

「城跡をうちこわすとおっしゃる」

父上は渋い面持である。

「背に腹は、と申します、たっての仰せなら一介の村社がお定め書きにあらがうことかないませぬ」

川の下手に栄田という村がある。神社から見える近さである。伝説では、いにしえ平氏が本明を領していたとき築いたという館の跡が田圃にのこっている。

「その所、姿をとどめているのは礎石が五、六箇、あぜの境界に使われておりましてごんす、今はただ、あわれとおぼえます、わが社もあのように野辺に朽ちるかと思えば感無量でごんす」

父上は何か思案しておられる。神主は、永らえるも絶えるも寺社奉行殿の胸三寸、といった。

「栄華をきわめた平家の館もあぜ道の支えになる、このこと世のならい、私、覚悟しております、藤原様の御心をわずらわせ申しました、老人がかこったらちもなか愚痴とおきき流しあれ」

神主はしおらしく何度も無礼をわびた。式台のきわでわらじの紐をむすんでいる老人に父上はいわれた。

「私こと微力、何のお力ぞえもかなわずはなはだ無念、お察しありたい」

父上は門口を出て行く神官を見送られた。生垣の向うがわに老人の黒い冠だけが動いて行くのが見えた。父上はしばらく書庫で探しものをされた。早目に夕餉をすませてお出かけになった。吉爺はおともをしなかった。早田様と執行様のお宅だそうである。早田様には私こと奥女中奉公の儀についてご容赦を願い出ている。首尾はきょううかがうことになっていた。

執行家にはいかようなご用向であろう、と母上にたずねた。

寺社奉行の高柳様は執行家と縁続きである。平松殿をふびんにおぼし召されて、よしなにとりなしを頼まれるのであろう、と母上は申された。夕方、掃き清めた庭に柿の葉が散った。青いつぶらな実をのぞかせた柿の花も落ち、暗くなるころには元通り庭は青いもので埋め尽された。

夜さり、私は母上と二人して鎧具足を手入れした。父上がおもどりになるまで起きているつもりであったが、母上のいいつけで先にやすんだ。夜半に人声をきいて目ざめた。父上の居室に明りがともっていた。御酒の入った声を耳にした。

話の中身はしかときとどけられなかったのに、父上のお声をきいただけで安心して、私は眠った。万事うまくとりはからわれたことを私は少しも疑っていなかった。

第二章

私は手桶に水をいれ、裏庭でつんだてっせんを持って河岸へ行った。

朝である。

船溜りから櫓の音がきこえる。ののしりさわいで帆桁をおろす漁師どもの気配も伝わってくる。日は河口の上に高くのぼっていたが、路傍の草はまだ露を含み、私の足をしとどにぬらした。

堤防をのぼりつめると川面が目に入った。

朝がたの潮が満ちて、船着場の桟橋もすれすれまで水にひたっている。佐賀からの船が着いたところである。けさはいつになく旅人が多い。船番所の柵内は手形改めを持つ人々でこみあっている。

樟の木かげに地蔵堂がある。

そこで手桶をおろした。柄杓で水を汲んで二基の地蔵尊にそそいだ。そそぎながら片手にたばねた藁で地蔵尊をこすった。よだれかけをさせたその上からこすった。藁はぼろぼろにちぎれた。月に一度は浄めるのがならわしである。おわりに柄杓で水をかけて、地蔵尊にこびりついた藁くずを洗いながした。しおれた露草をてっせんとかえ、茶碗の水も新しくした。ぬれたよだれかけは鮮かな紅をとりもどし、見るからに涼しげである。よだれかけはすぐに乾くだろう。てっせんの青紫が布の紅によく映えた。

私は地蔵尊の前で膝をおって手をあわせた。

いつもの願いごとを口の中でとなえた。

川面をわたって吹いて来る風が私のうなじをなぶり、てっせんをゆらした。風はまた頭上におおいかぶさった樟の木の葉も五、六枚私の肩におとした。

地蔵尊は吉爺の語るところでは、昔、大水があったとき、このあたりにただよい着いた流れ亡者を供養してたてられたものという。引きとり人はなかったというから、一家全部が水難をこうむったのであろう。ある年、永わずらいを病んだ船大工の女房がこの地蔵に平癒を祈り、願いがかなえられてからは霊験あらたかな願かけ地蔵として古町、五反屋敷さらには永昌宿の町人たちもおまいりに来るようになった。失せ物、わずらい、航海安全、もめごと、よろず願いごとのかなわぬことはないといわれている。

私はからになった手桶を持って立ち上った。堤防をおりにかかった。草履はたっぷりと水を吸っているので、踏みすべらないように気をつけなければならない。東の方、河口の上にひろがる空には一点の雲もなかった。きょうもいい日和になることだろう。堤防の内がわはいちめんの田圃である。生えそろった稲が金比羅山のふもとまで続いている。

何気なく私は船番所の方へ目をやった。

柵の出口で、旅人と思われる武士が番所の足軽と何やら言葉をかわしている。足軽は私をみとめ、手を上げてこちらを指した。旅人はまっすぐ私の方へ歩みよって来た。

「そこもと、藤原作平太殿のご息女とただいまうけたまわった、私、江戸より藤原殿をたずねてまいった者、卒爾ながらご案内をこいたい」

侍は父上と同年配のようである。赤い目をしておられる。夜明け前に佐賀をたたれたのであろう。私は家へみちびき、会所へ出仕されている父親へ来客があったことをお伝えするようにと吉爺を走らせた。

嘉永の末から安静にかけて、わが家へ立ちよる遠来の旅人がふえた。私がもの心ついていらい、このような客人を迎えることはめずらしくなかった。諫早家の家中で、もっとも来客が多いのはわが藤原家ではあるまいか、と母上は父上が不在のおりにこぼされる。もてなしに何かと家の費《つい》えがかさむのである。

客人は米沢藩士渡部主水と名のられた。

父上が江戸勤番の当時、じっこんになされておられたという。手足に水をつかわれて座敷へ上られたとき、母上はとらを召して河岸へ魚を求めにやられた。

「おかか様、くちぞこでよろしゅうごんすか」ととらは文銭をにぎりしめてたずねた。

「くちぞこはならぬ、ぼらにいたせ」

母上は小声で指示された。

「ぼらが揚っていませなんだら何にいたしましょう」とらまでが声をひそめている。

母上は眉根をよせて思案にくれておられる。米沢の方であれば父上が指南役に任ぜられるまえに出羽へ砲術を学びに行ったおりお世話になったことあるやもしれぬ、と考えておられるのである。ふつうの客人に供する下魚くちぞこより一段、格が上であるぼらを母上は指定された。

「けさは河岸にちぬ鯛が揚ったときいとりますがの」

「ちぬは高い、ぼらがなくともしばしば海老が揚っとろう、けさがた漁師どもが手にさげて往還をゆくのを見た」

「かしこまってごんする」

とらは裏木戸からかけ出して行った。入れちがいに吉爺が帰って来た。父上は客人の訪問にいたく驚きの体であるという。ゆめ手落ちあるまじく接待申し上げよとの仰せであった、と吉爺は母上に告げた。会所での寄合いが長引いている。大事な話なので八ツ半刻まで退出はかなわぬとのことである。思ったとおり、渡部様は父上が米沢の上杉家の砲術指南方に客分として学んだおり、寄宿した家のあるじであり、のちご両人が江戸詰となられたおりも親しくゆききされた。とらはぼらを下げて帰って来た。お目あての魚が入って母上は愁眉を開かれた。大恩ある客人にくちぞこなどという下魚を供しては礼を失するところであった。

私は会所で重役たちが何を協議しておられるかきき及んでいる。

このたび諫早でもよおされる万人講のことである。佐賀の鍋島様が興行元である。上様のお達しとあればぜひもないが、富くじ同然のもよおしを諫早家がみとめなければならないかどうか論議をよんでいるという。これはまえもって佐賀にて諫早家の当主武春様に通知があり、鍋島様の郡方役人はすでに講をとりしきるために諫早の安勝寺へ着いているそうである。

このごろ、城下では百姓町人もばくちにふけり生業をかえりみない手合がふえている。無尽講は商家といわず武家のあいだにもひろまっている。この上、佐賀が興行元になられて万人講をもよおし、ただでさえとぼしい諫早の銀を持ち去られては行く末が思いやられる、と父上はおっしゃる。

かといって上様のお達しにさからうこともかなわない。佐賀は講の運上銀を諫早に下しおかれるそうである。新式銃を買い入れるもとでを工面するのに往生していたおりもおりとて、その現銀をあてたらよろしかろう、とのべられた方もおられる由うけたまわっている。

しかし長い目で見れば、領民のふところがかれることは必定、目先の運上銀にとらわれて万人講をたびたびみとめていたら、諫早家の内証も遠からず立ちゆかぬようになるとて父上は異議を申し立てられた。年間に三十万九千本というくじによって佐賀にすい上げられる銭文は少からぬ額である。このさい、思いきって鍋島様にご容赦を願い出ては、というのが父上のご意見なのであった。

どちらにも一理あるとて、勘定所頭人、御銀方、御勝手方頭人、雑務所頭人など家中の重役連はそれぞれ思案投げ首の体であるとか。非番であったきのうも父上は寄合いに決着がつかなかったゆえに召されて出仕なされた。お帰りがおそいということは、まだこのことで議論百出しているからであろう。


吉爺は夾竹桃の木かげでわらじをあみはじめた。例によって目にもとまらぬ早わざである。明日、長崎へ向われるという客人にする吉爺の心づくしであろう。目代野でおこなわれる組方調練もまぢかにせまっている。わらじは何足あってもたりないのである。

吉爺は私の方を見て鉢巻をとった。私はうしろをふりむいた。渡部様が裏庭を眺めてたたずんでおられる。きれいな花である、と夾竹桃の咲きそろうた花を愛でられた。みごとといわれたとき、私は菖蒲のことかと早合点してしまった。夾竹桃の根かたに私が移し植えていた一茎があった。しかし、花はとうにしぼんでいる。それに葉も茎も裏庭の一郭をうずめつくした水稲でかくれて見えないことを、ややあって私は気づいた。

「江戸をたったおりは夾竹桃など開花しておらなかった、南国で拝見する夾竹桃の花はことのほか色あざやかにおぼえます」

渡部様は目をほそめられた。私もはじめて見るもののように夾竹桃をふりあおいだ。肥前が南国であると、つねづね人からきいてはいたが、海路から豊前小倉に上陸していらい、見るものきくものことごとくめずらしからぬものはない、と渡部様はおっしゃった。

「今じぶん、稲がこれほどまでに生育しておること米沢にては思いおよばぬこと、この稲、早生《わせ》でござろうか」

私は稲に早生と奥手の別があることを知らなかった。吉爺をかえりみて客人に返答をうながそうとしたが、吉爺はわらじつくりに熱中してか渡部様の問いは耳にしなかったようである。あるいは遠来の旅人に吉爺はわらじつくりの早わざを披露したかったのかもしれぬ。稲を植えつけたのは吉爺であった。野菜を栽培するのはとらである。

米沢とは江戸より遠いのであろうか、と私はおたずねした。

「おお、江戸よりさらに北のかた数百里にござる、冬には雪が降りつもります、ご息女、雪を見たことおありか」

雪は諫早でも降る、一、二寸つもることも再々《さいさい》である、と私は申し上げた。雪も降らぬ南国であると思われては心外である。渡部様はむきになった私の顔をごらんになって笑みを含まれた。


父上がお帰りになったのは暮れ六ツ刻であった。日ごろうちつづいた父上の憂色も、きょうだけはぬぐわれたように消えて、渡部様と久闊を叙された。――殿は息災であろうか、――殿はいかがなされた、と昔なじみの消息を矢つぎばやに客人へといただされる。吉爺は夕餉のまえとあと、二回も田代町の毎熊酒屋へ大徳利をかかえて走らなければならなかった。

母上は料理をととのえてのち、渡部様の肌着類をあらわれた。夜のうちに干しておけば朝までにかわくであろう。渡部様はあす、長崎へたたれるとのことである。何日かご滞在では、と母上は案じておられたので、客人がそうそうに旅をつづけられる由をうかがい、内心ほっとされたようであった。

私は父上が渡部様にむかって最初、といかけられたとき、声音の異様さにわが耳をうたがった。あれが出羽なまりというものであろうか。――殿は息災でおわすか、という口調は渡部様のものいいとそっくりであった。思うに父上は若年のみぎり二歳をすごした東山道からの旅人をむかえて、うれしさのあまり、往時かの地で身についた訛りを思い出されたのであろう。あるいは出羽なまりをもちいることもおもてなしの一つと考えられたのかもしれぬ。

「最上川原にて鉄砲組方調練をしたのち、白布《しらぶ》温泉に主水殿と湯治に参ったこと、今となってはなつかしい思い出でごんす」と父上はいわれ、あわてて、ござるといい直された。

「あのあたり同じ最上川でもわれらは鬼面《おもの》川とよびならわしてござる」

渡部様もご機嫌ななめならずお酒を召しあがっておられる。もう二本目の徳利もからになりかけているのに、お顔色はあまり変らない。北国の人は酒に強いのであろうか。

納戸の方から吉爺が歌うまだら節がきこえて来た。清酒をあがなえば毎熊酒屋は酒粕を大徳利一本につき三斤、ただでくれるのである。こよい、吉爺はどぶろくのさかながわりに酒粕をくらって上きげんのようである。まだら節をうなる声にもひときわ力がこもっている。

わが仲間がうなっておるのは当地の船唄である、あれをきくにつけても最上川の船唄を思い出す、と父上はいわれた。

渡部様は目をつぶって上体を左右にゆすりながら耳を傾けられた。盃は手に支えたままである。私は酒がこぼれはせぬかとはらはらした。

「船唄というものは作平太殿、いずこできいても趣をおぼえる、しかしながらこのたび耳にする御当地の船唄ほどあわれときこえる唄はござらぬ、そぞろに故里がしのばれます」

砲術指南という御役柄であろうか、渡部様も大声を発せられるので私はらくである。お耳の遠い父上に私がいちいちお言葉をとりつぐまでもない。吉爺は父上と客人のやりとりをあたかもきき知ったかのごとく大音声をはり上げてまだら節を歌った。お許しさえあれば吉爺は自慢ののどを客人の前にまかり出ておきかせしたかったであろう。

「鬼面川原にてもよおした火術調練、つい昨日のごとくおぼえましてござる」

父上は目をしばたたかれた。渡部様は盃を膳において、面持ちをあらためられた。お酌をしようとする私を手で制されて、

「作平太殿、江戸勤番のおりわれら両人、徳丸原にてもよおされた洋式調練をば拝観した、そのことおぼえておいでか」

「はあおぼえております、高島秋帆先生が下知にて組方のせいせいと射ち放つさま、目からうろこ落つる思いばいいたしました」

「その高島様、ながらく蟄居の身であらせられたが、このたびアメリカ国の水師提督ペルリという者が黒船をひきいて浦賀へ来たっていらい、許されて伊豆の人江川殿と製砲、洋式砲台築造にあたっておられるとか、ご存じであろうか」

「秋帆先生が、おお……」

父上は酒にむせられた。渡部様はつづけられた。

「噂では近く幕府講武所の砲術指南役に任ぜられる由うけたまわっております、めでたいことでござる」

「秋帆先生が長崎町年寄であられたとき、私も門人方にまじってお話を近しく拝聴したことがあります、これからの砲術は洋式であい計らわねば外《と》つ国と対等にいくさはかなわぬとのこと、道理と納得いたしました」

と父上はおっしゃった。

「幕府老中の方々にも新式砲を満載した黒船を見て、高島様のご意見書を思い出したのであろう、わが国古来の砲術がある上は紅毛の術をわきまえる要なしとほざく石頭は米沢にもすくなくありませぬ、ご当地はいかがでござるか」

「そのこと、いかにも私、心労しております、魂をこめて放てば和流の術にて洋風に立ちまさると広言する手合、家中に横行するありさま、苦衷お察しありたい」

「これは存外な、ご当地は長崎までわずか八里、高島様のお膝元であれば洋式火術は藩士の方々わきまえておられるとおぼえておった」

「八里どころか八千里のごとおぼえます、草ぶかき田舎でござれば……秋帆先生よりむしろ鍋島様のおひざもとに近うごんす」

父上は燗壜を耳もとでふられ、目顔で私に催促なされた。渡部様は盃を伏せてもうけっこうとおっしゃった。けっこうも何も大徳利はからになっていた。父上は物足りないような気色である。隣室で母上が床をのべられている気配がする。今夜は父上と客人は同じ部屋にやすまれる。父上がこんなに酒を召しあがったのはかつてないことであった。十何年ぶりかで旧知と顔を合せたうれしさもさることながら、頃日の憂さばらしもあったであろう。吉爺がつくるどぶろくよりやはり清酒の口ざわりがいいのである。おそくまで父上の寝所からはお二人の大音声がもれきこえた。つもる話が尽きないふぜいであった。

私はさいぜん客人にお酌をしたおり、渡部様のたっての仰せで盃に二、三杯おしょうばんをした。そのせいで体がほてっていつまでも眠りに入れなかった。渡部様は上杉様のお達しで今秋、長崎奉行所にもうけられる海軍伝習所へ勉学におもむかれるとのことである。教官というオランダ人ファン・デン・ブロック殿とはいかような人物かと父上にきかれていた。ブロック殿はもと出島オランダ商館付の医師である。自分の兄が懇意にしておるから遠来の学生をよしなにとりもって下さるよう兄に紹介状を一筆書かせてさし上げよう、と父上はうけあわれた。渡部様の喜びようはひととおりではないようであった。数百里をはるばると西国へ旅してよほど心ぼそくおぼえておいでであったのだろう。やがて、二人してききなれない唄を歌われるのが伝わって来た。あれが最上川の船唄であろうか。起きていたら吉爺も必ずや耳をそばだてていたにちがいない。唄がやむと寝所は静かになり、しわぶきひとつもれなくなった。母上はとうに寝入って鼾ぎしりしておられた。

渡部主水様は長崎へおたちになる前に父上のご案内で城下と川すじを見物してゆかれた。今夜は矢上泊りの由である。おともをした吉爺の話では、好古館、会所、御屋敷、諫早家の菩提寺である天祐寺という順でお歩きになり、その後高城《たかしろ》址に登られて城下をめぐる水路を父上はあれこれと説明なされたそうである。

城址からは一望の下に川が見える。

上流、栄田のさらに北の方、大渡野もながめられ、下流に目を転ずれば河口まで目をさえぎるものはない。父上は洪水をふせぐためにご自分でなされるつもりである工事を渡部様に打ちあけて意見を求められた。きけば上杉藩においても用水路の掘削はさかんに行なわれているという。水を治める者は国を治める、というのはことわりであると父上はしばしばおっしゃる。

渡部様は高城址で、洪水のもとは本明川《ほんみょう》が大曲りに曲っている所にあると申された。栄田から南へ流れ下った川は、永昌宿のあたりでにわかに東へ向きをかえる。水勢をおとろえさせるために、そこに堰堤をきずくのは考えものである、いかなる巨岩できずいても水をくいとめられるものではない、むしろ屈曲点を深く掘り下げ大いなる淵をつくった方がよろしいと、渡部様は米沢でご自身が当られた治水工事の経験にもとづいて父上に助言なされた。

父上は渡部様のご意見にわが意を得られたかのごとくであった。それにつけても工事の用意銀が佐賀に召し上げられてとりかかる日限さえめどがつかぬ、いかにも残念となげかれ、往時、二万四千余石であった諫早家が佐賀に一万石以上を切りとられたと愚痴をこぼされると、渡部様はからからと打ち笑い、米沢藩は慶長年間、越後から会津若松に移されたとき百二十万石であったのが今や十五万石となり果てた、とおっしゃった。それをうかがって父上は口をつぐんでしまわれたそうである。

お二人は高城址を宇津へ下り、永昌宿へ出て代官所でお別れになった。父上は御館山《みたち》の坂を長崎街道の方へ登ってゆかれる渡部様をいつまでも見送っておられた。渡部様もふり返りふり返りして名ごりを惜しまれた。吉爺が心をこめたわらじをはいて出立された。肥前のわらじと出羽のわらじの履き心地は同じであろうか、というのが吉爺の感想である。

私は吉爺に昨晩お二人が歌っておられたのをきいたかとたずねた。

「あいさ、志津様、耳ば突っ立てて吉は拝聴しましたと」

「あの唄、何ときいた」

「まだら節に似とるごとおぼえました、曲調、節まわし、えもいえぬおもむき、木遣り節でも稗つき節でものうして、船頭唄のごときこえましてごんす」

吉爺は小声であの唄を口ずさんだ。船唄というものはどこの国でも似かよったふしまわしであるらしい。

私は日傘をさして歩いた。

会所の父上へ弁当をおとどけした帰りである。新中川良の角をおれるとき、なんとなく私は忘れものをしたような気になった。弁当をおとどけするほかに母上のいいつけは何もない。私は立ちどまった。片側は倉屋敷の堤防で、片側は漁師と船大工の家が立ちならんでいる。堤防に根をはった樟をゆるがすほどに蟬がなきたて、船大工の家々からは槌の音がひびいてくる。

私は日傘をかたむけてあたりを見まわした。

さわがしくて静かであった。蟬も槌音もねむけを誘うほどであった。まひるの光がみなぎっている。往還にたたずんでいるのは私ひとりである。きぬずれのような音をたてて、若い男が船板に鉋をかけている。私に背中を向けている船大工は、赤い褌一本を身につけたきりである。鉋の手を休めて往還を見た。私はあわててその場をはなれた。

忘れていたことを思い出した。

私が子供であった時分、執行《しぎょう》家へ和歌をならいにかよっていた。直次郎様の母上が藩士の娘たちに手ほどきをなさるのである。帰りはきまって新中川良を通った。夏は日傘をさす。雄斎伯父から佐賀土産にとてたまわった品である。私は白地に紅で朝顔を描いた日傘が自慢で、いつもくるくるとまわして歩いた。船大工どもが軒をつらねているこの一郭にさしかかると、日傘が急にうごかなくなった。だれかが傘の頭をうしろからつかんでいるのだ。傘のむこうに立っているのは赤黒く日焼けした下帯一本の漁師の倅であった。浜平である。私の手から傘を引きぬいて額にのせ、風車のようにめまぐるしくまわしながら手から手へ移してみせるのだった。父親がいないときはいつもそうした。

きょう、会所からの帰りに浜平の家の前で思い出したことはこのことである。

浜平は私をみとめても以前のように往還へかけ出して来ない。私はもはや日傘をさしてもくるくるとまわして歩きはしない。浜平はだまって目をふせ、削り立ての船板を手でさすっていた。このとき私は母上がふだん口やかましくおっしゃるおことば、十五歳になったからには大人であるという口癖をわが事と思い知った。浜平とても子供ではない。父親は先年、漁に出て風浪にまかれ、ついに帰らなかったときいている。今、浜平はひとりで母親を養っている。物腰も静かで何ごとかわきまえたふうである。新中川良をすぎたとき、私はなぜかさびしかった。

帰宅してみると母上はおるすであった。

とらをつれて金谷久保《かなやくぼ》の雄斎伯父の家へ急ぎ出てゆかれた、と吉爺はいった。

「一大事が出来しましたと、志津様、御蔵出入役の野村六兵衛殿が佐賀から出張《でば》りの郡方役人を刃傷されたげな、安勝寺の境内で……会所は上を下への大騒ぎでごんす」

「母上は何しに伯父《おんじ》の家へまいられた」

「斬られた御役人は雄斎様がみとってござるげな、一命をとりとめずば諫早家にえらい詮議の及ぶこと必定でごんす、おかか様は介抱の手伝いに走られました」

傷は深いのであろうか、と私はたずねた。そこまでは承知していない、と吉爺はいう。野村殿はその場でとりおさえられて大目付のもとへ引き立てられていったそうである。万一、鍋島様ご家中の方が落命でもすれば、お咎めは野村殿ひとりで終らない。会所の重役たちが青くなるのも道理である。諫早にては佐賀の武家がいかなる無礼をはたらこうとも、それに対して一切とがめつかまつるまじく、と二百年この方お達しが出ている。

船番所からは最前このことを報告しかつおわびするために留守居役が急遽、早船を仕立てて出発したという。

「さらし、さらし木綿」

大声をあげてわが家へとびこんできたのは伯父上の仲間伊矢太である。私はさらしを用意しながら伊矢太に傷のことをたずねた。鍋島様のご家来は野村殿に刀を打ち落され、境内をにげまわるときうしろから斬られて十余の傷を負われた。数は多いかわりにいずれも浅く、深さ五分をこえる傷はないそうである。まともに立合えばあのくらいの傷ではすまなかったろう、と伊矢太はいった。野村殿は藩校好古館で剣術指南役もつとめておられる。

くわしく問いただしてみると、野村殿はとりおさえられたのではなく、その場でただちに腹を切ろうとなされたのを同輩にさし止められたのであるという。お咎めをうけるまえに肝腎の下手人が切腹していたら、かえって他の重役たちがきつい詮議をこうむることになるのを、さし止めた人々はおもんぱかってであろう。

「野村六兵衛様はしっかりと観念しとられたげな、もはやこれまででごんす」

伊矢太はその場にいあわせてでもいたようにきっぱりといい放ち、さらし木綿をかかえて走り帰って行った。傷が多くて出血がはなはだしいので、伯父上手持ちのさらしでは足りなくなったのだそうである。

「侍がうしろ傷を負うとは、そのお役人も鍋島様からお叱りをうけましょうぞ」

と吉爺はいった。野村六兵衛というお名前をきくのはこれが初めてではない。田の虫追いがさかんであったころ、祈禱の途中にわが家へよった平松神社の神主からきいたおぼえがある。神社に奉納されている鎧をしばらくのあいだ、借りたいと頼みこんだ武士の名前である。ちかく目代野で組方調練がもよおされる。内証にこまって重代の武具を売りはらった家中の人々は多いのである。いったん断わったものの、ぜひにもというご懇望で、再三のおはこびにむげなる返答もかなわずお貸し申し上げた、と平松殿は先日、父上にもらされた。あれからしばしば平松殿はわが家へたずねて来られるようになった。父上も気のおけない話し相手として気持よく相手をしておられる様子である。家中の人がたずねて来られるのは再々であるけれども、平松殿と話にうち興じておられるときのようによい気色を示されることはめったにない。

暮れ六ツ刻、父上はお帰りになった。

母上はまだおもどりにならない。私がととのえた夕餉を召し上りながら、四ツ刻に吉爺を伯父上のもとへつかわして傷者のあんばいをうかがって来るようにとお命じになった。そのことが気がかりと見えて、食はすすまれなかった。

私はとうとうたずねずにはいられなかった。なぜに野村様は刃傷に及ばれたのであろうか。正気の沙汰とは思われぬ。

「うむ……」

父上は庭に目をやってためいきをついておられる。女子供の知るところではない、とややあって重い口をひらかれた。

「父上、それはきこえませぬ、女子といえども家のもと、国のもとはいうに及ばず物事のぜひもわきまえておかねばと日ごろ、仰せられます、安勝寺での刃傷は野村殿にわかの乱心でありましょうか、事のなりゆき、正邪の別を志津にもわかるようにおきかせ下さい」

「……」

父上はしばし庭に目を落しておられた。私はうちわで父上に風を送ってさし上げた。やがて父上は事のしだいをお話しになった。野村殿は会所での寄合いでも一貫して万人講に反対されたが、佐賀様の申し出を武春様がみとめておられるからには詮方なしとて、重役たちは鍋島様さしまわしの郡方役人の興行に諫早家助勢を決められることになった。ただ、領内の現銀が他国へ流れることを少しでもへらすよう、人出を目あてに集まってくる旅役者の芝居興行はさし止めることにした。

ところがけさ、運上銀について打合せをするため郡方役人が宿泊している安勝寺へ出むいた野村殿を、佐賀の面々は口々にそしったという。かねがね万人講のもよおしを野村殿が良く思っておられないのを鍋島様のご家来はいずこからかきき及んでいたのであろう。

お上のお達しであればやむをえない、と野村殿はいわれた。

やむをえないとは何事か、と郡方役人はいきり立ち、陪臣の家来の分際でちょこざいな、と役人の一人が刀をぬき野村殿にその言葉を取りけせとせまった。こらえにこらえておられた野村殿も、もとどりを刃で払われたときついに堪忍袋の緒が切れて刀をぬきあわせられたという。私はおどろいた。

「先に刀の鞘をはらったのは鍋島様方でありましたか」

「多勢に無勢、野村殿は身の危険をおぼえられたのかもしれぬ」

それから父上は一言もおっしゃらず長いこと庭をながめておられた。四ツ半刻、吉爺が伯父上のもとから帰って来て申すには手負いの人は雄斎様の介抱よろしきをえて快方にむかっているとのことである。父上は「そうか」といわれて居室にこもられた。母上はとらとともに金谷久保で夜明かしをされるという。血に染んださらし類の洗濯や、伯父上の家に詰めている見舞い人の接待など、伯母上ひとりでは手がまわらないのである。重役たちは四面宮の神主に傷の平癒を祈らせ、安勝寺と天祐寺の住職にも加持祈禱を命じたという。

父上の居室にはおそくまで明りがともっていた。

吉爺は今宵まだら節を歌わなかった。


私はけさ、堤防の地蔵尊にまだ青い柿の実をそなえた。栗の実ほどに小粒な柿が、庭におちているのをひろったものだ。

手桶の水を地蔵尊にかけ、念入りに洗い浄めてから、ぬかずいて手を合せた。直次郎様がすこやかになられることと、切腹された野村殿の冥福を祈った。きょう目代野で行なわれる調練で、父上につつがないことも祈った。心ゆくまで書きものと書見がかなうようにわが家へ紙と油をめぐみたまえとも祈った。私は欲ばりであろうか。

父上は野村殿切腹のご様子を話して下された。

傷ついた鍋島様の郡方役人はせんだって仲沖の船番所からとくべつに仕立てられた回船で佐賀へ帰った。傷は膿まず、熱もじきにひいて海路なら帰国はさし支えなかった由である。雄斎伯父がつきそって無事、佐賀まで送りとどけられた。

検使役は父上であった。吉爺も下警固にさし出しが命ぜられ、一帳羅を着こんでおともをした。

野村六兵衛殿は究所《きわめ》で料理を与えられ、親類つきそいの上自宅へ護送された。駕籠や人足代も親類が払うのだそうである。野村家へ着くと、検使役、介錯人、その他の役人に親類があいさつをし、煙草盆を出した。父上は野村殿とその一統に、「鍋島殿のご家来を刃傷したゆえ、ご裁許の仰せわたしあった」とのべ、読み達し役が切腹主文を読みきかせた。本人は親類ともども、「ありがたく存じます」と読み達しをおうけした。

野村殿は家族と盃をかわしていとまごいをした。死装束は無紋の白無垢であった。介錯人が「きょう、私仰せつけられ介錯つかまつります」とあいさつした。野村殿は一礼した。介錯人はその左脇にそい、抜き身を片身にかまえた。野村殿が脇差がわりに与えられた扇子を手にえりをくつろげ、畳に両手をついたとき、介錯人は刃をおろした。父上は「見とどけた」とあいさつされた。助役が遺骸に毛氈《もうせん》をかぶせ白張屏風を引きたて、介錯人はうしろむきになって太刀を拭いて助役にわたした。父上は親類家族におっしゃった。

「切腹はすみましてごんす、遺骸は当家に下される、家内離散などいたさぬように、武器はおとりあげになります」

家族は「ありがたくおうけします」とのべ大小と槍をさし出した。鎧はさる人からの借り物である旨を申しご容赦をこうた。佐賀からのお達しは寛大であった。本来なら六兵衛殿だけでなく身内も死罪か追放になるところをかくべつのご配慮で本人が腹を切れば他はおとがめをうけないですむことになった。ただし、六兵衛殿の知行三十石はお引きあげになるという。その分だけ家中の内証はらくになることであろうと心なき人々は噂している。みごとなご最期であった、と父上はおっしゃった。何かいいのこすことはと父上が、六兵衛殿にとわれたとき、御家の繁昌を草葉のかげからお祈り申し上げる、といわれたそうな。次に小声で「郡方役をひと思いに討ち果たせなかったことは好古館の剣術指南として末代までの名折れ、無念である」とおっしゃった由、父上は前のことばを検使報告にしるし後の述懐はご自身のおぼえにのみ留めおくと私にもらされた、検使届けは鍋島様にさし出すのである。

私は六兵衛殿が究所で拝領されたお料理を父上におたずねした。

御酒、鯛の吸い物、鱈煮しめ、鰹塩辛、なます、海苔と椎茸の汁、あえもの、牛蒡《ごぼう》と大根、飯、あわせて二汁五菜である。全部を召しあがったであろうか、と父上にきくと、一皿もあまさずうまそうに平げられた、と父上はおっしゃった。かようなご馳走は、検使、介錯人といえども生涯に一度も口にしたことはない由である。諫早の家中は一汁三菜をこえる料理をとってはならない旨、かねてよりお定めが達せられている。しかしながらいまはのきわに山海の珍味を口にしても心ゆくまで賞味することはかなわぬであろう、と吉爺は目をしばたたいていった。

好古館の剣術指南役には、介錯をつとめた寺田殿がとり立てられるとのことである。

板木《ばんぎ》が鳴っている。

鐘もけたたましくつき鳴らされている。私は往還へかけ出した。白帆注進にしては鐘の鳴り方がちがう。二つか三つ、間切ってつき鳴らされるのが白帆注進である。近郷近在に住む家中の人々は取るものも取りあえず会所へまかり出て鉄砲隊を仕立て、長崎へかけてゆかねばならない。

板木が叩かれている。

鐘も鳴っている。

母上もあたふたと門口へ出て来られた。耳をすませてみると、半鐘も板木も鳴っているのは唐津、新中川良、仲沖だけである。漁師がばらばらと家からとび出し、河岸へ走った。浜平も素足でかけて行った。堤防へのぼったかと思うと、身をひるがえしてかけ下り、わが家へとってかえして再び姿をあらわしたときは、右手に銛を持っていた。

私は母上が止められるのもきかず河岸へ走った。浜平のうしろから走った。

いつのまに漕ぎ出したのか、潮が満ちた川には伝馬船が右往左往している。その一艘に立ちはだかって川面をさしているのは吉爺である。漁船はいたずらに漕ぎまわっているのではなかった。ばらばらに動いていたのが下流から上流へしだいに舳《へさき》をそろえた。河岸は漁師どもの女房子供でうめつくされた。あそこだ、いやそっちへもぐった、と指さして大声で水上の者へ告げる。

鯨がさかのぼって来たのである。

船番所の役人衆も桟橋に立ちならんで見物している。

黒い背が水面にちらりとのぞき、尾が水を叩いて飛沫をあげた。河岸の者どもはいっせいにはやしたてた。吉爺が何やら叫んだ。ひときわ他を圧す大音声である。漁船は二手にわかれた。一手は網をひいて下流をふさいだ。もう一手はそれぞれ舳に銛をかざした水夫をのせて鯨を船溜り上手の浅瀬へ追った。浜平の舟が先頭である。

私がこのまえ、鯨を見たのは嘉永五年の夏であった。三年ぶりということになる。昔は年に三、四頭をしとめることがめずらしくなかったという。天保から弘化、嘉永、と時代が下るにつれて諫早湾にはめっきりと鯨がへった。雄斎伯父の話では、アメリカ国が黒船で大がかりに鯨をとるゆえに泳ぎ来たるのが姿をひそめてしまったという。

浜平は舳に腰をおとし、両足をふんばり、高々と銛をさし上げて水面をにらんでいる。鯨がうかびあがったらいつでも銛を投げられる身がまえである。

舟は一定のへだたりをおいて浅瀬を半月形にかこんだ。吉爺が船べりをたたき同時に大声をあげた。水を割って黒いものがおどり出た。すかさず浜平が銛を投じた。つぎつぎに光るものが漁師たちの手をはなれて、鯨に突き刺さった。河岸はどよめき、手をたたいて船上の身内が手並をほめそやした。

鯨はまたもぐった。しかし今度は水中にながくかくれていなかった。銛打ちたちをのせた舟の下をくぐり、下流へうかびあがった。浜平たちは舳をめぐらして鯨を追った。網をはっている舟がゆれ、漁師が棒立ちになった。鯨は全身が針山に化したように銛でつらぬかれていながら少しもひるんだようには見えなかった。網舟をひっくり返し、漁師を水にほうりこみ、追いついて来た銛舟を尾びれでたたいて転覆させた。私が幼い時この河岸で見た鯨よりもはるかに大きかった。

鯨は網にからみつかれ、舟を引きずっているので思うさま泳げないようである。むらがりよった銛舟をひれでたたいてひっくり返そうとしている。転覆した一艘にのっていたのは浜平である。鯨の胴にしがみついているその姿が見分けられた。水しぶきがあがった。あばれるものは苦しまぎれに水をふいた。浜平が銛につかまって身をおこしたとたん鯨は体をくねらせた。浜平はすべり落ちた。私は息をのんだ。

「浜平どん、浜平どん……」

河岸の者どもは叫んだ。鯨は舟を引きずって下流へつき進み、中州にぶつかって再び上流へ頭をめぐらした。水中から手がのび銛をつかんだ。私は声をあげた。漁師はもとどりが切れて髪をふり乱していた。下帯もはずれていた。

「浜平どん気張《きば》れ気張れ」

河岸の者どもは鯨に這いあがった男を声ではげました。浜平は銛をにぎってさらに深く鯨の腹中へ突き通した。鯨はもがいた。水に沈む力は失ったかのように見えた。舟からとびこんだ他の漁師たちが泳ぎついて、銛にとりつき浜平とともに深く刺した。鯨は最後に大きくひれで水を打ち体をのたうたせた。しぶきがあがり、そのこまかなしぶきに一瞬、小さな虹がかかった。鯨は水面にながながと横たわった。思ったより小さく、長さは三間あまりの背美《せみ》鯨である。

かたわらの船小屋ではもう漁師の女房たちがたすきをかけ、庖丁をといでいる。ある者は大まな板を水で洗っている。年端もゆかない子供たちまでが、ただならぬ気配に落着きを失って、堤防をかけおりたりあがったり、船小屋のまわりを走りまわったり、ぴょんぴょんと兎のようにはねたりしている。鯨一頭を仕止めれば七浦がにぎわうといわれる。三間あまりの小鯨でさえも漁師たちが目の色をかえるのはもっともである。

「浜平が働きあっぱれ、面目ばほどこした」

吉爺はぐしょ濡れになった半纏をしぼって水を切った。これで浜平は一人前の漁師とみとめられ、水揚げを分け与えられることになる。浜平のおふくろはさぞや嬉しいことであろう、と吉爺はひとりごとをいう。

「吉よい、なぜに印半纏を着て舟に乗った、ほかの面々はそろって下帯一本であったのに」

「はあ志津様、私とても武家の郎党でごんす、漁師ふぜいとひとしなみに見られてはなるまじく」

「ならば武家の郎党がなぜ鯨とりに打って出て者どもに下知をした、合点がゆかぬ」

「はあそのこと、吉は申し上げます、漁師どもの頭領は吉がむかし船頭をしておった時分に手塩にかけた水夫でごんす、平戸の漁師から習った鯨の追い方、網の張り方ことごとく吉が伝授いたしました、何条、河岸で腕をこまぬいておられましょう」

「平戸浦にも鯨がまいるとかん」

「ないさ志津様、平戸には大鯨がさいさいまいります、銛に錆をつけた漁師はひとりもおりませんと、平戸の鯨とりを吉は今生の思い出に今一度目のあたり見とうごんす、一度でよかけん見とうごんす」

吉爺は半纏をひろげてはたいた。

「吉よい、漁師どもには鯨の肉がわたるであろう、吉には何が配られる」

「吉には身のひときれもわたりませぬ、ばってん鯨の脂身を煮つめた油、後刻、頭領にいうてもらい下げる所存でごんす、旦那様の書見に明りがいりまするゆえ」

「そのこと、しかと吉に頼んだ」

夜に入っても船小屋にはあかあかと火が焚かれ、空を明るくした。往還をせわしなく往ったり来たりする漁師どもの人声がきこえた。脂身を釜で煮ているのであろう、なまぐさい匂いがわが家にも流れて来た。女房たちは笑いさざめいて鯨を腑分けし、身を切りとっている。漁師どもが酒を飲んで歌うまだら節もきこえた。

夜ふけ、裏木戸に声がした。私は台所へ立った。吉爺は私に甕を両手でさし上げて見せた。浜平がとどけたという。私は甕をうけとった。素焼きのそれはまだあたたかかった。甕の口まであふれんばかりに油はなみなみとたたえられてあった。

浜平は酒気をおびていたという。私は甕を胸に抱いて「吉よい、でかした」といった。吉爺は莞爾として、「漁師どもが吉めにした仁義でごんす」といった。

目代野で行なわれた鉄砲組方調練はとどこおりなくすんだ。

私が案じていたような大筒の破裂ということはさいわい起らなかった。大筒に煙硝をつめ弾丸をこめて火を点じるとき、しばしば筒が裂けてまわりにひかえた者を破片で殺傷することがあるという。ただ、火を点じても発火しない大筒を父上がおあらためになろうとしたとき、かたわらの煙硝がにわかに火をふいて父上は右手に火傷を負われた。

それをのぞけばほかには的場に落ちた弾丸で傷ついた者も、耳をいためたものもなかったという。足軽がひとり石火矢をのせた大八車の車輪で足の甲をひしいだだけである。まずはめでたいかぎりと思わなければならない。地蔵尊の霊験はあらたかなようである。

私は雄斎伯父からいただいた膏薬を炭火で溶かし紙にぬって父上の手にはってさしあげた。目代野の調練はすんだけれども、佐賀表でまもなく銃隊大調練がある。鍋島様の支藩である小城、蓮池、鹿島の組方ものぼってくる由である。それまでには采配がにぎれるように手の火傷は癒えなければならない。さらしをまくと筆もままならない、と父上はこぼされる。

膏薬をとりかえていると来客があった。

ご家老、早田藤太夫様である。

父上が玄関に走り出て母上と共にお迎えしているあいだに私は緋毛氈をしいた。

早田様が座につかれると、父上は志津が奥女中奉公の儀ご容赦たまわったのはひとえに早田様のご尽力あったればこそとて、お礼を言上された。早田様は目代野の調練がつつがなくとり行なわれたことをおほめ下さった。

「武春様も藤原の下知にて組方が一進一退するさま、ことのほか見事と仰せあった」

早田様は私をかえりみられた。私は一言半句もあまさずに父上に伝えた。

「恐縮に存じましてごんす、私が下知より西村官兵衛殿の時宜をえた采配ゆえと心得ます」

「西村の武者ぶりにも武春様はごきげんななめならず、佐賀表にての調練も両人、心を合せて懈怠《けだい》あるまじ」

「はあ、身にあまるおことば」

父上は平伏した。

早田様はふところから巻紙をとり出してそれをもてあそびながらしばらく庭に目をやって考えこんでおられるふうである。母上がすすめた茶をゆるゆるとすすられて、先日の鯨漁を見物しえなかったが心のこりであるとつぶやかれた。

「漁師が先刻、鯨の赤身を上様にと献上しにまかり出た、その心根をめでてご勝手方は総代に盃をつかわしたげな、鯨がのぼってくるのも武春様の仁徳しからしむる所であると漁師どもに申しおいた」

「げに藤原めも左様と心得ます」

父上は早田様が手にされた巻紙から目をはなされない。二巻の巻紙のうち一巻はまぎれもなく父上の手蹟でしたためられた文字が見える。早田様は口をひらかれた。

「実は今しがた西村が会所にて年寄にさし出した目代野調練次第を検分した、藤原も同じ趣旨の次第をさし出しておる、その方らいかなるわけあいで次第書を二通もさし出したか腑におちぬ」

父上は額に汗をにじませておられる。

「佐賀表での大調練を前にして御家の砲術指南は一心同体でなければ、御前にていかなる失態あるやも知れず、とくと検分すれば調練次第、両人の書きつづっておること異様《ことよう》なるくだり多々見うけられる、武春様にさし上げるまえに念のため早田が詮議にまいった」

父上は頭を上げられた。

「そのこと私の手落ちでごんす、煙硝、不意に発火して手に火傷ば負いましたゆえ調練次第を文書にて言上つかまつることあいかなわぬ旨、西村殿に申しました、藤原に代って西村殿が次第を書かれたこと、私うち忘れ同文のものしたためましてごんす」

「忘れたと申すか」

「ひらにご容赦を」

父上は畳に額をこすりつけられた。私も壁ぎわにすざってつつましく目を伏せた。それだけなら何も自分が会所から仲沖くんだりまで足をはこびはしない、と早田様は仰された。父上を藩庁である会所へ呼びつけてただされればすむことである。

早田様は二つの巻紙をひろげられた。

「目代村、内小山峰麓にて諫早家砲術組方調練、西村官兵衛その他、見分いたし候次第左に」という文字が初めに見えた。父上がさし出された巻紙は初めの文章が西村官兵衛のかわりに藤原作平太となっているのみで他は同じである。

「これを……」

早田様は指で巻紙をさされた。

「一つ、南蛮六百目玉石火矢にて五丁の目じるし、立席打二放し、中打五放し、

一番、飾りどころ中《あた》り、

二番、的前一尺下り、

三番、飾りどころ中り、

四番、右同断、

五番、星中り、

六番、右同断、

七番、右同断、

と西村は言上しておる、これがまことなら打ち放した弾丸はあらかた的に当ったことになろう、調練に立

合った執行直右衛門殿もこのところ白内障《そこひ》に悩んで二丁先は人と樹木の見分けもおぼつかぬこと、その方ら承知であろう、西村が見分、藤原はいかに」
「はあ……」
父上はさらしを巻いた手で額の汗をぬぐわれた。早田様は父上がさし出された巻紙を示して、
「同じ件りにその方はこうしるしておる、
一番、右は的前およそ十間にて落つ、
二番、的より左手前七間ほどに落つ、
三番、およそ五間ぐらい的前下る、
四番、煙硝発火せず、こめ直し打つ、行方知れず、
五番、的より右手前三間ぐらいに落つ、
六番、的をこえて右二間に落つ、
七番、右同断、
いかにも測り方は人によって若干の差が生じること、早田は心得ておるが、かかるはなはだしきくいちがい腑に落ちぬ、いずれを武春様へさし出すが妥当か、困却したしだい」
「そのこと、ご家老様に申し上げます」
「腹を打ち割って申せ」
「藤原はかまえて虚言《すらごと》を書きつけましてごんせん、弾丸が行方、ありていに測り申しましてごんす」
「測り縄は両人、同じものを使ったとであろうな」

「西村殿は自前の測り縄と見うけましてごんす」

「さても西村は奇態に短い縄を用いたものよ、さもなければ藤原が用意した縄が長すぎたとであろうか、両人がしたご領地の地図つくりやら検地はいかがした」

「………」

「ところで藤原、調練日に執行殿と同行した司京外記が心覚えを書きつけておったこと承知か」

「司京殿が……」

父上はがくぜんとしたご様子である。

「左様、執行殿は眼が不自由ゆえ、遠目のきく司京をつれて行った、かの男は伊王島にて見張り番をつとめるおり、来航する異国船のかかげた旗印しを識別すること衆にぬきんでとる。遠目の外記と呼びならわされておること承知であろう、執行殿のたのみで外記がしるした心覚えと照らし合せ、その方らの見分次第じっくりと読みといた」

父上は畳に両手をついてうなだれておられる。私の見るところでは、ひたすら恐縮の体をあらわしておられるようであるが、それが妙におおぎょうなので、私はとまどってしまう。父上はわざとおそれ入られたふりをなさっているのではあるまいか。しかし、何のために？　早田様はふところから三つめの巻紙をとり出された。

「石火矢五丁の目じるし、一番が腕前のほどを外記の見分で検すれば、的前およそ五間に落つ、とある、官兵衛は中りといい、作平太は的前およそ十間としておる、外記が見分は両人のそれを足して二で割ったものと見た。二番三番が腕前もほぼ同断、このことその方は何と心得る」

「司京殿が心覚えを目代野にてしるしとられたこと、初耳でごんす」

「もとより司京は弓組方、砲術調練を見分すること役目外のこと、執行殿のたのみで書きつけた、それゆえ見分は役目にとらわれず有りていに見とどけたままをしるしたと早田はおぼゆると」

父上はだまっておられる。

「御家の重役はただ今、西洋の新式銃砲、買い入れぜかひかを日夜、詮議しておる、官兵衛の見分にしたがいそのいい分をとれば、御家重代の石火矢にても異国船にそなえること充分とあいなる、作平太の見分をとれば洋式トントロ筒なくては異国船打ち払いかなうまじ」

早田様は西村様と父上がしるされた見分次第を二つとも手にしてやぶかれた。ちりぢりに裂かれた。司京殿の見分書をもとに武春様へ呈上すべき次第書を書き直すように、と仰せられた。

「なあ藤原よい、官兵衛に見分をまかせておいたら外れ玉も中りと書くこと見こしたとであろう、火傷もわざと負うたとであろう、煙硝をあつかって三十年にもおよぶ指南役が、よもや不覚をとることあるまい、官兵衛に火傷ゆえ見分書を書けぬと伝えたことうち忘れたと申すが、かねてよりの心算と見た、異様《こと》なる二巻を見て重役どもがまどい、両人を召し出していずれがまことか問いただすこと、その方の企みであろう、年寄たちの前で洋式銃砲の値打ちを弁じたてる肚、早田は見通しである」

父上は畳に額をすりつけられた。今度は本当に痛み入ったふぜいである。大粒の汗が父上のおとがいからしたたり落ちた。

「藤原の企みはさすがではあるばってん、その方、年寄たちの前で弁じたてれば新式銃買い入れかなうと肚づもりしておったか」

「誠心、弁じたてまする」

「やぶへびになったろうぞ、年寄は御家の内証を引きしめることにのみ憂き身をやつしておる、官兵衛が和式銃砲の利点を説けば作平太をうちまかすことは火をみるより明らか、その方の申し分は一も二もなくしりぞけらるるだろう、この二巻、早田が手もとで止めおいたこと重畳と思え」

「私めの浅知恵でごんした、おわびの申しようもありませぬ」

「武春様も持ち馬六頭を四頭にへらされた、会所で用いる用紙まで節約が達せられておる、きつかのぅ藤原」

「まこと、諸事きつうごんす」

「佐賀表でちかく大調練が行なわれる、よろず御家は物入りである、鍋島様の上覧に供するゆえ、小城、蓮池、鹿島の面々と鉄砲組方もあいくらべられる、そのこと、ぬかるな」

「はあ、心得ました」

私は息をついた。さめてしまったお茶を急ぎとりかえてさし上げた。父上もほっとされたようである。佐賀の操練場へ陸路で送る人数と海路で送る人数を相談なされている。さきごろの洪水で、藩船の多くがこわれたので、弓組と長柄の隊は陸行することにきまったらしい。鉄砲組は海路をおもむく。それまでに半壊の船が修理されるかどうか、と早田様は気づかわしげである。六十挺櫓の八幡丸はこわれて修理はまにあわない。五十挺櫓の千手丸も同じである。のこるのは二十四挺櫓の円寿丸と天祐丸、四面丸あるのみ、これも風波でいたみがはげしく今、昼夜ぶっ通しで船大工に修理を急がせている。早田様はおっしゃった。

「先だって船奉行がいとも困惑して申すには、船大工の頭領どもがうちつれ立って会所へまかりこし、大工の賃銀を一日につき三匁二分ずつ上げてくれと申したとか、享保のころは一日はたらいて酒なら一升、白米は一升五合買えたと申す、長崎の船大工なみとはゆかぬまでもこれまでの賃銀にては渡世かなわず、せめて穀物値上りの分は相増し下されたく、とたっての口上であった」

「して御勘定方は何と仰せられました」

「口上書はあずかり、佐賀お屋敷へうかがいを立てた上で返事をするということになった、藩庫にゆとりがあればのう、三匁二分はかなわずとも二匁くらいはさし許したろうぞ」

「船大工が願い上げの儀は嘉永のころから再々ごんした、佐賀表にて賃上げのこと詮議されましょうか」

「大調練すむまでかなわぬであろう、本来なら即時さしもどしが藩船修理のさなかゆえ一時あずかりとなった」

早田様は蟬の声に耳をすましておられる。ひからびたお顔にきざみこまれた皺がふかい。汗は一滴もみとめられなかった。としをとると人間は汗をかかなくなるのであろうか。

「藤原がもれうけたまわる所によりますれば、御家は鍋島様に五千両借銀を申しこまれたとか、新式鉄砲を買い入れるもとでと心得ましたが」

「大調練のあと、鍋島様は長崎表へ見まわりにわたらせられる、帰りは当地にて本明川の蛍を見物される、このこと佐賀より内々の達しあった」

「さすれば借銀のことうべなわれたと心得てよろしゅうごんすか」

「早まってはならん、野村の乱心と狼藉を改めてお詫びつかまつることこそ家中の者ども心がけねばならんと、鍋島様の心証をようすること先決と思わぬか」

「はあ、いかにも軽率にすぎましてごんした」

早田様は私をかえりみられた。

「娘御を奥女中にさし出すこと免じてとらせた、鍋島少将様諫早にお下りになられるせつはおもてなしに疎漏があってはならん、蛍見物をなされるおりその方の娘御が鍋島様につきしたがいお世話をすることにあいなった、このこと一門の名誉と思え」

「無作法ものでごんす、藤原、冷汗三斗の思いいたします」

「ありがたくおうけせよ」

私は父上に目顔でうながされて、早田様にお礼を申し上げた。


きょう、私は四面神社へ芹をつみに行った。神社の前で本明川の川原へおりる。このあたりは川幅が大きく水深も浅い。とらがざるを持って私にしたがった。

水は深い所でも膝をこえなかった。四面神社よりの川原はじきにとりつくしたので中州へわたった。中州はいちめんに芹の可憐な白い花でおおわれている。まだ花をつけていない芹をえらんでその若葉をつみとった。中州にも水が細かなすじをなして芹の根方を洗いつつ流れている。くるぶしまで私は水にひたった。指先が緑に染まった。ときどき水につけ、砂をつかんで指の緑をおとした。色は消えても指を鼻に近づけると強い香りを放った。夏の日は川面をまぶしくした。足首をかすめる水の冷たさが気持よかった。

「とらよい、このごろ、吉がふさいどるのはどげんした仔細かん」

「はて、吉どんはふさいどりましょうか」

とらは芹つみを私にまかせて蜆をさがしている。仲沖ちかくの川は潟でおおわれているので、あげまきはとれても蜆はすくない。

「吉は何やら思い屈しておるごと見ゆる、酒を飲んでも歌おうとはせぬ、身わずらいなら伯父上にたのんで薬をもろうてやろうに」

「とらが申したと志津様、どなたにもいいふらし法度《はつと》でごんす」

「いうものか、とらよい、安堵して申せ」

「ひゃあ、こげな所に志津様、韮《にら》の生えとりましたと、芹と同じごたる花ば咲かしとるけん、つん折ったら臭かこと」

とらは手を水につけて洗った。私は石の上に腰をおろした。四面神社の上手につづく堤防は左右両岸とも櫨《はぜ》の木が植えられてある。濃い緑の下かげがいかにも涼しそうである。ご家中の武士が内職に植えつけたのは、櫨のほかに桑や茶の木がある。田のあぜにまで植えたので作物が日かげになると百姓どもが愚痴をこぼしていると父上からきいた。

「吉どんがふさいどるのは旦那様が後添いのことばいい出されてからでごんす」

「吉はそのこと有り難き仕合せ、と喜んだげな、なぜに思い屈しておるのか私、得心がゆかぬ」

ざるに盛った芹をあらためて、かたそうな葉をすてた。水に浮んだ芹のまるい葉が、くるくるとまわりながら流れてゆくのを私は見送った。

「有り難き仕合せと申し上げたのは吉どんの行く末を案じて下さる旦那様の思し召しでごんす、吉どんは後添いをもらうくらいなら頭をまるめて托鉢僧《はちたたき》にでもなったがましというております」

とらは石を持ち上げて砂の中から蜆をすくい上げた。後添いはどこの女子《おなご》か、と私はとらにたずねた。吉爺がなげくほどに至らぬ女子なのであろうか。

「野村様のお家に仕えておった下働きでごんす、とらより老けとられますばってん吉どんにはちょうどよかろうという話でごんした、なかなかに気のまわる下働きにはもったいなか人ときいとります」

「その女子、亭主はいかがした」

「めとってからすぐうっ死《ち》んだとか、志津様おききあれ、その男めとるまでは大酒飲みでしたが女房をめとってからはいさめがきいてぴたりと酒をやめましたと、このこと城下の評判でごんすばん」

「吉もそのこと承知しとると?」

「はいさ、しっかり承知しとりまっす、さいばこそ野村様の下働きをもらいとうなかといわすと」

「志津は合点がゆかぬと」

「亭主に酒ば断たせて、そうそうにおっ死《ち》ぬごと内証を切りまわす女子は、吉にも同じ事ばするとだろう、吉はうらめしか、というとりまっす」

「とらよい、とらが吉の後添いになれば良かとに、そのこと志津は前まえから願うておった」

とらは来年、雄斎伯父の仲間伊矢太の後添いにもらわれることになっている。それを私は知らないではなかったが、思わず口にしてしまった。とらはきこえなかったふりをした。蜆を前かけでくるんで水にひたしざぶざぶと洗った。この分ではあさっての味噌汁にも蜆が使える、とひとり言をもらしている。

「とらよい、その蜆を五合ばかり、伯父上にとどけよ、蜆汁は肝の病《やまい》にきくとげな、伯父上からたのまれておったこと、今思い出した」

「金谷久保に、かしこまってごんした」

今度はとらにきこえた。打てばひびくようにとらは答えてほほえんだ。

私は何気なく顔を上げて四面神社の方をながめた。今しも下流から堤防の上を騎馬の侍が五、六人かけて来たところである。大調練にそなえて馬をせめているのであろう。陣笠の下にうかがわれる顔の中に私があらかじめ思い描いた顔は見あたらなかった。

私は目の前にそよいでいる芹の白い花をむしって川に流した。とらはかたはしから手近の石を返して蜆をあさっている。伯父上にとどける分だけ補うつもりなのである。しゃがんだ尻がときどき水面にふれた。とらはそのつど大きい尻を持ち上げて水をさけた。

「とらよい、仲沖堤のお地蔵様はかけた願いをみなききとどけられるというはまことかん」

「ないさ志津様、願かけ地蔵のれえげんはあらたかととらは承知しとります、志津様は毎朝おまいりになる、お地蔵様のおぼし召しがしっかりとたのしみでごんす」

「志津は願などかけておらぬ、水とお花をあげに行くだけ」

「はあ、志津様は願をおかけではありませんと」

「とらよい……」

とらは下手にそびえる高城址へ目をやった。また一騎、埃を蹴立てて堤防を疾駆して来る影が見える。私は立ちあがった。あの方である。姿かたちはまぎれもない。召された鹿毛の馬にも見おぼえがある。

「志津様、お裾がぬれとりますばい」

いつのまにか帯にはさんだ裾がはずれて水にたれているのを私は知らずにいた。騎乗の人は右に左に鞭をつかって馬をせめ、みるみる四面神社の鳥居前をかけぬけて上流へ走りすぎた。鹿毛は口に白い泡をかんでいた。

「志津様、今の方は跡取りの直太郎殿でごんす、遠目には良く似てごんす」

「まこと、似てござる」

とつぶやいてから私はうろたえた。お地蔵様にだれのことを願かけしているか、とらは承知していたのだ。私は裾をたくし上げてしぼった。かたくかたくきりきりとしぼった。

「とらよい、もう良か、はよう伯父上が所に蜆を持ってゆけ」

佐賀の操練場で武者ぶりを示さんとてご家老がたの子息は、このところ日夜、馬をせめておられる、ととらはいった。直次郎様は伊矢太どんの話によれば、ふせってはおられないが、ご自宅と好古館の間をゆき帰りなされておるだけであろうそうな。学問方頭取代理として独看生に講義をするひまひま、時おり道場で素読生に剣術の稽古をつけておられるとか。伊矢太は執行家にお薬をとどけるので事情にくわしいのである。

「とらよい、はよう行け」

と私はいった。

「はいさ、とらは急《おろち》いて行きまする」

とらは手拭いをかぶり直して堤防を上り、宇戸《うと》の方へ去った。私は四面神社の方をふりかえった。人通りはなかった。風のたえた堤防に櫨の木がそよりともせず立ちならんでいた。

帰りしな、私は遠まわりして好古館へよった。笠を深くかぶり緒をたしかめておいて、学問所の窓下にたたずんだ。声をそろえて何かむずかしい書物を読む学童どもの気配が伝わって来た。独看生は十五歳より上の者にかぎられている。声色から窓の内がわに直次郎様はいらっしゃらないことを悟った。さればとてどの棟におられるか私は目当てがつかない。道場は棟にかこまれた中庭にあり、女子が立ち入ることなど思いもよらない。私はしのび足で学問所の窓下をはなれた。

好古館と堀ひとつへだてて勢屯《せいだまり》がある。

その広々とした平地には、あす陸路を佐賀へたつ侍、足軽たちがこちらに一隊あちらに一隊、列を組んで、騎乗の物頭が折れた弓で指示するまま右に左に動きまわっていた。たちのぼる砂埃で目もあけていられない。勢屯は家中の人々が具足に身を固めて集まる場所である。

参勤交代も、長崎出張りも、ここで隊列を組む。私は橋のきわで立ちどまった。足軽たちは道にもはみ出している。かきわけて歩かなければならないだろう。裏小路の方へまわり道しても帰れないではないが、それではあまりにおそくなる。意を決して勢屯の道をえらんだ。手拭いで鼻と口をおおい、その上から笠の緒をきつく結んだ。

馬上から物頭たちは声をからして采配をふりまわしている。鉄砲組が下知に応じてすばやく一進一退しないことにいらだっておられるらしい。私はそれとなく父上を探した。たちこめる砂埃でさだかではなかったが、鉄砲組の列からすこし離れた所で二、三人かたまって話をされている中に父上はおられた。具足の色でわかった。

とつぜん、私の目の前でかけぬけた騎馬の侍が、長柄を持った徒士の者を折れた弓で打ちすえた。徒士の者はよろけて長柄を落した。隊伍がそろわないのはその徒士の者がしょっちゅう何かにつまずいているからであるらしい。打たれた者は長柄をひろい上げ、馬上の物頭に一礼して列にもどった。

貝が吹き鳴らされた。

弓組は弓を、長柄組は長柄を、鉄砲組は鉄砲を、それぞれ一箇所に置き、樟の木かげに用意された水桶へ走りよって飲んだ。陣笠も具足も埃でみな白くなっていた。馬だけが水をあびたようにつややかな毛並を日に輝かせた。


けさ、父上は佐賀へたたれた。

勢屯で行なわれた出陣式におもむき、鉄砲組をひきいて船番所から藩船にのりこまれた。吉爺がおともをした。足軽としては御役を免ぜられているので、大調練には加わらない。父上の身のまわりをお世話するのである。

母上は門口で父上に切り火を打たれた。吉爺にも打たれた。紫色の小さな火花が散った。吉爺は小腰をかがめてうやうやしく母上に、「さいば、行ってまいります」とあいさつした。

鉄砲組の家族は総出で見送った。堤防に立ちならんで、自分の父や兄が船にのりこみ、それぞれ定められた場所に腰をおちつけると、てんでに指さして身内同士うなずきかわした。舳に陣どった男の身内は誇らしげであった。赤ん坊を両手にさし上げて船上の父親に見せる若い母親がいた。ものものしい雰囲気におびえた嬰児は、母親に高く持ち上げられるや両脚をばたつかせて泣き叫んだ。父親は白い歯を見せて、手を上下にふり、子供をおろすように合図した。

父上は組の者どもが乗船をすませてからのりこまれ、帆柱のきわに座を占められた。おとなりは西村官兵衛様である。吉爺は艫《とも》に立った。舵取りと何か話している。鎧具足の侍足軽を鈴なりにのせた船は、吃水が深くなった。水夫がもやいづなを解いた。浜平が碇を上げた。赤黒い肌にまいたさらしが、目にしみるほど白い。

吉爺は船べりを身軽に伝って舳へ行き、その突端に立って水面をのぞきこむ。昔のように舵をにぎることはかなわないゆえ、河口へ出るまで水先案内をつとめるものらしい。

帆がはられた。

それはみるみる風をはらんで大きくふくらんだ。堤防の者どもは口々に海路の平安を叫んだ。水辺へかけおりた老婆がそこにひざまずいて船に合掌した。

父上の乗船が先に立った。櫓がいっせいに水を泡立てた。河口の空を私はながめた。盃くらいの雲が浮んでいる。東の方、河口の上にひろがる空が明るかったらその日は晴れである。日和を見るのになれた吉爺から教えてもらった。私はすべるように川を下ってゆく船を見まもった。具足をつけるとだれも同じ人のように見える。

父上の船にあの方はのっておられない。二番目の船にも目をこらしてみたのだが、ついにみとめられなかった。三艘の藩船はまがりくねった流れに沿うて下った。葦のかげに船体はかくれ、堤防から見えるのは舳と艫の一部、それに帆である。

やがて舳も艫もすっかり生い茂った葦に没して見えなくなり、帆だけが三つの点になって下流を右から左へ互いにいれかわりながら遠ざかっていった。

私はひとりで堤防を川下、船待茶屋の方へ歩いてみた。

母上はとらをつれて先にお帰りになった。私も後ろにしたがっていると思いこまれたらしい。女ひとりで川下へ行くのはさし止められている。左手は川、右手は田圃である。稲のあいだにしゃがんで草をとっている百姓の姿がまばらに見える。茶屋から河口まで一里あまり、その間に人家はない。

堤防から見送り人はぜんぶ立ち去って、川はまた静かになった。葦原の中でよしきりが鳴いた。私は立ちどまった。こんなに遠くまでひとりで歩いて来たことはない。心細くなった。もと来た道を歩こうとして、ふと水辺に目をやった。白い骨のようなものが見えたと思った。

それは一艘の小舟であった。泥に半ば埋もれななめにかしいだまま水ぎわに船首をくいこませている。舳といえるものはのこっていない。艫と同じくさんざんに打ちこわされている。先だっての大水で流失した漁師の持ち舟の一つであろう。修繕もかなわぬほどいたんでいるので漁師が見すてたものに相違ない。

私は小舟から目がはなせなかった。

そこにいつの間にかうずくまってしまった。前にも今と似たような気持になったことがある。岡町の角で行き倒れを見たときがそうだ。としをとった牢人であった。道ゆく人は遠巻きに牢人をかこんでながめていた。その男は体をくの字に折り、見物人に向ってあけたり閉じたりしている口にのろのろと手を近づけては離した。（水ば飲ませい、いうとるんじゃい）（否《いんに》、なんか喰わせい、いうとると）（刀を売ればよかたい）

（呆《ふう》け者め、竹光がなんで売れよぞ）

見物人はののしりさわぐだけで何もしなかった。ほどなく番所から小者が二人やって来て牢人を戸板にのせてつれ去った。

私はその日、家へ帰ってから何をするにも上の空であった。牢人はいずこの国から旅して来たのであろうか。おとがめをうけたゆえにさすらっているのであろうか。あるいは主家が断絶したのかもしれぬ。妻は、子は、私はあれこれと牢人の身の上について思いめぐらした。夕餉も砂をかむようであった。母上から問いつめられてとうとうやるせなさをこらえきれず私は御飯を口にしたまま母上にとりすがって泣いた。

小舟がうちすてられて水に洗われている。

私にはそれがいのちのかよわない木っ端のようなものとは思えない。むかしは魚介をつみ、船頭にあやつられて海と川を自在に動きまわっていた舟である。今はもはや誰にも知られず、葦と泥のあいだに埋もれ朽ち果てようとしている。その小舟が、日ざかりの往還で食を乞うていた白髪のやせさらばえた牢人とかさなり合う。

きのう、私はさらしを洗った。

佐賀へたたれる父上が腹にまかれるさらし木綿である。野村様に斬られた鍋島様のご家来を手当するのにもちいたもので、さらしは赤いしみで染まっている。晴れの調練ゆえ父上には新しいさらしをまいていただきたいのだが、わが家にはこのさらししかないのである。返していただいてから何度も洗ったのでしみもいくらか褪せたようである。晴れの調練で万一のことでもあればと思い、私は乱れ箱にととのえられた父上の衣類からさらしだけをとり出して洗い直した。盥の水を何回もかえて念入りにゆすいだ。大筒が破裂することもある。煙硝がふいに燃えることがある。打ち放った弾丸が、思いがけない方法、たとえば鍋島様のご家来衆の上へ落ちることもないとはいえない。そんなことでも出来したら、父上は操練場で腹を召さなければなるまい。

　さらしにしみついた赤茶けた色を見ていると、不吉な思いが念頭から去らず、私は手の皮がすりむけるほど力をこめて洗わないではいられなかった。

　盥にいくたびも水をはりかえて洗ううちに、布に染んだ赤いものは郡方役人の血ではなくて、野村様のそれのように思われて来た。糸目がほつれるほど洗い浄めるには及ばない、と私は考え直した。かえってこのうす赤いしみをのこしておいた方が、父上のお体を護ることになるかもしれない。しみにはもしかしたら野村様の霊がやどっているかもしれない。

　いかようなわけあいであろうか、と母上はこのごろひんぱんにたずねられる。

　私がとかく沈み顔であるといわれる。私にもわからない。母上を得心させる返事をしえない。先だって四面神社の川原へ芹つみに行ったおり、とらは私が執行直次郎様に懸想していることをほのめかした。私が憂いがちであるのは、それゆえであろうか。みずから自分の胸に問うても、それだけではないという応《いら》えが返って来る。

　きのう、日が城山のきわに沈んでから、私は生垣のかたわらで柿の木を見上げていた。分厚くかさなりあった葉のあいだにのぞいている実をかぞえた。今年はいくつ柿の実が成るであろう。実は青くてまだ柿の葉の色とさほど変らない。目をこらさなければ区別はむずかしい。そのとき、赤児の泣き声がきこえた。背中にその子を負うた漁師の倅が通りかかった。日暮れ方はかつえて泣き叫ぶ幼児は多い。見なれた情景であるのに、私は二人をやりすごしえなかった。

「みぞうげ、みぞうげ（可愛い）」

と私はいい、生垣の笹をむしって笹舟をこしらえ、赤児に見せてあやした。

妹をおぶうている子も十歳になっていないようであった。あせもと埃と涙で顔じゅうをよごして、赤児は私があやせばあやすほどますますかん高く泣いた。私も涙を流した。夕餉にありつけば、たちどころに泣きやむであろう赤児が、なぜかいたましくあわれに思えてならなかった。直次郎様とその子に何のつながりがあろう。二人が去ってから、私は裏庭へまわり顔を洗って家にはいった。


夜さり、とらは碾臼をまわした。

私はとらがすり砕いた小麦粉を、かたわらで篩《ふるい》にかけた。

「志津様、船出を見送られてからどこに行きんさったと」

「土手を船待茶屋の向うまで下った」

「おかか様が心配しておられた」

「とらよい、西長田の海岸にみずごがぎょうさん流れついたげな、身もともさだかならぬゆえ妙本寺の無縁墓に葬ったときいた」

みずごと私がいったとき、とらは碾臼をまわす手をにわかに止めて、私を見つめた。

「志津様、今なんといわれた、何を妙本寺に葬ったといわれましたと」

「みずごを葬ったというた」

とらは碾臼の孔に小麦を少し流しこんだ。

「そら、流れ亡者のことでありましょう、みずごがぎょうさん流れついたこと、とらはきいておりませぬ」

「その亡者、子供ばかりであったげな、水難におうた不憫な者ども、みずごとはいわなんだか」

「雄斎様はとらが蜆ばおとどけしましたらえろうお喜びでありましたと、いまは蜆どもが卵をうむ前ゆえ身がこえて良か薬になると申されました」

「とらよい、伊矢太に会うたかん」

「伊矢太どんはあした四面神社へ蜆がりに行くとげな」

「とらよい、何をさしてみずごという」

「あちゃ」

とらは碾臼の柄にたすきのはじをからみつかせ、ぶつぶついいながら紐をといた。

「五反屋敷の乾物屋の倅と魚町の表具《ひゅうぐ》屋の娘が、せんのみそかに古町の橋から身を投げたこと、志津様ご存じかん」

「身を投げたと?　志津は男が鎌で女の咽首を裂いてからみずからくびれ死んだときいた」

「よう」

とらは碾臼をまわした。

「乾物屋の喜助どんは先にコイどんの首を切って川に突き落したとでごんす、喜助どんはそのあとからとびこみましたと」

「とらよい、男はむごかことをする」

「覚悟の心中でごんす、志津様、二人はあの世でそいとげましたと」

私はとらが碾いた粉を篩にとってゆすった。なぜ、心中までしなければならなかったのだろう、と私がつぶやくと、女には別に親が定めたいいなずけがあった、ととらはいった。業というものである、とらはつけ加えた。私はかつて父上や伯父上と本明川沿いにさかのぼって丘の古城址を見に行く途中、五反屋敷の辻で目にとめた業柱抱きを思い出した。このごろ、城下ではやっているばくちに加わった見せしめとて棒杭にいましめられさらし者になっていたのである。

私はきのうの夕方、往還で泣いていた子供を思い出した。岡町の角に倒れていたお年寄の牢人を思い出した。野村様のことも考えた。老若男女それぞれ目に見えない業柱を抱いているのではあるまいか。

「コイどんは喜助どんが子をやどしとられたげな」

そういったあと、とらは牡蠣のように口をつぐんで碾臼をまわしつづけ、私がみずごについて何をきいても答えようとはしなかった。私はあきらめて篩をつかった。大調練の後に、わが家では石火矢方と火術方の寄合いがある。母上は手打ちうどんをふるまわれる。藤原の女房殿の手打ちうどんというのは家中で評判の由である。それゆえ組の方々がわが家につどわれるおりは母上は腕によりをかけてうどんを打たれる。時には目先の変ったものを供しては、と父上のいわれたことがあった。わが家のうどんは御朋輩によろこばれております、内証をやりくりして小麦を碾くことも、ひとえに父上のためを思えばこそである、と母上はにべもなくおっしゃった。

私は吉爺がとって来た鰻をこしらえにかかった。吉爺は半日をついやして一尺あまりの鰻がたった三尾しかとれなかったことをなげいた。以前はそこらの川で石垣の下に手をくぐらせたら一刻あまりのうちに五、六尾をとるのはたやすかった。以前というのはいつのことか、と私はたずねた。自分が若かったときである、と吉爺は答え、時勢は年々わるくなるとこぼした。

父上は無事に佐賀からお帰りになった。

諫早勢の調練は小城、鹿島、蓮池藩の組方とくらべていささかも見劣りがせず、銃士の駆け引きはことのほか見事とて、鍋島様からおほめの言葉をいただいたという。武春様もご満足の体とうけたまわっている。

しかしながら父上はお帰りになってから口もろくにきかれず、居室にひきこもって書きものに没頭しておられる。鉄砲組の出立から帰諫までを文書にしたためてご家老様にさし出さなければならない。他の火術方がくつろいでおられるときも、父上は文机に向っておられる。

まれに座敷へ姿を現わされることがある。縁側にたたずんで、庭にそびえる柿の木をながめられる。そのお顔が暗い。気色がいかにもすぐれないようである。五日間にわたった大調練ゆえ、お疲れもはなはだしいのであろう。精をつけていただくために吉爺は鰻とりに出かけたのであった。

「吉よい、この鰻めが面憎か」

「志津様、鰻も命が惜しかとでごんしょう、庖丁ば貸してみなっせ」

まな板の上で鰻は私の手をすりぬけてのたうちまわる。母上はこしらえるのになれておられるのだが、こよいは船越郷《さと》の実家に法事を手伝うとてとらを同道して帰っておられる。吉爺は庖丁のみねで鰻の頭をすばやくたたいた。手なみあざやかに庖丁を入れて腹をさいた。

私は醤油を皿にとって、伯父上からいただいた白砂糖を入れた。伯父上が長崎のオランダ医師からわけていただいたものを、蜆のお返しとて下さったものである。見様見真似でおぼえたたれを自分でつくるのは初めてゆえ、われながら心もとない。

「吉よい、澄み酒はいかほど使うと」

私は徳利から茶碗に中身をついできいた。

「志津様、そぎゃんようけ使いませんと、盃に少量《ちかっと》でごんす」

吉爺は私が茶碗にたっぷりと移した澄み酒を見てうろたえた。

「父上は佐賀にて粟飯に切り干し大根ばかり食べられとったげな、久方ぶりの夕餉に栄耀《えいよう》も良かろうぞ」

「まこと、旦那様も豪儀か御膳を召し上らずばと吉も心得ます、ばって志津様、すみたるは及ば、いやいや、すぎたるは及ばざるがごとし、澄み酒は盃に半分でよろし」

「盃に半分……」

私は茶碗の中身を徳利にもどした。少しずつもどした。

「こぼさんごと移しなされ」

吉爺は茶碗がからになるまで見まもった。途中でふと気づいて吉爺に酒をすすめた。滅相もない、と吉爺ははげしくかぶりをふった。炭火で焼いた鰻の蒲焼にも手をつけなかった。自分はついでにとった川海老《だくまんちょ》があるからといった。

私は父上に夕餉を供してから、台所で食事をとった。父上はひとことも口をきかれなかった。皿のものが鰻であることも気がついておられないようであった。ぼんやりと壁に目をさまよわせながら鰻を食べられた。あれではご自分が箸をつけておられるのが、むつごろうか鰯であっても同じであったろう。このたれには伯父上から拝領したオランダ渡りの白砂糖をもちいた、と私はいってみた。おいしいというお言葉をひとことうかがってみたかった。

「うむ」

と父上はおっしゃったきりであった。

このようなご様子では、佐賀大調練の首尾などくわしくうけたまわることはとうていおぼつかない。

「吉よい、佐賀では何があった、父上は憂わしかごたる」

吉爺はいつものように土間で藁をたたいた。佐賀に出立するまで、ない上げた測り縄はぜんぶ、城内の諫早屋敷において来たという。口に含んだ水を藁に吹きかけて湿らせ、木槌でたたいてやわらかくする。その藁しべで縄をなうのである。

「旦那様は諫早勢が調練に下知あって、小城、鹿島、蓮池の備え立ても見分に走られました、明け六ツ刻から暮れ六ツ刻まで、中折《なかおれ》の操練場を右往左往なさいましたと、精も根もつきはてられたとおぼえます」

四つの藩から出向いた組方は、正六ツ刻、それぞれの屋敷でとうとうと打ち鳴らされる太鼓を合図に、どっと隊伍をくり出し中折操練場へ道押し（行進）した。先頭に物見侍二人が立ち、証拠旗二旒がつづく。一番陣隊は早田様が騎馬で率いられた。総勢五百七十人、沿道にならんだ佐賀城下の百姓町人は、さすが龍造寺様のご家来よ、と威風堂々たる道押しに目を見はらない者はなかった。

「吉よい、鉦やら太鼓、貝などいかがした」

「はいさ、そのことしきたり通りもちいられ、双林坊どんが貝役ばうけたまわりました」

隊列が駆け引きをする合図に源平のいくさなら鉦や太鼓を鳴らし貝を吹けばすむであろうが、大筒鉄砲をもちいる当今のいくさでは、銃士の耳にとどかない。むしろ拍子木が乱戦のおりにはよろしからん、というのは父上がかねての仰せで、備え立てにも父上手ずから用意された拍子木を持参された。

「道押しの順、幟の数、使い番、祐筆、医師、軍目付、陣場奉行、伍長殿などの序列、むかしながらでありました」

「吉よい、小城も鹿島も蓮池もむかしながらの道押しであったかん」

「はあ志津様、吉は文化文政のころから大調練に参じておりましてごんす、吉の親父は天明のころに早田様の足軽をつとめました、親父からきき知った調練しだい、ただいまと鉦の音ひとつちごうてはおらんごとあります、双林坊どんも伝来のきまりにならって貝を吹くことにえらい執心をしたとおぼし召せ、前の晩もお屋敷の庭でぼうぼうと吹き鳴らし、稽古に憂き身ばやつしまして、われら寝入りをさんざんじゃまされましたと」

双家は代々、陣頭でほら貝を吹く役を仰せつかっている。天正のころ、龍造寺家晴公が伊佐早に討ち入り、この地を領していた西郷氏を平げたとき、高城の本丸で勝利のしるしに貝を吹いたのは双林坊の先祖、玉震坊であった。貝は北は鈴田峠から南は宇木街道まで、西は小船越村から東は小野島まで鳴りとどろいたという。

伊佐早の百姓どもはことごとく耳をすませて、新しいご領主の到来を耳なれない貝の音で知ったであろう。このことが双家のじまんである。

私は先だって父上が渡部様に、この諫早討ち入りを語られるのを、おそばでうかがったことがある。

天正十五年夏、龍造寺家晴公は佐賀を発し、手勢三千五百のうち一手を陸路多良の山裾ぞいに南下させ、一手を軍船五十艘に乗りこませて海路、伊佐早へ向わしめられた。着到するやただちに本陣を福田村にかまえられ、勝ちいくさの前祝いに肥前一の貝吹きとしてその名も高き玉震坊に命じて、善根の辻にて貝を吹かせられた。これをきいた四面宮の本坊は、ただ今の貝は常人の及ぶところにあらず、まさしく佐賀におわす玉震坊前法印宥山殿なるべしとて、こなたよりも勝ちいくさのしるし貝を吹き返せやと、手下の剛力坊に下知すれば、坊はうろたえて引き貝の合図を吹きたててしまった。

竹の下、岡町あたりに陣をしいて、いざ龍勢を迎え討たんものと手ぐすねひいていた西郷勢も、時ならぬ引き貝の合図にまず足軽どもが楯をなげうち浮き足立つかと見えたので騎馬武者が陣の内をかけまわってしずまれと令するのを、後備えが望見してさては早、わが勢つきくずされたりと算を乱し、たちまち先陣もわれ先にきびすをめぐらし高城、正林の砦めざして馳せもどる仕儀となった。ひと吹きの貝があだで、西郷勢は戦わずして籠城したのである。

龍勢ははやりにはやり立ち、この城もひともみにもみつぶし、西郷氏一族は囲みをやぶって城をぬけ島原を目ざした。主君を奉じて落ちてゆく家臣のなかで剛の者は、せめてもう一戦をまじえずばと梅津川のほとりでしんがりの陣を備え立て、勝ちに乗じて追いすがる龍勢と矢を合せた。

高城をめぐるいくさより実はこのときの合戦がものすさまじかったという。しんがりの陣に参じた敗軍の将兵は、いずれも城を枕に討ち死にをしなかったことを家門の恥と知る者ばかり、ここを死に場所と思い定めてふるい立ったゆえに龍勢のうち名のある家臣で討たれた者すくなからず、ために梅津川は紅に染まったという。

今もこの川のほとりを耕す百姓は合戦の名ごりと思われる鎧具足の切れはじ、折れた太刀、鉄砲玉、矢じりなどを畑土から掘りあてることがあるときいている。

西郷勢は梅津川で大半が討たれ、そのあいだに主君は島原へ逃げると見せて領地の北大村湾にのぞむ津水村にひそみ、船を仕立てて平戸島へ落ちのびたそうである。したがう家来わずかに五、六騎であったとか。

「吉よい、双林坊どんは鍋島様のおんまえで貝を吹いてさだめし面目をほどこしたであろう」

「中折が原には四藩の陣と鍋島様の御備え立てがたむろしてごんした、総勢三千をこえた騎馬と徒士のむれをまえに双林坊どんは逆上したごとあります、鉦太鼓役と息があわず、調子はずれの貝を吹きました、軍中目付中古賀様からいたくおとがめをうけましたろう」

「吉よい、父上は大調練の模様を志津にじゅくじゅく話して下されぬと」

「せっかくご持参の拍子木、もちいられず、そのことご主人様いたく心外と吉はお見うけしましてごんす、吉も心落ちとお察しあれ」

「父上に失態はなかったであろうか、吉よい、包みかくすな」

「なんの包みかくしましょうぞ、旦那様にかまえて失態はござんせん、志津様、ご懸念あるまじ」

吉爺はかくしてはいないであろう。もし父上に落ち度があれば、仕舞祝いに酒をたまわったり、出来一朱と目録をいただくこともなかったであろうから。そうすると父上が思いに沈んでおられるのは、鉦の打ち方ひとつかえようとはしない伝来の陣法ゆえと考えられる。

雄斎伯父は長崎に来る清国の商人から、天保のころ、その国に攻めこんだイギリス国とのいくさをきかれた。紅毛勢の数はほんのひとつかみであったが、新式の大筒小筒をうちかけて清軍をさんざんにやぶったという。父上も長崎御奉行所西御役所に出張りのおり、オランダ商館の通詞からこのいくさをきかれ、詳しく問いただした上で聞き書きをとられた。イギリス国がもちいた大筒のこと、新式銃のことにとりわけ気をひかれたごようすであった。

（異人はもはや火縄無用元込式の銃をいくさにもちいとるとげな、秋帆先生を牢屋におしこめた者どもに、このことをきかさずば）

父上は雄斎伯父を相手にいきどおりをもらされた。西のイギリス国の狼藉はすでに吉爺が子供のじぶんにはじまっている。文化五年秋、長崎港に乱入したイギリス軍船フェートン丸は通詞オランダ人二名をひっとらえて船内にとりこめた上、兵糧と薪水を得たいと奉行所に求めた。長崎御奉行松平図書頭様は戸町、西泊の台場に打ち払いを命じられたが、御備え方佐賀藩は人べらしをしておって千名あるべき勢が五十名しかひかえておらず、いくさあいかなわず心もとなしと申し立てたゆえ、せんかたなく奉行所はフェートン丸にのぞみの兵糧薪水をさしとらせざるをえなかった。奉行所警固の侍はその前夜、具足をつけ、甲冑に身をかためて討って出、元寇の故事にならってフェートン丸に漕ぎよせ、理不尽なイギリス兵どもを刀の錆にせんものといきり立った。しかしながら台場の大筒が意のごとくあやつれないではそれもならず、加えて出島蘭館のオランダ人を人質にとられてもいるからして、軍議はイギリス国の求めに応ずることやむなしという結末になった。

イギリス軍船は港内の船を焼きはらい、長崎の町に大筒を打ちかけると申しこした。諫早、大村、島原の備えをよびあつめるゆとりはない。蘭館のカピタンもしきりに松平様をなだめたのでようよう警固の侍も討ち死にをあきらめた。松平様はイギリス船が去ってから割腹されるまでのあいだに、江戸表へ〝肥前の無調法〟と佐賀の台場備えよろしからぬことを申し伝えられた。

鍋島様は面目を失われた。

時の諫早藩主十一代茂図様は当地にやまいでふせっておられたにもかかわらず、異変をきいてただちに長崎へかけ出されたが、そのときはすでにフェートン丸退散のあとであった。責をとって矢上番所につめていた諫早の手の者一名も腹を切った。早田様の遠縁にあたる侍であったという。

茂図様はそのまま長崎表にとどまること四カ月におよばれた。文化六年、長崎にて水陸軍陣の大調練がおこなわれた。諫早藩よりつかわされた備えがもっともみごとと幕府検分役よりおほめにあずかり、茂図様は鍋島様から大小差料と衣類をたまわった由である。異国船打ち払い令が出たのはその後、文政八年のことであった。母上が十歳の年ときいている。

それよりはるか以前に、樺太、蝦夷をたびたび荒していたロシア国の軍船も長崎表にいたり、レザノフと名のる使い番が交易を求めたとか。父上が幼少のみぎりより、諫早にて白帆注進をつげる板木、早鐘が鳴りやむことはなかったようである。

父上の仰せでは、長崎港の諸処方々にきずいた御台場の大筒が強ぐすりをこめて弾丸を打ちはなしてもとどかないところからロシア軍船もイギリス軍船も打ちかけて、難なくこちらの台場をみじんにくずす大筒を数十門つみこんでいるという。

「吉よい、中折の操練場は勢屯より広かとだろう」

「はいさ志津様、中折が原にくらべたら諫早の勢屯は十分の一もありませぬ」

「肥前の侍足軽そろって長崎におし出せば、異国船を打ち払うことかなうまいか、軍船乗組方は無勢であろうに、津々浦々をみたすほどに弓槍鉄砲をひっさげた軍勢を備え立てること父上の胸にあるまいか」

「志津様、元足軽ふぜいに陣立てのはかりごとをたずねられる、吉は何と申し上げればよかか惑いましてごんす」

長崎の港口は鶴の首のように細くてせまいから、小舟を横にならべてふさぎ、太綱でつなぐという思いつきが藩士から言上されたという。その噂を伝えきいた吉爺は、腕によりをかけて縄をないたいと父上に申し上げた。小舟をつなぎとめるには尋常ならざる縄もいるであろう、というのである。しかしながら、江戸表では先年アメリカ国と和親の取りきめがかわされたという。九月には長崎もイギリス船の来航をさし許すことになった。

異国船を通せんぼする縄をなうことはわが一世一代のほまれとて腕をぶしていた吉爺はがっかりした。

（あっぱれな思いつき、もはや水の泡となりましてごんした、吉は黒船が突っかけても切れぬ縄をなって、目にもの見せてくれましたとに）

「吉よい、その測り縄は何にもちいると？ 大調練はすんだ、目代野の火術調練もすんだであろう」

「志津様、太刀は武士の魂、そのこと吉の測り縄と同断とおぼし召せ」

縄をなうのが藤原家につかえるもののつとめである。自分は冥途へまかるまで縄をなうであろう、と吉爺はいった。

「老いさきいくばくもなかゆえ、測り縄ば何間ととのえられるか、そのことを思えば吉、胸ふたぐここちでごんす」

「吉よい、後添いをなぜめとらぬ」

吉爺は手を止めた。

「志津様、吉が何か落ち度をしでかしましたでありましょうか、吉はお家に奉公することけんめいでごんす、下男ふぜいも安心立命を願うこと、さし支えあるまじ」

「つれあいをめとったらかえってしっかりと安心立命せなんだか、とらが来年、伊矢太とそうこと承知であろう、父上は吉が身のまわり放埒《ほうらつ》になることを心配されとると」

吉爺は木槌をとって藁束をたたきはじめた。私が何をいっても後添いのことには答えず、そのかわりに中折の大調練で見聞したことをことこまかに語ってくれた。

小城方の大将は竪帽子、そのほかは物頭から雑兵まで白手拭いをうしろ鉢巻して、使い番の騎馬武者のみが陣笠をかぶっていた。蓮池方は大将以下、物頭まで竪帽子をつけていた。小城方は侍以上、筒袖にたっつけ袴、物頭は美々しく緋の筒袖を着用し、足軽は股引に花色の筒袖といういでたちであった。

本陣のまんまえに野戦筒八本をそなえ、小銃兵卒が左右に半月形をなしてかまえ、いずれもしごくの早手前にて、雨あられのごとく手しげく打ちはなし、その音、天地もくずれるばかりかと思われた。

陣中一円、鉄砲大筒からふき出す煙硝の黒煙におおわれて、ものすさまじきありさまであった。しかしながら小城方を蓮池方とくらべると、小城方は和筒をこめかえこめかえ打ちはなしたのち、煙をついて数十騎がいっせいに声をあげて乗り出し、それにて勝負は決したかのごとく検分役は仰せあったが、「かの信長公が武田勢をやぶった長篠のいくさならともかく、騎馬武者が乗り出して勝負相決したりとはせんなし、と旦那様は心外なる面持ちでごんした、せめて本陣切りくずしもあるべしと吉に仰されました」と吉爺は縄をないながらいった。

それにひきかえ蓮池方は、大筒こめかえの手さばきがひときわ上出来で目に立ち、旦那様は「さすが業前《わざまえ》……」と感服されておられたように見うけました、と吉爺は告げた。野戦にては弾丸の力が洋筒におとる和筒をあつかう極意は早ごめ専一にあり、と父上は仰されたとか。小城方は大将から足軽まで采配にて一体となり中折操練場をかけひきあいなったが、蓮池方は采配をもちいず、小者頭が使い番となって騎馬にてかけまわり隊伍より隊伍へお達しを伝え、かけ引きを下知した。煙硝の煙がたちこめるいくさの庭では、采配をふっても陣をしいている足軽の目に見えない、使い番を走らせて下知することが妥当よ、と父上は蓮池の陣法をほめられた由である。

「志津様、久方ぶりの大調練、煙硝の匂いをかぎ、大筒を打ちはなす音を耳にして、吉は血がさわぎましてごんした」

若いじぶんに鉄砲足軽として働いたおりのことを思い出した、と吉爺はつけ加えた。

父上は夜なべをされるらしい。居室の明りは私が寝るときも消えなかった。鯨油を燃やす生ぐさい匂いが私の部屋までただよって来た。

きょう、ひるすぎ母上は湯をつかわれた。

私も母上のあとで湯をつかい、念入りに髪を洗った。

鍋島少将様が長崎表からのお帰りに、諫早で蛍狩りをなされる。武春様も佐賀からお下りになってつきしたがわれるとのことである。表向きはおしのびにて、ぎょうさんらしくもてなすことはあいかなわずとのお達しが佐賀より下されているそうであるが、家中の気ばりようはひと通りではない。御接待役の人選、道ゆきの順、ご馳走の品えらび、御休み所の選定など、会所には非番の侍もまかり出て連日寄合いがあった。

母上は鉄漿《かね》をつけなおし、眉を剃られた。もてなしには出られないけれども、娘をさし出す母親が化粧することはたしなみであるとおっしゃる。

吉爺は門口を出たり入ったりしている。雨雲が金比羅山の上にわだかまっている。少将様がお屋敷を出立されるころおいに降り出さなければいいが、気がかりである。やがて吉爺は庭さきから、間もなく夕立が来るごたる、といった。母上はたずねられた。

「吉よい、蛍が散るほどの夕立であろうか、せっかくのお成りに蛍を川原に実見かなわねば少将様にあいすまぬ」

吉爺はもういちど、小手をかざして金比羅山を仰いだ。

「おかか様、あの雲の色、形、雨を降らせましても火縄さえ湿らせぬほどと吉は見うけましてごんす」

母上は私に白粉をはかれた。頬紅をさし口紅をひかれた。私はときどきうす目をあけて鏡にうつる自分の顔をぬすみ見た。

「父上はけさ出仕されるまえに仏間でご先祖様を拝んでござった、神棚にもお神酒をそなえてござった、志津の手落ちは父上の手落ちと思い、二十八枚の歯をかみしめて粗略あるまじ」

私は母上に顔をおあずけしたまま横目をつかって乱れ箱にととのえられた鹿子絞りを見ていた。母上が嫁入りまえに着ておられた唯一の晴れ着である。きょうまで、一度も私は袖を通したことがない。帯の上には懐刀がのせられてある。

「あやめ様は、少将様おもてなしをつかまつるについて心がまえをさとされたであろう、そのこと気にとめて懈怠すな」

母上はくりかえし同じことをおっしゃる。先日、御屋敷へ藩士の娘七人がまかり出た。奥女中頭あやめ様が一人ずつ娘を別室へまねきお茶の点前を検分した。いざ少将様にさし上げる段になって見ぐるしい点前をごらんに入れてはおそれ多いといわれるのである。未熟な手並と見なされた娘は御前からはずされ、おともの方々へつかえる組へさしまわされることになった。七人のうち、高柳菊様と司京ハヤ様が御免となり、私は苦しからずということであった。早田梨緒様、西村綾様、執行布喜様、中古賀糸様と五人して少将様にお茶を進ぜることになった。はずされた二人は、とものお方なら肩がこらず気もつかうこと少いゆえらくであると負け惜しみをいわれた。しかし、御屋敷から退散したとき、会所の塀かげで菊様とハヤ様は人目もはばからず抱き合って泣いておられた。

梨緒様は菊様と親しい。無二の友だちであるというのに、椋の木かげに肩をよせておられる二人をひややかに見てすぎられた。

「菊様がお点前の手並、家中の娘一との評判でごんした」

と布喜様はいった。

「そのこと私いかにも解せぬと、なしてお二人は選にもれたとであろう」

梨緒様は日傘をくるくるとまわした。噂では茶道の心得より器量をもとにえらばれる由である、と布喜様が口をはさまれた。

「はて心得ぬ、菊様もハヤ様もわれらより数段、器量よしであるとに、布喜様、仔細は別にあろう」

梨緒様は日傘をとめて布喜様に肩をよせた。

「もっぱらの噂でごんす」

布喜様はいった。

「はて解せぬ」

綾様と糸様が口をそろえていった。三人が噂を知らなかったといいはるのは怪しいものである。おひとよしの布喜様の口から遠まわしに自分たちの器量をおだてられ、二人とも上きげんになっておられるのであった。そのことについては菊様とハヤ様もご存じのはずゆえ、口惜しさもひとしおであったにちがいない。

「志津、あやめ様はおもてなしの心がまえを何と仰せあった」

母上は私の髪をつかねられた。解いてはくしけずり、くしけずってはまた解いて切りそろえるに心を砕いておられる。

「だらりの話をなさいました」

と私は答えた。

「おおそのこと、私も娘のじぶんに父上からうけたまわった、急々、急だらり、だらり急、だらりだらりとおぼえた」

「母上、その順序、急々、だらり急、急だらり、だらりだらりでごんす」

「ああ、この齢になればもはやうろおぼえと思え、志津は急々とまでゆかずとも、かまえてだらり急なることを心がけよ」

「母上、だらり急を心がけます」

鍋島様の初代勝茂様が奉公の心がけとして仰されたには、とあやめ様は語られた、急々はことを申しつけたときもよく承知し、りっぱにやってのける、これは上々である、だらり急はいいつけたときはさほど気がきかないが、ことは手早くそつなく片づける、急だらりはのみこみは早いが、やることは手ぬるい、だらりだらりはのみこみも手くばりもおそい。

「急々を心がけてようやくだらり急に果たすものぞ、鍋島様にお目見えかなうこと家門の誉れ、このこと肝に銘ずべし」

とあやめ様はおっしゃった。

日がくれた。

吉爺が予言したように夕餉どき雨が降った。大粒の雨滴が軒をたたき、柿の葉を落とした。日照雨《そばえ》はじきにやんだ。乾ききった往還の埃がしずめられたのは良かった。わずかな雨でも、日ぐれてから吹く風はかくべつに涼しい。

私は西村綾様と二人で、四面神社へ行った。あとの三人は少将様が四面宮の次に休憩される輪内の慶巌寺にはべることがさしずされた。川を見おろす境内には高張提灯がかかげられ、緋毛氈がしかれた。私は綾様と茶道具を用意したござの上にかしこまった。

「志津様、あの方をごらんあれ、だらりだらりじゃ」

毛氈においた床几のうしろに屏風を立てまわしている若侍を目顔でさして綾様がささやかれる。裏返しに立てまわしたのに気づいて直されたのを見ると、今度はさかさまである。若侍はあわてふためき、汗みずくになって屏風にとりくんでおられる。綾様は声をころして笑われた。「志津様、つねって下され、つねって」私は腿をつねってさし上げた。御家の宝である屏風にもしものことがあっては一大事である。若侍がどうてんするのもむりはない。

「志津様、あのお方は急だらりのごたる」

境内のあちこちで蚊やりをたいている年配の侍はことさらゆるりとした動作である。石燈籠ぎわの蚊やりに火をつけて屛風裏の蚊やりへ歩むおりも途中で拝殿によって絵馬などながめておられる。私は綾様がこよいはひときわあでやかによそおわれ、高張提灯に映えるお顔が別人のように清げであるのに見とれた。

「綾様、その化粧、ご自分でほどこされたかん」

たまりかねて私はきいた。化粧にも極意があるに相違ない。綾様は口に手をあてて肩をなみうたせられている。提灯をあまりに床几ちかくかかげては、鍋島の殿様に蚩が見えぬではないか、それに明りをしたって蚊もよってくる、と佐賀のご家来が諫早藩士を叱りとばしている所である。

うろたえた侍は高張提灯を持って境内をさ歩《る》き、またもやご家来から一喝されて途方にくれた。私は身をよじっている綾様の腿を指に力をこめてつねった。胸高にしめた上物の帯よりも夜目にも白く浮んでいるえりあしのすがすがしさがねたましく、力いっぱいつねってさし上げた。

「少将様はただいま、徒歩《かち》にて御屋敷を出られた」

使い番は次々にかけつけて接待役に言上した。

「ただいま、天祐寺前にわたらせられた」

「ただいま、愛宕山下をお通りでごんす」

接待役は配下の侍足軽を鳥居の内外にならばせた。境内は落葉一枚とてないよう掃ききよめられている。社殿の方からあやめ様が姿をあらわされ、茶釜にたぎっている湯かげんを見られた。心を平かにして、かねてわきまえた作法どおりにふるまうように、と言葉少なにさしずされ、ござにつかれた。

少将様はお成りになった。

どうしたことか私にはそのお姿、お顔を拝見していながらおぼえていない。いないどころか私がお茶をさし上げたのは少将様かお供のご家来の方であったかも心もとないのである。あやめ様はござの端に威儀を正してひかえられ、終始、私どもの点前に目をくばっておられた。

少将様がどのような着物を召しておられたか、いかような造りの太刀を佩いておられたかなど、まったくおぼえていないのに、闇を飛びかう蛍のむれはわが家にもどって床についた今も鮮かに思いえがかれる。境内の正面に川原がある。栄田庄から流れ下った本明川はそこで大きく東へ屈曲して広い川原に中州を点在させている。先だって私がとらと芹をつんだ川原である。

それにしても私はいつ蛍を見たのであろう。茶道具をととのえるとき、少将様をお待ちしているとき、蛍など一匹も目に映じなかったようである。少将様が四面宮から慶厳寺へ移られたのち、私たちは道具をしまい、慰労として拝領した佐賀最中《もなか》をふところに帰宅した。そのどこで蛍を私は見たのであろうか。

淡い緑色の光を放つ点が、木立から草むらから漂い出し、墨色の闇をうずめる。綾様のえりくびで光る蛍もいたように思う。光る虫は宙にむらがり、ちらばるかと思えば一つによって、暗闇に大小さまざまな光をともしたかと思われた。きりもなく水面からわき出し、川辺を縦横無尽に飛びかい、水にそのかげをうつした。

帰ってから私は母上に少将様のご様子を申し上げることかなわなかった。おぼえているのは川原のそこかしこで息づくように点滅している青みがかった微光のかたまりのみである。お叱りをこうむらなかったのであるから、手落ちはなかったと思う。かりにいささかの手落ちがあっても、ほしいままに見た蛍どもの景観にくらべたらそれが何であろう。私は青緑色に輝く光のなだれを全身であびたように感じた。母上は私がいただいた佐賀最中を仏壇にそなえられた。

私は自分で紅白粉を落し、もう一度湯をつかって寝についた。

お屋敷のお庭でわかれた布喜様に私はついにたずねることをしなかった。直次郎様が息災でいらっしゃるかどうか、おききしてはならぬとかたく自分にいましめておいたのである。それでいて私は少将様お成りになるまで、さりげないふうを装って何回もたずねようとし、そのつど自分にした誓いを思い出してのどもとまで出かかった言葉をのみこんだのであった。


父上はきょう登城されない。

いぶかしく思って母上にたずねると、武春様のご不興をこうむって謹慎を仰せつかったとのことである。

父上は接待役に任ぜられなかったから四面宮にも慶厳寺にもひかえられなかった。会所につめておられただけである。少将様はお屋敷におられた。ご不興とは何ゆえにとたずねると、蛍狩りをされた日のことではなく、先だって父上が長崎御台場から立ち帰られて会所にさし出された勤番次第届け書のなかで、長崎御奉行所西御役所と書くべきくだりを、長崎奉行所西役所としるし、長崎御奉行荒尾石見守成充様と書くべきくだりを、長崎奉行とのみしるしたのが、届け書を検分したご家老の目にとまったのだという。

父上はわざと御を落されたのであろうか。それとも誤ってつけ忘れられたのであろうか。何ともおっしゃらないので私には判じかねる。

「謹慎ですんだのは不幸ちゅうの幸い、この上おとがめをうけて禄引きでもあったら、と母は胸をなで下したぞ」

と母上はおっしゃる。

私は庭にちりしいた柿の落葉を掃いた。仰ぎ見れば、木の間がくれに点々と柿の実が青い艶を放っている。その上にひろがる空も、ひところよりは高く澄みわたっているかに感じられる。遠くから風にのって、豊作を祈る百姓の浮立《ふりゅう》がきこえる。笛太鼓のあいまに鉦の涼しいひびきもまざっている。刈り入れのあとでもよおされる祭のために稽古しているのであろう。

玄関でおとなう声は西村官兵衛様であった。

「藤原は謹慎の身でござれば」

「そのこと承知してごんす、会所より執行様の申しつけにて西村がまかりこしたとおとりつぎくだされ」

私は大急ぎで父上の居室をかたづけた。書物、絵図面、書きつけで文机のまわりは足のふみばもない。父上は西村様が座につかれると、少将様接待のお役目、父娘ともどもご苦労であられたとあいさつなされた。西村様は慶巌寺にひかえておられた由である。

「綾はふつつか者でごんす、こなたのご息女に比すべくもなか」

私は父上のわきにかしこまった。耳の遠い父上に客がいわれることを伝える役目であるが、綾様がふつつか者であるとはいかにも私の口からは伝えにくい。私はだまっていた。

きょう、父上は西村様のお相手をなさるのがいかにもおっくうなご様子である。父上が沈みがちであられるのにくらべ、西村様はこのまえとうってかわって上きげんである。

「きけば慶厳寺おひかえの方々は少将様から佐賀の銘酒を振舞いにあずかったとか」

と父上はおっしゃった。

「御料理と、〝井樋上〟を拝領つかまつった、名のみきいて見ることもかなわぬ銘酒、冥加にあまり申した」

〝井樋上〟はいい酒である、と私は伝えた。それは甘口であったか、辛口であったか、と父上はきかれた。

「まこと極上の辛口でごんした、少将様は辛口がごひいきと官兵衛、見たてまつった」

少将様は慶厳寺の岩の上から本明川にむれとぶ蛍をうちながめられつつ、〝井樋上〟をくまれ、しごくごきげんうるわしく、ご都合よろしくあらせられたという。お屋敷にお帰りになったのは四ツ刻であったとか。

「御膳方の心労もなみなみではなかったときき及んだ」

と父上はいわれた。

「串なまこ、打あわび、かまぼこ、海老、竹の子、干瓢、煎鮭、鶏、はも切焼、鯵塩焼、玉子巻寿司、皮牛蒡、佐賀表にといあわせて少将様の好物をとりそろえること、御膳方は心をくだいた、山海の珍味もかくやとおぼえましてごんした、官兵衛、御膳方がてがらを藩史に特筆大書いたしした」

終りのくだりを私は父上に伝えた。御料理は耳にするかたはしから忘れてしまった。串なまこ、打あわび、かまぼこ、となおも官兵衛様はつぶやかれた。賞味されたご馳走によほど感銘なさったのであろう。いっとき、うつけ顔で庭を見ておられ、やがて居ずまいを正して、懐中から書状をとり出された。

「その藩史にこの文書をうつしとるにつき、藤原殿に相談いたすべくまいった、執行様が仰せでごんす」

父上は書状をひろげられた。

長崎港神崎台場警衛の士、執行直右衛門命に応じ魯西亜記をつくる、というはじめの一行が目に入った。

父上は声たからかに読み上げられた。

「嘉永七年甲寅春三月、魯西亜国王聘使三たび瓊浦《けいほ》に至れり焉、国志に曰く、華夷来朝すればすなわち兵革旌旗の備えありと、けだし、威武を殊方に昭さんとなり、すなわち西泊、戸街の固め是れなり、この行くたるや沖島、伊王島、香焼島、長刀厳、高鉾、小鹿倉等の諸堂あり……」

父上は書状をひざにおかれた。ふしんそうに西村様へとわれる。りっぱな文章ではないか、藩史に収録するのに何のさし支えがあるのだろう、問いの後はひとりごとにちかい。

「いざ藤原殿、おわりまでずいずいと読まれろ、作文されたとは執行直右衛門様にあらず、次男坊である直次郎殿であるげな、好古館名うての逸材が父上の命で草された、執行様仰されるには息子は未熟者ゆえ文章にあやまちあっては恥をかくとて、書物の虫……」

西村様はばつがわるそうに口ごもられた。書物の虫、とすかさず伝えた私をうらめしそうに見やられる。

「いかにも私、書物の虫でごんす、官兵衛殿、遠慮にはおよぶまじ」

父上は耳に手をあてがって先をうながされた。

「かしこまった、西村、執行様の仰せを申しつたえる、ええ魯西亜記を藩史におさめるについては書物の虫藤原作平太殿と申し談じてとく検討すべしと仰せあった」

「はあ心得た、それでは……」

父上は書状をふたたび読みあげられた。

「すなわち西泊、戸街の固め……」

「あちゃ、そこはすみ申した」

「失礼、ええと……諸営あり」

「はいさ、諸営あり、からでごんす」

「毎営戈船若干隻を繋す、そのまえに旌旆閃々として雲を蔽う、夜はすなわち撃拆鉦鼓、火炬天に燭く、号令厳粛にして隊伍斉整、威風凜烈、これを犯すべからざるの象あり、また我君かたじけなく大君近衛少将藤公の厳命を奉ずるに遇い都督たり、臣等驥尾に従い、本藩の隊伍に列す、営を成る者、十の八九に居る……」

　父上はためいきをついておっしゃった。

「官兵衛殿、長崎表の固めはこの文章ではあたかも諫早が一手に引きうけておるに似たり」

「十の八九に居る……」

　西村様は目をとじてさきをうながされた。

「伏して惟うに建臺二百有余年、治教日に新たに海内嚮導万里はるかに四夷左衽来たらざるなく、おもねって来貢せざるなしといえども……」

　はておぼえぬ、と父上はつぶやかれた。いずこの国がおもねって来貢しているのであろうか、とたずねられた。

「さすが執行様のご子息、名文ときこえた」

　西村様は父上に取りあわれない。父上は何かぶつぶつ口中でつぶやいておられたが相手がさも感じ入られた体で頭をふっているので仕方なさそうに読みつづけられた。

「藤原は名文を拝読します、ええ、珪臣部伍の後に列す、皞皞《こうこう》として豈一言なかるべけんや、たまたま我君臣珪に命じてこの盛事を記さしめられる、ついにその譾劣《せんれつ》を忘れて一々の視聴を録し、もって君命を塞がんと欲す、笑を将来に貽《のこ》すは臣の分なり、僣諛《てつゆ》の罪放すところ辞せざるものなり、然りといえども君威咫尺、心神奔越、書に臨んで言うところを知らず、神崎陣営に染翰す、君見ずや……」

父上は僧が経文を誦すようにふしをつけてまえより大声で読まれた。にわかに書状をひるがえして後段をあらためられ、ふしぎそうに、

「官兵衛殿、魯西亜記はこれがぜんぶでごんすか」

「否《いんに》、その二枚は前書き、本文は別にありましてごんす、ご安堵、ご安堵」

「さても長き前書きよ、ええ、君見ずや東北の夷、魯西亜は紅毛に像類す、姿色鮮頭玄纓を戴く、嬋娟を競って升降進退、鳴籥揖攘《めいやくゆうじよう》して雍容あり、東西、岸は戈船萍浮す、海に沈みて旌は白雲のめぐるに似たり、残夜鼓声来たって粛然たり、かくの如き壮観よく記するや否や……」

直次郎殿は洋式大筒の威力を知られぬ、まこと作平太はくちおしか、と父上は客のまえで膝をたたかれ、畳にのべた書状をさされて、ここにあるのは文章のみであるとおっしゃった。

「あらあら作平太殿、洋式大筒のこと、今やかかわりあるまじ、直次郎殿は詞藻豊富、私めでたい文章とおぼえたてまつった」

「長崎奉行所の役人の話、通詞の話、私うかがっておる、ロシア、イギリスの軍船にて洋式大筒をもてあつかう者ども、目に一丁字なき無学のやからであるそうな、大筒にこめるのは玉薬であってあやに美しか詞藻ではござらん」

西村様は私がいれかえたお茶をすすられた。父上はお茶に手をつけられずだまって腕をこまぬいておられる。やがてせきばらいをして西村様は口をきられた。

「ロシア国とは和親のとりきめ江戸表にて相かわしたとき及んだ」

「毛唐は理不尽をいたす、文化五年がイギリス船フェートンの狼籍を思え」

西村様は懐中からもう一冊とり出された。魯西亜記の本文である。父上はこれを読みあげられた。

「おろしや渡来のみぎりは西泊警固頭、吉田晃司郎殿にて候、このせつ、帆影あい見え候いらいは、昼夜不眠にて御手配方心づかいこれあり、自身の部屋より船泊りに気をつけ、もし注進船など着き候えば、申し付け夜分は提灯を出し、御用とどこおりこれ無きように心がけられ候……」

「作平太殿、いかに」

「同一人が書かれた文章ではなかごたる」

「はっは、前書きは多少、修辞をつかまつるならい、このこと作平太殿も承知とおぼえとった」

父上は一段だけを読みあげ、二段三段は目をとおされただけである。藩史に収録することは西村様におまかせする、謹慎の身ゆえ同じ編纂役として力ぞえかなわぬのが残念である、と父上はおっしゃった。

私は腑におちなかった。西村様は先日とはうって変って上きげんのようである。思うに藩の重役である執行様じきじきのいいつけをうけたまわって使い番を果たされるのが気に入っておられるのであろう。執行様のお目にかなわぬ者はとり立てられぬとつねづね噂にきいている。西村様はこれまで執行様に近しい方ではなかった。

西村様は口をひらかれた。

「ところでごらんあれ、前書きのくだり、睩々として、は皞々が正字ではあるまいか、このこと字書に明らかでごんす」

「はあ、いかにも」

「僣謏の罪のくだり、僣はおごる、真似るの意であるところの僣《せん》の誤用にて、謏もまた諛のあやまりかとおぼえた」

「官兵衛殿、訂正されては」

「はあ心得た、直次郎殿において、上手の手から水がもれたに似たりでごんす」

「藤原はもはや、〃書に臨んで言うところを知らず〃でごんす」

「ご謙遜は過激とおぼえた、西村もとよりロシア軍船の大筒方と同じく目に一丁字なきやから」

「……」

「また、鳴籥揖攘してのくだり、攘は讓のあやまりの如くおぼえた、漢書礼楽志に揖讓而天下治者とありましてごんす、このこと、いかに」

「また直次郎殿が上手の手でごんしゅう」

「ところが攘はもともと讓の原字でごんす、西村はあらためて新知識ば得た、無学を恥じ申す」

「はあ、讓の原字と」

父上は気のないご返事をして、あくびをかみころしておられる。私は西村様の晴れやかなお顔を見るうちしだいに胸さわぎがして来た。もしや、あのことはまことなのではあるまいか、綾様が執行家のご子息と縁組される儀が内々のうちにすすめられているという。

鯨とりで財をなした津水村の分限者が、数千銀を藩にご用立てするについてなかだちをしたのは西村様の力があずかって大きかったという。

母上はとらをつれて御寺へまいられた。

父上は謹慎がとけて、きょうは初の出仕である。吉爺は裏庭で野菜畑の草をむしっている。

戸障子をあけ放した座敷に庭さきからゆるい風が吹きこんでくる。まひるの風であるのに肌に涼しい。軒ばにやや色づきかけた柿の実が見える。

「徒然《とぜん》なか」

ひとり言を思わず口にしてはっとした。家にはだれもいない。そのことをにわかに思い知った。私は鏡台へにじりよった。母上がお帰りになるまで一刻はあるだろう。私は抽出しに手をかけた。

気がついてみると、目の前に紅皿がある。白粉函がある、刷毛がある、香油壜もある、そして鏡の中にぼんやりと白いものが浮んでいる。だれに会うのでもない、来客をもてなすためでもない、ただ何となく自ままにはじめた化粧であった。

眉に墨を入れ、頬に紅をさし、唇に紅を引いた。私はそうしているとかつておぼえたことのないあやしい気分をおぼえ、刷毛を持つ手もふるえた。

物音がした。私はあやうく紅皿を落しそうになった。柿の実が庭に落ちただけのことである。私は湯殿にかけこみ、おおいそぎで化粧をおとした。顔を洗った手桶をかいでみると、脂粉の香りがする。私は糠ぶくろで手桶をつよくこすり、匂いを消さなければならなかった。

夕餉の膳についているとき、私は何気なく、鏡台を見てご飯がのどにつまりそうになった。顔をあらうのに気をとられ、鏡に覆い布を元通りかけておくのを忘れていた。さいわい母上は鏡台に背を向けておられる。夕餉が終るまで私は自分でも何を食べているのかおぼえていなかった。母上が膳部を台所へ下げられたすきに、私はとんでいって覆い布をかけた。父上は楊枝をつかいながら私をだまって見ておられた。

けさ、私は堤防の地蔵尊に桔梗をおそなえした。

前日、あらって乾かしたよだれかけをつけ直した。

いつものように手桶の水を柄杓で地蔵尊の頭からかけた。水浴びが地蔵尊にここちよいのはきょうかぎりのことになるかもしれない。このごろ朝夕の涼しさはかくべつである。私はきのう、母上と二人して障子を張りかえた。夜がいくらか長くなった、と母上はいわれる。甕にためた燈油のへりぐあいが早いからだそうである。

私は地蔵尊の前にうずくまって願いごとをとなえた。十のうち一つでもかなえられればよい。あたりに人がいないのを見すまし、声に出して願いごとをくりかえした。お地蔵様がもし願いごとをききとどけられるなら、急々でなくてもいい、だらり急をも望まない、急だらりでもさし支えないと申し上げた。

私は立ち上って手桶を持った。

きょうは母上と四面神社へおまいりする。父上がまた長崎御台場へ出張りをなさる。勤番において手落ちがないように、息災でお帰りになるように、と祈願するためである。注進によれば、今や長崎港にはフランス国イギリス国の軍船が十三艘も碇をおろしているという。父上の心労が思いやられる。

私は川をながめた。

葦原をひたしていた水はへりつつある。ひき潮どきである。流れにさからって漕ぎのぼって来る舟があった。河口で夜明け方に網を入れた漁師であろう。水揚げはわずかのようである。吃水が浅いことでそれとわかる。櫓をあやつる手も大儀そうに見える。

船頭は空を見あげた。

焦茶色の鳥が輪を描いている。風にのっているらしく翼をひろげたままほとんどはばたかない。それは翼をたたんだかと思うと、石のように水面へ落ちて来た。しぶきがあがった。魚をつかむや翼で水をたたいてまいあがろうとする。魚は大きすぎた。鳥はあばれる魚をしっかりとつかんではなさない。けんめいに空へ浮びあがろうとする鳥を、魚の重みが引きもどしている。

うしろに人の気配があった。吉爺が腕組みをして川を見ている。

「吉よい、鳶が……」

「鳶ではごんせん、鶚《みさご》でごんす、あの鳥、身にあまる魚ばとらえた」

漁師が漕ぎよせて来た。竿をふるって鳥をたたく。ねらいあやまたず鶚は体を打たれ水に落ちた。漁師は鳥をひろい上げた。

「やい、あみ助、汝《われ》は朝から運がついたと思え」

あみ助と呼ばれた漁師は、鳥が打たれてもはなさなかった魚をもぎとってさし上げて見せた。目の下一尺はあるぼらと見えた。一石二鳥とはこのことである、と吉爺はいった。漁師どもはこのごろ不漁をなげいているという。いさばに魚がよりつかなくなった。

「黒船に魚までがおびえているのでごんしょう」

私は吉爺にいさばとは何かとたずねた。

「志津様、魚がいさなよって、漁場の謂でごんす、伊佐早も実は元の名いさな江がなまったものと心得た」

大昔は今のなん倍も魚がとれた、と吉爺はいった。大昔といえば建武のころにこの地を領していた伊佐早氏の姓を、なぜにいまの殿様が名のっているのか、と私はきいた。

「吉はそのいわれ存じませぬと、ご主人様におたずねあれ」

伊佐早氏を亡ぼしたのは西郷氏である。西郷氏を亡ぼした龍造寺様がふたたび諫早氏を名のっている。血がつながっているのであろうか。このことを私はしつこく吉爺にといただした。

「龍造寺家はもと鍋島様の主でありました、下剋上のならい、昔のご家来が主であれば由緒ある姓を名のることおそれ多く、諫早と変えられた、このこと御主人様が吉に仰せあった」

「清水港に鯨分限者がいるという、吉よい、津水にも鯨がまいるとだろか」

「津水の鯨分限者、西村の弥平どんでごんす、御家へときどき見える西村様と縁つづきげな」

「はて私合点がゆかぬ、武家と漁師が縁つづきとは」

「志津様、西村様は西郷家譜代のお家柄でごんす、天正のいくさで西郷家がやぶれて平戸島へにげたとき、諫早家に召しかかえられた、諫早家においていわば外様に似たりとおぼし召せ」

西郷氏の家臣がぜんぶあたらしい領主の家来になったのではなかった。主家とともに平戸島へ流亡したのは少数で、あとはほとんど帰農するか漁師になった。津水の西村家もその一人である。

「官兵衛様の先祖はもと、鷲崎砦の主であったげな、世が世なら西村様は一国一城のあるじでごんす、諫早家には、外様ゆえいまや不本意な遇涯と心得た」
もはや不本意ではあるまい。武春様に身内をして大枚の銀をご用立てさせるなかだちをつとめたからには肩身もひろいことであろう。諫早湾に魚がよりつかなくなったかわりに、津水港が面した大村湾は、このところ豊漁つづきであるという。手桶は吉爺が持った。私は家へ帰った。母上は身支度をととのえて待っておられた。出立の刻限におくれたといって、私は母上からお小言を頂戴した。

父上はまもなく長崎へ出張りにたたれる。黒船も数多く港には浮んでいることとて、おつとめには少からず気をつかわれることであろう。私たちは父上の出張りが平穏のうちにおわることを四面神社にもうでて祈るのである。父上がかかれた絵馬も奉納しなければならない。吉爺のこしらえた額に、父上が筆をとってモルチール砲の絵を描かれた。ゲーペル銃の絵も描かれた。わが藩にこのような新式洋銃をひとつでも、手に入れられたらと願われてのことである。

母上と私にしたがっているのは吉爺である。ともが留守居をすることになった。制札所のまえをとおり、古町の橋をわたって五反屋敷へ出、そこで左におれて川ぞいにさかのぼり輪内をぬけた。

半刻あまりで私たちは四面神社へついた。

宇戸側の堤防も永昌側のそれも櫨は紅葉している。日を浴びて風に枝葉をゆすられるときは、ひとかたまりの焔のようである。私たちは神社に絵馬を奉納した。

父上は下城のおり、会所から四面宮へまわっておまいりになるという。

私は高らかに柏手を打って拝んだ。

母上はながいこと手を合せて祈っておられた。吉爺も後ろで節くれだった手を合せていた。

おまいりをすませ、跳び石をわたって帰路についた。ちょうど宇戸側の堤防について石段を上りかけたとき、対岸に馬蹄の音をきいた。川の下手、高城のふもとから一瞬、かけのぼって来る。櫨の並木に見えかくれしながらだんだんに騎馬武者は大きくなる。鹿毛である。

私は立ちどまった。

母上はさきに行かれた。吉爺は私の方をふりかえり次に堤防へ目をやった。

直次郎様は鞭ではげしく馬をたたかれた。

その鞭が左右の櫨にあたり、黄や紅に染んだ葉を散らした。矢のような速さで鳥居の前をかけすぎ、みるみる荘厳寺の方へ小さくなった。その後に直次郎様がたたき落された櫨の葉が舞っていた。

第三章

明け六ツどきころ、私は目をさました。

しのびやかに雨戸をくる音がする。

白い光が流れこんで来て障子を明るくした。夢うつつに私は台所から伝わる皿小鉢のかち合う響きをきいた。

庭に吉爺の声がした。

きょうは狩りに行く日である。吉爺が生垣ごしに漁師と空模様について話すのを耳にしたとたん、そのことを思い出した。あわてて身を起し、髪をととのえた。わきを見ると、母上の夜具はもうしまわれてある。縁側から声をかけたとらに、起きていると告げた。障子をあけると、うすらつめたい朝の大気に肌がひきしまる思いである。

「志津様、狩りにはうってつけの日和でごんす」

挨拶をして吉爺はいった。

父上は手水をつかっておられる。柿の木の根もとに萩がきのうよりは多く花を咲かせている。露をふくんだ、白い花びらは重そうである。

「吉よい、あの笛、忘れるでない」

「はあ、たしかに」

と吉爺は答え、小手をかざして空を仰いだ。私も葉の散りつくした柿の木の梢ごしに雲ゆきをながめた。

綿埃のような雲が点々とうかんでおり東の方、河口の上空へゆっくりと動いている。風のないおだやかな日になりそうである。

朝餉をすませるまで父上は一言も口をきかれなかった。長崎表で警固勤番をおつとめになり、わが家へ帰られて以来七日にもなるというのに私がきいたのはほんの二言三言である。それも母上の問いかけに言葉すくなに応答なされるおりの言葉である。非番の日は居室にひきこもって、食事のときだけ顔を出される。

長崎出張りに際して何か父上に不祥事でもあったのでは、と母上は気をもまれ、先日、父上には内緒でねんごろにしていただいている御家老早田様の奥方を訪ねてうかがったところ、役目のうえでお咎めをこうむるようなことを父上は仕出かしておられないとのことで、母上は胸をなで下された。

夏の勤番をおすませになり、その次第を文章で殿様にさし出すおり、長崎御奉行を長崎奉行と書いて早田様からたしなめられてからまだ間もない。殿様が手にとられる前に早田様の目にとまり、文章をさしもどされて書きなおしを命じられた。父上は謹慎だけで、それ以上のお咎めは受けられなかった。ひとえに早田様のおかげである。

書状がそのまま殿様のもとへさし出されていたならば、謹慎だけではすまなかったであろう。家禄が削られていたかもしれない。夏の初めに御家中一律に二分引きとなり、わが家は三十二石となった。この上、禄引きがあれば家計をやりくりしても立ちゆかぬこととて、母上のご心配はひとかたではなかった。

しかしながら殿様の御典医である雄斎伯父の話では、長崎御奉行を長崎奉行といい、奉行所西御役所をただ西役所と呼ぶのは、嘉永の中ごろからわが諫早藩でもごく当りまえのことになっていたのであるそうな。とくに佐賀の諫早屋敷から勤番を交替して帰って来る若い侍にそれがはなはだしいという。主家である鍋島様のご家来、なかんずく弘道館で学ぶ青年のうち、幕府をないがしろにいう方が多いときく。わが藩の方々も主家のご家来を見ならっているのであろう。

今まで内々で口にする分にはさしつかえがなかったとしても、おおやけの文書で御をはぶくことはつつしまなければならない、というのが早田様のおさとしであったとか。それとともに以後はたとえ話のうえでも御を略することはまかりならぬと口上で藩士の面々にお達しがあったという。公儀の目は遠い江戸ではなく、目と鼻の先、長崎に光っている。万一、将軍家を軽んじる心ない藩士の言動がその筋に達したら、迷惑は鍋島様もこうむることになる。父上のみお咎めを受けたのは、他の軽率な藩士に対する見せしめでもあったようだ。

「吉、見たというのは鴨ではあるまいな」

と父上は念を押された。吉爺は父上のわらじの紐を結びながら、

「御念には及びませぬと、この目でしかとたしかめました」

雉子が河口の葦原へおりるのはめずらしいことである。たいていは城下の北、多良岳の山地に居る。山から下って来ても麓の林から外へは出ない。それが吉爺のいう所では海辺の湿地に姿を現わしたという。父上が雉子狩りを思いたたれたのは雄斎伯父のおすすめもあった。日ごろ鬱々とたのしまれない父上の気色を案じられ、居室にこもるのもほどほどにせよ、たまには山野を跋渉して浩然の気を養うように、とさいさいの仰せであった。伯父上のすすめは半ばお叱りのようにきこえた。身の養生をはからなければ、どうして一藩の砲術指南役がつとまるであろうか、と強い口調で父上におっしゃったのである。

私は野袴をはいた。手甲脚絆をつけ、足ごしらえは厳重にした。私がお供をするのを父上は無用とおっ

しゃったが、母上がおいいつけになったのである。人里離れた葦原のまんなかで鉄砲を射ち、父上にもしものことでもあればと心配なされておられる。

母上はとらと二人して家の門口で見送られた。

私たちは河原へ出て堤防ぞいに下流へ下った。川面は乳色の霧でおおわれ、向う岸は見えない。河口からさかのぼってくる漁船も櫓の音がきこえてしばらくたって姿を現わす。船頭はゆっくりと櫓をあやつっている。白い幕の彼方に舳がのぞき、帆柱が現われ、ともに立っている船頭がおもむろに見えてくる。私たちの前をすぎて、船はまた霧の中に姿を没してゆく。

船待ち茶屋のあたりで父上は足をとめられ川面をうかがわれた。船のともづなをつなぐ石柱が桟橋のきわに立っている。それをながめておられる。秋の大潮の時期は終ったというのに水位が高すぎる、といわれた。

「吉、去年の大潮はいかがであった」

「おととしは尋常な潮でごんした、あの石杭はちょうど中程まで水に沈みました」

私は船もやいの石柱を見た。水の上に出ているのは全体の三分の一ほどである。秋の大潮は一年でもっとも水位が高い。

「去年はあの石杭、半ば以上かくれました、漁師どももただならぬ神変《じんぺん》と騒いでおりますと」

かような高潮を見るのは初めてか、と父上はたずねられた。

「はあ吉めも見たおぼえはありませぬ、海の異変、小江、小長井の漁師ども迷惑しとります、魚もめっきり減ったとか」

今年は去年よりも潮は高くさしている。気のせいか川面をおおう霧もいつになく深いようである。

「ばってん旦那様、こげん日は雉子狩りには良か日でごんす」

くるりと川に背を向けて、吉爺は明るい声でいった。父上の気を引き立てようとしているのである。私たちは歩き出した。父上は二度ばかりふり返って石柱をながめられたが、それからは水位のことは口にされなかった。堤防の右手は田圃である。あらかた刈り入れはすんでいる。稲田の南にそびえる金比羅岳も、けさは霧にとざされて見えない。

吉爺はふところから何か紅いものをとり出して口に入れた。

頰をふくらませてそれを鳴らした。先を歩まれる父上が驚いてふり返られた。笛は早すぎるのではないか、と吉爺をお叱りになった。私はきのう吉爺がそれをこしらえるのを見た。梅干の種子を日に干してよく乾かし、両面を石でこすって少し平らにする。そこに一つずつ小豆ほどの孔をうがち、楊枝で中身をとり出して種子の内側を空にする。口にふくんで息を吹きこむと、耳をつんざくような鋭い音が出る。雉子笛というものを耳できくのは初めてであるけれども、狩りに出るのは二度目である。

先日、吉爺は杉の小枝一束と鍬を持って目代野へ登った。狸をとるのだという。母上が雄斎伯父宅へ行かれたお留守をさいわい私は吉爺にせがんでついて行った。目代野は多良岳の山裾とはいえ仲沖のわが家からは一刻とかからない。弓鉄砲を用いずにどうやって狸をとるのか私には不思議でならなかった。罠を仕掛けるのでもなさそうである。

とある小山の林で仔細に地面を調べていた吉爺は狸の糞を探しあてた。それからすみかをつきとめるまではさほど手間はとらなかった。獣には獣の道があるらしい。草かげに指し示されて私は口をあけた穴に気づいた。教えられなかったら見のがす所であった。吉爺はひざまずいて土に耳を押しあてた。糞の色艶が新しいから遠くへ行ってはいない、私たちの足音をきいてねぐらにひそんでいるはず、土の底に気配がする、と吉爺はいった。穴は少し離れた所にもう一つ口を開いていた。吉爺は二つの穴を杉の木枝でふさいだ。枯れ葉を集めて火をつけ、私はうちわで煙を穴の中へ送りこんだ。

杉の葉は先がとがっているので狸はそれを押しのけて逃げ出せないのだという。またいぶされて生じる煙の臭気はことのほか強いのだそうである。吉爺は二つの穴のちょうど中間を鍬で掘りはじめた。私はけんめいにうちわで煽いだ。煙は私にもからみついて目にしみ、私の咽喉をせきこませた。

「志津様、煽ぐのをやめてはなりませんと、けむたかとは狸も同じ」

そういう吉爺は半身が地面に没していた。もう一息、と吉爺は私を励ました。いがらっぽい煙にむせながら私はうちわをばたばたさせた。「そら出た」吉爺の声がすると同時に鈍い音がきこえた。鍬で獣を一撃したらしい。煽ぐのはもうやめてよろしい、と吉爺はいった。私が立ちあがると吉爺は手で狸の首根っ子をつかんで穴から引きずり出して見せた。これでは狩りとはいうもののまるで狸掘りではないかと私はいった。一度でこりごりである。その日はおそくまで咽喉が痛み、目も赤くなって、母上に内緒にしていたのが露見してしまい、私は手ひどく物差しで膝を打ちすえられた。

堤防を下るにつれて川幅は広くなった。

田圃は葦原の背後に遠ざかっている。前方にひろがっているのは見わたすかぎり葦と灰色の泥である。私は襟をかき合せた。風は海の方から吹き、葦を波うたせて過ぎた。日が昇り、霧はいくらかはれたようである。

北の方にうっすらと長田の海岸が見える。吉爺が先に立ち、葦をかき分けて私たちをみちびいた。満ち潮どきとて、葦原は随所に水が溢れている。夏の洪水で流されたとおぼしい屋根が泥に埋れている所で吉爺は立ちどまり前方をうかがった。指で海の方をさして父上に目配せした。雉子の声がきこえるという。ちょうど風下である。

父上は火縄に火を点けられた。私は命ぜられるままに三、四間はなれた所にしゃがんで父上のなさることを見守った。父上は鉄砲の口から合薬をそそぎこみ次に鉄玉を槊杖《かるこ》で押しこまれた。火皿に口薬をのせ、火ばさみに火縄の端をはさまれ、吉爺にうなずかれた。火皿の口薬が風で飛ばないか気にしておられるようである。仲沖辺ではさして強くなかったのに、海辺では葦もざわつくほどの風が吹いている。

吉爺は頰をふくらませた。

ひと声ながく吹き、ついで短く二、三度、笛を鳴らした。

きこえるのは葦の葉ずればかりである。

私が腰を浮してのび上ろうとすると、目ざとく見咎めた吉爺は手で制した。何か焦茶色の塊がはるか前方で動いたようだ。吉爺は笛を鳴らした。私は耳をそば立てた。絹糸をはじくような音がしじまを破った。雉子の声である。吉爺は帯にさしていた枯れ柴を二、三本ひきぬいて、笛を鳴らしながらそれを折り始めた。枯れ柴を折る音は、雉子には仲間の足音にきこえるのだそうである。

三十間ほど向うにふわりと浮びあがった茶色が見えた。

それはすぐに草むらに沈んだ。

父上は吉爺のかたわらまでにじり寄って行き、そこで折り敷きのかまえで鉄砲の狙いを定められた。私は葦のしげみをすかして、だんだん近よってくる雉子を見ていた。それは淡い茶色で、羽根には黒いまだらが散っている。私が手で耳をふせぐ寸前、音がとどろいた。

しばらくたって私はおそるおそる目を開いた。吉爺は棒立ちになっている。父上は鉄砲を杖のように持って身を支え、いま腰を落される所である。どうやら射ち損じられたらしい。

「旦那様、玉をこめなされませ、火縄を吹かれませ、雉子は逃げても鴨が寄って参りますけん」

吉爺はせき立てた。父上は呆けたようにあらぬ方を見やっておられる。いたいたしいほど、落胆の面持ちである。吉爺はかいがいしく葦を折りとってたばね、それを楯にして水辺へ近づこうとした。

「吉、鳥はもう射たぬ、帰るぞ」

父上は大儀そうに身を起された。

「ばって旦那様」

父上は火縄の先を指でもみしだいて火を消された。吉爺は残り惜しげに海の方を振り返りつつ歩きだした。父上が射ちそこなわれたのは、自分が笛を鳴らす間合いをあやまったからだ、自分の失態は何とも申し開きようがない、吉爺はみちみち大声でひとりごとをいった。風向きが急に変ったのも良くなかった。跳び上った雉子がそのために前よりも斜めの方向にそれた、あれではいかなる鉄砲の名人でも仕止めるのはむずかしい、と述べたてた。

父上は黙りこくって帰りを急がれる。

吉爺は鉄砲を射ち放った刹那、思わず梅干の種子をのみこんでしまったといい、みぞおちのあたりをさすって顔をしかめ私に剽軽《ひょうげ》てみせた。私は蛸のように口をとがらせた吉爺の顔を見て笑いだした。吉爺はふところからもう一つ雉子笛をとり出して口にふくみ、短く吹き鳴らした。その音に合せて肩をゆすり、手を左右に振りながら私の先に立って浮立《ふりゅう》舞いの真似をしてみせた。

たちどころに吉爺は父上から一喝された。

「ふうけもん、何か面白かとか」

吉爺のしおれようといったらなかった。朝から叱られ通しである。きょうは吉爺には厄日であるようだ。


きょう、私は母上のおともをして金谷久保の雄斎伯父を訪ねた。

取りついだのは伯父の小者伊矢太である。母上のおとなわれた声を耳にして玄関に現われた伊矢太は喜色満面の体であった。私を認めてけげんそうに門のあたりへ目をやった。母上はふだんとらをしたがえて出かけられる。やもめ暮しが永かったこの者は来春、とらを後添いにもらう段どりになっている。

私たちは伯父上の居間に通された。

庭、縁先、座敷の中にまで薬草薬木のたぐいが拡げられている。伯父宅の門に入る前からその匂いは漂って来る。私はえもいわれぬ煎じ薬の匂いが好きである。匂いは伯父上の衣類にもしみこんでいる。

時候の挨拶がすんだあとで、母上は切り出された。

「さっそくではございますが義兄上《あに》、きょうはおたずねしたかことあって参りましたと」

「ほう、何事」

伯父上は擂鉢で樹皮のようなものをつぶしておられる。陶製のすりこぎを動かしながら母上に目をやられた。

「蝮《ひらくち》の黒焼きは精がつくとか申して、長田の百姓が城下に商いをしに来たことがごんす」

「百姓が商人《あきんど》の真似をしてお咎めをうけた、そのこと承知」

「蜂の子は石女《うまずめ》をいやすとも申します」

伯父上はすりこぎを止めて私の方を見、目をぱちぱちされ、裏庭に藤袴が咲いている、見に行ってはどうかとすすめられた。

「志津のこと、おたずねの儀にさしつかえありませんと、私、土竜《もぐら》の薬効を知りとうごんす」

「土竜の薬効と……」

伯父上はすりこぎを手から落された。土竜とは土中に穴を掘るあの土竜のことか、と念を押される。その通り、土中にひそむあの土竜である、夫は先頃、吉爺に命じて土竜をとらせ軒下につるしてかげ干しにしている、いったい何のおつもりであろう、雄斎様は漢方のみならず蘭方にも詳しい医師ゆえ、土竜の薬効もご存じかと思い、うかがいに参上した、と母上は述べられた。

「はて、土竜を、作平太殿はそれをかげ干しにしていかように用いておられる」

「一匹だけ火消し壺に封じこめ、蒸し焼きに致しましたと」

「土竜の蒸し焼きを食したのであろうか」

「否《いんに》、義兄上、食してはおりませんと、臭いをかいで何かぶつぶついうておるだけでごんす」

土竜の腹で目を三べんこすれば鳥目が治るという、しかしそれは根も葉もない俗信である、と雄斎様はおっしゃった。

「書物を読みすぎて目を悪くしたのではあるまいか、火術方役目として、目が利かなければ一大事、作平太殿は藁をもつかむ気持で土竜をためしているのでは……」

「耳は遠くても目は達者でありました、俗信のたぐい、これまで一度もためしたことありませぬ、今になってにわかに土竜など、それに目をなでようとはせず壺に封じこめて何のききめがありましょう」

自分がいちばん心配しているのは、と母上は声をおとしておっしゃった、主人は気がふれたのではあるまいか、あのように奇態な振舞いは正気の沙汰と思われない、そういわれて母上は目を押えられた。

「志津、今年の柿は甘みがさしたか、渋いままか」

突然、伯父上はたずねられた。いぶかしく思いながらも私はわが家の庭に成る柿はまだ渋いと申し上げた。父上のおかしな振舞いと柿の甘さにどんなつながりがあるのであろう。母上も泪をぬぐって不審な面持ちである。

「志津、吉にいいつけてその柿、甘みがさす前にもぎとっておくように」

「渋柿が父上を正気に立ち返らせるききめを持つのでありますか」

「仲沖で屋敷うちに柿を成らしている家はほかにもあろう、藤原家の柿が渋かればその他の柿も渋かろう、銭を払って手に入れるように」

伯父上はいくばくかの銀子を母上に包まれた。そんなに沢山、柿の渋を服用して体にさしさわりが生じるのではないか、と母上は銀子をおしいただいてから心配そうにたずねられた。

「於ふじ殿、仔細はない、柿渋の用い方あとで合点がゆく、今は私のいいつけ通りなされよ、作平太殿は乱心したのではあるまい、もとはといえば火術方の役目から生じたものと思われる。わずらいの根は一にかかって銀子のやりくりにある、私、作平太殿とちかぢか柿渋のつかい方について面談するつもり、ご安心あれ」

「義兄上のお心やり、身にしみてかたじけのうごんす」

といいながら母上は目で私をうながされた。私も母上にならってお礼を申し上げた。父上の日頃ただならぬ気色が平常に復するものなら仲沖といわず城下ぜんぶの家々をたずね歩いて柿を集めよう。甘柿はいらぬ、渋柿のみ集めよと伯父上は念を押された。しかしながら拝借した銀子はいつまでにお返しすればよかろう、と母上がおたずねになると、

「於ふじ殿、その銀子、私がいう通りに用うれば十倍にも二十倍にもなろうぞ、そのおりに返済のこと考えて苦しゅうない」

「十倍にも二十倍にも。はて心得ませぬ、佐賀の万人講でも求めるのでありますか」

母上はますます腑におちない面持ちをなさった。伯父上は笑って何もいわれない。家の内証が楽になれば指南役としての気苦労も軽くなろうとつぶやかれただけであった。私はみごとに咲きそろった藤袴をいただいて帰った。母上は歩きながらときどきふところを押えて、拝借した銀子の包みをおとさないように気をつけておられた。

「母上、伯父《おんじ》が家は内証が豊かと見うけます、武春様よりいただく禄はわが家より少かとに、私不審でなりませぬ」

安勝寺の坂を下りながら私はおたずねした。雄斎伯父が諫早家からたまわっているのは、二十石である。父上に下しおかれるほぼ半分にしかあたらない。もっとも夏の禄引きをこうむって三十石そこそことなってはいるが、それでも伯父上が拝領する禄より多い。しかるに伯父上はわが家が買うを得なかった矢絣を佐賀の呉服屋でいとも気やすく求められ、私に与えられた。伯母上がさきほど召しておられたのは絹の袷長着で

あった。絹ものは享保のころから身につけることはきびしく御法度のお触れが出ている。伯母上は家の中だけで着て、外出のおりは着換えられるのであろう。伯父上につかえる小者も、伊矢太のほかに薬籠かつぎ、下働きの女、薬草園の世話をする下男など合せて五人はいる。わが家の吉爺が着ている印半纏はつぎはぎだらけであるのに、伊矢太の印半纏はつくろいの跡が見えない。替え着を何着も持っているらしい。

「志津よい、よそ様の内証を詮索するものではない」

母上はおっしゃった。私をそのようにたしなめられる母上も、伯母上の召されていた袷長着をじっとみつめておられたのである。紫裏の地からしてなかなかに高価な上物と見えた。分限者の主人につかえる召使いは楽である。それでこそとらが伊矢太に添うのを喜ぶのも当然と思われる。わが家でとらは粟飯か麦の雑炊がふつうである。金谷久保に移れば麦飯をいただくことになる、と或る日とらが吉爺にほのめかしているのを私は壁ごしにきいたことがあった。伯父上は不老長寿の秘薬でも佐賀の分限者に売りさばいておられるのであろうか。

竹の下をすぎ五反屋敷の辻を川の方へ折れたとき、私はまた口を開いた。

「伯母上のやりくりがお上手ゆえと心得ます、内証はひとえに嫁の采配次第と母上はいつも志津におっしゃいますから」

いかにも伯母上はやりくり上手である、しかし何といっても内証が潤沢であるのは雄斎様の才覚による、と母上はいわれた。言葉をさらについで、

「義兄上は長崎にて出島蘭館のオランダ人医師と昵懇であられる、紅毛人の医書を訳してその写本を佐賀、筑前の医師に貸し、読み料をもらわれる、オランダ渡りの医術にて長わずらいを病んだ佐賀の商人を治癒さ

せたこと二、三度にとどまらぬ」

諫早家からたまわる禄よりも写本の貸し賃が多いそうである。さてこそ、と私は納得した。しかし、すぐに新しい疑いをおぼえた。伯父上が死病をも癒やす秘法を心得ておいでならとみに気色すぐれない父上を癒やすのもたやすいことではないだろうか。

「雄斎様は体の病《やまい》なら癒やして下さる、父上は気の病、薬石を投じてもききめはないとおっしゃった」

そういわれて母上はふところを手で押えられた。銀子の包みを確かめておられる様子であった。

わが家へ帰りついたとき、吉爺は裏庭で薪を割っていた。とらは碾臼で小麦をひいていた。ちかく藩の鉄砲組方の面々がわが家につどわれる。そのおりに供するうどん粉をひいているのである。毎年、秋になると火術方石火矢方の物頭組頭格の方々がわが家で寄合いを持たれるのはしきたりであった。諫早藩の砲術指南役は父上が筆頭人であったが、さきごろ荻野流の西村官兵衛様が筆頭人にとり立てられ、父上は次席と相成られた。津水の鯨分限者が御家に現銀を融通するにつき、西村様の労があったゆえという。父上の気の病も由来する所はそのあたりかもしれない。

「西村殿が筆頭人であれば、恒例の寄合いをなぜに西村家でなされませぬ、吉田流の藤原家が筆頭ゆえ寄合いをわが家でつとめて参りましたのに」

先日、母上はそういって父上につめよられた。宴席にはうどんのほかに酒肴もまかなわなければならない。父上には内緒にしておられるけれども、父上が佐賀や長崎へ出張りになられるおりにいる路銀は、そのつど嫁入りに持参なさった衣裳を売り払って工面されていたのであった。父上はおっしゃった。

「そのこと武春様もご存じ、わが家で寄合いをもよおすこと格別のおはからいと思え」

「はて、格別とは……」

「筆頭も寄合いも西村家となっては藤原家の体面にかかわる、よって恒例のつどいは今まで通りわが家でもよおすことさし許された」

「西村殿もいらっしゃるのでありますか」

「左様……」

母上はしばらく考えこんでおられた。やがてきっとおもてを上げ、

「武春様がさようおぼし召しであれば私にも覚悟がごんす、宴を張りましょう、例年より栄耀をつかまつりましょう」

栄耀はぜいたくである、膳部は去年の通りでよろしい、と父上は少し心細そうな顔でいわれた。

「料理のこと私におまかせあれ、おりもおりとてしわい膳を供しますと西村殿はいうに及ばず他の方々にもあなどられまする、今や豪気を見せずばなりませぬ」

私が吉爺と山に狸狩りに行ったのはその翌日である。狩りは母上のおいいつけであった。狸の肉は早速とらが味噌漬にした。夜さり、吉爺は松明をともして川へ鰻を漁りに行った。しかし丑の刻まで泥の中を這いまわって、とれたのは人指しゆびほどの小鰻三尾である。このごろ、城下の者どもが川を漁るので、鰻も川海老《まんちょ》もかげをひそめた、と吉爺は愚痴をこぼした。鰻のかわりに泥鰌をざる一杯とって来た。吉爺はそれを桶に放して、寄合いの日まで生かしておくといった。泥鰌汁もなかなかすてがたい味である。

軒下にうずたかくつみあげられたばかりの薪がいい匂いをはなった。

母上は吉爺に薪割りはあとにして柿をもぐようにとおいいつけになった。

「申し上げまする、柿はまだ甘みがさしておりませぬ」

「かまわぬと、全部もぎりとって物置にしまえ」

「皮をむいてでごんすか」

「もいだままでよろし」

「はあ只今」

吉爺は竿竹を持ちだして柿をもぎりにかかった。竿の端にくさびを入れて割り、柿のへたあたりをはさみ折るのである。もいだ柿を竹籠に入れながら吉爺はひとりごとをもらした。川はといえばいつになく高い潮がさす、柿はといえば甘みがささずにいつまでも渋い、もしや天変地異の前触れではあるまいか、川の鰻も姿をひそめ、小長井、湯江の沖では網に魚がかからなくなった、それでいて津水沖には背美鯨が大挙おしかけている、生れてこのかた六十有余年、たいていの異変には驚かない自分ではあるが、このごろの天象地象、どれ一つとして腑におちない、というのである。

「吉よい、雲仙岳がまた火を噴くとであろうか」

と私は縁側から声をかけた。

吉爺は竿を用いてはとりにくい柿をもぐために木へよじ登った。柿の木はもろい、夏の嵐で庭の枇杷、樟に別状はなかったが、柿は大人の腕より大きい枝が折れていた。私も子供のころ、柿の木に登り、またがった枝が折れてひどい目にあったことがある。

「島原はこのごろさいさい地鳴り鳴動しますげな、寛政の島原大地震は吉が物心つかぬ時分のことでごんした」

「吉よい危なか、はや降りれ」

「志津様、おきき及びか、江戸表では大地震あり、八百八町が灰になったとか、諫早家の桜田屋敷、溜池屋敷いずれもつぶれてしもうたげな、鍋島様のご家来で亡くなられたとは四十人を上回るという噂でごんす」

吉爺は下枝の柿をとりつくしてだんだんに上の方へよじ登った。

「吉よい、枝が折れたらいかがする、柿はもう良い、とく降りれというに」

「なんの志津様」

吉爺は木の股で伸びあがり東の方を眺めた。島原の方角である。雲仙岳がそこから見えはしないかと私はたずねた。

「雲仙岳にはかすみが棚引いておりまする、雲仙岳に多良岳ひとめに這入ります、はぁ絶景かな、やや」

吉爺は新中川良に目を転じて何かを認めたらしい。するすると木を降りて来て、

「志津様、あれなるは神主どんのごたる、また干鱈を下げてお越しと見えた」

「平松神社の……」

「左様でごんす、墓の見立てにくわしかお方」

といいかわす間に神主の黒い冠が生垣の向うに現われた。それは門口で止った。吉爺が鉢巻をとりながら駆けて行った。神主が下げているのは干鱈だけではなかった。紙包みも胸に抱いておられる。自分は社用で上ん馬場の八幡宮まで来たついでにこちらへ寄った、これをご主人のお目にかけたい、そういって紙包みをさし出された。吉爺は干鱈をうけとった。

「ご主人様はお忙がしいようでありますから、私これにて」

神主がそうそうに辞去しようとして踵を返したときに奥から父上が姿を見せられた。せっかくである、非

番ゆえ話をうけたまわろう、と平松殿を居間に請じ入れられた。初め遠慮していた客も、それでは、と草履をぬいで上った。

平松殿は社領安堵について父上のご尽力をながながと感謝された。

「ひとえに藤原様のおとりなしのおかげと心得ます、藤原様あるかぎりわが社は安泰でごんす」

父上はくすぐったそうな面持ちで、いやいやとおっしゃるばかりである。とりなしを頼まれたものの平松神社の社領が召し上げられなかったのは、西村様の親類にあたる津水の鯨分限者が武春様に現銀を用立てたからであろう。謝辞はむしろ津水沖に迷いこんだ鯨どもに述べるのがふさわしい。

平松殿は言葉をついで、

「江戸表の大変、お屋敷が倒壊したとか、藤原様ご心労のほどお察し申し上げまする」

「かたじけない」

「またこのたびは石火矢火術方、一流にまとめられたとか、ご愁傷でごんす」

干菓子のような冠の後ろについた細長い纓が頭を畳にこすりつけるはずみにぴょんとはねる。平松殿はすでに父上が筆頭人からはずされ、西村様がとり立てられていることを知っているのである。お茶をつぎながら私は思った、そうすると社領召し上げを容赦された裏の事情もとうにわきまえていると思われる。父上のお顔を立てた上で、暗に格下げのいきさつを自分が承知していることを匂わせるとはすみにおけない方である。

「のびのびになされていた本明川治水工事、うけたまわる所によりますれば江戸表の災難によってまた持ちこしになり果てた由、百姓どもは来年の梅雨《ながせ》を案じておりまする」

武春様は融通された現銀の一部を改修工事に用いるよう御勘定方に下しおかれていたそうである。川の水位がさがり、工事がしやすくなる冬にとりかかることになっていた。

「平松殿、そのこと是非もない」

私は客人の話を父上に伝えながら用向きは何であろうかといぶかった。平松殿はやがて持参した紙包みをおもむろに開かれた。

「実は先日、本殿の煤払いを致しましたおり、かようなものが床下から出て参りましたと」

古い葛籠《つづら》をあけてみると、大昔の寄進帳や奉納物の目録がつめこまれてあり、たいていは鼠に噛み裂かれ文字も読みとれなくなっていたが、そのうちに一冊だけ得がたい冊子が見つかったという。神主は虫に喰われたうすい冊子を取り出した。

「平松神社縁起でごんす」

父上は手にとるのももどかしそうにひもとかれた。

「かえて縁起書のたぐい、わが社にのこっていること伝えきいてはおりましたが、探せども見当らずなかばあきらめておりましたと、まさか床下に押しこまれた葛籠の中にあるとは思いもよりませなんだ、不覚でごんした」

私はその言葉をかいつまんで父上に申し上げた。父上は一言、「明りを」とおっしゃった。私は燭台に火をともした。

「ああ、やはり……」

父上はいたく感じ入った面持ちで、二度三度、膝をたたかれた。喰い入るように冊子に目をそそいでおられる。

「左様、やはり私が推量した通りのこと、先祖代々いい伝えられたわが社の縁起、初めて文書にてつまびらかとなり申した」

神主はうれしそうである。

「平松殿、この縁起書さしつかえなければ拝借したい、藩史編纂をおおせつかっているゆえ、参考までに写本を作りたい」

「藤原様、写本は私すでにこしらえました、わが社の由緒あきらかになれば、身の誉れ、いや平松家一門の栄誉でありまする、お礼のしるしに献上させていただきとうごんす」

神主は深々と畳に這いつくばった。冠の纓がいきおいよく左右に揺れた。

「藤原、しかといただいた、平松神社の由緒、藩史に明記する所存」

「そのお言葉、城の辻の麓に眠る平松家の先祖に伝えまする、歓びはいかばかりか、……しかしながら私、いささか気にかかることがごんす」

神主は畳に手をついたまま上目づかいに父上を見やった。気にかかることとは、と父上は問われた。腹蔵なく申し述べられよ、とおすすめになる。

「藤原様がわが社の縁起を藩史に記載なさって諫早家のご不興をこうむることあるやも知れず」

「平松殿、心配めさるな、嘘いつわりを書くにはあらず、まことを述べることになんの仔細があろうぞ」

「おかたしけなし、平松は今や日本晴れの心境とおぼし召せ、あらとうとあらとうと」

神主は洟水をすすり上げて平伏した。

父上は平松殿を門口に見送られるとすぐ居室にこもられた。縁起書を読み返されるのであろう。私は台所で麦粉を篩にかけた。なんとなく胸さわぎがした。神社の由緒をしるすことがどうして武春様のご不興をおもんぱからなければならないのであろう。わけもなく不吉な思いにとらわれて私は気が沈んだ。貝殻を打ち合せるような音がきこえて目を上げた。そのとき小暗い棚の下でひらめく影があった。濃い茶色の小さなかたまりである。味噌桶と醤油樽の間をぬったかと見る間につばさをひるがえして戸外へ飛び去った。

みそさざいである。

毎年、とり入れが終ること、やってくる。ちゃちゃ、とかぼそい声で啼き立てる小鳥を去年も見、今年も見かけるのだが、その声はどうしたことか今ひときわあわれ深くきこえる。夕餉をかしぐ煙が低く地を這って、空は青みを失い、ひえびえとした大気が襟もとからしのびこんで来る。泣きわめく漁師の子どもの声がかん高くきこえてくる。

母上はかまどに粗朶をくべながら、神主の用向きをたずねられた。

平松殿は縁起書を持参なされた、と私は申し上げた。さすれば今夜も父上は夜なべをなさるであろう、と母上は鯨油をいれた小甕をのぞいて眉をひそめられた。毎晩、書見で油をついやされたので残り少なになっているのである。鯨油は菜種油とちがって煤が多い。張りかえてまだひとつきとたたないのに父上の居室にたてまわした障子は黒っぽく煤けている。ろうそくをともしてさし上げたら、父上はどんなに喜ばれることか。菜種油よりかくだんに明るい。煤もわずかしか生じない。しかし、ろうそくは会所で大事な寄合いがあって夜に及ぶときしか用いられない。内証にゆとりのあるご家老様の家で、祝いごとのあるときに点じられるだけである。

雄斎伯父は貸して下さった銀子が、やがて十倍にも二十倍にもなるとうけあわれた。

母上はこのところ連日、城下をまわり渋柿を買い集めておられる。とらと吉爺がざるを持ってお供をし、はこび帰る。納屋は仕入れた柿でいっぱいである。今年の柿は性がわるく、ゆがいても干しても甘くならない。木に成らせて腐らせるより銭にかわるものならと、吉爺の申し出は一度として拒まれたことはなかった。物好きな人もあることよ、と噂ではかげ口をたたく方も多いという。藤原様もお気の毒なことよ、旦那様がおかしな具合になられたうえにおかか様まで役立たずの渋柿を買い入れられる、とささやきかわしているそうである。とらが城下で耳にしたとて私に注進したのであった。

母上はその後、何事か伯父上からうけたまわっておられる。渋柿の用途について心に深く期される所があるように見える。

空になっていた味噌醤油の樽はついに渋柿で一杯になってしまった。母上は吉爺にそれらを臼でつき砕くようにとおいいつけになった。私はとらと柿のへたをむしり、皮をつけたまま臼に入れた。吉爺がかけ声をかけて杵をふるい渋柿をつぶした。

粉々になった柿は、さらし木綿に包んで絞った。母上はたすき掛けでさらしを絞られた。とらも絞った。私が手伝おうとしかけると、手が荒れるからとてお許しにならなかった。絞り粕はまた臼に入れて吉爺がつき砕いた。つくほどに絞りのこした液汁が滲み出てくる。初めの汁を一番渋、次の汁を二番渋というのだと吉爺は教えた。とらはたずねた。

「おかか様、渋をいかがなされますと、御内職に傘の張り替えをなされるとでごんすか」

そのうちわかる、と母上は答えられた。

「渋をとること、口に蓋してかるがるしくいいふらすこと法度と思え」

と母上はきびしく二人にいいわたされた。

「とらには半襟を、吉には新品《さらもん》の印半纏をとらせようぞ」

「お言葉ではごんすが、おかか様、吉めはさらもんの印半纏は持っとりますけん、酒をたまわれ」

「酒も買うてやろう、印半纏もとらせよう」

母上はさらしを絞りながらおっしゃった。柿渋を樽に五つも絞りとって何に用いるのであろうか。漁師どもは網をひたして糸を丈夫にする。染物師は型紙にぬる。提灯屋は傘紙に用いる。しかし、わが家がこれらの真似をするとは思われない。

毎日、夜がふけるまで私たちは柿をつぶし、汁を採取した。父上がふらりと台所に這入りこまれたことがあった。母上と目を見かわして、だまって私たちのすることを見物なさった。その顔色から父上も渋の用法を承知しておられることがうかがわれた。

もともと柿渋は、実がまだ青い夏のうちにもぎってつぶし、絞りとるのが順当なやり方である。渋はそのころがもっとも多いから。しかし、今年のようにいつまでも渋いと、秋になってからでもおそくはないようである。私がある日、船越にある母上のおさとへお使いをいいつかって留守にしたとき、雄斎伯父がたずねて来られ、絞って樽や桶にためた渋を検分されたという。その後で父上母上と何か相談しておられたとか。とらが語ってくれたことである。どうやら傘張りに用いるのではないらしい。とらは伯父の仲間伊矢太から、渋の用途を遠まわしにほのめかされている。志津様、傘張りではなかごたる、きっぱりとらはいい放って私を安心させた。家中の侍で、内職に傘つくりを始め、なれないこととて満足な傘は一本も出来ず、親類に義理で買わせてうらみをこうむった方がある。江戸大坂なら知らず、肥前の小国ではたとえ殿様からすすめられたところでろくな内職の有りようはないのであった。

夜が白むころには母上は身仕舞いをおすませになり、とらや吉爺にさし図して寄合いの支度を始められた。夢うつつの間に私は台所からきこえてくる母上のお声や皿小鉢の音をききながら、右手で左の二の腕をさわった。

五寸あまりの傷痕がある。

朝、起きる前にそこを指でさわってみるのが、このごろの癖になっている。子供のころは気にならなかったのだけれども、なぜか今になってこの傷痕をしきりに撫でてみるようになった。夜具にくるまっていると、醒めやらぬ体が気だるく暖かく、外気の冷たさにくらべて布団のぬくもりがいい様もなく心地よい。うつらうつらとしながら私は寝返りをうちもう少し眠ろうとした。

「志津……」

母上が呼ばわるお声をきいたとたん、私はきょうのことを思い出してはね起きた。

私は家のうちそとをとらと二人して念入りに掃き浄めた。

吉爺はとっておきの印半纏を着た。よく洗った手拭を鉢巻にしめた。

私は母上からごく薄く化粧をほどこしていただいた。

父上の居室と次の間の襖をとり払い、おつどいになられる家中鉄砲組の物頭組頭格の人々のために膳部をととのえた。

直次郎様がわが家へお見えになる。いちじにねむけは消えた。わが国古来の石火矢術は実情にそぐわずとて、西洋新式の火術を学ぶよう鍋島様からお達しがあったのは近ごろのことである。和流にしても蘭流にしても、砲術は算法数理に明るくなければ通じることを得ない。若輩でありながら直次郎様がとくにえらばれて鉄砲組に任ぜられたのは、数理において好古館一といわれるほどの英才であられる由とか。遠からず組頭格をとびこえて物頭になられることは必定ともっぱらの噂であるとか。

母上が麦粉をこねられた。

私は麵棒でそれをたいらにのばし、庖丁で切った。手打ちうどんの秘訣は、一にこね具合、二にだしというのが母上の口癖である。こねすぎては固くなり、こねが足らなくても引きがわるいという。だしは昨晩のうちに昆布と川海老を煮こんでとられた。狸肉の味噌漬、泥鰌汁、うどん、香の物、物頭格の面々には泥鰌汁のほかにもう一品、うなぎの蒲焼きがつく。吉爺は酒を買いに走った。澄み酒を大徳利で三本もあがなったので、そろえてくれる酒粕までは同時に持ち帰ることもかなわず、いったん徳利をはこんだあとで酒粕をとりに戻ったのであった。

茄子を漬けるから酒粕をいくらか分けてくれ、ととらは吉爺にたのんだ。吉爺はにべもなく断わった。旦那様のお許しでいただいた酒粕である、漬け物用は自分で工面してととのえればよい、それがとらの役目であろうと吉爺はいった。一貫目あまりも酒の肴を手に入れて吉爺は上きげんである。吉爺は草をむしり、落葉を掃きよせて焚き、溝をさらった。井戸水を汲んで庭にうち、薪を割り、火鉢の灰をかえた。いっときもじっとしていずに吉爺は立ち働いた。

寄合いは夕刻から始った。

七ツ半どきから鉄砲組の方々が三々五々うちつれ立ってわが家へたずねて来られた。

父上は門口に立ってお迎えになった。

母上は玄関にすわって挨拶をなさった。私はだしを入れた鍋の火加減を見るために台所を離れてはならなかった。母上のおいいつけである。しかし門口に姿を現わすお客のことが気になり、泥鰌を裂いているとらに頼んでこっそりと台所から裏口へ出て庭へまわり、物置のかげに身を寄せて門口をうかがった。ときどきそうした。

村岡昇之進様がおこしになった。ご家老早田藤太夫様の甥御である。

中古賀茂登様は滝川義人様と、野口泰治郎様は中山常之介様と肩をならべて見えられた。吉田晃司郎様は嘉村図書様とうちつれ立って参られた。和田信左衛門様もおこしになった。台所と物置の間を私はいそがしく往復した。母上が縁側をわたって来られるのを庭で見て私は大急ぎで台所へかけもどりあやうく間に合った。鍋のまえに腰を下して粗朶をくべていると、

「志津」

と呼ばれた。いぶかしそうに私をみつめられる。肩で息をしているのはどうしたわけかとたずねられるのである。かまどに火を焚くのがそんなにきついのかとおっしゃる。私はいいわけを思いつくのに苦しんだ。奥で父上が手を叩かれたので、母上はそうそうに戻って行かれた。とらは奈良漬をきざみながら下を向いたままふくみ笑いをうかべていた。

私はふたたび庭にしのび出た。

生垣の向うを大声で談じながら歩いて来られる侍がある。西村官兵衛様の声である。母上はじきに引き返して来られるかも知れない。見とがめられないうちに台所へ戻ろうとしかけて私は立ちどまった。門口に現われたのは西村様と執行直次郎様であった。

西村様はまっすぐ玄関へ向われた。

直次郎様は門口でつかのま立ちどまって柿の木を見上げ、庭を見わたされた。物置の横から首をつき出している私と目が合った。直次郎様は不思議そうにしばらく私をみつめられ軽く会釈して門をお這入りになった。しばらくたって気がついてみると、私は台所に戻っておりかまどのまえに腰を下していた。後ろでとらが何かいった。はっとしてふり返ると、

「執行様がお見えになりましたろう」

香の物を皿に盛りながらとらがいった。

「西村様といっしょに参られた」

と答えて、どうして直次郎様のおこしがわかったのかとたずねた。とらが何かいいかけたとき母上が来られた。今から半刻あまりの間、お客様は父上の居室にこもられて新式砲術につき父上の講釈をきかれる。きょう、吉田流砲術の免許皆伝をさずかる組頭もいらっしゃる。しかし、きょうの寄合いはこれまでたびたびそうであったような大調練後の鉄砲組方を慰労するもよおしではなくて、荻野流と吉田流を一流に統べる記念の寄合いであるとおっしゃる。

「母上、わが吉田流が西村様の御家流に組み入れられるのでありますか」

私はたずねた。指南役筆頭をしりぞけられているからには、吉田流は西村様の荻野流の下風に立つことになる。

「懸念には及ばぬ、吉田流も荻野流もなかと、鍋島様かねてのお達しにより諫早も佐賀と同じく円極流一流に定められる、円極流は西洋新式の砲術に似たりと思え」

と母上はおっしゃった。父上がトントロ仕掛けについて講義をなされ、免許を若い組頭にたまわったのち、参集者は一心に心をあわせて奉公に懈怠なきを誓い、連判状に署名し、血をもって印を押されるという、私は母上におたずねしないではいられなかった。

「父上はまえまえから西洋新式の砲術を習いとり入れることをご家老様に進言しておられました、円極流が洋風砲術のごとくであれば父上こそ今や筆頭でありましょうに」

母上はとらに裏庭の葱をつんでくるようにおいいつけになった。とらが出て行くと、声をひそめて母上は答えられた。

「西村様は津水の網元と懇意であられる、武春様のお手もとにはまだまだ現銀が御いり用であるゆえ、津水の分限者たちの機嫌をそこねてはならぬと、新式砲を買い入れるについては大枚の銀子がなければ」

津水周辺には昔、伊佐早を領していた西郷家の家臣が大勢すみついて、ある者は百姓にある者は漁師となっている。船を仕立てて他領と交易している商人もあるという。武春様に少なからぬ現銀を用立てたのは、鯨分限者のみではなくて、船主である西村屋も加わっていたという噂である。西村屋はかねてより公儀禁制の抜け荷を行ない、このたび大枚を融通したのは、ひそかにそのお目こぼしを願っているのではないかと、せんだって、吉爺はこっそり私に語った。

私はにわかに信ぜられなかった。

抜け荷が万一つかまれば、はりつけ獄門は必定である。御詮議は家族はいうまでもなく親類にまで及ぶ。まさか津水の者が抜け荷をしているとは、と私がいうと、吉爺は声をひそめてささやいた。

「西郷氏が龍造寺様に追われてどこへ逃げたか吉は申し上げましたろう、志津様、覚えておいでか」

「平戸島へのがれたと吉はいうた」

「平戸島の漁師は玄海灘の荒波を乗りきる腕利きぞろい、鯨とりの名人も津々浦々にごんす、津水湊を出て大瀬戸の速潮を漕ぎわたること造作もなかと、平戸島へ逃げた西郷氏とその家来、諫早領の津水にとどまった家来、天正の時代より往来しております」

抜け荷の中身を私はたずねた。

「対馬をへて参る朝鮮の産物げな、白糸紗織、薬種、唐物のほかに紅毛持ちわたりの珍品もありますげな、京大坂へはこべば一代で身代をきずくほどに儲かります」

「吉よい、津水平戸の不心得者をわが殿様はなぜにとりしまられぬ、公儀のお耳に達したらわが御家は大なるさしさわりがあろうに、お咎めをこうむろうに」

「そのこと、先にも申し上げました、津水の者ども勝手知った大村湾、諫早様が目付をくり出せばさっさと島かげ岬の裏にひそんでとりしまり方の目をくらまします、西郷氏の家来はもと当地の水軍であったとか、舟をあやつるのは手だれでごんす、津水近郷の住民みな抜け荷がなりわい、御目付の取調べにも口を打ち割りませぬ」

ゆえに、と吉爺は語った、再三再四きびしくとりしまってききめがないので、諫早家はやりかたを変えて、津水の抜け荷が今はただ公儀の目に触れぬよう心くばりを専一になさっておられる由である。したがって鯨分限者が総代となって現銀を御家にさし出したのは、お目こぼしを願うとともに、以後も暗黙のうちに抜け荷をさし許していただきたいとの肚であるとか。

「とらよい、志津はあるか」

母上が台所にいらっしゃった。膳部を座敷へはこぶようにとのおおせである。

直次郎様は上座にちかく、村岡昇之進様と肩をならべてすわっておられた。

最上段は西村官兵衛様であった。

母上はまず西村様の膳部をお供えした。私が村岡様にささげようとしたとき、ずいと横にわりこんだとらが村岡様の前に、膳部を置いた。私は直次郎様に一礼して、その御前に膳部をしつらえた。直次郎様は私に目礼されたようである。膝におかれた手の指に懐紙をあてがっておられる。居ならんだ客人はみな親指のつけ根あたりに白いものを当てておられた。

ご一同に膳部をおはこびして最後に父上のもとに用意した。私たちは台所にひき下った。

お見うけしたところ若い武士の方々はそろってお顔を上気させ左右の朋輩と声高にしゃべっておられるようである。しかし、ひときわご機嫌うるわしいのは西村様であった。宴のはじまりにあたり、西村様はやおら威儀を正されて砲術流派を異にする組方が一堂に会して、両派にこれまでなくもなかった多少のいざこざは水に流し、今後奉公第一に心がけるよう手打ちをする、その席にはからずも作平太殿が女房御の手打ちうどんを供される、まずは目出たい、と口上をのべられた、それを聞いて母上は末席で言葉すくなに皆みな様のお役目ご苦労様であります、粗酒粗肴でいかにも心苦しゅうございますがゆるりと召し上っていただきたい、と申しのべられたのであった。
私たちは台所で夕餉をすませた。
母上はころあいを見てときどき座をたたれ座敷へ行かれた。
とらは大釜で湯をわかし、その湯で私はお茶をいれた。村岡昇之進様が剣舞をひとさし舞われたそうである。中古賀茂登様が吟じられたとか。西村官兵衛様は終始、上機嫌であったそうな。皆さまに充分ゆきわたるほどに酒がなかったのはお気の毒である。
宴は五ツ半刻までつづいた。
果てる時分に西村様は一首よまれた。
本明の水も一つに澄みわたり
吉田の里にきほふ藤原
西村様はこの歌を二回くりかえして詠じられ、おわりに「即興でごんす、お耳を汚したてまつった」とへりくだってみせられた。お客様一同は大いに感服の体で、「さすがは」と口々にいいかわし、首をふられた。
父上もお返しに一首よまれた。
ゆく秋の日影もけふを名残とや
たま露むすぶ西村の荻
と二回、詠じられて西村様と同じく「即興でごんす」とつけ加えられた。ご一同はこれまたやんやの喝采を送られた。あるお方は母上に筆墨を所望され懐紙に歌を書きとめられた。西村様組方の侍は西村様の歌を書かれた。何かにつけてこの歌を詠じ、藩内でいま大いに重用されている方の御機嫌をとりむすぶ肚づもりと見えた。藤原組方の侍で、父上のお歌を写す方はわずかであった。

「執行殿、お二方の歌はいかに」

吉田晃司郎様がたずねられた。直次郎様は自分は和歌の道にくらいゆえ批評はさしひかえたいとおっしゃった。

「吉田殿はいかに」

とたずねたのは、まっ先に西村様の歌を写した侍であった。吉田様は若年のみぎり好古館で名うての歌よみともてはやされていた由である。うてばひびくように吉田様はせきばらいして、おそれながらと前おきをし、

「西村殿の歌、上と下の句、ほど良き味わいにて時宜を得た付合い見事である、とくに水も一つに、の句感服つかまつる、藤原殿の歌、たま露むすぶというくだり、水も一つにの句と照応し、ゆく秋という言葉と共にひときわ匂い品高く、また目出たく、返し歌として恰好と見たてまつる」

と批評をなさった。

ご両人の歌を写した方も写さなかった方も、吉田様の歌の見たてには、いたく感じ入った体であった。

西村様が何か口を開いてものをいわれると、笑いさざめいている宴席はぴたりとしずまり、ご一同はうやうやしくそのお話を傾聴され、冗談をおっしゃろうものなら腹をかかえて大笑いをなさるのであった。父上は西村様が冗談をおっしゃっても苦りきっておられた。直次郎様はせっかくの鰻にも箸をつけられず、腕をこまぬいてじっと瞑目しておられた。ご一同に和して笑いもされず、さりとて父上のようにしぶい面持ちで

もなかった。

酒を持ってつぎに来る人があれば、目をあけてねんごろに言葉をかわし、盃の献酬をなさった。

「さすが執行様のご子息、若年でありながらあのご風格」

と母上はため息をつかれた。

私は知らず知らず頬が赧くなった。母上に顔をそむけて両手で頬を押えた。どうしたのかとたずねられたので、燗の具合をみるために一、二杯お酒を口にしたら顔が火照って仕様がない、とご返事した。

宴はおひらきになった。

父上はお引きとりになる方々を、門口でお見送りになった。

西村様はさいごに、

「結構なうたげでごんした」

と丁重に挨拶をなさって門を後にされた。

さきに往還へ出た侍たちの中で、五、六人が生垣の向うに一団となってたむろしており、門を出られた西村様をとりかこみ、にぎやかに談笑しながら帰ってゆかれた。

座敷のあと片づけが終ったのは四ツ刻をすぎていた。膳部をのけると、所どころにに赤いものの滲んだ懐紙が落ちていた。


きょう、雄斎伯父がお見えになった。

父上は非番である。

とらは朝からそわそわして吉爺にひやかされている。

父上とさし向いにすわられた伯父上はいつもに似げなくあらたまったご様子である。母上も父上のかたわらにつかれた。

「本日はお日柄もよく、まこと目出たい」

伯父上がまず口を開かれた。

「お役目ご苦労でごんす、よろしくお願いいたします」

母上が答えられた。私はお茶を出してさっさと引き下ろうとすると、志津、ここにおれ、と父上からとめられた。

「結納とり交しの儀、一見しておくが良か」とおっしゃる。

「わが仲間伊矢太儀、このたびご当家の下働きとら女をめとるについて雄斎、お願いにまかりこした」

「せっかくではありますが、とらは何分ゆき届きませず、ふつつかにすぎますゆえ、きょうのところはご辞退申し上げます」

「されば……」

伯父上は座を立たれて玄関に降り、敷居を一歩だけ外へ出てまた家の中にお這入りになった。母上と対座してさっきと同じ口上をのべられ、母上は同じ返答をなさった。これを三回くりかえした後で、母上はおっしゃった。

「かさねがさねのお言葉、とらは果報者でごんす、有り難くおうけいたします」

「このたびは目出たく相とどのい、まことに重畳、ついては本日は日柄もよろしきゆえ結納を持参した、いく久しくお納め下され」

といって伯父上はふくさ包みをさし出された。

「いく久しくおうけ致します、とらは良縁にめぐまれました」

といって母上は隣り座敷に立たれ、紙片を盆にのせて伯父上にさし出された。

「受け書きでごんす」

「たしかに」

父上はあくびをこらえておられたが、結納贈りが一段落したとたん、ついに大口をあけて背筋をのばされ、母上にたしなめられた。

「志津、いかが、初めて見るものであろう、遠からずそなたにもあること」

伯父上はくつろいでお茶をすすりながらいわれた。とらには身よりがない。夫に先立たれたとき、子供はなかった。永昌の実家は洪水で流失していた。わが家に奉公したのは雄斎伯父の口ききである。つかえて五年になる。下働きふぜいに格式を張るのは似つかわしくないが、雄斎伯父の希望もあって形ばかり武家のしきたりにならったとのことであった。

伯父上が帰られてから私は申し上げた。

「母上、吉にも後添いをもろうて下され」

「吉はいらぬという、いやがる者に嫁女を押しつけられはせぬと」

「それはせんのこと、あれから月日がたっております、とらが来春嫁にゆけばわが家も下働きを探さずばなるまじ」

吉爺は寄る年波でめっきり体がおとろえた、と私がいうと、いやかえってこのごろは以前より身軽に働く、と母上はおっしゃる。

「身軽を装うておるのでごんす母上、夏には漁師に頼まれもせんのに舟に乗りこみ鯨とりの下知をしました、漁師どもはただの一人も吉の下知がままに動いておりませなんだ、夜なべして米をつき、縄をないます、竿竹を使ってもげる柿をわざわざ木に登ってもぎります、わが身の衰えをみずからおぼえるゆえ私たちにさとられぬよう以前にもましてけなげに働いていると私、見うけます」

「吉はまた後添いをすすめたら何というであろうか」

「いやじゃとはよもや申さぬでありましょう、母上」

「志津、もう良か、吉のこと父にまかせよ、よしなにとりはからおう」

今まで一言も口をきかずにおられた父上が私におっしゃった。台所の方で吉爺と何かいいあって大声で笑うとらの声がきこえて来た。きけばさきごろ話のあった野村様の下働きは、鷺崎の実家に帰って百姓をしているそうな。


きょう、父上は会所からお戻りになるおり、渡部主水様をともなって帰られた。米沢上杉藩の砲術指南役であり、長崎の海軍伝習所へオランダわたりの新知識を学びにこの夏はるばる旅して参られた方である。

海軍伝習所で数日の休みが生徒に与えられたのをいいしおに、雄斎伯父に礼を述べられるため諫早へ参られたのである。伯父上は伝習所のオランダ人教官ファン・デン・ブロック殿に渡部様を紹介する手紙を書かれたのであった。

とらはさっそく母上のおいいつけでぼらを求めに河岸へ走った。初めてわが家へお越しのせつ召し上られたぼらをことのほか気にいられたからである。しかしながら昨夜は海に風波が高く、漁師どもはそうそうに網を巻いたとかで、ぼらはあがっていなかった。とらは詮かたなくむつごろうを手に入れて帰った。はぜと泥鰌のあいのこに似た下魚である。

夕餉をととのえて私が居室へうかがうと、お姿は見えず庭でお声がした。

「これなる……」

父上は蓋を粘土で密封した火消し壺を渡部様に示された。「これなるモルピュルフルを煙硝とまぜ合せ、弾丸にこめて黒船に射ちかければ、船内で破裂してその毒気にあたり、乗組みの者ども気力おとろえ死に至ることは必定とおぼえた」

モルピュルフルとは、と渡部様はたずねられた。土竜を黒焼きにし、粉末につきくずしたものをオランダ語でかくいう、と父上はおっしゃった。渡部様は腑におちない顔で、気味わるそうに火消し壺を見ておられる。父上が蓋を割って、中身がかげるようにそれをさし出されたとき、渡部様は手で鼻をおおってとびすさられた。

夕餉の支度がすんだことを私がお告げすると、渡部様はすくわれたような面持ちで座敷に上られた。父上は台所で手を洗ってから膳につかれた。

「せんだって鍋島様の火術方、本島、杉谷、中村殿が出島蘭館にて、カピタン・キュルシウスを前に蘭船将ハビュースにたずねたげな、鉄材と鋳鉄のかけらを示して鉄製大筒鋳造の極意を問うに、船将は地金えらびが専要といい、かけらをしらべてその質はかなりのものと見うけるが、なお精密に分析せずばわからぬ、今すこし大なる鉄を持ち来たれと答えたげな、問答の要旨、私、長崎奉行所にてきき及んだと」

「しばらく……」

渡部様はふところから帳面をとり出され矢立をぬいて、父上のお話を書きしるされた。

「火術方はギーテレイ砲書を持参して、この法にて鉄製大筒をこしらえても可なるやと問うた、書中に見えるオランダのロイク製造所は今も大筒鋳造を継続せるや、とたずねるに船将はしかりと答えたげな、ギーテレイ砲書はしたがって今なお信ずるにたりる書物でごんす」

「作平太殿、かたじけない、ブロック殿はもともと医官にして製砲に通じておられぬ、かねて疑問のギーテレイ砲書のこと、これにて納得」

「船将は大筒トントロ打ちの金物雷管を示し、雷管は見本として持ち帰ることを許し、船内の煙硝倉の図、写しとりも苦しからずとのことでごんした、あまつさえ主水殿、船将は最近着の砲書にある蘭方改正砲尺度表をすこぶる有用とて火術方に写しとらしめた、これを見るに洋式火術、日進月歩、ほとほと私、肝がひえる心地いたした」

お酒がひえてしまう、私はお二方の話を耳にしながら気をもんだ。夜寒のこととて燗をつけたお酒も、台所からはこんで来るあいだにさめるのである。何度か私は口をさしはさみかけたが、あまりに熱中して話をなされるのでひかえなければならなかった。

「杉谷殿はまた問われた、反射炉の実験をのべて船将と問答しげくかわされ、次にベキサンス式砲架絵図面を示して意見を求め……」

「作平太殿、内々の話でござる、その改正砲尺度表、ご当家が鍋島様の家中として長崎港警備に任ぜられておるからには、そこもとも新式尺度表写しを所持なされているのではあるまいか」

「もとより」

「異国船打ち払いはかねてのお達し、その尺度表写し、私拝見かなわぬであろうか」

「佐賀において秘中の秘でごんす、主水殿、万一私よりもれたことききこえたら腹を切らねばならぬ……志津」

とつぜん父上は私に向い、お酒の燗をつけなおすようにとおっしゃった。私は台所にひき下った。母上は炭をおこしておられた。いちいち居室と台所をゆきかえりするのは大儀ゆえ今宵から火鉢に炭をたこうといわれる。私は十能に火をつぎ、鉄瓶を下げて父上のもとへ引きかえした。

障子をあけたとき、渡部様は何やらうろたえて帳面をとじられた。父上は書付けのようなものをそそくさと座布団の下へ押しこまれた所であった。父上はおっしゃった。

「船将いわく、長崎の台場にそなえ立てたる大筒を見るに、ほとんど威力あるものなしと、全速力をもって蒸気船のり入れれば、二、三発は間に合わんも、あれよという間にすぎゆくであろうというた」

「おお、火が参った」

渡部様は私が火鉢に炭を入れるのを手伝って下さった。父上は話をつづけられた。

「千の短砲も一のボムカノン砲に劣るげな、主水殿、オランダ人船将はわが火術方にじゅくじゅくと説いた。カロナーデのごとき短砲は海岸砲としてその利きわめて少なし、六十ポンドのボム弾こそ一発よく敵艦をうち沈め得ようと、船将と問答したこの三人、後刻、奉行よりお咎めをうけ、蘭館出入りをさしとめられたとぞ、公儀は鍋島様が火術においてぬきん出ることを快く思われぬ、われらいかにも心外であった」

「わが上杉家の石火矢術は往年、日の本ずい一でありました、今は佐賀の足もとにも及ばぬ」

「ボムカノン砲をただちにとりそろえること相かなわぬうえは、ボム弾に匹敵する威力ある弾丸を発明すること私の念願、よって舎密《せいみ》書を案じ毒火薬に思いあたった、短砲にこめて射ち、あるいは敵船に漕ぎよせて投げ入れれば砕けてその毒気、目は開くことあたわず、口もいうことあたわず、その虚に乗じて船をのっとればよろし」

　土竜の粉末にそんな効用があるとは知らなかった、と渡部様はおっしゃった。しかしながら毒火薬をとりあつかうには、ヘネチアアテリヤアカなる薬物をあらかじめ服用しておかなければ、その毒気で中毒するおそれがある。ヘネチアアテリヤアカなるしろものが舎密書のどこにも記載せられていない、「主水殿、このこと残念しごく」と父上はため息をおつきになった。

「先年、長崎台場にて発射訓練をなしたとか、今うかがった鍋島様火術方本島殿のよめる歌、私も伝習所にてうけたまわった、日ごろの気がまえとして私そらんじておる」

「主水殿、おきかせあれ、その歌、私存じておらぬ、いざ」

　渡部様は盃をおいて目をとじ、朗々と詠じられた。

「ますらをが打つや三五の玉の浦に、砕けぬものはあらじとぞ思ふ」

「……砕けぬものはあらじとぞ思ふ」

　父上もあとをつけて詠じられた。

「ご承知であろうか作平太殿、私西下する途中、彦根に一泊したるおり、その藩士にてかねて昵懇にしておる石火矢方よりうけたまわった、嘉永五年の元旦、鍋島直正公は溜池の屋敷に諸国大名をまねき宴をはられた、枯れ松に水をあしらった絵を描かれ、公いわく、松平の松も枯れ果て、徳川の流れも源なし、かくなり果てたからには、松には肥えをやり、水には流れをそえんかなとて、べたべたと絵に墨をぬられたそうな」

「ほう、鍋島様が……」

「陪席したる彦根の儒者がその情景うつしとり手紙で国もとへ報告した、諸大名いかに酒席のたわむれとはいえ将軍様のお膝もとでこともなげなる振舞い、酔いも一時にさめて目を見かわしているとき、ひとり伊達慶邦侯のみ一座を見まわし冷笑しておられたとか」

「徳川の流れも涸れたと鍋島様が……」

「枯れたのは松平の松、徳川は源がなくなり果てたと、げにも放胆なるご広言」

父上は声をあげて笑われた。長崎奉行所に御をおとして謹慎をおおせつかった失態を父上は語られた。武春様が直正公のご所業をきかれれば何と思われるであろう、と父上はいわれ、盃を傾けてまた大笑いされた。父上がこのように上機嫌でいらっしゃるのは、めずらしいことである。

――よういさのまっがしょ、えんやこらまがせ、酒田ゆくさえ
父上は小声で最上川船歌を吟じられた。

「作平太殿、酒田ゆくさえではござらん、酒田さ往《え》ぐさげえ、とこう歌う」

「酒田さ往《え》ぐさげえ、よいとこらさのせ」

「ちがうちがう、酒田さ往《え》ぐさげえ、まめでろちゃ、その次が、よいとこらさのせ」

「主水殿、十年ひとむかしという、この船唄をきけば二十年も一日に似たり、鬼面川原の調練にて、六十ポ

ンド砲弾を抱えても息は乱れなかった、今は三十六ポンド玉をあつこうてさえ腰にひびく、としはとりたくないもの」
――まっかん大根の塩汁煮、塩しょぱくて、くらわんにぇちゃ
渡部様も小声で吟じられた。父上に当地の船唄を所望なされた。まだら節の由来もたずねられた。まだらはもとまんだらである。その昔、諫早の漁師が航海安全を祈って、曼陀羅をそめぬいた帆を船にはったことから来ている、と父上はおっしゃった。吉を呼べ、と私においいつけになった。
吉爺は渡部様から盃をたまわった。先日、長崎へお下りの節、あんでさし上げたわらじはなかなかにはき心地が良かったそうである。「おかたしけなし、吉め本望でごんす」そういって吉爺は縁先にかしこまり、所望されるとやおらせき払いしてまだら節をうなった。
――まだら巻んども七ひろ八ひろ、
腰にまわして四十八ひろ、
そういえば能登に七尾まだら節という唄がある、あの曲調も当地の船唄によく似ている、と渡部様はおっしゃった。
――砂どんを一艘つんで竹崎沖に、
波にゆられて日を暮らす、
「主水殿、おききあれ、寛延の百姓一揆、削地減俸を理不尽とて城下の百姓ども五千人が佐賀に道押しした、そのおり百姓どもこの唄をうたって気を励ましたげな」
渡部様は百年あまりも昔の話には興をもよおされないご様子であった。それより吉爺がうたう節の句をお

もしろがられた。「よそにおる身と帆かけた船は、楽のごとして苦のござる」という文句にいたく感じ入られたふぜいである。そしてもっとも渡部様が感心なさったのは、まだら節の終節である。もしも風が口をきけるなら、言伝てをしたいものだ、しかしながら風は空を吹くばかり、黙しているのをいかにせん、という意の唄を渡部様は例の帳面に書き写されたのであった。

――風どんが物いうたろば言《こと》つけどもしゅうらえ、
　風は空吹く物いわん。

翌日、父上と渡部様のおともをして私は本明川沿いに上流へさかのぼった。さる日、私たちが雄斎伯父とともに訪ねた古城址が目あてである。

父上は城の由来をこまごまと説かれ、ぜひ一見をと渡部様にすすめられた。客人は私が見たところあまり気のりしないふうであったが、父上たってのおすすめで腰を上げられた。吉爺は鍬をかついで私たちにしたがった。城址の森は狸にかっこうな場所である。掘りとって遠来の旅人に狸汁をご馳走しようと父上に願い出たのである。

渡部様は吉爺の口上をかたわらできかれ、肥前では狸は掘るものであろうか、これは米沢にいい土産話ができた、と喜ばれた。古城址よりむしろ吉爺の狸掘りがお気に召したように見うけた。

私たちはいったん金谷久保に寄って渡部様が伯父上に礼をのべられるのをおそばでうかがった。先客があった。城下の武具職人である。頭領とおぼしい人物が部屋にかしこまって伯父上と談じていた。佐賀訛でしゃべるあきんどふうの男もいた。

客を待たせたその部屋の隣に伯父上はうつられて渡部様と言葉をかわされた。ファン・デン・ブロック殿の日常や健康について親しく渡部様におたずねになった。

私は職人の徒弟どもが庭先に大八車を引き入れ、大甕をつむのを見た。吉爺は大八車のまわりをうろうろして甕の中身を知ろうとしているようであったが、徒弟どもにさえぎられ近づいて中をのぞきこむことはかなわなかった。甕は全部で五つあった。大八車には二つをつむのがやっとである。二人が前をひき二人が後ろを押して車は動き出した。

庭土にくいこんだわだちのあとは深かった。吉爺はかがみこんでそのあとをみつめていた。

九ツ半刻、私たちは平松神社についた。神主宅は呼べども応えがなく、囲炉裏に薪がくすぶっているだけである。あるじは野良に出ているのであろう、と父上はおっしゃって渡部様をうながされ、まぢかにそびえる台地へ案内された。

「作平太殿、ここがいにしえ当地の領主がかまえた城址とおっしゃられるか」

「いかにも、私たびたび参って、もはやその証拠歴然、今から主水殿にお見せする、いざ」

「地形、縄張り、うち見たところ往時の山城をほうふつさせます、私、城があったこと疑ってはおりませぬ」

渡部様は台地のふもとから本丸を仰がれた。森はなかば葉をおとし、初夏に初めて私たちがおとずれたときの鬱蒼とした暗さは消えている。木の間がくれに頂ちかくの矢通し、土塁石垣も明らかにのぞまれるのである。けわしい崖を眺めて渡部様は気が重そうなご様子と見えた。父上は渡部様のお言葉に耳をかされなかった。先に立ってずんずん森のなかへ歩み入られる。私がしたがい、ため息まじりに渡部様がつづかれ、最後に鍬をかついだ吉爺がついた。

森は明るかった。

栗も柏も色づき、地面にぶあつい枯れ葉をつもらせていた。

森はかわいていた。

森は香ばしい匂いがした。

黄と紅に色づいた木の葉に、森の中をすすむ私の顔も染まるかと思われた。ひと足すすめるごとにわらじの下で音をたてて落葉が砕けた。しずまりかえった森のなかで、きこえるのは、私たちの足音だけである。

西がわの斜面は勾配はゆるやかであるけれども登るのにひまがかかる、自分たちは空堀にはいって東がわの曲輪から本丸をめざしている、と父上は私の頭ごしに渡部様へ説明なさった。

「要害堅固な城でありますな」

と渡部様は肩で息をしながら答えられた。

にわかに梢をゆすってとび立つ鳥があった。

吉爺に私は鳥の名をたずねた。

「山鳩でごんす志津様、あぶら身がすくのうてうまくはなかと」

「おっつけ米沢にも鴨がわたって参る、冬の夜は鴨鍋が一番」

渡部様は小手をかざして山鳩の行方を見送られた。鴨はもう当地に来ている。夜さり、空をむれとぶ声をさいさい耳にする、と私は申し上げた。河口の広い葦原は鴨がつばさを休める所である。父上のお姿は見えなくなっていた。私たちが鳥の話をしている間に先へ行かれたのである。私は足をはやめた。肥前の鴨は見たことがない、米沢の鴨と同じであろうか、と渡部様はおたずねになった。

「当地では筑紫真鴨と申します」

と私はお答えした。

堀の底へ崖からころがり落ちた巨石の上に父上は立っておられた。かたわらの草のかげに見える石垣をさし、角のとれた自然石の乱れづみはまぎれもなく元亀天正以前の工法である、とおっしゃった。

「いかにも、いかにも」

渡部様はくり返し自分はここがかつての山城であることを信じている、といわれた。私たちは斜面にとりついた。ここもあつく散りしいた落葉でおおわれ、ともすればすべりやすく木の根、岩かどをつかんで身を支えなければよじ登れない。父上は勝手知ったわが家の庭を行くように、身軽に頂上へすすまれる。私は何度か落葉の下になっている栗のいがをふみつけて痛い思いを味わわねばならなかった。

私たちは本丸址にたどりついた。

ひとやすみもなさらずに父上は、礎石に腰をおろして汗を拭っておられる渡部様をまねいて崖ぶちの方をさし、「いざ、こちらへ」とせき立てられる。谷に南面している石垣の上である。私は吉爺が見えないのに気づいた。後ろから登る途中、私が知らない間に足をふみすべらせて脚でもくじいているのではあるまいか。胸さわぎがして今来た道を見おろした。

ちょうどそのとき吉爺はくずれた石垣のかげから現われた。手拭いに栗をひろい集めて下げている。私たちは楊梅《やまもも》の木かげで風を入れた。父上は杖がわりにたずさえて来られた弓の片端で、谷のあちこちをさし示して何やら一心に説明しておられる。

「ははあ、するとご当地における最古の領主は船越氏といわれる」

「文書に見える最古のあるじ、船越は古代の宿駅がおかれた郷の名でありましたと、その地は……」

父上は折れた弓で東の方、本明川の下流をさされた。当時、この城のあった周辺は仁和寺仏母院の荘園であり、荘を領した公家は船越氏と争っていた。二つの勢力はおたがいの所領をとったりとられたりしながらほぼ百年間つり合っていたが、南北朝の争乱をさかいに新しい土豪が登場する。ふるくから本明川上流の地にあった伊佐早氏である。

伊佐早氏の居館こそ今、自分たちがふみしめている台地でなければならない。本明の地に山城らしい山城の址はここのみである。

彼は伊佐早荘という名の荘園をわがものとしみずからを伊佐早氏と名のった。むかし、川幅はもっと広く、尾根と尾根にはさまれた本明郷にも海は深くくい入り、上げ潮はこの城の台地のふもとをも洗っていたであろう。歴史にしるされる以前から本明は漁撈農耕をいとなむ民びとがすみついていた地であった。尾根のそこかしこに石棺、土器、素焼の甕が見出される。獣骨貝殻をすてた穴もおびただしい。父上は口角泡をとばして渡部様に語られた。

吉爺は栗のいがをむいている。

私は本丸址が先日はいちめん雑草におおわれていたのに、きょうは一変してみごとな芋畑になっているのに驚いた。平松殿がたがやしたのであろう。水はどうやってはこび上げたのだろうか、と考えた。

「その伊佐早氏がいまのご領主諫早家の祖でござるか」

渡部様がおききになった。

「いやいや主水殿、早まってはならぬ、深い仔細私が説きあかしてさし上げるゆえじっくりとおききあれ」

と父上はがんぜない子供をなだめでもするような口調でおっしゃる。まだ城の由来を語られるのか、と渡部様はうっとうしげな面持ちである。それを意に介さず父上はつづけられた。

「しかしながら伊佐早氏に拮抗する豪族があちらにござった」

父上は弓の折れで西南の方をさされ、千々石湾のほとりを領していた水軍の出、西郷氏であるとおっしゃった。

「その西郷氏、伊佐早氏とあいたずさえて船越氏をほろぼし、この地を二分したとでごんす、山のあるじが伊佐早氏、海のあるじが西郷氏、おわかりか主水殿」

「はあ、なかなか」

のどがかわいた、どこかに古井戸があろう、自分は水を所望したい、と渡部様はおっしゃった。

「吉、今しがたわれわれが登って来た曲輪の北に土塁がある、そのかたわらに赤松の大木を見たであろう、赤松から二十歩あまり東のかたに古井戸がある、神社から桶をかりて汲んで参れ」

「旦那様、いずれかくのごときおおせあるかとおぼえ、先ほどその古井戸、吉めはのぞいて参りました。落葉でふさがっておりました、で、水のかわりにあけびをもいで参りました、これに」

吉爺はふところからあけびをとり出した。渡部様は喜んで黒紫色に熟れた細長い果実を口になさった。私もさや形の実を二つにわって白い寒天のような中身をすすった。吉爺は皆があけびを口にしてからおもむろに自分のあけびを平げにかかった。とろりとした甘い果肉を種子ごと口にふくんであとから種子をはき出す。

「作平太殿の仲間、心がけ殊勝とおぼえる」

渡部様は口もとに種子をつけたまま父上におっしゃった。

「吉、きこえたかやい、おほめにあずかった」

と父上は大声でおっしゃったかと思うと顔をあお向けてぷっと種子を空中たかくはき出された。

「はあ、有り難きしあわせ」

吉爺はお礼を申し上げた。

「この唐芋、作がらもよろしく見える」

渡部様は父上の弓をかりて先端であぜをくずし、芋の出来をしらべられた。なんとかして父上の長広舌をそらして別の話柄にかえられたいのであろう。

「主水殿、かわきは癒やされたか」

「けっこうなるあけび、おお、それなるはうるわしき山の幸、いつの間にひろい集めた」

吉爺は両手に殻をむいた栗をのせてさし出した。火打ち石を所持していたらさっそく枯葉で焼くのだが、
と渡部様は残念そうである。

「主水殿、お待たせした、さてその西郷氏、応仁の乱が一段落するころ、伊佐早氏を攻めほろぼし天正の代までにこの地のあるじとなった、南朝方の西郷氏が北朝にくみした伊佐早氏を平げたわけでごんす、そのときのいくさ、われらが今たたずんでいるこの城をめぐってたたかわれた、主水殿、往時の侍どもがあげた雄たけび、うち放した矢風、松籟にきこえる心地でごんす」

父上は首をかしげられしみじみと松風にきき入る体である。船越、伊佐早、西郷、と渡部様はつぶやかれ、あごをがくがくとうなずかせられて、

「して、西郷氏の次がただ今のご領主、諫早様でありますな、御地の歴史おかげをもって一目瞭然となりました」

とおっしゃった。

「口惜しかことがごんす、西郷氏は伊佐早氏をほろぼしたとき、相手側の文書を一切がっさい焼いてしもうた、天正の代、佐賀よりこの地に討ち入って西郷氏を追うた龍造寺様も西郷氏の文書を焼いた、よって私が主水殿に語ったこと、父の口碑伝説、寺社にのこる書付けの切れはしに見える事どもをもとに推測した歴史と思われたい」

「作平太殿、なぜに土地の昔話にこだわられる、藩史編纂をおおせつかっておられるのなら諫早家の歴史のみ通じておればよかろうに」

「主水殿のお言葉とは思われぬ、江戸詰のおり主水殿はいわれた、木に末と本があり、色に黒白のあるがごとく、国のあるじとなるべき家も正なると非なるがあるといわれた、そのこと主水殿の口ぐせであった」

「作平太殿……」

「私、若年のみぎり主水殿のいわれることことわりと感じ入った、国に正統があれば西の果て肥前の小邑にも正と異なる主があろう、文書にたずね求めてさし支えあるまじ」

「いかにも作平太殿、いかにも」

渡部様は父上の強い語気に圧され、深い仔細、これによって合点した、とおっしゃった。父上は元亀天正の以前西洋におけるイスパニアとイギリスの争い、さらに下って、フランス国とイギリス国の争い、オランダ国の衰退についてうんちくをかたむけられた。これらの国々の戦いはみな世のあるべき正統なる主を定めるために行なわれたとおっしゃるのである。

「物のことわり天の道、ひとり諫早のみにわたることではありませぬ、あまねく天下をおおう自然の理法でごんす、主水殿」

父上は気がたかぶっていらっしゃるのであろう、吉爺が腰につるしたあけびをとっていきなりかぶりつかれ、あれよと見る間に丸ごと頬ばられてしまわれた。渡部様はあっけにとられて父上の口もとを見ておられる。

「主水殿の存念、おきかせあれ」

「作平太殿、あけびを丸のみしては胃にさわるのではあるまいか」

父上は頬をふくらませ崖のきわで胸をはって種子を遠くへ吹きとばされた。

風がたちまちそれをさらっていずくへともなくはこび去った。父上は一粒ずつ種子を吹かれた。「九州治乱気」という書物に、ソノ由緒ヲ知ラズ、城山ノ古城、という文句がある。ここも自分が初めて訪れたときはその通りであった。しかし多年の探索、甲斐あって由緒をつまびらかにし得た、と父上はおっしゃった。

渡部様は今さらのように周囲を見まわされ、

「絶景でありますな」

とおっしゃった。父上はうなずかれていわれた。

「要害はことごとく景勝の地を占めます」

「彼方の山、何と」

「風観岳、その西にそびえる山に烽火台がごんす」

「風観岳とやらの杉林、北側だけでも年に五百石は下るまい」

「ひと雨、百石と樵夫は申す」

ついに父上の話はおかしな方へそれてしまった。私は楊梅の木によりそって見上げた。蜜柑の葉を細長くしたような葉に包まれて、紫がかった黒い実がたわわにみのっていた。なり様は木苺ににていた。

私は背のびをして、下枝に手をかけようとした。まぢかに枝がたれており、その尖端に黒紫色の楊梅が輝いている。

私はつま先立って右手をさし上げた。

楊梅の実は、私の手よりずっと高いところにゆれていた。

手と楊梅のへだたりを私はみつめた。むなしくさしのべた手。まぢかにあるのではなかった。どんなに背のびをしても、私の手が実にとどかないことは、初めからわかっていた。そして楊梅の実を食べたいともじつは考えていなかった。

なんのために私は木の下でつま先立ちしたのであろう。

けんめいにのび上ってみたのだろう。後ろで吉爺がいった。自分が木に登り実をもごう、というのである。

いらない、と私はいった。

気がついてみると、吉爺の気づかわしげな顔が目の前にあった。

私はあわてて顔をそむけ、泪をぬぐった。

私は軒下にむしろをしき、野菊の花びらをひろげた。

きのう、本明の城址でつんだ花である。たもとにもふところにも、つめこまれるだけつめその他に手拭い一杯に包んで持ち帰った野菊であるが、こうしてひろげてみるとほんのわずかである。かげ干しにして生かわきの花びらを私は枕に入れるつもりでいる。父上にさし上げるのである。香りの高い枕に頭をあずけると日ごろの憂さもはれはしないだろうか。

けさ、渡部様はおたちになった。

せっかく楽しみにした狸掘りもねぐらが見つからずに見ることを得ず、しごく残念と吉におっしゃった由である。

父上は永昌の代官所まで渡部様をお送りになり、その後で会所へ出仕なさった。

野菊をむしろにひろげ終ってから私は物置をのぞいた。味噌桶も醬油樽もからっぽになっていた。いつの間に柿渋は消えたのであろう。母上にたずねた。子供の知るところではないとおっしゃる。とらも知らないという。

私は吉爺に伯父上はあの柿渋をどこへはこばれたのであろう、とたずねた。

「ご城下の武具職人が手下にひかせてゆきました、佐賀の商人もおりました」

「吉よい、伯父上は柿渋を武具職人に売られたのであろう」

吉爺はうろたえた。大八車につみこまれた甕の中身を柿渋とたしかめたわけではないが、わだちのあとにこぼれていたのは柿渋のようであった。しかし自分がそういったとご主人様に告げてもらっては困る、というのである。

夕餉をすませてから、父上は母上とさしむかいで何か相談しておられた。やがて、

「吉やある」

父上は大声で呼ばわれた。足音も荒く縁側をふみ鳴らし、厨の板じきに仁王立ちになられた。吉爺はあたふたとやって来た。父上の足もと、土間に膝をついて「おん前に」といった。

「汝《われ》は志津に根も葉もない虚言《すらごと》を申した」

「はて、吉めは……」

「寄る年波でもうろくしたとはいえ愚にもつかぬたわごとを志津の耳に吹きこんだとぞ、主家の迷惑を思え」

父上はどんと片足で板ばりをふみ鳴らされた。吉爺は何のことで叱られているのやらさっぱりわかりかねると抗弁した。

「ならばいうてきかす、津水の一党が抜け荷をしておると汝は志津にいうたげな、御家はそれを知って知らんぷりをしているというたげな」

「権現様も照覧あれ、吉めは……」

父上はまた足で床を叩かれた。吉爺はひたすら恐縮の体をよそおった。虚言が万一、公儀の耳にふれたらどういうことになるか考えてみたことがあるか、と父上はおっしゃった。今度は刀のこじりで床を激しく叩かれた。私は父上が叩かれる床をはらはらして見ていた。その床下は湿気がはなはだしいために、板はもろくなっているのだ。

「仲間の分際で口軽にほらを吹く、不埒者め」

「はあ、吉めは軽率でごんした」

「いやが上にも軽率であった」

「はあ、いやが上にもでごんす、おわびの申し様もありませぬ」

「これまでの働きにめんじて手討ちはゆるしてとらす、たったいま出てどこぞと失せよ」

「……」

「それとも手討ちがのぞみか、吉やい」

「はあ、吉めは出て失せまする」

そのとき母上が奥から走り出てこられた。父上にとりすがって、このとしで吉爺を召しかかえる家はない、たがやす土地もない、魚をとる気力もあるまい、吉爺はあやまっているのだからゆるしてやってくれ、とたのみこまれた。

「おかか様、吉めは路頭にまよう覚悟いたしました、口はわざわいのもと、一代の不覚でごんす」

「身から出たさびであろう」

父上は大声で叱られた。

「吉、わが家を出てどこへゆく」

母上はきかれた。いずこへ参るとても藤原家の安泰を祈る所存である、と吉爺はいった。

「ただ今よりこんりんざい虚言ははかぬと申すか」

と母上が念をおされた。

「天地神明に誓いまする」

吉爺はいった。父上は大声でいわれた。

「ならば放逐はゆるしてとらす、わが家において骨を砕け」

「かしこまりました」

吉爺は平伏した。

「とらはおっつけ嫁にゆく、吉はますます励まねばならぬ」

「かしこまりました、吉めは……」

「吉やい、汝に女房をめとらす」

「かしこまり……、いま何と」

吉爺は顔を上げた。

「女房ともどもわが家につかえること」

と父上はおっしゃった。

「はあ、かかともども粉骨いたしまする、吉めはお叱り性根にしみました」

父上は母上に目くばせをなさった。くるりと吉爺に背をむけて父上は居室へひきとられた。母上はそれからしばらく吉爺に、野村殿の下働きをめとる儀について、こまごまといいふくめておいでであった。仲人は父上がつとめられる。結納の品々はわが家が用立てる。日どりは年が明けた時分がよろしかろう。吉爺は額を叩いて首をふり、「これはしたり」などとつぶやいていた。


父上が倒れられた。

私はある気配をさとってふと目を醒ました。真夜なかである。空をわたる雁の声がきこえる。寝入るまでさわがしかった船溜りの櫓の音も絶えている。子の刻はすぎたころおいである。父上の居室で障子があき足音が厠へ向った。その足音が何とも不ぞろいで、いつもの足どりではなかった。お酒をすごされたおりの足つきに似ているが、今宵は召し上らなかったはずである。

厠から父上はもどって来られて廊下をちょうど私たちの寝間の所へさしかかられたとき雨戸に重い物を投げかけるような音がした。母上も目をさましておられた。私は布団をはねのけて障子をひきあけた。

父上は雨戸で背中をこするようにしてくず折れ、手をついて起きあがろうとなさった。手に力はなかった。父上、と私は叫んだ。

「志津、私は吉をつれて金谷久保に走る、父上をおそばでみとることしっかりとたのんだ」

と母上はおっしゃって手早く着換えられた。私は厨へ走って吉爺をおこした。物音を察してすでにとらも吉爺も目をさましていた。

秋口にも同じことがあった。会所で寄合いが深更に及んだ日、父上は疲れたとてかるい夕餉をおとりになって早々にお休みになった。私が夜具をのべているとき、厠で物音がした。父家は縁側から手水鉢のわきにころげ落ちておられた。

きょうは二度目である。手あての方法は雄斎伯父にうかがってわきまえている。私は座布団を枕がわりに父上の首の下にあてがい、その場からお体を動かさず、ただ板じきの上では身がひえるのでかけ布団で父上を包んだ。

ほどなく母上はもどられた。伯父上は見えない。いぶかしく思ってうかがうと、庭で息を入れておられるとのことである。金谷久保の坂をかけおり、川をわたって仲沖まで数十丁の道のりを韋駄天ばしりに駆けてこられた。病人を前にして医者が肩で息をするのはみっともないとおっしゃって呼吸をととのえておられるのであった。

父上はうっすらと目を見ひらかれた。口もとが動いた。私は耳を近づけてお言葉をききとろうとした。

「あかりを……」

そうきこえた。燭台は枕もとに立てている。

「父上は何と」

母上が小声で問われた。私は答えに窮した。「暗いとおっしゃいます、母上」

「くらい……」

父上のお声が今度ははっきりときこえた。

「志津、法事用のろうそくがあろう、あれをもて」

雄斎伯父が後ろに立っておられた。家じゅうの燭台、行燈に火を入れるようにとも命ぜられた。ふところ手をしたまま体を傾けてじっと父上の息づかいをしらべておられる。やおら手を出して父上の脈をとり、目蓋をめくって、母上に「大事はない、於ふじ殿、ご安気」とおっしゃった。

父上は雄斎伯父に気づかれた。

「志津を、志津の行く末をたのむ、兄上」

伯父上はからからと笑われた。腑甲斐ないことをいう、そんな弱気では治る病も治らぬぞ、と励まされた。

私たちは伯父上のゆるしを得て、父上をしずかに居室へおはこびした。のべてあった夜具がまだ乱れていなかった所を見れば父上はその刻まで文机に向っておられたのであろう。硯箱は蓋がはずしてあり毛筆の穂先はしめっていた。

私は伯父上が薬箱からとり出された薬を台所で煎じた。とらが自分にさせてくれというのをしりぞけて寝るようにと命じた。

「吉もやすめ」

母上が私の後ろから土間の吉爺に声をかけられた。雄斎様がお帰りになるとき金谷久保までおともをする、と吉爺はいった。

「雄斎様は夜あかしをなさる、吉よい、朝になれば旦那様の出仕かなわぬ旨、御屋敷へ届け状を持って走らねばならぬ、はようやすめ」

「ご主人様のあんばい、いかがでありましょうか、おちおち眠ることかないませぬ」

オランダわたりの高貴薬も雄斎様からいただいているゆえ、心配することはない、と私は吉爺にいった。吉爺は縁の欠けた小皿に鯨油をみたし灯芯をひたして裏木戸を出ていった。堤防の地蔵尊に父上の平癒を祈るのだという。

私は伯父上に煎薬をおわたしして隣室にさがった。大事はないといわれたものの、父上は最前より息づかいがせわしなくなっていられるようである。伯父上は父上の上体を左腕で支えられ茶碗の薬をのませられた。父上はきれぎれに意味のわからない語を口走られた。私たちは襖ごしにまんじりともせず、そのお声をきいた。病のもとは日ごろの心労であろう。うわごとにはオランダ語もまざっているようであった。

父上は先夜、渡部様とおそくまで寛延諫早の百姓一揆について語っておられた。古い書物や絵図面を押入れから引っぱり出し、所せましとひろげたて、一揆のてんまつをくわしく語られた。

渡部様も米沢領内の百姓一揆のことを話そうとなさった。しかし、父上はご自分の話ばかりに夢中になられて、お客の言葉には耳をかされなかった。渡部様もあきらめられたふうであった。

「作平太殿、一揆のてんまつ、とくとうけたまわったが合点がゆかぬことござる、削地が達せられ、諫早領内の要所ことごとく佐賀のお蔵入り地となっても、百姓どもが身命をかけて日田の代官所、長崎の奉行所に強訴をくわだてた理由、私、腑に落ちかねる」

諫早家に上納する年貢がもし佐賀鍋島家にする年貢より軽かったのならば納得がゆくけれども、きけば年貢の率は両藩とも同じであったというではないか……

「もう一つ腑に落ちぬことがある作平太殿、捕えられた一揆の首謀者が、百姓の分際で切腹をおおせつかったといわれる、このことといかに」

父上は瞑目して客人の疑問に耳を傾けられた。はたと手を打って、「よくぞきいて下さった。主水殿、そのこと私も積年の疑問でござった、深い仔細ちかごろ分明いたした」

削地減俸に諫早藩の家臣ともども百姓が心をあわせて一揆をおこしたのは、削地のおり同時に施行される検地によって諫早領の実入りが表高より三倍ちかいことが公儀に知れるからである。太閤検地の際は二万四千石と届け出ていたのであるけれども、これは実高七万余石をごまかしていたのだった、と父上はおっしゃる。

「ごまかすとひとくちにいうても作平太殿、検地奉行をろうらくすること手易くあるまじ」

「寛文年間の新検地、天正の太閤検地にもとづいて行なわれた、天正という代、諫早氏がまだ龍造寺姓を名のり西郷氏を領内より追い放した争乱のほとぼりさめやらぬころでござる、佐賀より下ってまいられた検地目付もいくさのやんだ直後の国とて、きびしい宰領はあいかなわなかった、主を失った西郷氏の家臣、領内の諸処方々に潜伏してすきあらば新領主をほろぼし旧領主を呼びもどさんものと、鍬とる手で刀槍をみがいておった、検地とは名ばかり、領民をとりしずめるのがせいいっぱい、龍造寺家が諫早と姓をあらためたのもかかる不穏な百姓どもを慰撫するためでありました」

「なるほど、さすれば切腹を申しつけられた百姓というのも」

「帰農した西郷家の家来でありましたと、私、寺院の過去帳をしらべ、その百姓もとは先祖に名ある武家をいただいておったこと、つきとめ申した、佐賀の手に捕えられ打ち首を申しわたされた百姓、祖はひとかどの武士であると申し立て、みずから腹を召す栄を求めたと私、愚考いたす」

諫早家は間もなく西郷氏の家臣のうち、平戸へのがれず領内にのこった者のうちおもだった武士を家来にとりたてた。それによって初めて百姓は新しい領主に心服することを誓い、年貢もとどこおりなく納めるようになった、と父上はおっしゃった。

渡部様はしきりに膝を叩いてうなずいておられたが、内心はお床が恋しかったのではあるまいか。ようよう父上のお話がとぎれるとすかさず、自分は朝が早いからと申し出られて寝につきたい旨ほのめかされた。父上はまだ話し足りない面持ちのようであった。

…………

隣室でただならぬ気配がした。

私は母上ともつれるようにして部屋へかけこんだ。伯父上が呼ばれたからである。

一夜のうちに父上の目は落ちくぼみ、髪に白いものがふえた。お顔のしわも深くなったようである。伯父上は父上の上体を両腕でしっかり抱きかかえておられた。

「水を、水とあの薬を」

と伯父上は私におっしゃった。私はあずかっていたオランダわたりの高貴薬をふところから出した。父上は苦しそうに呻いて体をもがかれた。母上が水を汲んで来られた。茶碗のふちが父上の歯に当って中身の大半は胸もとにこぼれた。

「志津、おちつけ」

雄斎伯父に大声で私は叱られた。茶碗を持った私の手が小きざみにふるえていたのであった。私は紙包みを開いて父上の口に白い粉末を入れ、水をのませようとした。粉末はどうやらお入れすることを得たが、手のふるえはとまらず水はいたずらに父上の胸をぬらすばかりである。

「於ふじ殿」

雄斎伯父は母上に目まぜをなさった。

「志津、縁に出ていよ」

と母上はおっしゃった。私は縁に出て、細目にあけた障子の間からのぞいた。母上は茶碗の水を口にふくんで、父上に顔を寄せ、口移しにのませられた。ころあいを見はからって、私は父上のおそばにもどった。

薬が効いたか父上はそれからはもがくこともなされずおやすみになった。母上は神棚に燈明をあげ一心におがまれた。伯父上にいざりよって、主人は回復するであろうか、とおたずねになる。

「安気《あんき》になされよ於ふじ殿、作は必ずや平癒する」

「鎧、家宝の太刀、売り払うても薬の費《ついえ》、まかないまする、なにとぞ」

「鎧はならん、太刀もならぬ」

寝入っておられると思いこんでいた父上がとつぜん口をきかれたので私はおどろいた。母上は私よりもっとびっくりなさったようである。伯父上は明日にそなえて私たちはひと寝入りしておくようにとおっしゃったってのおおせで私たちは隣室にひきとった。伯父上は父上の手をしっかりと握りしめておられた。

母上は帯をとかずに横になられた。私は横になりはしたものの目が冴えて眠れなかった。父上にもしものことがあれば、わが家の家督はどうなるのであろう、というのは母上がつね日ごろ気づかわれてもらされるお言葉である。

――剛之助が生きていたら、

父上が初めて倒れられた日に母上はつぶやかれた。剛之助……何年ぶりにきく言葉であろう。私が十歳になった年の秋、天然痘にかかってみまかった弟である。三歳であった。母上のなげきはもとより、父上の気のおとされかたもはなはだしかった。

雄斎様のおっしゃる通りにすればよかった、と母上は未練がましく何べんもくやまれた。鍋島様の典医大石良英様と伯父上は近しい。大石様を通じて伯父上は長崎におすまいの佐賀藩医楢林宗建様より、痘瘡をなおす法を学ばれた。楢林様は蘭館の医師モーニッケ殿から学ばれたのであるという。

天保の末ごろから諫早では痘瘡をわずらう者がふえた。伯父上は私たち姉弟に種痘をうえることをおすすめになった。鍋島様のご嫡子を初めとして佐賀の国家老様のお子様がたも、みなこころみにうえられて善感しているそうである。

しかしながら父上は、たった一人のあとつぎに病毒の種子をうえつけて、もしものことがあればとて、雄斎様のおすすめをおききにならなかった。母上も迷われた。伯父上は種痘を発明したイギリス国のゼンナという医師も、こころみにわが子にうえつけて善感せしめたのであるからとて、凶事は生じないとしきりに説かれた。

とどのつまり私のみがうえていただくことになった。私に大事がなければ、剛之助にうえてもさし支えがあるまい、と父上はお考えになったのである。そのときはおそかった。雄斎様も佐賀の諫早屋敷にお詰めで、剛之助が発病したおりは手のほどこしようがなかった。苦しまずに息をひきとったのがせめても慰めである。

私は左腕にある種痘のあとをさすった。十歳であったから、十一個をうえつけ、さいわいみな、善感した。雄斎様がおっしゃるには私は一生、痘瘡をわずらう心配をするいわれはない由である。ありがたきしあわせと思わねばならない。

しかし、もし父上がこうおっしゃっていたらどうであろう。鍋島のご嫡子も善感なされた由、剛之助は大事なあととりの身ゆえ、この子にまず種痘をうえて、しかるのち娘にもうえていただこう、と。そうであったならば私は痘瘡を病んで今は天祐寺の墓地に眠っていたことであろう。弟はいわば私の身がわりとなって冥途へ旅したようなものではないだろうか。

母上にもう子供はうまれない。

剛之助が逝った次の年、母上は目出たくご懐妊になった。父上のおよろこびはひとかたならず、雄斎伯父を通じてわざわざ長崎蘭館の医師モーニッケ殿の所まで、母上をともなっておもむかれ親しく見立てを乞われたのであった。茶断ち塩断ちまでなさって、男児の出産を祈られた。

四年前のことである。

どういうわけで私が二番めの弟を失ったのか十一歳の私には見当がつきかねた。

母上は船越郷のさとに永い間おもどりになっていたから。わが家へ帰られた母上は十歳も老けこんでしまわれたように見えた。みずごという言葉を初めて耳にしたのはそのおりである。いま私はその語が何をさすかを知っている。だれに教えてもらったというわけでもなくうすうす察している。洪水にさらわれた年端のゆかない流れ亡者のことでないということをわきまえている。

しかし、私には川が見える。

川面に浮き沈みしながら漂い流れてゆく白いものが見える。わが家のすぐちかくをめぐって海へそそぐ本明川にそれは似ているが、本明川より幅が広く、水量も豊かである。乳色の霧がたちのぼり、泥と魚と草の匂いを放ちながら音もなく流れる。どこの国にも流れているありふれた川である。

舟をうかべ、網をうっている漁師がいる。銛をかざして背美鯨を追う漁師がいる。中州で芹をつむ女子がいる。堤防には櫨が植えられている。紅葉した櫨があり、まだ青い櫨があり、葉の枯れつくした櫨がある。四季の樹木が四季の風に枝葉をそよがせている。

並木の下を騎馬武者がかけてすぎる。ご家老様の子息たちである。

徒士の武士も堤防には見える。西村様が、早田様が吉田様が水に影をうつして歩まれる。父上のお姿もある。平松神社の神主も例のおかしな冠をいただいて堤防をたどられる。手には干鱈を下げている。どこぞのおうちへ家苞《いえづと》になさるのであろう。そういう川が見える。

夜はしんしんとふける。

さっきまで目ざめておられた母上も昼の疲れにはかてず、今はさかんに鼾をかいて眠りこんでしまわれた。

おそい月が出たらしい。

雨戸の隙間からさし入った光が障子をほんのりと明るくしている。船溜りに漁師どもの声がする。しのびやかな櫓の音もする。帆を上げるためにきりきりと滑車をすべらせる綱の音もきこえる。おっつけ夜は白むであろう。けさも川は霧でとざされているだろうか。夜具にくるまり、目をつむっている私に川が見えてくる。名前のない川である。

浜平が舟を漕いでいる。

吉爺がその舟のともに腰をおろしている。

舟のそばを浮き沈みしながら流れてゆくものがある。夏の洪水でさらわれた諫早の亡者である。浜平たちはそうと知ってか知らないでか、舟のかたえをすぎてゆくむくろに一顧も与えようとしない。舟に当りそうになるとおもむろに舳をめぐらすだけである。

霧が漂っている。

白いものが水に浮んでいる。目鼻立ちもさだかではない赤ん坊である。

ぼろをまとうた老人も浮んでいる。岡町の辻にふして食を乞うていた牢人ににている。野村様のむくろも見える。

古町の橋から身を投げた乾物屋の倅と表具師の娘も漂っている。

呼びかわす漁師の声がきこえる。

櫓がきしり、帆がはためく。

河口の方からさかのぼってくる船が見える。六十挺櫓二十反帆の大船である。私は帆に描かれた紋所を見ようとする。諫早家の藩船であれば、帆にはのぼりふじが描かれているはずである。私はかたく目をとじて、霧の彼方から徐々に影を濃くする船の帆に目をこらす。

帆は深い藍で、紋所はない。

……………………………

私は母上にゆり起された。

母上は手早く身づくろいをして隣室へすべりこまれる。伯父上の声がしたのである。

「志津、はやく」

伯父上にせきたてられても私の体は金しばりにあったようで、布団の上に身を起したまま立つこともかなわない。ようよう隣室へはいこんでみると、伯父上は父上の上体を両腕で抱きかかえ、母上が水をのませてさし上げられるところであった。

胸もとに白いお薬がこぼれている。

父上は目を半眼に見ひらき、ゆっくりと首を左右にふっておられる。

そのお姿を見て私はなぜか気持がひきしまるのをおぼえた。動顚しておられるのはむしろ母上の方である。

伯父上もいくらかとり乱しておられるようにお見うけした。

「作、作よい……」

耳に口を近づけて大声で呼ばわれた。「作松」とも呼びかけられた。父上の幼名である。私は母上に父上の頭を手で支えるように頼み、私がお薬をそそぎ入れたらただちに水を口にふくませてさし上げるように、といった。母上はそうなさった。

思えばあけがたが病の峠であった。二服目のお薬を投じてから、目に見えて父上の病状はかるくなった。熱もさがり、体をもがくこともされず、父上は尋常な息づかいを回復なさった。

母上は雄斎様の肩をもまれた。夜通し、伯父上はもがき苦しむ父上の上体をしっかりと抱きかかえておられたのである。肩をもまれながらいつしか伯父上は眠りこんでしまわれた。私は伯父上に布団をかけてさしあげた。


私はかじかんだ指を炭火であたためて筆をとった。

きょうは朝から曇っている。風はないけれども底びえのする日である。障子をたてまわし、重ね着をしていても、寒気は指を凍えさせる。私は父上からいただいた反故を文机にのべて手習いをしている。平松殿の下さった石庖丁を文鎮に紙をのばした。筆をとって一気に書いた。

おもひかねいもがりゆけばふゆのよの
かはかぜさむみちどりなくなり

障子紙をとおして外の明りがさし入り部屋にみちている。そのしらじらとした光が私は好きである。文字を手習いするのも忘れて私は呆けたように障子を見ている。障子紙の淡い灰色を見ているとこの上なく気持がなごむ。いつしか筆が手からおち、机に肘をついている自分に気づく。

板を叩く音がきこえる。新中川良と仲沖かいわいの船大工どもの小屋からきこえてくる音である。槌の音には浜平のそれのもまざっているであろう。私は浜平が何をつくっているか知っている。水車である。父上はあれから日ならずしてよくなられた。オランダ渡りの高貴薬はききめあらたかであった。面やつれはいちじるしかったけれども父上は以前にもましてすこやかになられたようである。

父上は三日間しか会所を休まれなかった。

筑前や佐賀からこれまで買い入れていた煙硝を、藩庫の現銀不足のため昔にかえって領内で自製することになった。硝石硫黄木炭はそれぞれこまかくつき砕かなければならない。会所の裏に水車小屋を建て、本明川の水を引いて、その力で杵を動かす。川の流れを分けるのは父上の念願であった。洪水を未然にふせぐには、できるだけ水流を多くの支流に細分するのがいいそうである。山下淵のあたりから城址のある小山の裾をめぐるように掘割をうがち会所裏へみちびく工事の図面を引かれると、父上は病みあがりの身をおして、毎日、現場へおもむかれ仕事の督励をなさった。

掘割の掘削と水車小屋づくりは、同時に着手された。小屋を建てる大工は調達できたけれども、かんじんの水車をこしらえる大工を探すのに父上は手こずられた。村でざらに見られるただの水車ではないのである。心棒、軸受け、臼と杵の仕かけ、歯車のからくり、巻板も穀物を砕くのではなくて煙硝を製するためのものであれば、釘一本板一枚おろそかにされない。並の大工では役に立たないのであった。

水車づくりと併行して、藩は煙硝をしまう倉を原口郷に建造した。工事奉行は砲術指南役の筆頭人として西村様がとりたてられた。腕ききの大工はその方に採用されたので、水車小屋にまでは手がまわらなくなった。

船大工を用いては、と進言したのは吉爺である。漁をかねている大工であるから本職の大工のように、藩から鑑札をいただいていないけれども、おのが身をたくす船が波風に耐えるよう堅牢につくる腕をもっている、水車をこしらえるのにはもってこいである、というのだった。父上はさっそく吉爺のすすめをおきき入れになった。

冬場は漁もひまである。鑑札持ちの大工ではないからして、お定めの額より少なめに賃銀は与えてさし支えない。工事銀は見つもり額内ですむことになった。水車づくりには浜平もとり立てられた。道具箱をかついで新中川良の家へ帰ってくる浜平の姿を私は見かけた。大工たちは明け六ツから暮れ六ツまで働いた。

吉爺の話では、工事の日限は原口郷の煙硝倉と同じだそうである。にもかかわらず大工は半数しか建造にしたがっていなかった。しかしながら父上の督励よろしきを得て、水車小屋は予定の日に棟上げをすませることを得た。父上は心労のゆえか食がすすまれず、立ってお歩きになるのも億劫のように見えたので、棟上式の当日、私は万一をおもんぱかって母上と同行した。

平松神社の神主がのりとをよんだ。

原口郷の煙硝倉も同じ日に棟上式が行なわれ、そこでは四面宮の神主がのりとをよむことになっているという。船大工たちは新しい鉢巻をしめていた。私は式場からやや離れた川寄りの場所にたたずんで父上のお姿を見守った。雨もよいの暗い空である。本明川畔の葦はほとんど茶色に立ち枯れている。

水車小屋の前に白木の台があり、台の上には三方があってその上にそなえてあるのは鯛三尾であった。酒樽と槌も一つずつそなえられ、その前に弓が一張りおかれた。

式が始った。浜平が槌を持って一番目のかけ声をかけた。「一せんさいとう、二まんさいとう、三えいとう」と大声をあげて槌をおいた。二番目に船大工の棟梁が槌をもち、「四ちょうおんとう、五しみょうとう、六とくじざいとう」と叫んだ。終りに船大工の中でもっとも年かさの男が、「七かたびんしゃくとう、八しょくらんじゅうとう、九かいりょうまんそく」ととなえた。

平松殿がのりとをあげた。

「かけまくもあやにかしこきつつしみておそれみおそれみ申す、今月今日吉日をえらみ定め棟上成就したてまつる上は、一丁の槌より打ちはじめ曲尺鋸のみ鉋をとりもちて削りきよめて、青龍、白虎、朱雀、玄武の四柱ここにしずめまして下津岩根にゆるぎなく、夜の守り日のまもりに守り給え、ことわけて申さく、神直日神大直日神とおそれみおそれみ申す、天長地久御願、円満千歳当、御家内安全永栄当……

はらいたまいきよめてたまう本明の、もとに咲きたまうと手を二つ打つなり」

のりとを奏上するについて平松殿をまねいたのは父上のおはからいであった。原口の煙硝倉に四面宮司を招請するならば、水車小屋には諫早藩初代の主、龍造寺家晴公を祭神とする高城神社の神主をまねくのがものの順序と、会所ではもっぱらの論であったそうな。家晴公は大職冠藤原鎌足公八代目、俵藤太秀郷の二十五代目の子孫にあたる。そもそも龍造寺家の祖佐藤季清様が東国からはるばる肥前へ下向して参られたのは、鎮西八郎為朝が九州で威をふるっていたころのことである。その地が佐嘉郡龍造寺村であったことから、佐藤姓をすて龍造寺を名のられた。季清様は西行法師の祖父でもある。したがって例年、正月のよみぞめは高城神社で行なわれる。水車小屋の棟上式に、わが社をさしおいて一介の村社平松神社をまねくとは、と高城の宮司は会所へまかり出て、寺社奉行高柳様におとりなしを願い出た。

高柳様が何とおっしゃって宮司をさとされたか私は存じ上げないが、彼は高柳様の意をひるがえすことかなわず退出したのであった。父上は病後、たいまいの現銀を水車小屋建造の用意銀としてもちいるよう藩庫におさめられたので、平松殿を起用するという父上のご意向はかろんじられなかった。現銀とはいいながら、津水の西村一党が献納した額には遠く及ばない。私はそれでも不思議でならなかった。

きのうまで、お客様をもてなすためにあがなう魚を工面するのにも、とぼしい懐中を思案しなければならなかったわが家が、どうしてかなりの現銀が用立てられたのであろう。私はせんだって、父上の薬をいただきに金谷久保へおもむいたついでに伯父上へ仔細をうかがった。

雄斎伯父は座敷でお酒を召し上りながら、月琴を弾じておられた。佐賀のあきんどが辞去する所であった。

「トントロ仕掛けの鉄砲、やがてはわが藩にも備えつけ、洋式銃陣を組まれること必定である、わが国伝来の鎧を身につけておっては洋式銃の操法、意のごとくならぬ」

「伯父上、柿渋がどうして鎧と……」

「志津、御家の士卒そもいくたりかある」

「およそ千人と存じております」

「うち鉄砲組は」

「二百あまり五十と」

「白帆注進、長崎表よりもたらされれば百挺鉄砲二百五十人さっそくの駆出しとあいなる、八里の道を鎧かついで走り通すことかなわぬ、ちかぢか佐賀にて具足改良のお達しが出る、伯父《おんじ》はそのこと佐賀のお屋敷で内々のうちに耳にした」

伯父上は床の間にすえてあった大きな薬籠からむぞうさに兜をとり出された。トントロ銃は床尾を頬にあてて射つゆえ、兜の錣《しころ》は邪魔である、とおっしゃる。伯父上は兜をばらばらに分解なさった。脇立もむだ、半頬も眉庇もいらざるよけい物である、当世具足の大部分は革で代用されよう、鎧の綴じ上げにも革紐がもちいられ、さらに銃の負い紐も革がつかわれる。

「されば志津、いやが上にもこれからは皮革の需要がふえると思え」

「はあ、なれど柿渋は」

「まだ合点がゆかぬか、志津、皮革をなめすには渋がなくてはかなうまじ、柿は一年に一度しかならぬ、武具職人が皮剝ぎに申しつけて皮革をととのえようにも、渋の手もちなければ詮かたなし」

伯父上は兜を薬籠にほうりこむと、月琴をとって心地よげに爪びかれた。

「作平太が表立って渋のあきないをすれば武春様のお咎めをうけることあるやも知れぬ、渋つくりだけのことであれば藩士の内職ゆえ、何の仔細があろうぞ、はっは、志津、そなたが家の渋柿、わが家にて甘うなったのう」

私は伯父上がひかれる月琴の妙なるしらべにききほれた。伯父上は何やら歌を口ずさみつつ弾じられていた。私は高城神社の神主のかわりに平松殿を父上がまねかれたわけを伯父上にたずねた。せんだって平松殿が父上に献上した縁起書のせいではないかと思い当ったのである。

「いかにも志津、そのこと察しの通り、作平太の娘の考えそうなことよ、血は争われぬ、四面宮の創立は聖武天皇の御代神亀五年、ながらく西郷氏の宗社であった。平松神社の創立は、和銅元年、四面宮創立よりさかのぼること二十年、四面宮の宮司も平松家の末裔げな、今や零落しても由緒は正しかと、志津の父はそのことを考慮して平松殿をとり立てたとぞ」

伯父上は月琴をたくみにひかれた。

ふと思い出したように、高城神社で元旦にもよおされる歌よみの会の用意はととのったかとたずねられた。歌よみの会とはいうも、自前の歌ではなく名ある名歌を半折に清書してさし出すのである。書きぞめの会と呼ぶのがふさわしい。まだととのってはおらぬと申し上げると、伯父上は筆をとってさらさらと一首、書き流し、おわたしになった。この歌のよみ人を知っているかとおっしゃる。

私は目を通した。

どこかできいたような歌である。しかし、にわかにいい当てられない。よみ人の名前が口にのぼってこない。

私はお答えした。

「存じませぬ」

「よみ人を当てたら志津、この月琴をほうびにそなたへつかわそう」

私は恥じ入った。それほど物ほしげな目付をして私は伯父上が手にされた楽器を眺めていたのであろうか。

船大工の槌音にまざって裏庭で吉爺が薪をわるものおともきこえる。

雲が低くたれこめた日は、地上の物音がよくひびく。私は筆をおいて手をふたたび火鉢にかざした。

おもひつつ、という歌は万葉集にある。おもひわび、というのもある。しかし、おもひかね、という句ではじまる歌は私の知るかぎり万葉集には、ない。

おもひかねいもがりゆけばふゆのよの
かはかぜさむみちどりなくなり

伯父上の書いて下さった歌である。

全体の感じは万葉ぶりである。いもがり、などという言葉を新古今の人々がもちいたとは思われない。

私は母上に歌を示して、よみ人と歌がおさめられた巻の名をたずねた。私は母上から手ひどくお叱りをうけた。このように有名な歌のよみ人を知らないとは、それでも武家の娘であるか、とおっしゃるのである。父上の文庫にしまわれてある書物をこっそりとあさって調べた。砲術の心得書、蘭方海上船隊火砲運用秘術とかいう訳本、築城術、どれをとっても歌には縁のない御本である。

母上が天祐寺へお詣りになった日に今度は母上の押入れをあけていいものを見つけた。古今と新古今の名歌を刷った双紙である。私は胸をおどらせて一枚ずつよんだ。目あての歌はなかった。

おもひかねいもがりゆけばふゆのよの

かはかぜさむみちどりなくなり

終りまで一気に書いた。

元旦の書きぞめはこの歌でなければならない。ふぜいといい趣といい何ともいえない。しかし、そのおりはよみ人と歌をおさめた書巻の名前も同時にしるすことになっている。母上はかつて私にそれらを教えたといいはられる。私もおぼろげに心覚えがある。万葉ぶりではあるが万葉の歌人がよんだ歌ではない。教えられたのがずっと昔のことで、もののあわれもわきまえない年ごろのことであってみれば、よみ人なぞ気にとめなかったのも当り前である。ある晩、私は母上には内みつにして父上にこの歌をおたずねした。

おもひかね……父上はくり返し小声で詠じられて志津がよんだのか、とおっしゃった。父上は水車小屋のこと、煙硝自製についてオランダの舎密学のことしか念頭にはないのである。もしや直次郎様ならご存じではあるまいか、魯西亜記とやらを草するにも長崎表警固の任に当られた御父上にかわって直次郎様の手になったのである。好古館の学生で文武の道にもっとも明るい方は直次郎様をおいてほかにはないというもっぱらの評判である。

しかし、私ごときが直次郎様に歌のよみ人をたずねることなど思いもよらない。

「志津様、出て参れ」

庭に吉爺の声がした。私は障子をあけた。吉爺は空を見上げている。白いものが宙に舞っている。縁側をふんでいる素足がにわかに冷たく感じられた。

「今年の初雪は去年より七日おそうごんした」

吉爺は手洟をかんだ。のどもとまで出かかっている何かがある。降る雪、み吉野……、私は柿の裸になった梢をかすめてひひと舞う雪に目をこらし、素足のひえも忘れて立ちつくした。「白雪の……」、そうだ、思い出した。貫之の歌である、「しらゆきのふりしくときはみよしのの、やましたかぜにはなぞちりける」、古今集にも拾遺集にもおさめられている、するすると口をついて出て来た。拾遺、あの歌も拾遺にちがいない、私は思わず手を叩いた、はっきりと思い出した、かつて手習いの手本にもちいたことがあった、よんだのは紀貫之である。

「志津様、いかがなされましたと」

吉爺がいぶかしげにたずねた。「げに、初雪はおもしろうごんす」。笑みくずれている私を見上げて吉爺もしだいに笑みをうかべ、俳諧の心得があればここで一句ひねるところだが、と思わせぶりな口をきいた。

「吉よい、吉の祝言に月琴を弾じてつかわそう」

「雄斎様が、でごんすか」

吉の嫁とりと、とらの嫁入りが正月の同じ日にわが家で行なわれる。

「私がひく、月琴を伯父上からいただく、吉よい、とらが申すには吉は俳諧をもてあそぶそうな、降る雪を何と見る」

「そのこと滅相もない」

「はばかりを申すな、吉よい」

「ならば志津様」

吉爺は柿の木を見上げてしばし小首をかしげた。

「初雪のめでたかりけりきょうの雪」

駄句でごんす、といって吉爺は目をふせた。「めでたかりけりとは、吉よい、そのこころは」

「禍福はあざなえる縄のごとしと申します、渋柿が水車に変りました、この句、吉めの心境でごんす、ごめん」

吉爺は物置小屋の方へ去った。その新しい印半纏の肩にも雪がつもっていた。母上がこのごろ求めて与えられた印半纏である。とらは半襟と日野紬をいただいている。

私は裏庭へおりて菖蒲を見に行った。

たびたびの霜にも枯れないでいるから、雪を浴びていたむ心配はないようにも思われたが、ふりしきる雪を目にするとあらためて気になったのである。私は夾竹桃の根方にかがんだ。菖蒲は平松神社のかたわらで掘りとったときは一尺に足りなかったのに、今はゆうに二尺をこえている。葉身は緑が茶色に枯れ、みずみずしさを失って力なくうなだれている。遠からず葉も茎もぜんぶ茶色になるであろう。私は指で根もとの土を掘った。葱の根のように白い株が黒い土のなかに輝いていた。根のつややかさはたのもしかった。地上の葉が枯れても、年が明ければ新芽がのびるだろう。株分けをして、来年はすくなくとも十あまりの菖蒲の花が裏庭に色どりをそえることになろう。私は掘った土を根もとによせ、枯れた葉を切ってすてた。

今宵、父上の快気祝いがもよおされた。

雄斎伯父がおいでになった。早田藤太夫様もお見えになった。早田様はちかごろ家中において昔日の権勢はなく、かつては同格であった執行直右衛門様が何かにつけて重用されているとのことである。執行様は西村様に目をかけておられる、会所の談合においてことごとに執行様は西村様の肚のうちをただされる由である。お酒を召し上っても早田様の憂色が深いのもその辺にあるかと思われる。私は雄斎伯父から約束の月琴をいただいた。所望されるままにひとさし舞いを舞った。伯父上はこれがひきおさめとて月琴を弾じられた。父上は謡いを吟じられた。するうちにだんだん早田様もご機嫌うるわしくなられ、やおらのどにしめりをくれて一曲うたわれた。

「長生の家にこそ、生いせぬ門もあるなるに、それも年ふる山住みの、千代のためしを松かげの、巌いの水も老いをのべたる心こそ、なおいつまでも久しけり」

私たちは声をそろえて、

「なおいつまでも久しけり」

とうたった。さいごに早田様は興にのられて立ち上られ、「めでたやな、めでたやな、ことぶき」とうたわれながら身ぶりおもしろく舞われた。宴席には百匁ろうそくをともした。まぶしい明るさは昼もあざむくばかりである。母上は化粧をなさっており、百匁ろうそくに映えてあでやかであった。私もうすく化粧をほどこしていただいていた。ろうそくの焔は戸外から吹きこむすきま風で絶えずゆれうごいた。夕方から強くなった風である。仲間部屋から吉爺のうたうまだら節がきこえて来た。吉爺も澄み酒をいただいている。まねいたお客様のためにととのえた膳部も、あまった一膳を下げわたされとらと分けて賞味することを許された。火術方大物頭である執行直右衛門様はおまねきをうけて下さったのであるが、早田様がおこしになったあと、執行家の小者がつかわされて、旦那様は風邪気味にてせっかくのおまねきではあるが出席は見合せたいと申しのべたのであった。

宴の半ばに私は中座してお酒をとりに台所へたった。

雨戸のすきまから吹きこんだ雪が、縁側にいくつも扇形の模様をしるしていた。

仲間部屋のまだら節は祝い歌に変っていた。とらは台所でお酒の燗をみながら吉爺の歌に和していた。

「これなるご亭主《てす》は、ふ、福よなご亭主、ソーランシーレ、潮のな、潮の満つるごと、ふ、福ござる」

徳利をささげて私は座敷にもどった。そのころから風が吹きつのり雨戸を鳴らした。ろうそくも心細げに焔をゆらめかした。やがて早田家の小者が雪を案じてお迎えに来た。それをしおに宴はおひらきになり、父上は今宵のおこしについてお二人にお礼を申し上げられた。

父上がお礼を言上されているとき、おそばにかしこまっておられた母上は目に泪をためていられた。伯父上の小者伊矢太もお迎えに来た。全身、雪にまみれている。本明川の対岸も見えないほどに雪はしげくふりしきっているという。

お二人が引きとられてから膳部を片づけ、湯殿に入って私は化粧をおとした。

さきごろ会所でもよおされた大事な寄合いには、直次郎様が父上のご名代でいらっしゃったという。直右衛門様がご不例なら、ご子息をつかわされてもよかったのに、私は化粧をおとすのに永いことかかった。

　真夜なか私は異様な気配に目ざめた。

　雨戸をくる音がする。吉爺を呼ばれる父上のお声をきいた。板木が鳴っている。夜に白帆注進があるはずはない。半鐘がけたたましくつき鳴らされた。

　私は縁側に出て戸外をのぞいた。いぜんとして雪はふりつづいている。東小路の空が赤い。舞い上る火の粉が見える。東小路には執行様のお家がある。父上は身支度ももどかしく吉爺をおともに駆け出してゆかれた。

「火事は原口、煙硝倉が燃えておりますとげな」

とらが帰って来て伝えた。倉は棟上げを終えたばかりである。煙硝はまだしまわれていない。ほどなく下火になるかと思われたが、火勢はいっこうにおとろえず、炎々と夜空を焦がした。私は胸をなでおろした。火事が水車小屋でなくてさいわいであった。煙硝倉の建造工事を宰領したのは西村様である。

　あけがた、父上はお帰りになった。そのお顔は煤で黒く汚れていた。吉爺は全身に水をあびてしきりにくさめをもらした。着物をかえられて父上はすぐさま出仕なさった。雪のふりやんだ灰色の空に、原口の丘からひとすじ黒い煙が立ちのぼっていた。出火は西村様の手落ちとて、お咎めをこうむるのはさけがたい。吉爺は朝餉をすませると父上のおいいつけで乾いた印半纏に着がえて、火事場の後片づけに原口へとって返した。着がえがあって良かった。

　ひるすぎ、平松神社の神主が火事見舞に参られた。火は本明の地からも望見されたという。平松殿はほんの気持ばかりのしるしとて唐芋を一籠、さし出された。あの古城址本丸をたがやして得た収穫の由である。神社の由緒が藩史に記録されたことが名誉この上もないとくり返し礼を申された。会所へおもむいたのであるが、炎上のことで寄合いがあり父上とはお会いすることかなわずこちらへ参上した、といわれくれぐれもご主人様によろしくと冠をいただいた頭をかがめて叩頭なさった。私たちはこの晩さっそく唐芋を蒸して食べた。父上は鉢に盛った芋の大ぶりなものから六個も平げられた。

私は霜柱をふんで堤防へ上った。

樟の木かげにある地蔵尊のほこらにも雪がつもっていた。火事の夜から一日おきに雪がふり、地面から雪は消えることがなかった。私は地蔵にわが家の蓬萊竹をささげた。屋敷の庭にめぐらした生垣の竹である。この竹を用いて火縄をこしらえる。

しかし、きょう父上が河口の葦原で狩りに用いられるトントロ仕かけの元込銃が諫早藩でも大がかりに採用になれば、蓬萊竹はただの生垣になる。私は蓬萊竹がただの生垣になることを望む。河口へ下るまえに父上はきょうおたちの方々を見送られる。私は地蔵尊のよだれかけをとりかえながら船番所の方をうかがった。栈橋にたたずんでおられるのは執行直右衛門様と西村様である。父上もひかえておられる。河岸には吉爺が新式銃をかかえて突っ立っている。直次郎様が藩船万寿丸にのりこまれた。先ごろの地震で倒壊した江戸表の諫早屋敷へ、御修理方名代ならびにもろもろの使い番をかねてのぼられるのである。ご一行は総勢七人であるとか。

参府の人選については会所でもめごとがあったらしい。ひとたび江戸へのぼれば、国もとへ帰参してから立身出世の道あるしきたりゆえ、ご家中の方でわれこそと思う方々は、まいないをたずさえて、人選に当られる重役のお家へうかがい、よしなにおとりはからいを願い上げたという噂である。

それかあらぬか船上の顔ぶれは執行様と通じておられる内証の豊かな方々の子息が多いように見える。

万寿丸は碇をあげた。

櫓がきしんだ。中流まで漕ぎ出したところで帆がかかげられ船はゆるゆると舳を河口へ向けて下りはじめた。私はほこらのうしろに身を隠した。直次郎様はこちらを見られたようであるが、私を認められたのではなかった。江戸表まで夜を日についで旅して四十日の道のりである。

船上の若侍たちは船べりに一列となって立ちならび、桟橋のかたえで見送っている家族や同輩の方々に手をふった。見送り人も手をふった。とりわけ西村官兵衛様はだれよりも大きく手をふってこたえられた。

きくところによると西村様は焼失した煙硝倉を自前の現銀にてただちに再建されるとか。火術方物頭にとり立てられるのもそう遠いことではない由である。諫早家譜代の臣で、西村家との縁組みを望まれる方はすくなくないという。煙硝倉火災について西村様はお咎めをこうむられなかった。

のぼりふじの紋所を青地に白く染めぬいた帆はしだいに河口へ遠ざかっていった。

父上が河岸へあがり、吉爺をともなって私の方へやって来られた。私はいった。

「吉よい、あの笛たずさえて参ったか」

「はあ、たしかに」

吉爺は梅干の種子を口にふくんで鳴らしてきかせた。秋の終りに射ちそんじた雉子をきょう私たちは射ち止めにゆくのである。河口の葦原にまた雉子がむれているのを、先日、吉爺は見とどけて来た。新式ゲーベル銃のためし射ちにはもってこいの的であるとて、父上は狩りを思い立たれたのであった。

下流へ向うにつれて霧が濃くなった。

万寿丸はすぐに見えなくなった。

霧の深い日は波がおだやかであるから、船路は平安であろう、と吉爺はつぶやいた。冬の雉子は脂ぶとりをして身が重いから動きがにぶく仕止めやすいともいった。

私たちは見覚えのある葦原についた。

吉爺は唇に指をあてて前方をさした。

父上は新式銃に弾をこめられた。私は耳を手でふさぎ、考えなおして手をおろした。新しい鉄砲の音をききたかった。

高く低く雉子笛が鳴った。

花火

大波戸の渡し場には小舟がもやわれていた。

「諫早の野副様に藤原様でございますか」

船頭が口に手をあてがってたずねた。

「左様」

野副様が応えられ、まず風呂敷包みを小舟に投げ入れて腰をかがめられた。思いのほか波が高い。渡し場の石垣には海面の途中まで梯子がつけてある。野副様は船頭にもっと小舟を近くへ寄せられないかときかれた。船頭はかぶりを振って、これ以上近づけると舟べりを石垣にぶつけてこわしてしまう、と答えた。

野副様は小舟にとび移られ、体のつりあいを失って横ざまに倒れられた。痛そうに腰を押えていられる。

父上は波の高さを目で測っておられたが、やがて懐紙をとり出して細かくちぎり、頭上に振り撒かれた。白い物は風にさらわれたかと見る間に海の方へ漂い流れてゆく。

「おじい様、何をなされておりますと」

むめがたずねた。おじい様は風向きと風の強さを見ておられる、と私がかわって教えた。父上は野副様がなさったように風呂敷包みを小舟に投げ入れ、上下する波の間合をはかって一気にとび移られた。小舟がそのとき横に傾いた。むめが叫び声をあげた。すんでの所で父上は海に落ちこみそうであった。野副様が父上の腕をつかまれ二人してまた小舟の上にひっくり返られた。船頭は櫓を押え、小舟を石垣にぶつけまいと懸命であった。

「野副様、父をよろしくお頼み申し上げます」

私は手を口にあてがっていった。野副様は腰をさすりながら私たちにうなずかれた。

「おじい様、むめは上首尾をお祈りいたします」

むめはかねて私がいいつけた通りに口上をのべた。父上は笑顔で手を振られた。船頭は舳先を港の対岸へ向け、櫓を大きくあやつってしだいに遠ざかってゆく。私とむめは小舟が揺れながら小さくなり稲佐嵜のかげをめぐって見えなくなるまで大波戸に立ちつくした。父上と野副様はそこで陸にあがり、稲佐嶽に登られる。私たちの眼前にそびえ立つ山である。頂上からは港はおろか長崎の町々も一望のもとに見おろすことができるという。

父上は今年で七十歳になられた。足腰もずいぶん弱っておられる。けわしい山道に耐えられるかどうか心もとない。父上よりひとまわりは若い野副様にしても、諫早を出立して四里、矢上のもと諫早番所に一泊し、翌朝、長崎の手前にそそり立つ日見峠を越える旅では肩で息をしておられた。山道を一丁進む毎に日かげで涼をとられた。

「齢にはかてぬもの、ご維新までは年に何回も往来していた街道が倍に延びたごたる」

野副様は父上に弱音を吐かれた。父上は大小を腰に帯びずに、日見峠を越えるのは初めてだ、とおっしゃった。一行四人のうち、いちばん元気だったのはむめであった。道ばたの電信柱を数え、一里に七十柱の割合で立てられていると私に教えた。電信線は、はるばる東京まで張り渡されているという。かつては早飛脚で十四日かかった江戸への注進も、今は小半刻とかからない由である。諫早から長崎までおよそ七里の道を、むめは私たちの後になり先になり活潑な足どりで歩いた。道ばたに咲いている野花を摘み、街道筋に神社があれば駆けて行って拝殿の絵馬を見て戻り、私にどのような絵馬が奉納してあったかを語った。いっときもおとなしく私たちに随って歩こうとしない。峠の茶屋では見晴しのいい台地に駆けあがって叫んだ。

(長崎が見えます。港も外海も見えます。海がたくさん……)

むめは感きわまったか、あとは言葉が続かず、棒立ちになって峠の向う側にひろがる町と海に見入っていた。出されたお茶を喫する前に私はむめの傍へ行った。父上のお話でたびたび聞いていた長崎を、私はむめと初めて訪れるのである。峠を下れば港の東側に出る。西側にそびえるのが稲佐嶽である。私は胸をときめかせながら東側一帯に櫛比《しっぴ》する建物を見渡した。その中にあるはずの建物を探した。ここにたたずむまでは、ひとめでそれと見分けられるつもりであったが、かほどに大きな楼閣が港の周辺を埋めつくしているとは思いもよらなかったので、それがどの建物であるか探しあてられない。むめがきいた。

(母上、医学校はどこに。父上が出張っておられる医学校は見えますか)

夫の良太は月のうち十日間、長崎へおもむいて医学校で教えている。熊本鎮台の騒動があった折りは、官軍の一等軍医として彼の地へ長崎から船出し、およそ三月もの間、家をあけた。今月のお勤めは十五日にすんでいるのだが、引き続き医学校にとどまって、コレラ患者の収容と手当に日を送っているのである。この六月、私が夫と共に過した日々はわずかに五日しかない。

むめは何やら唱歌を口ずさみながらさっさと台地を駆け下った。父上は目を細めてむめを見やりながら、やっと茶屋まで辿りついた私に、この子は志津の娘時分とそっくりだ、とつぶやかれた。

そういえば私が、父上のお供をして本明川を溯り、古い城址のある小山を訪ねたのはちょうど今のむめと同じ十五の齢であった。ゆび折り数えれば、あれからもう二十五年も経っている。私はつつましくお茶をす

すっているむめを眺め、思わず、

（むめよい）

といってしまった。

（はい）

むめは顔を上げた。

（……いや、何でもない。山道の下りは上りと同じほどに疲れる。わらじの紐をしめ直すように）

（母上はさっきも同じことをいわれました）

むめはそういってまた余念なくお茶をすすり始めた。私はただ何となく娘の名前を口にしたかっただけなのであった。父上はむめを見、そして私に目を移され、黙ってほほえんでおられた。

あのとき、すなわち安政二年の初夏、私が川辺の道を上流へ歩いた折りは、雄斎伯父がご一緒でわが家の仲間《ちゅうげん》吉爺もお供をした。

今年は雄斎伯父の十三回忌、吉爺の七回忌にあたる。もしも今、吉爺が生きていて私たちにつき随い、むめを見たら何というだろう。きっと父上がいわれた通りのことを口にしたであろう。

（お嬢様はおかか様の娘御時分と瓜二つのごとあります）

いまはの際に吉爺はいった。耳を近づけて私は吉爺の言葉を聞いた。やっとのことで私は吉爺のいうことを聞きとった。

（お家に跡継ぎがでけて、吉めは安堵しました。ようよう往生いたします）

その年に誕生した鶴太郎のことをいっているのである。私は体を折ったまま吉爺の名前を口にするばかりであった。私の初子は女児で、それをことのほか喜んだのは吉爺であった。

（おかか様、一姫二太郎と申します。お家のゆくすえ幸先がようごんす）

二番めに女児が生まれたときは、家の中が賑かになっていいといった。三番めも女児と知ったとき、吉爺はただうるわしいお嬢様で、といっただけであった。私は後日、吉爺が堤防の願掛け地蔵に男児の誕生を祈って毎日お詣りしていたことを知った。

私は野副様と父上の後ろを歩みながら思いにふけった。

吉爺がきょう生きていたら父上のお役目を聞いて何というだろう。さぞかし喜ぶことであろう。腕によりをかけて父上のためにわらじをなうだろう。諫早は仲沖の家を出立する折り、母上は孫たちをしたがえて門口で見送られた。私は母上の頭髪がすっかり白くなられたのを、今初めて見る思いであった。今年にはいってから母上の弱りようは甚しかった。病がちの父上と異なり、少々のことでは床につかれなかった母上が、このごろでは起きているよりふせっていられることの方が多い。門口で切り火を打つときも、一度では火花が散らず衰えた腕の力を懸命にふりしぼって母上は何回も燧石を弾かれたのであった。

（志津よい、おじい様のこと、しっかり頼んだ）

朝から母上はしきりに同じ言葉をくり返された。

かつて父上と同じ砲術組方であった旧藩士の方々もうち連れ立ってお見えになり、口々にお祝いをのべられ餞別を下さった。諫早様も代理として元重役執行《しぎょう》様をつかわされて、晴れの役目に手落ちのないようにと、お言葉をたまわった。

私たちはお見送りの方々にお礼を申し上げて門を出た。しばらく歩いて私は何気なく振り返った。母上のお顔が見え、そのかたえにたたずむ三人の子供が見えた。

何か足りない、そう思ってすぐにそれが何であるかを悟った。こういう折り、必ず父上に随った吉爺の姿である。長女のまつは吉爺を知っている。次女のむめにもわずかながら吉爺は憶えにとどまっている。しかし、三女のけいと長男鶴太郎は私の話に聞くばかりである。

父上がお役目を首尾よく果すことがおできになるかどうか。老齢であり、そのうえ病身である。この四月、県庁から山川警部と名のる士族がお見えになり、アメリカの元大統領グラント卿歓迎のため花火打揚げ方について父上にお達しがあって以来、夜に日をついだように花火のことを調べられ、煙硝などの混ぜ具合をご自身でためされた。うちつづく夜なべ仕事で、五月のうち半ばは床についてしまわれた。一時は再起もあやぶまれたほどである。

夫はあまりのことに県庁の貴賓接伴係へ代人を申し立てようかとさえいい出し、父上から一喝された。

（齢はとっても、もうろくはしておらん。県令内海忠勝閣下がお役目を藤原にと、じきじきのお名指しであったげな。このこと、わが家の誉れではないか）

しかし、と夫はさからった。中風の名残りがあって体の慄えは押えようがない。煙硝のようにあぶない物をとり扱うのに手足が不自由では万一のことが案じられる、というのである。また花火は父上お一人で揚げるのではない。同役の野副様、輩下の人足たちの身の上も気づかわれる、と夫はいいたてた。遠来の客をもてなすのに不祥事が出来しては、おとがめも重かろう、とつけ加えた。

（心配は無用。わしは文政の頃から煙硝を扱ってご維新まで四十年、そなたの医業よりも永い）

父上はとりあわれなかった。

（万一、不慮のさしさわりが生じたら、いさぎよく皺腹を掻き切るまでのこと）

といってすましておられる。

（それはなりません父上、もうご維新の世でございます。お腹を召すなどもってのほか）

夫はにがい顔をした。医師のゆえであろうか、あるいは医師であるにもかかわらずというべきか、夫は血を見ることを厭がる。まして切腹と聞けばなおさらである。気色ばむのも無理はない。

父上はからからと笑われて、それだけの覚悟はついている、自分は充分に永生きをした、今生の思いに花火を打揚げてみせる、とおっしゃった。首尾よく花火を揚げることができたらもはやこの世に未練はないとも口にされた。


六月の日射しが海に照り映えてまばゆい。

私はむめにうながされて宿にもどった。本五島町にあるもとの諫早屋敷が私たちの宿である。そこからも稲佐嶽は見える。私は部屋に入るやすぐに袋戸棚をあらためた。

「ない……」

押入れを探した。扁額の後ろも調べた。

「母上、何を探しておられます」

むめがけげんそうにたずねた。脇差が見当らない。父上が私に黙ってたずさえて来られた脇差である。士族が大小をたばさむのはすでに法度とされている。野副様は丸腰であった。父上はせめて長崎の宿まではと、家宝の脇差を風呂敷に包んでお持ちになった。

花火打揚げが不首尾に終った場合を考えて、私は昨晩それをこっそり取り出し、袋戸棚に隠した。脇差と一緒に包んであった紙片も懐におさめた。辞世の句をしたためた紙片にちがいない。ところが、いつの間に父上は気づかれたか、脇差は消えている。私は色を失った。

「母上、とり乱してはなりません、女中にわらわれます」

むめにたしなめられて私は我にかえった。立ち上ったかと思えばすわりこみ、縁に走り出てはまた部屋にもどることを私はくり返したらしい。

「おじい様のこと私は上首尾を疑ってはおりません。脇差をたずさえてこそ心平かに打揚げをもかないましょう」

むめは私の膝に手を置いていった。腹を召そうにも辞世の句を書きつけた紙片がなければ思いのままにはならないだろう、と私にさとした。そうだった、あの紙片はたしかに私が懐にしまい、夜やすんだ折りは旅の荷物に隠していたのだった。私はそれを取り出して拡げた。

「黄菊、白露、野分……」

私たちは顔を見合せた。

「……手鞠、松籟、日照雨《そばえ》」

ひとつずつ数字がうってある。二十四番めは野蛍、二十五番めには残月とある。打揚げる花火の名前と順序をしるした書付である。

「母上、私がこれを持って稲佐嶽に参ります」

「婦女子は立入りを禁じられている。私が山川警部の所へ参る。むめはここに……」

私は紙片を懐にして宿を出た。むめもついて来た。打揚げは夕刻である。まだ半日のゆとりがある。それまでにはぜひ父上のお手許に届けねばならぬ。私はいいつけをきかないむめに構うひまはなかった。

ゆきずりの一見お役人と見うけた男に邏卒屯営のありかをたずねた。東浜町という。県庁舎がそびえる丘の向う側、中島川を渡ったあたりとのことである。お礼をいって走り出そうとすると後ろから呼びとめられた。

「邏卒屯営は昔の呼び名です、今は警察本署といいます」

むめは坂道を小走りに駆けていた。私は娘のあとを追った。花火打揚げ次第書が見当らないことに気づいて、父上は今ごろ稲佐嶽の頂上でうろたえておられるだろう。私は気が気ではなかった。辻々には六尺棒を手にした邏卒が通行人に目を配っていた。むめは私より一丁も先を急ぎ、町角で東浜町のありかをその邏卒に問いただしては私を手招いた。私はといえば気が焦るばかりで息切れがはげしく、いっこうに道がはかどらない。

やがて前方からむめが駆け戻って来た。

「母上、警察本署に山川警部はおられません。山川様は接伴係のお一人だから県庁に詰めておられるとげな」

私は道ばたにしゃがみこんだ。

「むめ、これを山川様に」

むめは私が手渡した書付をひったくるようにつかんで、今来た道を後戻りして行った。警察のどなたにどうおたずねしたのか知る由もないが、あのてきぱきとした機転は、つい先頃までほんの小娘と見ていたむめとは思われない。

父上お一人では案じられるので私が同道してきょうまで野副様ともども身のまわりのお世話をすることは、

とくに願い出て許されたことであった。出張りの費用として私たちの滞在に要る金子は計上されている旨、山川警部から聞いている。むめをわが家の内証においてつれて行くとおっしゃったのは父上であった。もう子供ではないゆえ、広い世間を見せておくがいいといわれた。

その前に私には内緒でむめが長崎行をしきりにせがんだのではないかと思っている。私や夫に頼んでもらちがあかないと考えて、父上を口説き落したのであろう。父上はこの孫娘には目がない。むめの頼みできいれられなかったのはほとんどないといってよかった。

私は喘ぎ喘ぎ県庁の坂を登った。

正門のあたりは大変な人ごみである。大勢の役人が、きょうは美々しい制服を着こみ、張りめぐらした幔幕の下を右往左往している。洋服姿の男を、私はこれまできょうのように沢山見たことはなかった。

むめはどこへ行ったものか。人ごみをあちこちと見まわしても姿は見えない。石畳にわだちの音を響かせて馬車が過ぎた。騎乗の邏卒が駆けつけて正門前で下馬し、そこにたむろしている役人に何やら告げ、再び馬を駆って坂道を降りていった。

私は背後から大声でののしられた。

馬車が通る道を塞いでいたのである。私はうろたえて塀ぎわに身を寄せた。なんという人の多さだろう。なんというあわただしさだろう。私は耳を塞ぎ、目を覆いたかった。その次に私は馬丁ふぜいに大喝されたことを思い、にわかに肚立たしくなった。ご維新といえども武士の妻である。父上は老軀をおして稲佐嶽に登っておられる。お役目は接伴係のそれとひとしい。いかめしい鉄造りの県庁正門を前にして気おくれした私はどうかしていたのであった。ことは父上のお命にかかわる。私が意を決して門をくぐろうとしたとき、なかからむめが現われた。

山川警部も出て来られた。

「打揚げ次第書は野副さんもお持ちです。頂上には同じ書付を所持した接伴係が登っております。気をもんでも詮ないこと、ゆるりと宿で花火を見物されることですな」

私たちは坂道を海へ向って下った。

「あれが……」

山川警部は坂道の途中で港をゆび指し、「あれがリッチモンド号」とむめに教えられた。

「どの黒船でございますか」

むめはのびあがって港に目を凝らした。

「立神の御台場沖に錨をおろしている軍艦がありましょう。小舟がまわりにたかっておるあの大船」

アメリカ国の第十八代大統領ユリシーズ・シンプソン・グラント氏が坐乗して、わが国へ数千里の海を押し渡って参られたのはあの船であると山川警部はねんごろに教えられた。

リッチモンド号は、港に錨をおろしているどの船よりも大きい。帆柱から帆柱へ綱をかけ渡し、色とりどりの小旗をつらねている。船の上を忙しく往来する異人の姿も認められる。むめがきいた。

「警部様、千石船とはあの軍艦ほどに大きゅうございますか」

「くらべものになりません、リッチモンド号は五千石も一万石も積まれます」

「グラント大統領は今もあの船に乗っておられるのですか」

「いや、大統領閣下はあそこの……」

山川警部は振り返って、県庁のある丘の東をゆび指され、

「新町の師範学校を宿舎にしておられる。今宵、宴を張られる折り、日没を合図にそなたのおじい様が花火を打揚げて御覧に入れる」

東京からは従二位蜂須賀茂韶《もちあき》様、従二位伊達宗城様がご来臨になる由である。佐賀の大殿様のご子息正四位鍋島直大《なおひろ》公もご来駕なされるとのこと。私は山川警部から大統領をお迎えするについて、東京はいうに及ばず長崎県庁の方々もなみなみでない気のつかいようであることをうかがった。

「長崎を出港されて横浜へ向われる途中、京大阪に寄られるはずでありましたが、京都府からはコレラが流行している折りも折りとてお迎えはさし控えたい旨、電信が着きました。コレラは体のいい口実、内心は国賓を接伴することに心臆したのでしょう」

山川警部は本五島町まで私たちを送って下さった。

「長崎はわが国の表玄関、いかなる口実があろうとても大統領閣下をお迎えしないわけには参りません。千里の道を遠しとせずに訪ねて来られた彼の国の大将軍を、どうして時疫にかこつけてお立寄りを拒むことができましょう。電信を一読して私たち心穏かならざるものがありました」

山川警部は四月に初めて対面したときにくらべて、めっきりとおやつれになったように見える。鬢もすっかり白くなってしまわれた。

「警部様、あれは」

むめが港口の方をゆび指してたずねた。今まで山にさえぎられて見えなかった黒船である。あれはわが海軍の軍艦金剛であると山川警部は即座に答えられた。金剛の艦長加藤大佐も晩餐会に列席されるそうである。

山川警部とはもとの諫早屋敷の門口でお別れした。帰りしな警部はいわれた。

「花火打揚げのこと、お父上は数ある砲術家のうちより選ばれた腕前の方でありますから私は気を安んじております。今夜はその花火を愛でて諫早への土産話になさい」

私は山川警部の心づくしが有り難く、むめとともにお礼を申し上げた。

しかしながら山川警部はご存じではない。父上が四月にお達しを受けてから、さいさい寝こまれ、床ばなれなさってからも手や指の慄えがはなはだしくなったことを知ってはおられない。乳鉢で煙硝をまぜ合せ、割玉に詰める折りは、それほど慄えは目立たないけれども、わが家の裏を流れる本明川の川原にしつらえた打揚げ筒を用いて下稽古なさる様子は私の胸をいたませた。

打揚げ筒にまず煙硝を入れる。割玉を落しこむ。次にもう一つの煙硝の塊に火縄の火を点けて打揚げ筒に投げこむ。父上は慄える指でそれをなさる。聞けば、花火の極意は一発と一発の間合をあらかじめ決めた通りにとることにあるという。その間合も、初めはゆるやかに、順を追うにつれて間合を詰めることになっているそうである。

洋式砲術について数十年、父上は心血をそそいで学ばれた。早込め早射ちこそ洋式砲術のかなめと父上がいわれたのを私は覚えている。(つまりは花火打揚げも砲術の極意と同じこと)と川原で、煙硝の煤で黒ずんだお顔を私に向けておっしゃった。

いかにもおっしゃる通りかもしれないが、煙硝を扱う折り、着火にしくじったら、手順を一つでも間違えたら、と思うとかたときも安心できない。ご維新まえに、諫早藩が買い入れたアームストロング砲で調練する際、砲玉を発射したせつな、あろうことか砲筒が破裂してまわりに控えた組方の人々が死傷したこともあった。ためし射ちの采配を振っておられた執行家のご次男直次郎様は、そのときあえなく落命なさった。長女まつが生まれた年のことである。

「母上、町のにぎわいをご覧になりましたろう。軒なみに提灯をかけつらね、幕を張って、都のごとありました」

私の目には何も映らなかった。むめはいつ見たのだろう。

「父上は熊本騒動のあった頃から、家におられる日よりおられない日が永うございます。長崎から戻られたらすぐ佐賀へ行かれたり、諫早の病人をおちおち診てやることもかないません」

とむめはいった。

「むめよい、父上は県令様から医師の鑑札をいただいておられる。一等軍医ともなればお役目は重い。なみなみではない格式と思いなさい。父上のご苦労を有り難く思わなければ」

私は西の方、港口の上空にかたまっている雲を見ていた。さきほどはなかった雲である。西空を眺めれば天気がわかると教えたのは吉爺であった。うすぐろい雲。新暦六月は梅雨というのに、このところながらく日でりがつづいている。あの雲の色はただごとではない。にわか雨で煙硝が湿りでもしたら、どうすればいいだろう。私はむめの問いにもなま返事をするばかりであった。

「父上は今夜、花火見物に見えられるのですか」

「物見遊山にお手当をいただいて長崎くんだりまで来られたのではない。コレラをわずらった人には夜も昼もない」

「医学校へ父上に会いに行きたい」

むめは甘え声でいった。

「父上は医学校におられるか避病院におられるか、私も知らない。それにわざわざ父上を訪ねても、女子供を入れてくれるものか」

「医師の娘だといえばさし許されましょう、警察にも県庁にも立ち入ることができましたのに、なぜ医学校は許されないのですか」

「ききわけがわるい、私がいけないということはいけない」

とはいうものの私とて医学校を訪ねたいのは山々であった。いけないと声高に禁じたのは、そういう自分の願いをみずから押しとどめたかったからでもある。お役目専一と思えば、妻子といえどもみだりに面会を求めたところで許されるはずがない。実の所はむめより私の方こそ医学校へ急ぎたかったのである。

「東浜町には異人が多勢歩いておりました、もう一度あの異人たちを見に行ってもいいでしょう」

「女の一人歩きはするものではないといっておるのに」

「一人で歩いている女子供は町にめずらしくありません」

「私が許さない。士族の娘は一人歩きなどするものではない」

声を荒らげて私はむめを叱りつけた。むめは肩を落し目を伏せて畳の目をみつめた。しばらくたって私は呼びかけた。

「むめよい」

「はい」

たちまち晴れやかな声が返って来た。気落ちした面持ちはただそのように装うただけなのである。がっかりしたように振舞えば私が許すのを見抜いているのである。私の娘時分そうやってしばしば母上に甘えたようにむめも甘えているのである。私は思わず知らず笑みを浮べていたらしい。むめもほほえみをたたえ目を輝かせて膝をのり出した。

「大波戸の海岸までならば船を見に行ってもいい」

と私はいった。

私の言葉が終らないうちにむめは部屋を出て行った。

（大統領とは彼の国において天子様のようなお方であろうか）

父上は山川警部が帰られてから夫にたずねられた。県令内海忠勝様の御命を初めてうけた日の夜のことである。

（天子様とは異なりましょう。人民が投票で選ぶとのことですから。いわばアメリカの大総督のようなものか）

（元治年間に彼の国でも大戦争があったげな）

（それそれ、グラント卿は官軍の総帥でありました。功によって取り立てられ、国の統領となったのでしょう）

一昨年西南の役に一等軍医として従軍した夫はしばしば佐賀長崎へも往来し、その地で発行される新聞とかいうものに目を通しているので、世の転変にくわしい。諫早へ帰るごとに父上は待ちかねて夫にあれこれと風聞を問いただされるのである。

（それにしても変った国柄よ。オランダ、イギリス、ドイツ、みな天子様をいただいておる。スペイン、ロ

シア、いずこの国にも王がまつりごとをとりしきっておられる。アメリカだけに天子様がおられないとは)

(長崎居留のアメリカ、イギリス人たちは、このたびのおこしに大変な喜びようです。ゼネラル・グラントがいらっしゃると……)

(ゼネラルとはゲネラールのことか)

(はあ、オランダ語ではゲネラールでありましたな)

(なぜ早くそれをいわぬ。ゲネラールを和解《わげ》すればすなわち将軍、人民の投票だの大総督だのと、まわりくどいことをいわなくても分明したのに。京に天子様があり、江戸に将軍家があった昔を思えば即解する)

(このごろ塾生の勉強ぶりはいかがですか)

夫は話をそらした。父上はご維新によって家禄を失って以来、旧藩士の子弟をわが家に集め、オランダ語を教えておられる。しかし、初めの頃は六畳間に入りきらないほどであった塾生も、年を経るごとに少くなり、今はわずか三人を数えるだけである。事情は長崎でも同じという。長崎の広運館洋学局はイギリス語、フランス語、ロシア語、オランダ語などを官吏に教えるのであるが、オランダ語を志望する有志は減る一方であるそうな。そのかわりイギリス語、フランス語を習おうとする人々で洋学局のみならず町の私塾も門前市をなすにぎわいと聞いている。

夫が長崎から新聞を持ち帰らないのは実はそうした風潮を父上に知られまいとする心やりである。生涯をかけて学ばれたオランダ語が、もはや明治の御世には役立たずに近いものになり果てたと父上が知られたら力落しもはなはだしいだろう。

夫は自分の医業で充分に家計はまかなっているから、オランダ語の教授はおやめになり余生を悠々と暮してもらいたいと、さいさい父上にお願いした。

(老後の愉しみはオランダ語を春秋に富む少年に教えること。わしからこれを取り上げたら何が残る。隠居所で膝をかかえて朽ち果てとうない。そうだ、これからはむめにもけいにも鶴太郎にも教授してやろう。塾生も少のうなったことだし)

(むめやけいにオランダ語を習わせなくても。鶴太郎には私がイギリス語を教えておりますし)

(わしも永生きをしたもんだ。諫早の家中でオランダ語を教えられるのは、ついにわしだけになった)

今度は父上がうまい具合に話をそらされた。

(vuur werk《フール ヴェルク》か、山川警部はいわれた。諫早藩砲術組方にその人ありと知られた藤原作平太と見こんでの任といわれた。県庁には具眼の御仁がおられる。佐賀からは選ばれず、諫早から選ばれたとぞ)

父上は目を細めて盃を傾けられた。

(フール・ヴェルクとは)

夫がたずねた。

(オランダ語で花火のことをいう。イギリス語では何という)

(うろ覚えですがfire work《ファイヤ ワーク》とか申します。大浦居留地のグラバーなる商人が……)

(ファイヤ・ワークをアメリカの将軍に見てもらおう。日本の花火をいわば天覧に供しよう)

父上は上機嫌であった。

鶴太郎のことで夫は私にこぼした。父上たってのお言葉ゆえオランダ語を習わせないわけにはゆかず、小学校から戻るそうそう父上の隠居所で父上が訓じられる通りに唱和するのであるが、夜は夫が鶴太郎をひきすえてイギリス語を学ばせるので、二つの国語が入りまじって、イギリス語をオランダふうに、オランダ語をイギリスふうに訓ずる癖がついてしまった。父上がまっ先に教えられたのはファムとかいうオランダ語で、高名なることという意であるという。夫はすぐさま鶴太郎に fame というイギリス語を教えた。これも名声という意であるそうな。

（wind はヴィントではない鶴太郎、ウィンドという）

（綴りは同じのごとあります）

（同じでも訓はちがう）

というようなやりとりは父子の間でめずらしいことではなかった。婿はわが子の躾もままならないのだろうかと、めったに愚痴をいわない夫が鶴太郎の寝顔を見ながらつぶやいたことがあった。父上がにわかにオランダ語の舎密書の埃を払って熱心に調べものをされ、夜なべしてまで花火煙硝の調合に没頭される日がつづいたあげく、過労のあまり寝こまれた折り、打揚げ方をどなたかに代ってもらってはと強い口調でいい出されたのは、こういう不満も裏にあったのだった。五月下旬のことである。

（おまえ様はたかが花火と思うておる。たかが花火ならば素町人か百姓ふぜいに打揚げ方を命じても仔細はあるまいと思うておる。わしはちがう。県令がなぜにわざわざ旧諫早藩士であったわしを名指したか）

（父上は砲術指南でありましたから……）

（いやちがう。たしかに打揚げるだけのことなら町人でもできる。しかしこれは江戸で催される川開きの余興とは趣が異なる）

（それはまあ、アメリカの元大統領が……）

（慶応、いや明治二年の師走であったか、イギリスの公使パークスが、時の長崎県知事を大浦の領事館に呼びつけて叱責した。浦上のキリシタンを在所から追放したことで、彼は同宗のよしみゆえか、無体きわまる仕置きとして県知事へ威丈高に詰めよった。覚えておろうが。わしはこのことを士族会の席で吉田様からうかがっていたく肚にすえかねた）

（十年も昔の話でございます）

（わしは長崎港警備に出張りして四十年、毛唐の理不尽は承知している。ご維新とはいうてもイギリス人ロシア人の無礼はいっこうに改まらない。長崎での傍若無人なふるまい、おまえ様もわしに語って聞かせたことがあろう）

父上はお顔をあかくされた。私ははらはらして父上に、もうおやすみになってはといった。父上は聞えぬふりである。齢をとってからは父上は少し我ままになられた。ご自分の気に入らないことは何を申し上げても知らぬふりをされる。私は夫にそれとなく居室へ引きとるようにすすめた。夫は辛抱づよく父上の話に耳をかしている。こういう場合、そうそうに切りあげては、かえって父上の気を悪くすると夫は考えているのである。

世の移り変りの甚しさをしきりになげかれる父上のお相手を最後までするのが夫のきまりであった。何かといえば父上は藩政時代にご自分がいかに重用されたかを物語られる。（諫早家の砲術指南として隠れもなき）などと口にされる。長崎から疲れきって帰宅したときでさえ夫を前に、同じ話を何べんもむし返されて飽くことがない。その話を初めて聞くような面持ちで父上の前にかしこまっている夫を見ると、私の胸はつまるばかりであった。一刻も早く父上がお話をやめられることを私としては念じるほかはなかった。しかし父上は話をつづけられた。

(公使とは、いわば国の使い番にすぎぬ。使い番の分際でわが国の県令を出先に呼びつけるとは、見下すにも程がある)

県令とは、いわばかつての藩主にひとしい身分、それを一外国人が呼びつけて面責するのは筋が通らないと、父上は口角泡をとばしていわれるのであった。

(長崎港の警備をおおせつかった砲術指南が花火を打揚げる。ペルリをつかわしたアメリカのゲネラール・グラントが長崎に来るという。目にもの見せてくれる)

(父上はいくさでもなさるような気おいようでありますな)

(矢玉を放つばかりが武士ではない。わが国には風流の道というものがあることを昔、海防に任じられた白髪武者が示してやろう。良太どん、またとない快事ではないか)

(ファイヤ・ワークという語があれば、外国にも花火はありましょう。さして珍しがるとは思われませんが)

夫は浮かない顔でいった。

(いかにも。そこが工夫のしどころ、山川警部はいかような薬品も大阪からとり寄せられると約束した。花火の色は割玉に詰める星できまる。その分量、まぜ具合、配合はわしの胸三寸。グラント卿はさぞかし目を見張ることだろう)

打揚げる日、すなわち六月二十二日まで父上のお体がもてばいいが、というのが後になって夫が洩らした感想であった。山川警部の話では、来賓は大統領の他に奥方、グラント卿のご子息グラント少佐、清国は天津駐在のアメリカ領事に加えて長崎に居をかまえる欧州各国の領事たちも奥方同伴で宴席につらなるという。

東京からは外務省を代表して、吉田全権公使がつかわされる。かしこくも宮内省からは金井書記官が接伴心得を県庁の諸役人に指し図するため来崎されているという。父上がこれらの方々をまえに花火を揚げられる。一世一代のお役目と武者ぶるいされるのも無理もない。山川警部がお見えになった翌日、オランダ語教授の看板はわが家の門からはずされた。三人の塾生には当分ひまが出されたわけであるが、そう父上からい聞かされてもさして心残りであるような面持ちではなかった。三人が七月からまた通って来るかどうか心もとない。

六月の日は暮れようとしてなかなか暮れない。

気がかりであった西空の雲は、心なしかいくらか薄れ、雲に切れ目もできて、このぶんでは港の上空を覆うことにはならないようである。雨が降ってもいい。父上が花火を打揚げたあとならば、ぞんぶんに降るがいい。

しかし、花火を揚げるまでは一滴の雨も降ってもらいたくない。

この日のために私はほぼ七十日間、私は神仏に祈願してすごした。首尾よく花火を父上に打揚げさせたまえ、お体にこと無からしめたまえ、晴天を恵みたまえと、城下の神社仏閣ひとつあまさずお参りして祈った。その祈りが通じたと見える。風はやや強いようであるが、まずまずの上天気である。

むめが帰って来た。

「母上、異人を見て参りました」

顔がうっすらと上気している。

「大波戸の海岸に右往左往しておりました。異人はみな同じのごと見えます。どこでオランダ人とイギリス人を見分ければいいのか、私合点がゆきません」

私は稲佐嶽を見上げていた。

頂上に人影でも見えはしないかと目を凝らしてみたが、そこまではあまりに遠く、動くものは何ひとつ認められはしない。こちらから見えなくても、父上は遠眼鏡をお持ちだから私たちを眺めておられるかも知れない。

日が稲佐嶽の向うに沈むのを合図に、花火は打揚げられる手はずと聞いている。曇り日の場合は、日の入りが見えないので県庁の窓から山川警部が提灯を振って合図される。

早く日が沈めばいいと願いながら私は同時に日がいつまでも沈みませんようにとも祈っていた。この数日、長崎行がせまるにつれて父上の不眠がつづいた。食もすすまれず、お下げした膳部には箸をつけられない料理が多かった。夜ふけ、明りのともっている寝所をのぞいてみると、床の上で父上はじっとご自分の手をみつめておられるのであった。

口では夫に気丈なことをいわれたのだが、内心は心細かったのではあるまいか。下稽古を重ね、花火打揚げがどのように細密な心やりを必要とするものか、そしてどのように壮健な体力をも要するかを悟られて、しだいに落着きを失われて来たように見える。

せんだって、本明川の稽古場からいつまでたってもお戻りにならないので、私が出かけてみると、父上は打揚げ筒のかたわらにうずくまり、そこでもご自分の両手にじっと見入っておられた。野副様が介添えでも、煙硝を扱われるのは父上である。

（わしは永生きをした。孫を四人もさずかって男の子にも恵まれた。いつ冥土へ旅立っても思いのこすことはない）

けさ、父上は宿を出立する折りにこういわれた。

（まだまだ末長く生きて下さい父上、まつも年頃、やがて嫁にゆくでしょう。おっつけ子宝がさずかりましょう。あの世へゆくのはひい孫の顔を見てからでもおそくありません）

と私は申し上げたのであった。

（ひい孫、か）

父上は風呂敷包みを小わきにかかえ、稲佐嶽をそして港に蝟集した黒船を眺められた。そのとき気がついたことなのだが、父上は残り少くなった白髪のうち数本をたばねて、こよりで結んでおられた。羽織袴を着けた上は、もとどりをゆわなければと夫にいわれたことを思い出した。断髪令が出た明治の御世に、まげなどゆうてはかえって見苦しいと夫は父上の案をいさめられ、油をつけて櫛で梳くだけがいいと、口をきわめて考え違いをさとしたのだった。

父上は黙りこまれ、そのときは一応、婿のいうことを聞き入れられたふうであったが、けさのご様子では、まぢかに寄らなければそうとわからないほどに形ばかりのまげをゆわれていたのである。脇差をたずさえ、まげをいただいて、父上はお役目を果たすお心算《つもり》である。心に深く何かを思い定めておられるのであろう。今はただ花火打揚げの上首尾を港のこちら側から懸命に祈るほかはない。

「母上、おすわりになっては」

むめの声で我に返った。

「大波戸には小屋を掛け、桟敷をこしらえていました。町人たちはもう重箱などひろげて何やらつまんでおりました」

むめは柱に体をもたせかけている。私は叱りつけて居ずまいを正させた。朝から外歩きをして疲れているのであろう。私もそのはずだが少しも疲れを覚えない。気の持ちようしだいといってむめを叱った。

「母上、きのうの今ごろは女中が夕餉を運んで来ましたのに」

「夕餉はおじい様がお役目を果たされてからいっしょにいただく」

どうやらむめは疲れているだけではなく、腹もすかせているらしい。食べざかりの齢であれば無理もないが、花火があがるのを見とどけるまでは夕餉どころではないのである。

「おじい様は打揚げが終ったら山川警部に招かれて県庁の接伴係の方々と夕餉を召しあがることになっているはずでしょう」

むめにいわれて思い出した。

そうだった。落着かなければならないのは私の方である。私は座を立って顔を洗い口をすすいだ。女中がたずねた。

「御膳をお持ち致しましょうか」

「あとで、花火のあとで運んで下さい」

女中たちは見たところ気もそぞろといった体である。厨の入り口から出たり入ったりして稲佐嶽を見上げている。女中たちはしてみると花火があがるのをゆめ疑っていないのである。私は部屋にもどって稲佐嶽と向い合った。ゆっくりと深く息を吸い、息を吐いた。気をしずめるために父上から教えられた方法である。今ごろ父上も青紫色に映える山頂で私と同じことをしておられるかも知れない。

日はあかあかと輝き、ようやく稲佐嶽の山裾に触れた。

海はいちめんに夕陽をうけて黄金色の光を放った。いったん山の縁に接した日が沈むのは早かった。下半分が没したかと見る間に、のこりの赤い半円もみるみる引きこまれてゆく。わずかに残ったてっぺんが、息をのむほどにひときわ明るく輝いたかと思うと、稜線の彼方に見えなくなった。

私は稲佐嶽を振り仰いだ。

するすると立ちのぼる花火を思い描いてみつめた。

稲佐嶽はひっそりとしずまりかえっている。

何事も起らない。

私は胸苦しさのあまり、息がつまりそうになった。港口を見た。日が沈んだと思ったのは見誤りではあるまいか。いや、確かに日は沈んでいる。さっきまで金波銀波がきらめいた海は暮れなずむ空を映して青みがかった灰色に変りつつある。

山頂で何か不祥事でも出来したのではあるまいか。

煙硝に点火を誤って父上は火傷でもされたのではないだろうか。私は立ちあがろうとした。立てなかった。腰から力が失せ、気が焦るばかりで、いっかな立つことがかなわない。私はうわごとのようにつぶやくばかり。

「おじい様が、むめよい、おじい様が、日が沈んだのに、花火はまだ……」

「ご心配なさいますな母上、稲佐嶽は高うございます。あそこからはまだ日が沈んでおるとは見えないのでしょう。もうすぐ花火は打揚げられますよ」

いわれて私はようよう気をとり直した。むめは涼しい顔をしている。私は体を折って手で耳を塞いだ。いつまでも花火の音が聞えないのが耐えられない。

私は肩をゆさぶられた。

むめが何か叫んでいる。叫びながら稲佐嶽をゆび指している。

白い輪と黄色い輪が山の上空に浮んでいる。幾重にもかさなったそれは入りまじりもつれあって、冠のように山頂にかかった。

ついで音がはじけた。

私は立ちあがった。

「一番、黄菊」

むめがいった。

間髪を入れずに次の花火が空へ駆けのぼった。萌黄色の空を背景に、二番めの花火も見事に開いた。やや間をおいて、その破裂する音が快く私の耳をうった。

大波戸に群がる観衆のどよめきもここまで聞えて来た。あたかも白い大きな傘を拡げでもしたように花火は稲佐嶽の上に開き、風に流されてゆるゆると消えて行った。

「二番、白露」

と叫んでむめが手を叩いたはずみに、何かが縁側に落ちた。花火打揚げ次第書をむめは手にしていたのである。私は次から次へと打揚げられる花火に見とれていた。星を砕いて手で投げ上げたかのように、まばゆい物が夕映えの空にきらめいた。輝くものは星より細かく星より鮮かな光を放った。橙色の光が散り、菫色の光が散った。

私はうつけたように稲佐嶽の上を見ていた。またたく間の出来事にも思われ、永い時が経ったようにも思われた。夕映えがうすれるにつれて花火の色はしだいに濃く、ますます鮮かになっていった。空にかかるものは枝垂れ柳であり、風にそよぐ薄《すすき》であり、夏の日照雨《そばえ》であった。それはつかのま、空に形をしるしたかと見る間にあえなく消えた。

「二十四番、野蛍」

むいめが先ほどよりは平静な声でいった。蒼白い光の粒が中空に浮び、ふくれあがったかと思うとみるみる輪を拡げて宵闇にとけこんだ。それから、しばらく間があった。いつのまにか私の傍にむいめがひたと寄りそっている。そして、最後の花火、これまでよりずっと高い所に打揚げられた花火が白い光で夜空を染めた。

「二十五番、残月」

むいめはいった。

落城記

わたしは鍬を地面に横たえて穴の底へ半身をすべりこませた。

二尺そこそこと見当をつけて掘り始めたのに、山の芋はまだ地中に深くのびている。ただ、ずいぶんと細めになっているから、もうすぐ根の尖端へゆきあたるはずである。

鍬を入れたときは、せいぜい小半刻《とき》もあれば掘りとることができると思っていた。夜が明けやらぬうちに、城へもどるつもりだったのだ。今はゆうに一刻をすぎているだろう。木立のあわいがくっきりと見分けられ、墨色であった空にほのぼのとした光がみなぎっている。

「お嬢さま、ひと休みなされては」

穴の縁にもりあげた土をどけながら権助がいった。栗の木に巻きついた山芋の茎は根元から切られたために、穂のかたちをした白い小粒の花弁はもうしおれていた。権助は先ほどからたびたびわたしに代って山の芋を掘ろうといい張った。わたしは耳をかさなかった。三尺をこえ四尺、いやたとえ五尺もの長さがあろうとても、これをわたしひとりの手で掘り取ろうと思い定めていた。汗みずくになった帷子衣《かたびらぎぬ》が気味わるくなったので、襷《たすき》をはずし、もろ肌ぬぎにした。

胸乳に巻いた晒布も汗を吸ってしとどに濡れていた。

わたしは土に埋れている山芋のまわりから手で念入りに小石を除き泥をかき出した。うす茶色がかった白い芋は、ふとしたはずみに折れてしまう。とちゅうで折ってはならなかった。髭のように細い尖端まで、まるまる掘りだそうと心に決めていた。

わたしは懐剣の鞘を払った。山芋にからみついている木の根をことごとく切った。懐剣を使って山芋が刺さっている泥を崩し、手ですくいあげた。権助がせっかくの守り刀を芋掘りに用いるとは呆れはてた所業であるとつぶやいた。なにごとも控えめにいうこの老人が、非難がましいせりふを口にするのは、よほど肚にすえかねたからであるにちがいない。

わたしは両手で山芋をつかみ、息をととのえて、しずかに力をこめた。

かすかな手ごたえがあった。

懐剣を土中にさしこんで芋の四周へのびている糸のような根を断ち切った。刀の刃が石にあたって耳ざわりな音を発した。土からぬきとった刀は刃がこぼれていた。わたしは肩で喘いだ。にわかに胸苦しくなった。かたく両の乳房をしめつけて巻いた晒布がわずらわしくなり、結び目を解いた。泥まみれの手を体の前後に動かして、胸を二重三重に包んでいる白い布を剝いだ。晒布は水に浸したように重たくなっていた。

権助がそれを受けとって絞った。

わたしは目をつむり、呼吸をととのえた。

ふたたび山芋に両手をそえ、少しずつ力を加え、手もとに引いた。数本の髭根がちぎれる気配、そして次の瞬間、するりと山芋はぬけた。わたしは穴の縁に腰をおろし、裸の背を栗の木にもたせかけた。涼しい微風が火照った肌に心地よく感じられた。手につかんだ山芋は三尺五寸はあろうかと思われた。ついにまるごと念願の山芋を掘りとったわけである。わたしは一声意味もなく叫び、はずみをつけて穴の外へとびあがった。

権助はわたしの晒布を山裾の小川へ洗いにおりたところである。夜はすっかり明けはなたれ、東のかたに深く湾入した海の上に朝日がのぞいた。日は水平線のあたりにかたまっている雲に入った。わたしは目を凝らした。

　気のせいか、盃の形をしたその雲のとなりに、赤児《あかご》の爪に似た白い月を見たと思ったからである。しかし、雲にさえぎられても朝日の光はまぶしく、仄かな月のありかを見とどけるのはむずかしい。

　きょうは七月三十日、太陽と月を同じ方角に眺められる日である。山芋掘りに疲れてしばらく心がうつろになり、ぼんやりと東の空を見まもっていたわたしが、ありもしない月のまぼろしを見てしまったのだろうか。日が昇る直前の淡い灰色の空に浮んだあえかな月。もはやどんなに目を凝らしても、朝の光がいっぱいに満ちわたった天上に月の影は名残りさえとどまっていない。

　権助が山腹をかけあがってきた。

　わたしは体を拭き、手を清め、水洗いした晒布を胸に巻いた。帷子衣の袖に手を通した。馬の蹄の音がした。一騎ではない。わたしより先に気づいた権助が、崖の端に立って小手をかざした。

「服部さまのご子息でごんす」

「もう一騎は」

「つれのお方はサンチェスどの。こちらをさして参られます」

　山裾にかかった服部左内は馬にはげしく鞭をくれた。けわしい山道にたじろいでか、左内の栗毛は一瞬、後脚でたちあがり、前脚で虚空を掻いた。サンチェスは鞭を使わなかった。あれが南蛮のお国ぶりというのか、上体を二つに折った奇妙なのりかたで、左内を追いぬきざま、かるがると山腹を登ってくる。城から駆けに駆けてきた証拠に、二頭とも口に泡を嚙み、馬の腹は水をあびたように汗で光った。左内はわたしの前へかけあがるや馬からとびおりた。その後ろにサンチェスが控えた。

左内はわたしを射すくめるような目で見すえ、次に権助をにらんだ。肩がせわしなく上下している。手で顔にふきだした汗をあらあらしく拭った。口を開いて何かいいかけたけれども、言葉にならない。頰がひきつっている。わたしはそしらぬ顔で、乱れた髪を束ね、手近にのびていた葛のつるを切りとって結んだ。紫紅色の花はすてるに惜しく、髪にさしてみた。

「権助っ、きさまはけしからん」

左内は権助を叱りつけた。

「お嬢さまのひとり歩きはげんに禁じられておることを聞いていたであろう。きさまがついておりながら、なぜ止めだてせぬ。龍造寺の間者が野にも山にもうろついているのを知らんのか。万一のことがあれば、きさまが皺腹をいくつかき切っても申しわけたたん。この不忠者」

「はあ、いかにも」

権助は這いつくばって地べたに額をこすりつけた。サンチェスはもの珍しそうにわたしの山芋をみつめている。

「けさがた、足軽どもにまじって城へ入ろうとした龍造寺の者をひっとらえて打ちはたしたばかり。その者が申すには昨夜のうちに天狗の鼻から上陸した間者が五人はくだらぬという。金比羅《こんぴら》岳にひそんでわがご領内の情勢をさぐる肚であったげな。しかるにきさまは所もあろうことか、お嬢さまを金比羅岳に案内してのんびりと山の芋なぞ掘りくさっておる。ふだんならともかく大いくさの前であることを忘れたか」

龍造寺の間者に大殿さまの血をひく娘がとらえられ、人質になったら、御家の存亡にかかわることであると、左内はいった。わたしに面と向っていいえないことを、権助にいうふりをしてうっぷんをはらしたかったのであろう。

「権助、もういい、馬をひけ」

といったわたしに左内は色をなした。膝でにじりよって、「あまりといえば人もなげなおふるまい。大事を前にしてお嬢さまの御身にもしものことが」といいたてる左内をしりめに、わたしは馬上の身となった。山芋を掘っている間に権助が笹の葉をたっぷりと与えておいた馬は、腰をおとして急な斜面をすべりおりた。サンチェスが続いた。権助はわたしが馬にまたがるやいなや、はじかれたように駆けだしていた。

土を巻いて山裾へおりたったわたしは、馬首を西の方、高城へめぐらした。しぶきをあげて小川を渡り、萱の草むらをかき分けて走った。ややおくれて左内がついてくる。両側は田圃である。あおあおとした稲がおもたげにみのっている。取りいれまでわたしは生きているだろうか。この稲を刈りいれた百姓が年貢をおさめるのは、はたしてわが西郷家であろうか。それともやがて攻めいる機をうかがっている隣国佐嘉の龍造寺家であろうか。

稲田の中で草とりをしていた百姓どもが、わたしたちに気づき、あわてて笠をとった。

「サンチェス」

「はい《シ》、お嬢さま《セニョリータ》」

「おまえは昨晩、長崎の深堀家へ帰ったと思うていた」

「そのつもりでありましたが、まだ鉄砲がつきませぬ」

風がわたしの懐を涼しくした。汗ばんだ肌も髪もたちまち乾くようである。わたしは鞭を馬にくれた。耳もとで風が鳴った。わたしは天翔ける鷹であった。弦をはなたれた矢であった。

「お嬢さま。ドン・アゴスティーニョから返書は参りましたか。そのこと、私の気にかかり夜も安らかに眠られません」

「ドン・アゴスティーニョとは小西摂津守行長様のことか」

「関白様にご領地のことでおとりなしを願われたと聞きました」

わたしは大川のほとりで馬をだく足にした。権助がおくれがちになったのである。山芋が折れないように二本の竹をあてがって縄でくくったのを小わきに走ってくる。左内はわたしたちを追いぬき、大川へ乗りいれて対岸へ渡った。その姿がみるみる小さくなった。村々の庄屋へ、足軽人足をさし出すよう命令しに行ったのかもしれない。しかし、稲田で立ち働く百姓どもの風情はいつもと変りがなかった。目と鼻の先に、いくさが近づいていることを知らないはずではあるまいが、御家が立ちゆくか滅びるかというときに、わたしには平然と田の草など取っている百姓どもの気が知れないのである。

前方に高城が見えた。

満ち潮どきである。

川辺の小山は頂に矢倉をめぐらし、その白壁が朝日に映えてまぶしかった。潮は小山の裾を洗い、対岸にそびえる二の丸砦の石垣も洗った。干満によって浮き沈みするように見えるところから、古来、高城と名づけられている。わが西郷家がこの地伊佐早の主《あるじ》となって二百数十年、有明海の潮は毎日あの小山の裾にさしてはひきつづけたのである。わたしは馬をとめてしばらく高城のたたずまいに見入った。

「お嬢さま、左内どのがあれに」

わたしは向う岸に目をやった。駆けてくるのは騎乗の左内だけではなかった。馬の後ろから男がひとりひた走りに走ってくる。馬に見え隠れして人相風体がしかとわからない。左内は馬を大川におどりこませた。男はいちもくさんに水へ駆け入り、抜き手をきって、あれよという間にこちらがわの岸へはいあがった。権助はとんきょうな声をあげた。

「やや、これはしたり、韋駄天の虎どんでごんす」

サンチェスが聞きとがめた。

「イダテン？　はてイダテンとは何の心か」

わたしは修道士《イルマン》サンチェスに仏法守護神の名前を説明しても仕方がないと思った。伊佐早の地でいちばん足の早い男であるとだけ教えた。

岸についた左内は馬ともども水をしたたらせながらわたしたちのまわりを一周した。虎次はわたしに目礼し、左内と一緒になおもわたしたちの周囲をまわった。ゆっくりと足踏みしながら呼吸をととのえ、言上すべき言葉の順序を考えているらしかった。数十里の道を駆けてきたからには、にわかに脚の動きを止めにくいのである。肉がひきつり、筋が切れることがあるという。しだいに足踏みをゆるめて身の凝りをほぐさなければならない。虎次は佐嘉へ送りこんだわが方の間者が探った龍造寺家の内情をもたらしたのである。

「虎次よい、ご苦労であった」

権助はひざまずいて若い足軽をねぎらった。たぶん聞えたのであろう、虎次は権助にかるくうなずいてみせた。膝から下は草やぶを踏み渡るときに傷ついたものか無数のひっかき傷で血まみれになっている。下帯は泥にまみれ、着ている物もかぎ裂きだらけで若布のように破れていた。ようやく虎次はうずくまった。左内の方に向い、次にわたしを認めて、すわり直した。赤銅色の胸がふいごのようにふくれたりちぢんだりしている。

「ただいま、虎次めは、帰りましてごんす」

「挨拶はいい。龍造寺はくるのかこないのか」

左内はいらだっていた。わたしは声をかけた。

「虎次よい、佐嘉から伊佐早まで二十里はあろう。山を越え野を渡り、夜を日についで走り帰って参った。遠路さだめし難儀であったろう」

虎次はふかぶかと平伏した。権助が近くで草とりをしていた百姓から手桶の水をかりて来て虎次に飲ませた。虎次はまず口をすすぎ次に手で桶の水を受けて乱れた髪をととのえた。それが終ってから、おもむろに少しずつ水を含んだ。

「申しあげまする」

「聞こう」

「龍造寺家晴公の家中は、かねてより米味噌干魚など買いいれておりましたが、このたび伊佐早出陣のお触れが出ました。日どりは七月三十日すなわちきょう、陸と海の二手にわかれて攻め参りまする。討ち入りの名分についていうところを聞けば、御家が島津征伐に参陣しなかったこと、ならびに九州へくだられた関白様のご機嫌うかがいに博多までまかり出なかったこと、よってわが西郷家は天下の御威光をおそれぬ不埒者ゆえ関白様が御家のご領地を家晴公に与え給うた由でごんす」

サンチェスが天を仰いで、両手を胸の前であわせ、目をとじて、何やらつぶやいた。この男が信じる神に祈ったのであろう。

「して、龍造寺の陣立ては、手勢の数は」

わたしは先をうながした。

「されば総大将は家晴公にて、二千五百余騎をひきいて佐嘉を発し陸路より討ちいる手はず。海よりは龍造寺ご本家の加勢内田肥後守どのが千余の勢をひきい、兵船五十艘をととのえて同日に佐嘉の今津から船出する手はずでごんす。あわせて三千五百あまり。よってくだんのごとくなり」

左内は唇をかみしめた。虎次はふたたび面《おもて》をあげた。

「これすなわち御家の一大事と心得まする」

わたしは馬の腹を強く蹴った。

高城めざして走った。

きょう、龍の者どもが佐嘉を発ったのであれば、先鋒はおそくとも明日の晩までに伊佐早の東郊へ着くであろう。かたときの猶予も許されない。日夜、手をつかねて評定ばかりしている重臣たちも、虎次の報告をしらせれば覚悟をきめるにちがいない。このことは前もって予想された事態であった。

それにしても三千五百余の勢とは、御家の手の者は千にみたない。村々の名主を狩りあつめたところで百とあるまい。鉄砲の数だけくらべても龍家はわれに十数倍する。しかし、この期《ご》におよんでひるんではならないのである。戦わなければならぬ。敵にくだってでも領地をとりあげられることが目に見えている。たとえやぶれることがあろうとも、龍家の者どもにひと泡ふかせ、伊佐早の正統な主が西郷氏をおいてないことを思いしらせてやらなければならない。わたしはいった。

「聞いたかサンチェス、案の定、龍造寺が攻めてくる」

「はい《シ》、お嬢《セニョリータ》さま」

「そうそうにここを立ちのかねば。いくさに巻きこまれてはおまえの行く末もはかりがたい」

「わが身の行く末は神さまの御《み》手にゆだねたの心」

わたしは大手口の木戸をくぐり、坂道を一気に城門へ駆けあがった。左内が騎乗のまま後ろにしたがった。権助は厨の方へ、虎次は着到矢倉に詰めた足軽大将へ、委細を報告するために向った。サンチェスは大手口で馬をおりた。西郷家の客人にすぎないいるまんサンチェスは乗馬のまま大手口の木戸を通ることは許されないのである。

武者小屋の裏で馬をおりたところに、女中頭のイネが血相変えてやってきた。わたしは相手が口を開くまえに、行水の用意を命じた。ヒエがきた。アワも厨から走り出てひざまずいた。おろおろ声で朝がたから城中くまなくわたしを探していたのだという。わたしは湯殿に入って、身につけている物をかなぐりすてた。

「お嬢さま、まだ湯はわかしてありませぬ。即刻、火をつけまする」

「水でいい」

盥になみなみと水を張らせた。

「イネよい、この水は本丸の井戸から汲んだものか。搦手口の下にある井戸のものか」

「ご存じではありませんでしたか。本丸の井戸は日でり続きゆえ涸れております」

搦手口は矢倉の下、三十尺あまりの崖を削って作られた切通しである。崖の中腹に水が湧く深いたて穴が口を開き、真夏でも冷たい岩清水が溢れでる。ヒエとアワが手桶に水を汲んで、うずくまったわたしの背中にかけた。

「イネよい。厨に、いや城内に水がめはいくつある。大盥は」

「水がめと大盥でごんすか、はあて心得ませぬ」

老いた女中頭はつと顔をあげた。わたしがなぜそんなことをたずねたか悟ったらしい。イネの唇が慄えた。

「いくさが始まる、いよいよ始まるとでもおっしゃるのですか」

けたたましい音をたてて二つの手桶が湯殿の床に落ちた。ヒエとアワが呆然と目を見はっている。わたしは二人を叱りつけた。

「水を」

「龍の者どもが攻め入るしらせが参ったのでございますね」

イネは上ずった声で、ことさらゆっくりといった。氷のように冷たく感じられる水が、わたしの肩から胸へ、胸から太腿を伝ってすべりおちた。ヒエが糠袋でわたしの体をこすった。わたしはひざまずいて上半身を前に倒し、桶に髪を浸した。存分に水を使えるのはきょう限りである。上気した肌にあびる水は快かった。搦手口を守る曲輪を奪われたら水の手を絶たれることになる。ありったけの器に水をためて、そのときに備えなければならない。

「イネよい、本丸のご様子は」

「あい変らずでごんす、昨夜から寝もやらず大殿様とご家老衆は長談義を続けておられます。摂津守行長様からの返書をきょうか明日かと首を長くして待ち望んでおられる模様と見うけました」

小西行長さまのおとりなしは聞き入れられなかったのである。返書はいわずと知れている。何もかも遅すぎる。溺れる者、藁をもつかむ思いで、小西さまに仲介を願い出るよう知恵をさずけたのは、サンチェスであった。関白秀吉さまの側近である五奉行のおひとりであれば、関白さまも耳をかしてくださるであろうと父上に申したてたのである。領地召しあげの内示が達せられ、御家が上を下への大騒ぎにあけくれたとき、父上はいうにおよばず、重臣たちも南蛮のいるまんが口にした策にとびついた。

サンチェスは御家の名分を訴える肥後の領主小西さまあての手紙に自分も一筆つかまつろうといった。小西家にしたがうばてれんは同宗同門のよしみにて、願いの筋をよしなにとりはからってくれるとうけあった。わたしはその夜、本丸に居あわせなかったけれども、近習頭として父上のお傍に侍った左内によれば、南蛮の文字をすらすらとしたため、別に一通の書状をこしらえて使いの者に与えたという。小西さまはわが国でもならびなき有力な切支丹大名であった。

伊佐早は西肥前の要《かなめ》ともいうべき地である。

北に大村氏、さらにその北平戸島に松浦氏、西南の西彼杵《そのき》には長崎氏と深堀氏、東南には有馬氏がいる。そのなかでわが西郷家のみが切支丹の布教を許していなかった。大村純忠公はねっしんな耶蘇教徒である。領内の神社仏閣をうちこわし、かわりに耶蘇教の祈禱舎を八十七カ所も建て、宗徒はおよそ六万人という。天正十年、すなわち今をさる五年前、家中の少年を万里の彼方、南蛮の都であるローマなる地へ派遣したと聞いている。有馬氏もまた同門にて、志をひとしくし、切支丹とよしみを通じている。長崎氏は大村氏の家中である。

したがって伊佐早は四囲を切支丹大名にとりまかれ孤立していることになる。長崎氏のとなりにいる深堀純賢氏は、父上の弟である。平戸の領主松浦氏には腹ちがいの姉がとついでいる。このお二方は異教の徒ではないが、深堀氏の力はあまりに弱く、松浦氏はあまりに遠い。いざという折りの頼りにはならないのである。

ご法度の切支丹を奉じるサンチェスが客分として逗留しているのは、これらの隣国とつきあうには南蛮事情に通じていなければなるまいと深堀さまがつかわしたのである。

新しい晒布をヒエが持ってきた。

わたしは晒布の端をヒエに持たせ、二つの乳房をかたくしめつけるように巻いた。

「お嬢さま、息苦しくはございませんか」

「もっと強く。きくつ巻かなければずりおちてしまう。苦しいほどに巻いて、ちょうど具合がいい」

弓の弦を絞って放つとき、右乳の首を弦がはじくのである。わたしは豊かすぎる乳房を持つ身に産んだ母上をたびたびうらめしく思ったことであった。板のように厚くたいらな胸をした男たちをひそかに羨んだものだ。わたしは新しい帷子衣を着て、帯をしめた。

「イネよい、権助をこれに」

イネは気色ばんで、また出かけるのかとたずねた。わたしは弓の弦を張らせるのだと笑って答えた。権助はかつて弓組の小頭をつとめた。齢はとっても無双の大力である。父上がとくべつにあつらえて下さった籐巻の弓に弦を張らせ、わたしは城の西にある的場へ足を運んだ。

権助がわたしにしたがった。

わたしは片肌を脱ぎ、弓に的矢をつがえて身がまえた。水浴後の肌を風が快くなぶった。西北の風である。わたしは深く息を吸い、そして吐いた。しばらく呼吸をととのえた。まず十間の距離で的に相対《あい》した。このくらいの風では矢が煽られることはない。おもむろに弦をひきしぼった。矢羽は鷹の羽である。きりきりとしぼって放った。

弓の弦が耳もとで鳴った。

「おみごと、一の黒でごんす」

権助が膝を叩いてほめそやした。黒褐色の鷹の羽をつけたわたしの弓は、的の中心を射抜いている。わたしは二の矢をつがえた。息を深く吸い、ゆるゆると吐きだしながら途中でとめた。

弓の弦が鋭く空をはじいた。

矢は唸りながら真一文字に飛んでゆき、最初の矢の隣りに突き刺さった。二の黒である。わたしは権助がさし出す三の矢をつがい、的めがけて放った。三の矢は一の黒、四の矢、五の矢は三の黒であった。

十本の矢を放ち終ったとき、わたしは肩で喘いだ。まだ弓の弦が耳のそばで鳴っているように思われた。わたしの肩はうずき、両の腕はしびれた。右手の指は赤くなっていた。矢を射ている間、わたしは黒白の円を描いた的の他は何も見なかった。やがて攻めてくる龍造寺勢のことも念頭になかった。わたしはうつろな甕のように虚心であった。

ところが十本の矢をことごとく的に当て終るや、どうしたことかしきりに気がたかぶるのである。弓で草をなぎ払いたかった。大声で叫びたかった。わたしの胸に巻いた晒布は弓をはじいた勢いでゆるんでいた。わたしは汗みずくになっており、晒布まで濡れた。わたしは十五間の間合をとり、再び的を射た。風はやみ、すべての矢は狙いたがわず的を射抜いた。

「お嬢さま、みごとなお手並でごんす。弓組の者どもも拝見つかまつれば驚くことでありましょう」

「権助、征矢《そや》を」

わたしは的場のはずれにそびえる椋の梢を見上げた。

鳶が羽を休めている。

二十間はへだたっていよう。わたしは山鳥の羽を用いた征矢をつがえた。呼吸をしずめ、風の息を待った。風が追い風に変った。鳶はふわりと宙にうかび、翼を拡げて旋回にかかった。頭上に近づいてくる。ころあいをはかって弦をひきしぼった。

鳶は宙空でつかのま静止したかのようであった。ぐらりと裏返しになり、石のように落ちて来た。権助は口をあけ、目を見はってまじまじとわたしを次に射抜かれた鳶を見つめているだけである。

わたしは自分をおさえきれなかった。

意味のない叫び声をあげ、征矢をつがえて空に放った。鳥も飛ばず、的という的とてないからっぽの空に矢を放った。矢は空に吸いこまれ、きぬを裂くような音を発して裏山の森へ消えて行った。一本の矢がみるみる小さくなり、箸よりも細い線になって森にのみこまれるのをわたしは見とどけた。ありったけの征矢を射終ったとき、わたしはへたへたとその場にすわりこんだ。

さきほどまでたかぶりにたかぶっていた気持はどこへやら、わたしは腑抜けのように口をあけてだらしなく喘いでいるだけだ。

四半刻あまりわたしはその場にすわりこんで蟬の声を聞いていた。


「イネよい、七郎さまはどうしてござる」

「はあ、七郎さまは……」

イネは当惑げに語尾をにごした。

わたしは湯殿の外へ出て渡り廊下づたいに寝室に向った。イネの表情から七郎さまのご様子が察しられた。きょうだいとはいいえ、腹ちがいの兄である。わたしは家中の者がどのような噂をしているか承知している。

——せめて七郎さまが於梨緒《おりお》さまの半分ほども豪気であられたら……

——いかに次男坊とはいいえ、七郎さまの女々しいおふるまいはなげかわしい。於梨緒さまが七郎さまで、七郎さまが於梨緒さまであったら良かったろうに……

イネがうなだれたのでわたしは七郎さまの居場所がわかった。御書院である。歌書などひもといて三十一文字を案じておられるのであろう。わたしは床板を踏み鳴らして御書院へ向った。七郎さまの姿は見えなかった。よく拭きこまれた廊下の板は黒い艶をおび、涼しそうに光った。

「イネよい、まもなくいくさになろう。籠城の支度をうちあわせなければならぬ。女中どもを厨に集めておくように」

「いくさは避けられないのでごんすか」

「女中頭の身でうろたえては見苦しいではないか。避けられるいくさなら避けている。半刻したらわたしが行って女中どもへじきじきに籠城の心得を申しわたす。それまでイネは女子供にいくさする覚悟をさせておくように」

武者だまりの広場で、左内が大声をあげて何やら達していた。馬がいなないた。足並みをそろえて城門を出てゆく男たちの甲冑がこすれあって、そのひびきを耳にすると、熱く灼けた鉄と革の匂いをまぢかに嗅いだかのように思った。そそりたつ本丸をわたしは見あげた。足軽大将と共にご家老衆の前へ伺候した韋駄天の虎次が、佐嘉で見た龍造寺家の陣触れについて仔細を言上しているはずである。
本丸の横には樹齢千年という大楠が天を暗くするほどに枝を張っている。根方のまわりは五間あまり、本丸はおろか御書院も寝室も厨でさえも、楠の下かげになり日射しがさえぎられる。わたしはものいわぬ楠が伊佐早の地に興って滅びた領主の歴史を、高城の山頂から見まもってきたのだと考えた。船越氏、伊佐早氏そして西郷氏、次の主はおそらく龍造寺氏となるだろう。しかしいつかは龍造寺氏もこの地を追われるときがくる。

いい匂いが流れてきた。

身も心もとろけるような。わたしはかたわらの柱につかまって思わず崩折れそうになったわが身を支えなければならなかった。御書院の庭にふりそそぐ楠の葉のさわやかな匂い、広間に今年しめつけられた藺草のうすべりが放つ青くさい香りとは別の、鋭いふくいくとした香気である。

わたしは御書院の縁側を、香気の流れをたどって歩いた。

北側に茶室がある。

こちらに背中を向けて茶室の庭にうずくまったサンチェスが見えた。わたしはすだれのかげに身をひそめた。茶室の引き戸は開かれてありその奥に七郎さまの白い顔が浮んでいる。

香りの正体が知れた。

伽羅である。

サンチェスは虎次がもたらしたしらせを七郎さまに言上しているらしい。海よりは……陸よりは……十間も離れているすだれのこちらがわまで、サンチェスの声が風にのってきれぎれに伝わってくる。歌をよみ、茶道をたしなみ、香をきく七郎さまを、重臣たちは見かぎっていた。危急の報がとどいても、七郎さまに告げる者はだれもいないのである。

わたしは茶室のうす暗い空間にぼんやり漂っているように見える七郎さまのお顔から目をそらすことができなかった。もう三日の間もお顔を見ていない。御家が立ちゆくかつぶれるかという大事に際して、眉ひとすじ動かさず、連歌の付合《つけあ》いに思いを凝らしておられる。

相手をつとめるのは天祐寺の住職泰雲和尚である。いささか歌道に通じているとはいえ、泰雲にしてみれば七郎さまと歌をよむのは気楽な遊びではない。家中の若侍を向うにまわして棒術のけいこをつけるのが何よりの楽しみと、和尚はもらしたことがある。七郎さまと付合せをしたあと、白湯をすすりながらだれにともなくつぶやいた。その心は、しんきくさい歌よみなど実はまっぴらということではなかったか。泰雲和尚はまたご家老とひとしく御家の存亡を気づかっている。天祐寺は西郷家の菩提寺なのである。わが家が滅びれば寺もさだめを共にすることになろう。

泰雲はだからこの頃、毎日のように登城して父上のお傍に控え、関白秀吉さまのご機嫌をとり結ぶのに、ああでもないこうでもないと口角泡をとばしているのであった。七郎さまがたまたま城内で泰雲を見かけ、歌の相手をつかまつるようお命じになると、泰雲は禿げ頭をふりたて、満面に朱をそそいでなじった。

(今は歌よみのときではごんせん。和尚は一大事に際会して花鳥風月をめずる気分から遠いのです。ご免)

五、六日前のことであった。

わたしは築山のかげで二人を見ていた。六角棒をかついで本丸の方へ去った泰雲の後ろ姿を、七郎さまは奇妙なうす笑いを浮べて見送っておられた。あれはなんという笑みなのだろう。嘲るような憐れむような目の色であった。

――御家の一大事？　それがどうした……

とでもいいたげなひややかなうす笑いである。病弱ゆえすきとおるほどに白い七郎さまのお顔は血の気がほとんどない。めったに笑うことをなさらないので、あのとき唇の辺に漂ったふしぎな微笑は、長くわたしの心に残った。どういうわけかわたしには七郎さまの胸の裡が察しられるのである。一国の領地、れんめんとして絶えたことのない血筋、城主の威光、七郎さまはそれらに毛ほどの重みも感じられない。

領地よりも一帖の歌集、由緒ある血筋よりも一服の茶、百余の城を手に入れるより一片の香木をこそ七郎さまは良しとされるのである。あからさまにそうとうかがったわけではない。血を同じくする者の直感でわたしは推しはかるのだが、誤ってはいないという自信がある。

半月まえ、わたしは権助もつれず一人で馬を駆って、高城の東、入江のほとりへ遠乗りしたことがある。あけがた、日が昇る寸前、草露を踏みしだいて走った。右手は海、左手は山である。山ぎわの林道にたまった空地はやわらかな湿り気を含み、草木が放つ青い香気がむせかえるようだった。

わたしはけものめいた声をあげて狂ったように鞭をふるい、馬を急がせた。酒を飲んだかのようにわたしはたかぶっていた。朝のしじまと穏かな海と鳥の声と、心地よい大気にわたしは酔った。空は淡い紺色で、まばらな星が光った。もの心ついてからただ一人で城を出るのは、あの日が初めてであった。わたしは眠りこんでいた馬小屋の番卒を嘲り、搦手口を留守にしていた城兵を不憫に思った。かの者どもは、わたしが単身、城外へ出るのを防げえなかったことで、父上からきついお叱りをこうむるであろうから。

わたしは自分の幸運を祝い、さらに馬の腹をはげしく蹴った。

わたしは大声で笑った。

夜と昼のあわい、草木が眠りから醒めやらぬ今、たった一人で野山を疾駆することの楽しさに浸った。長田村をすぎ小江村へさしかかったところでわたしはようやく馬の歩みをおさえた。有明海の水平線にのぞいた朝日が目にまぶしかった。みるみる空の色が鮮かになり始めた。全身の血が音をたててざわめくかと思われた。

わたしは馬首を海に向け磯へ駆けおりた。

たじろぐ馬を責めて水の中へ乗り入れた。左右の尻を鞭がわりの折れた弓でしきりに叩いて深みへ進んだ。みち潮どきの波はやや高く、まっこうから馬の鼻面におしよせ、わたしの下半身を浸し、馬の脚をとろうとした。わたしは口ぎたなくののしり声をあげ、なおも沖へと馬を駆った。

どのくらい磯から離れたか見るために頭をめぐらしたとき、わたしはふしぎなものを目に入れた。ふしぎなものではないかもしれない。いってみればふだん見なれたものである。西の方つまり高城のある山の向うに、黄色い皿のような月がかかっていた。うす紫色の空にぽかりと浮んでいるはかなげな満月、そして東の海上には今しもおびただしい光をばらまいて昇りつつある朝日。日と月を東と西にわたしは同時に認めたのである。

朝日はいつもの朝日であったが、月はふだんの月ではなかった。

馬は波におびえて勝手に向きを変え、磯辺をさしてあがき、苦しそうにいななきながら岩と砂の上へ駆けあがった。わたしの正面に消えゆく月があった。日と月を同時に見たのは初めてである。

わたしは波打ちぎわにおりて馬の鼻面を優しく叩いてやった。頬と下顎をさすった。おびえた馬をなだめたつもりであった。その実わたしの方が馬よりも平常心を失っていたのである。おびえていたというのではない。不安になったのでもない。月はうす暗がりで見る白木の盆に似ていた。重さもなく光もない淡い影のようなもの。それでいてわたしにある予兆のごときものを告げしらせるかのように感じられた。何かがまもなく終るということを。

しかし、それを不吉と思うにはあまりにはかない黄色であった。色褪せた山吹の花よりもうすい月影。わたしはふりかえって海を燃えたたせる朝日を眺め、またふりかえって西の山ぎわに沈もうとする満月を見た。かがやかしい朝日にまどわされた目は、二度めに月を見たとき、その輪郭をつかむのさえむずかしくなっており、つかのま、わたしは月が山の向うに没したかと思ったほどである。

やがておぼろげに月が見えた。

ほんの一瞬、目をそらしただけなのに、月の色はかくだんに衰え、空に溶けて消え入るかと感じられた。わたしは日に目をやり、月に目をやった。日はますます明るく、月は刻一刻とうすれた。東と西の空へかわるがわる目を向けていたわたしが心の底で思い知ったのは、頭上にはるばるとひろがる天空であった。日よりも高く大きな天にくらべてわたしはなんという小ささだろう。伊佐早のなんというせまさだろう。西肥前一の広大な平野である小野の原も天の下では針で突いた穴ほどの大きさもない。

ふとわたしはいつかどこかで、たった今、目にした光景を見たと思った。

昇る朝日と沈む月を同時に見るのは初めてではない気がした。おののきのようなものが体の芯に走った。甘美な懐しさ、やるせなさを伴う思い出がよみがえった。たしかに夜明けの海辺で日と月を眺めたのはその日が最初であったのだが、数日前に御書院で七郎さまと言葉のやりとりをしたことがあった。

十三夜の月が大楠の枝を照らし、御書院の縁側にもさしこんでいた。月を仰ぎながら七郎さまは小声で吟じられた。

――ひむがしの野にかぎろひのたつ見えて、

わたしは月を眺めるふりをして七郎さまの横顔をぬすみみた。万葉集とかいういにしえの歌書におさめられた大宮びとの歌であるといわれた。七郎さまはうっとりと月に見とれ、お傍に控えたわたしに歌の心を解いて下さった。わたしはほのぼのと明けゆくすみれ色の空を思い描き、陽炎のゆらめく緑の野原と、あえかにうすれる月を思った。七郎さまはその歌をよんだ大宮びとについてくわしく語っておられたようだが、わたしはみずから瞼の裏に描いた日と月に見とれていて、何とおっしゃっているか夢うつつであった。

(於梨緒どの……)

わたしは七郎さまに呼びかけられて我にかえった。

七郎さまは柱を背に片膝を立て、この歌はいつごろよまれたか存じておるかと問われた。わたしが心得ていようはずはない。その旨ありていに申しあげると、七郎さまは憐れむようなうす笑いを口もとに浮べられた。そうだった。十三夜の月がのぼった宵も、七郎さまはわたしの前で口もとに奇妙な微笑を含まれたのである。どちらかといえば淋しげなほほえみ。(ひむがしの)という歌はおよそ七、八百年前、都の人がよんだものだと、七郎さまはおっしゃった。七、八百年前といえば、伊佐早の地を船越氏が領していた大昔である。

船越氏はのちに伊佐早氏を名のり、今からおよそ三百年前、わが西郷氏と争ってやぶれることになる。その末裔はどこへおちのびたか、杳として行方が知れない。

（於梨緒どの、考えてもごろうじろ。足利将軍が京で権勢をほしいままにする以前からこの歌はあったのだ。世の有為転変、権門の盛衰、それがなんであろうか。平氏は壇の浦で滅び、信長公は本能寺で殺された。おごりたかぶった者もいつかはついえる。歌はしかし滅びない。たとえ天下びとが滅ぼそうとはかっても、名のある歌はよみつがれる）

明日か明後日、十三夜の月が満ちるとき、東と西の空に二つの光が見られるだろうと、七郎さまはつぶやかれた。夜明け頃、ほんのわずかなひとときである。それを耳にしたときはさして気にとめなかったのだが、心のどこかに残っていたらしい。七郎さまの話を聞かないでいたら十五日の早朝、馬を駆って城を出なかっただろう。

「於梨緒どの」

左内の声である。

わたしはあわててその場を離れた。左内は茶室をにらみ、次にわたしを見つめた。

「若君は悠長に茶をたてておられるのか。呆れたことよ」

嚙んで吐きだすようにつぶやいた。なおも腹にすえかねたか今度は聞えよがしに大声でいった。

「歌で龍造寺のやつばらを防がれようか。茶でお城を守れようか。一兵とても惜しいときに、うすものをまとうて茶室にこもっておられては、侍足軽の意気があがらぬ。いっそのこと女中どもと肩をならべてお城を出られたらいかがなものか」

「左内、声が高い」

わたしは怒気をあらわにした近習頭を叱りつけた。身なりをととのえているのは本丸で催されている評定につらなったのであろう。左内はいきなり腰をおとし、気合を発した。まばゆい光が一閃した。鍔が鳴った。わたしの目の前にあった木犀の若木が二つに切られた。地面に落ちた枝葉には黄白色の花弁がついており、わたしの足もとから甘い匂香が立ちのぼった。

この木犀は一昨年、御館《みたち》山から七郎さまが掘りとってお手植えになったものである。西郷家の弥栄を祈願するため、父上のご名代として御館山の稲荷神社に参詣なさった七郎さまは、社殿の庭にあった木犀を持ち帰られたのであった。神主が儀式をとりおこなっている間、七郎さまは退屈そうにあくびをし、鼻毛をぬいておられた。わたしはお供のひとりとしてつきしたがい、はらはらしながらそのご様子をうかがっていた。五万余騎をひきいた龍造寺隆信公が島原の沖田畷《なわて》で、有馬島津の軍勢と戦い、あえなく敗死した天正十二年のことである。

龍造寺氏が五州二島の太守とうたわれたのは隆信公の代になってからで、沖田畷のまけいくさを機に勢いがふるわなくなったと、もっぱらの評判である。島原出陣のみぎり、龍造寺家から使いがきて、わが西郷家も軍陣に加わるように求められた。わたしと腹ちがいの兄西郷信尚は、隆信公の御嫡男政家どのの妹御を正室に迎えている。親戚として加勢を断われない立場にありながら、父上は兵糧がたりないだの、武具がととのわないだの口実をもうけて、とうとう島原へ出向かれなかった。

父上が龍造寺の手の者となられなかったのは賢明であった。

あの年に出陣していたら沖田畷でさんざんにやぶれていただろうから。もっとも父上がまけいくさを見こして出陣を拒んだというのは正しくない。有馬、島津の軍勢はたった一万というから、誰が見ても数の上では龍造寺方がまさっている。戦う前から勝ちいくさと思われていたのだ。加勢しておくのが得策なのであったが、わが西郷家は元亀三年に大村氏と戦ってやぶれ、天正八年に長崎氏と戦ってひどいめにあっている。

連戦連敗の御家柄である。とくに天正八年の長崎攻めで、手痛い敗北を味わってからはつとめていくさを避けるよう心がけられた。龍造寺隆信公の御使いに対して、さような理由をもとに拒絶するわけにはゆかず、あいまいな口実をならべたてて、ひらにおゆるしを願ったまでのことである。御使いが憤然とし席をけって帰ってから、父上の心痛はひとかたでなく、熱を出して寝こまれたほどであった。重臣たちだけが知っている。

後日、沖田畷で龍造寺勢が大まけにまけたと聞いたわが家中の者どもは、さすがに大殿さまは明君であらせられると、ほめそやしたことであった。

七郎さまが御館山へつかわされたのは、龍造寺家の仕返しを父上が怖れられたからである。やぶれたとはいえ、龍造寺氏の勢いはあなどりがたい。その気になれば伊佐早などひとももみにもみつぶされる。かくなる上は神仏に祈願するほかないのであった。領内の神社仏閣に残らず寄進をし、父上の弟御純門さまも、わが兄上信尚さまも御家の安泰と長久を祈念するためつかわされた。

一寺一社ならともかく、ぜんぶの社寺となれば供物の品は少なからぬ量である。城内の兵糧倉はたくわえが半分にへってしまったと、納戸奉行が心細げな顔をしていた。寄進したのは五穀だけでなく、茶、灯油、麻布、炭、塩、干魚もあったという。おかげをこうむって家中の者どもはその年の終りまで茶を喫することが許されず、お屋敷の灯も十のうち七つが消され、火鉢はご家老衆以上にのみと定められた。

うるおったのは寄進にあずかった領内の社寺だけであったろう。
このたび攻めてくる龍造寺家晴は、隆信公の嫡男ではない。三代前の水ヶ江龍造寺家の流れをくむ家とい
う。龍家のご息女をわが御家に迎えていても、家晴がおもんぱかることはないのであった。骨肉あいはむ世
というものである。

わたしが切られた木犀のそばでもの思いにふけっている間にサンチェスは姿を消していた。茶室の引き戸
は閉じられていた。左内も見えなくなっており、武者だまりの方から声だけが聞えた。イネが現われた。

「女中どもがそろいましてごんす」

わたしは厨の土間にかしこまった女たちの顔をひとりずつ見わたした。下女中である。奥女中は板敷の広
間に居ならんでいる。あわせて七、八十人。どの顔も目がつりあがり、おちつきを失って瞳が定まらない。

虎次のしらせはたちまち城内にひろまったらしい。イネはわたしに一礼して女中たちに向き直り、しわがれ
た声でしゃべった。

「これより、於梨緒さまのお達しがある。みだりにとり乱してはならぬ。しわぶきもならぬ」

女中どもはいっせいに咳をした。咳がしずまるのを待ってイネは言葉をつづけた。

「城ごもりの心得をお達しになる。みなの者、耳もそばだてて拝聴するように」

イネはまた上体をかがめた。

「城ごもりについては先ほどイネが申しわたしているだろう。わたしがつけ加えることはない。ただ、わけ

あって城と命を共にすることができない者も居よう。明日の夜までは城の外におちのびることかなうゆえ、その者どもは事情をイネに申しのべて許しをいただくように」

女中どもはざわめいた。

イネは驚いてわたしを見あげた。

「しずまれ」

わたしは女中たちを叱りつけた。籠城の心得を説かなかったのは、わたしがいうまでもなくイネが達したはずと気づいたからである。夫を長崎攻めで失ったこの女中頭は、髪の半ば白くなった今、心中深く期する所があるように見えた。龍造寺が攻めてきたら、城を枕に討死する覚悟と、日ごろいいふらしていたのである。不運はつづくもので、イネが夫との間にもうけた三人の息子はみな亡くなっていた。

長男は落馬がもとで、次男は食あたり、三男は天然痘でと聞いている。一人のこされたイネは念仏勤行にあけくれ、来世の幸ばかり願っていた。いってみれば死にたがっているのである。この老女がどのような口調で心得を達したか知らないけれども、死を必定と説いたのはまちがいない。女中たちの目がつりあがるのはあたりまえである。

しかし、みながみな来世にうまれ変るのを急いでいるわけではないのだから、中には闇にまぎれて城外へひそかに遁走をたくらむ女中もいるだろう。一人では心細いから必ず仲間を誘いこむ。わずかな数だとしても残された女中たちは内心おだやかではない。防戦のさなかにそういう連中が逃亡をはかれば城衆の士気にさしつかえる。わたしはいった。

「ただし、今おいとま乞いをして城を去った者どもは、龍造寺と和平を講じて御家安泰となったとき帰参しても召し抱えない。このことを肝に銘じておくように」

イネは安堵したようであった。板の間に控えたアワが「もうし、お嬢さま」といった。

「龍造寺と和平を講じておっしゃいましたが、いくさにはならないのでごんすか。わたくしどもはもはや手打ちの機はすぎ、およばずながら立ちむかうと聞いておりますが」

アワは口からつばをとばし、言上の終り頃はほとんど叫び声に近かった。女中どもはアワのいうことに同意を示してめいめい袖を引き、その通りといわんばかりに深くうなずきかわした。

「いまはのきわまで望みをすててはならぬ。御家のご家老衆は評定をつづけておられる。なろうことならいくさは避けるのが良策というもの。たとえいくさになっても必ず手打ちはする」

女中どもの顔がはれやかになった。

イネは言葉をついだ。

「今から名前を呼ばれた者は、女中ども十人ずつをつれて城外にまかり出、わたしがいいつけた品々をとりそろえるように。腹がへってはいくさが出来ぬという。城内のお倉に所蔵してあるのは、米麦雑穀の他に塩魚と梅干、納豆のたぐいのみです。青ものが足りない。お城衆に心ゆくまでいくさしていただくのがわたしどものつとめ、青ものもなくてはならぬ、ヒエよい」

「はいさ」

「おまえは美野《みの》の庄屋がもとに走り、芋葉茎、ささげ、なすび、小大根、生姜、わらびの根、胡瓜、なた豆、ちさ、にら、ねぶか、夏菜、むかご、ゆり実、夏萩、みょうがの子などを所望して参れ。まだとりいれておらなんだら女中どもに手伝わせ、夕方までに城内へ運びこむように」

「かしこまりました」

「アワよい」

「はいさ」

「おまえは栄田村におりて田螺を集めるように。田螺は塩煎りや煮干し、かげ干しにしてたくわえる。薬にもなる。栄田村の田圃にはことの他、田螺が多い。おまえは栄田のうまれであったろう」

「栄田村のことならば、もぐらの穴まで知りぬいてごんす。親きょうだいも栄田におります。では、いって参ります」

「ムギよい、おまえは仲沖の漁師どもの所へつかわす。たくわえてある干魚、塩みな城内へ運びこむこと、ご領主さまのいいつけであると伝えよ。また、漁師どもに一両日ちゅうに、こい、ふな、どじょう、なまず、うなぎ、近辺の川でとれるだけとってさし出すようにと申し渡せ。代銀は勘定奉行さまがくださる」

「はあ、心得ました」

ムギたちは同輩の中からそれぞれ気心の知れた者十人ずつをえらび、裾をからげて厨を後にした。

「手あきの者は、これより裏山に出て薪を集める。集めた薪は一つ所に積んではならぬ。五間ずつ間をおいて積みあげ、その上に木の枝をのせる。火をかけられては一大事だからです。ついでに申し渡す。城ごもりでいちばん心がけなければならないことは出火、万一わたしたちの不心得から火を発したら、このイネがひと思いに成敗する。このこと肝に銘じておくように」

厨の外までイネがついてきた。

「お嬢さま、なぜに虚言《そらごと》をおっしゃいます。望みが絶たれたなら絶たれたで、死に物狂いに戦えとお達しになればいいものを」

イネは明らかに不服そうだった。

「筆頭家老の山崎丹後守どのはいくさに気がのらぬげな。東伯耆守どのは天草におちのびるよう内々で支度をしている。原田長松どのも使いを佐嘉へ送って助命を願い出ている。御家の重臣たちは初めから浮き足立っているではないか。女中どもの中にご家老の眷属がいる。なんのかのと口実をこしらえて逃げ出す女中がいたら籠城など思いもよらない。迷いを封じるために虚言をいうた。イネならばどうする」

「丹後守さまのことは承知しておりましたが、伯耆守さまと原田さままでが」

「はやり立っているのは若侍ばかり」

「丹後守さまを斬るといきまいている者が城内にいると聞きましてごんす」

「左内か」

イネは前後左右に目をくばった。裾をからげ、たもとを切り、かいがいしく襷をかけた女中たちが、搦手口の井戸まで列を作り、厨口にならべた大甕や桶に水を汲み入れていた。手あきの者は兵糧倉から米俵を、薪小屋から薪を運び出すところであった。倉の番衆たちはみな調練に狩りだされているからである。イネはごくりとつばをのみこみ、声をひそめてささやいた。

「宇良順征どのでごんす。いくさが始まったらまず腰の定まらない卑怯未練のご家老衆の首を斬って血祭りにあげると申しておるそうで」

宇良順征は鉄砲大将である。弓足軽をひきいる芦塚主膳、槍組の長である遠岳忠堯《おんたけただたか》、この三人に服部左内をくわえた四人は、西郷家の四天王を自称し、年齢もそれぞれ二十歳から二十五歳までで、血気さかんな若者であった。最年長の順征がご家老たちを出陣の血祭りにあげると口外しているのなら、あとの三人も同じ腹と見なければならない。

彼らは死を決しているゆえに、この日ごろ歯がゆく思っている老人たちをためらわずに斬るであろう。歯がゆい思いを抱いているのはご家老たちに対してだけであろうか。

わたしは慄然とした。

茶室のうす暗がりにぼうと浮んでいた七郎さまのお顔を思い出した。

左内が身をひねってぬき打ちに斬りすてた木犀の木が、ゆらりと宙に泳いで倒れるさまも思い出した。左内はあのとき気まぐれに太刀の鞘を払ったのではなかったのだ。茶室の中に七郎さまを認めて激昂している。まさか城主のご次男に危害をくわえるつもりはあるまいが、乱戦となったとき、警固の兵をさしむけてくれるかどうか。れっぱくの気合を発して木犀を斬り払った左内の表情はただごとではなかった。

わたしは立ちすくんだ。

横笛の音が聞えてきた。

高く低く、むせぶようにあるいはさざめくように、強く鳴るかと思えば弱く絶え入るかのように、そしてすぐに力強く嫋々と吹き鳴らされた。イネは立ち去っており、わたしは煙硝倉の裏に一人たたずんでいた。笛の主は七郎さまである。御書院の廊下に腰をおろして、心しずかに奏しておられる。

わたしはあたりを見まわした。

槍を持った足軽たちが隊伍を組んですぎた。

煙硝倉をとりかこんだ鉄砲組の足軽たちは列をなして順番に玉薬の分配をうけていた。矢倉のきわでは、弓足軽たちが金槌で狭間をこしらえようとしていた。大軍を迎えうつには狭間の数が足りないのである。種子島銃が伝来する以前に築かれた高城の矢倉には、四角形の矢狭間しかあけられていなかった。白い塗りごめ壁を金槌でつきくずして、鉄砲狭間をうがつさいちゅうである。

武者だまりでは宇良順征と服部左内が、組頭たち全員を集め、声をからしていくさの駆けひきのさいに心得ておくべきことを説いていた。

矢倉塀をくずす音、わめきちらす足軽たち、大将の叫び声、槍や鉄砲が具足にぶつかるひびき、城内はわきかえるほどのすさまじい物音が渦をまいており、わたしの見るところ一人として笛の音に気づく者はないようである。

足軽たちが蹴たてた土埃が軒の高さまであがり、一瞬も休みなく走りまわる者どもの足で、埃がしずまるいとまはない。すべての倉が大戸を八の字に開かれ、すべての倉の前に足軽と女中がむらがり、中身を運びだしていた。味噌、塩の樽をかついでよろめいた端女《はしため》が、鉛玉の箱をかついだ足軽にぶつかりとりおとしたその箱に矢束をかついだ足軽がつまずいて倒れた。

男たちも女たちもみなてんでにののしりあった。笛の音に耳をすまそうとする者はいなかった。

耳の迷いだろうか。

わたしは南天と百日紅の葉がくれに見える御書院の縁側をうかがった。やはり七郎さまである。笛の音はとぎれることなくつづいた。サンチェスから摂津守行長さまのおとりなしが不首尾に終ったらしいことをお聞きになったはずである。いくさが始まることをご存じのはずである。しかし、笛の音に乱れはなく、奥山の湧き水のように清らかに澄んでいた。

　わたしはこのとき初めて七郎さまを憎んだ。


「梨緒、ただいま参りました」

　わたしは本丸の三階にのぼって父上の前に手をついた。

　次の広間にはご家老たちが車座になって茶をすすっていた。夜を徹しての評定でみな蚊にくわれたと見え、首筋をかきむしっていない者はなかった。蚊やりの煙と燭台の煤でいぶされて一人のこらず顔が黒っぽく汚れている。

　父上のおぐしは一夜のうちに白く変っていた。目も血ばしっている。

「梨緒は今夜、母にしたがって城を出よ」

　わたしは耳を疑った。

「於志摩どの、七郎、喜佐衛門、判之丞も出す。大村の領地へ逃げれば船を仕立てて平戸へ落ちられる。松浦がかくもうてくれる。於志摩どのは龍造寺政家どのの妹御だから、とちゅうで万一、家晴の手の者にとがめられても無体を働くことはあるまい」

　喜佐衛門と判之丞はわたしと腹ちがいの弟にあたる。於志摩さまは兄信尚の正室である。思いもよらぬ父上の言葉に、わたしはしばらく絶句した。女子供を城の外へ出すとは。それも御家の血をひく者だけを。家中の侍女房はなんと思うだろう。わたしはうなだれて板の間に目をおとしたまま答えなかった。

「西郷家の血筋を絶やさぬことがかんじんだ於梨緒。明日か明後日はいくさになる。男まさりの於梨緒がついていたら母上たちも船路が安心だろう」

父上はためいきまじりにおっしゃって、よわよわしい咳をなさった。

「おちのびるのは御家の女房子供だけでごんすか」

「男は残る。城にこもって一合戦する」

「判之丞さまは乳のみ児ゆえ仕方ありませんが、七郎さまは男衆でごんせんか」

わたしは父上につめよった。

「あれは……」

父上は当惑げに眉をひそめられた。

「七郎は城にのこしても役立たん。かえって足手まといになる。落人のなかにまぜておく方がよろしい。西郷家の生き残りが女だけになるのは心もとない。判之丞か七郎か、どちらかが逃げのびられるだろう」

「わたしはいやでごんす」

帯の間から懐剣をとりだして膝の前に置いた。

「わしの申しつけだ。勝手はゆるさん。即刻、身仕度をしなさい」

わたしは妾腹の子である。於志摩さまや喜佐衛門さま、判之丞さまはおちてよろしい。御家の嫡流であるから。側室の娘が他家へおちて何になろう。わたしは母が骨を埋めた伊佐早で死ぬのである。覚悟はとうに定まっている。

「父上、ぜがひでもとおっしゃるなら」

わたしは懐剣をぬいた。山芋掘りに使った短刀はむざんに刃こぼれしていた。短刀の柄を父上にさしだして、襟をくつろげた。ひと思いにここで刺し殺してもらいたいと、せまった。父上の手であの世へゆけるなら本望であるといった。次の広間にいたご家老たちが、ときならぬ気配に腰を浮かした。わたしは父上の手に短刀の柄を握らせ、その手に自分の両手をそえて、「今生のお願い」と叫んだ。

父上は短刀を手ばなし、後ろに身をのけぞらせた。わたしは膝で立って父上に上体を投げかけた。強い力でわたしは両脇から羽がいじめにされ、父上からひきはなされた。山崎丹後守である。東伯耆守と、原田備前守長松が父上をかばうように立ちはだかった。

父上は洟水をすすりあげられた。

目もとに白いものが光った。すすけた白髪をいただいた老翁は肩をふるわせて咳きこみ、顔を手でなでまわした。

「於梨緒どんは勝ち気じゃのう。いや、あっぱれ。せめてご家老衆が於梨緒どんと同じくらい肝がすわっていたら、いくさの仕甲斐があるのにな」

誰もいないと思った次の広間から、のっそりと泰雲和尚が現われた。わたしは乱れた裾を直し、はだけた胸もとをととのえた。ご家老たちは和尚と入れちがいに次の広間へ去って、酒をくみ始めた。

「腰ぬけどもの長談義を聞かされて、わしは御家の行く末をはかなんでいたところじゃ。於梨緒どんの心意気を聞いて、千万人の味方を得たごたる心地がする」

泰雲和尚はどかりと床にあぐらをかき、わたしを抱きよせて肩や背中をさすった。

「大殿、於梨緒どんは厭じゃと申される。城に残りたかというてござる。この女性《によしよう》、男にうまれていたら一国一城の主になれたろうぞ」

和尚は酒くさい息を吐きながらわたしの体をなでさすり、カラカラと笑った。

「なあ於梨緒どん、わしといっしょに死のう。龍造寺の者どもに目に物みせて、高城の土となろう」

わたしは懐剣を帯の間にしまった。父上はうつろな目を宙にすえておられる。頰の肉がおち、びんのほつれが目立った。ひとまわり体が縮んでしまわれたようである。わたしには急ぎの用があった。於志摩さまに城を出る身仕度をするよう伝えなければならない。七郎さまにも。わたしは本丸の急な階段をおりた。頭上ではなおも泰雲和尚の笑い声がひびいた。面と向って腰ぬけとののしられたご家老たちは内心おだやかではなかっただろう。

階段のきわには権助がかしこまっていた。

「あちこち、お嬢さまを探しておりました。山芋はたしかに御膳奉行にお渡しし、七郎さまにさしあげるよう言上いたしました。よってくだんのごとくなり」

いつもと変らずのんびりとした権助の顔を見て、わたしはほっとした。

「権助よい、山芋は精がつき万病の薬にまさると申したな」

「唐天竺の妙薬も何かはせん、でごんす」

「御膳奉行には七郎さまに召しあがっていただくよう念をおしたか」

「はあ、両三度しっかりと申しあげました」

「この冬は権助と宇木の浜に牡蠣とりに行った。牡蠣も病《やまい》に効くと申した」

「たしかに。七郎さまはあのときどんぶりに二杯も召しあがって、ご機嫌ななめならずとうかがいました」

「二杯もどんぶりをからになさったのに病がちであるのは解せない」

牡蠣を召しあがったからこそ、病がひどくならなかったのだと、権助はいった。道理である。わたしの名前を御膳奉行に出さなかったことをたしかめた。もしたずねられても御台所方の小者が近くの山から掘ってきたものであるというようかたくいいつけていた。一里も離れた金比羅岳まで探しに行って見つけた山芋であると知られてはならなかった。ところで、きょうの御膳奉行はだれであったかきいてみた。

「服部右京さまでごんす」

権助はわたしをうかがうように目をあげ、視線が合うやたちまち目をそらした。右京は左内の弟である。兄に似ず武芸が苦手で、調練のたびにしくじっている。弓組に入れば弓の弦を切る。鉄砲組に入れば的をはずす。槍を持たせれば同輩の足につまずいてしまう。しようことなしに納戸方へまわされ、壁塗奉行や味噌奉行をおおせつかったのだ。御膳奉行をつとめているとは、うかつにも思い及ばなかった。口の軽い男だから、三尺五寸余の大山芋をめずらしがって、ふとした機会に口外しないともかぎらない。

わたしは今朝、金比羅岳の中腹で、左内が妙な顔をして山芋を見つめていたのを覚えている。

「右京さまはご多忙ですから、左内さまと世間話をなさるひまなどありますまい。それではご免」

権助は煙硝倉の方へ去った。この者も鉄砲足軽の一人である。(今生の願い……)とうわずった声をあげた左内の顔を思いだした。ゆうべのことだ。搦手口の外にある林の中で鈴虫がすだくのに耳を傾けていたとき、落葉を踏む足音が聞えた。わたしは権助が呼びにきたのだと思ってふり返らなかった。足音はしのびやかに近づいてわたしの背後で立ちどまった。日が沈んで一刻はたっていたろうか。林の中でそうぞうしくなきたてていた蟬も鳴りをひそめていた。

ひえびえとした夜気が肌に流れた。

腰をおろしている土が冷たくなり、夜露を宿した落葉が足の下で湿っぽく感じられた。鈴虫はけんめいにないた。なかずにはいられないとでもいうふうに、ここを先途となきたてた。いじらしくさえあった。なくことに命をかけ、ありったけの力をこめて身をふるわせているようである。

鈴虫は落葉のかげにいる。わたしの目には見えない。見えはしないけれども林のそこかしこに身をひそめ、自分のありかをしらせているのだった。林の中は鈴虫の声でいっぱいになり、わたしは耳でなく全身で肌にしみいるような虫の声に聞きほれた。鈴虫に領地はなく朱印状もなく、年貢をおさめもせず、合戦もなかった。しかし、鈴虫には命がある。虫の命……わたしはふしぎに思った。うまれて、ないて、死ぬ。ただ、秋の夜をなき通すためにうまれてきたようなものではないか。

後ろにしゃがんでいるのは権助だと思っていた。城内でいつもわたしにしたがっている権助が、わたしの姿を見失って、搦手口の外へ探しに来たのだと。

うなじに生暖かい息がかかった。酒の臭いがした。わたしはふり返った。まぢかに左内が身をすりよせ、わたしの肩に手をまわした。

（今生の願い……）

わたしは逃げもせず、さからいもせずその場に突っ立って、闇に浮んだ左内の顔を見つめ、懐剣の柄に手をかけたままじっとしていた。若い男の甘酸っぱい汗の匂いが鼻をついた。煙硝と埃と藁の臭いが左内の体にしみついていた。あのとき、鈴虫はなきつづけていたのだろうか、梢をゆるがしていた風の気配も、ひっきりなしにしたたっていた崖下の水の音も、わたしには聞えなかった。

茶室の炭火はまだおこっていた。

わたしは父上に一服たててさしあげた。於志摩さまを初め一統は、高城からおちのびることに同意されなかった。そのことを立ち返って申しあげると、父上は諦めきった面持ちでうなずかれ、茶を所望なさった。囲炉裏の灰はかきならされ、茶釜の湯がたぎっていた。七郎さまのお相手をした女中は誰だろう。わたしは室内をくわしくしらべた。一筋の髪も落ちていなかった。さっき、引き戸の奥に見えたのは七郎さまのお顔だけであるが、客人がいたはずである。

主役《あるじ》は七郎さまがつとめられる。わたしは心当りの男衆を一人ずつ思い浮べた。城ごもりの支度に大わらわの侍たちが、今じぶん七郎さまのお招きをうけて応じるだろうか。七郎さまは作法にこだわらず、奥女中を茶室に請じ入れて主をなさることがある。ヒエもアワも客になったのをわたしは知っている。イネも招かれた。イネはその人《にん》ではないと、ていねいにおことわり申しあげ、あとで招きにあずかったヒエとアワをきびしくたしなめた。

(身のほど知らぬ不作法ものめ)

ヒエたちにしてみれば、大殿さまの若君じきじきのお招きをおことわりすることこそ不作法であると考えられたのであろう。

ある顔が瞼の裏をよぎった。横笛を奏しておられた七郎さまを見まもって、御書院のはずれにたたずんでいた奥女中がいる。わたしに見られたと知って、ムギはさりげなく渡り廊下の向うに消えた。茶室でお相手をしたことがあるとも聞いている。於志摩さまが佐嘉からとついでこられたとき、つきそってきた奥女中の一人である。色白のうりざね顔をした口数の少ない女。横笛を聞いているのがわたしだけでないと知ったとき、わたしは七郎さまを憎んだ。ムギは憎くなかった。どうしたことだろう。ひとしお、あわれに思われた。わたしは死ぬ。七郎さまも覚悟を定めておられる。城が炎上するとき、ムギも死ぬだろう。

茶を召しあがった父上の目に精気がよみがえった。

わたしは父上にしたがって本丸へ戻った。

泰雲和尚と原田長松が、大声でいい争っていた。山崎丹後守と東伯耆守は姿が見えない。和尚たちは父上が隣りの間に入られたのに気づかなかった。父上は唇に指をあてがってわたしに目くばせをなさった。板戸のかげに身をよせ、手摺りのきわに立って城内を見おろされた。

原田は酔って舌がもつれていた。和尚もろれつがまわらない口調であった。

「わしは大殿さまに申しあげたのだ。何べんでもいう。わしの献策をおとりあげになっとったら、かかる事態は避けられた。関白秀吉さまが九州入りをしたとき、博多へご機嫌うかがいにまかり出るよう、申しあげた。丹後守も伯耆守も大殿さまに博多ゆきをすすめた。大殿さまが厭じゃといわれるなら、御嫡男信尚さまが名代として伺候してもよろしからんと、わしはこの口で申しあげた。関白秀吉さまは今や天下ご一人《いちにん》、九州一の大名島津さえ楯を伏せ、弓の弦をはずす威光ではないか。ましてわが御家は、島津の三十分の一しかない小国、まっさきに博多へうかがって、本領安堵を願いでるのが穏当であり賢い道であろう。なあ和尚、しかるに大殿さまは、ああ、なんとくちおしいことだ、老ゆれば鈍す、われらにこういわれた。関白といえども元は尾張の百姓ではないか、西肥前の名門西郷家はそもそも肥後に知られた菊池家の末裔にして、菊池の由来はおそれ多くも藤原の朝臣《あそん》鎌足公であると。尾張の百姓分際にひざまずいて憐れみを乞うすじはないとにべもないおっしゃりようであった。やんなるかな」

「やんぬるかな」

泰雲和尚が訂正した。

「大殿さまにも一理はある。有馬、大村が切支丹に改宗し、わが伊佐早が彼らにとり囲まれた際にも、大殿さまは頑として領内に布教をお許しにならなかった。九州全国の大名が切支丹に改宗しようと、西肥前に仏の道を護る西郷ありと後の世にしらしめるおつもりとうかがった」

「いかにも、あっぱれな心ばえじゃ」

泰雲和尚の声はねむたそうであった。

「わしにはなあご住職よい。大殿さまの気持がわかっとる。わかっとるからくちおしいのだ。伊佐早氏を倒しておよそ三百年、この地は先祖伝来のものであった。御家は伊佐早の主である。その通りだ。しかし、世の移り変りというものがある。伊佐早二万二千五百石を安堵してもらうために、菊池の末裔も猿面冠者のお膝元へ駆けつけねばならんのだ。豊後の大名大友氏も、老体に鞭うって大坂城へのぼり、虎の皮百枚、無双の駿馬、茶湯の名器を献上したというではないか。あの大友宗麟が百姓あがりの秀吉に辞を低くして御恩を願ったではないか」

「原田どん、わしはしばらく眠る。同じことを何べんも聞いとったら目の皮がたるんできたごたる」

「眠るな和尚、わしのいうことを聞いてくれ。だれかに胸の思いを語らなければ死んでも死にきれん。島津攻めが一段落したとき、石田三成は九州の大名に回状を出した。ご住職も覚えとろう。三成はいうた、〝たとえ島津にくみせし輩たりとも、御陣所に来たり御礼を申しなば、すなわち御免許あってみなみな本領安堵たるべし〟。あのときでも手遅れではなかったのだ。島津氏と関白秀吉とのいくさを高みの見物ときめこんだ大名たちが先を争って博多へかけつけた。陣屋の前は九州各国から参集した大名たちで市をなしたげな。肥後の菊池はとうに関白からご朱印状をいただいたというのに、わが御家は知らん顔じゃ。挨拶にゆかなかったのは、九州全土でたった六人。ご存じか和尚、その大名を」

泰雲和尚はいびきで答えた。

「さればいって聞かせよう。筑後の草野と西牟田、筑前の原田、上松浦の草野、下松浦の山代、それに伊佐早の西郷だ。井の中の蛙が六匹。わしは大殿さまを見そこなった。隆信の島原攻めに加わらなかったときは、先見の明ありと感じ入ったが、大殿さまはもはやこれまでだ」

父上はくるりと身をひるがえして次の広間へとびこまれた。原田は驚かなかった。「はあ大殿さま、ご立腹のていじゃ。原田めはそこに大殿さまがいらっしゃるのを承知の上で申しあげました。ささ、家来の分をわきまえず、ふらちな放言をいたしたゆえ、この原田めの皺首を搔っ斬って下されえ」

「井の中の蛙と申したな」

泰雲和尚は肘を枕に大いびきをかいている。空になった徳利が十数本、広間にころがっていた。

「お慈悲でごんす、わしは無礼を申しました。原田めの首をうちおとして下されえ。これ、和尚、狸寝入りをせんで、お経のひとつもよんでくれ。成仏できんではないか」

父上はぬきはなった太刀を片手に仁王立ちになられた。泰雲和尚は熟柿のような顔色であいかわらず眠ったふりをしていた。原田備前守長松は床に両手をつき、首をさしのべた。父上は腹の底からしぼりだしたようなお声で「斬るぞっ」と叫ばれた。

そのとたん、原田備前守は平手で首筋を叩いた。蚊にくわれたと見える。

太刀をふりかぶった父上は、原田備前守が大きな音をたてて首筋を叩いたとき、ふらりと後ずさりなさった。太刀は再び切っ先が下を向いた。父上は肩をおとされた。

「とっとと出て失せろ、この不忠者」

原田備前守はかしこまって目をぱちぱちさせた。泰雲和尚を見、わたしを見た。途方にくれた顔色で、たった今、大言壮語した人物とは思えなかった。泰雲和尚がゆっくりと上体を起した。首筋を指でかきながら、自分に免じて原田を許してやってもらいたいと言上した。

「原田の雑言、もとはといえば御家に対する心配から出たもの。丹後守や伯耆守とちがって一徹者でごんす」

和尚が一徹者といったせつな、原田備前守は顔を皺だらけにしてむせび泣き始めた。煤でうす黒くなった顔に涙がしたたり、こぶしで拭えば拭うほど、顔は汚れて縞模様になった。原田備前守は慟哭しながらとぎれとぎれにいった。

「和尚、わしの……気持を……察してくれたっ。……かたじけ……ないっ。わしは、どこへもゆかんぞ。ここで死ぬ」

原田備前守は床に散らばっている盃と鉢の上を膝でいざってゆき、泰雲和尚にしがみついた。和尚と一緒に死のう、さいごのご奉公をしよう、龍の者どもに伊佐早びとの働きぶりを見せてやろうなど、とめどもなく口走った。和尚は原田備前守に頬をこすりつけられ、舌先で鼻の頭をなめられて閉口したふうであった。

「うんうん」とか「よしよし」とあいづちをうちながら、顔をのけぞらせて原田備前守の舌がとどかないようにしていた。

「大殿、信尚が参上いたしました」

階下から声があがった。大川の対岸二の丸砦の守将である。階段のあがりはなから見おろすと、鎧に身をかためた兄上のものものしいお姿が見えた。父上はあわてて太刀を鞘におさめ、二階へあがってくるよう声をかけられた。

「大殿、私は茶のみ話をしに参ったのではありません。お願いでごんす。二の丸の守兵は百と七十あまり。濠をさらい、柵をゆい、狭間をふやしておりますが、足軽がたりません。鉄砲は二の丸に一挺もなし。これでどうして龍の大軍を支え得ましょうか。大殿、深堀どのにたのまれた鉄砲二十五挺はわが二の丸におとどけ下さい」

深堀からはまだ鉄砲が到着していないと、父上はおっしゃった。

「山崎丹後と東伯耆が逃げたという話はまことでごんすか」

「去る者は追わん」

父上はおもおもしく答えられた。さきほどの取り乱しようはどこへやら、原田備前守は昼寝から醒めたような涼しい顔で、広間の声に耳をすませていた。信尚さまは天井板がふるえるような大音声をあげられた。

父上も大音声でお答えになった。

「みすみす逃がす前に、なぜ成敗なされませぬ。奴らの首を城門にさらせば、手の者はふるい立ちましたろうに。私、合点がゆきませぬ。聞けば、原田備前守も臆病風に吹かれ、丹後守どもとしめしあわせて遁走する手はずとか」

原田備前守は自分の名前をよばれてぎくりとしたふうであったが、父上の原田はちがうというご返事でゆるゆるとためいきをついた。和尚は対岸の二の丸砦を眺め口の中でぶつぶついった。

「お城よりせめてあと二百と申しませぬ、百五十人ほど足軽を送って下さい。このままでは砦を守れません。夕方の潮がさす前に川を渡らせ、二の丸へつめさせて下さるようお願いします」

城内で余っている兵はいない。父上はそうおっしゃるのがいかにも辛そうであった。

「信尚、龍の者と一戦をまじえたら、機を見て二の丸をひきあげ、高城にこもれ。砦には火をかけよ」

「それがかないますならば増援をお願いに参りません。龍の囲みをやぶり、どのようにして本丸へのがれられましょう。なら大殿、総大将として二の丸砦に御姿を現わし、守兵を励ましてやって下さい。たってのお願いでごんす」

大川は西から東へ流れている。幅はおよそ五十間、右岸の高城とほぼ向いあう位置に二の丸砦がある。小高い丘の一角を占めた方形の砦は一辺が三十間はあろうか。矢倉に旗指し物をひるがえし、その内外では黒蟻のように小さく見える足軽たちが右往左往している。曾祖父西郷尚善の代に築かれた砦である。この高城と同じく未だかつて一度もいくさの火にかかったことがないのだ。

濠は浅くなり、矢倉塀は傾き、門は倒れかけている。砦のたて直しに手をつけず、ご家老衆は連日、長談義にうき身をやつして、合戦の日を抑えることになった。

父上はわたしに新しく酒肴をととのえるようにとおっしゃった。

わたしは厨にとって返し、イネにたのんで七人分の肴と徳利を本丸へ運ぶよういいつけた。肴はするめと鰯である。汚れた盃や空の徳利を片づけ、膳部をしつらえ終ったころ、左内を初めとして、主膳、順征、忠堯が階上にあがって来た。父上が上座に、そのわきに信尚さまが、ついで原田備前守が座をしめた。四人の若侍は下座に平伏した。わたしは隣室に控えた。酒肴が足りなくなれば厨へ走らなければならない。父上は四人の大将に近くへといわれた。わたしは命じられてそれぞれの盃に徳利の酒をついだ。

まず一献をかたむけ、するめをかじってから父上は口を開かれた。

「左内、毎日の調練、ご苦労である」

「お言葉いたみ入ります。私めのつとめと心得ております」

「足軽どもは物の役に立つよう腕をあげたか」

「そのこと、鉄砲大将の宇良が言上いたします。宇良どん、大殿さまに組の内情を申しあげよ」

左内にうながされて宇良順征が一礼し、口を切った。

「わが組の者、きびしく調練しておりますが、いかにせん鉛玉が足りませぬ。実弾を射つのは日に一回、これではいざ合戦という際、首尾よく的に当てられるかどうか。これまでは合戦になるかどうか分明でありませんでしたから、鉛玉も節約しておりましたが、聞けば佐嘉よりの早飛脚が龍造寺勢の出陣を報じましたげな。もはや鉛玉を貯めこんでおいても詮ないこと。潤沢に支給して下さるようお願い申しあげます」

「宇良よい、おまえの組の者からせめて十人、わが二の丸にまわしてくれんか」

信尚さまが膝をのり出された。宇良順征は当惑した。

「大殿さまの御意であれば否応の申しようもごんせんが、高城は二の丸とちがって鉄砲なしでは守りがかないませぬ。宇良の一存では何とも」

「信尚、深堀から鉄砲がぶじにとどいたら二の丸に助勢しよう。宇良の組をさくわけにはゆかぬ。槍の遠岳よい、組の者は腕をあげたか」

父上にいなされて信尚さまは無念そうに唇を噛まれた。忠堯は一礼して顔をあげた。

「申しあげまする。龍造寺と合戦をするかしないか、きょうまで分明ではありませんでしたので、調練にもいささか気合が欠けておりました。若輩の身でご家老衆をそしる気は毛頭ごんせんが、初めから合戦は必定とお達しあれば、足軽どもも覚悟を定め、精を出して励みましたろう。われら四人は声をからして合戦の避けられないことを説いて参りましたが、ご家老のうち幾たりかは龍造寺の軍門にくだり、ありもせぬ慈悲をたのむという風聞が足軽どもの耳に伝わり、とかく足並が揃いませぬ。私、ありていに申しあげております。和議が成りたてばめでたい限りと心得ておりますが、今は和議を心だのみとせず、合戦専一に大殿さまのご覚悟をしもじもの家来にまでお示し下さい。このこと、伏してお願い申しあげる次第でごんす。よってくだんのごとくなり」

忠堯は一気にまくしたてて咽喉が渇いたか、盃を傾けてむさぼるように飲みほした。父上は腕組みし、忠堯のいうことを瞑目して聞いておられた。

芦塚主膳がにじり出て一礼した。

「弓組の調練手並を申しあげまする。足軽どもの意気については、ただ今、遠岳が申しあげた通りでごんす。手並のほどはもう一息というところでありましょうか。鉄砲組とちがって、調練用の矢はいくらでもございますので、不自由はしておりません。欲を申せば進退駆引がまだ下知の通りに整々と動きませんので、あと三日のゆとりが欲しゅうごんす。槍組や鉄砲組とちがい、わが組には三十すぎの年配者が少のうございません。しかしながらこの主膳、いざ合戦となれば組の先駆けとなり、いつでも討死にの覚悟は定めております。服部、宇良、遠岳も私めと心を一にしておりましてごんす。どうか大殿さま、城衆にいくさの避けられないことを、おんみずから説かれて下さい。いくさというものは、勝つもまけるも侍足軽の士気いかんによること、私めが申しあげるまでもありますまい」

父上はなおも瞑目して黙したままでおられる。

左内が一礼して口を開いた。

「弓槍鉄砲組の総大将として存念を申しあげます。芦塚はあと三日、宇良は五日、遠岳は二日欲しいと申しておりますが、欲をいえばきりがありません。私めの見るところ、組衆の手並は満足にほど遠しといえども物の役に立たない腰抜けは一人もおりません。いざ合戦とあいなれば、必ずや龍造寺勢に目にもの見せてくれる働きはつかまつりましょう。私めのお願いは芦塚がすでに代って申しました。つけ加えさせていただきたいことが一つだけございます。つね日ごろ粟飯だの稗飯だのしか喰らっておらぬ足軽どもに、腹いっぱい強飯を食べさせてやって下さい。いくさは足軽どもがするもの、ご家老がたのするものではごんせん。いや、失礼つかまつりました」

最後のせりふは憮然として顎をなでている原田備前守にいったものであった。

「籠城、か。籠城するしかないものかのう」

父上はつらそうにくり返された。左内は、出城の将兵を集めてもわずか千余の勢では、城外で戦いを挑むのは下策であると断言した。さいわい高城は地の利を得ている。天嶮をたのんで城にこもり、一日でも永く抗戦するのが兵法の常道であると説いた。左内は語気を強めた。

「大殿さま、籠城には五つの条件がございます。まず上下心を一にして敵に当たること、二は後詰《ごづめ》すなわち援軍のあるなし、三は兵糧の多少、四は水、五は地の利。われら幼少のみぎり「孫子」兵法書にて学びました。五つの条件のうち欠けているのは援軍のみでごんす。しかしながら御家が力を合わせて龍造寺を悩ましますならば、関白殿下も心変りなされるでありましょう。小西摂津守さまのおとりなしに耳を傾けられるは必定であります。みすみす開城するとは愚の骨頂、下策の最たるものと心得ます」

「おまえたちはいくさを知らんから気軽に籠城だの合戦だのというておるのだ」

「えらぶ道は二つに一つでごんす大殿さま、城をあけ渡し、伊佐早を龍造寺にゆずって、西海の離れ小島か深山幽谷にお隠れになる。それも龍造寺がみすみす御家ご一統を根絶やしにしないならば出来ないことではありますまい。龍造寺家が御家の存続をゆるすほどに寛容であるかどうか私めは疑わしく存じております。次なる道はかなわぬまでも城門を固く閉じ、一戦をまじえてやすやすと御領地をゆずらぬ決意のほどを示すことです。大殿さまは勝算をあやぶんでおられる。われらは勝ち目があるなどと思うておりませぬ。われは一千、敵は三千五百とも五千ともいわれております。しかしながらお考え下さい。兵法書が説くには、城攻めは十倍の軍勢が要ると申します。この城には一万の軍勢を支えきれる地の利がごんす。戦例を申しあげます。すぐる昔、河内の武将に楠正成という人物がおりました。かの者は千早城と申す孤城に拠って幕府軍十万をよくふせいだと聞いております。正成の手の者はわれらと同じくただの千余でごんした。百倍の大軍と戦ったのであります」

　左内は顔面を紅潮させ、口角泡をとばさないばかりであった。

「もういい、わかった。左内、順征、忠堯、主膳、おまえたちは御家のために死んでくれるか」

「もとより」

四人は声を揃えた。

父上は手ずから徳利をとって四人の盃に酒がつがれた。信尚さまも四人に盃を与えられ「たのんだぞ」といわれた。原田備前守は手酌で飲んだ。

「さて、籠城と評議一決した上は、原田から四人衆にこれからの手はずを申しつける。御家が伊佐早の主となってより、城ごもりすることはこのたびが初めてである。城ごもりには城ごもりの支度というものがある。今から申しつけることをめいめい手分けしてただちにとりかかるように。一刻を争うゆえ、調練組衆の一部をさき、手あきの者はみな総がかりに狩りだすこと。懈怠する者は斬ってすてよ。まず、近郷の百姓にふれを出して武器兵糧ともども城内にこめる。第二に……」

左内は腰に書付帖を下げていたが、他の三人は持っていなかった。わたしは父上のおいいつけで、ころがるように本丸を降り、御書院へ走って紙と筆硯をとり揃え、元の場所へ運んだ。四人は筆をとって、原田備前守の指図を筆記した。

「第二に高城周辺の屋敷はいうに及ばず、近郷近在の民家はすべて打ちこわし、材木を運び入れること。残りは焼き払う。第三に、龍造寺勢が寄せてくる道筋の橋をおとすこと、舟はこわすこと。第四に、井戸に不浄物を投じ、敵の水の手を絶つこと。今は夏ゆえ咽喉渇きが甚しいであろう。井戸水が汚されていると知ったらば、川の水を飲む。夏の川水は腹くだしのもと、そこがつけめである。第五に、米穀塩味噌のたぐいを隠しおき、敵に売り渡す伊佐早人は斬罪に処すという制札を村々に立てること。第六に、近郷の稲田すべてに水をはらせ、畦を切りくずすこと。これにさからう百姓は死罪とする。第七に、城の門、櫓、陣屋、諸倉の近辺には桶、甕類をすえ水をたくわえおくこと。第八に、大小便をためおくこと。第九に、砂石などを多くためおくこと。第十に、いかに用心をしてもいくさとなれば出火するものであるから、火消し道具をこしらえ、持ち場に備えたてること。よってくだんのごとくであるが、四人衆、何かたずねることはないか」

四人は筆記に没頭して、しばらくは答えなかった。

ややあって左内が顔をあげた。

「城内の馬はいかがいたしましょう。ただ今、三十頭飼うております。一日一頭あたり大豆三升を喰らいます。外に放てば龍造寺がからめとりましょう。さりとてわれらが日ごろ飼い慣らした馬を殺すにはしのびません」

「それよのう」

原田備前守は頭をかかえた。

信尚さまが膝をのり出され、自分がもらいたい、二の丸は平城ゆえ馬が役に立つとおっしゃった。結局、五頭を残して二十五頭の馬が二の丸へ送られることになった。筆をおいた主膳が口を開いた。

「備前守さまにおたずね申しあげます。もっとも肝腎かなめのことゆえ、しかとうけたまわりとうごんす。兵糧のたくわえは城内にいかほどございますか。そして、侍足軽どもに対する兵糧の配分はいかがいたしましょうか。そのこと私めの気がかりでごんす」

わたしは父上のおいいつけでまたもや本丸からまろび出た。納戸奉行は厨にいてイネと何やら談じていた。衣服には藁くずや埃がこびりついている。合戦になるという噂を耳にして、この者とて倉の所蔵米が気になり、有り高を調べたところであったのだろう。納戸奉行は両手にひとかかえの帳面を持参して、本丸にまかり出た。

「納戸奉行、西山久太夫、ただ今参上いたしました」

「久太夫、城内に米麦雑穀はいかほどたくわえておるか。役目がら実量を心得ておるだろう。ありていに申せ」

といったのは原田備前守である。他の七人は久太夫の口もとをみつめた。久太夫はくもの巣だらけになった頭を見せて平伏した。

「申しあげまする。一昨年は物成りが少のうごんした。昨年も、夏の日でりと秋の長雨でみいりが乏しく、年貢の供出が滞りました」

そのようなことは承知している、はやく所蔵米の実量を申せと、備前守は声を荒らげた。久太夫は再び平伏した。

「私めは今年六月、前奉行樋口良介どのと交替したばかりでごんす。樋口どのと役目のひきつぎは形ばかりいたしましたが、帳面づらと実量の比較にいささか喰いちがいがありましてごんす。樋口どのはご承知の通り、肥後の小西さまへ参る御使者に加えられ、私めの疑いをただそうにも城内にいらっしゃいませぬ。誓って西山は申しあげます。帳面上の有り高と実量の差は……」

「くどくどといいわけをするのはやめろ久太夫。城内の米穀はいかほどかと聞いておるのだ」

今度は父上がおたずねになった。

久太夫はそそくさと帳面を拡げた。

「申しあげます。今年六月二十日、私めが前奉行からひきついだ所蔵実量、籾米五百十五石二斗七升、玄米七十一石三斗六升二合、白米三石四斗一升七合。麦二百二十八石六斗五升一合、粟三百九十石九斗五升、稗二百十三石一斗四升、塩七十石三斗、味噌三十樽、梅干五十六桶、干魚百二十貫、納豆十七樽、以上の通りでごんす。このうち白米は多少喰いべらしておりまして実量はただ今、一石一斗三升と計上いたしました」

平時とちがって合戦時は侍足軽に米の飯を給付しなければならない。一人につき一日一升である。その内わけは、朝二合五勺、昼二合五勺、夜二合五勺、残り二合五勺は不時の食である。籾米玄米あわせて五百八十六石となる。千人余の城衆は一日十石をたいらげる。すなわち五十八日間の籠城分に当たる。

米はどうやら二月分あるけれども、わたしが心配したのは塩味噌の量であった。矢おもてに立って働く侍足軽の食事は、ふだんより塩味を濃くする定めと聞いている。塩は一人につき一日一勺、味噌は二勺である。とすれば、千人の一日分は塩一石、味噌二石ということになろう。七十石は侍足軽だけなら七十日分ということになるが、年寄り女子供にも要る。漁村がたくわえている塩をどれだけ買い入れることができるか。どうせたかの知れた量であろう。

「五十八日分か。それまでに小西さまのおとりなしが功を奏さないと、われわれはかつえ死にすることになるのう」

原田備前守は心細げであった。

「それは備前守さまの心得ちがいでごんす。一兵も損せず合戦するわけには参りませぬ。きょうは三十人、あすは五十人と、へりはしてもふえはせんでしょう。私め思いますに合戦しだいによっては百日間の籠城はかなうと存じております」

という左内の言葉に順征たちはうなずいて同意を示した。そうだった、わたしは考えちがいをしていた。討死にする侍足軽もいるのである。父上はつぶやかれた。

「百日、か。孫子の兵法書にも籠城は百日が限度と書いてあった。久太夫、さがっていいぞ。ただし、城の所蔵米その他、今申したことは何人にも明かしてはならん。知りたがる者がおまえに問いただすであろう。実量を三倍し四倍し答えておけ」

「はいさ、大殿さま」

久太夫は姿を消した。

四人の大将が口にした肴はするめの脚だけであった。残りの塩鰯とするめは手に持って本丸を降りた。配下の者どもに分けてやるのだという。

信尚さまが鎧櫃の蓋をとられた。

わたしは父上のかたわらにはべって着込みの手伝いをした。おいいつけなのである。本来ならばお小姓衆が着せ、女は手をふれてならないきまりなのであるが、父上はさし支えないとおっしゃった。

初めに父上は手綱と呼ばれる陣中褌を締められ、前垂れの両端についた紐を首につるされた。鎧下小袖をつけられた。作法通りに左袖から手を通された。大口袴という紐つきの袴をはかれた。これも左足からである。髪をとき、乱髪になって揉烏帽子《なええぼし》をかぶり、その上に鉢巻を締められた。

弓懸《ゆがけ》は右手から先にはめるのが作法である。赤地綿の鎧直垂《ひたたれ》を着られた。青葉の匂いを含んだ風が本丸に流れこんだ。脚絆は左からはかれた。袴の腹帯を締め、足袋をつけられた。革に小紋をちらした足袋である。脛当《すねあて》をも毛沓も左足からはかれた。肥っておられる父上は腹が出ておられるので、体を折るとき苦しげであった。

籠手《こて》下の隙間をふせぐ脇楯《わいだて》を右脇につけられた。直垂の袖をまくって籠手を右手にはめられた。信尚さまが大鎧を持ちあげて父上の胴に着せかけられた。わたしは後ろにまわって引合せの緒を結んだ。一丈三尺七寸二分の白布で出来た上帯を鎧腰に信尚さまと二人してしっかりと巻きつけてさしあげた。父上は上帯に腰刀をさされた。兼光の銘刀を帯びられた。

「若いときは何ほどのこともなかったが、齢をとると、鎧の重さがこたえるわい」

と父上はこぼされながら箙《えびら》を背負い、その紐を腰に結ばれた。箙には十六本の征矢をさした。わたしは鍬形の前立をつけた南蛮鉢の兜をとってさしあげた。父上は塗籠《ぬりごめ》の籐弓を手に持たれた。

お齢を召しておられるとはいえ、こうして甲冑に身をかためられた父上はいかにもりりしい武者ぶりである。

「信尚よい、二の丸に参ろうか」

「二の丸の者ども、大殿のお出ましを拝して気おい立つでありましょう。ただ今、大殿の馬を曳かせて参ります」

信尚さまはうれしげであった。足早に本丸を降りて馬小屋へ走られた。わたしは本丸の手すりに立って父上を見送った。従者が四、五人がかりで父上をご乗馬月影に押しあげた。調練ちゅうの侍足軽たちはみな、父上の馬前で膝を折り上体を前にかがめた。

月影は父上を乗せて高城の大手門を出て行った。従者が月影の先に立った。その後ろに騎乗の信尚さまがしたがわれた。二人の騎馬武者はいったんわたしの目から見えなくなり、しばらくして川縁に現われた。従者は浅瀬をかち渡りした。大川は浅瀬でも馬の腹がひたるほどの深さである。

着なれない鎧で身をよろうた父上は、馬の上にて前かがみになられた。鎧の重みで押しつぶされそうに見えた。信尚さまが若々しいので、その分だけ父上の老いが目立つのである。わたしには二の丸の守兵が、父上を迎えて意気あがるとは思えない。

原田備前守は先に城内を見まわるとて本丸から立ち去っていた。わたしは徳利や盃、酒肴をのせた小鉢を片づけた。

一刻あまりたったころ、左内たちは城内に帰って来た。率いていた物頭や組頭の姿は見えない。四人の大将は指図だけ配下にしてすぐさま馳せ帰ったのだろう。調練を続けなければならないからである。


左内の声が聞えた。

「組頭《くみがしら》ども小頭《こがしら》どもよっく聞け。聞いて帰ったら手の者に申し渡せ。このたび佐嘉の龍造寺と一世一代の合戦をまじえる。御家を大切に存ずる者は、つね日ごろのご恩に報いるのはこのときと思わねばならん」

具足をつけた男たちが折りしきの姿勢で左内を見あげていた。

左内は折れた弓をふりふり彼らの前を左右に動きながら本丸の屋根までとどくような大声で話した。朝から声をふりしぼって調練に精を出したため、左内の声はしわがれて聞きとりにくかった。組頭や小頭の前に立っている侍に、宇良順征がいた。芦塚主膳と遠岳忠堯がいた。この四人は申しあわせたように赤い甲冑をよろうていた。

「きさまらは先祖代々、御家の禄をいただいてきた。ただ飯をくらってきた。なんのために御家がきさまらを飼うてやったか。一朝大事のときに大殿さまのご馬前で討死にするためである」

左内はつかつかと本丸の軒下に歩みよった。わたしには左内の背中しか見えなかったが、その恰好から手桶の水を柄杓で飲んでいることが知れた。地面に片膝をついた組頭どもはいっせいに顔を左内に向けた。白い砂埃で人形のようになった顔がそろって同じ方向へ動くのは異様な感じである。

「伊佐早の主となって三百年、御家は害を他に及ぼさず、ひたすら領民をいつくしんで天正の代に至った。しかるに、無法といわんか無体といわんか、龍造寺家晴が遠い佐嘉よりきたってご領地を切りとるという。われわれは血が煮えたぎり、腸もちぎれる思いがする」

左内は咽喉がかわくのかまた水を飲みに行った。

「こら、おまえら、御《おん》大将に返事をせんか。でくの坊じゃあるまいし、合点したら合点したように返事をせえ」

宇良順征は種子島の台で地面を突いた。

「じゅうじゅう申し渡す。下知にそむいた者は斬る。かけひきは組の大将がする合図によって行なう。ぬけ駆けは許さん。いいか」

「はいさ、御大将」

左内が戻ってきた。

「くり返し申し渡す。敵の首級をあげてもこのたびは手柄と認めない。首を切るひまがあれば一人でも多く寄せ手を倒せ。このこと肝に銘じて忘るるな。鉄砲組は騎馬武者の馬を狙え。槍組もまず馬の脚を突け。敵が三十間以内に近づかなければ、鉄砲組は火蓋を切ってはならん」

「はいさ、御大将」

「宇戸《うと》の甚八」

列のいちばん後ろにいた小柄な男が返事をした。左内は今朝がた、自分が与えた心得を覚えているかとたずねた。

「申しあげまする。いざ合戦というとき、火縄の火が立ち消えて役に立たなくなることもあるゆえ、火縄を短く切って二つか三つ右手に結びつけておくようにとのことでごんした」

「小長井の弥助」

列のまん中にいた馬面の三十男が返事をした。

「申しあげまする。いざ合戦という……」

「前口上はいい。はよう心得をいわんか」

「火縄のこととあわせて玉薬は湿りやすいゆえ、つねに乾かしておくようにと。それから炎天の日、火縄は早く燃えつきるものなり。手拭いを水で湿して火縄を軽くなで……」

「火縄のことばかりいうておる。私はもっと肝要な心がけをいい渡したぞ。どいつもこいつも覚えが悪い。よっく聞け。寄せ手からは雨あられと矢が射かけられる。鉄砲玉もとんでくる。調練で死にはせんが、合戦では死ぬのだ。いいか。鉄砲の引金をしぼるとき、目をつぶる卑怯者がいる。つぶるまいと思うても思わず目をつぶる。めくら玉を百も千も射ちかけたところで、屁のごときものだ。きさまらが射死にしたとき、私はいちいち顔を改め、もし目をつぶったまま死んだ鉄砲足軽がいたら、両親妻子を成敗する、大の不忠者である」

「大の不忠者である」

三人の大将が声をそろえていった。

「もうし、御大将」

宇戸在の甚八がたずねた。

「肥後の小西さまとかいう大名は、関白さまの覚えめでたいお方とうかがいました。小西さまのおとりなしで和議がととのう手はずと」

「よくぞたずねてくれた甚八。きさまらは鉄砲射ちもすぐれ、弁も立つ。もっともな質問である。甚八と同じ腹の者どもは手をあげえ」
三、四人がためらいがちに手をあげた。それが七、八人になりやがて全員が手をあげた。
「よろしい。手をおろせ。きさまは和議を待ち望んでいるようだが、西郷家が手ごわいことを龍造寺に思いしらせてやらなければ、手打ちもへちまもないではないか。御家の安泰はきさまらの働き次第にかかっている。甚八、弥助、わかるか」

「はいさ、納得しましてごんす」

「きさまらは骨を砕き、身を粉にして戦う。和議のことは大殿さまならびに組々の大将が考える。さよう心得えよ」

「はいさ、御大将」

「声が小さいっ」

足軽たちは声をはりあげて「はいっさ、御大将」といった。左内は満足そうにうなずいた。宇良順征が左内と入れかわった。順征は朱鞘の大刀に反りをうたせ、組頭たちをにらみまわした。

「今夜の不寝番ならびに物見の者は二人ずつ組よりさし出すこととする。めいめい組頭は各大将に番役の名前を報告するように。次に今夜の合言葉をいい渡す。有明と問えば不知火《しらぬい》と返す。明日の合言葉は明日いう。こら、そこの足軽、いや、きさまではない。弓組の後ろから二番めに控えておる奴、立てい」

体に合わない具足をつけた四十がらみの痩せた足軽が、おどおどと立ちあがった。

「きさま、わしが大事な話をしとったときどこを見とった。この期に及んで気おくれしたか。今夜の合言葉を申してみよ」

「はいさ、ええ、有明に、ええ有明に」

弓足軽の組頭はたすけを求めるように周囲を見まわした。小声で合言葉を教えようとする気配があった。遠岳忠堯の一喝でざわめきはやんだ。芦塚主膳は長柄をふりかぶってその足軽をひっぱたき尻もちをつかせた。

「もうし、御大将」

宇戸の甚八が折り敷いたまま言上した。

「われら目に一丁字ない木っ端足軽にすぎません。有明に不知火とはありがたい由緒のある言葉と存念いたしまする。なかなかに見事な合言葉でごんす」

甚八におだてられて左内はすこぶる得意そうであった。咳ばらいするとやおら朗々と自作の歌をひろうした。そのとき初めてわたしは、左内が本丸の手摺りごしに見おろしているわたしに気づいているのだと知った。

「不知火の海に消えゆく有明の、月はまどかにながめこそすれ、侍たる者は風流もわきまえなければならぬ。この一首、私がよんだ」

三人の大将たちは心なしかにがにがしげであった。宇良順征は左内が自作の歌を朗詠しているとき、そっぽを向いていたし、芦塚主膳は解けかけた籠手の紐を結び直していた。遠岳忠堯は手桶の水をはりかえている女中をじっと見まもった。

「甚八め、おそれながら申しあげまする。はてさてお見事なお歌、感じ入りました。しかしながらわれらはひとしく無学無風流の徒ゆえ、御大将のありがたいお歌をいただくのはもったいなく存ずるしだいでごんす。なあ、皆の衆」

組頭たちは甚八にかるがるしく同意すると左内の機嫌をそこねると思ってか、あいまいに同意とも反対ともとれるつぶやきを口々に発した。さりとてむずかしい合言葉覚えにくいのである。

「甚八めはすぐる元亀三年、大村攻めに参陣した叔父貴より合言葉を定めるこつを聞いたことがごんす。叔父貴は女子供にもわかる耳に分明な合言葉をもってよしとすると申しました。かく申せばとて山に対する川は敵方に悟られますゆえ、伊佐早衆にのみ知れわたった名前、たとえば……」

宇良順征がさえぎった。

「もういい甚八。きさまはなかなかの知恵者だわい。伊佐早衆が承知して佐嘉衆になじみのない言葉を思いついた。鉄砲組の吾助」

「はいさ、御大将」

順征の正面に折り敷いていた小ぶとりの若者が底力のある返事をした。

「伊佐早の七城を申してみよ」

「吾助め申しあげまする。伊佐早の七城とは、高城、二の丸なる正林城、小野城、宇木城、矢上城、茶臼山城、船越城。よってくだんのごとくなり」

「よろしい。伊佐早の七城、きさまらよくよく承知である。したがって合言葉はこう定める。高と問えば正林と返す。明日は小野と返す。あさっては宇木と返す。以下同じ要領である」

足軽たちは順征の案を聞いてみるみる晴れやかな顔になった。七城の名前は伊佐早人なら子供のときから聞きなれており、その順序も大きい城から小ぶりの城へと定まっていてたがえようがないのである。左内は面白くない表情であったが、異をとなえなかった。順征がひっこみ、芦塚主膳が立ちはだかった。

「聞けやい。これより大殿さまのありがたいお達しを伝える。きさまらが仲間うちで案じていることである。合戦となれば死人も出る。手負いも出る。ひとり者とて親がある。討死にすれば親の行く末が心細い。所帯持ちは妻子の身の振り方が気がかりであろう。心に案ずるものがあれば、いくさの場で働きがにぶるものである。このこと大殿さまご承知であった」

足軽たちは耳をそば立てた。

しわぶき一つもらさずに主膳の口もとをみつめた。

「小長井の弥助」

「はいさ、御大将」

弥助はのそりと立ちあがった。

「きさまは嬶持ちだな。子供は何人いる」

「ふた親もおります。餓鬼めは七つをかしらに三人いましてごんす」

「よろしい、腰をおろせ。吾助、立てい」

「御大将、おれはひとり者でごんすが中風やみのおやじがいましてごんす」

「そこの槍持ち、きさまはたしか宇木の次郎作とか申したな。立てい」

「御大将、おれには嬶と餓鬼めが二人、還暦すぎたおふくろも養っております」

「わかった、すわれ。侍も人の子、人の親であるように、きさまら足軽も一家眷属の長である。きさまらにもしものことがあれば妻子が路頭に迷う。親にだれが飯を喰わせるか」

足軽たちは今や身じろぎすらしなかった。次に主膳が何をいいだすか察しているらしく、緊張した面持ちでかたずをのんだ。

「さて申し渡す。大殿さまのご仁慈である。いくさの折り、もし討死にした者には、その一家に銭十貫文をくだされる」

主膳はここで一息ついて足軽たちを見まわした。「十貫文……」というささやき声がいっせいに起った。米三石の値である。少ない褒賞ではけっしてありえない。声がおさまるまで主膳は口を開かなかった。渚の水がしりぞくように、足軽たちの声がしだいにおさまってから、主膳は声を発した。

「手負いの者にもご配慮をたまわった。充分の働きをなした上で手足を失い、体が不如意となった者には銭五貫文をくだされる。先ほどいい忘れたが、討死にした者がめざましい手柄をあげた場合はその餓鬼を足軽にとり立てていただく。残された孀には永代扶持をくだしおかれる。ありがたいお達しと思わなければならぬ」

永代扶持という主膳の言葉に足軽たちはいたく心を動かされたようであった。彼らは両わきの同僚たちを肘で小突きこの処遇についてひそひそとささやきあった。主膳はさらに声を張りあげて続けた。

「者ども、しずまれえ。まだ私の話は終っとらんのだ。銭十貫だの永代扶持だのと聞いてきさまら喜んどるが、ただ死ねばいい、ただ怪我をすればいいというのではないぞ。かんちがいするな。御家のために身を砕き、骨を粉にしてこそのご褒美である。犬死には大の不忠である。このこと合点したかやい」

足軽たちは声をそろえて「合点いたしました」と答えた。

「もうし、御大将」

宇戸の甚八が手をあげた。主膳は顎をしゃくって彼の発言を許した。甚八はそれまで前後左右の同僚たちと私語していたのである。彼のいい分は同僚たちの存念でもあるのだろう。甚八は立ちあがったものの及び腰で、口を開くのをためらっているかのようであった。同僚たちは顔を伏せて、甚八の発言と彼らの肚の内とは関係がない振りを装った。

「なんだ、甚八。いいたいことがあればとく申せ、聞いてやる」

「甚八め申しあげまする。このたびのおおせ、ありがたいきわみでごんす。われら大殿さまのために身をいといませぬ。銭十貫文という大枚、うまれてこのかた拝んだこともごんせん。かてて加えて一家眷属に対するご配慮、ありがた泪さえこぼれまする。身に過ぎるお思いやりと承知いたします。御家につかえまつる足軽衆のはしくれとして……」

「甚八、何をいいたいのだ」

短気者の主膳は折れた弓で地面を叩いた。

「はいさ、ええと、身にあまるご褒美のおぼしめしでごんすが、このたびのいくさは御家が立ちゆくかほろびるか、すなわち伊佐早における天下分け目のいくさと心得ておる次第でごんす。御家が龍造寺をうちやぶれば万万歳、われらもご褒美をいただけると存じまするが、万に一つ、武運つたなく、そのう、御家が、かようなことを申しあげるのは不吉でごんすが、御家が……」

「わかった、甚八すわれ。御家があえなく龍造寺にうちほろぼされたらどうなるのかと、こういいたいのだな。知れたことだ。ご褒美の段か、この大馬鹿野郎。甚八、きさまは才走った顔をして存外にまぬけだのう。われらは是が非でも勝たねばならぬ。それゆえに大殿さまは破格のご褒美をご家中のわれらにくださるおつもりである。勝たねばならぬ。やぶれることなぞ足軽の分際で考える要はない。このさい、いうてきかす。手負いといえども向う傷に限る。後ろ傷は手負いと見なさん。討死にもだ。逃げるとき背中を鉄砲で射たれた者は、討死にと認めない。卑怯者にまでやるご褒美はないと思え。心得たか」

「はあ、心得ました」

足軽たちは表情をひきしめた。

「声が小さい。心得たかと聞いておるのだ」

遠岳忠堯が槍の石突きで地面を突いて、大音声をはりあげた。足軽たちは咽喉も裂けよと答えた。

「心得ました」

「甚八と同心の者が他にもおろう。その者らにいうて聞かす。大将はあげなことをいいよるが、御家がつぶれたらどうなるやらと。力の限り働いたとて、いくさにはやぶれることもある。このこと自明のことわりである。われらは孤立無援、大村も有馬も松浦も腕をこまぬいて高見の見物をするだろう。相手にまわすは関白秀吉公を後ろ楯とたのむ龍造寺の大軍、城にこもってふせいでも早晩、矢弾が尽き、兵糧もなくなるであろう。すなわち勝つみこみのない合戦であると。甚八が肚の底で思うておることはこのようなことであろう」

忠堯の言葉に甚八はうなずいていいものかどうか当惑しているように見えたが、さりとてそうではないともいえず目をぱちぱちさせて左右の同僚をうかがった。足軽たちは日頃の不安を見すかされて忠堯に注目した。忠堯は手桶の水を柄杓ですくって飲んだ。主膳と目くばせしておもむろに咳ばらいをした。

「小西摂津守行長さまを通じて御家のご領地を安堵していただくよう、おとりなしを願い出ていることは前にもいうた。しかるに肥後と大坂は遠い。摂津守さまが大坂へのぼられ、伊佐早のことをよしなにご奏上なさるまでに時日がかかる。摂津守さまは関白殿下の筆頭ご用人である。関白殿下はよもやむげにわれらの願い出をしりぞけられないだろう。ただし、われらが龍の者どもにあっけなくもみつぶされたら、かかる腰抜けは伊佐早の主たる器量なしと関白殿下はおぼしめされる。よって一日でも長く城をもちこたえ龍の者を手こずらせなければならんことになる。われらが御家を支え、龍にひと泡ふかせることが肝要なのだ。さすれば関白殿下もわれらけんめいの心根をお汲みとりたまい、伊佐早は西郷のものよ、龍造寺にはかわりにどこぞの領地をやれとおおされることになるであろう。甚八、ならびに甚八と同心の者、納得したかやい」

甚八はすっくと立ちあがった。喜色を顔にみなぎらせて「納得いたしました、遠岳さまはじゅくじゅくと道理を説いてくださいました。われらは心ゆくまで合戦つかまつります。なあ、皆の衆」といった。主膳の言葉にわりない表情であった足軽たちも愁眉をひらいた。

「聞けやい。今から半刻やすみをくれる。女中が茶うけを出す。暗くなるまでにもう一度、調練をおこなう。今夜はたらふく米の飯を喰わせるぞ」

足軽たちは異口同音に「米の飯」と叫んだ。楯を持った後列の足軽たちは平手で楯を叩いて喜びをあらわした。主膳の声がとどかないほど遠方にいた連中にも、その言葉はすぐに伝わっていった。ざわめきはどよめきにかわり、うれしげな吐息がわたしの耳にも聞えるかのようであった。長柄の穂先が揺れて秋のすすき原に風がわたるように見えた。ざわめきがしずまるまで待った主膳は、いっそう声をはりあげて言葉をついだ。

「酒も飲ませる」

「おお」という感きわまった呻き声がわきおこった。折り敷いている足軽は今や一人もいなかった。槍をさしあげ、鉄砲をふりまわし、足を踏みならして喜んだ。だれいうとなく鬨《とき》の声をあげた。

「えい、えい、おう」

鬨の声はまたたくまにひろがった。楯持ちは楯を叩き、楯を持たない者は腹当の胴をこぶしで叩いた。

「えい、おう、えい」

「おう、おう、えい」

砂埃がもうもうと立ちのぼり、足軽たちを包んだ。弓組の者は弦をから弾きした。雄たけびの声に、弦の鳴りひびく音が和し、百千の琵琶が奏されたかと思うほどであった。

「者ども、しずまれえ」

遠岳忠堯が両手をあげた。どよめきは潮がひくようにやんだ。

「御家の安泰を祈り、これより私があらためて鬨をつくる。きさまら、私の声にあわせて鬨をあげえ」

「はいさ、御大将」

とうてばひびくように返った返事は、これまでにわたしが聞いたどの返事よりも力強く喜色に溢れていた。遠岳忠堯はすらりと太刀を払い、斜めにして天をつきながら声をあげた。

「千代の世までも、御家安泰、めでたかな、それ」

足軽たちは威風どうどうと同じ文句をとなえた。ときならぬ大勢の叫び声に、厨の中から女中たちが現われ、遠まきにして見物した。倉番の小者たちも出てきた。城内の女子供は足軽たちの勇ましい声をたのもしく思ったようである。忠堯の刀が天を指した。

「めでたかな、えい、えい、おう」

足軽たちは整々と鬨をつくった。

輪になった見物衆は手を拍ってはやしたてた。その中に襷がけのイネが見えた。足軽たちが解散し、本丸の軒下や大楠の木かげに散って休息するのを見てとるや、そばのヒエに何かいいつける様子であった。ヒエは厨にとって返し、ふたたび現われたときは両手に手桶をさげていた。ヒエの後ろから二人ずつ組になった女中たちが出てきた。皿、小鉢、どんぶりをのせた裁縫台をかついでいる。

わたしは本丸をおりた。

城門から馬を曳いて駆けこんできたサンチェスを認めたのだ。馬の背中には血まみれの侍がしがみついている。鉄砲組の小頭、江の浦の音吉である。一昨日、深堀家へ鉄砲を受けとりに出かけた使いの一人であった。宇良順征が走ってきた。左内も忠堯も主膳もきた。手負いの音吉を、休息ちゅうの足軽たちから見えない矢倉のかげに曳いていっておろした。

「サンチェス申しあげまする」

まっかな顔の色がいくらかうすれたようである。わたしは息も絶え絶えの音吉を馬からおろし、矢倉の日かげに横たえた。通りすがりの女中を呼びとめて、晒布と血止め薬を持ってくるようにいいつけた。サンチェスによれば、深堀家からの帰りが遅いので、馬に乗って古賀村まで行ったという。そこへ傷ついた馬にしがみついた音吉が逃げてきた。銃声がした。長崎甚左衛門の手勢に追われ、五人の部下を討ちとられて単身に逃げ帰るとちゅうなのであった。

サンチェスは急ぎ音吉を自分の馬に移し、間道に逃げこんで追っ手をまいた。

「音吉やい、宰領頭の市木種定どんはいかがした」

順征が音吉の耳に口をあてがってどなった。音吉は右腕の付けねを射ぬかれていた。胸からも赤いものがふきだしており、息をするつど泡まじりの血が流れてわたしの着物を染めた。音吉は自分の大将である順征の手をしっかりと握りしめて報告した。市木種定は長崎勢に包囲されたとき、太刀をふるって敵方に突入したのを見たのがさいごである。自分たちは鉄砲二十五挺と玉薬をつんだ馬を守ってけんめいに逃げたが、長崎勢はどこまでもしつこく追ってきた。街道の両側には伏勢がひそんでいて、わが小荷駄は一人ずつ討ちとられた……。順征がせきこむようにたずねた。

「音吉よい、すると鉄砲は全部、長崎勢に分捕られたのか」

音吉は顔にうっすらと笑いをたたえ「否《いんに》、御大将」といった。残り二人になった音吉一行は、このままでは伏勢に分捕られることを考慮して、鉄砲と玉薬をおさめた木箱を古賀村の森に隠した。森から出てしばらく走ったところを新たな追っ手に発見されて討ちかけられ、とうとう生き残りは自分一人になった。

音吉は涙を流した。

わたしは音吉の傷を水で洗い清め、弾傷に乾かしたよもぎの葉をつめた。その上を晒布で巻いた。順征は眉をひそめた。

「はて合点がゆかぬ。古賀村まで長崎の手の者が出張っていようとは。矢上城をかためた西郷勢は何をしておったのだ」

「申しおくれました。矢上の出城は長崎に攻められて落ちとりました。われらは日見峠の間道をぬけて参りました」

「おお……」

四人の大将は瞑目し深いためいきをついた。

「音吉よい、鉄砲を隠したという古賀村の森はどこだ。わしがとりにゆく」

順征は矢立ての筆をぬきとった。腰にさげた行賞帳をはずして音吉の前にひろげた。音吉は筆をとっておぼつかない手つきで、まず一本の線をひいた。街道である。丸い輪を線の上にしるした。「古賀村でごんす」。四人はうなずいた。わたしは力が失せかけた音吉の手からはずれた筆をひろって握らせた。音吉は苦しそうだった。

「村の東三町あまりに杉林がごんす。馬頭観音のある所から二十歩あまり杉林の中に入りますと、窪地があって、小荷駄は窪地に入れ落葉をかけました」

森と馬頭観音と窪地の場所を、音吉は筆で描いた。その筆が土の上に倒れた。わたしの腕の中で音吉の体が石のように重たくなった。大楠の根元からそのとき、どっと笑いさざめく足軽たちの気配が伝わった。サンチェスはひざまずき、両手の胸のあたりで組みあわせて祈った。

順征は音吉が描いた地図を行賞帳からちぎりとった。忠堯がいった。

「宇良どん、おれもゆく」

「鉄砲が奪われとらんなら、長崎勢は音吉がどこぞに隠したと思うて探しておろう。大勢でゆくと見つかる。おれが組の者四、五人をつれて取りにゆく。これからお前さま方は調練をせにゃならん」

「宇良どん、屈強の者をえらんでつれてゆけ」

「わが組の平次、門太、長治を貸してやろう。脚も速いし、馬扱いになれておる。鉄砲組四、五人では心もとない」

忠堯の申し入れを順征は受けた。

「気をつけてなあ、宇良どん。むりをするな」

三人の侍は口々に順征を励ました。晒布と血止め薬を運んできた女中が厨から呼んできた二人の老爺と力をあわせて、音吉を陣屋裏に運び去った。怪我人を収容する介抱所がにわか造りながら建てられていたのである。城内の衆はほとんど大楠のまわりに注意を向けていたので、最初の怪我人には気づかなかった。乾いた白っぽい土の上に、音吉の傷からにじみ出る血がしたたった。わたしは後ろからついていって、竹ぼうきでその血痕を消した。合戦になる前の血は不吉なのであった。順征の大声が聞えた。

「吾助、甚八、弥右衛門、嘉平次、又吉、いるかやい」

「はいさ、御大将」

「暮れ六つの板木が鳴るまでに城門に集っておけ。古賀村までひと走りして鉄砲荷駄をとりにゆく。身軽にせえ。胴ははずし籠手すね当てもはずすこと。これからの調練には出ずともよか。じゅうぶんに腹ごしらえをしておくこと」

「御大将みずから古賀村へ出向くならば、鉄砲組の調練はどなたがなさいますか」

「服部左内どのに頼んだ。おれの身がわりと思うて、服部どののいわれることをよっく聞くのだぞ」

遠岳忠堯は槍組の中から三人を呼び出してこんこんと道中の心得をさとした。わたしは厨の方へ急ぎながら大楠の根方にたむろした足軽どもが、米の飯をつめこむのを忘れて、じっとえらばれた八人の同僚を見まもっているのに気づいた。どの足軽も口のまわりに飯粒をこびりつかせていた。八人が首尾よく鉄砲荷駄を持ち帰るならばいいが、待ち伏せに会えば多勢に無勢、斬り死にすることは目に見えている。長崎甚左衛門の家来は、南蛮船との交易でたくわえた金銀で、御家の十倍ちかい鉄砲を所持しているのである。

「於梨緒どの」

左内が小走りに駆けよってきた。

「委細は聞いたろう。あの者どもに酒をやってくれ。徳利一本でよろしい。それ以上せがんでも飲ませるでないぞ。酔っぱらったらいくさにならんからな」

そういいつけて再びあたふたと大楠の根方へ戻っていった。八人の足軽たちは厨へやってきた。わたしはイネを呼んで左内の言葉を伝えた。足軽たちは女中の仕事の邪魔にならないよう土間の隅に車座をつくり与えられた酒を旨そうに飲み始めた。肴として鰯の丸干しが供された。納豆と焼味噌も添えられた。鮒の生姜煮もつけ加えられた。足軽たちは次々と運ばれてくる料理に目を丸くし、初めてのぞく厨内を珍しそうにあちこち見まわした。

足軽たちは片手に盃を、片手に丸干しを持って飲みそしてかじった。まるごと鰯を嚙み砕く歯の音が聞えるようだった。足軽たちにとってはおそらくうまれて初めて口にする珍味にちがいなかった。彼らはわき目もふらず食べた。甚八だけは目におちつきがなく、鰯をむさぼりながら女中たちへちらちらと視線を向けた。足軽らしくないのっぺりとした役者面である。女中たちも煮炊きをしながら甚八をぬすみ見た。

女たちの注意を自分がひいていると知った甚八はもったいぶった手付で、侍大将がするように肘をはり、盃を口に運んで見せた。十六もの大かまどはみな火を焚かれ、厨の中は湯殿よりも暑かった。板の間では炊きあげた飯を盥にもりあげて、女中たちが握り飯をこしらえていた。わたしは汗をかいた。女中たちも背中にまで汗がしみ出して黒く濡れていた。

甚八の目が奇妙な光を帯びた。忙しく動いていた口をだらしなくあけて、ぽかんと土間の一隅を見ている。かまどの焚き口である。わたしは甚八の視線をたどってかまどの方へ目をやった。火に何やらくべている下女中の背中が見えた。わたしは棒立ちになった。素足で土間にとびおりた。下女中がざるにもりあげた冊子に気がついたのだ。わたしは膝頭がふるえて、立っていられないほどであった。

「於タネ、どなたのお許しでこんなものを燃やしておるのか」

タネは驚いて立ちあがり、襷をはずそうとした。於イネさまのいいつけで火にくべているのだと、おろおろ声で答えた、

「イネはどこにいる」

わたしはタネにつめよった。

「お嬢さま。ここにおりましてごんす」

台所の一角からひややかな声がとどいた。わたしは汚れた足で板の間にかけあがり、イネの方へとんで行った。

「七郎さまのお許しによって御家の文書類を焼いております。もったいないとは存じましたが、たってのおいいつけでごんす」

「七郎さまが……」

「左様で。念のため婆めは大殿さまにもうかがいを立てました。さし許す、苦しくないとのことでごんした」

わたしはかまどの焚き口にひき返した。おびえた表情で立ちすくんでいたタネは、またしゃがみこんで文書類を火に投げこみ始めた。「西郷家歴代分限帳」「高来史譚」「西肥戦記」「伊佐早図誌」「尚善公記」「三代

譜録」「伊佐早史叢」「長崎合戦論功行賞帳」「伊佐早段別検地録」「西郷家譜代御家中系図」「肥前鑑」「西郷世譜」。

　わたしはタネがむぞうさにこれらの冊子を火にくべるのを呆然と見まもった。御文庫で七郎さまから真名の手ほどきをうけたとき、読み方を教わった「西郷世譜」がめらめらと焔に包まれた。黒い焦げめが紙を虫ばみ、赤い火が焦げめを追いかけた。紙は火にくるまれて反り返り、生あるもののようにふくらんだりちぢんだりした。かまどの中は獣が吼えるようなすさまじい音でいっぱいになった。

　わたしはくるりとふりむいた。

　甚八があわてて目を伏せた。

　わたしは足軽たちからいちばん遠く離れた土間の端、味噌樽のかげに甚八を呼びつけた。

「甚八、お前はどこで文字を覚えた」

「はいさ、子供の頃に薬種屋に奉公しましたおりに習いました。効能書を読めんでは行商でけんといわれまして。ただ、ほんのちょっぴりでごんす」

「タネが火にくべたものを見たであろう」

「へえ、のぞいたわけじゃごんせんが」

かしこまっているくせに甚八は無遠慮な目でわたしの体をなめまわすように見つめるのだった。

「甚八、厨で燃やしたもののことを口外すな」

「はいさ、そりゃあもう」

「お前は口が軽い。お前の舌は草の葉よりもそよぐ。今、見たものをいいふらすことがあれば服部さまが首をはねる」

甚八は蒼くなった。けっして口外しないと誓った。色を失った所をみると、しゃべるつもりでいたらしい。わたしは声をやわらげた。

「古賀村へ道中するそうな。三里か四里か、大儀なことだのう甚八」

「間道をゆきますゆえ四里はあろうかと存じまする」

「他言しないと誓うたから、兵糧の握り飯に鰯の丸干しをそえてやろう」

甚八の目が輝いた。「おかたしけのした」とくり返して同僚のもとへ帰った。わたしと甚八のやりとりを眺めていた七人の足軽は、兵糧のことで甚八が呼ばれたと思ったらしい、鰯の丸干しを与えられると聞いて嬉しそうに微笑し、そろって姿勢をあらためわたしに頭をさげた。わたしは甚八が古賀村で長崎勢に狙い射たれて死ねばいいと思った。御家重代の文書を焼くとは、すでに父上が和平をあきらめられた証拠である。

城内の衆はいよいよとなればどこからか救いがくると信じている。戦ってまだ一度も勝ったことがない侍足軽が、汗水たらして合戦の支度をしているのは、御家がつぶれることはあるまいと、はかない望みを父上にかけているからであろう。文字の読めない女中たちは運びだした御文庫の文書類を焼きながら自分たちが何をしているか心得ていないのだった。わたしはイネに七郎さまの居場所をたずねた。イネは小鼻のわきに皺をよせて頬をゆがめた。それが冷たい笑いに変った。

「いつもの所に」

わたしは御書院をのぞいた。ここでは侍たちが女房どもに酌をさせて鰯の丸干しを食べていた。鎧をつくろっている侍もいた。七郎さまのお姿はない。わたしは侍たちの間をすりぬけて向う側の縁に出た。そのとちゅう足もとがおろそかになって、ある侍の太刀を踏みつけてしまった。原田松之介である。左内と同年のこの若侍は自分の太刀を見やってからわたしに目を向け、何もいわなかった。原田備前守の息子はふだん些細なことで配下に威張りちらすのだった。槍をよくし、弓矢の腕もすぐれているので、先手大将に任ぜられていたはずである。

松之介がむっつりとして、太刀を足にかけたわたしをどなりつけもしなかったゆえ、ますます気が沈んだ。城主の庶子であることはいささかもおもんぱからず、いつもの松之介であれば「無礼者」と大喝して、わたしを庭につきおとしたことだろう。まっぴるまから酒もりしている侍たちは、ほとんどご家老衆の縁つづきであった。足軽たちには配られない酒も、彼らは飲んでさしつかえないのである。

わたしは茶室をのぞいた。囲炉裏の炭火は白い灰に変っている。誰もいない。

調練が再開された。

本丸の広場から大将のかけ声と足軽たちの叫び声が聞えてきた。楯が鳴り、地面を踏む大勢の足音がしんかんとした御書院にこだました。気のせいか、足軽たちの声はひる前より力がこもっているようである。やはり米の飯をつめこんだせいかもしれない。鰯の丸干しを食べたからかもしれない。今夜、ふるまわれる酒のことも考えて、足軽たちの意気はまさに天をつこうとしているのだ。

わたしはある気配を寝室に感じた。

そろそろと板戸をくった。小暗い八畳間に人影はなかった、わたしは右手を懐剣の柄にかけ、寝所にふみこんで、奥の方へ歩いた。人のいる気配は御文庫の中のようだ。ほそめにあいた板戸から内側をすかしてみた。四畳半ほどの小部屋に若い男がうずくまっていた。肩がこきざみにふるえた。わたしにはその背中しか見えなかったが、七郎さまにちがいなかった。書棚はみな空になっている。一冊の文書も残っていない。小さな紙切れが何枚か床にちらばっているのがわびしかった。

七郎さまは文箱の抽出しを一段ずつとりだしてあらためられた。とりだした抽出しはていねいに元へおしこまれた。何か出し忘れたものがないかどうか調べておられるのだろうか。御文庫の小部屋には北向きに明りとりの丸窓がついているきりである。そこから射しこむわずかな光が、よく拭きこまれた床のつやつやとした板を照らした。

わたしはぎっしりと中身のつまった御文庫の匂いが好きで、子供の頃からしばしば時をすごしに来たものである。夏でもこの部屋はひやりとした空気がこもり、古い冊子につきもののしっとりとした匂いを嗅ぐのは愉しかった。七郎さまはここでわたしに文字の手習いをさせて下さった。むずかしい真名で書かれた分厚い文書を一冊ずつとりだして、中に何が書かれてあるか話された。

西郷家のおこり、隣国大村氏や有馬氏の由緒、ご家中の重役たちの系譜。

(これはまたとない大切な文書だ)

七郎さまはどの冊子をひろげるときもそうおっしゃってこわれ物のように両手で扱われるのだった。子供のわたしには、なぜ古い紙屑のようなものがまたとなく大切なものかわかりかねたけれども、七郎さまがいわれることとゆえ大切なものであると思わぬわけにはゆかなかった。そしてわたしは文書を大事になさる七郎さまが、仮名文字を少ししか知らない家中の侍よりも気高いように見えた。城内のどこかが火事になったとき、七郎さまがまっさきに駆けつけられるのは御文庫であった。大雨が降った日も、地震が生じたときも、七郎さまは御文庫に見えた。

わたしは七郎さまが御文庫の中で泰雲和尚と談義しておられる間、抽出しを勝手にあけて中をのぞいたり、反古紙の裏で真名文字の手習いをしたり、それにも飽くと寝所の廊下で昼寝をしたりした。うたたねから目覚めてもまだ談義はつづいていた。泰雲和尚は七郎さまに学問の手ほどきをした方である。二人とも高い声で口論なさって、しまいは必ず机を叩きながら、目の色かえて争われるのである。百年もいや四、五百年も大昔によまれた歌をどう解するかなどということで、大の男がああでもないこうでもないといいあった。話が一段落する頃を見はからってわたしは厨へゆき、イネに頼んで酒肴を膳にととのえさせ、御文庫へお運びした。

泰雲和尚は酒に目がなかった。今にも果しあいになりそうだった口論はどこへやら、二人ともおいしそうに酒を召しあがった。


わたしは足音をしのばせて御文庫から離れた。寝所の板戸を背にしたとき、体じゅうの力がぬけたようになり、その場にすわりこんだ。がらんとした御文庫で、泣きながら文箱の抽出しをあらためておられた七郎さまの姿が目に焼きついた。千万金を投じてもあがなえないもの、とおっしゃっていた文書がかまどにくべられ灰になろうとしている。

わたしは気をとり直した。

龍造寺の心ない足軽たちが御文庫におし入り、あれらの文書類をかっこうのおとし紙にするよりは、みずからの手で燃やす方がいい。わたしの手は懐剣の柄を握りしめていた。すぐそこに龍の者どもがせまっているとでもいうように。懐剣をぬいて、とぎすまされた刃金に見入った。今朝、山芋をほったときにこぼれてはいたが、皮をやぶり肉を裂くのに充分、役立ちそうであった。沈んだ冷たい輝きを溜めている刀身をみつめていると、気持がおちついた。わたしにはするべきことがあった。女中たちにさしずして、城内にこもる家中の将士に夕食をととのえなければならない。

合戦が始まったとき、傷ついた侍足軽の手当てをする者、火がついたときに水運びをする者、矢玉を運ぶ者、煮炊きをする者、種子島の火筒につまった硝薬を掃除するもの、各自のうけもちを今のうちに決めておくよう父上から命じられていたのである。いくさをするのは、男衆だけではないのだ。

わたしは懐剣を鞘におさめた。

柄元がさわやかに鳴った。ゆるんだ襷をきっちりとかけ直してわたしは庭へおりた。夏の火が大楠の向うへ傾き、くろぐろとした影が広場にのびていた。城門からぞくぞくと新しい将士がくりこんでくるところであった。出城につめていた者どもが、本城にこもるためやってくる手はずになっていることをわたしは知っていた。宇木城と二の丸である正林城の二箇所をのぞく残り四つの城兵たちは高城へのりこんできた。わたしは兵糧倉のたくわえを胸算用した。去年は不作で、物成りが少なかった。おととしも凶作であった。龍造寺隆信公が島原の有馬氏を攻めた年である。

夏にあられが降り、冬にいかずちがとどろいた。大川が溢れ、山が崩れた。ま昼、天が血のように赤く光った。泰雲和尚はこれをよからぬことの前兆であると予言した。隆信公の敗死を告げる前ぶれであるとは知る由もなかった。父上は島原攻めに加わらぬ代償とて、隆信公に兵糧二百石をさしだした。倉は空っぽ同然となった。秋の物成りを見こして兵糧を贈ったのに、その年の実入りは乏しく、領地の百姓は年貢の減免をねがいでるしまつ、父上は憐れみをたれて、平年の四割べらしをさし許すというお布令を出された。

百姓どもにはたくわえがある、凶作のつど年貢を減免したらつけあがらせることになるといって、御家の重臣たちはこぞって父上のおとりはからいに異議を申したてたが、父上はきかれなかった。百姓こそ国の基、国の宝であるとおっしゃった。去年は二割べらしであった。倉番の足軽が、この頃はねずみも痩せおとろえて、めっきり数が少なくなったと私語しているのを聞いたことがある。

出城の将士がくりこんで、籠城衆は六百余人にふくれあがった。

暗くなるまでに近郷近在の名主たちが家の子郎党をひきぐして城へやってくる。左内によると、その人数はおよそ二百人あまりという。女子供が三百余人、あわせて千と百余人になる。ねずみが痩せ細るほどの兵糧倉にこれだけ大勢にふえた籠城衆に食べさせる五穀がたくわえられているかどうか。合戦に加わらない老人子供は、今のうちに城の外へ出しておくのがいいのではないだろうか。


「於梨緒さま、お探ししておりました。こちらへ」

厨へはいると、イネが目ざとくわたしを見つけて先に立った。納戸小屋の戸をあけてわたしを請じ入れ、板戸をたてきった。天窓から射しこむ光に浮びあがったイネの顔には、深い皺がきざまれ、老いが感じられた。わたしはそのときになってイネがうす化粧をほどこしているのを知った。

「申しあげまする。ただ今、権助が参ってしらせました。搦手口を守る衆が城を出たそうでごんす」

「出たというと」

「逃げたということで。女中どもはまだこのことを知りませぬ」

「搦手口をうけもっていたのはどの組の者か」

「山崎丹後守さまとご子息、山崎数馬さまでごんす。そうそうに新手を張りこませなければ、城の水口を断たれることになります。山崎の手の者、足軽小者を入れて八十人。ヒエが握り飯をうけとりにくるよう搦手の衆へとりつぎに参りましたら、旗指し物が立ててあり、はきふるしたわらじがすててあっただけと申します。このことを知っているのはイネめと権助それにヒエ、アワの四人でごんす。ヒエの話だけでは頼りなく、念のため権助をつかわして検分させました。まちがいなく山崎の配下はお城を見かぎったごとくあります」

「イネ、おちつけ」

といったわたしも咽喉がむやみに渇いた。

「それだけではごんせん。辰巳矢倉につめていた東伯耆守さまの組衆も二、三十人いつのまにか姿を消しております。乾《いぬい》矢倉を守る衆は五十人と承知しておりましたのに、厨へ握り飯をうけとりに参った人数は三十七人しか見えませんでした。一人で二人前もうけとる不らち者が出ませんようにイネめがきびしく見はったのでごんす。よってくだんのごとくなり」

イネははらはらと落涙した。

わたしは声を励まして今は泣くときではないと叱りつけた。城内にこもっている老人子供を外へ出しておく方がいいのではないかと相談した。いくさの役には立たず、穀つぶしになるだけである。

「そのこと、イネめも考えまして、年寄りを呼びつけ、城からおちるがよいと申し渡しましたが、われらは元亀三年の大村攻めで御家のために働いた功臣、おめおめと龍の軍門にくだるのはまっぴらじゃとはねつけられました。落城のおりは女子供を刺し殺し、大殿さまのみもとで腹を切るつもりというております」

御家を退散した重臣たちは、龍造寺家晴のもとへ参上して召しかかえを願いでる腹なのである。どういうわけかわたしは山崎丹後や東伯耆を憎む気になれなかった。

「イネよい、佐嘉から於志摩さまについて参った女中がいたろう。於ムギとかいうた。あれは龍造寺家の名高い侍の縁者と聞いているが、山崎丹後を追わせてはいかがであろう。丹後守は於ムギをぶじ龍家の縁者に返してくれそうな気がする」

「於梨緒さまのおぼしめしでごんす。イネめが左様とりはからいます」

「権助をつかわして左内を呼んで参れ。もうすぐ日暮れになる。搦手口の守勢が逃げたことは足軽たちが噂する前に、上から達した方がよい」

わたしは板戸に手をかけた。イネは膝でにじりよってわたしの裾をつかんだ。

「おそれながら申しあげまする。お嬢さまの身のふりかたについて、イネの存念がありまする。於ムギを出すときにお嬢さまも」

「わたしに城ごもりするなというのか」

「たってのお願いでごんす。於志摩さまを初め御家一統みなみなさまが城と定めを共になさいますならば、西郷家の血筋が絶えましてごんす。かりに於志摩さまが御子供衆をつれて逃げのびられても、龍の者ども草の根わけて探しだされましょう。お嬢さまは大奥さまの息女ではありませんゆえ、龍家にお名前が知られておりません。しかしながられっきとした西郷家の血を引いたお方であらせられます。多良岳の山奥か、もしくは松浦の離れ小島かにおちのび、御家の血筋を世に伝えて下さいますように。むざむざと佐嘉の手にかかるのはもったいのうごんす。このこと、婆の願いでごんす」

イネは両手でわたしにとりすがった。

開いた唇の内側に、染め直したばかりのおはぐろがのぞいた。イネは死にたがっている。御家に殉じるつもりでいる。わたしに逃げろという魂胆は察しがついていた。女たちの中で死を思いつめているのはイネには自分だけで充分なのである。於志摩さまたちは仕方なく高城にこもっておいでである。できることならおちのびたいのはやまやまなのであるが、かくまってくれる大名は近くにないのであった。大村氏が領内からの船出を許すと口約束をしてはいても内心は怪しい。うけいれてくれる所があれば、御家の女子供衆はいそいそと城を後にされるだろう。

わたしはすすり泣いているイネを納戸に残して外へ出た。

イネが逃げだすようにすすめたのは、わたしもまた死を決していると見てとったからにちがいない。

(側室の娘なら龍の者はみのがすだろう)

とイネはいった。もっともな考えである。御家の系図にわたしの名前は書きいれてない。わたしの名前どころか、わたしを産んだ母の名前も。母はわたしを産みおとしてまもなくみまかったと聞いている。わたしに乳を与えたのはイネである。イネも母の名前を覚えていないという。

ふと、わたしは立ちどまった。

(もしや……いや、まさか)

女中たちには優しいイネが、わたしにはなぜ笑顔ひとつ見せないのか。それでいて城内ではどこを歩いているときもイネの目を感じているのである。子供のときからそうであった。厨の内でも馬小屋でも御書院でも、昼も夜も、どこかに必ずイネの視線があった。

わたしの乳母であったからだろうか。ただそれだけのことなら何もわたしの姿をつけまわすことはない。イネの家族、生いたちなどは問わず語りにイネが話してくれたのを、わたしは信じてきた。納戸のうす暗がりで、わたしの着物をつかんだイネの力は強かった。すがるようなイネのまなざしはただごとではなかった。死ぬ気でいる女が自分の他にもう一人いると知って邪魔ものあつかいにしたのだと見なしたわたしは正しいのだろうか。

納戸の埃がつもった床につっ伏してすすり泣いていたあの声が、わたしの耳から消えなかった。イネはもしかしたらわたしの母ではないのか。（権助よい）とわたしは大声で呼ばわろうとした。開いた口から出たのは権助の名前ではなくて、首をしめられる鳥のような声であった。目の前が暗くなり、咽喉もとが熱くなった。わたしはしゃがみこんだ。歯をくいしばって嗚咽をこらえた。イネはわたしの母なのである。あの顔、あのまなざしは子を見る母親のものだ。確たるあかしなど要りはしなかった。わたしの涙、みぞおちの痛みがそのしるしだった。こらえかねてわたしは味噌樽のかげで泣いた。

あたりをはばかるような咳ばらいが聞えた。

わたしは土間にうずくまった権助に気づいた。権助は気づかわしげな目でわたしを見まもっていた。水を、とわたしがいうと、権助は手桶に水を張ってわたしのもとへ運んできた。

「山崎の手勢が逃げたそうな」

わたしはつとめて快活にいった。手早く顔を洗った。

「乾矢倉と辰巳矢倉の手の者も。恩知らずの奴ばらでごんす」

「権助よい、サンチェスは退散したか。はやばやと深堀家へ帰参しなければ、矢上城がおちたからには、龍の者につかまるだろうに。龍は切支丹大名ではあるまい」

「はあ、実はそのことでごんす。城ごもりの衆が何人か耶蘇教に帰依したいと申し出ました。侍も足軽もおります。きょうまで大殿さまの御意によって耶蘇はご法度でありましたが、かくなる上は苦しからずとのお達しが出ました由で、ひそかに耶蘇を信心しておりました者どもが名のり出、はれて宗徒となるための儀式をサンチェスどのにとりおこなってもらっている所でごんす」

わたしは権助に左内を呼んでくるように命じた。

上女中は板の間で、下女中は土間で、早目に夕餉をつかった。女たちは千余人分の握り飯をこしらえたので、手が赤くなっており、膳のわきに盥をすえて、ときどき手を浸した。炊きたての熱い飯を一人で三十箇も四十箇も握ると、皮膚が赤くなるのである。それでも足軽同様めったにいただかない御飯を何杯もお代りすることが許されて、女中たちは幸せそうであった。おたがいに同僚が何箇の握り飯を握ったかたずねあい、年増も小娘も笑いさざめいた。

左内が来た。

わたしは厨の外に出た。城でいちばん大きな水甕のわきで、左内に搦手口のことを告げた。左内は予期していたことだといって、少しも驚かなかった。山崎の手の者はいずれ逃げると思ったので、自分がわざと搦手口に備えさせたのだ。あそこなら城内の衆に気どられず外へおちられるからと、左内はいった。

「左内、本丸の井戸は涸れている。搦手口の井戸を寄せ手にのっとられてはならん。頼んだぞ」

「そのこと承知、各組からえりすぐった将士を今夜じゅうにつかせます。於梨緒どの、水の手と火の用心、くれぐれもお頼み申します」

城門で暮れ六つの板木が鳴った。古賀村へ向う宇良順征の隊を見送りにゆくといって左内は歩き去った。日がかげった。

足軽が十四、五人、厨へ水をもらいにきた。塩からい鰯の丸干しを食べたあげく、調練で汗をかいたので咽喉が渇いたらしい。左内の配下である。わたしは厨口の大甕の水を汲もうとしている足軽を叱った。女中が搦手口の崖下からわざわざ汲みあげた大事な水である。欲しければ崖下へおりて行って汲むようにと命じた。叱られた足軽はかしこまっていたが、残りの連中は厨口をのぞきこんで、食事している女中たちを見ようとしていた。

わたしはその中の小頭らしい男を、柄杓で殴った。

恐縮して逃げる男に追いすがってもう一度、首のあたりをひっぱたいた。足軽たちは腹当胴を叩いて笑いころげた。わたしも笑っていた。

「お嬢さま、われらの合印はお女中がたが縫うて下さると聞きました。精根こめて縫うて下さるとげな。われら一人ずつお女中にお礼を申しあげたい。この気持、汲んで下されえ。われらの合印をどのお女中が縫うたか、ひとめでいいからお顔を拝したいもんじゃ」

「無礼を申すな」

「お女中も自分が手ずから縫うた合印をどの男が身につけていくさするか見たかとではごんせんか」

わたしはとりあわなかった。柄杓を水甕に投げ入れて厨へ戻りかけた。手桶をさげた足軽たちは搦手口へ向った。彼らは手桶をかるがるとふりまわし、踊りながら歌った。この頃、領内ではやっている「他生の縁」という歌である。

うつせみのこの世や
流れにうかぶ人の身
どこでとまるか先や知らぬ
先や知らぬ
やあ　さらさ
さあ　やらさ　ありがたき
弥陀のお慈悲を　やれさ
たのみ参らせん

辰巳矢倉の下に人だかりがあった。

「やれさ、たのみ参らせん」と口ずさみながら薪束の山をまわって厨へ戻ろうとしたわたしは足をとめた。木かげで休んでいた足軽も陣屋にいた老人衆も人だかりの方へ急いでゆく。ののしり声と悲鳴のような声が聞える。わたしは通りすがりの老爺に何があったのかとたずねた。昨晩、捕えた龍造寺の間者をこれから斬るところらしいと、老爺は告げて不自由な足を踏みしめながら辰巳矢倉の方へ去った。左内の配下である足軽が手桶に水をもらいにきた。間者を打ち首にするから刀を洗う水が要るのだという。けさ、首を打ったのではないかと、わたしはきいた。

「否《いんに》、間者をあずかった丹後守さまは龍家の心証をよくするため、つれて逃げるおつもりでご陣屋にかくまっておられました。そいつをわれらが見つけ、これより打ち果たす次第でごんす」

間者の一人や二人を斬ったところで何になろう。わたしは手桶を持った足軽とともに辰巳矢倉へ向った。

その男は年の頃二十歳あまりに見えた。下帯ひとつの素裸にされ、荒縄でがんじがらめに縛りあげられていた。筋骨たくましい赤銅色の体を夕日が照らした。男は口もとにふてぶてしい笑いを漂わせ、とり囲んでいる足軽たちや老人子供をにらみまわした。わたしは左内の袖を引いた。人だかりからやや離れた場所へ招いて、無駄な殺生はさし控えた方がよくはないかといった、

「山崎丹後が搦手口の外で斬ったというたから私もそのつもりでいた。生かしておいては足軽どもがおさまらぬ」

「丹後守はあの男をなぜにつれて逃げなかったのだろうか」

宇良順征が城内を見まわりしたとき、陣屋にかくまわれていた間者を発見した。丹後守が逃亡する前のことである。ご家老衆が城を見かぎったので心おだやかでない侍足軽をふるいたたせるため、どうしても斬らねばならぬと、左内はいった。

人だかりの内側から声がした。

「殺すなら早く殺せやい。きさまらおじけづいたか。こげな城でいくさしたとて、御家はひともみにもみつぶそうぞ。餓鬼の出べそのごたる城をおとすくらい屁のかっぱじゃ。きさまら一人のこらずわが方に討ちとられる定めぞ」

見物人は木ぎれ石くれをその男に投げつけた。口々に「殺せ」と叫んだ。遠岳忠堯の家来が太刀に手桶の水をかけてふりかぶった。

「左内」

とわたしはいった。服部左内はだまって頭を左右にふった。見物人は声をのんだ。わたしは人だかりに背を向け、両手で耳を覆ってしゃがみこんだ。耳に蓋をしてもどよめきは聞えた。かん高い声が空をつんざいた。わたしはそちらへ目をやらずにはおられなかった。間者は肩から血を流して地面に突っ伏していた。忠堯の家来はしくじったらしい。面目なげにうなだれ、間者のもとどりをつかんで上体をもたげさせた。

「どけ、おれがやる」

忠堯が家来をおしのけた。

「きさまらは鉄砲を二十五挺しか持たんじゃないか。龍造寺さまは五百挺もお持ちじゃ。勝負になると思うとるのか。ふん、かた腹いたかわい」

血を流しながらその男はあい変らず高い声でののしった。鉄砲五百挺と聞いて、宇良順征の組の者は顔を見あわせた。心細くなったのであろう。「五百挺げな」「嘘じゃろ、そげんあるもんか」「否《いんに》、博多の鉄砲商人から買い入れたのだろう」とひそひそ声で話した。忠堯は水に浸した大業物をふりかざした。濡れた刀身に夕日がきらめいた。わたしは目を閉じた。ひぐらしの声だけが聞えた。間者は忠堯に名前を教えてくれと頼んだ。冥途の土産に承知しておきたいとつけ加えた。

「遠岳忠堯どのか。お名前うけたまわった。おれは龍造寺家晴さまのご家来、蒲池日向守さまの組の者、納富《のうどみ》の仁助。ただ今、果てまする」

忠堯はいさぎよい覚悟だと仁助をほめ、見物している足軽たちにこの者のあっぱれな心根を見習うようにいった。

「御家、安泰」

太刀がふりおろされる寸前、仁助はそう叫んだようだった。わたしは人だかりを後にして、厨の方へ戻りかけていた。御家、安泰とはわたしの聞きちがいで、仁助はただ首を打たれる恐怖に悲鳴をあげたのだろうか。龍造寺の家来も御家の手の者と同じく、主家の安泰を願うことにかけては変りがないのである。わたしが厨の方へ急ぐとき、ま向いに夕日が輝いていた。

目もと涼しい若者は、あの夕日が山の端に沈むのをついに見とどけないまま、幽明境を異にしたのだと思った。左内は殺したくないようであった。腕組をしてむっつりと本丸の屋根を見あげていた。処刑される仁助には背中を向けた恰好であった。こういうとき、七郎さまはどこにおられるのか。わたしはなぜか肚がたった。どこぞに隠れて歌でもよんでおられるのかもしれない。七郎さまならあのりりしい若者を助命してやれただろうに。

（ただ今、果てまする）

仁助の声はふるえていた。父母のもとから遠くへだたった異郷で捕えられ首をはねられる間ぎわに及んでも命乞いをしなかった若者の雄々しい心情がいとおしかった。左内や忠堯とあまり年齢はちがわないのである。わたしの前で夕日がふくれあがり、ちりぢりに砕けた。「弥陀のお慈悲を　やれさ」わたしは頬を伝う涙を拭い、小声で歌って討たれた仁助の後生が安らかであるように念じた。

「お女中頭はどこにおられる」

四十年配の足軽が厨の土間にずかずかはいりこんできた。

イネが現われた。短袴をはき、鉢巻をきりりとしめている。日がおちてから厨にはあかあかと灯明がともされた。たちこめている湯気をすかしみるように奥をうかがっている足軽の前にイネが立った。足軽は土間に片膝をついた。

「おれは服部左内さまの手の者、江の浦の竹次と申す者。これより物見に駆けだすようおおせつけられた。竹次以下八人、早めに晩飯を喰ろうて出ばるゆえ、厨へ参上しましてごんした」

「物見か、どこまでゆく」

「はいさ、二人ずつ組みになって、一組は海ぞいに小長井まで、一組は多良の尾根をこえて湯江の北へ、一組は有馬領の境まで、一組は大村領の境まで参ります。龍の者としめしあわせて、大村と有馬の勢が乱入することがあるやもしれずと、御大将はおおせられました」

「八人はみな服部さまの手の者か」

「左様」

イネは腰にさげた帳面を開いて灯明に近づけた。鉄砲、弓矢、槍などの大将名が記された横に人数が書きこまれていた。遠岳忠堯組七十八人、宇良順征組七十五人、芦塚主膳組八十一人、服部左内組百九十三人。イネは左内のくだりに正の字で八を書き、アワを呼んで二食分の食事を与えるよう命じた。一食分は弁当である。海ぞいに物見をするのは、けさ、佐嘉を船出した龍造寺勢の先鋒が子丑刻には小長井あたりに上陸する公算があるからである。

しかし、海岸ばかりに気を配っていると、山ごえして討ち入る敵を見のがすことになる。湯江の北にひろがる多良岳の裾にも物見をつかわさなければと考えた左内はさすがである。

「竹次よい、他の七人に酒をやる。ここへ呼べ」

といったイネは、竹次は答えた。

「お女中頭、大事なお役目をいただいたわれらがなんで酒を喰らえましょう。首尾よく帰参しましたならばふるもうて下されえ」

ヒエは竹次の神妙な言上に心をうたれたのか、帯にはさんだ汚れ手拭いの端をつまんで目頭をおさえた。まわりにいた女中たちはヒエのすることをそくざに真似た。去年、大村からご領地へ流れてきた白拍子の一行が城下で演じた風流《ふりゅう》の名残りである。夫に先立たれた女が手拭いの端を指でつまんで泣くそぶりが風流を見物した女中たちの目をひいた。以来、何かにつけて白拍子の身ぶりを真似る女中がふえた。大村領へ流れてくる前は佐嘉領で客をよせたという。もともとは都から下ってきた一行であると聞いて、城内の女中衆は半年あまり話の種子にした。

ヒエがしたようにわれもわれもと厨の女たちは手拭いの端を目にあてた。仁助とやらが首をはねられたのは知れわたっていた。眉目うるわしい若者は女中たちの噂になった。足軽にはもったいない男である。しかし他国の敵《かたき》であればやむをえない。竹次も物見に出れば捕われて殺されないとも限らない。大村や有馬は合戦が自領にわざわいを及ばさないように軍勢を仕立ててひしひしと国境を固めている。龍造寺の先兵は山かげや森にひそみ、御家の物見を手ぐすねひいて待ちかまえているにきまっている。昔から、物見は十人出て三人帰れば上乗なのだそうである。

「ヒエよい、鰯の丸干しは二尾ずつ。梅干しは三箇ずつそえるように。握り飯には味噌をまぶして固く焼くこと」

イネのさしずにヒエは心得ましたといった。八人分の晩食と弁当を持って竹次は厨を立ち去った。

イネは女中衆を三組に分けた。それぞれ紅組、白組、青組と名づけ、反物奉行が倉から出した新しい襷を配った。とっておきの絹である。紅組には紅色の、白組には白色の、青組には青色の襷をかけさせた。女中たちは目を輝かせて自分に与えられた絹布を灯明にかざしたり、長さや幅をくらべたりした。絹というものをうまれて初めて手にする女もいただろう。ひとしきり私語が続き、イネの声でやんだ。イネは黒い絹で襷をかけていた。

「みなの者、聞けやい。大殿さまのおぼしめしで上物の襷をいただいた。このこと、ありがたく思わなければならぬ」

女中たちは指で絹布をしごいた。水が勢いよくほとばしるような音が厨を走った。

「紅組は戌の刻から寅の刻まで、白組は寅の刻から午の刻まで、青組は午の刻から戌の刻まで働く。めいめいご奉公の刻限をそらんじておくように。紅組が厨で働いているとき白組は年寄り子供衆のそばで休息する。青組は寝所でやすむ。眠るのも役目と思え。勝手に侍足軽の持ち場へ近づいてはならん。いいつけにそむく者はイネが成敗する」

「心得ました」

紅組の頭はヒエ、白組はアワ、青組はタネがえらばれた。イネは眠っている間とても襷をとってはならないといい渡した。女中衆は今までの古ぼけた襷をはずして、いそいそと新しい襷をかけた。うれしそうであった。二人ずつ向いあって、相手の襟元を直し、襷の結び目を点検しあった。死出の装束となるかもしれないのに、うち沈んでいるのは一人もいなかった。イネがわたしにくれたのは黒い襷である。それを膝のわきに置いて遅い夕餉をしたためた。握り飯と梅干しと鮑の吸い物をヒエがととのえた。イネはわたしと目を合わせないようにしていた。龍の先鋒は今じぶんどのあたりまで来ただろうか。梅干しのさねをしゃぶりながらわたしは考えた。

明日の晩までには船手の軍勢が小長井の海岸に上陸すると韋駄天の虎次は報告した。

陸路をよせてくる軍勢も、三日あれば伊佐早領に到着する。ゆっくりと夕食を食べられるのも今夜までである。青組はさっそく寝に行った。白組は竹竿の先に藁束をむすびつけ火消し棒を作りにかかった。足軽たちが鍬や鋤をかついでやってきた。納戸の床板をはずして穴を掘り、木炭を埋めた。火矢を射かけられたときの用心である。戸外につまれた薪は土間に運びこまれた。イネは命じた。

「組頭は城攻めが始まったら、厨の屋根に物見を一人ずつ登らせること。寄せ手は必ずや火矢を放つ。厨の屋根に火がついた場合は、ただちにむしろを水に浸して薪束にかぶせること」

「はあ、心得ました」

「いくさとなれば咽喉かわきがせつないものであるから、持ち場持ち場に水を絶やすな。足軽衆はいちいち厨まで水を汲みにくるひまなぞない。門、矢倉、諸陣屋、介抱所に水を運ぶときは二人一組となってゆき帰りすること。男衆とお役目以外のことでかるがるしく口をきいてはならん」

「かしこまりました」

わたしは女中たちの中にムギを探した。白組に入れられていたはずである。反物奉行が布ぎれをざるに一山もちこんだ。旗指し物をこしらえた残りぎれである。イネは合印の形を説明した。針と糸、鋏が配られた。ムギはどこへ行ったか。厨の外で刃物のぶつかる音がした。老人衆のさわぐ声もした。ムギは厨の中にいない。何人かの女中が、赤児に乳をやらなければならないからとイネの許しを得て陣屋へ去った。城外に家を持っていたご家中の者も合戦にそなえて城内に建てられた仮小屋にこもっているのである。姪が産気づいたからといって去る女中がいた。老父の病が思わしくないから看とりにゆくといって厨を出る女中もあった。

「見よやい」

イネは手に合印の見本を持って高くさしあげた。幅一寸長さ五寸ほどの布に「い」と書かれた文字が見える。明朝までにこの合印を千百枚こしらえるようにと、イネは命じた。女中たちは手分けして仕事を始めた。墨をする者、残りぎれを裁つ者、縫う者、そうこうするうち、赤児に乳をやりに行った女中が同僚の赤児をかかえてきた。厨から離れられなかった女中もいたのである。その女たちは襷をはずし乳をとりだして赤児に含ませながら合印を縫った。泣き叫んでいた赤児は母親の胸に顔をおしあてたかと思うとすぐに泣きやんだ。

わたしの前で赤児を抱いているのは、たしか芦塚主膳の姉である。おこぜのような顔をした色あさ黒いその女は灯明に針を近づけて糸を通そうとしていた。眉根をよせ唇をすぼめて針穴に糸の端を通した。

この女たちがみんな死ぬと思ったのは、今が初めてではない。しかし、わたしは女たちに抱かれた赤児も死ぬだろうことに思い至らなかった。城が落ちるとき、赤児もたすからないのである。ぼんやりとものの思いに耽ったわたしは針で自分の指を突いて我に返った。主膳の姉はねっしんに合印を縫った。赤児はもみじのような両手でかわるがわる乳房を押して乳を吸った。煮炊きにいそしんでいた折りのけわしい表情は主膳の姉から失せていた。

赤児に乳を含ませている五、六人の女中たちはみな穏かないい顔をしているように見えた。

わたしは自分の胸をかたくしめつけている晒布をこのときなぜかわずらわしいと感じた。晒布の下で胸乳の汗ばむのがわかった。息苦しくさえあった。誰かがわたしをじっと見つめているような気がした。顔をあげると、イネが柱のかげからわたしを見つめていた。イネはついと目をそらして奥へ消えた。

わたしはムギを探すために厨を出た。

城下はいちめんの火である。

夜空を赤く焦がして焰が立ちのぼった。城の東側にひろがる御屋敷はすべて火がかけられていた。火の粉が舞いあがった。煙の乾いた臭いがわたしを包んだ。高城は北側を大川で守られ、西側と南側は岩山で守られている。敵が攻めてくるのは東側しかなかった。足軽たちは、焰で背中をあぶられながら矢倉の下に杭を打ちこみ、逆茂木をゆいまわしていた。城の裾にも中腹にも、あわせて三重の鹿砦を張りつつあった。山の勾配は急である。杭を打つ足軽たちは、体を縄で縛り、矢倉ぎわの同僚が縄の一端を支えた。

本丸のある広場にはかがり火が焚かれた。城門のきわにも、陣屋の前にも焚かれた。かがり火に照らされた男衆は生血をあびたように朱色でくまどられ殺気だっているように感じられた。岩山で切り崩された岩石がもっこで運びこまれた。石工がそれを子供の頭大にのみで割った。岩石は持ち場に配られた。

老人衆は刀や槍の穂先をといでいた。

城下の火に見とれて、わたしはまぢかで働いている老人衆に気づくのが遅かった。錆びた刀が倉から運びだされ、うずたかくつんであった。老人たちがそれを砥石にかけて前後に目まぐるしくすべらせるとき、わきにかがんでいる子供が水をしたたらせた。

とぎ終えた刀や槍は陣屋へ持ち去られた。

刀とぎに加わっていない老婆衆は下肥えを汲んだ。肥桶にはなみなみと糞尿がたたえられ、矢倉の角に並べられた。老婆衆も鉢巻をしていた。腰のまがった女たちが天秤棒につるした肥桶を運んだ。肥桶の底は地面にとどきそうだった。

城門のあたりがさわがしくなった。

馬がはいってくる。介抱所から女中たちがばらばらととびだしてきた。宇良順征の声がした。左内が本丸から駆けだした。古賀村へ行った組が帰ってきたのである。

黒い人影がよろめきながらわたしの方へ近づいてくる。門太である。わたしは城門をうかがった。順征は自分の乗馬の他に鉄砲荷駄を運ぶために三頭をつれて出たはずである。帰ってきたのは一頭しかいない。順征はかちであった。足軽たちがその馬につんだ荷駄をおろしていた。一頭で運ばれる鉄砲はわずかであろう。門太がいった。

「申しあげまする。介抱所にまだ晒布が渡っておりません。そうそうに出して下されえ」

わたしは厨へひき返してイネにとりついだ。反物奉行があわただしく奥へとんで行った。イネが門太の手傷を心配した。体じゅう血まみれになっているのである。返り血をあびただけのことだと、門太はいった。

それでも疲れきった様子で土間にうずくまった。

「門太やい、その太刀はいかがした」

わたしはぬき身のまま門太が背中にくくりつけている刀を指さした。長崎勢の伏兵と出くわしたのは、古賀村の手前一里ほどの山道だったという。まがりかどを折れたとたん、向うからやってくる敵と鉢あわせしそうになった。先頭を歩いていた長治と弥右衛門は「わっ」といって腰をぬかした。敵もたまげてすわりこんだ。まっくら闇である。後ろの兵が「なんだ、なんだ」といっている間に斬りあいが始まった。敵は種子島銃を使うひまがなかった。

「長崎の手の者は十数人いましたろうか。もうわしは何が何やらわからず、合言葉をおらびながら太刀をふりまわしました。嘉平次と又吉、平次と長治がやられました。なんまいだぶ、なんまいだぶ」

門太は合掌して念仏をとなえた。敵は八人の死体を残して逃げた。気がついてみると門太の刀はひんまがっていた。種子島銃に斬りつけたときらしい。刀を折った足軽は、死んだ敵兵の刀ととりかえた。宇良順征は逃げた敵が新手を呼びよせるのをおそれて間道をえらんだ。古賀村の東にある森はどうにか見つけることができた。鉄砲は五挺ずつ五つの箱におさめられ、六つめの箱が弾丸と煙硝であった。一頭の馬に二箱ずつのせてひき返した。古賀村のはずれで敵の物見に見つかった。宇良隊はひたすら逃げた。しかしついに久《く》山《やま》のあたりで追いつかれた。順征は四人の配下を二つに分けた。三頭の馬を一人ずつ曳かせて先に帰らせた。別の道をたどるようにいいつけた。吾助が順征と踏みとどまった。

けっきょく帰りついたのは門太が曳いた馬だけである。

人ひとりようやく通れるほどの切り通しに身を伏せた順征と吾助は、追いかけてくる長崎勢を槍で突き伏せた。敵は種子島銃を射ちかけたが、闇が二人の主従を守った。切り通しには追っ手がかさなりあって倒れた。しかし伏兵は切り通しのこちら側にもいた。三頭のうち二頭は敵に分捕られ、甚八と弥右衛門も殺されたらしい。

門太が語るのを聞いた女中たちは争って手拭いの端を目にあてた。あて方にはめいめい工夫をこらした。門太は女中たちが一人のこらず泣くのでやや当惑したふうであった。反物奉行が晒布を一重ね持ってきた。手傷を負うたのは順征と吾助である。深手ではないけれど二人とも二太刀以上の傷をうけているという。わたしは血止め薬をたずさえて介抱所まで同行した。

「城門までたどりついたとき、やれやれと思いました。ところがお嬢さま、ふと見ると白目をむいた人間の首が矢倉の上にのせてある。肝がつぶれるごとありました」

夕方、打ち果たされた仁助の首であろう。わたしは成敗のてんまつをかいつまんで吾助に告げた。吾助は低い声で「なんまいだぶ」ととなえた。

八の字に開かれた城門からぞくぞくとくりこんでくる隊列があった。牛馬に鍋釜や米俵をつみ、女子供や年寄りがしたがっている。本丸の広場で列は止まった。遠岳忠堯が大かがり火を背にして床几にかけた。一人の百姓が隊列から進み出て、忠堯の前に平伏した。

「もうし、御大将。このたびは御家の一大事と心得ました」

「どこの名主かやい。名のれ」

「目代《めしろ》村の庄屋、十二代文兵衛、家の子次郎兵衛、九郎兵衛をひきつれて馳せ参じました。年寄り女子供、穀つぶしかと恐縮に存じまするが、一統十人、お城にこめて下されえ」

「兵糧は持参したか」

「はあ、米七斗五升、麦稗粟一俵ずつ、味噌塩干し大根、茄子と干し柿などたくわえをかついで参りました」

「十二代文兵衛一統、お城にこめてやろう。業物は何を持っとるかやい」

「太刀三振り」

忠堯はわきに控えている惣倉奉行に、文兵衛が運びこんだ兵糧の種類と量を帳面に書きとらせた。軍目付が文兵衛以下二人の百姓の名前を行賞帳に書きこんだ。目代村の庄屋は芦塚組の配下になるよう指示された。年寄りたちは仮小屋にひきとられることになった。広場で燃えさかるおびただしいかがり火を見て、子供はおびえた風情である。目をみはって立ちすくんでいる子供の手をじゃけんにひっぱって母親は仮小屋へ去った。

次の百姓が忠堯の前にかしこまった。

「もうし、御大将。このたびは御家の一大事と心得ました」

「どの在の名主かやい。名のれ」

「菅牟田《すがむた》村の庄屋六代め清作、家の子清吉、清右衛門、清兵衛をひきつれて馳せ参じました。年寄り女子供、穀つぶしかと恐縮に存じまするが、一統八人、お城にこめて下されえ」

「兵糧は」

「はあ、米五斗一升、雑穀二俵、味噌と塩一壺、たくわえは洗いざらい持って参りました」

「六代め清作一統、お城にこもれ。業物は何を持ってきたかやい」

「弓一張り、太刀三振り、鉄棒一本でごんす」

「宇良順征さまの組につける。兵糧は惣倉奉行にさし出せ。次の百姓、前に出ろ」

軍目付が清作たちを手まねきして、宇良組の配下にひきわたした。女子供は仮小屋へ鍋釜をかついで去った。年寄りは腰にまいた荒縄によくといだ鎌をさしていた。具足奉行が倉をあけて、近郷近在からやってきた百姓足軽に、陣笠や腹巻を配った。合言葉も教えた。さすがに村の名主だけあって、新入りの彼らは伊佐早の七城をそらんじていた。

次にひざまずいたのは五十がらみの百姓である。目つきの鋭いその男は忠堯をにらみつけ、野太い声で「もうし、御大将」といった。城衆は耳をそば立てた。

「どこの在か、名のれ」

「おそれながら、おたずね申しあげまする。このたびの合戦、御家の一大事と心得まするが……」

百姓は口ごもった。彼の口上を筆記しようと見がまえていた軍目付はいぶかしそうに顔をあげた。

「さ来月には稲をとり入れねばなりませぬ。合戦がそれまでに勝ちいくさで終りまするや否や。そのことをうかがいとうごんす」

「終る。御家の勝ちいくさは必定である」

忠堯はふんぜんとした。

「ならば、われらお城にこもり、家の子どももお役に立つ存念でごんす。福田村の庄屋、五代め弥平、倅弥次郎に弥太、一統の女子供八人、米七斗五合、味噌塩一貫めをかついで参りました」

「業物は」

「野太刀一振り、太刀二振り」

「芦塚主膳さまの組につける。心おきなくつとめを果たすように」

口上の順番をかたわらで待っていた百姓たちは、五代め弥平のいうことにふかぶかとうなずいた。秋の刈り入れはまぢかにせまっている。田畑を見すてて城にこもるのは、よほどの覚悟がなければできないわざなのである。

忠堯は不機嫌になった。

百姓たちのいい分がもっともだと思ったからであろう。しかし、御家があぶないとき、秋の取り入れを心配する百姓を小しゃくに思いもしたのであろう。五代め弥平の次に登場した百姓は、けわしい表情に変った忠堯の前ですくみ、声音もふるえがちであった。

その百姓が忠堯に同じ口上をくり返した。

こうして城外から家族をつれてやってくる百姓たちの列はひきもきらなかった。夜半までつづいた。

仮小屋の方で叫び声があがった。

百姓どもが大勢たかっている。惣倉奉行が何事ならんと見に行った。まもなく引き返して忠堯にいうには、今、城に駆けこんで来た名主たちがたがいに口論しているという。鎌と鉄棒でわたりあっていたところであったそうだ。その前には公事《くじ》奉行がなすすべもなく呆然として突っ立っていたと聞く。

「いったい何があったのだ」

忠堯はうんざりしてたずねた。

「名主どもが訴えを起こしたのでごんす。公事奉行が聞きとりましたが、らちがあきません。遠岳さまに来ていただきたいと申しております」

惣倉奉行たってのたのみで、忠堯はしぶしぶ腰をあげ、仮小屋へ向った。わたしもついて行った。鉄棒を握ってぜいぜい咽喉を鳴らしていたのは菅牟田の六代めの清作である。鎌を手にしていたのは目代の十二代文兵衛である。二人は忠堯を認めてその場に這いつくばった。忠堯は大喝した。

「この非常時に、伊佐早人同士で喧嘩をするとは、場所がらをわきまえぬ不とどき者である。見せしめのために両人の首をはねる。覚悟しろ」

「まあまあ、遠岳どん」

公事奉行がわりこんで百姓どものいい分を聞いてやってくれとたのんだ。忠堯がひるんだのを見て、ここぞと口を切ったのは六代め清作である。

「申しあげまする、申しあげまする。われらは先祖代々目代村の山林に入会《いりあい》し、薪をとって参りました。このこと菅牟田村と目代村の村方役人公認にて何のおとがめもありませんでごんした。しかるにおのれの代になって目代村の山林は目代村のものと、この文兵衛めがいいくさり、入会を拒む仕儀でごんす。そこでおれは城にこめていただいたのをいいしおに、公事奉行さまへことの次第を訴え出、ご裁断をあおいだわけでごんす。私怨によって喧嘩したのではごんせん」

清作の言上が終るより早く文兵衛が口をとがらして弁じ始めた。

「おそれながら申しあげまする。目代山の入会権のこと、たしかに清作めのぬかす通りでごんす。二百年いや三百年このかた両村は仲良く目代山で薪をとって参りました。しかしながら清作めの代になって目にあまる薪のとり方をいたします。下枝を払うだけでなく杉や松を切り倒し家普請用に曳いて帰ります。入会は下枝もしくは地面の枯れ枝のみ許されておるとたしなめましたのに、村の者大勢で林を荒すこと、もっての他ゆえ、この機に公事奉行さまへ菅牟田の泥棒百姓を訴え出たしだいでごんす」

清作はいきり立った。

「文兵衛めはまことしやかないつわりをぬかす。こやつらは林の手入れをまったくいたしません。おれたちは毎年、杉や松の苗木を植えております。切り倒したのは松喰虫にやられた腐木にて、ほうっておけば他に害が及ぶゆえ、村方役人のお許しを得て切った上で火をかけ燃やしました。お城のお台所奉行さまには毎年、目代山でとった松茸椎茸のたぐいを献上しております。このこと菅牟田の村民のみの心やりでごんす。菅牟田の者どもをよしなにおとりはからい下さいますよう」

文兵衛は激昂してしばらくは口をぱくぱくさせるだけである。

「おそれながら申しあげまする。清作め問わず語りに手前のよこしまを白状したこと明白でごんす。松茸椎茸を献上したとは村の者どもが後ろめたいことを仕出かした証拠でごんす。申しあげまする。松喰虫にやられた松を切ったとぬかしておりますが、われら目代村の住人は日ごろ山林を見まわっておりますゆえ、松喰虫に喰われた木はたちどころに見とどけましょう。どうして目代山から一里もはなれた菅牟田の百姓どももわれらより先に気づきましょうや。根も葉もないそらごととおぼしめせ。次に松杉の苗木を植えたとぬかしましたが、こやつらが植えた苗木は根がついたためしがないゆえ、われら村民が植え直しておるのでごんす。御大将、もうし御大将、目代山は目代村のもの、入会は今後まかりならぬと菅牟田の者どもにいうて下されえ」

二人の名主は額を地面にこすりつけた。

「とまあこういうわけだ遠岳どの、どちらにももっともらしいいい分がある。わしには判断がつかん。どうする」

公事奉行はためいきをついた。忠堯も当惑した体であった。

そのとき、仮小屋の裏でののしり声が起った。太刀のふれあう響きが聞えた。足軽がすっとんで来て、忠堯に注進した。小屋の裏で百姓どもが斬りあいをしているという。

「またか」

忠堯はいらだたしげに眉をひそめ、足軽に百姓をとりおさえておくよういいつけた。

「清作に文兵衛、両人に申しわたす。目代山の入会権のこと、それぞれのいい分はたしかに聞きとどけた。しかしながら今は御家の一大事である。合戦がひと区切りつき、伊佐早の地が元通りになったあかつき、あらためて奉行が双方の顔を立てるよう裁断を下す。今後は城内にて喧嘩することまかりならん。万一、業物とって打ちあいする仕儀となれば両人とも成敗する。わかったかやい」

忠堯は仮小屋の裏にまわった。公事奉行も忠堯にしたがった。

二人の名主が太刀をとりあげられて地面の上にかしこまっていた。福田村の庄屋五代め弥平である。もう一人は同じく福田村の庄屋四代め卯吉であった。とりあげられた野太刀は両方とも中ほどから折れていた。

帳面を持った公事奉行を見て、五代め弥平が大声を発した。

「もうし、お奉行さま、弥平の申し分を聞いて下されえ。卯吉めはわが家の田の畦道を切り崩し、水路をせき止めた不とどき者でごんす。一刀両断に斬りすてて下され。かような者は百姓の風上におけない不心得者、お城にこもるとは言語道断」

「不とどき者とは弥平めのことだわい。もうし、お奉行さま、卯吉の申し分を聞いて下されえ。弥平は新田を切りひらき、新しく川から水を引きましてごんす。わが家の田圃はそれゆえ水路が変りまして水が張りません。再三再四、弥平めに水路を変えるよう申し入れましたが相手にしてくれないのでごんす。口惜しかったらおまえも新しい水路を掘れと申すのであります。川水を田に引くには、永年の仕来たりというものがごんす。弥平めはおれの迷惑をかえりみず、わが田のみいりのみ気にかけて水路をこしらえました。仕方なくおれは川をせきとめ、わが田に水を入れた次第でごんす。こやつめの申すように乱暴をしたのではありません。お願いでごんす。弥平めに水路を変えさせるよう、お奉行さまからお申しつけ下されえ」

　弥平はせせら笑った。

「新田をひらいたのはお上のお達しじゃわい。一坪でも多く良田をふやし、御家に年貢を納めようとて、額に汗し夜は星をいただくまで精出したのだ。おれは福田一の忠義者ぞ。先祖からうけついだ田畑をまもって、新田を切りひらく苦労もせずに何をほざく。おれは川水を引くについて、村の役人さまのお許しをちゃんと得ておるのだ」

「福田一の忠義者が聞いて呆れるわい。手前が新田をひらいた分だけおれの田圃が枯れてしまい、年貢を納められんようになったではないか。二言めには村方役人をかさに着るが、ひそかにまいないをさし上げておることくらいおれは知ってるぞ。申しあげまする。弥平めは検地帳にのっておらん隠し田を持っとります。村方役人をろうらくしてわが懐を肥やす仕儀、福田一の不忠義者と心得ましてごんす。弥平めをこらしめて下されえ。弥平めの隠し田を詮議して下されえ」

「いうたな」

弥平は足軽から折れた太刀をひったくって卯吉に斬りかかった。卯吉は「わっ」といって公事奉行の後ろに隠れた。忠堯が弥平の腰を足で蹴とばした。

「弥平に卯吉、時と場所をも心得ず勝手ないい分を申し立てる。両名とも斬ってすてたいところだが、特別のはからいで今夜はさし許す。田圃の水路については、伊佐早のご領地が安泰となった折り、あらためて公事奉行が詮議する。またいさかいをしたら、今度こそひと思いに首をはねる」

二人はこそこそと見物人の中にひっこんだ。また足軽がとんで来た。馬小屋近くの仮小屋で喧嘩している百姓がいるという。

「やれやれ」

公事奉行はぼやいた。

「二人とも叩き斬ってしまえ」

忠堯が叫んだ。

「二人ではありません。四、五人ずつ二手に分かれてとっくみあいをしていましてごんす。そばに近よれないほどの有りさまで。お出ましになって、とりしずめて下されえ」

百姓を城にこめるとろくなことはないなどとぶつくさいいながら、忠堯は注進した足軽にみちびかれて馬小屋の方に歩いた。十人ほどの屈強な百姓たちが下帯ひとつになり土煙をあげて今しもくんずほぐれつ争っているところである。

忠堯は馬も怯えるほどの大音声で呼ばわった。

「面白い面白い、退屈していたところだ。きさまらはたらふく飯をくらって力をもてあましていたと見える。とめはせんぞ、やれ、息の根をとめるまで喧嘩しろ。私はここで見物してやる。どうした、やらんのか、おい」

百姓たちは忠堯の言葉を聞いて面目なげにうずくまった。もとどりは解け、ざんばら髪である。双方とも顔立ちは似ていた。親類同士に見えた。

「おそれながら申しあげます」

いちばん年配である五十がらみの百姓が平伏した。

「うるさい、きさまらの言上は聞き飽きた。太刀でも槍でも貸してやろう。気のすむまで果たしあいをしたらどうだ」

「そこにお出では公事奉行さまとお見うけいたします。おれは永昌村の名主六代め寅吉と申す者、わが家先祖代々の田畑につき、親類の申し分と相違あり口論した次第でごんす。よろしくお上のご裁断をお願い申しあげます」

寅吉とそっくりの顔をした六十男が口をはさんだ。

「お上のご裁断には及びませぬ。寅吉めはわが家の田畑五反歩を横領した不とどき者でごんす。すでに先月、村方役人に訴え出、詮議を相願い出ているところでごんす。申しおくれましたが、おれは寅吉の叔父寅平と申す者、永昌村の名主は先代までおれの祖父《じじい》がつとめました。本家はわが家でごんす。六代め寅吉とは横着なる申し分、分家のくせしてぬけぬけと……」

寅平はにくにくしげに甥の寅吉をにらみつけた。公事奉行が村方役人のさし出した訴訟の一件書類を覚えているといいだした。忠堯は空になった馬小屋をぼんやり眺めていた。

「寅吉やい、寅平は田畑五反歩を横領されたと申しておる。きさまにもいい分があろう」

「横領とはめっそうもない。大川縁の荒地を切りひらいて五反歩の新田を作ったのはわが家の先祖でごんす。四代め寅吉が汗水たらして開墾した土地でごんした。しかしながら当時、名主であった寅右衛門はたったの一町二反しか持たず、名主としての顔が立たないと申しましたので、名義のみ寅右衛門の土地とし、耕作はわが家が代々して参りました。しかるに寅平のおやじの代になって、あの土地を手前のものとほざいて勝手にとりあげたので、指をくわえて横どりされては男がすたりますゆえ当方が奪い返しました。寅平のいい分、あまりといえば無道でごんす」

寅吉に終りまでいわせず、寅平が進み出た。頭を殴られたのか赤黒いこぶがふくれている。

「もうし、お奉行さま。寅吉めの申し分をう呑みになさっては困りましてごんす。あの五反歩を耕作したのは寅吉一家のごとく申しましたが、耕作するについてはわが家の作男を五人、いつも手伝いに出しておりました。次に五反歩をわが家の名義とした折りは、かわりの土地として栄田村の川筋に五反歩の良田をくれてやったのでごんす」

寅吉は寅平を乱暴におしのけて公事奉行の前にひれふした。

「寅平めのへらず口、片腹痛く聞えましてごんす。栄田村の川筋に五反歩の良田と申しました。呆れかえってこやつめの正気を疑います。川筋にどうして良田がございましょう。石と砂だらけの荒地に芦が生えとる土地でごんす。雨が降ればすぐさま水の下になる土地を五反歩もらおうと十反歩もらおうと、迷惑なだけでごんす。次に作男を加勢にと申しましたが、この者どもは年寄りの足なえ腰なえばかりにて、耕作には物の役に立たず、飯だけは人並に喰らう厄介者ぞろいでありました。哀れに思うてただ飯を喰わせてやった恩義を忘れ、加勢にやったと威張りくさる。おれは腹わたが煮えくり返る心地でごんす。五反歩の土地はまさしくわが家のものとご裁量下さいますよう」

「作男にただ飯を喰わせだと。ぬかしたな、この大ぼら吹き。わが家は作男にちゃんと弁当を持たせてやったぞ。えりすぐりの働き者ばかりだわい。うちの土地ゆえそうはからったのだ。栄田村の川筋にある五反歩は荒地とぬかしたが、ちゃんと堤防を作り、今は稲がみのっているではないか。お奉行さま、検見役をおつかわしになって荒地か良田かとくお調べになって下さい」

寅吉と寅平の口論は、聞いておれば果てしなく続くようであった。

忠堯はいつのまにか見えなくなっていた。

元の場所へ帰ったのであろう。

わたしは公事奉行を後に残して忠堯のもとへ戻った。七郎さまは今ごろ何をしていらっしゃるだろう。


忠堯のわきにつまれる兵糧は惣倉奉行がさしずして、厨へ運ばれた。仮小屋におちついた子供たちは、母親の目をのがれて広場へまぎれこんだ。あわただしい雰囲気に昂奮してうわずった声をあげ、足軽たちの間をかけまわった。傷の手当てをすませた宇良順征が、介抱所から出てきた。高い着到矢倉の上にいる物見に何か見えるかとたずねた。城下の火焔がしずまらないことには何も見えないという返事がおりてきた。

「西の方をよく見張れ。もしかしたら甚八と弥右衛門が逃げてくるかもしれん」

「心得ました」

順征は軍目付の帳面をのぞきこんだ。軍目付は帳面をくって、どれだけの百姓足軽が馳せ参じたか説明しているようであった。順征はうなずきながら軍目付の話を聞いていた。

広場に風が起った。砂まじりの突風がかがり火に吹きつけ、火の粉を散らした。赤い蛍さながら縦横にとびかう火の粉を、百姓の子供たちが追った。初雪にうかれて喜びさわぐ恰好を思わせた。彼らが今年の雪を見ることはあるだろうか。

近郷近在すべての百姓が城に駆けこんだのではなかった。

栄田村、永昌村、福田村、菅牟田村、栗面村、田結村、目代村などからは名主が一統の他少数の百姓をつれて城にこもった。

しかし、宇戸村、小江《おえ》村、井崎村、長田村、湯江村、津水村、大渡野村などからは、名主はおろか百姓一人も現われなかった。このうち、小江、井崎、長田、湯江村は龍造寺勢の進路に当たる。小荷駄運びに奉仕したり馬の飼いばを献上したりして、来たるべき新しい領主のご機嫌をとりむすぶ肚と見えた。

わたしは満天の星を仰いだ。

青黒い天蓋に、銀砂子をちりばめたような星くずがまたたき、わたしの目を射た。去る者は去り、来る者は来るであろう。ふだんならしずまりかえっている頃おいであるが、城内は騒がしかった。外から運びこまれた木材で、幾棟も陣屋が建てられつつあった。駆けこんだ百姓たちの小屋、城下に住んでいた侍たちの小屋もしつらえなければならない。大工だけでは人手が足りず、百姓も足軽もののしり騒ぎながら板を切り、木材を立てまわし、金槌をふるった。

空地という空地には仮小屋が建てられた。

子供たちだけがわがもの顔に陣屋から陣屋へと走り、かがり火に見とれ、厨をのぞきこみ、物見の足軽にまつわりついて、太刀にさわったり、槍にふれたりしていた。子供たちだけが近づいている合戦を意に介していないふうである。かがり火は音をたててはぜ、火の粉を舞いあがらせた。城下のお屋敷も炎々と燃えさかり、ために黒煙が天に沖して、星も隠れるほどである。

いがらっぽい煙を含んだ風が城内に流れこみ、わたしは何度も咳きこんだ。

東方から見れば、高城そのものが炎上しているようであろう。

わたしは広場を離れた。

ムギがどこへ去ったのか気にかかっていたのだ。縫いあげた合印をかごに山もりにして四、五人の女中が厨の方から急いでくるのとすれちがった。ムギの居場所をたずねたけれども、知らないという。

御書院の裏手まで本丸広場のさわがしい人声はとどかなかった。侍たちは女房に酒をつがせてへべれけに酔っており、大声でらちもないことを叫ぶかと思えば笑いだし、そして泣いた。順征や忠堯より年かさの重役たちである。彼らは山崎丹後守や東伯耆守のように城を見すてて逃げる度胸もなく、かといって御家のために命をなげ出す性根もすわっていないのだった。

抜刀して書院の柱に切りつけてみたり、床の間の掛け軸をずたずたに裂いたりして荒れ狂った。いってみれば彼らは西郷家の家臣としてうまれたわが身の不運をなげいていたのである。庭を横ぎろうとするわたしの足もとに、盃がとんできて砕けた。わたしをめがけて投げた盃ではない。手あたりしだいに狼藉のかぎりをつくしているだけだ、空徳利までとんできて、割れた。わたしはいっさんに庭を駆けぬけた。皿小鉢を踏み割ってあばれる侍にその者の女房がおろおろととりすがっているのがあわれであった。

馬小屋の中でかすかな物音がした。

わたしの足にからみついたものがある。手にひろいあげてみると、絹布である。御書院から射すうす明りにかざしてみた。青色の襷にちがいなかった。目が闇になれると、馬小屋の藁をつんだあたりにぼんやりと人影の動くのが認められた。せわしない息づかいが聞えた。わたしは襷をほうりだし、急いでそこを離れた。

人影は馬小屋の中だけではなかった。

厠の裏、木かげ、植えこみ、御書院から見えないものかげには必ず男と女がいて苦しそうに呻いていた。はずされた襷が青い蛇のように草むらにのたうっていた。足軽たちが脱いだ腹巻や腹当もわたしの足にぶつかった。からみあった男女につまずいたこともあった。二人はわたしに気づかないようである。闇の底ではどの女中もどの足軽も同じ顔であり、同じ声をあげた。

寝所の窓から明りがもれていた。

わたしはこっそりと縁側に近づき、雨戸の節穴に目をあてがった。

白いものが節穴の前を動いた。

澄んだ鼓の音がした。床をかるく踏みならす気配につづいて鼓がまたさわやかに鳴った。ゆらりと動いた人影が見えた。

七郎さまである。

白無垢の着物を召され、白足袋をはいておられる。鼓を打っているのは部屋のすみにいるらしく節穴からは見えない。

七郎さまは低い声で謡を吟じられ、ゆるゆると舞われる。床を足で叩き、腕をまっすぐのばしたままくるりと身をひるがえして二度そして三度、床を踏まれた。鼓の冴えた音は小憎らしいほど舞いに合っていた。打っているのはムギかもしれない。ムギのようである。ムギにちがいない。

鼓がひびいた。

女の声が聞えた。

ムギの声であった。七郎さまの謡に和し、ムギは明るい声音で朗々と吟じた。わたしは耳をおおって寝所を離れた。咽喉がかわいた。みぞおちが熱くなり、息苦しくなった。石をのみこんだようであった。わたしは草むらで重なりあっている男女にぶつかって倒れた。「下郎」わたしはうつ伏せになった足軽をけとばした。男に組みしかれた女もけった。二人はけられても叩かれてもいっこうに動じる気配を見せなかった。


わたしは疲れきって厨へ戻った。

イネは気づかわしげな目でわたしを迎えたが何もいわなかった。

大釜でたぎっている湯を盥に汲み入れて、湯殿に運ばせた。わたしが呆然と突っ立っている間、女中が襷をはずし、帯をといた。胸に巻きつけている晒布を巻きとった。晒布は汗を含んでぐっしょりとぬれていた。わたしは女中にうながされてゆっくりとしゃがんだ。

まず、ぬるま湯が髪にかけられた。しだいに熱くした湯を肌にかけられ、わたしは思わず深い息を吐いた。朝、行水をしてからずいぶん長い時がたったように思われた。盥の湯を手桶に移してわたしの背中にあびせる女中は、たずねられて十二歳と答えた。

「名前は」

「ウメと申しまする」

熟した団栗のように褐色の肌をした少女である。十二歳と聞いて、わたしは涙ぐんだ。なぜかわからない。ウメはわたしの腕に目をやってまぶしそうに視線をそらした。

「ウメよい、親がくれた名前は」

「はあ、タケと申しまする」

「在所はどこか、タケよい」

「はあ、江の浦でうまれました」

「小長井まで物見に出張った竹次とかいう足軽も江の浦在の者だったが、身内か」

「はあ、父親でごんす」

女中たちに名づけるのはイネである。足軽たちの娘で利発な器量よしは、えらばれて城衆に仕えるならわしであった。もっとも、足軽の娘は端女で土間働きしか許されない。竹次の娘であれば、願い出て父親といとま乞いをすればよかったろうにと、わたしはいった。タケは黙ってわたしの肩に湯をかけた。

「タケよい、合戦が始まる。龍造寺の勢が佐嘉から攻め入ってくるとぞ。お城が十重二十重に囲まれて矢玉が降ろう。おそろしくないか」

「否《いんに》、お嬢さま」

「なぜにおそろしくないか。けが人が出る。人も死ぬ。お城に火がついても逃げ場はない」

タケはわたしの体を拭いた。

「合戦はいずれ御家が勝つと承知しております」

「誰がいうた」

「お女中頭がいわれました。於イネさまのおっしゃることに偽りのあろうはずがありません」

タケが着せかけた小袖にわたしは手を通した。さらりとした麻の肌ざわりが心地よかった。御書院をはさんで、父上ご一統のご寝所と反対側の小部屋がわたしの眠る場所である。しばらく休まなければならない。八月の日の出は早い。うすべりの上に体を横たえると、タケが敷居ぎわに手をついて他に用事はないかとたずねた。

「タケよい、子《ね》の刻の板木は鳴ったか」

「半刻あまり前に聞いたごたる気がします」

「寅の刻の板木が鳴ったら起しにくるように」

わたしは体のすみずみまで酒のようにしみ渡った疲れを覚え、口をきくのも億劫になっていた。半ば眠りながらタケにいいつけた。返事はしたにちがいないが、遠い所から聞えてくる声のようであった。本丸も広場も四方の矢倉につめた者どもも、わずかな寝ずの番を残してまどろんでいる時刻である。赤児の泣く声がかすかに聞えた。厨の方から皿小鉢のかちあうひびきが枕もとに伝わってきた。

御書院の侍大将たちも寝しずまったようだ。

あの夏、わたしは十二歳であった。

寝所がわたしだけ別にされて、厨裏の日の射さない部屋にかえられた年である。七郎さまが見えないといって女中たちがあたふたと探しまわった。めずらしいことではなかった。前髪を立てている時分から、七郎さまはふいと姿を消されることがあった。いつものことゆえ、わたしは気にとめなかった。天祐寺へ泰雲和尚を訪ねられたかもしれず、御館山の森へ雉子を射ちにゆかれたのかもしれなかった。

しかし、城衆をあらためてみると、何人もお供にしたがっていない。これもよくあることであった。一人で山を散策し、海へ漕ぎだされることがあったから。どちらかといえば水辺へおもむかれることが多かった。子供の頃から水がお好きのようであった。泳ぎはようやっと体が浮ぶくらいの腕前なのに、ひねもす川辺をうろついてひとりごとをつぶやかれる。小舟に身をたくして上流からゆらゆらと下ってこられたこともあった。

父上は長崎領の港に、南蛮の大船がはいったとかで、ご家老を招いてあれこれと評定をしておられた。雷のような火をふく鉄砲を、御家が大枚の金子をつんで、平戸の商人から買い入れたのは、この年の三年前である。しかるに、南蛮の大船は、鉄砲よりもすさまじい力を持つ石火矢をつんでいるという。韋駄天の虎次が八里の道を半日で駆けて注進したのであった。

父上はいうまでもなく御家の重役たちは誰ひとりとして七郎さまの安否を気づかっていないようであった。武芸の修練にはそっぽを向いて、歌をよんだり、舞いを舞ったりなさる七郎さまを、男衆はふうけもんとさげすみ、女衆もひそかに憐れんでいた。

わたしは城をぬけだして麓を流れる大川へおりた。身の丈ほどものびた芦をかきわけて岸伝いに七郎さまを探した。呼べど呼べど応えはなかった。夕闇が川面にひろがり始めた。芦の中にいては見通しがきかないので、小高い土居にあがった。高城はずっと遠くに見え、夕焼けを背にして黒々と浮きあがった。

川はこのあたりで幅が広くなり、いくつもの細流に分れて芦のしげみに消えている。土居が築かれているのはここまでであった。わたしは裾をたくしあげて川へ入った。聞えるのは水の音だけである。わたしは川に沿って下った。砂地は湿地に、湿地は深いよどみに変った。芦はますます高くなった。まなじをさえぎられ、高城のありかも見さだめられなくなった。ただ、頭上にひろがる淡いすみれ色の夕空が見えるばかりである。水は膝に達し、やがて太腿に来た。たそがれの色が濃くなった川の流れは冷たかった。わたしはひとりであった。

たまりかねて七郎さまを呼んだ。

風にそよぐ芦の葉ずれがわたしに応えた。蚊がわたしを刺した。白い物がわたしの目に映った。中洲にのりあげている小舟である。櫓は見あたらない。小舟はさかさになり、半ば水に浸っていた。わたしは水をかきわけて下流へ急いだ。夕暮れで仄明るい光を漂わせた水面に浮んだ物があった。

わたしは水に体をなげだし、七郎さまに泳ぎついた。

どうやってあのお体を岸へひきあげたか、わたしは覚えていない。通りすがりの漁師に命じてお城へ走らせた。わたしは着ているものを脱いで絞り、七郎さまの冷たい体をこすった。肌がむけるほどつよくこすった。胸に耳をおしあててみると、弱々しく流れる血の音が聞えた。そのままでは絶えてしまいそうである。わたしは火照ったわが身を七郎さまのわきに横たえた。しっかりと抱きしめた。蚊に刺されても払いおとすゆとりはなかった。かゆいとも思わなかった。ひたすら城の者がたすけにくるのを待ちこがれた。

南蛮の大船が何であろう。石火矢が何であろう。

切支丹とのあきないに儲けがあったところでそれがどうしたというのだろう。血をわけたご子息七郎さまの命にくらべれば、わたしはひしと七郎さまの体にとりすがり、みずからのぬくもりで冷えた五体をあたためた。城衆はいつまでもやってこない。うす紫色の空はねずみ色に、やがて墨色に変った。

城衆がたすけにくることをわたしは本当に願っていたのだろうか。

川辺にいるのは七郎さまとわたしである。

たとえ蚊にくわれようと、蟻にたかられようと、二人だけである。初めのうちこそ城衆を待ちこがれはしたものの、まもなくわたしはたすけが一刻もおそいことを祈るようになった。真夜中までも七郎さまのおそばにいたかった。夜が明けても川のほとりで水がつぶやくのを聞いていたかった。

わたしが七郎さまを見つけたのは、大川がやや北よりに流れの向きを変える所である。大小の砂洲があり、流れは瀬と淵になり、滝のようにおちる流れの向うに、黒くよどんだ沼さながらの水があった。潮は朝な夕なここにもさし、砂洲にはこわれた漁船のかけらが漂いついていた。

一日に二度、あげ潮どきとひき潮どきに流れは変る。瀬は淵に、淵は瀬になる。七郎さまはその変りようをご存じなかったのである。小舟が急湍《きゆうたん》でひっくり返り、水練の心得のない七郎さまは溺れられた。川面に漂っていた七郎さまのまわりに浮んでいたのは桔梗であった。おそらく大川の上手、桔梗ケ原でつまれたものであろう。歌をよむよすがに。七郎さま。不肖の息とさげすまれ、女々しい男とあわれまれながらさあらぬていで歌よみに専心なさるうまれなければよかったとかげ口をたたいている女中わたしもうまれなければよかった水にながされるべきであったすみれいろの水にかわたれどきほのぼのとひかる大川にうきしずみしてねずみいろの空のしたで母はなげかず父もかなしまず芦が風にゆれている七郎さま……やまいものとろろじるをめしあがれ舞いの足びょうし力づよくむぎのつづみにあわせ七郎さまはとんとゆかをふまれうたいをぎんじられあかりはうすぐらくしろいきものきじのいきぎものちをすすりぶげいにはげめよとてちちうえがわたしはうみのかきをとってしろいかきふゆのつめたいうみにしずむかきをすする七郎さましずむわたしはながれるみずたまゆらのいのちうつせみのよせみのいのちのちのよまでそいたてまつらんこんじょうのおもいぞ七郎さまにそいとげようもうしおんたいしょうちぎりをかわすちにくをわけたあにうえはらちがいなれどあにうえとちぎりをたすきをはずしあおいたすきをはずし七郎さま……

寅の刻の板木が鳴った。

わたしはそのまえから夢とうつつの境をゆききしていた。

タケが起しにくるのを待って寝がえりをうった。もうしばらく眠っていたかった。五体に快いけだるさが宿り、うっとりと頭を枕にあずけた。廊下をひたひたと近づく足音。タケかと思えば、それはわたしの部屋を通りすぎた。いつになくあわただしい足どりである。

遠くで声がした。

一人や二人ではなかった。

しだいにわたしは眠りからさめた。板木が叩かれたというのに、タケがこないのはいぶかしい。ムギは、いやタケはどこへ行ったか。

声はただならぬ気配である。

わたしは上体を起した。

手さぐりで髪をたばね、見づくろいした。声は本丸の広場から聞えてくる。夜明け前、城衆が眠っている刻限に、あのような大声を発するのは許されていない。火急のできごとでなければおとがめをこうむる。タケはどこに。わたしは口をすすぎ、顔を洗った。

女中たちは握り飯に味噌をなすりつけて炭火にのせ飯粒が焦茶色になるまでよくあぶってから竹の皮でくるんだ。一人が一日に五合の米を食べる。城ごもりの女子供にも四合ずつ与えられる。いくさするのは侍足軽ばかりではないからである。

かまどの火は絶えなかった。

一歩、厨へ足を入れると、熱気が体を包んだ。女中たちはみな汗をかき、握り飯の上にその汗をしたたらせた。汗は鰯の丸干しの上にもおちた。韮や葱の上にもおちた。

わたしはもくもくと飯を握っている女中にウメがどこへ行ったかをたずねた。介抱所にいるという。江の浦の竹次がけがをしてさっき帰ってきたのだそうだ。わたしは黒い襷をかけた。ふと見れば飯に味噌をぬっている女中の襷は青かった。わたしが昨晩けつまずいたのはこの女中かもしれなかった。鼻の頭に汗を光らせた女中は飯を定められた大きさに握りかためること以外なにも念頭にないようであった。

他の女中たちもそうである。きりりと青襷をかけ、襟をひきしめてかいがいしく米をとぎ、葱をきざんでいる。あれは夢だったのだろうか。草むらで重なりあっていた白いものはまぼろしだったのだろうか。

厨の外へ出ると、夏のあけがたのすずやかな大気がわたしをよみがえらせた。汗がいっぺんにひいた。額がさわやかになった。うなじも胸もひんやりとした風に触れて心地よかった。わたしは晒布を巻くのを忘れていた。しめつけられていない両の乳房がたゆたうので思うように走られない。腕で胸をかいこむようにしてやっと本丸の広場にたどりついた。

竹次はまず介抱所で傷の手当てをうけてから、左内の前へつれてこられたようである。上半身は裸で、肩と腕に晒布を巻いていた。大声を出すつど傷にひびくのか、痛そうに顔をしかめた。左内をはさんで、芦塚主膳と遠岳忠堯が立ち、後ろに宇良順征がたたずんでいた。タケは父親から二間あまり離れた土の上にうずくまって、大将たちと父親をかわるがわる見まもった。

「……以上のように申しあげました通り、龍の勢はわれらが考えましたよりはすみやかにご領地へ討ち入るものと思われまする。先鋒はすでに小長井海岸に上陸し、海ぞいに進んで参りまする。陸路からは早ければきょうの夜までに先鋒がご領地を踏みにじりましょう。よって、龍との合戦は一日早まることになるやもしれず」

竹次は苦しそうに息をついた。

軸になって耳をすませていた足軽たちはざわめいた。左内が口を開いた。

「竹次よい、龍の物見どもをけちらして帰参したこと、ご苦労である。さっそくに行賞帳にきさまの手柄を書きしるす。他の七名の消息、存じているがままに申せ」

「はいさ、御大将。おれと同行した宇木の治郎作は弓に射られてこと切れました。咽喉にぐさりと矢を突きたてられました。湯江の北一里あまりの山中でごんす。竹次め、伏兵に気づかず大なる不覚を心得ます」

竹次はこぶしで目頭をこすった。洟水をすすりあげながら、海岸づたいに進んだ物見二名について報告した。

「はや、このあたりまで攻め入ったかと尾根を海の方へとどんどん走りに駆け下りました。すると栄田の市助が逃げてくるのに出くわしました。仲間の辰吉はどうしたと問えば鉄砲で射たれた由にて、市助も一弾、腹にうけとりました。手で傷口からとびでた腸をおしこみおしこみ走ってきたところ。もう足が動かん、おれはここでくたばるから、竹次どん先へゆけとて、おれは泣く泣く市助を見すてて逃げ帰りました。龍の者どもは鉄砲をさながら林のように押し立てて進んで参ります。船で佐嘉から来た軍勢に騎馬武者はおりません。先鋒の鉄砲数は百挺を下らぬごと覚えました」

「みなの者、聞いたかやい。竹次は敵に追われながら鉄砲を数えたぞ。騎馬武者がおらんことを見とどけたぞ。あっぱれ竹次の物見ぶりを見習え」

と順征はほめそやして、もう一組の物見についてたずねた。

「治郎作が射られて間もなく西の方で、鉄砲の音が聞えました。おれはあとの二組が首尾よく追っ手をふりきって帰ればと思い、東長田の山裾で小半刻ばかり待ちましたが、ついに山からおりてくる姿は見えませんでした。武運つたなく射ちとられたかと覚えます。竹次、見たままをありていに申しあげました。よってくだんのごとくなり」

四人の大将は額を集めて談合し始めた。

湯江の北には龍の先鋒が来ている。小長井にも上陸している。きょうの昼までに先鋒は福田あたりに達するだろう。本隊はおそくとも夜には先鋒と合流するであろうと。

「早すぎる」

順征はくやしそうに足踏みした。

「わが組は調練の仕上げをすませとらんのだ。お前の組もそうだろう。これじゃあいくさにならん」

「順征どん。あわてるな。龍は長途の道のりを野こえ山こえして難儀して参ったのだ。福田に陣を張ったとて、そっこく攻めかかるものか。陣がまえをするには一日二日は要る。調練の仕上げをしよう」

「忠堯どんのいわれる通りだ。新入りの百姓足軽を組みこんで、いくさ度胸がつくまでかけひきをさせなければならん」

と左内がいった。

「左内どん、いっそのこと龍の先鋒へ夜討ちをかけてみようじゃないか。遠路を旅して参った者どもだ。味方を大勢とたのんでわれらをあなどっていよう。到着そうそう夜討ちがあろうとは思っとらんだろう。おれに重役付の足軽を百人くれ。われら四天王がきたえた足軽はもったいないから城にこめておく。鉄砲はいらん。弓組の腕達者を二十人つけてもらおう」

芦塚主膳は目を輝かせた。緒戦において勝利をおさめれば、城衆の意気はいやが上にもあがるだろうと、まるでもう合戦をわがものとしたかのように声を上ずらせていた。

東の空が赤くなった。

雲のきれめに火矢が一閃したかのようである。四人の大将は口をつぐんで昇る朝日を眺めた。東面した矢倉を守る足軽たちはまともに日をあびて槍を土塀に立てかけ両手をあわせた。

御家の安泰を祈願しているらしかった。


天正十五年八月一日の日が昇った。

朝餉を配らなければならない。わたしは厨へ帰った。具足に身をかためた御膳奉行は白鉢巻をしめ、床几にうちかけて帳面を膝にのせていた。別人のようにりりしく見えた。厨に出入りして女中たちとまじわるこの男は歩き方まで女のように内股になっていると小馬鹿にされていた。弓組、鉄砲組、槍組などの物頭が御膳奉行のもとへ朝餉の口数をとりまとめて報告にくるのである。

奉行は帳面にしるされた各組の人数と報告された口数とをてらしあわせた上で、横に控えた女中に何箇の握り飯を配ればよいか指示する。米の飯を喰らいたさに、五十人しかいない組が六十人分くれとたのんでも許しはおりないのであった。

昨夜きた百姓足軽の嬶どもは、厨口を遠巻きにしてたたずみ、戸板の上に並べられた握り飯を指さしては口をあんぐり開いていた。これほどたくさんの白い握り飯を見たのは初めてのようであった。背中にくくりつけられた子供は、母親のように驚かなかった。もともと白米の握り飯を見たことがないので、目のあたりにしてもそれが何であるのかわからないからであろう。

百姓の嬶どもは女中がかけている青い襷に目をとめてうらやましそうにささやきあった。さすがにお城のお女中さまは色が白いといって嘆声をもらした。もとは足軽の身内にすぎない端女たちも、百姓の嬶どもに見られていると知ると、とりつくろった風情でかの女どもを見下す向きが感じられた。

陣屋から年寄りがよたよたと走ってきた。

「かかあども、厨口に突っ立ってお女中衆を見物する段か。さっさと裏山にくりだして薪を拾え。暮れ六つまでに一人で十束以上集めないと飯は喰わせんぞ、かかれ」

嬶どもはひたすら恐縮し、背中の子供をゆすりあげて陣屋へ戻って行った。

降るような蟬しぐれである。高城がおち、本丸が炎上し、御家一統が滅びることになろうとても、蟬が絶えることはあるまい。大楠も枯れることはないであろう。わたしは青緑色の宝石のように輝く楠の枝葉を眺めた。朝日をあびて大楠はよろこばしげであった。梢はそこに強い風があたっているからか、かたときもじっとしていなかった。幹は地中に深く根をおろし、どっしりと動かなかった。

父上が腹を召され、左内たちが首をとられ、七郎さまとわたしがこときれ、今、高城でがつがつと焼味噌つき握り飯をむさぼり喰らっているすべての侍足軽、年寄りや女子供が死にたえようとも、蟬はなきたてるのである。大楠は朝日と夕日に輝くのである。そう思うと、日ごろやかましいだけの蟬の声が、きょうはしみじみとありがたく聞えた。

大楠のてっぺんで、風に身をもんでいる梢がいじらしく見えた。

わたしは城が燃えさかるとき、この世を去っているだろう。七郎さまも。わたしはこと切れても生きているだろう。わたしがこの世からいなくなることはない。わたしは楠である。わたしは草である。わたしは蟬となってあの大楠にとまり、夏の朝、身をふるわせてよろこばしく鳴くだろう。わたしは死なない。死なないと思いさだめたからには、死を怖れるいわれはない。

七郎さまが自若として舞いを舞われているわけを知ったと思う。わたしと同じことを考えていらっしゃるにちがいないからである。本丸のきざはしに立って、大楠を見あげておられる七郎さまのお姿を見るのはいつものことだ。

煮炊きに従事していない女中たちは、厨から搦手口をへて麓の井戸まで一列にならんだ。手桶で水を汲み、順ぐりに手渡して運ぶのである。初めは、めいめい天秤棒にたごを下げて往復したのだが、イネの指図でこうなった。井戸水はやがて汲みつくされ、空になった。

女中たちは列を小川にのばした。

流れる水を手桶ですくって城内へ運んだ。今や、ありったけの甕、空樽、桶、盥が用意され、水が張られている。

女中たちは一間ほどのへだたりをおいて並び、かけ声をかけて手桶の水を次から次へと渡した。手渡すときに水がこぼれた。小川の縁でなみなみとたたえられた水は、甕にそそぎこまれるときは半分にへっていた。

「よいさ、えいさ、ほらよ」

女中たちは髪をふり乱し、陽気なかけ声をかけて手桶をめまぐるしく往復させた。倉に米があり麦があっても、水がなければ煮炊きできないことをよく知っているのである。龍造寺勢が現われないうちに、水をたくわえておかなければならない。女中たちの列に沿って、濡れた水が一筋の黒い帯となって続いた。納戸奉行は城内の倉をあらため、空樽という空樽を外に出させた。城ごもりとは、何とせわしないものであろう。

わたしも女中たちにまざり手桶の水を運んだ。

千人余の城衆がこもれば、飲み水、煮炊き用の水はかなりの量である。

搦手口の外にある井戸は、いくさが始まると同時に使えなくなるだろう。納戸奉行がいちばん心配しているのは、火消し用の水が足りないのではないかということである。城内にはぎっしりと仮小屋が建てられている。床がわりに藁がしきつめられている。さいごに雨が降ったのは二十日前のことであった。寄せ手は必ずや火矢を放つだろう。

建物はみなかわききっている。炊事やかがり火用の薪の上にそれが落ちたら、一瞬にして燃えあがる。そうだった。城内に搬入されたのは水ばかりではなかった。手あきの者は総がかりで薪を集めた。薪は岩石を焼くためにも用いられる。寄せ手の頭上に落とすのである。糞尿を熱くするのにも使われる。煮えたぎらせた汚物を、城壁にとりついた龍の者どもにあびせかけるのだ。

板小屋や逆茂木のための木材も要る。太刀に焼きを入れるには木炭も要る。納戸奉行は朝から目を血走らせて薪と木材の配分にあちこちをとびまわった。いくさをするのは侍足軽だけではないのである。逆茂木をゆうていた組が、杭が足りないといって納戸奉行に注進してくる。城の麓をぐるりと囲うてしまうには、あとすくなくとも百六十本の杭が要るという。

「あと百六十本か。塩倉の横に五十本ほど杭がある。とりあえずあれを使っておけ。残りは何とかする」

納戸奉行は鉢巻をとってしたたりおちる汗をぬぐった。

「われらの御大将は日が暮れるまでに逆茂木をゆいめぐらせておくようにといわれました。城の周囲を隙間なくびっしりと逆茂木で固めるようにと。一箇所でも隙間があれば逆茂木をゆいまわした甲斐がありません。お奉行さま、あと百十本、早急にととのえて下されえ」

足軽は五十本しかうけとれないと知って、納戸奉行にくい下った。

「きさまらが五十本の杭を打ち終った時分までに、残りを調達してやる。はよう行け」

納戸奉行は足軽を叱りとばしておいて仮小屋へ走った。百姓たちがつれて来た女子供のこもる建物である。媼どもは薪集めに狩りだされ、残っているのは爺婆と子供ばかりであった。

「年寄りどもに鉈を渡す。これより即刻、裏山に行って逆茂木用の木を切ってこい。一人あたり二十五本、裏山が裸になってもかまわん。御用をつとめた爺婆には、今宵、麦飯を食べさせる。鉈は搦手口に用意しておく。わかったか」

爺婆どもはよたよたと腰をあげた。鉈はしかし三十余人の年寄りたちすべてにゆきわたらなかった。具足奉行が折れた太刀を鉈のかわりに渡した。わたしは思った。城内では足腰も不自由な百姓まで、このような仕事をおおせつかっている。百姓といえども十二歳以上の子供は水汲み薪ひろいに狩りだされ、かいがいしく立ち働いている。

七郎さまはどこで何をしていらっしゃるのだろう。

髪が白くなられた父上でさえ鎧の重みに耐えて二の丸にゆき砦の守兵を激励された。今は本丸にときどきお姿を見せられ城衆を励まされる。しかるに七郎さまのみが地にもぐられたか天に翔けられたか、ようとしてお姿が見えないのである。

百姓どもの乳呑児が母親を求めて泣いた。

がんぜない女子供が乳呑児を膝に抱いてあやした。

「申しあげまする」

腰のまがった百姓の老爺がぬかずいた。異臭が鼻をついた。百姓の着物は汚物にまみれている。矢倉きわに糞尿を運んでいた百姓である。

「おそれながら申しあげまする。お奉行さまとお見うけしました。お願いの筋がごんす。おれは槍組の頭美野の喜左右衛門の叔父、百姓喜平と申す者でごんす」

「喜平、私は忙しい。かいつまんで申せ」

納戸奉行は顔をしかめて一歩さがった。

「おれは朝からお城の肥汲みをあいつとめました。もったいないことでごんす」

「もったいない?」

「左様、お城の厠、われわれ百姓どもの厠とちごうて、その臭い、ねばり、すこぶる上等でごんす。金銀にまさる宝のごたる心地がいたしまする。龍の奴ばらにふりかけるのは是非もないこととは申せ、もったいないことと口惜しい次第でごんす」

「喜平、私は忙しいというたろう。願いの筋をずいずいと申せ」

「申しあげまする。このたびのいくさ、御家が龍をうちやぶりましたならば、お城の厠汲みをこの喜平め一統にお申しつけ下されたく。いただいたこやしのお礼に四季の野菜五籠ずつ献上いたします。このこと、お奉行さまの存念にとどめおき下さいますよう」

「槍組の喜左右衛門は城衆に名うての豪の物である。きさまは良い甥を持った。お城の厠汲みは考慮するであろう。四季の野菜五籠ずつだな」

「はいさ、お奉行さま」

喜平はうやうやしく一礼して去った。納戸奉行はいまいましげに舌打ちして、杭の次は糞のことまで自分がとりはからなければならんのかと、ぼやいた。

七郎さまはどこにいらっしゃるのだろう。


「サンチェス、まだいたのか」

「はい《シ》、お嬢さま《セニョリータ》」

厨の土間で、味噌樽に腰かけてサンチェスは鶏の片腿をかじっていた。

「サンチェスよい、はよう伊佐早を去れ。思ったより早急に龍の者がくるとげな。お城を囲まれる前に逃げないと命がたすからぬ」

サンチェスは一礼した。

「おかたじけのした《グラシアス》、お嬢さま《セニョリータ》。ばってんサンチェスは一晩で三十五人も同門の宗徒を得た。でうすさまのおたすけをたのみ参らせん」

サンチェスは一睡もしなかったのであろう、目が赤く血走っていた。わたしはサンチェスが喰らっている鶏の片腿のなま臭いにおいに閉口した。この異人は女中にたのんでしばしば鶏をつぶさせるのである。

「長崎甚左の手の者が久山あたりまで出ばっているそうな。かの者どもは切支丹が多いと聞いた。捕われても同門のよしみ、刃傷に及ぶことはあるまいが」

「捕われたらサンチェスは深堀さまに会うことかないませぬ。間道づたいに急ぐのこころ」

サンチェスは鶏の骨を念入りにしゃぶった。女中が二食分の弁当を与えた。かちでおちのびるのか、馬が要ればくれてやろうとわたしがいうと、馬は欲しいけれども合戦に要るのではないかと、ききかえした。わたしは昨夜、御書院で酔いつぶれていた重役たちを思いうかべた。城からうって出るとすればたしかに馬がなくてはならない。しかし、その勇気をもちあわせている侍大将は四天王だけである。ご家老衆の縁者たちには騎馬で合戦場へいで立ち、龍の陣に駆け入る意気ごみがあろうとは思われない。

わたしは馬小屋へサンチェスをつれてゆき、気に入った馬をえらぶようにとすすめた。

サンチェスは一頭ずつしらべて、脚のたくましい鹿毛をえらんだ。原田松之介の馬である。旗本衆の乗馬の中でいちばん姿がいい。わたしは具足奉行のもとへ女中を走らせて、サンチェスに鞍と腹帯を与えるようにいいつけた。

馬具一式を足軽にかつがせて倉から出てきた具足奉行は、サンチェスの馬を見て顔色を変えた。

「原田さまのお馬ではごんせんか。」かまわない、原田がサンチェスにくれてやれというたと、わたしは嘘をついた。

「ならば、原田さまはどの馬を召されるおつもりであろうか。はて解せぬ」

「原田に馬はいらないのだよ主計」

「旗本衆のお馬は旗本衆しかのれないきまりでごんす。原田さまはご法度をご存じないのか。橋本主計が原田さまに確かめに参ります。サンチェスどの、しばらく出立を見あわせられえ」

「橋本、推参」

わたしは融通のきかない具足奉行を叱りつけた。二言めにはきまりだのやれお定めだのとご法度条を口にして城衆にけむたがられている男である。いくさの役には立たないので倉番よりややましな具足奉行をおおせつかり矢おもてに立たなくとも良いと知って、忠実に職を果たしているつもりなのだ。叱られた橋本主計は心外そうであった。ふくれっ面になってサンチェスの馬に腹帯をつけた。わたしが具足奉行といい争いをしていたとき、サンチェスはそしらぬ顔で足軽たちの調練を見物していた。いかなる場合でもこの南蛮人は伊佐早人同士の争いに加わらないのである。

鞍をつけ終ると、サンチェスは土をひとけりしてとびあがり、馬上の人になっていた。

奇声を発して馬場をだく足で一周し、わたしの前へ戻った。すでに父上にはいとま乞いをすませたと告げた。わたしは鞍の前輪につけている弁当の結び目をかたく締め直した。左内たちとの別れもすませているそうである。権助が息せききって駆けつけた。旅のはなむけといってサンチェスにするめを一枚、贈った。

「さらば《アディオス》、朋輩《アミゴ》よ」

サンチェスは権助の手を両手で握りしめてはげしくうちふった。

「達者でなサンチェスどん。道中くれぐれも気をつけてゆけえ」

権助は鉢巻をとって別れの挨拶をした。

「さらば《アディオス》、お嬢さも《セニョリータ》」

わたしは手をふった。サンチェスは馬の腹をけった。調練場の外がわを駆けぬけるとき、交代で休みをとっていた足軽たちのうち何十人かがいっせいに腹巻の上で指を縦横に動かした。昨夜、帰依した宗徒であろう。サンチェスは彼らが十字を切ったのを認めるや、手綱を放し、もろ腕をたかだかとかかげ、あたかも天を支えるかのように開いて、宗徒の見送りに応えた。あれが祝福を与える身ぶりというものなのだろうか。順征は太刀を持ちあげ、左内は鉄砲を、主膳と忠堯は槍をさしあげて年来の友に見送りの言葉を投げた。

「さらば、サンチェス」

わたしは城門ちかくの着到矢倉にかけあがった。いっさんに高城の山をおりたサンチェスは木の間を見えかくれしながら川へ向って走り、浅瀬を対岸へ渡った。川づたいに西へ向うのであろう。わたしは騎乗のサンチェスが川辺の草むらに消えるまで矢倉の上に立ちつくした。サンチェスは国境をこえて侵入している長崎勢の目をかすめて、深堀領へ逃げこむことだろう。わたしは彼の上首尾を祈った。

本丸の広場を真一文字に駆けぬけたサンチェスの背に、緋の母衣《ほろ》がひるがえった。ご領地に滞在して三年になる彼は、南蛮わたりの衣類がいたんでからは、わたしたちと同じ身なりをして平気であった。しかし、肩に羽織って背中をおおう母衣のような布だけは、破れたのをつくろって大事にしまっていた。新しい緋色の裏地をわたしは餞別として与えた。緑色の表地によく合うのである。

駆けぬけざまサンチェスは両腕を八の字にさしあげた。その姿がわたしの目にやきついた。今、城を去るのは生きる者である。城にとどまるのは日ならずして果てる者である。高城にこもる西郷家一統とその家来たちの命が、緋色のかたまりとなって城門の外へぬけだしたように思われた。わたしはくりかえし馬上のサンチェスを思い描いた。あの男は足軽たちに向って莞爾とほほえんだ。しっかりとあぶみを踏んばり、上体をのけぞらせた。手綱を放したとき、わたしは息をのんだ。落馬するのではないかと気をもんだほどである。

わたしは大楠の木かげで、サンチェスがしたようにあおむいて両腕をさしあげた。

胸いっぱいに空気をすいこんだ。したたるような青葉が頭上にひろがり、ふりそそぐ光に包まれたわたしは、全身が緑色に染まったかのようであった。息を深くするつど、みずみずしい精気がわたしの体に流れこんだ。血がわたしの中で脈うち、わたしの中をかけめぐった。

足軽たちに向ってサンチェスの口が動くのをわたしは見ている。

「でうすをたたえよ」

といったのだろうか。

「でうすに栄えあれ」

ととなえたのだろうか。わたしは大楠の下で両腕をさしあげて目をつぶった。

「さらば、サンチェス」

主膳はきょう夜討ちをかけるという。あしたは龍の本隊が城下に陣をかまえる。高城はもちこたえられないだろう。旗本衆がひきいる足軽三百余人は今朝がた陣屋をからにしていた。五人の旗本が姿を消した。持ち場からぬけだすのはぞうさのないことである。北曲輪の足軽衆が朝餉と弁当をとりにこないので検分に行った御膳奉行は蒼くなって戻ってきた。左内は「そうか」といっただけであった。隠しても仕様がないので、左内は口止めをしなかった。高城はますます手うすになった。

しかしながら、四天王のもとに残っているのは城を枕に討死にをする覚悟の者ばかりである。三百余の城衆が逃げたと聞いて、一時は動揺したものの、さわぎは起らなかった。父上は本丸にこもったままである。イネの話では、さしあげた朝餉はほんの少ししか箸をつけられなかったという。わたしは具足奉行に命じて、わたしの体に合う腹巻や籠手すね当を厨裏の小部屋に運ばせた。イネは厨の中で女中衆をとりしきる。厨の外ではわたしが女中頭となる。少年向きに作られた具足で、ちょうどわたしにぴったりの具足があった。冑はいただかないことにした。重すぎるからである。とりあえず胸に晒布を巻き、短袴をはいた。具足をつけるのは明朝でもおそくはない。

わたしはイネに頼んでタケをわたしの付き人にしてもらった。呼び名は本名に戻した。せめて死ぬときくらいは親が与えた名前にしたかった。タケは短袴をはき白鉢巻をしめた。薙刀をかいこんでわたしの後ろにしたがった。領内から高城にこもった百姓足軽がつれてきた年寄りと女子供の中から、足腰の達者なものをえらびだした。乳のみ子と幼児はひとまとめにして年かさの女子をつけた。

嬶どもは薪ひろいの仕事をいいつかっている。わたしはえらんだ三十六人の老爺に、本丸の井戸を掘りさげるよう命じた。搦手口の外にある井戸は守りにくい。老爺たちはみな井戸を掘ったことがあるといい、仕事を与えられて喜んだ。手持ち無沙汰をかこっているより働いた方がいいのだ。十歳以上の男子が井戸の外に、老爺は一人ずつ交代で井戸の底におりた。涸れ井戸も底をさらって深く掘れば新しい水脈にゆきあたるだろう。

足腰のおとろえたものは裏山にいる嬶どもの所へ薪ひろいの加勢にゆかせた。これで仮小屋に残っているのは乳のみ児と幼児それに病人、臨月の腹をかかえた嬶だけになった。

薪は矢倉の近くにつみあげた。

城攻めが始まれば、岩石を焼いて投げおとす手はずである。岩石と薪の山が五間ずつのへだたりをおいて矢倉ぞいに築かれた。大釜が急ごしらえのかまどにのせられた。湯を煮えたたせて、城の石垣にとりついた寄せ手にあびせかけるためである。下肥えの桶も並べられた。焼けた岩石と煮え湯と下肥えが矢倉から降ってきては、いくら龍の者がつわものぞろいといっても、たじたじとなるだろう。城内の厠は便壺がすっかりからっぽになるほど汲みつくされた。

わたしが高城の外へ出ることはさしとめられている。

大手口も搦手口も、警固の侍が足軽ともどもきびしく固め、出入りする者どもを検分する。わたしは合戦が始まる前に、今一度、城の近辺を見ておきたいと思った。かなわぬ願いというものである。城から五町しか離れていない天祐寺にさえ行けない。それとなく左内にほのめかしたけれども、にべもなく禁じられた。猫の手も借りたいほどに城衆は多忙をきわめている。わたしを外へ出すには警固の侍をつけなければならない。もっての他というのである。

わたしは城外へ出ることを諦めた。

梅干しを鉢によそい、握り飯に味噌をつけ、酒樽の中身を徳利についだ。女中どもに立ちまじって夕餉の支度をした。忙しく働けば城外の景色を見おさめに見たいという未練が消えると思った。しかし働けば働くほど心は澄み、幼いころから馴れ親しんだ風物がありありと瞼の裏によみがえってくるのである。どうしたわけだろう。

わたしは大釜に炊きあげた強飯《こわめし》を盥に移した。湯気がもうもうと立ちのぼり、わたしの上体を包んだ。天祐寺の境内には、樹齢二百年という大銀杏の木がそびえている。わたしは子供のとき境内にこぼれた銀杏の実を、たもとが重くなるまで拾い集めたものだ。七郎さまが泰雲和尚のもとへ出向かれ学問の手習いをされる折り、わたしもついて行って境内で時をすごしたのである。

あとでわたしはイネからさんざん叱られた。銀杏の実は臭いので、たもとの汚れが落ちにくいというのだ。わたしはひるすぎから夕方まで境内で七郎さまを待った。所在ないと思いはしなかった。銀杏の葉はみな黄金色に黄ばみ、風もないのにあとからあとからわたしの上に散りかかってきた。

初冬の日は暮れやすい。

夕日が山の端にかかるとき、銀杏の木は光をあびて燃えあがるかに見えた。

境内はしんとして、人影はなかった。わたしは銀杏の実を拾えるだけ拾うと、ぶ厚く散りしいた落葉を両手ですくって遊んだ。ひえびえとした大気が肌に快かった。どこからか落葉を焚く煙が流れてきた。わたしはそのいい匂いを嗅いだ。まもなく七郎さまが手習いを終えて出ていらっしゃる。城から迎えにくるはずの小姓たちはまだ現われない。わたしは一人であり、一人でいることがこの上なく仕合わせに思われた。

あのとき、わたしは八つか九つではなかったろうか。

なぜというわけも聞かされぬまま、その日を境にわたしは七郎さまのお供を禁じられた。それゆえ、森閑とした天祐寺の境内で、ぽつねんと銀杏の梢を見あげていた自分のことをよく覚えているのである。

高城から天祐寺は目と鼻の先であるが、木立にさえぎられて寺の屋根は見えない。銀杏も見えない、あの大銀杏をひとめでもいい、見ておきたいと考えるのは詮ないことであろうか。境内に漂っていたあの夕刻のうすら冷たいしっとりとした空気、枯松葉がいぶる香り、見えない空のどこかを渡る鳥の啼き声、それは十年に近い昔のことではなくて、ついきのうのことのように思える。

龍造寺の者どもは天祐寺に火をかけるだろう、泰雲和尚はよし火にかけられないまでも高城に近いゆえ龍の大将が本陣に用いるのではないかと怖れている。住職として耐えられない苦しみを味わうくらいなら、いっそみずからの手で寺に火を放ちたいと父上に言上した。

父上はお許しにならなかった。龍の者とて神仏を尊ぶ人間である、よもや伊佐早の神社仏閣に火を放つことはあるまいと。天祐寺の住人は、泰雲和尚以下、坊主も小僧も今や城にこもり、仮小屋の普請に大わらわになっている。寺はもぬけの空である。境内はさぞかしひっそりとしているであろう。大銀杏はまだ青い葉を涼やかに風に鳴らしているだろう。

境内といえば大川の上手にある四面《しめん》神社の境内が懐しい。

父上が大病になられた年であったから、わたしは十歳であった。御家ご一統は、父上のご病気平癒を祈って毎日、四面神社へお詣りした。楠の林に囲まれた静かな神社である。祈願かなって父上がすこやかになられてからもわたしはたびたび四面神社へ遊びに行った。ついて来た上女中二人が、拝殿のかげで世間話に夢中になっているとき、わたしは毬をついた。イネがわたしのためにこしらえてくれた毛毬はよくはずんだ。

楠の木立はむせ返るようないい匂いを漂わせ、わたしを上気させた。銀杏にも松にもない高い匂いである。わたしがはじきそこねた毬はしばしば木立の奥へころがりこんだ。毬を追って、林の奥深くわけ入ると、上女中たちの目からのがれられ、わたしは一人になった。

高城にはわたしの寝起きる場所がある。わたしに仕える女中がおり仲間がいる。わたしは城主の娘である。しかし、高城でわたしは心ゆくまでくつろぐことはできない。わたしに与えられた住居《すまい》は仮りの住居である。城主の娘とはいえ内実は御家の娘ということになっていないことを承知している。四面神社で毬つきをした十歳のわたしが、わたしの本当の身の上をどこまで知っていたか怪しいものだと思う。

かといってまるっきり知っていなかったといえば嘘になろう。子供心にわたしは自分の生いたちをうすうす知っていたのだ。

毬を探して林の奥へ駆けこみ、ふと拝殿の方をかえりみたとき、わたしを見守る目がないとさとって覚えたあのほっとした感じ。それをわたしは成長するにつれて何度も味わうことになる。四面神社でわたしは毬を三つもなくした。落葉に埋れたか、草むらがのみこんだか、暗くなるまで探しても見つからなかった。イネはわたしを叱らなかった。

「仕様のないお嬢さまですねえ、もうこれっきりですよ」

といっては新しい毬を作ってわたしに持たせるのだった。今も境内のどこかには、わたしが見失った毬がひっそりところがっているはずである。七年の歳月に形を保っているのならばだが。

銀杏の実を拾った天祐寺、毬つきをした四面神社。わたしの思い出はつきない。四面神社の前を流れる大川は浅瀬になっていて芹がとれた。わたしはアワにつれられて芹つみに行ったことがある。芹の間に水が網の目のように流れていた。わたしは芹はそっちのけで裾を帯にはさんで水に踏みこんだ。よく晴れた春の日とて水の冷たさがわたしをたのしませた。足指の間をくすぐる水がこそばゆかった。わたしはくるぶしまで、次にふくらはぎまで水に浸った。

はやがわたしの脚をつついた。

アワは芹つみに余念がない。わたしは浅瀬から浅瀬へ渡り、水とたわむれた。水は冷たく、水はなめらかであった。わたしは中洲に石くれをつみ砂を盛りあげた。堀をこしらえた。大川の下手右岸には、こんもりとした森に覆われた高城が見えた。わたしは中洲の上に二の丸と高城を築いた。丸い石で囲んだ城の中にふながまぎれこんだ。堀にはめだかが泳いだ。あれはわたしがいくつのときであったろう。

中洲に築いた石と砂の城は、潮がさして来たとき水に没した。水の上に築く城は水に消える。しかし、わたしが産まれ育った高城のほろびることがあろうとは、あのころ夢にも考えたことがなかった。

天祐寺、四面神社、神社の前に拡がる川原、まだある、御館山である。

わたしが父上のご一統とは食事する所も寝所も別にされた年だから十二歳になった秋のこと、御館山へ紅葉狩りに行った。満山が黄と紅の炎に包まれているかのようであった。七郎さまはかような風雅な催しになると、武芸の稽古とはちがって上機嫌になられる。ごくわずかな従者をつれてわたしたちは山道を登った。七郎さまは楓の枝を腰にさし、手にも持って、うっとりとした面持でまわりの紅葉をめでられながら歩かれた。

紅葉と秋色にちなむ古歌を、七郎さまは吟じられた。山は湿った落葉の香りがした。わたしは七郎さまのお顔を見守るだけで、由緒ある古歌なぞどうでもよかった。しげりあった楓の枝葉をすかしてさしこむ秋の日ざしは、七郎さまのお顔を紅色に染めた。わたしの顔も同じ色に染まっているにちがいなかった。七郎さまと紅葉狩りに参ったのは、あの年が初めてであり終りであった。

翌年、わたしはイネとともに御館山へ登った。かかえきれないほどの紅葉を手折ったのだけれども、いっこうに心がはずまなかった。わたしは梅干しを鉢によそい、味噌を擂っている。厨のかまどはみな火が焚かれている。大鍋は蓋がゆるぐほどに煮えたぎっている。天祐寺、四面神社、芹の多い川原、御館山、せわしなく手を動かしながらわたしの思いは城下を駆けめぐる。身は高城の厨にありながら心はいずこにもおもむくのである。龍造寺の本隊は今どのあたりまで来ているのだろう。女中たちは顔ににじむ汗を、ときどき帯にはさんだ手拭いでぬぐっている。七郎さまはなぜにお姿を隠しておられるのか。

わたしは一人でいるのに慣れているし、一人が好きでもある。

しかし今は誰かにそば近く居てもらいたい。余人ならぬ七郎さまである。

わたしの願いが理不尽であることはわきまえている。願いがけっしてかなえられないことを知っている。

それでもわたしの淋しさはおさまらぬ。そばに侍ることが許されなければ、せめてわたしに御膳を運べとお申しつけになればいいものを。

厨の内にはイネの目がある。

女中たちにあれこれと指図しながら、イネはつねにわたしの一挙一動に気をくばっていることが感じられる。イネの視線にわたしは慣れていた。

厨の外に出ればわたしを待ちうけているのは左内の目である。

足軽を調練しながら、本丸に出入りして父上の采配をあおぎながら、左内は目ざとくわたしを見つける。その顔は埃にまみれ、汗がその埃をまだらにして異様な相貌である。目だけを鋭く光らせてわたしを見つめる。七郎さまがいらっしゃらないかわりに左内がいる。心強くないとはいわない。城衆きってのつわものが、わたしのありかを気にかけてくれるのは心丈夫であるといえばいえよう。

左内といい順征といい、また主膳や忠堯といい、彼らは大言壮語するくせにいざとなれば城を逃げだす侍たちが多いなかで、今や城の大黒柱である。父上は四人を杖とも柱ともたのんでおられる。口にこそ出しはしないけれども左内はわたしにいいたがっているように見える。自分がついているから安心しなさいと。いかにもわたしは安心している。左内はわたしをむざむざ龍造寺の木っ端武者に手渡さないだろう。わたしは安んじて高城の土になる。しかし、七郎さまのおそばには誰がついているのだろう。

わたしは七郎さまがもしもの場合、みずから腹を召される御覚悟はなされていると信じたい。龍造寺の名もない足軽に、お首を掻かれるのは考えるだにいまわしいことである。覚悟はできていらっしゃるだろうか。心の奥底からわたしに返って来た返事は否であった。槍はものにならず弓も引かれず、太刀ときては御家でいちばん下手な家来にも打ちすえられる始末、武芸をないがしろにして歌書や史書にのみうつつをぬかしておられるありさま、とてもいざというとき自害なさるほどの勇気は持ち合わせていられないだろう。とすれば誰かが介錯してさしあげなければならぬ。

よもや、それをしも厭だとはおっしゃるまい。

介錯……

わたしは思いに沈んだ。

水をたたえた盥がすぐそばにあった。

炊きたての飯は熱い。握るかたわら手を水につけて冷やすのである。わたしはなにげなく盥をのぞきこんだ。水の面にゆらぐ暗い影があった。影には口があり鼻があり二つの目があってわたしを見返した。わたしは乱れた髪をととのえ、襟を正した。水の面は鏡さながらなめらかである。黄ばんだ大銀杏が映った。四面神社の境内が映った。芹の密生した川原が映った。紅葉した御館山が映った。

介錯……

わたしは誰の手もかりないでみずから果てることができる。それはたしかだ。もう一つたしかなことは、七郎さまを誰かが介錯してやらねばならないことである。しかし、いったい誰が。七郎さまがわたしのそばにいらっしゃれば、わたしが及ばずながら息の根をとめてさしあげよう。返す刀でわたしも自分の咽喉を刺そう。いとたやすいことだ、七郎さまと二人して冥途へ旅立つよろこびがある。

あの世のことをサンチェスは語った。

四季を分かたずとりどりの花が咲き、妙なる楽の音が流れ、老いも飢えも病《やまい》もないのがあの世《はらいそ》とかいう世界であるという。すなわち極楽浄土である。わたしには泰雲和尚の説く西方浄土と、サンチェスの物語る天国《はらいそ》のけじめがつかない。サンチェスは奇妙なことを語った。みずから果てるのはよこしまなる仕わざであって、でうすの御心にかなわぬというのである。なぜならば人の命はでうすが与えたもうた由にて、一存でこれを絶つのはでうすの御意にそむくことになると。

泰雲和尚はせせら笑った。

「名もない雑兵の手にかかって果てるよりみずから決するのが心ある者の意気地というものである。南蛮の邪宗門にはわが国びとの心根が察しられぬと見える。サンチェス、きさまは敵の雑兵足軽に捕えられ、無体なはずかしめをうけても平気やかい」

「はいさ《シ》、和尚《セニョール》どん、何事もでうすの御心であれば」

サンチェスは少しも動じなかった。

泰雲和尚はにがにがしげに「救われぬ奴だわい」と悪態をついた。救われぬというくだりをサンチェスは聞きとがめ、自分は合戦の成りゆきがいかになろうとも死を怖れていないし、救われることを信じていると穏かに言葉を返した。

「サンチェスよい、龍の者どもは有馬や大村とちごうて切支丹ではない。そのことは存じておろう。成りゆきによっては龍にからめとられもしよう。奴らに首をはねられても救われるというのか」

「はいさ《シ》、和尚《セニョール》どん」

「われわれ伊佐早人は冥途へまかればことごとく仏になる。きさまの宗門ではいかが相成る。南蛮人もあの世の住人になればでうすになるのかやい」

「いいえ《ノ》、和尚《セニョール》どん、人は人、でうすはでうすでごんす」

「ははあ、切支丹とは情けない宗門だわい。死んでも成仏できんとはなあ」

「成仏？　それは何の心か」

サンチェスは切支丹の教理をわかりやすく説くことはできても、まだわが国の仏法に通じていない。聞きなれない言葉を聞いてうろたえたのだった。一昨夜のことである。

もしかしたらとわたしは思う。盥はすべてを映す。わたしが身をひけば盥の影は消える。この世に生きるということは、つかのま盥の水にわが影を投げることではないのか。わたしが去り女中が来て水をのぞけば盥は女中の影を映すだろう。わたしはこぶしで盥の縁を軽く叩いた。水の面がさざ波立ち、わたしの顔がゆがんだ。ふしぎなことに、あれほどまで物狂おしかった気分が、盥の水を眺めている間にしずまってしまった。わたしはいつでも自分が望むときに盥の水をのぞきこむことができる。水は忠実にわたしを映すだろう。そしてまたわたしがその気になればいつでも盥の前から去ることができる。水はもはや何も映さないだろう。あるいは別なものを映すだろう。それでいい。わたしの迷いは去り、心は平かになった。

わたしは嬉しかった。

死を怖れていないつもりで実は怯えていたのである。今にしてわたしは面《おもて》をあげ、目を見はっていうことができる。浄土が何であろう、天国《はらいそ》が何であろう。わたしは地獄におちることもできる。血の池、針の山を怖れるいわれなぞありはしない、たった今、手に入れた心の安らかさがありさえすれば。

広場では調練が一段落し、足軽たちは地面に腰をおろして、女中が配った梅干しをしゃぶった。

三百余人の城衆がへったので、その分だけ兵糧が浮いたことになる。一日に四粒と定められた梅干しを六粒にふやしたのは、御膳奉行である。組頭格以上と特別な役目をおびた者にしか与えられないするめや生姜も、全員に食べさせることになった。今夜は大盤ぶるまいである。

「聞けやい、みなの者」

左内は口から梅干しのさねを勢いよく吐きだした。

「わしはゆうべ見まわりをした。寝ずの番がちゃんと持ち場持ち場に張っておるかどうか、合言葉を胸にたたんでおるかずいずいと検分してまわった。きさまらの中に不心得がいることをいうて聞かす。合戦を前にして稲の作柄が今年はいいの悪いのと、声高にしゃべっておる寝ずの番がおった。どこそこの次郎吉の田は豊作じゃだの、平八の田は治助の田よりみのりが少ないだの、大声で噂しておった。百姓が作柄を気にかけるのはもっともであるが、御家あってのご領地、ご領地あっての百姓である」

足軽たちは真剣なまなざしで左内を見あげた。左内は槍の石突きで地面を叩いた。

「龍造寺が伊佐早をのっとったあかつき、佐嘉から大勢の百姓が流れこんでくる。そのこと、火を見るより明らかである」

陣笠がいっせいにゆれ動いた。

足軽たちは口をとがらせ、右こぶしをかためて左手を打った。心外きわまるという顔つきである。ささやきはしだいに高くなった。左内は鋭い目を光らせて、足軽たちがふんがいするのを黙って見まもった。

「話やめえ。黙って聞け。おい、そこの足軽、名はなんという」

「はいさ、栄田在の松吉と申しまする」

「ゆうべ城にかけこんだ百姓足軽だな」

「はいさ、庄屋三代めの松吉でごんす」

「田畑は何反歩、持っとるかやい」

「おそれながら申しあげまする。あわせて九反五畝いただいておりまする」

「九反五畝のうち半分を召しあげられ、年貢はこれまで通りとなればどうする、松吉、じゅくじゅくと考えて胸のうちを申せ」

「四反七畝十五歩でもちまして一家六人をやしなうこと、もっての他と存じまする」

「みなの者、松吉の申し条を聞いたかやい。半分にへらされるか、全部とりあげられて日当り水はけの悪い貧田を与えられるか、いずれかである。槍組の蟹平、きさまは田畑をいただいておらんから涼しい顔をしとるが」

「もうし、御大将。涼しい顔をしとるのではごんせん。梅干しを久方ぶりに味わって、ご恩を身にしみるごと覚えとりました。蟹平といえども、御家のゆくすえを案じておりまする」

「土地なし足軽にいうて聞かす。龍造寺が伊佐早のあるじとなったらば、きさまらは佐嘉からきた名主の作男になってこき使われるとぞ。尻の肉がこけるほどに働かされ、一生、嫁もとれず、喰らうものとては稗一椀、粟粥一杯。梅干しのごたるありがたい品は口にはいらん。いざ合戦のおりはまっさきに狩りだされて矢おもてに立たされる」

　足軽たちは前より強くこぶしを手に叩きつけた。天を仰いでため息をもらす者、口角泡をとばして同僚となげきあう者、太刀を鞘ばしらせて鍔鳴りをひびかせる者、弓の弦をはじく者など、龍造寺の理不尽な仕打ちを思いやって血相を変えない者はなかった。

左内は足軽たちがみなふんげきするのを見すましておいて声を発した。

「者ども、御家はありがたいと思わなければならぬ」

「はいさ、御大将」

「今宵、芦塚主膳どのの組に入って夜討ちをかける者は、一騎当千の荒くれである、存分に敵をけちらして名をあげよ。芦塚どのを死なすな。大将のそばから離れるな。日頃、調練した腕前を今宵のいくさに示すように、夜討ちの細目については主膳どのから達せられるが、わしからいいつけておくことは深追い禁物ということである。槍も一突き、太刀も一太刀、無二無三、敵中をかけぬけ、また敵中をかけ戻って城へひきあげる。二の太刀三の太刀を加えるひまはない」

「もうし、御大将」

弓組の組頭として合印の上に赤い布をつけた二十歳あまりの男がたずねた。眉の濃い骨太の若者である。槍と太刀の要領はのみこめたが、弓と鉄砲も一矢一弾であろうかときいた。

「主膳どのは今、敵が宿営するはずの福田村へ物見に出ばっておられる。本来ならわしがさしずすることではないが、いうてきかす。夜討ちには、聞けやい者ども、強襲と奇襲がある。敵がわれわれの近づくのを気づき、備えを立てた場合は強襲、敵の不意をついた場合は奇襲という。主膳どのにつく組はみな福田村の地理に明るい者がえらばれた。十五間までしのびより、いっせいに鉄砲を射ちかける。鉄砲組の餅平、十五間を進むのに弾は何発射つきまりかやい」

「餅平、申しあげまする。三歩に二発のきまりゆえ十五間は三十七歩半、したがって二十五発と心得まする」

「よろしい、駆けぬけるとき二十五発を射つ。駆け戻るときは鉄砲を用いるひまがない。よって弾丸は二十五発、予備として三発あわせて二十八発持たせる。八は末ひろがり、縁起のいい弾丸数であると思え。弓組にいうて聞かす。弓組も弓数は三歩に二矢の割ゆえ、二十五本持たせる。鏑矢は使わぬこととする。目当ては一番めに龍勢の鉄砲射ち、二番めに鉄砲射ち、三番めに鉄砲射ちをねらう。わが組の鉄砲射ちと二人ずつ組になる。餅平、暗夜に敵の種子島をさがす要領を申せ」

「はいさ、御大将。鉄砲のわきには火縄ありと申しまする。風下からしのびより、まず火縄の臭いをかぎあて、次に火縄の火を目当てに鉄砲射ちを射とめまする」

「みなの者、餅平の返答を聞いたかやい。今宵は新月、一寸先も見えぬ闇夜である。夜射ちにはうってつけと思え。餅平の機転、あっぱれなる目のつけ所である。心得たか」

「はいさ、御大将」

左内はきのうもいい渡した通り、敵の首をかき切ってはならぬ、耳や鼻をそいでもならぬと命令した。敵中に突入した場合は、一挺でも多く敵の鉄砲を分捕るようにとつけ加えた。左内は忠堯と目くばせした。

「これでわしの達しは終る。次は遠岳忠堯どのが夜討ちの心がけを説かれる」

忠堯は左右の肩をゆすって足軽たちの前に進み出た。本来ならば芦塚主膳どののおおせを聞くはずであるが、主膳どのは物見に出ばって不在ゆえと、左内がいった通りの言葉を前置きにして、おもむろに咳払いした。

「聞けやい、みなの者。きさまらの中に今宵の夜討ちをこわがっている者はないか」

足軽たちはおたがいに顔を見あわせ、めっそうもないとでもいうように、昂然と笑った。

「ほほう、ひるみはせんというのだな。龍の先鋒はその数五百はくだるまいぞ。鉄砲組だけでも一割はまざっておろう。先鋒が敵国伊佐早に攻め入って枕を高くして眠っているだろうか。四方八方に物見を出し、警戒おさおさ怠りなく、五百のうち半数は寝ずの番をつとめておると見なして、さしつかえない。おい、その足軽、立てえ」

弓組の最前列にすわっていた丸顔の男が立ちあがった。十八歳あまり、まだ頰に赤みをとどめた少年である。

忠堯はその足軽の方へつかつかと歩いて行って、いきなり股へ手をのばした。少年は「わっ」といって弓をほうり出し、痛そうに顔をゆがめた。腰を折って痛みに耐えている風情である、薪を運び終って広場のはずれにかたまっていた媼どもや弁当配りの女中衆が笑いくずれた。忠堯は笑わなかった。

「わしは今こいつめのきんたまをつかんでみたぞ。どこにぶら下っておるのかわからんくらい縮みあがっておった。こげん情けないざまで夜討ちができるか。みなの者、立てえ」

足軽たちはぞろぞろ立ちあがった。

汗と革と灼けた鉄の臭いがわたしのいる所まで漂ってきた。忠堯は鎧の草摺をはねあげ、踏込のすきまから自分の股へ手をつっこんだ。

「わしが今、何を握っておるか、きさまらにはわかるな。みなの者、自分で自分のきんたまをつかんでみろやい」

「あれま、いやらしか」

「忠堯どんは正気じゃろか」

足軽たちはまじめくさった顔つきで忠堯のしたことを真似た。

「あれえ、左内どんも」

「なんば思うてあぎゃしようらすとやら」

上女中たちは袖があれば袖で顔を隠したかったであろう。襷をかけているのでそれはかなわぬことである。おたがいに相手の胸にしなだれかかりあるいは肩に顔を埋めてはずかしがった。それでいて、横目を足軽たちに使い、体を左右にくねらせた。忠堯の声がした。

「今宵、敵陣へ討ち入る前、気をおちつけるために、自分の股にさわってみろ。縮こまっていたら、わしがまじないを教える。武運長久、連戦連勝のまじないである。よろしい、手を出せえ。こら、いつまでよか気色で握っとるか」

足軽たちは笑った。

初めて忠堯が笑った。もったいぶった表情でいった。

「いうて聞かす。これをとなえれば、ああらふしぎ、臍下丹田に力がこもる。きんたらりん、と三度となえる。それ」

「きんたらりん」

「大声で」

足軽たちは咽喉がはりさけそうな大声でまじないを口にした。

わたしは上女中たちを厨へ追い返した。夜討ち前の飯ならば竹の皮ですむけれども、熱い粥は器が要る。器を用意しておかなければならない。死に行く者にはせめて旨い粥を食べさせたいと思った。

暮れ六つの板木が鳴ったとき、芦塚主膳がひきいる手の者百人が城門の内側に勢ぞろいした。

各組の頭が進み出て主膳に報告した。

「申しあげまする。弓組、野中の与平以下三十人。ただいま揃いました」

与平は弓の弦をひとはじきして一礼した。

「申しあげまする。鉄砲組、原口の善作以下十人。ただいま揃いました」

善作は火縄をくるりとまわして一礼した。

「申しあげまする。槍組、美野《みの》の喜左右衛門以下六十人。ただいま揃いました」

喜左右衛門は槍の石突きで地面をとんと突いて一礼した。

芦塚主膳は本丸に向って頭をさげた。

父上は手摺りのきわに立たれ、軍扇を開いて煽ぐふりをなさった。かがり火の明りで父上のお姿はぼうと浮きあがって見えた。城衆の総代として服部左内が短い口上をのべた。このたびのお役目ご苦労である。みごと敵をうちやぶって無事、帰還してもらいたい……

「あとは頼んだ。行って参る」

主膳は馬にまたがった。総勢百一人の隊は城門をしゅくしゅくと出て行った。先頭を各組から二人ずつえらばれた合計六人の足軽が進み、三十間おいて主膳が弓組をひきいて続き、その後二十間を鉄砲組が、さらに十間おいて槍組が続いた。

泰雲和尚は城門のきわにすわりこみ、数珠を手に巻いて声高らかに経文を誦した。金襴の目も綾な袈裟をまとった胸にも大粒の数珠をかけていた。夜討ちの上首尾を仏に祈っているのである。天祐寺から持参したらしい大型の香炉にもうもうとごまを焚いた。足軽たちは城門にさしかかったとき、泰雲和尚にかるく一礼した。一礼しない足軽もいた。耶蘇に帰依した者であろう。彼らはごまの煙に包まれるとわざとらしく咳きこみ、城門を出るやいなや右肩をあわただしく動かした。十字を切っているのである。

わたしは介抱所の灯明をふやした。

百一人のうち何人ひきあげてくるかわからないけれども、およそ三分の一と見て三十人以上を寝かせなければなるまい。広さ十畳の板敷きが三間、灯明は六つしかなかった。わたしはタケにいいつけて、厨から油を一甕と灯明皿十二枚を運ばせた。手傷を洗うための焼酎も用意した。晒布もつみあげた。蚊やり火を焚かせた。思いついた用事を女中たちにいいつけ、それがすむ前に次の用事を思いついた。傷の手当てはあらかじめ心得ていなければならない。上女中に鉄砲傷の手当てをしたことのある者はいなかった。

わたしは武者だまりにタケをやって、七年前の長崎攻めで鉄砲傷をうけた足軽をさがし出させた。三郎太と名のる屈強な男がやってきた。脚と肩に二発くらったことがあるといい、腹巻をぬいで傷痕をひろうした。小江の漁師であったという。そう聞いたせいか、三郎太はなま臭い体臭をまきちらしているようである。

「鉄砲傷の手当ては何はさておき体にめりこんだ鉛玉をえぐりだすことでごんす。小刀、かんざし、こうがいを用いてもよろし。弾丸をとったらば焼酎を傷口にそそいでよく洗う。このこと、大事でごんす。血止めのもぐさを傷口につめこみ、体をひやす」

「それから三郎太、いかがする」

「それだけでごんす。一刻ごとにもぐさをとりかえ晒布を巻き直します。癒える者は熱を出しません。熱を出す者は手当てをしてもむだですけん、もぐさがもったいなか」

矢、太刀、槍傷の手当てを心得ている女中は少なくなかった。わたしは女中たちに三郎太のいったことを説いて聞かせた。

ある物音が聞えた。

豆を煎るような音である。叫び声も耳にしたように思った。わたしは介抱所からとびだして、城で二番めに高い着到矢倉へ走った。足軽たちが矢倉の下に並んで福田村の方を眺めている。城からはほぼ東北にあたる。わたしは矢倉の中へ駆けこみ、急な階段を二階へあがった。

左内がいた。

順征も忠堯も鎧に身をかためて福田村の方へ目をこらしている。あい変らずぱちぱちという音は続く。大川の対岸にせりあがった丘にさえぎられ、福田村は高城から見通しがききにくい。昼間なら少しは見えるのである。

「何か見えるか」

左内の問いに、忠堯と順征は首を横にふった。

赤い火がまっ暗な野原の一角に立ちのぼった。

三人は「おっ」と同時に声をあげた。

「やっとるやっとる。主膳どんが龍の陣屋に火をかけたのだ」

忠堯がはしゃぐのを左内はたしなめた。火をかければ味方の勢が少数と知られて不利ではないかと。二つめの火が暗い平原にゆらめいた。その火はすぐに消え、別の箇所にまたともった。首尾よく不意討ちになったのだろうかとわたしは三人のうちの誰へともなくきいた。三人は聞えないふりをした。矢倉の床をのしのしと歩きまわって、目だけは福田村の方へそそいだ。鉄砲の音はまだ続いている。しかし、それは筒先をそろえていっせいに射ち放つ音ではなく、不規則な乱れた音である。

「どうもおかしい、気になる……」

と何かいいかけた忠堯を左内が制した。

かすかな声が聞える。じっと耳をすましていなければ聞えない蚊のなくような声である。風は東北の方すなわち福田村あたりから吹いている。ここから半里とない道のりである。芦塚主膳の組があげた声であろうか、龍の先鋒があげた声であろうか。

鉄砲の音はまばらになり、やがて絶えた。

火も消えた。

「わしは主膳どんを迎えにゆく」

「やめろ、忠堯。夜討ちの首尾が分明でないときに城外へ出ることは許さん」

「左内どん。頼む。わしに二十人、槍組の者をつけてくれ。主膳どんの組が龍に囲まれて逃げようにも逃げられずにいるかもしれんではないか。わしがたすけにゆく」

「子供のごたることをいう。忠堯どんが囲まれて逃げられなくなったらどうする。今度は順征どんが救いにゆかねばならん。城は誰が守る。心配するな。主膳どんも豪の者ばい。囲みを破ってひきあげてくるだろう。むざむざ討たれはすまい。なあ、順征どん」

左内の口ぶりはしいて強がりをいっているだけのようにひびいた。忠堯は二十人がむりなら五人でいいからとしつこくいいはった。主膳の組は追われて逃げ帰るとちゅうであろう。自分がしんがりとなって、敵をくいとめる……

「後生じゃ、左内どん」

「忠堯どん、軍令にそむく気か」

「お前さまは幼な友達を見すててなんともないのだな。お前さまの体には蛙《どんく》のごたる冷たか血が流れておるのだろう」

「二人ともやめんか」

順征が、つかみあいを始めた左内と忠堯との間に割ってはいった。甲冑がぶつかりあい、三人の男は荒い息を吐いてもみあった。床がきしんだ。

「もうし、御大将」

矢倉の下から足軽の声がのぼってきた。「そっこく降りてきて下されえ。宇戸の甚八めをひっ捕えましてごんす。ふらちな奴と心得まする」「甚八をひっ捕えた？　なぜに、ひっ捕えた」順征は階段を降りた。二人の大将のあとからわたしも降りた。かがり火のわきにひきすえられているのは、宇戸の甚八である。後ろ手に縛りあげられ、髪をふり乱している。甚八は三人の大将を見ると、面目なげに顔を伏せた。足軽の語るところによれば、搦手口の守りについた遠岳忠堯の配下に、甚八が城は永くないから見すてて逃げるようにすすめていたという。

昨夜、城から出て行った旗本衆の家来三百余人も、甚八の口説で心を決めたのだそうだ。甚八は古賀村から鉄砲荷駄を曳いて逃げるとちゅう、長崎甚左衛門の手の者につかまり、龍造寺勢の物見にひき渡された。高城の模様を承知している者と見られたらしい。大村氏の家中である長崎氏は、龍造寺氏のごきげんをとっておきたかったのである。割竹でさんざんに殴られた甚八の顔は蒼黒くふくれあがっていた。逃げだすようすすめにきて今夜は逆につかまってしまったのである。四天王の配下はやすやすと甚八の誘いにのる気はなかった。足軽は説明を終えて一礼した。

「寝返ったのだな、甚八」

順征は折れた弓で甚八の額を突いて面をあげさせた。

「もうし、御大将。寝返ったのではありませぬ。無益な殺生は弥陀の本願にかないませぬ。一人でも多く家中の朋輩をたすけたかったのがおれの本音でごんす」

「この期に及んでへらず口をたたく。龍の大将はきさまが御家の家来を城外へ出したら何をほうびにくれるというた。禄か金子か」

「甚八めはひとえに御家のためを思えばこそでごんす。龍造寺さまは大軍をひきいて討ち入れられた。一戦をまじえてもかないませぬ。犬死にでごんす」

甚八は三人の大将を順ぐりに見つめて説いた。昨夜、暗くなってから高城にしのびこみ、旗本衆の家来に脱出をすすめたあと、顔に鍋墨をぬって昼間は薪小屋に寝ていたのだそうである。城攻めが始まる前にあと百人あまり城外へおとす魂胆だったという。足軽の数が四百人あまりもへったら、四天王は合戦をあきらめるとふんだのである。侍たちとごく少数の足軽だけでは城を守れない。

甚八の後ろをとり囲んだ足軽たちは彼をののしった。御家のためを思うて龍へ寝返っただと？　口は重宝なものだ。この裏切り者め……甚八はきっとなった。首をねじって足軽たちを見やり、声をふりしぼった。

「朋輩、聞いてくれ。龍造寺さまはなあ、いさぎよく城をあけ渡すならば、城士を召しかかえてやる。禄もへらさずにおくというとらすぞ、さからうなら鉄砲五百挺、いいか五百挺げな、それに石火矢を射ちかけて攻めおとし、女子供も生かしておかぬといいじゃった」

「伊佐早はわれわれの国じゃ。龍造寺の非道、許されるものか」

「ばかもん。これだけおれが道理を説いてもわからんのかやい。きさまら狭いご領地の外にどんげん広い天地があるか知らんのだ。もうよか。おれは何もいわん。阿呆にいうてきかす道理はなか」

甚八は肩をおとした。

三人の大将はより集まって談義している。

「もうし、御大将。甚八めを成敗するならば、おれにやらせて下されえ」

縄尻をとった足軽が言上した。左内はその男に甚八を牢にとじこめておくように命じた。水を与え、見張りをつけておくようにといいつけた。足軽は不服そうだったが、命令とあればいたしかたなく、甚八をひったてて去った。

板木がつづけざまにうち鳴らされた。急を告げる合図である。城門が開かれた。足軽はかがり火の中に薪を投げ入れた。芦塚主膳の組が帰ってきたという、坂道を登ってくる人影がみとめられた。槍を杖に足をひきずって歩いてくる。隊伍を組んではいない。城門に並んでいる三人の大将に気づいたその男は立ちどまった。

後ろから何人か続いてくる人影があった。

「御大将のお出迎えだぞう。気を張れ。列を作れやい」

人影はその男の所にかたまり、隊列を作った。先頭の男は闇の中をうかがい、全員が自分にしたがっているのを確かめてよろめきながら歩きだした。各持ち場についていた足軽で仮眠を許された者どもが城門の内側に集まってきた。しずしずとはいってくる列の先頭にいるのは、美野の喜左右衛門である。具足は腹巻の他、何もつけていない。太刀も身にもおびているのは鞘だけであった。「ひい、ふう、みい……」足軽は喜左右衛門の後ろから入城する夜討ち勢の生き残りを教えた。十七人である。みな髪を乱し、五体は甲冑もろとも血と泥にまみれていた。手傷を負うていないのは一人も見あたらなかった。

喜左右衛門は左内の前に立ち、槍の石突きでとんと土を叩いた。

「もうし、御大将」

「喜左右衛門、ご苦労であった。夜討ちの首尾を聞こう。各組は頭だけ残して介抱所へおもむき、そうそうに手当てをうけろやい」

喜左右衛門以下三人は地面に片膝をつき、言上する姿勢になった。

「申しあげまする。芦塚主膳さま以下百一名、本日五つ刻を期して福田村に陣掛けした龍の勢に夜討ちをばかけました。芦塚さま討死に、弓組頭、野中の与平討死に、鉄砲組頭、原口の善作討死に。槍組頭、美野の喜左右衛門、ようやく敵の囲みを破り、ただ今、帰参いたしましてごんす。生き残り総勢十七人、よってくだんのごとくなり」

言上するとちゅう、喜左右衛門の声はつかえた。報告が終ると、槍に両手ですがり身をもんでむせび泣いた。

「申しあげまする。弓頭の小頭、船越《ふなこし》の豆右衛門、お頭以下三十人のうち五人、ただ今、帰参しましてごんす」

豆右衛門は弓の弦をはじいてから水を所望した。後ろに立っていた城内の足軽たちはわれがちに腰の竹筒に入った水をさしだした。

「申しあげまする。鉄砲組の小頭、川床《かわとこ》の梅次、お頭以下十人のうち二人、ただ今、帰参しましてごんす」

梅次は火縄も鉄砲も失っていたが、かわりに右手の指でくるりと円を描いた。この男も水を所望した。夜討ちに加わらなかった足軽たちは、生き残りの武功をたたえていっせいに楯を平手で叩いた。木の楯は低く、竹の楯は高く鳴った。楯を持たない足軽は自分の腹巻を叩いた。ひそやかにゆっくりと叩かれ始めた音はしだいに強く速くなった。三人の頭は折り敷きのまま陣笠をとって胸に当てがい、城衆のねぎらいに謝する身ぶりを示した。弓組の者は弦を鳴らした。左内はいった。

「喜左右衛門に豆右衛門、梅次やい、夜討ちの次第はあとで細かくたずねる。とりあえず介抱所に参って傷の手当てをうけよ」

足軽たちがよってたかって三人をかかえあげた。本丸の方から泰雲和尚が走ってきた。

「これだけか、残ったのはたったこれだけか」

呆然として三人を見まもっている。誰かが和尚に十七人帰ってきたと教えると、「百一人のうち十七人」とつぶやいて目を宙にすえた。和尚は矢倉のきわへ歩いてゆき、福田村の方に向いて合掌した。「なむあみだぶつ、なむあみだぶつ……」足軽たちは和尚の後ろに並んだ。念仏をとなえる者と、切支丹の祈りを捧げる者と身ぶりこそ異なれ、死者をいたむ気持に変りはないのであった。

わたしは本丸を仰いだ。

手摺りのあたりに人影は見られない。無人の建物ではないしるしに、灯明の黄色い光がゆらめいている。わたしは本丸の階段をのぼった。家中の将士がいくさをして帰ったのにいたわりのお言葉くらいかけてやってもよさそうなものである。

頭が階段のあがりはなに出たとき、わたしは足を止めた。原田備前守の声が聞えた。酒に酔っただみ声である。「大殿ご一人に腹を召したまえと申しておるのではなかとです。城のあけ渡し、家中の者の身のふりかた、御家ご一統の処分、いっさいを見とどけ、これでよしと承知しましたならば、不肖原田備前守も追い腹を切る覚悟をしております。大殿のあとから冥途へ参る所存でごんす」

二人の姿が本丸の白壁に映っている。灯火が風にゆれ、そのつど向いあった姿もゆれ動いた。原田備前守の声は続いた。

「御家は二つに割れておりまする。旗本衆と四天王衆と。いくさする気でおるのは、四天王の手の者わずか四百人あまり。これで龍勢三千五百余騎にかないましょうか。大殿、じゅくじゅくとお考え下さい。戦わずしてご一統と家中の者をたすけるか。戦って御家の恩顧をうけた者どもに塗炭の苦しみを味わわせるか。大殿はご幼少のみぎりより英邁であらせれら……」

原田備前守の舌がもつれた。

父上はもくもくと酒をくんでおられる。

「英邁であらせられた。是非のけじめにきびしくあらせられた。若衆女子供を高城の土とするの愚、ご一考ありたい。原田めたってのお願いでごんす」

「原田よい」

父上の声が聞えた。風が吹きこみ、灯明の焔は今にも消えそうに低くなびいた。二人の影も床に倒れ、風がやんだとき、また身をもたげた。

「原田よい。山崎と東が城を見かぎった今、お前が西郷家の筆頭家老である」

「はあ、そのこと、もったいなく存じまする」

「逃げていいぞ。倅をつれて城を出てもかまわん」

「めっそうもない。大殿、お心得ちがいというものでごんす」

「泰雲がおらんうちにはよう去れやい。ぐずぐずしとったら、服部だの遠岳だのに首をねらわれる。わしが腹を切ったところで、家晴が許すもんか。おめおめ開城したら先祖に対して申し訳が立たない。まけるとわかっても弓矢をとらねばならん合戦があるもんだ。今のうちにおちのびて家晴に帰順せんと、あとからでは間に合わんぞ」

「おそれながら……」

「家晴はお前に情けをかけてくれて、草履とりくらいには取り立ててくれるだろう。せいぜい忠勤を励むことだ。はよ行け。お前の顔はもう見とうなか」

床板がきしんだ。あらあらしく席をけって去る気配である。わたしはましらのように階段をおり、壁ぎわに身をひそめた。原田備前守長松は咽喉をぜいぜい鳴らしておりてきた。見そこのうたとか、齢はとりたくないものとか、口の中でぶつぶつつぶやくのが聞えた。本丸の入り口から外へ首をつきだし、四天王がいないのを見すましたのだろう、定まらない足を踏みしめて御書院の方へ立ち去った。

わたしは介抱所へ行かなければならなかった。床下から低い声が聞えた。さっき、耳にした甚八の声である。

階段の下に地下へ通じる石段があって、のぞきこんでみると、太い格子のはまった牢の扉が見えた。灯明を見すえて甚八は「他生の縁」を口ずさんだ。

「うつせみのこの世や
流れにうかぶうたかたは
どこで消ゆるか先や知らぬ
われは川辺のよしの根小草
よしといわれる身ではなし
ぬしは野中の一本杉よ
やあさらさ、一本杉よ
さあやらさ、風にもまれて
ふとりやせぬ、ふとりやせぬ」

扉の前に白髪の牢番がうずくまっていて、甚八の歌に和した。わたしは後ろから肩をつかまれて懐剣の柄に手をかけた。ふりむきざま懐剣の鞘を払った。左内である。むぞうさにわたしをおしのけて石段をくだった。牢番が立ちあがった。甚八は歌をやめた。左内は「出せ」と顎をしゃくった。甚八のあきらめきった顔に生色がよみがえった。

「もうし、御大将」

「やかましい」

左内にどなりつけられても甚八はしょげなかった。石段をとびはねるようにしてのぼってくる。わたしは階段下の暗がりにたたずんだ。本丸の外へ出てゆこうとする甚八の肩を左内はこづいて、階段をさした。二人は二階へあがって行った。足軽風情が本丸へあがるのはもってのほかというべきである。左内は甚八を父上にお目通りさせるつもりらしいが、本意がどこにあるか、察しがつきかねた。左内の目に奇妙な色が宿っていた。わたしをあのような目で左内が見たことは、ついぞ一度もないことであった。

　介抱所では十七人の手当てがあらかたすんだところである。

　土間には脱ぎすてた腹当腹巻、籠手やすね当が山とつまれ、その上に槍や太刀がのせてあった。血と焼酎の匂いが、息苦しいほどにたちこめていた。軍目付が行賞帳を手に、傷の浅い者から夜討ちの模様を聞きとった。晒布でぐるぐる巻きにされたけが人の手を女中が握ってやった。体の重みを手にかけてしっかりと握らなければ、けが人にはねのけられそうである。「痛かばい、たまらん」といって耐えがたい苦痛を訴えた。

　若い足軽が「かあちゃん」というのは母親のことであり、年配の足軽なら嬶のことである。こと切れた足軽が三体、介抱所の外へ運びだされた。「ふむ、ふむ」とうなずきながら軍目付はけが人の語る夜討ちの経緯を書きつけた。

「で、きさまは芦塚どのが龍の陣屋にとびこまれる後ろ姿を見たのだな、確かだな」

「はいさ、お目付」

「あやめもわかたぬ闇であったのに、芦塚どのとなぜわかった」

「龍の陣屋はかがり火を焚いておらなんだ。はて面妖なとそのとき思うたとですが、しずまりかえっているのをいいことに、こっそりしのびよって十五間の所から鉄砲の火蓋を切りました。夜討ちは旨く運んだと思うたのもつかのま、それまで誰もおらんと思うとった東の草地から伏兵が立ってわれらにおそいかかりました。陣屋はもぬけのからで、龍の者はわれらをそこへおびきよせ、罠にかけたとおぼしめせ」

「伏兵は東におったのだな」

「西にも南にもおりましてごんした。われらは袋のねずみとなり申した。乱戦でごんす。なんまいだぶ」

「高城から望見しておると、銃声がしてまもなく火が見えた。あれは何だ」

「龍はわれらをとり巻いて、かねて用意の薪に火をつけた。油をそそいで火を放ったとでごんす。鉄砲で一人ずつ射ちとるために」

答えているのは川床村の梅次である。

軍目付は船越村の豆右衛門のわきにすわった。

「きさまが芦塚どのの姿を見たのはいつだ」

「はいさ、お目付。わが鉄砲組はたちまち弾を射ちつくし、弓組もえびらを空にしました。しかるに敵は雨あられと矢弾をあびせます。味方は草原に伏せって目もあけられぬばかりでごんした。一人二人とやられる者がふえて……」

「芦塚どののさいごを見たのか見ないのか」

「御大将はかくてはならじと立ちあがり、われと思わん者は続けと呼ばわって、龍の陣へ走ってゆかれました。おれも組の者に下知して御大将の後ろを十歩あまり走ったとき射たれたとです。御大将は敵の大将とおぼしい半月の前立てつけた冑武者と斬り結んでおられるのをちらりと見ました。大勢の足軽が芦塚さまを包みこんだのを見たのがさいごでごんす。なんまいだぶ」

「ふむ、半月の前立てをつけた冑武者なのだな」

わたしは軍目付と足軽たちのやりとりを聞きながら、心の中では別なことを考えていた。甚八がうれしそうに牢を出たときのありさまである。なぜに生色をとり戻したのだろうか。なぜに命がたすかると思ったのだろうか。おそらく、成敗されるのならば、左内みずから地下牢へおりてくることはないと見たのだろう。足軽に命じて首をはねさせたらいいのである。左内はそくざに甚八を殺そうといいはる二人の大将と着到矢倉の下で口論していた。何かもくろみがあるのである。甚八を生かしておいて役立てようとしている。なんのために……

けが人は一人残らず水をせがんだ。血を失って咽喉がかわくのである。齢とった女中のいいつけで、水はごく少量しか飲ませられなかった。存分に与えると、血が止まらないそうである。傷の痛みと咽喉のかわきで呻く手負いの者のそばにいるのは辛かった。軍目付は主膳のさいごを聴きとるのに専念し、他の頭や平足軽のさいごはどうでもいいようであった。豆右衛門や梅次のようにすらすらと合戦次第を物語ることのできる者は少なかった。半死半生の足軽は、何をたずねても「痛い、痛い」と呻くばかりである。別の足軽は合戦にまだおびえ続けて「かたまれえ、散るな」とうわごとをもらした。夢の中でいくさをしているのであろう。「北が手うすじゃ。北へ逃げろ」と叫ぶ足軽は両眼がめしいになっていた。女中の話では鉄砲をかまえたとき、煙硝が破裂したのだそうである。深堀家を通じて買い入れた鉄砲は平戸産である。この頃、値上がりにつけこんで、粗製の鉄砲を売りつける商人がいるとは聞いていたが、御家は博多商人が扱う上方製のいい鉄砲は値が張るので変えないのであった。

介抱所は血の臭いでむせかえりそうになった。戸外をあわただしく走る足音がした。わたしは外へ出た。みなは東面した矢倉の方へ駆けてゆく。福田村の方を指さして騒ぎたてている。点々と赤い火がともった。四つ五つ六つ……火は夜の平野に鎖をつないだかのように並んだ。龍造寺の先鋒がかがり火を焚いているのである。勝ちいくさをわたしたちに誇っている。不首尾に終った夜討ちを嘲笑っている。十二、十三、かがり火は福田村を中心におびただしくひろがった。平野を埋めつくし山ぎわに達した。山の尾根にも火は点じられた。騒ぎたてていた城衆は思いがけない数にふえたかがり火を前にして口をつぐんでしまった。

子の刻の板木が叩かれるのを合図に、酒盛りが始まった。

わたしはイネに命じて厨の酒を全部くばらせることにした。百姓の家族にもひとしなみに与えた。焼酎だけは、けが人の手当てにとっておかせた。野をおおったかがり火に気をのまれて沈みこんでいた城衆も、酒がまわるにつれて陽気になり、手拍子をとって歌った。

「われは川辺のよしの根小草

やあさらさ、よしの根小草

よしといわれる身ではなし」

百姓の嬶が手ぶり面白く舞った。足軽どもは浮かれた。下帯一本の裸になり、嬶の手ぶりを真似て踊った。子供が踊り、老婆が踊った。泰雲和尚は城内の至る所に火を焚かせた。龍が焚いた火よりも多く焚かせるつもりのようである。酔った足軽たちは空桶を伏せて底を叩きながら歌った。その間も介抱所では深手を負うた者が一人また一人と息をひきとっていった。遺体に巻いた晒布は、埋葬の前に剝ぎとられた。明日の合戦では手負いが少なからず出るであろうから。

剝ぎとった晒布は女中たちが洗濯して厨の中に干した。こもっている熱気で血染めの晒布はたちどころに乾いた。

原田備前守が一族郎党をひきつれて城を出たことは、子の刻を半ときほどすぎた時分に聞いた。城衆は驚いたふうではなかった。歌はますますにぎやかになり、踊りはいっそうさかんになった。

泰雲和尚は足軽たちの輪に加わって裸で踊り、やんやの喝采をあびた。布袋さまのようにふくれた腹をゆすって、和尚は「他生の縁」を踊った。

遠岳忠堯も鎧を脱いで踊った。

下帯ひとつになった体は泰雲和尚とちがってむだ肉がついておらず、駿馬のようにひきしまって、鎧をつけたときより五歳は若く見えた。見物していた足軽の嬶どもは「よか稚児さんたい」といって吐息をもらした。

宇良順征は晒布を巻いた姿でひょうきんな踊りをひろうした。

桶を叩いて拍子をとっていた足軽たちは笑いさざめいた。嬶どもは手を拍ってはやしたてた。順征は三尺五寸の大刀をぬいて舞った。つい数刻まえまで芦塚主膳の討死にを知って涙にかきくれた男とは思えないほどにはればれとした顔色である。

順征の手の者も、めいめいの太刀をぬいて舞った。

十人の男が下帯ひとつになり二手に分れて向いあった。太刀の切尖を合わせたせつな後ろにとびすさり、体を低くかがめて太刀で草を払った。一糸乱れぬ動きである。男たちのもりあがった筋肉に汗が玉となって滲んだ。草を薙ぐやいなやすばやく一回転し、身がるにはねあがった。太刀が空を切りさいた。十ふりの太刀があたかも一人の男にあやつられているかのようである。

輪になった見物人は息をのみ、喝采するのも忘れて、順征の工夫した剣の舞いに見とれた。よそで歌い踊っていた者どもも、しんとなったこちらの組へ近より、目を見はって嘆賞した。福田村とその周辺を埋めつくした龍造寺勢のかがり火を眺めているのは、寝ずの番にあたった者だけで、宴に加わった城衆は今や見むきもしない。

順征と九人の足軽は太刀をかざして身をよじり、空を飛ぶ見えない鳥を突きでもするように躍りあがり、地を這う獣のように低くしゃがんで太刀を一閃させた。二列の男たちはやにわに相手ときりむすび鍔ぜりあいをした。刃金の熱い匂いをわたしは嗅いだように思った。二度三度、鍔ぜりあいをして順征のかけ声を合図にとび離れた。一枚板が二枚に割れたかのようである。

男たちは太刀を斜めにして切尖を地面に向け、ゆるやかに足踏みした。それからおもむろに太刀をかかげて天を指した。夜の潮がひたひたと満ちるような趣である。剣の舞いは終ろうとしている。五体の力をぬいた男たちの姿でそれが察しられた。

順征は三尺五寸の大刀で虚空にゆるく円を描いた。一呼吸おいて足軽たちもそうした。「えいえいえい」五人の男が麦踏みに似た足つきをくり返しつつかけ声をかけた。もう一列の五人が「おうおうおう」と応えた。二列は同時に声を発した。「えいおう、えいおう、えいおう」十人は汗にまみれ、かがり火の赤い焔を濡れた肌で照り返した。太刀にもかがり火が映えた。

かけ声はしだいに低くつぶやくような高さになり、やがて消えた。

十人は向いあって姿勢を正し、相手に一礼した。胸がふいごのように大きくふくれ、あるいは縮んだ。わたしたちは手を叩いた。楯を打ち、桶の底を叩き、弓の弦をはじいた。わたしはこの十人がいさえすれば高城は支えきれると思った。ご家老衆は去り、その子息である旗本衆も家の子をつれて城を見かぎり、残っているのはひとつかみの足軽と、足軽からとりたてられた大将たちだけである。

左内が甚八をともなって本丸から出てきたのは、一刻あまりたった頃おいである。甚八は再び地下牢におしこめられたが、酒と握り飯を与えられた。父上とどのような問答をやりとりしたのかわたしには知るすべがない。見張りを交代して飯を食べにきた牢番の話では、甚八はことのほか上機嫌であるという。

左内は馬を曳かせ、五人の足軽をつれて二の丸へ行った。明日の合戦について段どりを決めておくのである。城ごもりをする前に、かたちだけでも討って出て、二の丸の東で合戦したいという順征に左内は反対した。わずかな手勢をひきいて対陣したところで、両翼を巻かれて討ちとられるにきまっているというのである。忠堯は二人のいさかいを黙然と聞いていた。

「左内どん、わしはな、百余人で三千五百人の龍勢に刃むかって勝つとは思うとらんのだ。聞いてくれ、わしが願うとるのは、さいごを飾りたいということだ。西郷家がほろびるとき、城から一歩も出ずにいくさしたと後の世の人が聞けば、大軍におそれをなして籠城したと見なすだろう。打って出ても出なくても、いずれ城は落ちる。ならば打って出てあっぱれ西郷の家来よと面目をほどこしたいのだ」

三人は宴が始まる前に着到矢倉のかげで話しあった。

「忠堯どん、お前さまは順征どんのいうことをどう思う」

「わしは順征どんのいうことに与したい。ただし、打って出るなら、わしを出させてくれ。百人も要らん。

三十人もあればよか。陣立てせずに一丸となって敵中をかけめぐり、さっさとひきあげる。鉄砲組は置いてゆこう。弓組もはずしてもらう。夜討ちにやぶれたゆえ、龍はもうわれわれがすくみあがって城にとじこもると安心しておるだろう」

「また夜討ちをかけるのか、忠堯どん」

「朝駆けをする。夜明け前はいちばん眠りが深い。物見も帰陣し、寝ずの番も油断している時刻だ。槍組の手だれをえらんでつれてゆく」

順征と忠堯はおたがいに自分がゆくといってきかなかった。けっきょく、左内がくじをこしらえて二人に引かせた。忠堯がくじを引きあてた。えらばれた三十人の足軽たちは、宴を早めにきりあげて寝についた。

嫖持ちは嫖をつれて思い思いにものかげへ消えた。嫖をめとっていない足軽は厨の外をうろうろした。

イネはこの夜、足軽たちを叱らなかった。

足軽たちは百姓の女子供がこめられた仮小屋の外にもたたずんだ。タケの報告によると、女中の寝所で眠っているのは老いた上女中ばかりであるという。わたしは草むらにほどかれている赤や白の襷を思った。

丑の刻に板木が鳴った。

宴は終った。


わたしは湯殿で行水をした。ふしぎに目が冴え、気がたかぶった。寅の刻に朝駆けする勢が城門に勢ぞろいをする。龍の先鋒は福田村を発して川づたいに近づき、二の丸の東に布陣していることを、物見が帰って告げた。ここから十町あまりの道のりにあたる。矢風、太刀風も聞えそうな近さである。川原に茂った芦の中にひそんで、忠堯勢は龍の陣へしのんでゆく手はずになっている。水面にたちこめる朝霧も、身を隠すにはうってつけであろう。寅の刻まであと一刻。

わたしは板戸ごしに隣り部屋のタケへ声をかけた。うてばひびくように声が返ってきた。タケも眠れないでいるらしい。父親の具合をたずねると、これしきの浅手で寝てはいられないと、具足をつけ矢倉へおもむこうとしたそうである。明朝は暗いうちに起きなければならないから早く眠るようにと、タケへいった。しかし「おやすみなさいませ」といってからも、タケはしきりに寝返りをうち、枕を動かしていた。

三人の若侍はみな女房をめとっていない。

忠堯と順征は鎧を脱いで寝ているのだろうか。わたしと同じように、てんてんと体の向きを変えているだろうか。左内はどうしているだろう。大将のうち一人はつねに鎧をつけて城内を見まわる。城ごもりの支度はすべてととのった。本丸の一階土間には、割れ竹、空箱、藁束がつまれた。煙硝と油も用意された。矢倉をのりこえ、城門をうちこわして敵がのりこんできたとき、火を放つためである。

本丸が炎上する。

火は大楠に燃えうつるだろうか。

わたしはまっ暗な部屋で、燃える本丸を瞼の裏に描いた。京で足利の初代将軍が幕府をお開きになった頃に礎は築かれたという。二百有余年の歳月をへた本丸が、大楠と高さをきそうほどに火を立ちのぼらせる。さぞかし見ものであろう。わたしはさいごとなるとき父上ご一統とともに本丸にこもることは許されていない。本丸に火が放たれるのを見とどけたら、城のどこにいようとも、その場で自害する覚悟である。寝る前、イネはわたしを呼んで、明日は自分のそばから離れないでくれと頼んだ。

城内に敵が乱入してきたとき、そして男衆が打ち果たされたとき、女房女中女童たちが敵の雑兵にはずかしめをうけるのは、合戦のならわしであるそうな。

タケは寝入ったらしい。歯ぎしりをし、わけのわからない寝言をつぶやいている。

きょう、わたしはついに七郎さまを見かけなかった。食事を御文庫へ運んだ女中の話では、具足もつけずに端座しておられた由である。下げられた膳部の料理で、箸をつけられたのは、鰯の丸干しだけであった。足音が近づいてくる。一人ではない。三人である。それも男の足音であることが床のきしみ具合でわかる。見まわりにしては一人多い。足音は部屋の外で立ちどまった。板戸がしずかにあけられた。燭台をかかげているのはイネである。左内の後ろに甚八がいた。

（覚悟）とわたしはいった。

搦手口を後にして五町ほど北へ歩いた山中でのことである。わたしはもうさからわないから縄を解いてくれと甚八に頼んだ。小部屋で左内とイネにとりおさえられて縄をかけられたのだ。七郎さまと城をおちよというのである。甚八は龍造寺家の嘉村とかいう足軽大将とよしみを通じている。万一、龍の者に見つかってもいいつくろうすべを心得ている。山中の間道を領地の北へひたむきに歩けば大村領へ出る。船を仕立てられる金子は七郎さまが懐中にしていられた。母上と於志摩さま、赤児どもはすでに百姓の嬶子供に身をやつして先へおちたそうである。わたしは後ろ手に縛られ、口も手拭いで覆われて搦手口の外へひったてられた。左内が寝ずの番を呼びつけているすきに城外へ駆けおりた。先頭から甚八、七郎さま、わたし、タケの順に歩いた。暗い山中を甚八は獣めいたすばしこさで急いだ。龍の物見らしい足軽が声高にしゃべりながら間道をやってきた。わたしたちはわきの林によけ、下生えにしゃがんで二人をやりすごした。腕に縄がくいこんで痛いし、歩きにくくもある。けっしてさからわないからといって甚八に解いてもらったのである。

わたしはこわばった腕をさすった。

(早く。夜が明ける前に城から少しでも遠く離れなければ)

と甚八はせきたてた。

わたしはふり返りふり返りして歩いた。

初めは木の間がくれにお城が見えた。

本丸も城壁も見えた。それがやがて本丸だけになり、本丸の屋根だけになり、ついにその屋根も見えなくなった。大楠は見えた。ふり返るとき、わたしは木の根につまずいて倒れた。茨が脚をひっかいた。下枝が顔を払った。城を落ちる、わたしは城を後にして逃げている……だんだんにこの思いが強くなった。死ななくてもいいのである。生きられる。

わたしは喜ばなければならない。嬉しがらねばならないのに、心がはずまないのはどうしてだったろう。

七郎さまがいらっしゃった。

わたしは七郎さまとともに生きのびられる。これは夢の続きではない。脚をかきむしる茨がある。顔にまつわりつくくもの巣がある。茨は痛く、くもの巣は気味が悪い。夢ではない。夢ではないと自分にいいきかせながらわたしは歩いた。

脱けだした高城には左内がいる。イネがいる。ヒエもアワもいる。百姓どもや侍足軽がいる。わたしは小暗い厨を思った。大釜は今も湯気を噴き、大鍋は煮立っていることだろう。女中たちは握り飯を握っているだろう。赤くはれた手を盥の水につけて冷やしながら。

盥……水をなみなみとたたえた盥。

わたしは脚を刺す茨も、べたべたとからみつくくもの巣も忘れた。

盥に映ったのは、わたしの顔だけではなかった。天祐寺の大銀杏が映った。四面神社の境内が映った。わたしが失った三つの毬。芹が生いしげった川原。わたしは仄暗い水の面にゆらぎ出たものを見とどけて心の落着きを得たはずであった。高城でわたしは産まれ、高城近くの寺や神社でわたしは遊んだ。高城をめぐる川でわたしは水とたわむれた。わたしはこれらのものによって生かされたのである。高城のある伊佐早の土地こそわたしに命を与えたのである。

高城は空ではない。

左内がいる。

イネもヒエもアワも、おそらくタネもいる。味方の勝ちをつゆ疑わず高城に残っている。近郷近在から駆けこんだ百姓どもとその一統は依然として踏みとどまっている。わたしは勝算なしと見て城から逃げたご家老たちや名ある侍たちを嗤ったものだ、領主を見限り山奥や離島に落ちのびて武士の面目が何であろうと。

彼らを嘲ったわたしが犬のように間道を逃げている。鳥の声や、木の葉のそよぎにまで怯えながら喘ぎ喘ぎ山道を落ちのびている。高城には大勢こもって、きょうこそは龍の者が総がかりに寄せてくるのを待ちかまえていよう。女子供もいくさの加勢をするのである。七郎さまは一度もふり返られなかった。ものの一度も。高城は七郎さまの念頭にない。落ちのびること、首尾よく大村領に出て、船に乗りこむことしか考えておられないのであろう。

以後、わたしはふり返らなかった。

七郎さまの背中だけ見て足を運んだ。

手甲脚絆に身を固めた七郎さまの旅支度はものものしい。わたしとて同じ身なりではあるけれども、七郎さまのご恰好は何かしらそぐわないのである。これが侍足軽衆の調練をよそに舞いを舞われ、横笛を奏された方と同一人物であろうか。

わたしの前に立ち、無二無三に道を急がれるこの男は、いったい何者だろう。

甚八が岩角に芦をとられて倒れた。

七郎さまは甚八を口ぎたなくののしられた。甚八が立ちあがって数歩あるいたとき、今度はわたしがつまずいた。タケがわたしを抱き起した。七郎さまはふり返られなかった。膝頭を岩にぶつけ、わたしは足を引きずって歩いた。七郎さまとのへだたりが大きくなった。先頭をゆく二人はわたしのおくれを気にかけないようである。

膝の痛みがこたえた。わたしは歯をくいしばって歩いた。足音の乱れでそれと察したのだろう、甚八がふり返って立ちどまった。七郎さまも立ちどまり後ろに目をやられた。不安と焦りと苛立ちをこめた目付でわたしを見つめられた。足手まといをつれて歩かなければならない不満が、ありありと顔に出ていた。（ここまで来たからには一服してさし支えありません。お嬢さまもお疲れのようでありますし）と甚八はいった。

七郎さまは声音するどく、まだ五町ほどしか歩いていないではないかとおっしゃった。しかし、甚八がすわりこむのを見て仕方なさそうに肩の振分け荷物をおろされ、木の根に腰をのせて肩で息をなさった。わたしは少しでも間をつめておくために七郎さまの背後にある岩角まで近づいて腰をおちつけた。七郎さまは襟をくつろげて風を入れようとなさった。余人とも下半身は下生えの露に濡れ、上半身は汗みずくである。風はわたしの後ろから吹いてくる。七郎さまは向きを変え、わたしと正対された。わたしの目に妙なものが映った。七郎さまの首に紐つきの袋がかかっている。袋は重そうにふくらんでいた。路銀であろう。

わたしは知らず知らず懐剣を抜いていた。

（七郎さま、覚悟）

返す刀でみずからの咽喉を刺すつもりであった。わたしは懐剣の柄を両手で握り、われとわが身もろとも七郎さまにぶつかった。怯えた顔がちかぢかと目の前にあった。口をだらしなくあけ、目をいっぱいに見ひらいた男の顔が。死にたくないと念じている臆病者の顔である。

甚八とタケが叫んだようであった。

わたしは立ちあがった。両手がわなわなとふるえていた。懐剣は七郎さまの左乳の下に刺さっていた。タケは腰をぬかし、口を開いたり閉じたりした。甚八は木立の奥へ横っ飛びに逃げこんだ。

わたしは懐剣をひきぬいた。

倒れている男は両手で熊笹の根をかきむしり、やがて動かなくなった。わたしはその場にすわりこみ、懐剣の切尖を自分の咽喉にあてがった。全身から力が引いた。手は懐剣を支えることができなかった。わたしはあらあらしく息を吸ったり吐いたりして呆然と死んだ男を見つめた。

死ぬ前にしなければならないことがある。

金子をおさめた袋は血まみれになっていた。わたしは地面にすべりおちた懐剣を拾って、袋の紐を切った。袋は手にずしりと重たかった。男の命そのものを手に取ったような気がした。タケの名を呼ぼうとしたが声にならなかった。十里の道を駆けに駆けたような疲れを覚えた。やっとのことで息をととのえてタケを呼んだ。

タケは這うようにして近づいて来た。

わたしは袋をタケに与え、甚八がこの先にきっと隠れているから、出会ってこの袋を渡すようにいいつけた。タケはわたしにしたがって城へ戻るといいはった。わたしはタケが一人娘であることを思い出させ、父親とともに死ねば家の血が絶えるではないかとさとした。足軽といえども、先祖はひとかどの由緒ある家にちがいあるまいと。

タケはわたしの言葉にいたく感銘したふうで、父親から五、六代前は御家の上士であったことを聞いていると答えた。

(タケよい、甚八と夫婦になれ。甚八のおまえを見る目付は憎からぬ風情であった。この金子を手渡すとき、わたしがいうたことをしかと伝えるように)

木立の向うがわで、下生えの踏みしだかれる気配がした。わたしは甚八がタケとのやりとりをぬすみ聞きしているのを知っていたので、声を高くして念をおした。タケは袋をおしいただき、地面に額がつくほどにかしこまった。

(もうし、お嬢さま。おぼしめしかたじけのうごんす。タケめはお嬢さまの後生を念じておりまする)

（たのみがある。甚八と二人してこの方をどこか木の根元にでも埋葬してもらいたい。目じるしに石を置き、合戦がすみ世の中がおちついたら今一度とむらいに来るように）

（かしこまりました）

わたしは懐剣を熊笹の葉でぬぐった。男に身を投げかける寸前、相手が刀の柄に手をかけたのを覚えている。まぢかに腰をおろしていたから刺すことができたのだ。しかし初めからそうするつもりですぐ後ろにすわったのではなかった。路銀を入れた袋が目に入らなかったら、わたしは懐剣の鞘をはらわなかっただろう。

今来た間道を逆にたどった。

野茨で脚を切りさかれても、いっこうに痛いと感じなかった。わたしは五歩あるいては休み、十歩すすんでは息を入れた。

木立の向うに高城の本丸がのぞいた。わたしの目からしたたるものがあった。夜明け前の空に枝をはった大楠のくろぐろとした影を目のあたりにしたとき、城を一年もるすにしたように思った。わたしが帰るべき場所、左内がこもる城である。

搦手口へ至る坂道の勾配はけわしくないのに、わたしは何度も倒れた。足が持ちあがらない。地を這う木の根につまずいて、あっけなくころがる始末だ。

搦手門へたどりつくまで、わたしは数回、息をととのえなければならなかった。警固の守衛は声をかける前に門をあげてくれた。

まっさきに左内が駆けつけた。

わたしは左内の腕に身をあずけた。告げなければならないことが山ほどあるように思われた。左内はわたしの体を抱えあげ、寝間に運んだ。胸元はあの方の返り血で染まっている。左内の胸元にもその血がこびりついた。

わたしは七郎さまをこの手であやめたこと、亡骸《なきがら》はタケと甚八が葬ったこと、わたしは死ぬためにお城へ戻って来たことなど、きれぎれに語った。左内はいちいちうなずきはしたが、わたしの髪を撫でるだけで一言も発しなかった。

イネもそうである。

わたしに熱いお茶をのませ、新しい小袖をくれて早く着換えるようにとすすめた。

大手門の方で楯が鳴った。

忠堯の声が聞えた。

楯を強く打てと足軽に命じている。弓の弦をはじけと。関をつくるかわりに楯をうち鳴らし、弓をはじいて出で立つ朝駆け勢を励ましているのだった。

音はまもなくやんだ。


朝駆け勢は忠堯を先頭にしゅくしゅくと城門を出て行った。敵の物見に聞えるかもしれないので、関をつくらなかった。忠堯はかちであった。

わたしは着到矢倉の上にたたずんで、二の丸の東を見まもった。はるか海のあたりが心なしか明るい。川原はしかしまだ夜の色をこめ、水と土の境も見定められない。高城の坂道をおりて忠堯勢は闇にのみこまれた。今ごろは川原の芦にわけ入り、対岸についている時分である。龍の勢は二の丸がある屋根のはずれに布陣していた。川原を見おろす場所に二町ほどの長さにわたってかがり火がたかれ、ときおり火の前を黒い人影が横切る。寝ずの番が見はっている高みから川原は眺められるはずであるが、闇がたっぷりと沈んでいるそのあたりで動く人影は目に入らないはずである。

朝日は龍造寺の先鋒が陣を張った尾根の東に昇る。すなわち、忠堯勢は川原から尾根へよじのぼるとき、ま東に向って討ち入ることになる。夜明け前ならば影の濃い斜面を這う方が見つかりにくいのである。わたしの横で、左内と順征が肩を並べ、身じろぎもせずに川原と尾根を眺めている。左内がいった。

「何か聞えたか」

順征は首を横にふった。

尾根はところどころ灌木の林があり、熊笹がしげっている。腰ほどの高さに萱がのびた所もある。忠堯勢は草と木に隠れて這い登っているところであろう。わたしも配下に加えてもらうよう願いでたのだが、左内は許さなかった。敵陣で女と知れたら薙刀を叩きおとされてからめとられるというのである。左内はいつもの左内ではなかった。声音が父上のように優しかった。わたしは左内のわきにはべっている。左内とともに高城の土になるのである。

「やった」

順征が手摺りを叩いた。

屋根の上で焚かれていたかがり火が消えた。

日が昇る直前である。西に面した尾根から黒い人影が稜線へ駆けあがってゆく。白いものが閃いた。かがり火は次々と倒された。忠堯の配下は鬨の声をあげていないようである。かがり火の焔が幕舎に燃えうつった。尾根の上には湧いて出たように黒い人影が充満した。どれが西郷勢でどれが龍造寺勢か見わけるすべはない。人影は入り乱れ、主を失った馬がその中からとびだした。「忠堯どん」順征はとどかないとわかっていながら戦いの渦へ呼びかけた。「もういい。はよう帰ってこい」。左内はと見れば、唇をかたくむすんで尾根の合戦を見ている。

日が水平線にのぞいて、八月三日の光で尾根を照らしたとき、人の動き方は勢いがおとろえつつあった。青い煙が燃えおちた幕舎から朝空に立ちのぼった。人影はあいかわらず往ったり来たりしているけれども、さっきまで閃いていた白いものはもう見えない。合戦は終ったのである。尾根の上から一団の人影が川原へおりた。騎馬武者にひきいられた龍の追っ手は、芦の間を駆けめぐり、逃げおくれた西郷の手の者を探して殺しているらしかった。朝霧が白く漂っている川原に、龍勢の陣笠が黒い豆をまいたように散らばった。ときどきそれが一カ所に集まり、またちりぢりになった。

忠堯の配下で、高城へ帰って来たのは傷ついた足軽三名のみであった。

虫の息になった小頭を二人の部下がかついで来た。その男は介抱所でした手当てもむなしく絶命した。息をひきとるまぎわにもらしたのは「御大将、討死に」の一言であった。軍目付は残り二人に朝駆け次第を問いただした。左内は鋭い目付で二人が物語るのを見守った。

水を与えられ、傷口を晒布で巻かれて、二人は人心地がついたようである。

「申しあげまする。われら三十人、十人ずつ三組に分かれて尾根を這いのぼりました。龍の見張りはわれらがまぢかにしのびよるまで気づきませなんだ。一番槍は遠岳さまであります。二番槍は長野の浅吉、三番槍は川内《かわち》の武平。まっさきにかがり火を打ち倒しました。龍の幕舎に火をかけ、あわてふためくすきに突いて突きまくりました。龍は初めわれらが三十人の少数とは悟らず、上を下への混乱になり、寝ぼけ眼でとび出す者が馬に蹴られたり、果ては同士討ちさえ仕出かす始末、すなわち乱戦となりましてごんす。あらかじめ敵の首級はとらない定めが達せられとりましたゆえ、何人しとめたか覚えとりませんが、龍の冑武者すくなくとも三人は突き伏せました。手負いを負わせた侍足軽五人はくだりませぬ。おれだけが働いたのではなくて槍組の三十人それぞれ龍の奴ばらを突き殺すたびに名のりをあげとりました。長野の浅吉は五人やっつけました。川内の武平は四人を倒しました。声だけで姿は見えませんが、心強い限りにて、やっとるわいと思いながらおれも龍の者どもとわたりあい、遠岳さまの家来福田の籾次郎と名のりをあげ……」

「籾次郎にたずねる。遠岳どののご最期は見とどけたのか」

「乱戦でごんす、お目付さま。前後左右、龍の者どもにとりまかれ、槍をふりまわすだけで精いっぱいでごんした。味方の誰がどこでどのようないくさをしとるのか、さっぱりわからんのです。混乱から立ち直った龍の者どもは、われらを三十人の少数と知り、一人を四、五人で囲んで斬りかかりました。浅吉どんがやられたあちゅう声を聞きました。御大将、危い、という声も聞きました。武平どんはおれを救けようとして龍の侍大将に討たれました。したがいまして御大将のご最期を実見しておりませんが、そのこと、まことに面目ない次第でごんすが、西郷の大将を討ちとったぞちゅう龍の者の呼ばわる声を聞きました。御大将を失った上はつとめを果たしたと思い、おれは川原へ駆けおりました。十二、三人が芦のしげみに隠れて高城へ戻ろうとはかりました。ところが、龍の者どもは騎馬武者を先頭に立てて芦原に分け入り、そこかしこに身をひそめている手負いのわが組の者を討ちとった模様であります。無念とか残念とかいういまはのきわの声を耳にして、おれは救けに戻ろうとしましたが、手負いの同輩松五郎をつれている身、涙をのんで帰城しましてごんす。城の近くでただ今、絶命した田結《たゆい》村の杉太どんを見つけました。われらの朝駆けにて、龍の者どもの死傷あわせて五、六十はくだらぬとおぼしめせ。よってくだんのごとくなり」

籾次郎は傷口を晒布の上からおさえ、ときどき痛そうに顔をしかめながら報告した。松五郎も三人は討ち果たしたと言上した。両人の言上によると、忠堯の配下はそろってよく働き、龍の者どもに一泡ふかせたのである。

軍目付は矢立をしまい帳面を閉じていった。「籾次郎に松五郎やい、よくぞ帰って来た。きさまらの働きはみごとである。高城のまん前で敵をひっかきまわし、顔色なからしめた。われらはここの矢倉から、きさまらのいくさを見物しておった。遠岳どのの討死には無念であるが、詮方ない。ゆっくり休め。きさまらには追って褒賞をつかわす。働きはしかと行賞帳に書きしるしたぞ」

左内は軍目付のそばを離れて、東面している矢倉のきわにたたずみ、朝の戦場となった尾根を眺めていた。ところどころから青い煙がうっすらと立ちのぼった。わたしは尾根のどこかで倒れた忠堯を思い、瞑目して合掌した。黒い人影がむらがり、幕舎から出たり入ったりしているのが見えた。

三千五百余の龍勢を、五、六十人討ちとったからといって何ほどのことがあろうか。それにひきかえ西郷勢は昨夜から今朝にかけて、百十余人を失っている。夜討ちをかけた芦塚組が仮りに百余の敵を討ったとしても、多勢を誇る龍造寺の手の者には、さほどのいたでとならないだろう。

「なむあみだぶつ」

左内も尾根に向って念仏をとなえた。

城衆はめいめいの持ち場で朝餉の粥をすすった。忠堯の一行が、ほとんど討死にしたことはまもなく知れわたったが、うち沈んでいる者は見あたらない。きょうはわが身である。わたしは芦塚主膳の死を悲しんだ。あのときは悲しむゆとりがあった。遠岳忠堯の死は悲しまなかった。心がおだやかであった。悼みはしたけれども。わたしより少し先にあの世へ旅立っただけのことである。

城衆が陽気であるいわれは、わたしとて同じであった。粥はおいしかった。鉢にもられた梅干しは食べ放題であった。わたしは大粒の梅干しを五つも食べて左内を呆れさせた。一つずつしか与えられない梅干しをめぐって、おれのは小さい、いやおまえの方が大きいなどと、いさかいをするのがつねであった者どもが、心ゆくまで頬ばっているのを見るのは愉しかった。


龍造寺上総介家晴の手勢は、日が中天にかかった頃、二の丸と高城を同時に攻め始めた。

無勢とはいえ、けわしい小山の上に築かれた高城には地の利があった。逆茂木《さかもぎ》をのりこえて山の中腹までよじ登ってきた龍勢の頭上に、西郷勢はかねて用意の岩石を焼いておとした。わたしは着到矢倉の上で、崖からころげおちる龍の足軽たちを眺めた。城下は寄せ手の旗指し物で埋まった。白、赤、黒、青など色とりどりの旗指し物で城の裾はいちめんの花畑となったようである。

岩石を投げ、熱湯をあびせ、糞尿を流しても、寄せ手はひるまなかった。城衆は藁束に火をつけて投げた。

燃える木ぎれをほうった。主を失った具足を投げつけた。二の丸はひしひしと龍勢にとり囲まれている。間断なく鉄砲の音がとどろいた。信尚さまの手の者は寄せ手の十分の一にみたないであろう。鉄砲は二の丸に一挺も渡っていない。

鉄砲よりもっとすさまじい音がひびいた。

二の丸の城門がゆらいで傾いた。

茶色の土煙がおさまってみると、城門は斜めになっている。龍の足軽たちが俵をかついで走りより堀に投げこんでひき返した。堀はみるみる埋められた。また、地ひびきするほどに石火矢がとどろいた。土煙が城門を包んだ。寄せ手は俵を踏んで、崩れた城門から二の丸へなだれこんだ。矢倉に火がついた。

火は矢倉をなめ馬小屋に燃えうつった。兵糧倉も黒い煙を吐きだした。数頭の馬が馬小屋からあばれ出て、狂ったように敵味方が入りまじっている人の渦へ駆けこんだ。二の丸の建物は一つ残らず火に包まれた。黒煙が二の丸をおおった。わたしは龍の勢に御家の家来が討たれる所を隠してくれる煙をむしろありがたいと思った。二の丸がおちるのを見ながら、わたしは夜明け前のことを考えていた。熊笹の下かげにあお向きに倒れた七郎さまの顔が目をよぎった。痴呆のように口を大きくあけた顔は、なぜに自分が刺されたのか合点しがたいといった表情をうかべていた。半ば開いた目には光がなく何も映っていなかった。わたしは大それたことを仕出かしたとは思わない。ただ、今となってみると哀れを催すだけのことである。かつて七郎さまに抱いたことのない気持であった。わたしがくやんでいるのは、みずから七郎さまを土の中に埋葬しなかったことくらいだ。山あいの間道ちかくに埋められた亡骸には落葉がかぶせられ石が一つのせられているだろう。奥つきのありかを知るのはタケと甚八のみである。

わたしはかねて用意の火叩きを水桶につっこみ、尖端に束ねた藁に水を含ませて、火を吐いている矢倉塀を叩いた。

火はたちどころに消えた。

度を失って右往左往していた老人衆が生色をとり戻した。わたしは百姓の嬶どもや老人衆に火叩きを配った。得物を手にした者どもは、間断なく射こまれる火矢を見つけしだい走りよって、火叩きではたき消した。

龍の手の者は城壁の真下にたどりつき、梯子をかけた。

城衆は矢倉塀の上にのぞいた梯子を突き倒した。倒されても倒されても梯子はかけられる。鉄砲組と弓組は矢倉塀の狭間から眼下の寄せ手へ射かけた。こぶし下りに射つ弾丸と矢は、狙いたがわず龍の者どもに当たった。しかし、矢倉塀は長く、守勢は少ない。持ち場と持ち場の間に梯子が立てかけられ、よじのぼって来た龍の先手が頭をのぞかせた。

「槍組の喜左右衛門、あれを突けい」

左内が目ざとく見つけて下知をくだした。

後備《あとぞな》えの組にいた喜左右衛門はそくざに駆けて行って、矢倉塀に足をかけた龍の雑兵を槍で突きおとした。矢倉塀までよじのぼって城内へとびこもうとする龍の者どもは、左内の下知にしたがって右に走り左に急ぎ、真一文字に咽喉を突き、横ざまに殴りつけて城壁の下に転落させた。

矢の音がはたとやんだ。

鉄砲も音がしなくなった。

「寄せ手が引きあげてゆくぞ」

矢倉塀から下をのぞいていた足軽が叫んだ。死傷者があまりに多いので、いったんしりぞくものと見えた。

「今のうちに手負いは介抱所へ行き、傷の手当てをしてもらえ。龍は逃げたのではない。備えを立て直してまた攻めかかる。水桶には水を汲め。腹がへった者には飯を配れ。矢弾の用意、ぬかるな」

左内は声をからして下知した。一人ずつ足軽たちの肩を叩いて、よくやった、おまえの働きは見とどけたといって激励した。足軽たちは嬉しそうであった。女中たちが手桶を持って水桶に水を満たした。握り飯と鰯の丸干しを配った。竹筒に入れた水もめいめいに手渡した。鉄砲組は玉薬を、弓組は矢束を身近に用意した。順征が来た。

「龍もなかなかやるのぅ。おれは加勢に来たかったが、持ち場を離れるわけにはゆかんから、はらはらして見とったぞ。龍はどうやら大手口を正面から抜こうとしてるらしいな。どうせまた来る。左内どん、がんばってくれ。たのんだぞ」

「二、三百はやっつけたと思う。見ろ、龍の侍大将が配下を叱りとばしている。もうすぐ攻撃を再開するだろう。順征どん、搦手口をたのんだぞ。龍は大手口を抜くと見せかけて搦手口を狙うかもしれんのだ。どんなことがあっても持ち場をすてんでくれ」

左内は咽喉が渇くのか竹筒の水を一息でのみ干した。

足軽たちは気をたかぶらせていた。

自分が投げおとした岩石がみごと龍の寄せ手に命中したことやら、糞尿をあびせかけられた龍の者がどんな顔をしてすべり落ちたか、身ぶり手ぶりを加えて声高にしゃべった。

「おれは矢倉塀に這いあがった敵を三人突きおとしたぞ」

といったのは槍組の足軽である。

「おれがやっつけた奴はなあ、頭をひょっこり塀の上にのぞかせたはずみにおれと目が合うての。そいつは上にあがろうか、下にさがろうかと迷うとるふうだった。おれは奴の眉間のまん中をひと思いに突いてやった。おれが覚えとるのは五人までだ。もっとやっつけたが、後は覚えとらんわい」

「槍組の者ども聞け。今度、梯子がかかったら、そのままにしておけ。梯子を倒しても敵はまた立てかけてくるだけだ。だから、梯子の先が見えたら、槍組の者は塀の内側にしゃがんで待つのだ。頭がのぞいたらすかさず顔を突け、いいな。後備えの者どもは四方に目を配り、どこに梯子が立てかけられるか見おとすではない。龍はさっきよりも梯子の数をふやしているようだ。弓鉄砲組の後備えの者どもは、わしが手薄な持ち場を下知したらすぐさま加勢に行く。下知しない限り、持ち場を動いてはならん。わかったかやい」

「はいさ、御大将」

足軽たちは力強く左内に答えた。

彼らはいっせいに矢倉塀の外へ目を向けた。城下に音がする。陣太鼓の音である。わたしは矢倉塀に駆けよって下を見た。旗印から新手であることが知れた。彼らは整々と五つの横隊に並び、陣太鼓が打ち鳴らされるごとに前進した。最初の寄せ手は、はるか後方にしりぞいている。

左内は矢倉塀の上に突っ立って寄せ手を見おろした。

寄せ手は逆茂木をのりこえ、石垣にとりつこうとしている。依然として陣太鼓はおどろおどろしく打ち鳴らされた。一番手が石垣にとりつき、梯子を立てかけた。二番手は鉄砲の筒先をそろえて、矢倉塀を射った。左内は梯子の数が大手口だけで十八本と告げた。わが鉄砲組が射ち始めた。弓組も矢を放ち始めた。岩がおとされ、燃える薪が投げられた。わたしは陣太鼓の音があまりに大きく聞えることで、風向きの変ったことを知った。

　東風である。

　敵側から吹いてくる。

　さっきは微風であった。しかも西寄りの南風で、味方に有利な風向きであった。龍の鉄砲組は入れかわり立ちかわりして矢倉塀を射ち崩そうとはかった。射こまれる矢の五本に一本は火矢である。

「御大将、危い、矢倉塀から降りて下されえ」

「なあに龍のひょろひょろ弾が当たるもんか」

　敵の火矢はさっきより高く塀をこえ、城内に落ちた。仮小屋や陣屋の屋根に火叩きをかまえていた百姓たちがそれを消した。左内は具足奉行に命じて城内にあるすべての陣太鼓を広場に持ちださせた。太鼓打ちは持ち場のない老人たちがつとめた。城外と城内で打ち鳴らされる陣太鼓のひびきに鉄砲の音がまざり、耳が破れるかのようである。

　火のついた薪や岩石をかいくぐって梯子をよじのぼって来た龍の先手は、矢倉塀に足をかける前に槍で刺され、まっさかさまに落ちていった。

「御大将、もうし、御大将」

　血まみれの足軽が左内のもとへ駆けて来た。乾《いぬい》矢倉の守兵である。

「わが方にかけられた梯子は三十五本、突いても突いても敵は新手をくり出して参ります。このままではもちこたえられませぬ。援軍をまわして下されえ」

「乾矢倉の手の者は何人残っているかやい」

「弓鉄砲に射たれまして、総勢五十六人のうち死傷三十余名」

「後備えのもの乾矢倉が危い。龍は大手口を破ると見せて乾矢倉を抜くつもりと見た。十五人を残して総勢、乾矢倉に走れ」

「承知」

後備えの者たちは乾矢倉へ向って去った。

「わあっ」という叫び声があがった。手薄になった矢倉の一角から、龍の者がおどりこんだのである。とっさに持ち場を離れた御家の衆が三人がかりでその男を斬り伏せた。別の所で叫び声がした。また一人とびこんで来た。後備えの十五人が包みこんでそいつを斬った。

「持ち場を離れるな。侵入した敵兵は後備えがひきうける」

左内は声をからして下知した。

「もうし、御大将」

手負いの足軽が走って来た。

「乾矢倉の梯子は四十五本にふえました。突入して来た龍の者十三人ことごとく討ちましたが、わが方も無傷の者は一人とてありません。援軍をたのみます」

「さっき当方から後備えをさいて送ったではないか。あれはどうした」

「乾矢倉に攻めかかった龍はわれらに五倍し十倍します。後備えの人々もみな手負いをうけ残りわずかでごんす」

「ようし、あと十五人まわしてやる。しかしこれで全部だぞ。後備えの者ども、乾矢倉を救けに走れい」

十五人は一礼して乾矢倉に向った。

味方の陣太鼓の音が不ぞろいになった。射こまれる弓の下で敢然と太鼓を叩いていた老人衆は一人へり二人倒れた。龍造寺勢が打ち鳴らす陣太鼓は、勝ち誇ったかのように高々ととどろいた。

ついに味方の陣太鼓は音が絶えた。


わたしは煙の臭いを嗅いで我に返った。

「於梨緒どの」

身をのりだして下を見ると左内が手で降りてこいという合図をした。矢倉に火がまわっている。地ひびきがした。城門がゆらいだ。坂道を登っておしよせてきた龍の勢が外から太い丸太でうち破ろうとしている。城門の内側には米俵が山とつまれていた。城衆は煙で咳きこみながら門外の寄せ手に矢を射かけた。矢は九月の蜻蛉さながら空をゆきかった。矢倉にまたがって城門ぎわの龍勢を射すくめていた城衆が鉄砲で射たれてころがりおちた。次の足軽が矢倉にはいあがった。矢をつがえてひきしぼったせつな、前のめりになって姿を消した。ヒエが駆けてきた。

「お嬢さま、於イネさまが厨へ参れと」

わたしは城門から離れないと答えた。なおもわたしの腕をとってつれてゆこうとするヒエを薙刀の石突きで追いかえした。

厨の屋根にのぼって火消しをかまえている女中の姿がちらりと見えた。火矢が降ってきた。城門を持ち場にしているのは左内である。順征は搦手口を守っている。寄せ手は搦手口を除くすべての方角から矢倉をのりこえておどりこんだ。いったん姿を消した左内が煙の中から現われた。

「於梨緒どの、龍はわざと搦手をあけている。あそこから女子供を逃がす肚らしい。まだ遅くはない。大殿ご一統にしたがって城をおちよ」

「左内は」

「わしは残る」

わたしもとどまると答えた。父上ご一統は城をお見かぎりか。本丸に火をかけるまぎわにおちのびる覚悟を定められたのであろう。矢倉をのりこえてきた龍の者はさいわい少数でたちまち討ちとられた。百姓どもの一族は先を争って搦手口へ向った。厨は燃えあがった。その中から着物に火のついた女中たちが五、六人ころがるようにとびだしてきた。ぼろをまとって百姓の嬶に身をやつした女中たちが搦手口につめかけた。女たちはみな顔に鍋墨をぬりたくっていた。わたしはムギのことをおもった。ムギが間道のできごとを知ったら、逃げたであろうか、逃げなかったであろうか。厨は燃えていた。本丸も御書院もあの茶室も火を吐いた。馬小屋が煙に包まれ、兵糧倉の屋根にも火が走った。

順征が煙の中から現われた。

左内は手を耳にあてがった。

城門のゆらぐ音と、足軽たちの叫び声と、鉄砲を射ちかけられる音が入りまじって、まぢかにいても相手の声はききとりにくいのである。和尚が逃げた。順征は大声でそう告げて笑った。左内は降りかかる火の粉を払いながら「もっと早く逃げればよかったものを」といって笑った。今、火がまわっていないのは、城門のきわにある着到矢倉だけであった。つみあげられた米俵のてっぺんにあった一俵がすべりおちた。傷ついた者も傷ついていない者もあちこちの持ち場をすてて城門の方へ集まってきた。本丸に火がかけられたからには、城はすでにおちたも同然である。

討ち入ってくる龍の勢と、さいごの一戦をまじえる覚悟らしかった。

「左内、わたしは矢倉にのぼる」

矢倉の上から左内の働きを見とどけようといった。

鉄砲の音がやんだ。

火矢も射こまれなくなった。

耳に聞えるのは燃えさかる焔の音だけである。本丸の瓦がすべりおちた。そのさらさらという音が妙な静けさを感じさせた。足軽たちは地面に片膝をついて、矢倉に入るわたしを見送った。どの顔も煤と汗で黒く汚れていた。

左内はわたしの肩を抱いて二階までついてきた。城門は外からひっきりなしに突きくずされた。地ひびきはわたしと左内が立っている床にも伝わってきた。

「では」

と左内はいって体を離した。

「左内」

わたしは呼びかけた。左内はふりかえらずに階段をおりた。床の下に腰が隠れ肩幅が沈み、冑が消えた。

うつろになった降り口から煙がのぼってくる。矢倉の戸を釘づけにする槌音が聞えた。外で槌をふるっているのは左内のはずであった。

死人の首

海の匂いが風にのって漂って来た。

あと三丁あまりで宇木村に着く。晩秋とはいえ、諫早から二里の道のりを急いだ二人の肌は汗ばんでいた。

「ここらでひと息入れようじゃないか」

本多伊平次は高柳勝記を路傍の木かげに誘った。下手人は宇木村の地方役人が取りおさえているという。逃げる気づかいはない以上、急ぐ必要はないのである。

楠の木かげは涼しかった。汗はみるみる乾いた。かすかに海の音が聞えた。前方に見える丘を越えれば宇木村のはずである。二人は襟をくつろげて風を入れながら、しばらく海の音に聞き入った。

「本多どの、下手人はたしかにその魚吉とかいう仲間《ちゅうげん》に相違あるまいな」

「相違ない。あるじを打ち果して行方をくらまし、親の家にひそんでいるところをつかまった。手前の不行跡を主人にとがめられて逆うらみするとはもってのほか、その上、仲間の分際で主人を闇討ちするとは言語道断ではないか」

本多伊平次はわらじの紐をしめ直しながらいった。今朝、諫早の会所を出立したときから二人は同じせりふをやりとりしている。念頭にあるのは魚吉とかいう不埒者のことではなくて、早朝、佐賀から着いた早船の使者のことである。二人はつとめてその使者のことを話題にしないようにしている。当面の問題である魚吉の主人生害事件ばかりを取り沙汰しているのである。文化五年九月末であった。

矢上村は諫早領の西南にある。

峠をひとつ越えれば長崎に至る。

諫早藩は表向き佐賀鍋島藩のご親類同格という家がらではあったが、内実は佐賀に隷属する支藩と変らない。同格藩の須古、多久、神代、支藩の鹿島、小城、蓮池、諸侯の武雄、久保田、白石、川久保藩とともに長崎港の警備をおおせつかっている。

わずか一万石の小大名では二百五十名の鉄砲組を維持するのは、なみたいていのことではない。高柳勝記も本多伊平次も鉄砲組の組頭である。諫早から長崎までおよそ八里の道をへて警備に出かける。藩から支給される手当の出張り銀も、年々へらされる一方であった。

矢上村には諫早藩の番所があった。

殺された山野甚兵衛は、番所の用人である。二人は長崎へ出張りする途中、必ずこの番所に一泊したから山野甚兵衛とは顔見知りであった。年の頃は五十あまり、痩せた小男で目つきが険しく、笑うところをついぞ見たことがない。

佐賀の家老は親類とか称して、何かにつけてそれをほのめかす。番所頭でさえも一目おかざるを得ない人物である。先祖は鍋島家譜代の臣で、天正の末に諫早藩の目付役として出向し、やがてその禄を食むようになったのだという。

同じ話を二人は何回、この老人から聞かされたかわからない。〝諫早藩でだれそれは矢上番所のご用人のごたる〟といえば、権柄づくの石頭を意味する代名詞のようなものであった。殺されたからといって、同情する者は一人も居なかった。表立って「いい気味だ」とまではいわなくても、内心はほとんどの侍がそう思っていた。

ことごとに諸事前例を持ち出し、やれ番所に到着する順序がどうの、口上がなってないの、身なりが定めに合わないなどと目くじらを立てるのがきまりであった。藩の鉄砲組でこの男に難癖をつけられなかった者は一人としてあるまいといわれていた。〝鍋島様のご家老〟の威光をかさに着られると、肚のなかではにがにがしく思いながらも、たてつくことはできないのである。

——如何ようの無礼人これありといえども、無礼とがめ一切つかまつるまじきこと。

というのは藩主が家臣に命じた鍋島藩士に対する姿勢である。たとえ鍋島藩の家来ではなくとも、親類にその家老がいるというだけで、山野甚兵衛のようなたかが番所の用人にすら、ことを構えるのははばかられる仕儀なのであった。

八月十五日の夜ふけ、甚兵衛の娘は厠の方に不審な物音を聞いた。ののしり声と同時に何かが倒れる気配、呻き声のようなものも耳に入った。娘は隣室をのぞいて父親がいないのに気づいた。母親はすでに五年ほど前に亡くなっている。甚兵衛は娘と息子の甚左衛門の三人暮しであった。

娘はふるえる手で燭をともし、大声をあげて兄を、ついで仲間魚吉を呼んだ。

あいにく甚左衛門は家を留守にしていた。気が動転してそのことを娘は忘れていた。魚吉は姿を見せない。呻き声はだんだんにかぼそくなり、やがて絶えた。娘は腰が抜けて立つことができなかった。下女のフナを呼んだ。この女も返事をしない。娘は這うようにして厠へ近づき、縁側の雨戸が一枚はずれているのに気づいた。庭をすかしてみると、そこに倒れているのは父親である。

検死はあけがた行なわれた。

山野甚兵衛は頭を一撃されていた。わき腹と腕にも打たれた痕が見られた。厠から出て雨戸をあけ、手水をつかっているところを狙われたらしい。庭に落ちている天秤棒は魚吉の物であった。とどめをさしたのは鎌である。首の付根に深い傷が二すじ認められた。鎌は門の外で番所の役人が拾った。

魚吉とフナは手をとって逐電したことが確かになった。

(あの男は日ごろ働きはわるいくせに、女にいい寄ることだけは一人前でございました)

甚兵衛の娘は検死役人に申し立てた。

(フナはつい先だってわが家へ奉公に参った小娘、年端もゆかぬ子供ゆえ私も気をつかっておりました。仲間部屋の隣に寝かせるのは何かとさしさわりがありますので、母屋の納戸をフナにあてがいまして、父上の寝所の前を通らなければしのんでゆけないように取りはからいました。あの男はこれまでにもたびたび百姓娘を手ごめにしたり、わが家の下女と通じたりしておった不届きしごくな仲間でございます。

一昨晩、父上が夜半に目ざめて、魚吉が納戸の方へしのびよるところを取りおさえ、ひどく打ちゃくなさって、これ以上いうことをきかないなら手討ちにする、とおどかされました。そうしますとあの男は、斬るなら斬れ、フナとはいいかわした仲であるから二人いっしょに冥途へ参るとか申し立てまして、ますます父上の怒りをかき立てたのでございます。私がその場は父上をなだめて、ことをおさめました。ならぬ堪忍するが堪忍と申します。父上のお慈悲であの男は首がつながっておりましたのに、あろうことかご恩をかえりみず、主人に打ってかかるとは……。

お願いでございます。草の根わけてもあの男を探し出し、獄門にかけて下さいませ。フナも私どもが目をかけてやったことを忘れ、魚吉ふぜいと逃げ去りました。いわば同じ穴のむじな、下手人と同罪でございましょう)

検死役は魚吉の出をたずねた。

諫早の南郊、千々石湾のほとりにある宇木村である。報告を聞いた藩の役人は当惑した。宇木村は鍋島藩のお蔵入り地である。いわば法の外にあって藩の権威は及ばない。しかしながら魚吉は、仲間の分際で主人をあやめた極悪非道の罪人である。うちすてておくわけにはゆかない。

おそるおそる佐賀へ仕置伺い書をさし出すと、召捕り苦しからずという許しがおりた。そこで領内の津々浦々を探索するうちに、どうやら魚吉は宇木村の生家に隠れているらしいということがわかり、宇木代官所の役人が捕縛したのはおとといのことである。代官所から下手人を引き渡すから受けとりに来てもらいたいと連絡があって、二人は諫早をあとにしたのである。

「本多どの、魚吉とかいう仲間の逆うらみ、度がすぎるとは思われないか」

高柳勝記が話しかけた。

「度がすぎるとは……」

「隣家の者の話では、山野甚兵衛は仲間を叱るたびに首をはねるの腕を斬りおとすのといっておったそうな。何もあのときが初めてではない。叱られたからといって主人を殺生することは解せない」

「それで高柳どのは何か腑におちないことでもあると……」

「実は矢上番所に詰めている私の知合いから聞いたのだが、あの用人、下女を納戸に移したのは魚吉をおもんぱかってのことにはあらず、自分がしのんでいくのに都合が良いようにはからっただけのこと」

「なるほど、魚吉は主人に自分の女をもてあそばれて逆上したと、こういわれる」

「左様、仲間がうらむのもことわりだ。甚兵衛も身から出た錆」

「高柳どの……」

本多伊平次は相手の話をさえぎった。魚吉のことなぞどうでもいいのである。代官所で身柄を引きとって帰ればきょうの役目はすむ。一刻あまりで諫早の城下へたどりつく。急ぐことはない。午ごろに宇木村へ入り、護送の手はずをととのえることになろう。もう少しこの場で休息していたかった。

気がかりなことがある。

高柳勝記にしても、あのことが気になっていないはずがない。魚吉についていろいろとしゃべるのも、あのことを考えたくないからと推量することができる。

けさ、佐賀から着いた早船はどのようなしらせを運んで来たのか。

「百姓はいい」

ぽつりと高柳勝記がつぶやいた。

丘の中腹にある畑で稲を刈っている百姓たちを見まもっている。

「いいだろうか」

本多伊平次はものうげに答えた。年貢を納めなければならない。凶作のつど、思い悩むことになる、百姓のどこがいいというのか、本多伊平次はきき返した。

「百姓は土を耕しておればいい。気にするのは作柄だけだ。凶作だからといって、腹を切る百姓なんかいやせん」

高柳勝記は口にくわえていた萱の葉を吐き出した。本多伊平次はにが笑いをもらした。

「それはそうだが、高柳どのの言葉とは思われない。百姓には百姓の、武士には武士のわずらいがある」

「実はな本多どの、けさの早船が会所へ届けた佐賀の書状、ないないではあるが私は聞き知った。船番所の連中は知らないが会所の取次役は知っておる。たのみこんで書状の中身を出立する前に耳打ちしてもらった」

「して、その中身とは」

「ここだけの話だぞ本多どの、まだわが藩の重役たちしか知らないこと」

「あれ、か」

「うむ」

二人は黙りこんだ。本多伊平次にしてみれば、早く聞きたいのはやまやまであるが、聞くのがためらわれもするのである。風が楠をゆすった。高柳勝記が沈黙をやぶってうながした。

「そろそろ行こうか」

「高柳どの、佐賀はなんと」

「大公儀の覚えよろしからず、とわかり、城中は重役たちがかなり取り乱しているらしい。このたびの不祥事、長崎奉行松平図書頭様だけが腹を切ったではすまされない。松平様は江戸表に〝肥前の不調法〟といたくのしる遺書を送られておったげな。仕来たりの通り港に警固の人数を詰めていなかった鍋島藩をさしていたくご立腹の体であったと聞いている」

「それで……」

本多伊平次は同僚の顔をのぞきこんだ。二人とも蒼ざめている。

「佐賀ではこれまで責をとって五人が腹を切っておる。ところが大公儀の意向は五人くらいでは足りない模様、急拠きのうになって千葉どのと蒲原どのが切腹をおおせつかった」

「なに、千葉、蒲原どのといえば、あの」

「長崎港の番所頭よ、本多どのも面識があろう。そして、あのご両人にさし当って詰め腹を切らせておいて、あともう四、五人、腹を切らせるつもりだそうな。諫早藩としても鍋島様からの沙汰をのんびり待っておるわけにはゆかぬ」

「番所頭が切腹をしたと」

「噂では、小城、蓮池、鹿島の家中においても一人ずつ腹を切るとか聞いておるが」

「すくなくとも一人は切らねばならん」

「番所頭がか」

「だれが切らねばならんのか、それは重役から沙汰があるまではわからない。本多どの、私はつくづくエゲレスが憎い」

本多伊平次は長崎港の諫早番所頭である。しかし、警固のため城下を出立する直前に腹痛を起し、代りに高柳勝記が長崎へ向った。英船フェートン号が長崎港でオランダの商館員二名を捕えるという事件が生じた日に、番所へ詰めていたのは、だから代役の高柳勝記の方である。

八月十五日、港口の沖にオランダ国旗をかかげた軍艦を発見したのは、諫早番所の遠見役である。オランダ船の入港は事前に通報のあるのが仕来たりであったが、今度にかぎって突然である。番所は奉行所へ急行してとりあえずオランダ船の入港を告げしらせた。

奉行所は二人のオランダ人に数人の検使を同行させた。小舟が港に停泊している船に接近しつつあるとき、向うもはしけをおろし、武装した乗組員がこぎ寄せて来た。異変に気づいたのはそのときである。帆柱のオランダ国旗はするすると引きおろされ、かわりに英国旗がかかげられた。

オランダ商館員は有無をいわさず向うのはしけに乗り移ることを強いられ、船内へ拉致された。検使の一行はなすすべもなく引きかえし、この旨を報告するしかなかった。奉行松平図書頭康英は検使の腑甲斐なさをなじり、必ずオランダ人を取りもどせと命じた。

ふたたび検使の一行は英艦へこぎ寄せ、捕虜の引き渡しを要求した。返事は舷側に並べられた鉄砲の向う側からとどいた。食料と水を得たいという要求を聞かされただけである。大いに怒った奉行は港を警備している番所のうち戸町、西泊の砲台に英国艦打払いを命じた。鍋島藩の鉄砲組が詰めている砲台である。英国艦にいちばん近い距離に位置していた。

しかしながら当日、鍋島藩はよもやこのような事態になるとはゆめ思わず、番所の定員をへらしていた。砲撃することはできるけれども、その後に予想される戦いを継続する自信まではない。英艦の舷側にずらりと並んだ数十門の大砲を見ては、下手に射ちかけたところで、それに数倍する反撃をうけることは明らかである。番所頭はあえて射ちかけることをしなかった。

とかくするうちに夜になった。

奉行所では、血気さかんな侍たちが、甲冑に身をかため、闇に乗じて英艦へこぎつけ艦内へ斬りこもうと策した。一方には慎重派もあった。下手に討ち入っては事態をますます重大ならしめるというのである。だれの目にも英艦のものものしい大砲の列がいやでも見えるのだった。

討ち入る前に砲撃をうけては、海上の小舟などひとたまりもない。長崎の町も砲火をあびたら、たちどころに炎上してしまう。奉行所では議論が定まらなかった。

英艦はやがて三艘の小舟をおろして、港のあちこちを傍若無人にこぎまわった。

翌朝、英艦はまたもや食料、薪水を要求して来た。

——すみやかに退去せよ。国法を無視する要求には応じない。

というのが松平図書頭の回答であった。

英艦は、この要求がいれられないならば、港内の船舶をことごとく焼き払い、長崎の町を砲撃する、と奉行をおどした。このとき、身の危険を感じて、商館から奉行所に避難していたオランダ商館長ドゥーフは、英艦に食料と薪水を供給するようにすすめた。奉行は英艦を襲う肚を決め、警固の侍たちに焼打ちの準備を命じていたのである。

ドゥーフのいい分はこうである。

港を警備する番所の組方は数がすくない。

諫早、大村、島原の藩士たちを呼集しても二日はかかる。英艦の大砲は優に長崎港の全砲台に匹敵する。ここは隠忍自重して先方の要求通り、食料薪水を供給するのが得策といい張ったのである。

奉行はドゥーフの言に一理あることを認めるほかなかった。英艦は求める物を手に入れるとオランダ人を釈放し、十七日の昼ごろ、錨をあげて長崎港を出帆した。フェートン号が港から消えたあと、奉行は客と共に盃をあげていたが、一人になると遺書をしたためて腹を切った。

「なに、魚吉は首をくくったんだと」

宇木の代官所で本多伊平次はきき返した。

「召し捕えたとうけたまっておったが」

「それは何かのまちがいでしょう。われわれが押し入ったとき、すでに梁に綱をかけてこと切れておりました。その旨しかと書状にしるして諫早の会所へ送り届けたはず」

お蔵入り地では平侍の若造まで諫早の家中を見下した物いいをする、と本多伊平次はにがにがしかった。

「とにかくですな、絶命しておっても罪人は罪人、たしかに渡して進ぜる。本来ならば一切われわれが処断するところであるが、格別のおぼしめしをもって諫早へまかせることに相成った。おかみのご意向をかたじけなく覚えていただきたい」

魚吉が死んだといわれても、たったいまフェートン号の不祥事で五人七人と腹を切る羽目になった侍たちのことばかり考えていたので、本多伊平次はとりたてて驚きはしなかった。たかが仲間の一人や二人、首をくくったところでどうということもない。いずれ打ち首か磔刑になる男である。時期がすこし早かっただけの話だ。

「フナとかいう下女はいかがした」

高柳勝記が問いただした。

「下女か、魚吉が首をくくった日に、浜で見つかった。覚悟の入水と思われた。死体は親もとに引きとらせた。下手人はあくまで魚吉ひとり、フナにまで詮議は及ぶまい。これはわれわれの意見である」

「ところで魚吉の死体を運ぶ段なのだが、代官所で何人かさし出してもらえまいか。われわれは魚吉が生きておるものと思いこんで二人して引っ立てていく肚づもりであった。死体であればかついでゆかずばなるまい」

高柳勝記がいった。

「代官所にひまな人間は詰めておらん。だが、村方に命じて四、五人さし出させよう」

「かたじけない」

本多伊平次は礼をいった。まさかれっきとした侍が仲間の死体を背負って帰るわけにはゆかない。かといって諫早の法が及ばないお蔵入り地で勝手に人足を調達することはできない。もしも代官所の役人がことわれば、いったん諫早へもどって死体運び人を引きつれてこなければならないのだ。かたじけないといったのは本多伊平次の本心であった。横柄なこの役人も根はいい男のように思われた。

午すぎ本多伊平次と高柳勝記は、魚吉の死体を百姓二名にかつがせて宇木村を去った。半里進むごとにかつぐ役をもう二名に交代させた。調達した百姓は四名である。死体は重いはずなのだが、彼らは一言も愚痴をこぼさなかった。だまりこくって死体をかつぐだけである。

「高柳どの、どうも解せない」

一里あまり来たところで本多伊平次は口を開いた。

「おろせ、しばらく休め」

高柳勝記は百姓に死体を道ばたの木かげに置くように命じた。かたわらに見える農家へ顎をしゃくって、水をもらってくるように百姓の一人へいいつけた。

「何が解せないといわれる」

「高柳どのはいぶかしく思われないのか」

「…………」

「代官所は、魚吉の死体を収容したとわが会所へ告げさせたという。うそはいうまい。ちゃんと書面でその旨を報じた。目に一丁字のない百姓が参って口上を申しのべたとすれば委細もあやまちがあろう。しかるにだ、高柳どの、会所の究め役は宇木にて下手人が召し捕えられたゆえ、その方ども連れ立って参り引きとってこいといわれた。どこかおかしい」

「そこよ、私も……」

「私はこう思う、会所の重役はわざとわれわれを宇木村へやった。死体とわかっておれば小者数人をつかわせばすむ。生きておるからこそ組頭を二人もやらなければならぬ。お蔵入り地へ逃げこんだ罪人、交渉に遺漏あってはわが藩の体面にかかわる、と究め役は出立前にきついお達しであった」

「本多どの、水が来た」

百姓が小さな手桶に水をたたえて高柳勝記にさし出した。二人はかわるがわる喉咽をうるおした。

「臭いな」

本多伊平次は口をぬぐいながら死体を一瞥して顔をしかめた。

「ああ臭い、一晩たてばもう臭う」

「風向きが変った。今度は百姓どもの後ろを歩こう」

「本多どの、会所では今ごろわれわれについて重役連の協議は定まっている頃ではあるまいか」

「よりによって、われわれが死体運びにさしつかわされるとは。お役目大事ともうかれこれ二十年奉公して参った。御家をあだおろそかに思うことは一度とてなかったのに、なあ高柳どの、腹を切れといわれれば切りもしよう、今さら逃げも隠れもするものか。私も武士のはしくれ。それをどうだ、仲間ふぜいの死体などを……」

「本多どの、何も早まることはない、まだわれわれに腹を切れとは、だれもいうておらぬ。宇木へ参ったのも、究め役が本当に思いちがいしておったのかも知れないじゃないか。百姓が聞いている、外聞をはばからねばならぬ」

「百姓か」

本多伊平次は草むらにうずくまっている四人の百姓を眺めた。彼らは一団となって何やらひそひそと言葉をかわしている。うち一人が本多伊平次の視線に気づいて怯えたように口をつぐんだ。あとの三人もにわかに押しだまった。

まっ黒に日焼けした体に白い土埃がこびりついている。彼らは皆はだしであった。そろって五十代のように見えるが、白髪まじりの男もいるからもっと齢をとっているかも知れない。稲刈りの最中に賦役を申しつけられて、一家の働きざかりをさし出すはずはあるまいと本多伊平次は思った。

「高柳どの、私は百姓になりたくない。あいつら肚の中では何を考えておるか知らんが、百姓にうまれてしあわせだとはよもや思うているまい。いざとなったら腹を切る。いさぎよく切って見せる」

「心配なさるな、当日、長崎の番所に詰めておったのは私であって本多どのではない。腹を切るとすれば私の方であろう」

噛んで吐き出すように高柳勝記はいった。その語気のあらあらしさに本多伊平次は息をのんだ。今の今まで番所頭としての自分のことしか念頭になかったのだ。高柳勝記は病気になったために自分と役目を代ったにすぎない。責を問われるのは本来の番所頭である。交代の件はちゃんと会所へ申し立てている。重役も承知の上で高柳勝記を長崎へ発たせたのだ。

「それは筋が通らない。おとがめはあくまで私がうける。事情はご家老も……」

「本多どの、もういい。われわれがとやかくいい争うても仕方がない。それより私は酒が飲みとうなった。おい、百姓」

四つの黒い顔が高柳の方を見た。

「今来た道に茶屋があったろう、酒を買って来い」

高柳勝記は銭を投げた。

「何をしておる、お前だ、早く行け」

指さされた男はあわてて銭をひろい集め、土埃をけ立てて往還をあともどりして行った。

「帰着がおくれては何と申し開きしたらいいだろうか」

本多伊平次はつぶやいた。

「おくれるほうがいいのだ。われわれ両人が会所にうろうろしておっては目ざわりなのであろう。だから宇木村くんだりまで出張りをさせた。あと半刻で諫早へ着く。急ぐことはない。ゆるりと参ろう。本多どの。死んだ魚吉など首を長くして待っておるのは一人もいない」

「それはそうだが」

「臭い、風上におっても奴めの死体が臭うわい。酒でもくらって気散じをしなければ役目が果せぬ」

高柳勝記は唾液を吐いた。ねばっこいものが草にかかって光った。臭気は濃くなる一方である。五間以上はなれていても胸をむかつかせる。

「さっき代官所の役人から聞いた話だが、魚吉とかいう漁師の伜はな、本多どの、宇木村の人別帳にのっている。つまり諫早の人別帳にはのっておらんのだ」

「まさか」

「そうなのだ。私はこの目でしかと見た。代官所の人別帳に六本松の魚吉と記帳してあるのを見た。本多どのが百姓どもを調達に出られた折りのことだ」

「ならば諫早藩がなぜに引き渡しを求めたのであろうか」

「漁師の伜ふぜいが、いちいち人別帳にのっておるかいないかわきまえているものか。矢上番所の用人をあやめた不届き者、引っ捕えた上は極刑に処さなければしめしがつかぬ。お蔵入り地の住人というても諫早の人別帳にのっているのもいる。そこのところを深く考えなかったのであろう。死んでいたから代官所もやすやすと下げ渡してくれたのだ。諫早に貸しをつくっておく肚づもりであろう。生きておったら代官所が成敗しただろうことは目に見えておる。まだある」

高柳勝記は首をのばして往還の向うを眺めた。人影は見えない。

「宇木村の六本松はな、鍋島のお蔵入り地である上に深堀家の知行地でもある」

「おお」

本多伊平次は「知らなかった」とため息をついた。高柳勝記は会所の勘定役頭人をつとめたことがある。領内の土地にくわしい。有事の際は鉄砲組を指揮するのであるが、ふだんは会所で藩の内証をやりくりするのが仕事なのであった。

「死体をかついで帰れば、面白いことになるぞ。委細を知った究め役が頭をかかえるだろう」

高柳勝記は顔をゆがめた。

「噂によると山野甚兵衛の息子が親の仇を討たせてくれと会所へ願い書きを出しているそうな。それはまことであろうか高柳どの」

「噂は私も聞いた。まことに決っておろうが。仲間に討ち果されるのは武士にあるまじき不覚、その下手人を討たなければ家督をつぐことかなわない。今どき禄を召し上げられたらどうなる。息子があわてふためいて仇討ちを許してもらいたいと会所へとんで来たのは私も聞いた、おお、酒が参った」

「しかし、仇討ちはもう法度とされている。大公儀からお達しがあった」

「茶碗まで用意して参ったとは気が利く。お前、名はなんという、いや、いわぬでもいい、帰りにこの茶碗返しておけ。そら銭をやる」

高柳勝記は百姓の足もとに文銭を投げた。百姓は恐怖した身ぶりで辞退しようとした。

「かまわん、とっておけ」

百姓は節くれ立った指で文銭をひろい上げ、おしいただいて下帯の紐に通した。

「殺された山野甚兵衛のことだが、奴め日ごろ佐賀表に後ろ立てがいるとほざいておった。あの件が起ってわが藩の究め役がこっそり佐賀の諫早屋敷に調べさせたところ、まっかなうそとわかった。天正のころならばたしかに鍋島のご家中におったかも知れんが、今は山野というてもだれも知らん。あの爺め、とんだ喰わせ者よ。さ本多どの一献」

二人はどぶろくをすすった。

百姓たちは目を光らせて二人が茶碗の中身を飲み干すのを見つめている。

「甚左衛門とかいう息子は、下手人が冷たいむくろになり果てたと知ったならば、さぞや気をおとすことだろう。死人の首を切りはなしても仇を討ったとはいえまい」

高柳勝記は旨そうに喉咽を鳴らした。

「いや、そうとばかりもいえないぞ。高柳どの、実は先例がある。明和か宝暦の頃に似たようなことがあった。私は藩の古い文書を調べておるときに目を通した。五十年ばかり昔のことだが、それにしてもあの男えらく臭うのう」

本多伊平次は飲みさしの茶碗酒を片手に、こもでくるんだ魚吉の死体を見やった。蝿がいつのまにかまっ黒にたかっている。こものすきまにあらわれる魚吉の肌にびっしりと群がっているのがわかる。二人はうっとうしげに蝿でおおわれた魚吉を眺めた。百姓たちはときどき思い出したように手で魚吉の死体から蝿を追い払っている。

「あいつらだまっているが一体なにを考えているのだろう、高柳どの、フェートン号の乱暴無体は、百姓といえども知らぬわけではあるまい。佐賀の面々が次々と腹を切るのも承知しておろう。木偶の棒のようでいてもな、なかなか世の事情に通じている。隅におけないのだ、百姓という奴ばらは素知らぬふりを装うてはいるが」

「気にかかることがある」

高柳勝記は百姓に目をやってつぶやいた。

「私は会所で日ごろ現銀の勘定にうき身をやつしている。船大工やら左官やらがこの分では渡世あいかなわぬゆえ賃銀を上げてくれろとかいう嘆願の応接にいとまがない。そこでこいつらのことだが本多どの、宇木村では賦役というた。しかし、お蔵入り地の百姓を諫早が使役するとなれば、当然、日当を払わねばならん。このこと、どう思われる」

「なるほど、いわれてみればその通りだ。このような場合、ただで帰すわけにも参らぬだろうが、しかし、うむ……」

「先例をご存じではないか」

「調べてみなければならないが」

「かりに日当を払うとして、いくら払えばよろしいか。もしかすると宇木の代官所がわが藩に要求するかも知れん。佐賀のことだ、気やすく百姓を調達したところがくせもの、あとでどんな難癖をつけてくるか知れたものではないぞ」

「いっそ百姓にきいてみたらどうだろう。前にも似たようなことがあったら幸いだ。おい、そこの百姓」

本多伊平次は酒を買ってきた百姓に声をかけた。蝿を追っていた男はぎくりとしたように身をこわばらせてこちらをうかがった。

「お前にきく。せんにもきょうしたように諫早のお役をつとめたことがあるか。どうだ。ありていに答えろ」

百姓の顔は仮面のように無表情である。今度は高柳勝記がたずねた。

「仔細はない、覚えていることをそのまま言上しろ。何もとがめ立てするつもりはないのだ」

百姓はつれの三人をかえりみた。彼らは首を寄せあってぶつぶつとささやきかわした。やがて、さっきの百姓が顔を向けた。

「死びとを運ぶのはきょうが初めてでごんす」

「死びと運びのことをきいておるのではない。いいか、代官所の賦役ではなくてだ、諫早のために何か働いたことがあるかときいておる。もし働いたならばその折りの日当はいくらいただいた。お前らではなくてもいい、お前らのおやじでもじじいでもいい、話に聞いたことはないか」

高柳勝記はいら立った。どぶろくに酔って大声を張り上げた。百姓たちはみなうつむいて地面に目をおとした。

「きいても無駄なようだ。それに高柳どの、宇木の百姓にいくら日当を払うか、われわれの思いわずらうことではあるまい。会所へもどれば、私か貴殿かが腹を切らされることになる」

本多伊平次は言葉をつごうとして口をつぐんだ。高柳勝記が顔色を変えたのに気づいたのだ。この男、あいっても肚の底ではたかをくくっていたのだ。自分は番所頭を代行したにすぎないから、腹を切るべきは本多伊平次の方と決めてかかっていたのだ、と考えた。だから百姓の日当を詮策するゆとりもあったわけである。

――会所へもどれば、私か貴殿かが腹を切らされることになる。

と本多伊平次がいうのをきいて、高柳勝記はまだ同僚が万が一にも切腹をまぬがれる公算があると思いこんでいるのに気づいた。気まずい空気が流れた。高柳勝記はわざとらしく咳払いした。

「さきほど先例があるといわれたな本多どの、明和か宝暦の頃に。聞かせてもらえまいか」

本多伊平次はぼんやりと死体に目をそそいでいる。思いにふけっていて高柳勝記の声が聞えなかったのだろう。彼は同じ質問をくり返した。

「え、今なんといわれた」

「さきほどの話だが……」

「もちろん私の方が腹を切る。その覚悟とうに思い定めておる。鍋島五十万石にくらべてわが藩は一万石、あちらが十人腹を切ったとて、こちらは一人が切ればすむ。風聞では、小城、蓮池、鹿島などもそれぞれ一人ずつというではないか」

「本多どの、運を天にまかせよう。今となってはわれわれがどうあがいても仕方がない。切るべきときは切る。それまでは切腹のこと思い悩む要はあるまい」

「高柳どのは思い悩まなくてもよろしい」

「われわれを宇木へやったのは、さして深い仔細のないことかも知れぬ。思いすごしということも考えられる」

「私の気を休めようという存念であろう。高柳どのの心やりかたじけない」

「いや、気休めではない。私はただ」

「酔うた酔うた。しごく気分がいい。ここから動きたくなくなった。あの臭い死体さえなければ極楽にいる心地がする」

百姓の一人がにじり寄ってきた。草の上に這いつくばって何やらものをいいたげな様子である。ややあって顔をあげ、いつまでここにいなければならないのだろうか、と二人にたずねた。自分たちは野良仕事を中途でやめて賦役に出た、日の暮れないうちに村へ帰りたい、というのである。

「百姓の分際で侍にさしずをするつもりか、つべこべぬかすと素っ首を叩き斬るぞ」

高柳勝記は気色ばんだ。

百姓はつと平伏し、またおそるおそる顔をあげて上目づかいに高柳勝記と本多伊平次を見た。代官所のお役人様は往き帰り二刻あまりの賦役といわれた。その刻限までに村へもどらないと、自分たちはおとがめをうける。したがって、勝手に寄り道をしたのではない証拠に諫早のお役人の書付が欲しい、というのである。

「高柳どの、百姓のいうこともことわりだ。そろそろ参ろう。魚吉を日にさらしておくと臭くてやりきれん」

本多伊平次にうながされて、高柳勝記はしぶしぶ立ちあがった。百姓たちは戸板にのせた死体を頭で支えて、往還に出た。風は背後から吹いている。二人の侍は死体の後ろ七、八間あまりはなれて歩き始めた。

「山野甚兵衛の息子は家督をつぐことまかりならぬとお達しがあろう。かりにも手水をつこうておるときとはいえ、仲間ごときに打ち果されたとあっては武士にあるまじき失態」

本多伊平次はいった。

「さっきからたずねたかったことがある。先例があるといわれたが」

「そこでだ、甚左衛門もだまって引っこみはすまい。死人の首でも斬らせてくれろと申すはず。昔、似たようなことがあった。ご近習頭弥永某と徒士目付増田某とが酒席で口論して、増田が弥永を帰り道の暗がりで襲って殺した。増田は自宅でその日のうちに自害した。さておさまらないのは弥永の家よ。嫁をとったばかりで子供はいない。弥永の妻は究め所に願い出て、せめて一太刀にくい増田の体にあびせたいというた」

「うむ、その弥永とかいう男、太刀を抜かずにむざむざと闇討ちになったのだろうか。そこのところは……」

「刀の柄に手をかけてこと切れていたそうな。しかし、それはどうにでも細工できる。酔っ払って帰る途中のことだ。刀の柄を握らせたのはあるいは検使役の厚意かも知れん」

「よくあることだ。弥永とやらは上役の覚え目出たい男であったのだろう」

「左様、さる重役の甥御であった。殿にも目をかけられ若年ながら近習頭にとり立てられておった。さればこそ女房の願いも聞き届けられた」

「しかしのう本多どの、明和の頃とは時勢がちがう。外国船の来航はなかったであろう、お台場の整備、鉄砲の買い入れで勘定方がくよくよすることはなかった。だからそんな悠長な仕置きも許されたのだ。甚左衛門がその先例を承知しておって内心あてにしているとしても、今どき奴の思い通りになるかどうか」

「会所では何かと諸経費をうかすために、失態があればとりつぶすことを考えているらしい。小城、蓮池では一人ですんでも、わが藩も一人ですむかというのが私の心配なのだ。しかし高柳どの、貴殿についてはご容赦を願う」

「お家のために腹を切る。家禄は召し上げられはすまい」

「召し上げられはすまいが減じられる。藩の内証は高柳どのが詳しいだろう。ご子息はいくつになられた」

「伜は当年十七歳、娘が二人おる。本多どののご子息は」

「娘ばかりだ。長女が十二歳、あとに二人、こういう場合は頭が痛い」

本多伊平次はゆううつそうにだまりこんだ。

風向きが変ってにわかに屍臭が濃くなった。二人はめいめい自分のもの思いにふけって息づまるほどの臭気を意に介さなかった。

「本多どの、何も貴殿が腹を切るとは決っておらん。さっきから話を聞いておると、あたかも貴殿が切腹をおおせつかったかのような口ぶりではないか。鍋島の番所頭が腹を切ったからといって、諫早でも番所頭が切らねばならんという法はない」

「しかし、わが藩は何事も前例を鍋島に仰ぐ。鍋島のする通りにしておけばまちがいがないと、ご家老たちは思い決している」

「おい、百姓、もそっとゆっくり歩け。本多どの、番所頭はわれわれ二名だけではない。寺沢どの西村どの藤原どの早田どのがいる。当日、あの番所に詰めていたからといって、格別の落ち度があったわけではない。もうひとつ、これは大事なことだが、格のことがある」

「わが家の家格は、寺沢、西村、藤原どのらとさほど変らない。寺沢どのは殿に目をかけられている。西村どのは重役執行《しぎょう》どのの娘をめとっている。藤原どのは藩の砲術指南。いてもいなくてもさしつかえがないのは私くらいなものだ」

「早まってはならん本多どの、私は格のことをいうたが、それはわが藩と佐賀の格のちがいをいうのだ。すなわち諫早の組頭はあちらの徒士、物頭はあちらの組頭にしか当らない。一段も二段も低いのは先刻承知であろう。そうすると話がちがってきはしないか」

「というと……」

「百姓、おい百姓ども、ここでしばらく休むぞ」

戸板をかついだ連中はうらめしそうな顔付でふり返った。依然として死体を支えたまま突っ立っている。

「お前たちの耳は聞えんのか。まだ日が高い。戸板は道ばたに置かずに、そうだな、あそこの地蔵の後ろに持ってゆけ」

百姓たちはのろのろと往還を降り、田圃の畦ちかくに立っている地蔵の方へ死体を運んで行った。二人の侍は地蔵とは反対へ往還を降り、草むらをかきわけて小川のほとりに腰を落ちつけた。

「話がちがってくると高柳どのはいうた。どうちがってくる」

本多伊平次は相手の目を見すえてたずねた。

「つまりこうだ。鍋島における番所頭の格は、わが藩の番所頭より上ということだ。あちらと同等か、それ以上の位にある侍が腹を切らねばつき合わないことになる。そうだろう。名のみ同じでもわれわれは鍋島の番所頭より格段に低い」

高柳勝記は考え考えいった。一語ずつうなずきながら本多伊平次は同僚の言葉を聞きとった。

「すると、わが藩では……」

「重役のどなたかが選ばれることもありうる。そうは思わないか本多どの」

「……重役が腹を切るだろうか」

本多伊平次はため息まじりにいった。いったん晴れやかになった顔がまた暗くなった。

「考えてみるがいい本多どの、もしわが藩が番所頭のだれかに切腹を命じたとする。鍋島藩でも番所頭が切腹したからというてな。そうと聞いた鍋島の大殿が、諫早ごとき小身の分際で、形式的に番所頭に腹を切らせて涼しい顔をしておるとはけしからんとご立腹あそばされたらどうする」

「なるほど、なるほど、よくわかる」

本多伊平次は膝を叩いた。

「重役たちがいちばん気にするのは佐賀表のご意向であろう。あちらの気を損じることはなんとしても避けたいと日ごろ考えるのはそのことばかり。勘定方として私も重役たちの気のまわし方をよくわきまえておる」

「で、高柳どの、かりに重役のお一人が腹を召すとなればだれであろう」

「うむ、そうだな」

高柳勝記は勢いこんでたずねる本多伊平次の顔を横目でうかがった。

この男、本当に重役が腹を切ると信じているのだろうか、と内心あわれみの念を覚えざるをえなかった。

「渋谷様、中島様、嘉村様、執行様、早田様、別当様、三浦様……」

本多伊平次は名前をあげながら、しだいに心細そうな顔になった。

「しかし、どなたもおいそれと腹を切るようなお方ではないぞ。なんのかんのと申し立てられて、結局われわれにおおせつけられそうな気がしてきた」

「お家の大事だ、佐賀からきついおとがめをうけたら、そのときこそ重役は腹を切らねばならん。よいか本多どの、長崎では大公儀の奉行松平様が自害なさっておられるのだ。松平様につりあうために鍋島も七人あまり詰め腹を切らせた」

「渋谷様は殿の乳人《めのと》であった。中島様は佐賀在勤の折り、鍋島の大殿に目をかけられたという。嘉村様は殿の姪御をいただいておられる。執行様の娘は殿の側室であるし、早田様は江戸表に詰めておられる。別当様は佐賀の札差と懇意で、あの方がいなければわが藩の財政はおぼつかない。現銀の不足は別当様の腕しだいで解決できた。三浦様は……ええと三浦様は」

本多伊平次は口ごもった。

「三浦様ということになるかも知れんな。あの方は由緒正しい家柄であるし、格としても申し分がない。腹を召すにはうってつけではないか本多どの」

「うってつけ、か」

本多伊平次は草の葉をちぎって水の流れに浮かべた。

三浦栄之進といぅひからびた老人を思い描いた。若いときは藩士に槍術を指南したといぅ。弓組の大物頭をつとめたこともあるといぅ。本多伊平次が出仕するようになってからは、会所の奥座敷につくねんとすわっている姿しか見たことがない。

しかし、腹を切るのにうってつけの役立たずとあからさまにいわれてみると、なぜかそれに同調できないものが本多伊平次にはあるのだった。

「う、臭い、またあれが臭ってきた」

高柳勝記は舌打ちした。

往還の向うがわから魚吉の死体の発散する死臭が漂ってくる。

「人間というものは手に負えんものだな、高柳どの、生きていても死んでも」

「世間はままならぬということか」

「うむ、ちょっとちがうのだが」

どうしたことか、あれほど気になっていた死体の悪臭が今はさして苦にならないのに本多伊平次はおどろいた。無心に草の葉をちぎっては小川に流した。

「切れといわれれば三浦様はだまって割腹されるだろぅ」

本多伊平次は自分にいいきかせるようにつぶやいた。高柳勝記は早口にしゃべった。

「殿のおおせであれば、重役といえどもさからえない。あたりまえだろう」

「そういう意味でいったのではない。なんだか厭になった」

「何が厭になったのだ」

高柳勝記はけげんそうに本多伊平次の顔をのぞきこんだ。

「だれが名指しされるだろう。自分でなければいいがとか、腹を切るのはだれそれが切るべきだとか、いちいち考えるのがわずらわしくなってきた」

高柳勝記はむっつりとして水の流れに目をおとした。たった今まで、腹を切らされるのではないかとびくびくしていた男が急に人が変ったように悟りきった表情になっている、それが高柳勝記をいら立たせた。

「本多どの、諦めてはならん、まだ決ったわけではないというておる」

「私だってこういってはなんだが命が惜しい。武士の風上におけぬといわれても仕方がない。だがな高柳どの、人間いちどは死ぬ。喜んで腹を切るのではないが、死にどきというものがあるような気がしてきた。おかしいか」

「見上げた覚悟だ」

「覚悟なものか。厭になったというたろう。日ざかりの往還をだな、鼻もつぶれそうに臭い死体をかつがせて歩く。役目と思えば仕方がないけれども、こういう役目はあの世では命ぜられないですむ」

「毎日、こんな役をつとめるわけではあるまい」

「似たようなものじゃないか」

というなり、本多伊平次は腰を浮かせて太刀を抜きはなった。水の上におおいかぶさっていた薄が舞いあがり、つかのま日ざしに白い穂をきらめかせて流れに落ちた。高柳勝記はとびすさって草むらに尻もちをついていた。本多伊平次は太刀を鞘におさめた。

「私は朝のうちから切腹をおおせつけられるのは自分ではないようにと祈って来た。今はちがう。私に切れといわれたならば、平静におうけできるような気になった。妙なものだな」

本多伊平次はうっすらと笑った。

高柳勝記は本多伊平次のあとについて往還へ出た。二人を認めた百姓が戸板をかつぎあげた。

「百姓どもには一匁三分ずつ与えたらどうだろう。それだけつかませれば代官所も文句はいうまい」

本多伊平次は高柳勝記にいった。

「本多どの……」

「私だ。腹を切るのは私だ。今となっては確信がある」

往還のかたわらに家がふえてきた。高柳勝記はますます強くなる死臭に息がつまる思いをしながら、百姓たちからずっとおくれて歩いた。本多伊平次は百姓たちの先頭を大股に歩いていた。

まもなく諫早の城下である。

筑前の白梅——立花誾千代姫

一

「八重、八重はいるか」

「はい、お傍に」

「また、あの臭いがする。障子を立てよ」

「障子は立ててございます」

「なんといういやな臭い」

「夜になれば風向きも変りますゆえ、臭いもおさまりましょう」

八重は誾千代《ぎんちよ》の顔をのぞきこむようにしてなだめた。海から吹く初冬の風に潟土と魚のはらわたの腐ったような臭気が含まれている。まぢかに拡がっている有明海からこの腹赤《はらあか》村へ吹く風である。

誾千代は夜具に顎を埋めて目をとじている。息づかいが苦しそうだ。色白の頬が上気しているのは熱のためである。三十五歳という年齢にしては肌の色艶がみずみずしい。子供を産んだことがないためだろうと、女中頭の八重は思った。誾千代はかぼそい声でいった。

「たねを呼べ」

「なんとおっしゃいました」

「たねとこまを呼べ」

「両人は熊本に参りました」

「弥平次と三郎太を呼べ」

「彼らは高瀬村にとどまって百姓をしております」

「あや、ぬい、たみ、まん、ちよ、なみたちはいかがした」

「御台さま、お気をたしかに。侍女どもで今ここにつきしたがっておりますのは、わたしの他にあやとなみだけでございます。たみ以下はそれぞれ柳河にとどまり、以後の消息は存じませぬ」

「男は誰が残っておる」

「寅吉ひとりでございます」

　闇千代ははげしく咳きこんだ。八重はにじりよって布団をめくり、闇千代の背中をさすった。みんないってしまった、咳がおさまってから闇千代はよわよわしくつぶやいた。腹赤村は肥後国玉名郡のうらさびしい海岸に面している。慶長五年（一六〇〇）秋、柳河城外にある宮永の館にくらしていたときは、二百人の侍女と三十人の侍足軽が闇千代を警護していた。腹赤村に移されたのは今年、慶長七年の春である。住みついて半年になる。

「この土地はわたしの体に合わぬ」

　闇千代は腹赤村の庄屋伊蔵の邸に移り住んでまもなく病床についた。腹赤という名前からして不吉だと八重にもらしたことがある。めっそうもないと、八重は答えた。昔、景行天皇が巡幸した折り、この村の漁師がとれたての魚を献上し、天皇が賞味なさった。魚の腹が赤みをおびていたところから、腹赤村と呼ばれるようになったそうだと闇千代に説明したのだった。庄屋の伊蔵から地名の由来を聞いていたのである。

　海岸に出ると、晴れた日は島原半島がすぐ目の前に見える。天草の東北岸も水平線上に濃い紫色の線となってのぞまれる。しかし、誾千代がきらったのは、沖合はるかに続く褐色の干潟であった。昼間はかんだんなくその干潟からべとついたなま臭い風が吹きよせる。天正十五年(一五八七)から慶長五年まで、誾千代は柳河に住んでいたので、干潟は見なれていたのであるが、腹赤村で眺める灰褐色の軟泥はことのほか胸がむかつくというのである。地名の由来などに心を動かされたふうではなかった。

八重は誾千代の額にのせていた濡れ手拭いをとりかえた。手桶の水はなまぬるくなっていた。きのうの昼、うすい重湯をすすったきり、誾千代は食事をとっていない。しきりにうわごとをいい、かってつかえていた侍女や下男の名前を呼ぶのである。ときどき、われに返っては時刻をたずねた。熱はいっこうにさがらない。夫である立花宗茂の一の家老、小野和泉《いずみ》は、今、主君のもとを去って熊本城主加藤主計守清正の家臣となっている。誾千代の病状を案じて小野和泉は、わざわざ熊本から名うての医師をよこした。

誾千代の脈をとった医師は八重に気むずかしい表情を示し、かすかに首を振った。永くないと告げたのである。一袋の薬草を残して医師は去った。礼金はすでに小野和泉からもらったそうである。八重は薬草を煎じながら泪をこらえることができなかった。

(世が世であれば…)

つい二年前まで、誾千代は筑後国十三万石を領した大名立花宗茂の夫人であった。さかのぼれば祖は九州の名門大友氏の一族であり、豊後国では名高い戸次道雪《べつきどうせつ》の娘である。永禄十二年(一五六九)、豊後国鎧ヶ嶽城(大分県大野郡大野町)に生まれた。道雪が五十六歳になって初めてもうけた子である。母は宝樹院という。

誾千代は生まれ故郷である大野の鎧ヶ嶽城を覚えていない。二歳のとき父道雪は大友宗麟の意向により戸次姓をすて、豊後国を後にして筑前国糟屋郡にある立花城に移住した。姓を立花丹後守鑑連《あきつら》入道道雪と改めることになった。相続人がいないために断絶のうきめに瀕した筑前の名家立花家をついだのである。誾千代の母は筑後の大名問註所安芸守鑑豊《あきとよ》の娘であった。立花城（福岡県粕屋郡新宮町）の記憶は、誾千代にある。

糟屋郡の中央にそそりたつ立花山の山頂に城は位置していた。海抜千二百余尺（三六七メートル）、眼下に玄界灘の青い拡がりがのぞまれる。松尾嶽、白ヶ嶽、梅ヶ嶽と呼ばれる三つの山が立花山の山頂を形成していた。

周防灘に昇る朝日は、立花山の東に横たわる三郡《みこうり》山地にさえぎられて見えないが、玄界灘をあかあかと染めて沈む夕日は眺められる。誾千代は子供のとき、日の移ろいを見まもって飽かなかった。

（まことに人の勢いも太陽と変りがない。さかんなときがあり、衰えるときがある）

と道雪がもらしたのは天正十二年四月、肥前の太守龍造寺隆信が島原で、有馬と島津の軍勢にやぶれたときのことであった。豊後の大友氏、薩摩の島津氏とならんで、九州を三分するほどの権勢をほしいままにした龍造寺氏の噂は、何かにつけて耳にしていた。隆信の母は慶誾尼《けいぎんに》という。誾という名を共にしていたので親しみを覚えていたのである。

（誾千代、女というものはのう）

もの心ついてから道雪にしばしばたしなめられたものだ。男まさりな上に勝ち気である。乳母の八重は誾千代が男に生まれてくればよかったとさえ愚痴をこぼした。男であれば、さだめし名のある武将に育ったであろうと。若い侍女は誾千代に手まりをぶつけられ、懐剣を抜いて追いまわされた。近習の少年も竹の鞭で打たれた。

（女というものはつつましく優しくあらねばならぬ。誾という文字は、やわらぎつつしむという意がある。

名前にそむいてはしたない真似をするでない）

道雪はきびしくさとしたが、目には穏かな笑みがたたえられていた。

宝樹院はもとの名を仁志姫という。道雪が三度めにめとった妻である。父親は筑後国生葉《いくは》郡長岩城（福岡県浮羽《うきは》郡浮羽町）主であった。仁志姫も初婚ではない。筑後国三潴《みずま》郡安武《やすたけ》城（福岡県久留米市）主、安武阿波守鎮則との間に一男一女をもうけていたのだが、鎮則が龍造寺氏に攻められて討ち死にしたので長岩城に帰ったのである。仁志姫と道雪との婚儀を媒酌したのは、大友宗麟であった。道雪は仁志姫の子供二人をひきとって育てた。

（男に生まれてくるべきだった）

と思ったのは、ひとり八重だけではなかった。家中の臣がみな心ひそかに男児の出生を願っていたのである。道雪は子供に恵まれなかった。それゆえ、誾千代をひとしおいつくしんだのだった。道雪は六十三歳になった年、立花家の家督を誾千代にゆずり、後見人となった。女子が家督をつぐのを禁じられるのは江戸時代に入ってからで、女大名というのは平安の昔からめずらしいことではなかった。誾千代が七歳のときである。

（人の勢いも太陽と変りがない）

道雪の感慨を理解するには誾千代が幼なすぎた。一足軽が天下人となる世である。九州も戦乱のさなかであった。武田信玄が死んだのは、誾千代が五歳のとき、上杉謙信の死は十歳のときであった。

天正六年、道雪の主君大友宗麟は、日向の耳川で島津の軍勢と戦って敗れる。ポルトガル船から買いつけた大砲まで用意して耳川に出陣したのであったが、さんざんな敗北であった。この戦いを機に大友氏の勢いはふるわなくなった。島津氏は大いに勢力を南九州に拡張した。筑後と肥前にあって大友氏に抗していた諸大名は気勢をあげた。かつて島津氏と争った龍造寺一統も島津の味方となってしまった。九州の情勢について道雪は気が気ではなかったのである。

（いつまでもちこたえられるものやら）

大友家の命運をである。

鎌倉いらいの探題職と、名門の血筋を誇ったところでどうしようもない。

主家の心配はさておき、立花家のゆく末である。ありきたりの凡将を婿に迎えては存続がおぼつかない。下剋上の荒波をのりきれる才覚と器量をそなえた人物を養子にしなければならない。道雪には心あたりがあった。豊後国国埼《くにさき》郡都《と》甲庄《こうのしょう》の筧《かけい》城（大分県豊後高田市）主、高橋紹運の長男統虎《むねとら》、のちの宗茂である。永禄十年十一月に生まれた。誾千代より二歳年長である。高橋紹運はもと吉弘《よしひろ》氏を名のり、道雪と同じく大友家の支族である。そのころ宝満《ほうまん》城（福岡県筑紫郡大宰府町）主であった。長男を養子にとせがまれて、紹運は絶句した。統虎にゆくゆくは宝満城をつがせる心算だったのである。次男の統増《むねます》には筑前岩屋城（福岡県大野城市）を与え、高橋家を安泰にする肚づもりでいたところゆえ、返事に窮した。（紹運どの、わしの願いが無体であることは承知しておる。ご子息統虎どのがなみなみならぬ人物だと見こんでの頼みだ。これというのも大友家のためと思ってくれ。耳川の敗戦いらい、大友家に昔日の力はない。四方八方が敵だらけだ。われわれが敵にあたらなければならん）

（それは覚悟をきめております。ただなにぶん統虎は長男でありますし、統増はいかがでありましょうか）

（年寄りのたのみだ紹運どの、聞きとどけてもらいたい。是非にと申しておる。統虎どのを誾千代の婿にくれ、この通りだ）

道雪はゆずらなかった。統虎がただものでないことを見ぬいていたのである。たっての願いに紹運はとうとう長男を養子にやる決心をするしかなかった。大友家のためにといわれれば、あらがうすべがなかったのである。この年、紹運は三十四歳、道雪が六十九歳、統虎は十五歳であった。天正九年十月のことである。立花城では、三日三晩にわたって祝宴が催された。

八重の目には似合いの夫婦と映った。

統虎は肩幅が広く、筋骨もたくましい。生まれつき健康で、よく乳をのみ、よく眠ったという。統虎にしたがって立花城に来た世戸口《せとぐち》十兵衛から聞いたのである。（こういうお方なら立花家の跡とりとして申し分がない）八重は晴れ衣裳をつけた誾千代のとなりにむっつりとした顔で坐っている統虎をほれぼれと見つめた。

誾千代は女にしてはやや大柄である。ふっくらとした色白の顔に化粧をほどこしたのは八重であった。

（八重、統虎さまはどういうお方かえ）

（ご心配なさいますな、お父上が目をかけられた高橋家のご長男でいらっしゃいます。立花家のゆく末はゆるぎがないと家中の者ども噂しております。幼少の頃から武芸に秀でられ、末たのもしいお方よとしたわれておりました）

（武芸にぬきんでているのはいくらでもいる）

誾千代は不満そうであった。むりもない。勝気で気丈夫な誾千代にしてみれば、武芸の才があると聞いた程度では心もとなかったのであろう。しかし、今はちがう。目付するどく、容貌魁偉な統虎を目のあたりに見て、その気迫に圧倒された風情であった。八重が申し分がないと思ったのは、誾千代の満足そうな表情をうかがえたからである。いかに男まさりな誾千代さまとても、偉丈夫統虎さまの前では手も足も出ないだろうと、八重は予想した。この予想は後日はずれることになる。統虎は自分とあまりにも似ている誾千代の性格を知っていら立ったふうであった。

ことごとに統虎にさからうのである。

誾千代は誾千代で、統虎の傍若無人といっていいふるまいに柳眉をさか立てた。養子なら養子らしい遠慮があるべきだと、誾千代は考えている。家格は同じ大友家の臣としても立花家が上位である。それでこそ紹運は養子縁組をこばむことができなかったのだ。ところがどうだろう。統虎は初めから立花家のあるじであったかのように尊大にかまえている。誾千代の勝ち気は統虎をゆるさなかった。尊大と映ったのは、統虎がひたすら立花家の当主であろうとつとめた誠実さに起因する。傲慢に動くつもりはもともとありはしなかったのである。誾千代が平凡な女性であったならば、統虎の誠実をすなおに誠実と見てとったであろう。人よりもはげしい気性が、統虎の態度を誤解させることになった。

慶長三年十二月、立花宗茂が朝鮮の役から帰国したとき、誾千代は柳河城外に出て別居している。宗茂三十歳のときであった。永い不和の結果である。別宅は城外小一里の宮永《みやなが》村に造られたので、宮永の館と呼ばれた。関白秀吉が死んだ年である。

秀吉といえば、八重にはいまわしい思い出がつきまとう。

朝鮮の役の折り、秀吉は名護屋城（佐賀県唐津市）で諸将と宴を張った。宗茂はそのとき二十四歳、弟統増と共に手勢三千をひきいて渡海することになった。九州の大名たちはかげではぶつぶついいながら、秀吉の命令とあればいたしかたなく出陣して行った。彼らが秀吉の面前にまかり出てどぎもをぬかれたのは、秀吉が化粧していたことである。

ただでさえしわくちゃの顔に紅、白粉をつけ、眉を描いて得意然としている。秀吉は関白である。いわば公卿としての身分を誇示したかったのであろう。無骨者ぞろいの田舎大名たちは啞然とした。茶色のしなびた小さな顔にぬりたくられた紅、白粉は、どう見ても異様であった。

呆れかえった大名たちは、秀吉に目通りを許されなかった部下にそのことを話した。

(関白様は化粧しておらっしゃった)

噂はたちまち拡まった。そこまではいい。公卿の化粧はあたりまえである。八重が想起するいとわしい噂というのは、大名たちが朝鮮で戦っているとき、秀吉が美人で名高い諸将の夫人や侍女たちを召し出して手をつけたというのである。誾千代の美しさは知れわたっている。二十二歳の女ざかりである。秀吉が誾千代に懸想したという噂が八重の耳に入った。

文禄の役が終り、いったん帰国した小野和泉が気色ばんで八重につめよった。

(その噂、まことか)

(めっそうもございませぬ)

留守にした家郷を恋いこがれる出征兵士たちの間に拡がった噂なのであった。秀吉が女に目のないことは有名だった。九州へ出向いて、いい女を探させたのは事実であろう。名護屋城の台所仕事に、諸大名がさし出した侍女は器量良しがえらばれた。その中から秀吉が夜伽の相手をえらんだことはあり得る。しかし、誾千代に白羽の矢が立ったというのは根も葉もない噂である。

根も葉もない噂だとしても、いまわしい噂であることには変りない。八重は噂を信じて拡めた兵士たちよりも、噂の原因となった女色家秀吉を恨んだ。永い戦乱がようやくおさまり、大名たちが領国の経営に本腰を入れようとした矢先に、朝鮮へ出兵するよう命じた秀吉を憎んだ。うち続く合戦で、大名たちの財政は苦しかった。立花家として例外ではない。三千の兵を渡海させる軍費の調達に、小野和泉以下、頭を悩ましたのである。しわよせは留守を守る家臣団と侍女たちに来た。

食事は一汁一菜と定められた。着物の新調は禁止され、台風で崩れた柳河城の塀も修復が見送られるしまつだ。

（噂はそらごとだと申すのだな）

（しかと左様でございます。八重が命にかけて申し上げます）

小野和泉の顔には苦渋の色が濃かった。

立花家は秀吉に恩義がある。

天正十五年四月、九州平定に出向した秀吉は筑前秋月城（福岡県甘木市）に本陣をかまえた。宗茂が秀吉に謁したのはその月の四日である。初対面であった。宗茂は立花城から二千三百余の兵をひきいて秋月城へかけつけた。秀吉は上機嫌であった。諸将が居ならぶ前で秀吉は彼をほめそやした。

（見よや、この若者は弱冠二十一歳というのに島津の大軍を向うにまわし、立花城にこもってよくふせいだぞ。あまつさえ島津勢が退くと見ればすかさず追いうちをかけ、敵の高鳥居《たかとりい》城をおとし、岩屋城をもとり返した。島津勢が出動したとき、肥・筑の大名どもはことごとく降参したが、立花一統のみは城にたてこもりわがためによく戦った。まことに立花こそ忠勇無双、九州一の大名である。それにつけても高橋紹運どのの最期はみごとであった）

宗茂の実父高橋紹運は天正十四年七月、北上して来た島津勢二万余を岩屋城でくいとめ十三日間にわたってよくふせぎ、城と運命を共にしていた。

そのころ九州でいちばん羽ぶりが良かったのは島津氏である。地方の小名大名たちはほとんどといっていいほど島津氏についた。立花父子のみが孤塁をまもって戦ったことになる。秀吉の配下三十万余が南進して九州に攻め入り、島津氏がやぶれて薩摩にとじこもると、今度は島津氏を見かぎって諸将は秀吉のもとへ争うように馳せ参じた。景気のいい方へつくのが戦国大名のならいである。秀吉は彼らをうけ入れた。

しかし立花宗茂だけは初めから秀吉に忠義をつくしている。別格にあつかい、ことさらほめたたえたのも右のようないわれがあったからである。

秀吉は宗茂に備前国俊の太刀と鉄砲火薬二百斤、服と馬とを与えて労をねぎらった。

この年の五月、大友宗麟は津久見城（大分県津久見市）で病死した。

のちのことである。立花家は宗麟の死によって名実ともに秀吉の直参家臣となる。前の年、宗麟が秀吉に対面を願って大友家の本領安堵を求めたとき、高橋紹運と立花宗茂を秀吉の直参とするようとりはからってもらっていたのだが、立花一族は表向きは大友家の臣なのであった。宗麟亡きあと今さらその子義統《よしむね》に義理立てするに及ばない。

九州を平定した秀吉は国割りをした。

立花宗茂は筑後国山門《やまと》、下妻《しもずま》二郡と三潴郡の一部を与えられた。石高は十三万二千余石。弟の高橋統増には筑後国三池郡一万石が与えられた。

（あまりではないか）

誾千代は不服であった。大げさに功をたたえられたわりには知行が少ない。住みなれた立花城を出て筑後へ国替えするのも億劫であった。闇千代は八重にたずねた。新しい居城のある柳河とは、どのような土地であろうかと。

（柳河とは有明海のもっとも奥まった海辺にあり、良田の多い所と聞き及んでおります。また、小野和泉の申すところによれば、柳河城は武蔵国の忍《おし》城と大坂城とならび称される天下の三名城ともれうけたまわっています）

（海が見えるというのか）

（川も多うございます）

天正十五年六月十一日、小野和泉は五百余騎をひきいて立花城をあとにし、十三日、柳河城に入城した。宗茂はややおくれて出発し、千八百余の手下をつれて十五日に到着した。闇千代は侍女たちと共にその二日後、新しい城へ着いた。十八年間、なれ親しんだ立花城をはなれるのはつらかった。

侍女たちや家臣の女房たちは、立花山をおりるとき何度も山頂をふりかえり、泪を流した。

（海が見える）八重は闇千代に告げた。たしかに海は見えた。灰色とも茶色ともつかぬにごった海である。立花城から見おろす玄界灘の紺青の輝きは見られなかった。泥と魚の生臭い臭いが風にのって漂って来た。晴れた日でさえも、有明海はどんよりとにごっているように感じられた。

白砂青松でふちどられた海岸は、柳河にはなかった。

黒っぽい岩と灰褐色の軟泥が陸地と海の境であった。日ねもす吹きよせる泥臭い風は闇千代を悩ませた。立花城へ帰りたいと切実に思った。ある日、八重が奇妙な料理を闇千代にすすめた。膳部に見たことのない魚がのっている。

(これは何という)

(御台様、有明海の干潟でとれるムツゴロウとか申す魚でございます。土地の漁師が、新しいご領主さまのためにといって献上して参りました。ことのほか体に良く万病に効く魚と申しております。御台様のお加減がよろしくない折りから、恰好の料理と存じ、賞味していただきたく)

(汚い、このような魚、見とうもない。下げなさい)

(ですが御台様)

(食べぬというたら食べぬ)

誾千代はあらあらしく座を立って次の間にひっこんだ。干潟とそっくりの肌色をした魚をひと目みただけで胸がむかついたのである。うち沈んでいる誾千代を、宗茂はもてあました。柳河に梅嶽寺《ばいがく》を建立し、義父道雪の霊をとむらった。父のことをかたときも忘れない誾千代のためを思って、なけなしの費用を捻出したのである。

梅嶽寺の名は立花三山の一つ、梅ヶ嶽からとったものであった。境内には命じて梅の木を植えさせた。せめてもの心づくしである。誾千代はさして嬉しがるふうではなかった。筑前の梅と筑後の梅は香りが異なる、梅はなんといっても筑前の産にかぎるといってゆずらなかった。

宗茂は困り果てた。

莫大な金子を投じて寺を建立しても、誾千代はあたりまえといった顔である。妻を思いやって梅の木を植えさせても憂色は晴れない。宗茂とても気性は激しい。ことごとに愚痴をこぼす誾千代に肚をたてた。

宗茂と誾千代の不和は家来にも及んだ。

立花家へ養子に来たときつきしたがった宗茂の家来と、立花家譜代の臣との仲は必ずしも良くなかった。

（わが君はご長男であるにもかかわらず、たっての願いで立花家へ縁づかれたのだ）

という自負が一方にはある。

片方は心ひそかに（養子は養子の分を心得なければならぬ）と思っている。主人夫婦の仲がむつまじければ、家来同士の不和と対立は表面化しないが、誾千代が夫に対して露骨に不機嫌を示すので、家来たちもしぜんに双方のいい分を口にして争った。

小野和泉は気をもんだ。

（なんとかしなければ）

と思うのだが、合戦や領内のまつりごとならともかく夫婦間のことは家老としてどうしようもない。手をつかねて思案にあけくれるばかりである。

宗茂と誾千代との間に子供はなかった。

（もしかすると）

と小野和泉は思う。不和の大きな原因は子供に恵まれないことではないか。八重もまた同じ意見であった。

書院の庭で嬉々として遊んでいる子供たちを、ある日、宗茂が柱のかげから見つめているのを、たまたま八重は見かけたことがあった。

矢弾の下をかいくぐった荒武者の表情ではなかった。可憐な者たちに示すいつくしみの色が目に宿っていた。

（わが君は赤児を欲しがっておられる）

（しかし、ご家老様）

八重はため息をついた。宗茂はこの頃めったに誾千代と寝屋を共にしないのである。あからさまにそのことを指摘するのはためらわれたので、八重は（しかし、ご家老様）といって、言外に赤児誕生が期待できないことを匂わせたのだった。

小野和泉には八重のいいたいことがわかった。

（このままでは御家が絶えてしまう。仲たがいなさるのも、ほどほどになさらなければのう）

（何かいい知恵がございませんか）

（いい知恵があれば苦労はせぬわい）

小野和泉はにがりきっていた。彼の心配は現実のものとなった。慶長三年（一五九八）十二月、前後七年に及ぶ朝鮮の役が終って帰国した宗茂は、誾千代と別居した。柳河城外およそ一里の宮永村に別宅が造られ、誾千代はそこに移った。

二

「八重、今は何どきかえ」

目をとじたまま闇千代はきいた。

「はい、おっつけ暮れ六つではないかと存じますが」

「八重、旅の支度を。立花の城に帰る」

「御台様……」

八重は言葉につまった。昨夜からしきりに闇千代は筑前立花城へ帰りたいといい立てていたのだ。熱にうなされ、夢の中で立花城に帰りつき、うわごとに城内の梅林が昔とそっくりであるといって泪をこぼした。

「駕籠の用意をしなさい八重、供の者は二十人くらいでいい。荷はじゃまになるから身軽にして急げば、あさっての昼までには着こう。さあ早く」

「御台様、お体の具合がよろしくありませんから、駕籠はむりでございます。なんとしても今のところはご病気を治すことに専心なさらなければ」

「治ると思っているのか」

「はい、それはもう必ず」

「気休めをいうでない。自分の体は自分でわかる」

闇千代は目を開いた。

熱のためうるんだ目で八重を見つめた。正気にもどった目である。八重は思わず顔を伏せた。正常な意識が、高熱でもだえる誾千代に時として帰ってくることがあった。

「八重、今生の願いをいうておる。わたしはもう永くない。人は生まれ育った所で死ぬのが幸せだといわれている。鎧ヶ嶽城に戻れないことはわきまえているし、立花城も今は人のものです。しかし、立花城の見える所でわたしは死にたい。立花山のふもとでもいい。小野和泉にとりなしを願って、どうかわたしのたのみをかなえてもらえまいか」

それだけを口にするのがやっとであった。

誾千代は息もたえだえに八重に話し終ると、がっくりと頭を枕にあずけた。

「お八重様」

廊下にあわただしい足音がした。

障子の外にぬかずいているのはなみである。八重は誾千代が寝入ったのをたしかめておいて、そっと廊下へ出た。なみはとり乱している。

顔色が蒼ざめて見えるのは、夕暮れの光のせいではないようだ。肩で息をしながらなみは口を開きかけた。八重は目で廊下のはずれを指した。誾千代の眠りをさまたげたくなかったのである。

戸袋のかげになみはうずくまった。

「お八重様、一大事でございます。梅嶽寺がこわされました」

「こわされた？　誰がいったいそんなことを」

「田中筑後守吉政様のさしずでございます。柳河の領民がいつまでも感服しないので、あろうことか立花家のしるしを残らず領内から取り払うつもりと見えました。仏罰を怖れぬ不届きな所業でございます」

「なみ、このことを決して御台様に申し上げてはならぬ」

なみの唇からは血の気が失せていた。

「お八重様、まだございます。七郎兵衛と彦左衛門が……」

なみは廊下に突っ伏して肩をふるわせた。すすり泣きの声がのどの奥からもれた。

「七郎兵衛と彦左衛門の二人がいかがした。泣いていてはわからないではないか。何があったのです」

八重はいらだった。

七郎兵衛は山門郡本郷村の庄屋、壇大炊助《だんおおいのすけ》の子である。彦左衛門は同松延《まつのぶ》村の庄屋、椛島式部少輔の子で、旧領主宗茂の徳をしたい、ひそかに米麦を玉名郡高瀬の千間《せんげん》寺に運んでいたのだった。千間寺は宗茂の仮りの宿である。二人は腹赤村の闇千代にも月に一度ずつ米麦をさし入れ、味噌、塩も送った。

そのことが柳河の新領主田中吉政に発覚したのである。

なみは顔をあげ、袖で泪を拭ってとぎれとぎれに語った。

「二人は野町《のまち》の面《めん》の坂で、はりつけに処せられたそうでございます。椛島式部は自宅で切腹を申しつけられました。壇家もおとがめをうけて、とりつぶしになったということです」

八重は呆然として暮れなずむ庭にうつろな目を向けていた。何もはりつけにまでしなくてもよかったろうにと思う。新領主に収めるべき年貢は収め、その上で彼らは旧領主を救けていたのである。領民に対する見せしめとはいいながら、あまりにもむごい仕打ちであると思うほかはない。

しかし、その前に立花宗茂が柳河城を追われる経緯をのべておかなければならない。

三

慶長五年七月二十五日、柳河城にいる立花宗茂のもとへ、大坂から回状がもたらされた。豊臣秀頼を守り、家康の非をただすために西軍の一員として出陣してもらいたいという内容である。石田三成以下の署名があった。

宗茂は家老を召集して、この回状にどう処すべきかを協議した。

首席家老である小野和泉がまずひざをのりだした。

（家康公が上杉と佐竹をやっつけるために関東へ出向したといっても、やすやすと討ち平げることは不可能でしょう。上方には故太閤の恩をこうむった大名が大勢ひかえております。東の上杉・佐竹と、西の大坂方が家康をはさみうちすれば、勝利は疑いありません。わが君もまた故太閤の恩をうけて柳河のあるじとなられました。このたびは西軍につくのが賢明と存じます）

家老たちは小野和泉のいうことに賛成した。老臣立花三河守が口を開いた。

（ただ今のおことばもっともではありますが、お家の浮沈にかかわる重大事です。わたしの存念を申し上げます。家康公は武田信玄、北条氏政、朝倉、浅井、豊臣などと戦ったことがあります。上杉を討つために東上する折り、このたびの合戦はあらかじめ承知しているでありましょう。故太閤の恩をうけた大名たちの数は多くても、はたしてそのうちの何人が西軍につくか、あやしいものだとわたしは見ております。げんに、九州の大名で、黒田如水、加藤清正どのは、石田、小西どのと仲が悪うございますから、東軍に味方するで

ありましょう。わが君は筑後国にこもっていずれにも味方せぬ立場をとるのが最上の策と存じます）

小野和泉に賛同した家老が、今度は立花三河のいうことに深くうなずいた。

評定はえんえんと続いた。

どちらのいうことにも一利あるように思われた。

夜がふけたとき、一通の書状が宗茂に届けられた。宮永の館にいる誾千代からの手紙である。大坂の回状のことはすでに誾千代の耳にも入っていた。

故太閤への恩返しは、すでに朝鮮における働きで充分にすませたはずであると、誾千代は手紙の初めに述べた。九州の有力な大名で西軍につくのは島津氏のみと聞いている。黒田、加藤という名ある大名が東軍につくからには、立花家も東軍に参加するべきである。西軍については立花家が滅亡することになるだろう……。

宗茂はだまって書状に目を通したあと、近習に命じてそれを焼きすてさせた。

（みなの者に申しわたす）

家老たちは居ずまいをただした。宗茂の口もとを凝視した。最終的に決定するのは彼らの主君である。

（みなの者も承知のように、立花家が今あるは故太閤様のおかげである。東西両軍いずれが勝つかは、戦ってみなければわからぬ。しかし、わたしは勝敗にこだわらん。侍は義に生きる。わたしは秀頼公にお味方して、義にしたがおうと思う）

評定があってまもなく熊本の加藤清正から宗茂に手紙がとどいた。

（石田以下五奉行は、故太閤の威光をかさにきて、秀頼公をいただき、家康どのを討とうとしていますが、かるがるしく石田の西軍につくのはおやめなさい。家康どのは千軍万馬のつわものであり、いくさ慣れした

知恵者です。石田などが歯の立つ相手ではありません。戦う前に西軍はやぶれるとわたしは予見していま
す。彼らの誘いに応じては御家の存亡にかかわりましょう）

清正とは朝鮮で共に戦い、おたがい気心が知れている。宗茂のためを思ってわざわざ書状を送ったのである。
宗茂はしかしこれを主だった家臣に見せなかった。小野和泉だけにこっそり見せた。

（で、いかがなさいます）

（せっかくの好意だが、たとえ加藤どののすすめでも、わたしの気持は変らない）

今度は家康からの手紙が届いた。

大坂へ出陣する準備で、城内がごったがえしていたときである。家康が書いた文面はていちょうだった。

（このたびの戦いは、石田、増田、宇喜多、毛利、大野らが、この家康を敵としてみだりに世をさわがせよ
うとしたものです。しかし勝利はすでに徳川方にあるも同然なので、立花どのも東軍に味方されるがいい。
九州では加藤と黒田両家が東軍につくのを約束しています。立花の家は名家であるゆえに、これを絶やすこ
とがあってはなりません）

おどしと懐柔の二つをちらつかした文言であった。宗茂は心を動かされなかった。石田三成が要請した兵
力は二千であったが、ありったけの侍足軽を動員し、三千九百の兵をひきつれて、宗茂は七月二十七日柳河
城を出た。筑後の大名で西軍についた面々には、宗茂の弟、高橋直次がいる。直次は兵千人をつれて筑後三
池城（福岡県大牟田市）を出発した。筑紫広門《ひろかど》は千二百の兵と共に筑後山下城（福岡県八女《やめ》郡立花町）を後にし
た。筑後久留米城主毛利秀包《ひでかね》は二千五百の兵を仕立てて大坂へ向った。

宗茂は豊前小倉で乗船した。瀬戸内海を東進する方が安全であるし日数もかからない。もっとも当時の船

旅は、日中、陸岸ぞいに航海し、夜は港か入江に投錨するのである。

家康からまたもや宗茂に手紙が届いた。西軍に味方するという情報が伝わったので、再度、説得しようとしたのである。宗茂の武勇は朝鮮の役いらい鳴りひびいていた。敵にまわすと手ごわい相手になることを、家康は知っていたのである。手紙は簡略な文章で次のようにしたためられていた。

（徳川方につかれるなら、筑前・筑後または肥後、あわせて五十万石をさし上げる）

宗茂は手紙をたずさえて来た使者に

（大坂に味方すると決めた以上、武士として心変りすることはできません。家康公によろしくと申し上げて下され）

といった。手紙はやぶりすてて海へ投げこんだ。使者が船から立ち去ったとき、宗茂は小野和泉に告げた。

（武士とあろう者がはずかしいことだ。使いにはあのように答えておいたが和泉、五十万石という文字を見て、気持がぐらついたわい）

さもあろうと、小野和泉は思った。

西軍につくと決定したあとで、主君の思いが乱れているのを小野和泉は察していた。瀬戸内海をとちゅうまで来た頃、宗茂は弟直次を自分の船に呼んでいる。

（今度のいくさは天下分け目の大合戦になる。もし、大坂方が敗れれば、立花、高橋両家は滅びるだろう。わたしは故太閤からかくべつのご恩をうけている身ゆえ、是が非でも西軍に味方しなければならぬ。おまえは今からすぐ筑後へ帰り、もしものことがあっても家を断絶させてはならない。たのんだぞ）

万一の場合は加藤清正をたのめと言外にほのめかした。兄が西軍に、弟が東軍についておれば、どっちにころんでも家がつぶれることはない。しかし、あからさまに弟に対して九州では東軍に味方せよとはいいかねたのだった。佐嘉《さが》の大名鍋島父子のように両軍にわかれてつくような小器用なまねは、宗茂にはできなかった。

大坂についた宗茂は総大将の毛利輝元から江州大津城（滋賀県大津市）の京極高次を監視するように命令が与えられた。高次は町の要所に柵をゆいまわし逆茂木をしつらえて西軍と戦う気ぶりを示した。淀君は尼の孝蔵主《こうぞうす》と老侍女阿茶の局を使に仕立て、高次の気持を変えさせようとしたが無駄であった。

慶長五年九月十二日、宗茂は毛利元康《もとやす》の配下につき、大津城を攻めた。城兵が降伏したのは十四日である。関ヶ原の戦いは十五日である。宗茂は大津城にかかずらわって関ヶ原には馬を進めることができなかった。結果としては、それが幸いであった。合戦が西軍の大敗に終ったことを宗茂が聞いたのは、江州草津（草津市）にいたときのことである。しかし、まだ戦う気である。宗茂はまわれ右して京都に入った。所司代木下家定に（共に大坂城にこもりひと働きしようではないか）とすすめると、家定は（先に行ってくれ、自分は後から）と答えた。

宗茂は大坂に戻った。

毛利輝元に使をやり（籠城するのならわたしも一手をひきうけよう）と伝えさせた。輝元の返事は煮えきらなかった。（そのうち、よく評定した上で）というのである。宗茂は肚をたてた。関ヶ原でまけたくせに、評定もへったくれもあるものかという気がした。

次に増田長盛に使をたてた。

（かくなる上はわれらが大坂城にこもって戦うのが最上の策と存じます。そのようにおとりはからい下さい）

長盛は（石田、毛利、宇喜多どのにはかってみるから）とあいまいな返事をよこした。

宗茂は怒るより呆れた。大坂方はまるでやる気がないのだ。重臣をまわりに集めていった。

（するべきことはしつくした。この上は九州へ帰ってなりゆきを静観するしかあるまい。西軍がかような腰抜けぞろいとわかっていたら味方するのではなかった。わたしの不明をゆるしてくれ）

小野和泉が宗茂をなぐさめた。

（故太閤への恩返しはすんだのです。これからはいかにして家康公にとり入り御家の安泰をはかるかです）

家老たちは悄然とうなだれた。そのとき、立花三河の弟薦野《この》半左衛門が自分を行かせてくれと願い出た。

（わたしが家康公の御陣にまかり出て、ご機嫌をとり結び、御家の存続を願いましょう）宗茂は喜んだ。半左衛門はしかし家康の陣所ちかくまでたどりついたが、じかに会えなかった。願いの筋を取次の侍に言上し、ほうほうのていでひき返した。宗茂は九州へ帰る前にすることがあった。大坂城内には宗茂の母宗雲院と、島津義弘夫人が人質になってとらわれている。二人をこっそりと城内からつれ出したのは、宗茂の乗船をあやつる船頭たちであった。

立花勢はしゃにむに九州をめざした。

関所を破り、海賊と戦い、台風におそわれ船団がようやく豊後鶴崎（大分市）についたのは九月下旬であった。一行は豊後のけわしい山道を経て、筑後の北へ出た。筑後川の上流にたどりついたとき、立花勢は歓声をあげた。この川に沿って下れば、柳河につくのである。強い雨風が一行をおそった。長途の旅で疲れきった彼らはもくもくと歩いた。

八重はその夜のことを覚えている。

宗茂が鶴崎に上陸したとき、先発させた騎乗の侍が柳河城についたのである。どうやら宗茂の一行は筑後川ぞいに下ってくるらしい。手負いの者もいる。病人もいる。食糧はほとんど食べつくし、路傍の木の実、草の芽を口にしながら郷里へ向っているという。

（宗茂さまはご無事かえ）

闇千代は縁先にひれ伏している侍にたずねた。

（ご無事ではいらっしゃいますが、道中なかなかの悪路にて、難儀しておられます）

侍の衣服は雨に打たれ、泥にまみれてぼろぼろになっていた。

（して、今はどのあたりまで帰って来ておられる）

闇千代は立ちあがり、平伏している使者をのぞきこんだ。

（きのうの夜は小塩川を渡られました。もうおおかた、柳河の東三里くらいまでは帰っておられると推察いたします）

闇千代は八重をかえりみた。

（館の侍足軽どもに物の具をつけさせよ。わたしがひきつれてこれから宗茂様のご一行を迎えにゆく。女どもは鍋釜に湯をわかし、粥を炊かせるように。松明の用意を）

（御台様、夜道はあぶのうございます。もしものことがあれば、どうなさいますか）

（とやかく申すでない八重。さあ早く支度を）

（かしこまりました）

いったん決心したことを闇千代は決して変えなかった。八重に手伝わせて着がえをすまし、馬を曳かせた。宮永の館には、あかあかとろうそくがともされた。門前には大きなかがり火が焚かれた。女たちは総出で風呂をたて、粥を炊き、干魚を焼いた。男たちは甲冑で身をかため、門前に整列した。雨が彼らの鎧をぬらした。男たちは手に手に松明をかざしていた。赤い焰がぬれた鎧に映えた。宗茂の帰国を報じた侍が列を先導した。そのうしろに誾千代が続いた。

八重はかがり火の傍にたたずんで、闇の奥へ消えてゆく誾千代の一行を見送った。

宗茂の一行は九月二十三日、戌の刻（午後八時）に柳河城へ帰りついた。とちゅうで何があったのか、八重は知らない。疲れた将兵の一部は、宮永の館に立ちよって湯をつかい、熱い粥をむさぼり食べた。誾千代にしたがって出迎えに行ったなみの話では、宗茂は誾千代の出迎えを喜ばなかったという。宗茂は宮永の館に寄らず、まっすぐ柳河城をめざした。

翌朝、城の内外に触れ書きが出された。

籠城の準備があわただしく始められた。首尾よく帰国したとはいえ、関ヶ原の戦いは続いているのである。西軍に味方したからにはただではすまない。

——加藤が来る。

——黒田が攻めて来る。

——鍋島もおし寄せる。

柳河城は四面敵の中に孤立していた。立花家の将兵は、鉄砲玉を鋳造し、矢束を重ね、米麦を蔵に運びこんだ。加藤清正の使者が訪れた。清正は朝鮮の蔚山《うるさん》城で、宗茂に救けられたことを忘れていなかった。なんとかして宗茂を助命したいと考えていた。使者は清正が家康にたのんで立花家が存続するようとりはからうつもりであるから、自分から進んで戦うなと告げた。

清正の友情はありがたかったけれども、宗茂にしてみれば万策つきた思いであった。城を枕にかなわぬまでも一戦する肚づもりであると答えた。

清正はまた使者を送った。

（家康公のいうことにしたがうのが身のためである。自分が悪いようにはしない。騒ぎがおさまったら肥後に来られたい。面倒をみてさし上げよう）

家康は清正に立花宗茂を攻めほろぼすよう命じていた。豊前中津城（大分県中津市）主、黒田如水は五千余騎をひきいて柳河の北東二里半にある水田《みずた》（筑後市）に陣をかまえた。肥前佐嘉城（佐賀市）主、鍋島直茂の子勝茂は、西軍に味方して伏見城をおとしていたが、関ヶ原の敗戦を聞いて蒼くなり、大坂で家康にわびを入れた。家康は勝茂に立花攻めを命じた。なお、このとき父の直茂は東軍についている。

鍋島父子は十六歳から六十歳までの男を全員、召集した。家康の命令を実行して立花家を討てば、鍋島家の安泰が約束されている。動員した兵力は三万二千に達した。直茂は慶長五年十月十四日、佐嘉城を発して柳河へ向った。

清正は宗茂を討つ気はまったくなかったけれども、家康の命令を無視するわけにはゆかない。とりあえず小西行長の居城である肥後宇土《うど》と八代の両城を攻略し、兵力だけは二万の大軍をひきいて肥後南関《なんかん》（熊本県玉名郡）までゆるゆると進んだ。

そこから柳河へは二つの道がある。

江の浦街道と瀬高《せたか》街道である。

清正は南関に大部分の将兵を残した。物見の兵が偵察に出発した。

四

八重は不満だった。

北からは鍋島勢が来る。東からは黒田勢が、南からは加藤勢がよせてくる。柳河城は十重二十重に囲まれようとしている。たとえ力の限りふせぎ戦っても、これらの大軍を支えることはむずかしいだろう。討ち死は目前に迫っている。ならば今、別居しているとはいえ妻であることにはかわりがない誾千代様を柳河城に迎え入れてもいいはずではないかと思うのだが、宮永の館には音沙汰がなかった。（加藤の大軍が南関から攻めのぼって参ります）物見の兵があたふたと駆け戻り、誾千代に報告した。清正がわずか一千の兵をひいて北上しているとは知らない。熊本城を出たのは二万余の軍勢であるから、柳河にも二万余の大軍がおしよせると信じていた。

誾千代は騒がなかった。

館につめている全員に男も女も武装するよう命じた。

誾千代も甲冑をつけた。紫おどしの鎧である。大薙刀を小わきにかいこんで縁側に立った。このとき三十二歳である。

（者ども聞け、立花家の武名をこの期に及んでけがしてはならぬ。もはやいずこにも逃げるすべがない。かくなる上はいさぎよく戦って御家の最期を飾るのみです。覚悟を定めなさい）

宮永の館にこもっていた男女は、総勢二百余人であった。彼らは北上する加藤勢を江の浦街道で待ちうけてはなばなしく斬り死するつもりであった。清正が派遣した物見は、街道に陣を張っている誾千代の手勢を発見し、とって返して清正に注進した。

（そうか、誾千代どのが出張っておられるのか。江の浦街道はやめて、瀬高街道の方へまわるとしよう。さすがに立花道雪どののご息女ではある）

清正は感心して首を振った。

（女子といくさしても手がらにならんからのう）

清正の家来たちは当惑して苦笑した。

もしこのとき加藤勢一千余が江の浦街道を進んでいたならば、誾千代の手勢とぶつかっていただろう。加藤側に戦意がなくても誾千代側はすべて死を決意して斬りかかり、みな街道の上にむくろをさらすことになったはずである。誾千代とて例外ではない。

五

寄せ手がどこまで攻めて来たかは刻々と柳河城に報告された。

加藤勢は瀬高で停止している。

鍋島勢は千栗《ちくり》、住吉（佐賀県三養基《みやき》郡）を通り、犬塚原で夜を明かし、十月十五日、大善寺（福岡県久留米市）に陣を張って周辺の村々を焼き払った。柳河から三里あまりの距離である。直茂は諸将を集めて協議した。

（柳河城は守るに易く、攻めるに難い名城である。城攻めにかかれば、味方の犠牲が大きい。立花一統は城にこもって戦い、時間をかせぐつもりだと自分は見ている。加藤どのを通じて家康公におゆるしを願い出ているると聞いている。そこで、立花の者どもを城外へ誘い出し、大軍で包みこんで討とうと思う。平地で合戦する方が有利である）

宗茂もまた家臣を集めて策をねっていた。

（勝茂はもともと西軍に味方したのだからわれらの一派なのだ。あの男がわれらを攻めるとはかた腹いたい。徳川家につぶされるのがこわさに柳河へ攻めこんだ直茂父子をこらしめてやらなければならん。今こそ城を打って出て、八の院で奴らを迎え討とうではないか）

（早まってはなりませぬ）

小野和泉が制した。手勢は一万四千に満たない。城にこもっておればなんとか戦えるけれども、われに数倍する敵と城外で戦って勝つ見こみはないのである。

（清正公がせっかく徳川に工作して御家の存続をとりはからっておられるのに、殿が自ら出陣なさるのはいかがと思われます。本来ならば城にこもって鳴りをひそめているのが至当と存じますが、領内に敵が攻めこんではおめおめと傍観することもかないますまい。一応はわずかな兵をさし向けますが、わが君は城におとどまり下さい）

といって、けんめいになだめた。

宗茂は小野和泉のいうことも、もっともだと思った。立花三河が鍋島父子の作戦を見ぬいた。

（彼らは今、大善寺に陣がまえしております。八の院にわれらをおびき出すつもりでしょう。そうしておいて、榎津《えのきづ》方面に兵をさし向け、城のからめ手を攻める計略と見えます。わたしに四千の兵を下さい。榎津で敵に当たります）

小野和泉が総大将となり、立花三河には求めに応じて四千の兵を与えた。矢島左助らにも四千余を配して柳河の西、酒見《さけみ》方面を固めさせた。主戦場は八の院（大川市）である。そこには小野和泉みずからえりすぐった精兵約三千騎をひきいて出動した。宗茂は柳河城に残った。

鍋島父子は、立花勢が城外に出たと聞いて大喜びした。さっそく三万二千の軍勢を十二陣に分けた。城外で戦う愚かさを小野和泉は知りぬいていた。にもかかわらず打って出たのは、宗茂にいくさをさせたくなかったのである。宗茂が城にとどまっておれば、少なくとも徳川家に申し開きができる。領内に攻め入った敵を追い払うため、いわば正当防衛の措置として部下がかってに出陣したのだといいのがれられると見こしたのであった。

柳河城外はたんたんとした平地である。

平地の中を縦横にかんがい用の堀が走っている。目をさえぎるものは堀ばたに生えた草木ぐらいなものである。平地はほとんど田畑で、稲刈りがすんだばかりであった。大軍を展開するのにつごうのいい地形である。いいかえれば、少数の兵で大軍と合戦するには不利な地形であった。いくさなれした立花勢は不利を承知で陣をかまえた。小ぜりあいは十月十九日に始まった。立花三河の尖兵が榎津でおよそ千名の敵と鉄砲の射ちあいをした。堀をへだてた戦いゆえ、双方に死傷はなかった。

八の院は柳河の北西に位置し、筑後川に面している要地である。

十月二十日の朝が明けた。

戦いは早朝から始まった。筑後川の白い川霧がだんだんはれてゆくと、前面はおびただしい鍋島勢が田圃の中を埋めつくしている。朝日が彼らの鎧をきらめかせた。小野和泉は小柄な体に日の丸の旗をさし、采配を一閃した。朝日は立花勢の背中にのぼりつつある。敵陣に突入するには絶好の機である。

（死ねや、者ども）

まっ先に小野和泉は敵陣へ駆けこみ、上滝兵太郎という鍋島侍の首級をあげた。小野和泉と見て、鍋島の配下、田原小兵衛、池田可仙が太刀をふるっておそいかかった。鍋島七左衛門、牛島監物、秀島弥兵衛らも小野和泉をとりかこんだ。立花勢は総大将の奮戦におくれをとらなかった。それぞれ死を決して鍋島勢に突きかかり、第一陣を撃破した。第二陣もくずれた。鍋島の先陣を指揮していた名のある武将で、森弥七、服部善兵衛など二十数人がこのとき討たれた。

将兵は泥にまみれて戦った。堀の水を飲んでいる手負いの兵が後ろから斬りつけられて堀に沈み、斬りつけた兵も別の敵から槍で刺されて堀にころがり落ちた。八の院の平野と堀は、鍋島と立花の死傷者が流す血で染まった。太陽が入り乱れて戦う両軍を照らした。鍋島の第二陣は後藤茂綱が大将であった。くずれて後退する部下を見て色を失った。

（第一陣は話にならない負けっぷりではないか。第二陣はひとまず後ろに下って立花勢の横にまわる。勘兵衛、鉄砲組をたのんだぞ）

中村勘兵衛は茂綱の後見人である。

茂綱は充分に間合をとり、立花勢の側面に移動した。三百梃の鉄砲がつるべうちに立花勢にはなたれた。四百八十張の弓が矢を射かけた。さすがにひるんだ立花勢の横合に茂綱の兵千二百余騎がおそいかかった。八の院の田圃はかつて干潟であった。平地はやわらかい潟土でできている。湿地が多い上に無数の水路が通じ、土を一層やわらかくしている。三万余の人馬が田圃の土をぬかるみに変えた。小野和泉が指揮する三千に近い兵は矢と鉄砲に射たれ、朝からの合戦で千人ばかりに減った。立花の武将も数多く討ち死した。いつのまにか、小野和泉のまわりには十四、五人の警護兵しか残っていなかった。小野自身も左乳の下に鉄砲傷をうけ、股にも矢が刺さった。

水田《みずた》方面へ向った立花吉右衛門は黒田の軍勢と出会わずうろうろしていたところへ八の院から使者が駆けつけて来て、味方の苦戦を告げた。吉右衛門は配下の二百人を励まして八の院へ急いだ。切腹する覚悟でいた小野和泉は新手の増援で救われた。立花勢は各方面から三々五々、柳河城へひきあげて来た。血と泥に汚れ、刀身はまがり槍は折れていた。大半が傷つき、おたがいの肩で支えあいながら城門をくぐった。

鍋島直茂はほくそ笑んだ。

明日こそ総攻撃をかけて柳河城をおとそうと部下に準備を命じたとき、黒田如水が使いをやって（戦いの勝敗は決した。城攻めは中止せよ）と告げた。直茂は不服だったが、如水の陣にいる家康の軍目付、井伊直政のさしずであれば仕方がない。しぶしぶ筑後川を渡って佐嘉へ帰るしかなかった。

（なにもかも終った）

宗茂はいっさいを清正にゆだねた。立花家の重だった家来は清正がひきとろうと申し出たのである。家康も宗茂が柳河城を明けわたせば悪いようにはしないと約束した。

十一月十五日、宗茂は柳河城を出た。清正が城をうけとった。小野和泉は八の院でうけた傷がまだ治っていなかったが、宗茂の家来百人の頭として清正に仕官し、四千石を与えられることになった。熊本市に現存する柳河小路、柳河町は彼らが住んだ名ごりである。立花三河は黒田如水に召し抱えられた。誾千代とその母宝樹院は腹赤村の庄屋伊蔵にあずけられた。

宗茂は従者二十一名をつれて肥後高瀬の千間寺に入り、清正から一万石を与えられた。田中筑後守吉政が柳河城主となったのは、慶長六年十月のことである。もとは三河国岡崎城（愛知県岡崎市）主であった。家康が吉政に筑後三十二万四千石という大禄を与えたのは、関ヶ原の戦いで石田三成を捕えた手がらに対する賞である。吉政は荒れるにまかせていた柳河城を修復した。潟土の上に建てられた城壁を堅固にするため、近隣の墓地から墓石を運んで潟に埋めさせた。

六

「八重、八重はおらぬか」

闇千代の声がした。八重はわれに返り、急いで部屋に戻った。

「今、なみの声が聞えたようだけれども、何事が出来《しゅったい》したのかえ。ありていに申しなさい」

「別に何も」

「不吉な事が起ったかのような声音であったぞ。隠し立てするものではない」

「御台様、お薬を」

「薬はもう要らぬ」

闇千代は首を横に振った。

「八重、わたしは夢を見ていた。立花山に帰って梅ヶ嶽の梅を見た。紅梅と白梅が山の頂きを色どって、その香りの高いことといったら……ふしぎなことだ、夢に色が現われ、匂いまで漂うとは」

「御台様が幼くあられたとき、八重はあの梅林へよくおつれ申したものでした。今も咲いていますことやら」

「二年前にわたしは宮永の館にこもって鍋島勢と戦えばよかった。そうは思わないか八重、いずれ死ぬ身であれば立花の娘らしく、かなわぬまでも一戦をまじえて斬り死するべきであったのに」

腹赤村のようにわびしい土地で生き永らえるのは本意ではないと、闇千代は苦しい息の下から八重に告げた。その言葉が終らないうちに闇千代は咳きこんだ。鋭い呼吸音が笛の音のようにのどからもれた。八重は闇千代を抱きかかえておろおろと背中をさすった。大声でなみとあやを呼んだ。
二人が駆けつけたとき、闇千代の息は絶えていた。

不知火の梟雄――鍋島直茂

一

「おん大将が……」

鍋島飛騨守信生《のぶなり》（のち直茂）は寝床からおきあがって幕舎の外にうずくまっている使い番にきき返した。

「左様でございます。おん大将、火急の用にて今すぐ陣屋にとのおおせで」

「即刻、参上すると申し上げよ」

信生は手早く身仕度した。亥の刻（午後十時）をすぎた頃おいである。軍議はすでに終って諸将はめいめいの幕舎に引きあげている。使い番の言では、御大将龍造寺隆信が呼びつけているのは信生ひとりという。

（今ごろ何の用か）

信生は首をひねった。隆信はとうに酔いつぶれ寝入っていると思いこんでいたのだ。

みちみち左右の陣屋をかえりみた。足軽たちが居ぎたなく眠りこけているのを、かがり火が照らし出している。日中は鎧もやけるほどの暑さであったが、夜はやや冷える。足軽たちは体を寄せあって高鼾をかいていた。信生は気が滅入った。

（たるんでおる）

陣屋の雰囲気がそう感じさせた。軍議の席上でも、諸将は明日の合戦が味方の大勝利に終ることを疑っていなかった。

（敵を呑んでかかるのはいいが、気を許すのは考えものだ）

勝利を確実なものにするためには、いやが上にも慎重に攻めなければならない。有馬の軍勢は怖れるに値しないが、加勢に来た島津勢が手ごわい、と信生はいい張った。

（臆したか飛騨守、島津の兵はわずか三千ではないか。わが軍は五万、島津のやからがいかに荒武者ぞろいでも、ひと揉みに揉みつぶしてくれる。今になっておじけずくとは飛騨らしくもない）

隆信は一喝した。

（御意でございますが家久の軍勢は物見のしらせによれば、薩摩、日向、大隅の三州より選りすぐった精兵と聞いております。海路より到着しておりますから疲れておりません。その上、彼らは船をことごとく薩摩に帰し、いわば背水の陣をかまえている由、油断を召されてはせっかくのいくさが……）

（信生らしくもない。周海の占いでは明日の合戦にてわが軍の勝利はゆめ疑いなしというぞ）

周海とは島原攻めにつれて来た佐嘉の卜者である。卜者の他に僧侶たちも従軍している。彼らは一人のこらず龍造寺方の勝ちと予言していた。当たるも八卦、当たらぬも八卦といいたいのをかろうじて信生はこらえた。クソ坊主や易者風情にいくさがわかれば世話はないのである。信生は沈黙した。

（おん大将おんみずからのご出馬であります。飛騨どのも駆けつけて寄せ手に加わられる。われら千人力を得た心地がいたします）

先陣の将、小川武蔵守が座をとりなした。

（いかにも武蔵どのがいう通りだ。おん大将をいただいて心強い）

江上家種、倉町左衛門大夫、後藤家信、鍋島豊前守たちが口々に同じ意味の言葉をいった。

——これが軍議か、勝ちいくさの前祝いではないか。

信生は憮然とした。

――島津の伏兵にどう対処するか、
信生の関心はこの一点にあった。天正六年（一五七八）日向は耳川の戦いで、大友勢が島津にさんざんうち破られたのは、抜け駆けの功名にはやった大友勢が島津の陣内に誘いこまれ伏兵に挟撃された結果だと信生は見ている。あれから六年たったいま、島津は薩摩、日向、大隅の三州を統合し、このたびのいくさは国内を鎮定した直後、初の一戦である。その意気ごみたるや察するに難くない。島津勢としては退くに退けない戦いである。

「お待ちかねでございます」

馬廻りの吉田清内が幕舎のとばりを開いて信生を請じ入れた。

「おお、来たか」

隆信はふとった体を大儀そうに寝床からおこした。六人でかつぐ輿に乗って隆信は出陣している。とみに肥満して馬にもまたがれないほどであった。夜は輿が寝床になる。隆信は信生に床几を与え、酒をすすめた。昔話をしたい、という。信生は自分の耳を疑った。軍議の席で一喝されたのは隆信の腹に一物あってのことだと思ったからである。諸将は戦う前から敵をあなどっている。ある意味では志気を高めるために敵を呑むのは必要なことだ。諸将をしりぞけておいて、さし向かいで秘策をねるために自分を呼んだのではないかと推測していた自分がまちがっていたのである。

「暑いのう、清内、風を通せ」

隆信は幕舎の外に控えた吉田清内に幕を上げるように命じた。かたときも酒器を放さない。ふとっている上に酒の飲み続けである。暑がるのも無理はない、と信生は思った。幕が引き上げられ潮の匂いをはらんだ風が流れこんで来た。陣屋から有明海まで指呼の間である。龍造寺の軍勢は海岸線に並行して縦形の陣をしいている。地形が幅広い展開を許さないのである。

「わしも齢をとった、隠居の身でまた矢玉の下をくぐることになるとは思わなかった。しかし信生、明日の昼までにはわしは」

といって隆信はかわらけを持った手で左前方に黒々とそびえる森岳城を指し、あの城を取る、といい放った。海沿いに築かれた森岳城とその西に位置する丸尾山を結ぶ線に有馬、島津の勢は陣を張っている。信生は隆信にしたがって島原へ着いた日、ただちに敵の陣がまえを偵察した。島津勢が伏兵を置くとすればどのあたりかを調べた。

(臭い……)

と思ったのは丸尾山の背後である。しかしそのあたりに島津勢のしるしである十文字の白旗はひるがえっていない。有馬勢の旗差物がまばらに立ち並んでいるだけだ。十文字の白旗は敵陣の中央に高くかかげられていた。先陣の位置である。物見の報告によれば、赤星掃部の勢という。赤星家は肥後の将であった。かつて隆信の招きに応ぜず、怒った隆信は人質として膝下においていた子の新六郎をはりつけにした。赤星統家は報復を誓って島津に走った。掃部は統家の血をうけている。すすんで先陣をかって出たのであろう。

「おまえが浮かぬ顔をしておると、わしの気もはれぬ。加えてこのむし暑さだ。久方ぶりに昔話がしたくなった」

おまえ、と隆信はいった。諸将が控えている折りには使わない言葉である。隆信の生母綾は信生の父鍋島清房の後妻にとついでいる。信生の生母は隆信の叔母でもあったので、もともといとこ同士の間柄が、綾の強引な押しかけ女房というかたちの嫁入りで今度は義理の兄弟になった。弘治二年（一五五六）のことである。信生が十九、隆信は二十八であった。綾は四十八、清房の三歳年長にあたる。

綾の目当ては清房ではなかった。信生である。

（たれぞわが子の片腕となって働く男がいないものか）

かねがね綾は胸をいためていた。武功だけなら隆信の配下に信生を抜く臣も少なくない。隆信を補佐する家来は武勇にすぐれているだけでなく、それら荒くれ男を心服させる人徳の持ち主でなければならぬ。といえば清房の息子信生（当時は信昌）以外にない。清房の妻となることで、隆信、信生の結びつきをかたくするのが綾の肚づもりであった。

九州において戦国大名といえるのは龍造寺隆信ただ一人である。

先祖は鎮西八郎為朝が九州でその名をとどろかせていた久寿元年（一一五四）朝命により下向して来た北面の武士佐藤季喜と称している。父季清は西行法師の祖父、一説には叔父ともいわれる。佐藤父子は肥前佐嘉の龍造寺村に居を定め、龍造寺姓を名のるようになった。

家系図には右のごとく記してあるのだが眉つばものである。薩摩の島津家、豊後の大友家が、頼朝の時代その地に荘を与えられて鎌倉から下向して来た「下り衆」というれっきとした家門を誇るのに対抗して、「肥前の名もない一土豪」がでっち上げたホラのように思える。系図がアテにならないことは常識である。

それはともかく少弐《しように》氏の被官にすぎなかった龍造寺村の地頭が、隆信の代で主家を倒し大友としばしば兵をまじえ、有馬、松浦、後藤氏らと戦って彼らを破り、大友、島津と肩を並べて九州を三分する五州二島の太守と仰がれるまでになったのである。先祖に「北面の武士」を持って来たのは、島津、大友に劣らぬ由緒をひけらかしたかったからであろう。

いわば成り上がり者である。

龍造寺隆信は享禄二年（一五二九）に生まれている。上杉謙信が生まれる前年である。五年後に信長が生まれる。戦国時代の申し子と見なしていい。

二

「あれは不知火ではないか」

隆信は海を見ていった。信生は目をこらした。黒暗々とした有明海が生臭い風を送ってくる。不知火らしいものはどこにも見えない。

「見えぬか信生、あそこだ」

隆信は東の方を指した。信生はだまってあいまいにうなずいた。

「天文二十年（一五五一）の秋を覚えているだろう。わしらが土橋栄益《ひでます》めの裏切りにおおて筑後へのがれた。霜のおりた夜道を踏んで主従わずか女子供を入れて二百名あまり、寺井に着いたときのことだ。おまえはまだ前髪を切るか切らないかの齢であったな」

「あのとき蒲池《かばち》に救われなかったら、おん大将の今はありますまい」

信生としては苦言を呈したつもりである。

土橋栄益は龍造寺胤栄の老臣である。胤栄が天文十七年、二十四歳の若さで病死したとき、龍造寺家の跡目をだれが継ぐかで争いがあった。胤栄には男児がなく、三つになる娘がいるだけであった。隆信を立てるか鑑兼《あきかね》に継がせるか。鑑兼は胤栄の未亡人の実兄に当たり、龍造寺家門の次男である。土橋栄益は鑑兼を強く推した。鍋島清房らは隆信を立てて双方ゆずらず、ついに龍造寺八幡宮でくじ占いをすることになった。神託は隆信に下った。神主が両方から莫大な袖の下をせしめたことは容易に想像される。おどしもかけられたであろう。戦国時代、ことあるごとに神託を問う習わしであったから、神主も肝のすわった男でなければつとまらなかったはずである。双方の力関係を見きわめる政治的洞察力も持ち合せていなければならない。

龍造寺第十九代の当主となった隆信は、このとき胤栄の遺領六千町に自領二千町を合せ、戦国大名にのし上がるのにふさわしい資力の基を手に入れた。後見人となったのは鍋島清房である。

天文二十年、大内義隆が家臣の陶晴賢《すえはるかた》に殺されたとき、時こそ至れり、と気おいこんだのは土橋栄益であった。隆信の隆は龍造寺と結んだ義隆が贈ったものである。鑑兼に偏諱《へんき》を与えたのは豊後の大友義鑑《よしあき》である。土橋栄益は大友家に密書を送り、跡目相続に面白くない思いを抱いている城持ちの間で暗躍した。

その年の十月、隆信の居城は土橋栄益以下十九名の武将によって包囲された。守勢は少ない。しかし寄せ手の条件は城を明けわたしさえすれば危害を加えないというのだった。隆信たちは城をすてて筑後へ逃げた。一行の身柄を引受けたのは、柳川城主蒲池鑑盛《しずもり》であった。大友家に属している蒲池が大内家と通じていた隆信をかくまうのは筋ちがいというものである。蒲池のいい分は「このたびのご難儀見すてがたく、武士は相身たがい」ということであった。隆信にしてみれば「地獄に仏」の心境であったろう。筑後川のほとりで、深夜、蒲池がよこした舟を待つとき、隆信は有明海の暗い水平線に不知火を見たと思った。白い火のようなものが点々と並び、ゆらめいては消え、消えては光った。不知火は夏の風物である。霜のおりる晩秋に隆信が見たのは、漁船の漁り火であったろう。しかし隆信はそれを不知火と信じた。逆境にある自分を力づけるために、天が下した火、と見た。跡目相続のとき、神意が隆信をえらんだように、天はつねに隆信をみそなわし給う。逆境は所詮、一時的な不運にすぎない。

「あのとき蒲池に救われなかったら」と信生がいったのは、天正九年の出来事を指している。隆信が蒲池鑑盛の庇護をうけた三十年後、隆信は鑑盛の子鎮並《しげなみ》を奸計をもって佐嘉城下におびき出し謀殺した。心ある侍は隆信を憎んだという。当然であろう。

（わが主君ながら……）

このとき既に信生は隆信を見かぎっている。旧主少弐時尚《ときひさ》を倒すこととはわけがちがうのである。下剋上の世の習い、家臣が旧主を追うのをそしる世人は少ない。窮鳥をふところで暖めた漁師の子をその鳥が殺したのである。

（血も涙もない）

という世評はそのまま信生の思いでもあった。

隆信は城をとるだけで命までは奪わなかった土橋栄益を天文二十二年に殺している。恨み骨髄にてっしていたのであろう。栄益に通じた小田政光は後日隆信の膝下に帰るのだが、この男に旧敵江上家種を攻めさせ、見殺しにしている。政光の子小田鎮光には養女とした胤栄の娘をとつがせたにもかかわらず、佐嘉へ招いてだまし討ちにしている。元亀二年（一五七二）のことである。

三

「信生、何を考えこんでおる」

と隆信にいわれて、信生はわれに返った。

「土橋めらに城を追われたときよりも、わしにとって最大の苦境は元亀元年（一五七〇）のいくさだった。あのとき、おまえの働きがなかったならばどうしたであろうの」

（あのころはおれも若かった）

と信生は思った。隆信が四十二歳、信生が三十三歳であった。豊後の大友宗麟は前年みずから大軍を率いて肥前を攻略しようとした。隆信の勢威がようやく西九州に拡がったとはいえ、大友氏にくらべたらまだま だ田舎大名の域を出ない。表むきは隆信に心服しているふりの武将たちは大友に走った。

このときは肥後の城氏のとりなしで和議が成立し、一応危機は脱した。大友宗麟は初めから深入りしないつもりで出兵したと見てさし支えない。ひとまず小手調べの気味あいで肥前・筑後の諸将が何人、自分につくかためしてみただけのことであろう。本番は翌年にまわしても遅くはない。

宗麟は弟（一説には甥）の大友八郎親貞をつれて再び佐嘉城を包囲する。龍造寺を倒せば、九州の北半分はわがものとなる。たかが成り上がり者の田舎大名、とあなどったふしもある。軍勢は龍造寺側の数倍を動員した。隆信の勢は各地でよく戦ったものの、多勢に無勢である。ついに八月十七日、城は大軍に囲まれてしまった。朝がた、城の北二里の所にある今山に陣どった大友八郎親貞の軍を、隆信は納富但馬守信景になけなしの兵二千を与えて攻めさせ、一敗、地にまみれた。

城兵の志気は落ちた。

「さすがのわしも、あのいくさばかりは覚悟のほぞを決めなければならなかった。四十二歳を一期にこの世とおさらばかと思うたぞ信生、相手が大友では不足がない。首をとられるまでに死に狂いに狂うて大友の勢をあの世の道づれにするつもりだった。おまえが成算があると申し立てるまではな」

「成算があると申したのではございません」

「ほう、そうだったか」

「城にこもって万余の大軍を迎え討つよりも手勢を率いて八郎の本陣へ夜討ちをかけ、せめて一矢を報いんと申し上げました。成算は初めからありませんでした」

賭けである。千に一つ、いや、万に一つも勝ちめのない賭けである。それをあえて信生が試みようという。このとき城内には百名あまりの兵しかとどまっていなかった。龍造寺の兵五千余はみな城外の各地に出払っていたのである。守兵が過少であることを大友方は知っている。

（今ならば）

と信生は思った。

（油断している）

彼が深夜、城をこっそりと出たときは配下に十七騎しかしたがえていなかった。やがてそれが五十騎となり百騎となり、今山の敵陣へ突撃するときは総勢三百余騎に達した。

賭けは当たった。

大友勢は勝ちいくさを信じて酒に酔いつぶれ、見張りの兵まで寝こんでいた。信生の手勢は間道をつたって山頂へたどりついた。城下である。地理には通じている。山頂から中腹の本営めがけて逆落としに攻め下った。時ならぬ騎馬勢の侵入に寝こみをおそわれた大友陣は、あわてふためくばかりで、さんざんに討たれ、大友八郎親貞も山道をのがれるところを信生の臣成松信勝の手で首を上げられた。

勝利のしらせは、夜明け方、城へとどいた。

「いくさというものは、戦ってみなければわからぬものだな」

隆信は今山の夜討ちを信生に思い出させ、独り言のようにつぶやいた。

「いかにも、おおせの通りでございます。明日のいくさも戦ってみなければわかりませぬ」

信生はここぞと隆信を現実に引きもどしにかかった。昔話なぞどうでもいいのだ。信生には明日の戦いが大事なのである。軍勢の多少で勝敗が必ずしも定まらないのは、今山の戦いにおいて自分が証明している。織田信長が決行した桶狭間の戦いもそのいい例である。有馬、島津の連合軍をわれの五分の一とあなどっていいものかどうか。戦場の地形は、海岸線と山裾にはさまれた細長い湿地である。敵に五倍する数の利を活かすのがむずかしい。われが縦深の陣をしかざるをえないのにくらべ、敵は丸尾山と森岳の背後に拡がる平地に横広の陣形を組んで待ちかまえている。

このまま進めば、龍造寺の兵は先頭から各個に撃破される、信生は先ほど軍議の席では耳をかされなかった自分の不安をもう一度、隆信に開陳した。

「何といっても島津の兵に用心しなければなりません。島津家伝来の兵法、捨てがまりの陣形でかかられれば、味方は手にあまること目に見えております」

「忘れたか信生、このたびのいくさに大筒を引いて来たことを。あの音を聞いただけで有馬の猿どもは戦わずして腰を抜かそうぞ」

「おことばですが殿、島津の勢は種子島銃の扱いに慣れております。われらが足軽に射たせる銃を、島津は騎馬の侍に射たせます。彼らが一団となって……」

信生は口をつぐんだ。隆信がどさりと輿の上に身を倒し、手をふったからである。もういい、さがれ、そういっているように見えた。信生は一礼して幕舎を出た。何をいっても無駄だ、と思えば背筋がうすら寒くなるような感じである。信生は外に控えていた侍に、

「清内」

と声をかけた。

「島津の者どもが本陣へ夜討ちをかけるやもしれず。警護の備えはかためておるか」

「はあ、心得ております」

「寝ずの番を二倍にふやせ」

「二倍に……さっそく手配いたします」

信生は重い心を抱いて丸尾山の麓に張った自陣へ帰った。

(あれでは……)

と隆信の慢心ぶりが思いやられる。初め隆信は島原攻めに乗り出すつもりはなかった。総大将は隆信の子政家であった。大軍を率いて島原へ攻めこんだにもかかわらず、いっこうに森岳城を落とせない。政家の妻は有馬晴信の姉に当たる。

（義理の弟と思うて手加減しているのではないか。ならばわしが行って）

業を煮やした隆信は隠居の身でありながら出馬を決意したのであった。信生が押しとどめるのを聞こうとしない。仕方なしに信生も主君にしたがって島原へ出陣したのである。

（もしや？）

信生は自分の幕舎で暗い火影に目をすえてある不安にとらわれた。隆信が昔話をすることはめったにないことである。懐旧の情、というものはまったく隆信に欠けていた。その隆信がそぞろに昔を偲ぶとは。

（もしや、あの男、自分の死期を悟ったのでは）

動物が本能で直感するという死期を、隆信もまた自覚したのではないか。

信生はしかしすぐに不安を自分で打ち消した。明日は森岳城を取ってみせると豪語した隆信の自信に溢れた口調が耳の底によみがえった。若干の危惧を覚えはしたものの、信生は明日の総攻撃に敗れるとは夢にも思わなかった。

四

天正十二年（一五八四）三月二十四日、戦いは夜明けごろに始まった。

隆信は前夜の軍議通り、寄せ手を三つに分けた。信生は有馬勢の左翼丸尾山方面へ向かい、隆信は旗本を率いて中央隊を指揮し、有馬勢の右翼を隆信の子江上家種、後藤家信の率いる一隊が攻めた。

「大筒を射ちかけよ」

隆信は使い番を後方に走らせた。

有馬方の中央を固めているのは、島津の赤星勢である。柴垣を結って足軽はもとより騎馬の突撃もふせぐ構えで、垣の背後に三段をなして鉄砲組が龍造寺勢を狙っている。あの垣を突き崩さなければ、勝利はおぼつかない。

大筒の砲撃が始まった。

敵も味方もつかのま鳴りをひそめた。砲声は西にそびえる眉山の山腹にこだまして、いんいんと鳴りとどろいた。

赤く灼けた砲弾がゆっくりと中天に弧を描いて龍造寺勢の頭上をとびこえ、有馬方の陣地に落ちた。陣地はほとんど田圃の上である。島原特有の火山灰土は、飛来した砲弾を呑みこみ、かたわらの足軽をよろめかせただけであった。

二弾、三弾、と射ちこまれる砲弾も同じ結果に終った。飛来するのが目に見えるので、落ちる、と思われた場所から逃げればどうということはない。柴垣に命中したことはあった。たちまち足軽たちが予備の柵を破壊された所に立ち並べた。

かたい地面の上に落下すれば、灼熱した砲弾が跳ねまわって、人馬を殺傷する。

城へめがけて放てば、城壁はおろか天守閣をも崩す威力を持っている大筒が、このときは何の役にも立たない。いたずらに田圃の泥に吸いこまれるだけである。

有馬、島津の軍勢は、砲撃が始まった最初の間おびえはしたが、味方に実害がないことをすぐに見抜いて、口々にはやしたてた。

——肥前の大筒
無用の長物
鳥の糞がまだ怖《えすか》い
森岳城に対面した小山の頂上で砲撃の効果を見守っていた隆信は、大筒組に射ち方やめを下知した。せっかく苦心して佐嘉から海路はるばる持ちこんだ大筒が「無用の長物」でしかなかったことに気づいて、

「かくなる上は」

と決心した。五段がまえの陣で無二無三に攻めかかるしか方策がない。

先陣は小川武蔵守と納富能登守が率いている。隆信の下知によって先陣はいっせいに有馬方へ突き進んだ。二陣に控えるのは多久衆、上松浦衆、龍造寺下総守が率いる勢である。両陣から喚声があがった。銃声がおこり、唸りをたてて矢玉がとびかった。銃声は龍造寺側からが圧倒的に多かった。

赤星側からはまばらに矢が放たれるだけである。龍造寺勢のはげしい火ぶすまに赤星勢ははや浮き足立っ

たかのように見えた。寄せ手は勢いに乗った。

このときの陣形を見ると、赤星勢は有馬の柴垣から凸出したかたちで陣をかまえている。浮き足立ってしりぞくと見せたのは初めから予定の行動なのである。大友宗麟と戦った日向耳川の戦いでも、島津はこの手で大勝をおさめている。

龍造寺勢は赤星勢が崩れて逃げると見なした。わざと応戦しないのを、戦意すでに無しと踏んだ。小川武蔵守、納富能登守の二人は鞍を叩いて突撃を令した。

「いざ、かかれ、島津の者どもを押しつぶせ」

——強い、

と思っていた島津がろくに戦わずに遁走する。

(おかしい)

と思ったのは戦場の西側で望見していた信生ただ一人であった。

(深追いするな)

と下知するにも、この場からでは間に合わない。図に乗った龍造寺勢の第一陣は泥田の中を追いすがり、隊形はすっかり乱れてしまっている。逃げおくれた赤星勢の兵が龍造寺勢の兵によってたかって斬殺され、首をとられているのも見える。

しかし、そうした不運な兵は全体のごくわずかで、赤星勢は大半が柴垣の内側へ整然と収容された。

整然、と見たのは信生のようにその場から離れた者の目にしか映らない。はやり立った龍造寺勢の一陣は、手ぐすねひいて待ちかまえる島津の陣内に突入した。満を持していた島津側は雨あられと弓鉄砲を射ちかける。

（はかられた）

小川武蔵と納富能登は色を失った。

深入りしすぎた、と悟ったときはもう遅い。

味方はたちまち射すくめられてばたばたと泥田に倒れる。ここはいったん退いて態勢を立て直さなければならない。

「引け、引け」

二人は声を涸らして乱れに乱れた陣形をととのえようとした。小山の上から先陣の攻撃を眺めていた隆信にも、味方の不利はわかった。

（さては島津の罠にはまったか）

とは思ったが、陣形がただ混乱しているとしか見ていない。二陣はまだ無きずのまま控えている。

（たいしたことはあるまい）

隆信は依然としてたかをくくっていた。

それにしても先陣からはいっこうに報告が来ない。旗差物が入り乱れている所を見れば乱戦状態であることは確かだが、苦戦なら苦戦で救援を乞いに使い番をよこすはずである。勝っているのなら二陣が進むはずなのに二陣は同じ場所にとどまっている。

（いったい何がどうなっておるのか）

隆信はあせった。大声で馬廻りを呼んだ。

「清内、清内はいるか」

「は、これに」

「先陣の様子を見て参れ」

「承知しました」

吉田清内はただちに馬に鞭打って小山を駆けおりて行った。

『九州治乱記』によると、龍造寺島原攻めの敗因は一にかかって吉田清内にあるとしている。この馬廻りは単に物見の役を命ぜられたのに、先陣へ駆けつけると次のように大音声で叫んだのである。物見役から勝手に使い番に変貌したわけだ。

「先陣の面々、臆して進まざるゆえに、二陣三陣お旗本までさし支えて進まれず。命を惜しまずすなわちかからるべき由おん大将のおん下知なり」

崩れ立っている先陣の背後から、この下知を聞いた二陣三陣がどっと押し寄せた。ところが左右は深い湿田である。細い道路から降りて泥田の中を進もうとした後詰の連中もにわかに行動がままならず、うろたえている所へ喚声があがった。

島津の伏兵である。

山手の方から一気に突きかけて来た。泥田に足を取られて、進むことも退くこともできないでいた龍造寺勢は、側面攻撃をうけて支離滅裂となった。伏兵は丸尾山の山腹を風を巻いて疾走して来た。信生が気づいたときはもう自陣の中央を突破され、はるか後方、すなわち隆信の本営めざしてまっしぐらに駆けているのである。あっという間の出来事であった。

「おん大将が危い。本営を救わなければ」

信生は馬首をめぐらした。各隊の将に下知して、いわゆるまわれ右前へ進めを命じた。敵前である。左前方からは新たな伏兵が急射撃を加えた。第一撃で信生の率いる勢は混乱している。

(本陣へ)

という命令が、三千余の軍勢にゆきわたったときには、

(退却)

に変っていた。そこへ新たな伏兵である。信生勢はいっせいに浮き足立った。すでに撃破された龍造寺勢の先陣が潰走して来て信生の陣にまぎれこむ。混乱につぐ混乱で、同士討ちさえ始まった。

隆信は信生勢が突破されたのをまだ知らない。六人かきの輿に乗って、波のようにゆれている戦場の兵団に目をこらしている。

「あれは何者だ」

隆信は後方で起ったどよめきにふりむいてたずねた。龍造寺の者同士がいさかいを始めたと思ったのである。

「わしの眼前で争うとは何事だ」

黒糸縅の鎧に身を固めた侍が、隆信の輿に走り寄った。一団の兵が続いて来る。輿をかついでいる者はあっさり突き伏せられた。隆信は地面にころがり落ちた。

「誰か、誰かいないか」

護衛の将兵は居たことはいたが、それぞれ島津の兵を相手にわが身を守ることに必死である。主君のそばへ駆けつけようにも、泥田に足をとられて動けない。隆信の首級をあげたのは島津勢の物頭川上左京亮といわれる。『肥陽軍記』によれば、このとき隆信は命運きわまったことを知り、

「おまえは大将の首の切り方を知っているか」

とたずねた。左京亮は反問していった。

「如何是剣刃上の一句そもさん」

隆信の答は「紅炉上一点の雪」であったというが、これは後世の作り話くさい。敵陣のまんなかで、そんなのんびりとしたやりとりをするほどのゆとりは双方になかったはずである。未の刻（午後二時ごろ）に戦いは決した。後日談になるが清内は逐電しているのを召し捕られ切腹を申しつけられている。

「おん大将が討たれた」

龍造寺勢は総崩れになった。『義久公御譜』には、龍造寺側の使者三千余、手負いの者一万余とある。五万人のうち一万三千余の損害はほぼ三分の一に当る。現代における戦争の常識でも三分の一を失えば戦闘力はゼロになるといわれている。龍造寺側は惨敗したといっていい。

隆信の首級は島津義久が実検したあとで、龍造寺家へ送り返そうとしたが、龍造寺家は「不運の髑髏に用はない」といって断わったので、やむなく首級を運んだ使者が肥後の高瀬川のほとりまで引き返したとき、急に首桶が重たくなった。高瀬川は島津、龍造寺の境界線である。隆信の霊がここにとどまることを望んだのだろう、と近くの願行寺に葬ったという。寺伝は首塚の由来を説明しているが、どこまで本当か筆者は怪しむ。首塚などは戦国の世に珍しくなかった。村の物知りが茶飲み話にこしらえた作り話といえば願行寺は肚をたてるかもしれない。そもそも龍造寺家が主君の首を受けとらなかったというのが不可解なのである。

さて、信生である。

島原の北郊三会村《みえ》の辺りまでわずか五、六騎となって落ちのびたとき、背後から急追する有馬勢が出現した。

主君を討たれ意気阻喪している一行は「今はこれまで」と自害を決した。そのとき信生の近習で十九歳になる綾部新吾という若侍が、自分一人で敵を支えている間に逃げよといいすてて、単騎、追撃勢の中にとって返し、みごとその武将を討ち果たした。有馬側が気勢をそがれてひるんだすきに信生たちは遁走することが出来た。

後年、島原のキリシタン一揆を攻めるために綾部新吾は鍋島勢の軍監として再び島原の土を踏んでいる。そのとき新吾は七十二歳であった。

平壌の雪

「あれは……」

小西摂津守行長は床几から立ちあがって目をこらした。

一群の人影が近づいてくる。

地上にたちこめている煙にまぎれて敵味方の区別がつきにくい。冬の日は暮れかけて、城壁の下は濃い影になっていた。火矢がたえまなく降りそそいだ。平壌城の外壁を占拠した明軍は、内城にたてこもった日本軍に、大砲をうちこんだ。籠城して三日めの夕刻である。

「もしや、沈惟敬《しんいけい》ではないか」

「対馬守どのでございます」

かたわらでのびあがって人影を見つめていた僧の玄蘇がいった。対馬の領主宗義智である。義智は二人の部下に体を支えられて石段を登ってきた。顔が硝煙で黒っぽく煤けている。目だけが鋭く光った。階段を登るだけで力をつかい果たしたか、苦しそうに喘いでしばらくは口をきかなかった。その間にもひっきりなしに砲丸が城壁をつきくずし、行長たちがこもっている石室にも、ぶきみな振動が伝わってきた。

「それがし東がわを見て参った。物見の兵を先につかわしたところ、東の大同門と長慶門あたりは敵の備えが薄いと申す。念のため自分で確かめに参った。物見が見た通りでござる。敵兵はおっても形ばかり。小西どの、囲みを破って退散するとすれば、あの門より他にはござりませぬ」

「うむ……」

行長は煮えきらない返事をした。

逃げるのはいいが、もしも沈惟敬がその後に来るとしたらと、行長は考えたのだ。八月三十日、大明国の講和使節と称して平壌の陣営へ来た沈惟敬は、五十日間の休戦という約束を行長からとりつけた上で、日本側の講和条件を伝えるために立ち去っていた。行長が出した条件は、日本と明との通商、平壌の南を流れる大同江以南を日本領とすることの二つであった。日本が大明国の属国となる条件は行長はのんでも良かった。貿易ができさえすれば形式はどうでもかまわなかったのである。

もとより秀吉が行長の意中を知ったなら激怒したであろう。朝鮮を切りとり、明国王を膝下にひざまずかせるつもりで、十五万余の大軍を発したのである。行長はその第一陣であった。文禄元年（一五九二）四月十二日、兵船七百余隻をひきいて釜山に上陸した小西勢は、たちまちいくつかの城を抜いて北上を開始した。

第二陣の将となった加藤清正は、半島の中央を北進する小西勢と併行して東海岸を攻めのぼり、咸鏡道をめざした。朝鮮の北境である。七月二十三日、清正は鴨緑江にのぞむ国境都市会寧を占領している。行長の軍が平壌に入ったのは六月十五日であった。以後、行長はこの城にとどまって矢つぎばやにもたらされる清正の進撃ぶりを静観してきた。

（やがて冬になる。兵糧をたくわえねばならぬ。兵も疲れている）

というのが停止した表向きの理由である。内心はそうではなかった。

（必ず明の使節が講和条件をたずさえて自分のもとへやってくる）

と行長は信じて疑わなかった。向うところ敵なしという勢いで朝鮮半島の大部分を席巻した日本軍に怖れをなして、明は和解を求めるだろう。日本側の部将で平和を乞い願う者は行長ひとりであることは、早くから朝鮮側には知られているはずなのだ。平壌まで進んだのもやむをえず来たまでで、自分の本心は京城にとどまりたかったのだ。これが行長の考えである。

だから八月三十日、沈惟敬がやってきたときは、こおどりして迎えた。待ちに待った明の使者であった。沈惟敬は痩せた長身の男でみごとな髯をたくわえていた。おそろしく口が達者で、僧の玄蘇に向い、

（汝は僧侶の身で逆賊にくみして朝鮮を侵すとは何事か）

と面罵している。日本の武将にとり囲まれてたじろいだ様子はなかった。沈は国境に明軍百万が集結していると主張し、ただちに半島全域から日本軍が撤退することを求めた。

行長は沈惟敬の欲しがった日本の甲冑や種子島銃を贈った。行長の老臣が反対したにもかかわらず。明の条件はともかく、沈惟敬という男なしでは話しあいが進まないのである。行長は求められたら何でも与えるつもりであった。約束の五十日をすぎても沈惟敬は現われなかった。行長の家臣たちは、主君がだまされたのではないかといぶかった。行長は毎日、城壁に立って沈惟敬が帰ってくるのを待った。

戦いはむなしい……

行長の思いはこの句につきる。妻子を肥後の宇土《うと》に残して出陣してから約一年、兵は一日とて故郷の話をしないことがない。彼らは疲れ、心はすさみきっていた。「殺すな、盗るな、犯すな」秀吉が外征軍に与えた禁止事項は守られることが少なかった。とくに海上輸送路が、朝鮮の李舜臣がひきいる水軍におびやかされるようになってから、食糧弾薬の補給が前線へとどきにくくなった。日本の水軍が閑山島沖で李舜臣の水軍に撃破されたのは七月七日である。

八月下旬から十月中旬まで城内の日本軍は、米味噌はおろか塩までたべつくし、粟と黍《きび》で命をつないでいた。行長は部下が城外へ食糧さがしに行くことを禁じた。出て行った兵士らが敵の小部隊に待ち伏せ攻撃をうけて全滅することが珍しくなかったからである。小ぜりあいが大戦争に発展するようでは、せっかくの苦心が水の泡になる……行長は家臣たちに反撃を許さなかった。米麦がなくなったら牛馬を喰えと命じた。行長は洗礼名をアゴスティーニュという。受礼したのは幼時であった。獣肉を食べることに仏教徒ほど抵抗はない。すべての部下が行長と同じ切支丹ではなかったが、飢えがせまった以上、背に腹はかえられなかった。牛馬を食糧とするのに反対する家臣もいないではなかった。小荷駄大荷駄隊の隊長である。

元亀天正の頃から戦い続けたそれらの部将は、万一、戦いながらしりぞくようなことになった場合、病人や手傷を負うた者たちを運ぶ手段がないではないかといい張った。彼らの主張は行長によって黙殺された。牛馬を食べつくした兵士たちは夜間こっそり徒党をくんで城外の村落をおそい、塩や黍、鶏などを奪った。殺された僚友のしかえしに、罪もない農民の首を斬る兵もあった。しかえしにすぐ報復が加えられた。次の夜、別の村落を襲った日本兵は、酒をもてなされて寝こんだところ、全員が刺殺された。翌朝、その首が城壁の下に並べられていた。

食糧の次に日本兵がほしがったのは女である。遠征に飽いた兵士たちは村落を通過するとき、逃げおくれた女たちを捕えて犯した。村落ちかくの山中に隠れた女たちは狩りたてられて日本兵に連行された。城内にはこうして集められた朝鮮の女が千余人とじこめられていた。

沈惟敬は約束の期日を一ヵ月もすぎた十一月二十日、平壌に姿を見せた。

〈講和の談合をする前提条件として、どうしても実行してもらいたいことがある。両王子を返していただき

たい。話しあいはそれからだ）

沈惟敬は傲然として髯をなでながら要求した。遅れた理由を行長がなじると、

（北京までは遠いからな）

といってすましていた。大明国がいかに広大であるか、日本のような島国の何百倍もあるとうそぶくしまつであった。両王子とは会寧を攻めた清正が捕えた朝鮮国王の子息、臨海君と順和君である。

行長は愕然とした。

清正は第二陣の将であり、第一陣の将にすぎない自分にとっては、両王子の釈放を清正に命令する権限はないというのはやさしい。しかし、そうなれば遠征軍の一将という分際で講和条件を話しあう権限も自分にはないことを明かすことになる。行長は清正を憎んだ。王子をとりこにするから、かえって明は強硬になったではないかと義智にぼやいた。清正という男は、秀吉の意を体して大明国まで攻め入るつもりなのか。戦争することしか知らない阿呆め、明がどのように広い国か考えていないのか……

沈惟敬が去ってから行長は清正に毒づいた。戦争が泥沼状態におちいったのは清正のせいだとまでいった。もともと行長は清正と肌が合わなかった。清正はたかが尾張の名もない下級武士の出である。秀吉のいとこはんに当るというだけのことで取りたてられたのだ。それにくらべて自分は堺のれっきとした会合衆《えごう》の家柄にうまれた。清正は自分を薬屋の伜と軽蔑する。商人《あきんど》とののしる。弓鉄砲さえあれば戦争ができると信じている清正の思いあがりを行長はひそかに嘲笑した。米麦、火薬なしで戦争ができるわけがあるまい。はなばなしく戦う将兵の背後で、補給を担当する者は矢弾の下をかいくぐる以上の知恵と才覚がなければならぬ。

さいわい、兵站係としての自分の才能が秀吉に認められてからは、清正も一目おくふりをして、あからさまに侮辱するようなことはしなくなったが、この五月、京城郊外で催された軍団長会議では、清正と行長はまっこうから対立することになった。清正は一刻も早く大陸へ進入しようといい張り、行長は講和を主張したからである。かねて宣教師たちから行長は明国の広さを聞き知っている。京城まで進撃するのは二十日間で良かったけれども、相手は戦意のとぼしい朝鮮の兵だからそれが可能であったのだ。ながい平和に勇猛心を失った兵を撃破するのはやさしいが、明国の兵はちがう。延び切った兵站線をどうするつもりなのか……行長はしだいに言葉が激した。清正をにらみすえて口角泡をとばすうちに感情がたかぶった。

清正は行長を冷笑した。

(唐天竺の果てまでも、関白殿下のお気持に沿ってわれわれは攻めのぼるつもりだ。摂津守どのは臆したか。肥後の国が恋しくなったのか。食糧の仕送りを気づかっているようだが、糧は敵から奪えば良い。明王の首に縄をかけるまで、わしは帰らぬぞ)

行長は思わず太刀の柄に手をかけた。まわりにいた黒田孝高(如水)、森吉成、宇喜多秀家らが蒼くなって行長を幕舎の外につれだした。清正はあいかわらず唇の端にひややかな笑いをうかべ、朝鮮の国都をおとしたといって長々と居すわっているのは時間のムダだとすてぜりふを残して去ったのだった。

文禄二年(一五九三)一月五日、行長は平壌の北郊に築いた出城牡丹台で朝の眠りを破られた。野も山も雪で埋めつくされている。いつのまに来たのか、おびただしい軍勢が雪を踏んで牡丹台へひたひたとせまっていた。ひとめ見て、朝鮮軍でないことがわかった。身なりが異様である。旗をひるがえし、太鼓と鉦をうち鳴らしておしよせる敵兵はみな鉄甲をまとっていた。

（御大将、この出城では支えきれませぬ。城へこもりましょう）

老臣たちは呆然としている行長の下知を待たずに牡丹台の楼に火をかけ、柵をこわして平壌城にひきあげるべく部下を急がせた。すんでのところで包囲されるところであった。城内にこもった小西勢は一万五千余、包囲軍の総大将は李如松がひきいる四万三千余である。李如松の祖先は朝鮮人といわれる。北方に退去していた朝鮮兵も李のもとに加わっていた。城壁から眺めると、身なりのちがいで区別することができた。

（だまされたか）

行長は歯がみしながら、それでも

（もしや）

という疑いはすてきれない。沈惟敬のあずかり知らない所からこの大軍は来たのではないか、講和条件を少しでも有利にするために明が一戦まじえようと思い立っただけかもしれぬ……

平壌城は四周が七千四百メートル余もあったけれども、厚い石垣で築かれた城壁の高さは四メートルしかなかった。東に大同門と長慶門、北に七星門、西に普通門、南に正陽門と含毬門があった。

明朝連合軍はまず含毬門を攻めた。日本軍は門の外に鹿砦を結び、城壁の上に石を積んで、敵兵が近づくと投げつけた。四万三千余の数とは日本兵には見えなかった。百万にも見えた。大釜で煮たてた湯も用意された。梯子を城壁にかけてよじのぼってくる敵兵に熱湯をあびせかけた。

明軍は朝鮮軍が用いなかった武器で、城兵をおびやかした。大砲と火矢、投石機である。まず南から攻めたのは南風が吹いていたからである。風が西から吹くようになると、西の普通門に攻撃を主向した。風にのった火矢が城内に降りそそいだ。子供の頭大の石が投げこまれた。

日本兵は種子島銃のいっせい射撃を加えて城壁にとりついた敵を射殺した。硝薬と鉛弾は夏以来わずかしか後方から補給されていなかった。鉄砲隊の組頭たちは城壁の上を走りまわり、声をからして
(無駄弾を射つな、敵が十間以内に近づいてから射て)

と命令した。

宗義智は六日夜、手勢をひきいて敵に夜襲をかけた。

(明兵の陣にとびこんで、わしが立ち向ってきた敵を斬ろうとしたら、太刀が折れてしもうた。奴らは鉄板をまとうておるぞ。朝鮮兵のようには参らん。よいか、斬ろうとするな、咽喉首を突け、脚を払え。それしか法はない)

疲労こんぱいして夜襲から帰った組頭や物頭たちは、城内の兵に訓示した。

(こんどの敵は手ごわいぞ。しゃにむに突け。斬りつけてはならん)

総攻撃は七日の朝八時から始まった。

城の西は山地である。北は牡丹台という高地、東南に氷結した大同江が流れている。李如松は本営を牡丹台に置いているらしく、そのあたりに色とりどりの旗がひるがえっている。城外は黒褐色に変った。明兵が鎧うた鉄甲が冬の日をにぶく反射した。城の周囲は彼らが焚くかがり火の黒煙でとり囲まれた。

——城を枕に討ち死にする……

という考えは、行長にはない。こんな無益ないくさで死ぬのはバカバカしい、肚の中で行長はそう思って

いた。

（いずれ秀吉は死ぬ、戦争をするのは秀吉が生きている間だけだ）

去年、行長は久方ぶりに秀吉と会った。関白秀吉の老けこみ方が甚しいのに驚いた。干柿のように黒くしなびた顔は往年の精気を放っていなかった。

（これでは長くない）

行長は皺が深く刻まれた主君の顔を上目づかいにぬすみ見て、死期がまぢかいことを予測した。

朝鮮出兵を命じられた諸大名は色を失った。うちつづく国内戦争で、軍資金をつかい果たした大名が多かったのである。これからようやく領地の経営に心をつくすつもりでいた矢先、大軍を編成して外国へ渡れという。関白の命令であるからには致し方がないが、国もとへ帰った大名たちは慨歎した。家康は秀吉に出兵を命じられて黙然と畳に目をおとしていたきりだという。黙っていることが家康の最大の反抗であった。行長が平壌に入城した六月十五日、島津の将梅北国兼が出兵命令にそむいて名護屋を襲おうとし、肥後の佐敷城で戦死している。大義名分など初めからない戦いであった。

（きょう一日が限度です。矢弾のたくわえはあと少ししかありません。摂津守どの。総引揚げの令を下しておかれるように。よろしいか。必ずどこかに囲みの手薄な所があるはずです。それがしが物見の兵を放って調べさせておきます）

宗義智が行長にいった。

（脱出できるか）

（しなければならんのです。敵もわれらが必死の戦いをしないように逃げ道を用意しておりますよ）

今朝、二人がしたやりとりであった。七日までに城内の日本兵は内城に撤退していた。昼夜兼行で築いた石と土塁の砦である。七千四百余メートルの城壁を守るには兵が少なすぎた。このままで防戦できないと知って、行長が築かせたのである。投石と火矢で門をうちこわした明兵が、どっと城内へなだれこんできたとき、日本兵はその土塁にひきこもっていた。思わぬ障害物を見出してひるんだ明兵に、蜂巣状の銃眼から射撃が集中した。日本兵にとって痛手だったのは、まさかの場合にそなえて備蓄していた飯米倉が、火矢で炎上したことだった。

明兵は城壁の上に大砲をおしあげ、内城めがけて砲撃した。間断なく火矢を放った。明兵があげる叫び声が城壁をゆるがした。銃眼は確実に一箇所ずつつぶされていった。そのつど明兵たちは鉦太鼓をはげしくうち鳴らしてどよめいた。

雪が降ってきた。

雪は地上に落ちるまえに、燃える城塞の楼門から立ちのぼる黒煙に煽られて消えた。行長はデウスに祈った。この日に限って夜の訪れが遅いように感じられてならなかった。一刻もすみやかに闇がおりることを行長は祈った。すでに半数以上の日本兵が三日間の戦いで戦死していた。生き残った兵も体のどこかに負傷していた。いらいらしながら暗くなるのを待ち望んでいた行長の目に見えたのが、宗義智の一行であった。

「身軽になれ。荷を棄てよ、具足もはずせ。凰山までさがるぞ」

行長の下知を諸将が部下に伝えた。凰山は平壌の南十四里（約五十五キロ）にあって、豊後の大友義統《よしむね》が守っている。そこまでたどりつけばなんとかなるという成算が行長にはあった。しかし一夜のうちに明軍をふりきってしまわなければならない。城がもぬけのからと知った明軍は騎馬で追撃を開始するだろう。夜が明けるまでに、追撃できる距離の外まで脱出することが必要だ。

荷を棄てよ、と特に強調したのは、兵士たちがこれまでの戦いで町々の商家や富農の財貨を掠奪して携行していたからである。郷里へがいせんするときの手土産に、兵士たちは戦いのつど、目ぼしい家具什器さらには衣類までかすめ取った。部将は見て見ないふりをするしかなかった。兵士たちは掠奪によって士気があがった。背負いきれないほどの布地を持っている者、鎧びつに皿小鉢をつめこんでいる者、薬種入れの戸棚を担いでいた者、彼らはみな掠奪品を棄てた。布地を引きさき、皿小鉢は叩きわり、戸棚は火に投げこまれた。身軽にならなければ生き残れないのだ。

夜になった。

明軍は城壁からしりぞいた。包囲する側もかなりの死傷者を出していた。あかあかとかがり火をたき、部隊の再編成にかかっているのか、鉄甲をまとった群がざわざわとゆれ動くのが認められた。明軍とても手負いの兵を治療し、死者を葬り、食事と睡眠をとることになる。小西勢は毎晩、包囲軍に夜襲をかけていた。今夜も警戒しているだろう。行長は大村氏、有馬氏、宗氏など諸将を呼んで脱出の手はずをととのえた。

「手負いは残すといわれるのですか」

有馬晴信が気色ばんだ。

「仕方がない。手負いをつれてゆけば歩みが遅くなる」

宗義智が晴信を説得した。松浦鎮信はためいきをついた。大村喜前と五島純玄は黙って焚火を見つめている。それぞれの隊から、しんがりとなる兵士がえらばれて城に残ることになった。死者は手負いの兵と肩を並べて城壁の上につらねられた。多くの日本兵が守っているように見せかけるためである。しんがりにえらばれた兵は死を覚悟した。行長はありったけの旗指物を城内に立てさせた。かがり火を焚かせた。雪がはげしく降り始めた。脱出する兵士たちは、残って城を守る兵に別れを告げた。切支丹の宗徒たちはおたがいの身の上にデウスの守護があるようにと祈った。降りつもった雪が脱出する兵士たちの足音を消した。日本兵はすね当ての代りに藁を巻いた。宗義智が指摘した通り、東側の城外は手薄だった。明兵たちは取りこわした小屋を燃やし、あちこちにかたまって暖をとっていた。その間隙を縦列をなしてぬけ出すのはむずかしいことではなかった。

「急げ」

行長は部下を督励した。

牛馬を食糧にしてしまったので、傷病兵をつれ出すことができなかった。これが行長を苦しめた。甲冑をぬがなかった兵が落伍しそうになった。病いを隠し、手傷を秘した兵士たちが疲れと飢えと寒さで倒れた。彼らを支えて歩きだした兵士もやがて雪の上に伏せて喘いだ。

行長は後ろをふり返った。

平壌城の上空は赤く染まっていた。火の粉が舞いあがった。日本兵は氷が張りつめた大同江を渡った。夜明けまでに七里（約二十八キロ）は進まなければと、行長は思った。

わたしには使命がある……

日本と明との間に講和条約をむすぶ日までは死んでも死にきれない思いが行長にはあった。朝鮮の国情にいちばん通じているのは宗氏である。その次は自分だと行長は信じている。外交交渉にかけて秀吉の幕下では自分の右に出る者はいない、もしもここで討ち死にすれば、戦争は主戦論者につごうがよくなり拡大する一方だと、行長は思った。

清正のような、あるいは鍋島直茂のような主戦論者どもに。直茂は出兵を命じられたとき、明に領地をたまわってその地の大名になりたいとまで秀吉にいい出す始末で、居並んだ他の大名たちはにがい顔をした。

それにしてもなんたる皮肉か……

と行長は思う。

おたがいに快く思っていない清正と自分が肥後を二分して統治することになるとは。清正は肥後の北半分二十五万石を与えられ、行長は南半分に二十四万石を与えられた。行長の居城は宇土である。天正十六年（一五八八）のことだ。行長の不運は肥後に入部したそうそう天草の地侍たちが反乱を起したことである。宇土城の普請に手伝いを命じたのに断わってきた。行長は三千の兵を送って討伐しようとしたが逆に皆、討たれた。清正が千五百の兵を率いて再び討伐に向った小西勢をたすけ、苦戦の末ようやく平定することができた。清正が加勢したのは秀吉に命じられたからである。その命令がなかったら

（いい気味だ）

と高見の見物をきめこんだことだろうと、行長は思う。

「平壌まで北上せずに京城にとどまっておけば良かった」

行長はそばを歩く義智に話しかけた。義智は行長の娘マリアをめとっている。

「今となっては愚痴というものです」
義智はそっけなく答えた。京城郊外での軍団長会議で、黒田孝高はいずれ明軍が南下してくると予想し、分散した兵力を京城に集結させることを提案したのだが、行長は反対したのだった。行長は明の出兵はありえないと主張した。義智にしてみれば、行長の予測がことごとくはずれるのが心もとなかった。今になって何をいうのだと、義智は内心にがりきっていた。平壌城から命からがら敗走している今、ああしておけば良かった、こうしておけばと、いった所で始まりはしないのだ。

深い雪のために退却は遅々としてはかどらなかった。飢えた兵を苦しめたのは凍傷であった。歩けなくなった日本兵は見すてられた。道の途中に凶徒と化した朝鮮の農民たちが待ち伏せた。彼らは北上するときに日本兵がした掠奪と暴行を忘れていなかった。隊列から遅れた日本兵は殺気立った農民に捕われたり殺されたりした。鳳山に大友義統の軍勢はいなかった。平壌の悲報を聞いてさっさと退去していたのである。ふだんなら七日でつく京城へ小西行長の残兵が到着したのは一月十七日のことであった。

「宿命的」ということ

写真家・林忠彦は人物ポートレートを得意とした。とりわけ戦後すぐに撮った太宰治と坂口安吾が知られている。バーの椅子に兵隊靴であぐらを組んだ太宰、紙くずの山のなかで執筆している安吾。たいていの人が一度は目にしたことがあって、印象深く覚えているものだ。林忠彦の畢生《ひっせい》の作にあたる。

「一枚の写真を見たことがある。」

野呂邦暢のエッセイ「原城趾にて」に語られている写真は、名はあげてないが林忠彦のポートレートにちがいない。原稿を書いている安吾を、「右斜め上から撮影」したもの。そんなひとことをつけているのが、カメラ好きだった野呂らしい。何よりも次のくだりではっきりわかる。「座敷は紙屑とえたいの知れないガラクタで一杯だった」。

初めて見たのはいつのことなのか。まだ作家になる前、小説を思案していた若いころだろう。だから安吾の壮絶な仕事部屋を知って、「これほどケッペキでなければ小説を書けないものだろうかとタメイキが出た」という。

エッセイのタイトルは、島原の乱の舞台となった原城趾を訪ねたことに由来する。坂口安吾には「史譚」と銘打った一連の歴史モノがあって、「天草四郎」を書くために島原半島南端の城趾を訪れた。安吾には長い旅だったが、野呂邦暢の住む諫早からは、ちょっとした遠出でたりる。城趾に立って安吾は「実に平凡な、妙に宿命的な……」と感想を書きとめた。同じ廃墟をながめ、野呂邦暢はそのくだりを反芻して、安吾がこの句でもって自分の一生を要約したように思った。「安吾はこれを書いて三年とたたないうちに死ぬことなる」。

エッセイ発表の日付は一九七九年七月。当人は知るよしもなかったが、野呂邦暢はこれを書いて一年もしないうちに死ぬことになった。「妙に宿命的」は安吾以上に野呂自身に深い意味をもっていた。

芥川賞受賞から四十二歳の急逝まで、わずか七年。野呂邦暢の短い作家活動の後半に歴史小説が登場する。

『諫早菖蒲日記』は私が初めて書く歴史小説である」。

「初めて書いた」ではなく「書く」とあるのは、発表誌の出る直前に新聞に寄稿したせいだろう。時は幕末、場所は石高わずか一万石の諫早藩。人は藩の砲術指南、小身の武士の十五歳になる娘を主人公にして語る。「初めての歴史小説」「諫早菖蒲日記」「砲術指南」「父祖の言葉をたずねて」……。タイトルと掲載の場をかえながら、当の作家が小説と同時進行的に小説の解説を買って出た。

わざわざそれをしたのは、もしかすると、文壇、マスコミ、さらに編集者からも奇異の目で見られていたからではあるまいか。現代小説でやっと文壇に地位を得たばかりだというのに、無謀にも歴史小説を書くという。地方在住の作家にありがちな井の中の蛙的野郎自大というもの——。

編集部には、あらすじと予定が伝えてあった。腹案は成り、資料もあるのに筆が走らない。「しめきりは刻々と迫るのに、机上の原稿用紙はいつまでも白いままであった」。

作中人物の顔が目に見えてこない。熱い血の通った人間として立ちあがってくれない。もとより資料を切り貼りしても小説になりっこないのである。「私は思いあぐねて一度は書くことを断念しようかと思った」。

名作が生まれるには苦労がつきものだ。野呂邦暢は多少とも世の流儀にならい、少し苦労ばなしをしてみたのかもしれない。何度となく「初めての歴史小説」の経過に触れているが、断念云々を述べているのは一度だけ。ほかでは苦渋のあとのけはいがない。むしろ調べるなかの発見のよろこびや工夫のたのしさをくり返し語った。ときには思いあぐねた瞬間があったかもしれないが、断念の思いはほとんどなかったのではなかろうか。これほど「宿命的」な素材なのだ。どうして書けないなどのことがあろう。自分でも偶然と幸運をいぶかるようにして、何度なく述べている。たまたま借家として住みついたところは、諫早の旧武家屋敷の一部であって、道路をへだてて旧漁師町。家主夫人の父方は諫早藩の御典医、母方は同じく藩の吉田流砲術指南だった。「この家へ引っこして来て間もなく知ったことである」。

小説では御典医と砲術指南が兄弟になっている。オランダ医学の修得につとめる兄を通して、旧弊を絵にかいたような弟の砲術の分野にも、抜き差しならぬ新しい状況がつたわってくる。

武家屋敷の建物は建て替えられていたが、庭は旧のままで御典医が薬草を栽培した跡があり、古井戸は薬草を煎じるための水を汲んだところ。裏庭はいちめんの菖蒲畑で、五月には見わたすかぎり青紫色の花が咲きそろう。借家人は初めて諫早菖蒲のことを知った。肥後菖蒲や江戸菖蒲が世に知られているが、その原種にあたり、野性に近いせいで「花びらは小さくてもながく保ち、色が褪せず、葉身も鋭く細い」。

小説はおのずと『諫早菖蒲日記』のタイトルをとり、登場人物の性格づくりに諫早菖蒲の特性がとりこまれていくだろう。諫早藩は大名格ギリギリの小藩であって、何かにつけて主家の佐賀鍋島藩に痛めつけられ、ブン取られてきた。「おそらく城下に瓦屋根は一軒もなかったはずである。藩主の屋敷でさえ屋根は藁ぶきであったのだから。」

だからといって小説にならないなどのことがあろうか。幕末の大変動期を、この小藩はどのように迎えたか。

藩士は何を考え、どのようなことを語り合っていただろう。そういったことを考えるだけで、たのしくてならない。

家主の土蔵には指南役直筆の砲術心得や免許皆伝書、鉄砲組の藩士たちの血判書などもあった。母家の床の間に飾られた鎧《よろい》びつには鎧が入っていて、借家人はためしに鎧を身につけてみた。

文献、資料には困らない。しかし古文書は声をもたないのだ。しゃべってくれない。当時の人々は、いったいどんな言葉づかいをしていたのだろう。この点でも野呂邦暢はすこぶる恵まれていた。子供のころ明治十六年生まれの祖母の言葉を耳にして育った。昔ばなしをいくつも話してもらった。祖母は尋常四年だけでカタカナしか読めなかったが、だからといって教養がないとはいえないだろう。ゆたかな口承文化を身に受けており、歌舞伎の名場面のセリフは、そらでえんえんと語れる人だった。「祖母が私に贈ったのは肥前の庶民が用いていた話し言葉という無形の遺産ということになる」。

作家にとってそれは土地や家屋敷よりも、はるかにありがたい遺産なのだ。ペンをとると、十数年前まで生きていた祖母の言葉が、まざまざと耳底によみがえる。ちょっぴり得意そうに野呂邦暢は述べている。「鼻歌まじり」とまではいわないにせよ、作中人物の会話は「作家冥利に尽きる思い」だった。くり返しいえば、これだけ恵まれた「宿命」をおびながら、どうして書けないなどのことがあろうか。

もっとも思いあぐねたのは、語り方だったと思われる。誰を語り手にするか。歴史小説の作法におなじみだが、作者が将棋のコマのようにして人物を動かすのか。それとも登場人物に語らせるのか。主役は小藩の砲術将校であって、当人にゆだねればいいようなものだが、もっと有効な語り手はいないだろうか。腹案のなかに初めから、十五歳の娘に語らせるプランがあったのかどうかはわからない。いずれにせよ語り手を一人に限定するのは、将棋のコマ方式とちがい、一点集中の語りであって、この技法はカメラのファインダーに似ている。一点の覗き穴が威力を発揮する一方で、見る世界が小さく限られる。十五歳の少女に、小藩の内部事情や、雄藩鍋島家とのかかわりや、新時代の動向を、どのように仲介させるのか。

小説では、始まってしばらくのところ、鉄砲組の組頭が上司にあたる砲術指南を訪ねてくるシーンで、なにげなく示される。父が客を請じ入れ、「私は茶をすすめて父上のかたわらにひかえた」。

組頭が「二人だけで話したい」と切り出すと、父が答えた。「娘のことなら気にするには及ばない、知っての通り自分は耳が遠いから、娘が居なくてはかんじんの話をききもらすことがある」。つづいてつけ加えた。たとえ藩政にかかわること、また内緒事であれ何であれ、「口外するような娘ではない」。

一点集中であって、同時にすべてを知り得る特権的な位置にいる。この語り手に至りついたとき、野呂邦暢は一度に頭上の雲が晴れたような気がしたのではあるまいか。そして「十五歳」は、たまたまではないのである。すでに少女は脱しているが、まだ大人になりきっていない。敏感で、好奇心のかたまりで、本能的にコトの性質を嗅ぎわけ、機敏に人の立場を察知してあやまたない。おキャンで行動派で、同年令の漁師の男の子の裸身を眩しくながめる目をもっている。学者肌の若侍がなぜか気にかかりもする。未成熟の少女は、表現として定まる前のいわば前言語状態といったものを一身におびているものだ。厄介なそんなタイプを造形するなんて、作者冥利に尽きるというものである。

文学には人試しといったところがあるだろう。読者は読むことによって、われ知らず自分を試しているが、作者は書くことによってみずからを試している。野呂邦暢はつねに試みの尺度をきびしく設定した。「初めての歴史小説」にとりわけはっきりと見てとれる。四百枚をこえる三部作が、みごとに一つの覗き穴の視点に合わされ、その遠近法でもって、きびしく構成されている。語られる人と語り手が、たえず相手を見つめ合い、それが一種緊迫した生理的リズムを生み出してくる。抜群の筆力の持主にだけできる力業《ちからわざ》にちがいない。

物語は安政二年の初夏に始まり、翌年の春に終わる。あるかなしかの、それだけなおのこと初々しいエロティシズムをただよわせた少女を、通訳がわりにこき使って終わりにしたのに気がとがめたのかもしれない。心やさしい作者は少しのちに、「花火」と題する短篇の後日譚をつけた。明治となったのちの元砲術指南と、若い母親となった元少女、砲術家変じて花火師になるエピローグ。

エッセイ「原城趾にて」が述べている島原行は、長篇歴史小説「落城記」を書いていたさなかであって、城攻めの描写にあたり、旧態をのこした城趾を見ておきたかったのだろう。そのころ死神がそっと忍び寄ってくるのは感じていたが、あきらかに死のことは考えていなかった。「落城記」は文芸誌に発表されてのちに、大幅な推敲と加筆を受けた。百枚にちかい加筆原稿が成ったのは作者の死の直前である。圧倒的な敵の攻勢で、城門、矢倉、兵糧庫……、つぎつぎと落とされていく。敵はいちど手を引いたが、つぎにはいっそうの勢いでもって攻めてきた。ついで突入が始まり、やがて本丸に火が放たれた。そんな「落城記」のしめくくり。

「鉄砲の音がやんだ。

火矢も射こまれなくなった。

耳に聞えるのは燃えさかる焔の音だけである。本丸の瓦がすべりおちた。そのさらさらという音が妙な静けさを感じさせた。」

野呂邦暢はみずからできちんと自分のためのレクイエムを書いていた。

（池内紀）

解説

歴史の方へ

「としをとったせいか私は歴史好きになりました。自分の無力、自分の愚かさをいや応なしに思い知るとき、歴史の前に謙虚にならざるを得ない私を意識します。私たちに課せられた宿命、人間としての条件、向かいあっている苦境などというものはみな昔の日本人のものでもあったわけです。「何も変っていない……」。歴史をひもといてしばしば溜息をつきます。昔も今も人間は同じ歓びと哀しみに生きているのだと考えます。月並な感想かもしれませんが、歴史がもたらす意味は私の場合、右の一行に尽きます。（「古川薫さんへ　新春賀状」一九七八年一月七日付毎日新聞『小さな町にて』）

昭和五十三年の正月、野呂は作家仲間の古川薫に、新聞紙上でこのような賀状を書いた。「諫早菖蒲日記」の続編ともいうべき「花火」を書いて間もないころのことである。今後さらに歴史への関心を深めていくことをこのような形で表明したのだろう。

「草のつるぎ」で若き日の自衛隊体験を描き、「冬の皇帝」や「一滴の夏」で自分の孤独な青春時代を書いた野呂は、「砦の冬」と「とらわれの冬」を書きあげると、その二つの世界にひとまず終止符を打った。その野呂が次に向かったのは戦記と歴史の世界である。もともと歴史好きの野呂が急速に古代史や中世・近世史に傾斜していったのには、周りの影響もあったと思われる。西日本に住んで野呂と交流があった作家たちが揃って時代小説の書き手だったからである。それは古川薫（下関）、白石一郎（福岡）、滝口康彦（佐賀）で、なかでも石沢英太郎（太宰府）や長谷川修（下関）からは古代史に関して大きな影響を受けた。常々「小説という厄介なしろものはその土地に数年間、根をおろして、土地の精霊のごときものと合体し、その加護によって産みだされるもの」（「鳥・干潟・河口」『王国そして地図』所収）といい、また「物語というものはそれを産み出す風土を作者が憎んでいては成立しないものだ。わたしは諫早という土地を、こういう言葉を使って良ければ、愛している」（「筑紫よ、かく呼ばへば」『同』）と言う野呂がまず自分の住む町の歴史に取り組んだのは当然のことであった。

諫早は地峡の町である――野呂は繰り返し自分の住む町について語っているが、諫早を表現するとき必ず用いたのがこの言葉である。三つの半島の付け根にあり、三つの海に囲まれた地峡の町諫早。野呂は諫早の歴史のみならず、九州各地の郷土史を読み、古代から近代まで視野を広げていった。「文学が人間を追求するものであるとすれば、一人の小説家である私は、日本人とは、という問いに答えることができなければならない」とは、戦争文学試論『失われた兵士たち』の中の言葉だが、歴史に向き合う態度も同じであった。

私は昭和四十八年の夏に長崎市から諫早へ移り住んだのだが、わずか二十数キロの距離しかないのに、二つの町の言葉がずいぶん異なることに驚いたものだ。「おいで」を「きんしゃい」と言い、「そうですね」を「そうなたあ」と言う。「こわい」を「えすか」というのには首を捻った。のちに佐賀の知人と親しく話すようになって、諫早の言葉はほとんど佐賀のそれだと知った。何故そうなのか、諫早の歴史をひもといてただちに納得した。江戸時代の二七〇年間、諫早は佐賀鍋島藩の支藩であった。江戸時代の初め、諫早藩は三万石の実高があったが、鍋島藩の支藩となってからは二万石を召しあげられ、さらには実入りの多い土地は鍋島藩の蔵入りとなって諫早家の治外法権の土地となっていた。『諫早市史』には鍋島藩による圧政や苛酷な搾取に苦しむ藩士や領民たちの疲弊ぶりがめんめんと記されている。しかも鍋島藩の家来が諫早領内で無礼を働いたとしても「如何体の無礼これありと雖も、無礼とがめ一切仕るまじき事」とまで訓えられていたのである。これで諫早の人々が委縮しないはずはない。そのような気風は昭和の時代にもまだ残っていたと思う。「昔も今も人間は同じ歓びと哀しみに生きている」という野呂の歴史小説には農民や市井に生きる人々の日常が細やかに描かれている。野呂は支配者を描くのと同じ力を無名の人々の上にも注いだ。

野呂が歴史小説を書くきっかけは住んでいた武家屋敷にあった。昭和四十六年、三十四歳のとき結婚した野呂は、本明川の下流近くにある仲沖町の古い武家屋敷を借りて住んだ。結婚前の野呂は家庭教師のアルバイトやラジオドラマの脚本書きなどで生計を立て、作品が文芸誌に掲載されるのは年に一度か二度というものだったが、結婚後は立て続けに作品を書き、結婚の翌年には「海辺の広い庭」で五年ぶりに芥川賞候補となった。借家は明治三十八年に建て替えられたもので野呂が入居したとき築七十年になろうとしていたが、広い庭にはさまざまな樹木が繁り、庭の半分に菖蒲畑が広がっていた。敷地の周りには石垣と蓬莱竹の生垣が巡らされ、門の傍には井戸と大きな柿の木があった。かつての地名は唐津といい、家のすぐ近くには本明川の船着き場があって、諫早湾からの潮が日に二回、遡ってきた。川沿いに河口まで歩くのが野呂の日課となり、葦原が広がる河口の風景は野呂文学の原風景となった。棟続きに住む大家の荒川シヅさんは父方の先祖が諫早藩砲術指南で母方は御典医という女性だった。昭和四十八年、幕末の取材でＮＨＫのディレクターが来訪した折、大家さんから土蔵にしまわれた秘蔵の古文書類をみせてもらっている。古文書の中には鉄砲組の藩士たちによる血判が押された誓約書もあった。

百二十年前、諫早藩鉄砲組方の侍たちが砲術を学び、その術を口外しないこと、また奉公に懈怠なきことを誓って署名血判した誓紙もあった。血の痕は色褪せ、薄い茶色になっていた。藩士たちの名前は諫早で親しい姓名である。私の親戚知人の先祖と思われる姓も見られた。三年前のことであった。奉書紙にしるされた薄い血の痕に鮮かさを甦らせることが私の念願であったのだが、それが本書によってかなえられたかどうか。(『諫早菖蒲日記』あとがき)

野呂は『諫早市史』全四巻をはじめ、多くの歴史書を精読し、幕末の諫早を再現した。「ものを書くということは程度の差こそあれすべて過去の復元である」(「一枚の写真から」『王国そして地図』所収)という野呂は初めての歴史小説のため準備期間に三年余をかけている。まず彼がとりかかったのは言葉の探究であった。幕末諫早の人々がどのような言葉を語っていたか、古い方言を集め、当時の言葉を再現しようとした。明治生れの祖父母が語る言葉はまだ記憶にあり、その話しぶりをもとに砲術指南の会話を推定したという。言葉をつくりだしたとき、作品の半分は完成したといえるだろう。野呂は「草のつるぎ」を書くとき、せりふづくりに苦心して、最後は石牟礼道子の『苦界浄土』を参考にしたという。言葉の造形は野呂にとって大切な作業であった。細部のリアリティなしにどんな壮大な物語も成り立たない。「吉よい」「そうでごんす」という会話ののびやかさには、いかにも穏やかな諫早の風土を思わせるものがある。

野呂の初めての歴史小説「諫早菖蒲日記」は好評をもって迎えられ、作家の新境地を拓くものとして多くの賛辞を得た。野呂の作品発表の場はさらに広がり、『歴史と人物』や『歴史と旅』『歴史読本』など、歴史雑誌への寄稿が増えた。エッセイ、評論、小説など、そのテーマも古代史から戦記まで多岐にわたっている。多忙な日々が続く中、昭和五十三年（一九七八）五月には、夏樹静子、赤江瀑、石沢英太郎、滝口康彦など西日本在住の作家たちと韓国旅行も果たした。唯一の海外旅行で、その旅から戻った野呂から貰った手紙には、「旅行中はソウル、プヨ、慶州、釜山と疲れを覚えぬほどに刺激的な毎日でしたが、帰って来て一時にくたびれました。口をきく元気もありません。今月二十日迄にはしめきりが五本もあるのに、どうなることかと思います。慶州は新羅の古都です。古寺や博物館より田園風景のこの世のものとは思われぬ美しさに我を忘れました。秋には再訪したいと願っていますが、かなえられるかどうか」とあった。しかし仕事に追われる身では、到底再訪は叶わなかっただろう。

野呂の歴史、とくに古代史への情熱にはなみなみならぬものがあった。ついには『季刊　邪馬台国』の責任編集者を引き受けて、作家と編集者という二足草鞋をはいている。『邪馬台国』は昭和五十四年七月に創刊された。ただでさえ執筆に追われる日々の多忙さが加速度を増していくのはこののちのことである。

収録作品について

「諫早菖蒲日記」は野呂が初めて書いた歴史小説で、昭和五十一年『文學界』十月号に「諫早菖蒲日記」、十一月号に「諫早船唄日記」、十二月号に「諫早水車日記」と三回にわたって連載された。幕末安政二年（一八五五）の諫早を舞台に、藩の砲術指南役一家の日々が描かれている。語り手が十五歳になる指南役の娘であることがこの作品を成功させた大きな要因であろう。思春期の主人公の日記によって変転する時代を描くという手法は、井伏鱒二の『さざなみ軍記』にもみられるが、「諫早菖蒲日記」は語り手を少女にしたことでより身近なものになった。派手な戦さや大きな事件などは出て来ないが、つつましい暮らしぶりが細やかに描かれ、いかにも百二十年前の諫早はこのようであったろうと思われるのだ。少女の目に映る情景の瑞々しいこと、その息吹のさわやかなこと、武家の娘としての心構えをわきまえた志津に野呂は理想の少女像を託したようだ。利発でけなげで、自分の目でものをみようとする少女、あわれみを知り、思いやりの心ゆたかな少女、志津は野呂の作品中最も印象深い主人公となった。船越―伊佐早―西郷―龍造寺（諫早）という諫早の歴史がわかりやすく語られ、古城址を踏査するくだりには野呂の体験がいかされている。

この作品は一回目の「諫早菖蒲日記」発表後すぐに反響があった。江藤淳は毎日新聞の文芸時評でこう書いた。

　野呂邦暢の「諫早菖蒲日記」（文學界）は、この作家の目覚ましい成長を物語る快作である。（中略）私が「諫早菖蒲日記」に惹きつけられたのは、まさにこの小説が、ひとつの世界をかたちづくりつつあることを予感させられるからだといってもよい。（中略）この快作の完成を、期して待ちたいと思う。（昭和五十一年九月二十八日付毎日新聞『全文芸時評』）

と絶賛し、その言葉通り、『文學界』十二月号に「諫早水車日記」が掲載されると再びこの作品に触れている。

野呂邦暢氏の連作「諫早菖蒲日記」が、今月の「諫早水車日記」（文學界）をもって完結した。先月の「諫早船唄日記」を加えて、第一部から第三部までを並べてみると、これは尋常の長編小説というより、むしろ三幅対の絵のような印象をあたえる作品といったほうがよさそうである。それぞれが過不足なく描き込まれていて、魅力に富んでもいるが、やや動きに乏しく、全体を通じて小説が躍動するというふうには仕上がっていないからである。（中略）だが、逆にいえば、この小説の豊かな絵画的な魅力は、まさにこの特質に由来するともいえるのである。作者は、諫早という小さな町の空間を、ほとんど熱情をこめて、かつてそうあった形に甦らせようとしている。（昭和五十一年十一月三十日付毎日新聞『同』）

この作品は単行本になった時も、松本道介、高井有一、本村敏雄等によって好意的に紹介され、多くの書評で取り上げられた。また、野呂が亡くなったとき、篠田一士は担当する文芸時評にこのように書いた。

『諫早菖蒲日記』、これは、もう文句のつけようのない名作で、この一作で野呂邦暢の名前は現代文学史に長く記憶されることは、まず間違いあるまい。（「文芸時評」昭和五十五年六月毎日新聞『創造の現場から』）

また川村二郎は、追悼文の中で次のように書いた。

静かで端正で、しかも心づかいの深さがある。それが野呂氏の文学の本質的な特性だったと思われる。（中略）野呂氏の遺した最高の作品は『諫早菖蒲日記』だと僕は信じて疑わない。（一九八〇年五月二十四日付『図書新聞』）

のちに車谷長吉は「諫早菖蒲日記」との出会いを次のように回想している。

私が自分の古里を描いた作品で一番の傑作だと思うのは、野呂邦暢の「諫早菖蒲日記」である。（「古里の文学」『文士の魂・文士の生魑魅』）

当時車谷は京都の料理屋で下働きをしていた。本など読む暇はなかったが、本屋でこの本を立ち読みし、文章の美しさに思わず衝動買いをしたという。仕事が終わる夜半、京都御所の外苑に行き、外灯の下に立ったまま、むさぼり読んだ。「私はこの本を読むことで生き返る思いがした」と書いている。（『同』）

本小説集成の監修者である豊田健次氏から、「諫早菖蒲日記」の原稿が初めて編集部に届いたときのことを聞いたことがある。

「真っ先に読ませてもらったのですが、初稿がすでにパーフェクトな完成稿でした。もちろんあきらかな誤字脱字はいくつかありましたが、文章の手直しを必要とする箇所など全くありませんでした」

編集者である氏の興奮ぶりが窺えるようだ。この作品には後日談がある。豊田氏が向田邦子にこの小説を紹介したところ、魅了された向田邦子がTVドラマ化したいと言いだした。しかし歴史小説といいながら勇壮な戦争シーンがあるわけでなく、あまりにも動きが少ないというので、TV局は乗り気でなかった。そこで波乱に富む『落城記』を先にドラマ化することになり、向田邦子は脚本を柴英三郎に頼み、自分はプロデューサーとしてキャスティングやロケーションハンティングに奔走したという。野呂は昭和五十五年四月末に上京し、山の上ホテルで『歴史と人物』のため古田武彦・安本美典の論争の司会を務めたが、二十八日、豊田氏に案内されて、六本木の中華料理屋で初めて向田邦子に会っている。野呂の死はそれから間もない五月七日のことであった。

毎年五月の最終日曜日に、諫早では上山公園にある野呂文学碑の前で作家を偲ぶ「菖蒲忌」が行われている。文学碑には「諫早菖蒲日記」の書き出しの部分が刻まれ、参列者は諫早菖蒲の花を碑の前に献じる。野呂がそうであったように、作品と共に諫早菖蒲もまた深く諫早の地に根差しているのである。「諫早菖蒲日記」の舞台となった仲沖の武家屋敷は取り壊されて更地となったが、石垣や蓬萊竹の生垣は健在である。平成十九年（二〇〇七）、地元の人々の熱意により、この場所に「野呂邦暢終焉の地」の案内板が建てられた。菖蒲畑は姿を消したが、庭のなかほどにはいまも大きな棕櫚と柿の木が枝をそよがせている。

野呂は諫早市金谷町公有墓地にある納所家の墓に葬られた。戒名は「恭徳院祐心紹泰居士」。墓石のかたわらには豊田健次氏の筆になる「菖蒲忌はわが胸にあり」の石碑が寄り添うように建っていて、同伴者であった編集者の思いが伝わってくる。

「花火」は「諫早菖蒲日記」の後日談ともいうべき作品で、昭和五十二年『文學界』十一月号に発表された。

「諫早菖蒲日記」から二十五年後の、明治十二年の藤原一家が描かれている。ただし、明治十二年は「諫早菖蒲日記」の舞台となった安政二年から二十四年後のことなので、志津は正確には三十九歳ということになる。その志津は医師良太と結婚して、一男三女の母親となっている。医師の雄斎伯父と仲間の吉爺はすでになく、砲術指南役だった父親の藤原作平太は七十歳になった。この年、アメリカの前大統領グランド将軍が来日、最初の寄港地である長崎で催される県令主催の晩餐会に、作平太が花火を打ち上げることになった。この日志津は娘を連れて父親に同行した。野呂は志津の孫にあたる大家の荒川シヅさんから、彼女が娘時代に母親から繰り返し聴かされたという花火打ち上げの様子を、詳しく語ってもらったという。

ジョン・ラッセル・ヤングの『グランド将軍日本訪問記』（雄松堂書店）に収められた訳者宮永孝の「日本におけるグランド将軍」によると、一八七九年六月二十三日、県庁で県令主催の晩餐会があり、夜に入り稲佐郷の志賀親明邸内より花火が打ち上げられたとある。「これは諫早の士族が県庁の注文で作ったものである」と。同じく毛筆で書かれた長崎県立図書館所蔵の『米国前大統領接待掛日誌』にも野呂は目を通したと思われる。

芥川龍之介の短篇小説「舞踏会」では、鹿鳴館に集うフランス人将校が花火を見て、「我々の生《ヴィ》のような」とつぶやくが、同じころ長崎の空に上った花火は、古い世が去り新しい時代を迎える象徴であるかのよう、いかにも幸福感に満ちた作品である。

「落城記」は戦国時代の諫早における領主の交替劇を描いた作品で、昭和五十四年『文學界』十月号に掲載された。雑誌に発表した後も野呂は推敲を続け、九十四枚を加筆して作品を完成させたのは亡くなる直前のことであった。戦国時代、諫早を治めていた西郷氏は秀吉の島津討伐に参戦しなかったため諫早を追われ、そのあとに入る龍造寺家晴が大軍を率いて進攻してくる。天正十五年（一五八七）七月に起きた西郷と龍造寺の攻防戦を描いた物語で、城が落ちるまでの息詰まる様子が描かれている。加筆部分はほとんどが籠城に際してのこまごまとした城内の動きを描写したもので、たとえば籠城に要する兵糧の用意だとか、敵の来襲に備えて糞尿や石を準備する様子など、勇ましい戦場のかげにある女たちや百姓、足軽たちの動きに関するもの。糞尿や石を敵に浴びせる戦法は、「島原の乱」における原城での戦の記録にみられる。また、領内の百姓たちが武器や兵糧を持参して城に集まってくる様子に、私は映画『七人の侍』の一場面を連想した。

主人公の梨緒は城主の娘だが、妾腹ということもあって深窓の姫君からは遠い。武芸にすぐれ城と共に死ぬ覚悟を持っている。彼女は盥の水に自分の姿を映し、自分が身を引けばその影が消えるのをみて、「この世に生きるということは、つかの間盥にわが影を投げることではないか」と思い心の平安を得る。また、高城にそびえる楠の大樹を見上げて、城が燃えるとき自分はこの世にいないだろうが、自分はこの楠となって生き続けるのだと思う。初めて読んだとき、この主人公の詠嘆に作家の透明な諦観を感じたものだ。

形勢不利とみて城を逃げ出す部下たち、主君の判断に異議を唱える部下もいれば、徹底抗戦を主張して城と共に討死やむなしという若武者たちもいる。秀吉に頭を下げるのを拒み、「負けるとわかっても弓矢をとらねばならん時がある」という城主の意地に、主人公たちは殉じるのである。世の趨勢を見誤った城主のせいで勝つ見込みのない戦を迎えるという話は「筑前の白梅」にも通じるが、野呂の敗者に寄せる目には温かいものがある。

前記したように、この作品は向田邦子プロデュースでドラマ化され、岸本加世子、三國連太郎、萩原健一などが出演し、昭和五十六年十月一日、テレビ朝日から放送された。しかしこのドラマが放送される前の八月二十二日、台湾での飛行機事故で向田邦子はこの世を去った。原作者、プロデューサーの相次ぐ急逝に茫然となった読者は少なくなかった。

野呂は作中人物によく身近な人たちの名を用いている。「諫早菖蒲日記」では鉄砲組の藩士たちに高校時代の親友の名をしのばせたが、「落城記」の主人公の名は、亡くなるまで野呂と共に暮した母方の祖母リヲからとられている。また女たちのイネ、アワ、ムギなどという名から、井伏鱒二の「さざなみ軍記」に出て来るチヌ、オコゼという女たちを連想する読者もいることだろう。「落城記」の籠城シーンは『諫早市史』第二巻「島原出陣」の記述も参考とされたようだ。何度となく島原半島を訪れている野呂は、こののち「島原の乱」と「一向一揆」を書く予定だった。

「死人の首」は諫早藩内で起きた殺人事件を題材にした物語で、『歴史と旅』昭和五十三年（一九七八）三月号に掲載された。この殺人事件にはモデルがある。『諫早市史』第一巻の「死者打落と家督」に出て来る享保七年（一七二二）五月に起きた事件で、矢上に住む諫早藩士が有喜村出身の下男に殺害されたというもの。下男は有喜で自害したが、親の仇を打ちたいという息子からの申し出により、内内に首を渡して仇をとらせたという記録がある。その事件を文化五年（一八〇八）に移し、主人公を長崎警備の任にある二人の諫早藩士とした。文化五年八月、長崎港にイギリス艦フェートン号が入港し、オランダ商館員を人質にとって水と食料を要求するという事件が起きた。長崎奉行所は拒否したが、砲撃を怖れたオランダ商館長の助言に従って要求を容れたため英艦は二日後に出港。その直後、長崎奉行は責任をとって切腹、鍋島藩にも切腹する者が出た。鍋島藩の下で長崎港警護にあたっていた諫早藩でも誰かが責をとらされるのではないかと二人は推察している。下手人の死体を運ぶ道中、いずれ互いのどちらかが切腹することになるのではないかと二人は思い悩む。堂々巡りのあと、藩士の一人が「どうせ一度は死ぬのだから、死ぬ時というものがある」という心境になるのだが、結果は示されないまま終わっている。肥前における諫早藩の立場や位置がわかりやすく書かれていて、幕末諫早の様子が読み取れる作品。

「筑前の白梅――立花誾千代姫」は『歴史読本』昭和五十五年（一九八〇）三月臨時増刊号に、特集「女たちの戦国史」の一つとして掲載された。主人公は筑後国十三万石大名立花宗茂の妻誾千代姫。誾千代の婿となった宗茂は、秀吉の島津攻めで功績をあげ、秀吉の直参旗本となった。だが夫婦仲は悪く、慶長三年（一五九八）朝鮮の役から帰還した宗茂は妻と別居、誾千代は宮永村の館に移っている。二年後、関ケ原の戦いで西軍についた宗茂は柳河城を追われる身となる。清正や家康の助言を聴かず、中立をという老臣や、東軍にという誾千代の言葉にも耳を貸さなかったからである。大津城で関ケ原の結果を知った宗茂はなす術もなく柳河に戻り、籠城の準備をする。宗茂は負けるとわかっていても義によって立った。「落城記」の城主西郷純堯に通じる話で、時代に翻弄された戦国大名とその妻の姿が描かれている。野呂は『九州治乱記』をはじめ数多の歴史書を読破した上で筆を進めたようだ。有明海の潮のかおりや湿地を渡る風が感じられるような作品で、この主人公もまた敗者の一人である。

「平壌の雪」はライバルとされる小西行長と加藤清正という二人の戦国大名を描いた小説で、『歴史読本』

昭和五十四年（一九七九）十月号に掲載された。主として朝鮮の役に出陣した小西行長の平壌における戦を描いたもの。好戦的な清正に対し、あくまで明との講和を画策する行長。日本を出てから約一年、望郷の念が深まる兵たちに、「殺すな、盗むな、犯すな」という外征軍への戒めは守られにくかった。海上輸送船が朝鮮の水軍に攻撃され、補給路が絶たれがちとなって、飢えた兵士たちは牛、馬まで食糧とする。文禄二年（一五九三）一月、明軍の総攻撃を受けた行長軍は退却を余儀なくされ、そのとき行長は大義名分のない戦いを嘆き、「城と討死はばからしい」と思う。判断を誤った指揮官の下で戦う兵士たちはもっと不幸である。私はゆくりなくも野呂の戦争文学試論『失われた兵士たち』を思い出した。『失われた兵士たち』には太平洋戦争における無名兵士たちの体験記が数多く紹介されているが、その中には戦略を誤る指揮官、退却の際、負傷者を見捨てていく指揮官などが少なからず登場する。侵軍していく日本兵たちが略奪のかぎりを行うというくだりに、戦争は人間の精神を荒廃させるという野呂の主張が感じられるのではないか。補給路を断たれて飢餓に苦しむ兵士の姿は太平洋戦争における無名兵士たちの姿に重なる。行長と清正というライバルを描きながら、野呂は大義名分のない戦争の虚しさを書きたかったのではないか。

「不知火の梟雄──鍋島直成」は天正十二年（一五八四）の龍造寺対有馬・島津の戦いを描いたもので、『歴史読本』昭和五十三年八月号に掲載された。「落城記」とほぼ同時期の肥前が舞台となっており、鍋島信生（のちの直茂）から見た龍造寺隆信の最期が描かれている。野呂は「諫早菖蒲日記」を書くとき、『諫早市史』をはじめ『九州治乱記』や『肥陽軍記』などの歴史書を精読し、古代から中世、近世まで幅広く九州の歴史を把握している。自分がよく知っている土地の歴史ゆえ、筆が進んだのではないだろうか。ここには

「驕れる者久しからず」という諸行無常の精神も感じられる。主人公の直茂は隆信亡きあと佐賀の主となり鍋島氏の治世は幕末まで続いた。ちなみに天正十五年に諫早に攻め込んで西郷氏を追った龍造寺家晴は隆信の子ではない。三代前の水ケ江龍造寺家の流れをくむ家の出であるが、鍋島に遠慮して二代直孝のとき姓を「諫早」と改めている。

（中野章子）

初出一覧

諫早菖蒲日記　第一章	「文學界」	一九七六年十月号　（「諫早菖蒲日記」）
第二章	「文學界」	一九七六年十一月号　（「諫早船唄日記」）
第三章	「文學界」	一九七六年十二月号　（「諫早水車日記」）
花火	「文學界」	一九七七年十一月号
落城記	「文學界」	一九七九年十月号
死人の首	「歴史と旅」	一九七八年二月号
筑前の白梅——立花誾千代姫	「歴史読本」	一九八〇年三月臨時増刊号
不知火の梟雄——鍋島直茂	「歴史読本」	一九七八年八月号
平壌の雪	「歴史読本」	一九七九年十月号

執筆者・監修者紹介

池内紀

一九四〇年、兵庫県姫路市生まれ。ドイツ文学者、エッセイスト。主な著書に『ゲーテさんこんばんは』（桑原武夫学芸賞）、『海山のあいだ』（講談社エッセイ賞）、『二列目の人生』、『恩地孝四郎』（読売文学賞）など。訳書に『カフカ小説全集』（全六巻、日本翻訳文化賞）、ゲーテ『ファウスト』（毎日出版文化賞）など。山や温泉、自然にまつわる本も、『日本の森を歩く』『ニッポンの山里』など多数。

中野章子

一九四六年、長崎市生まれ。エッセイスト。著書に『彷徨と回帰　野呂邦暢の文学世界』（西日本新聞社）、共著に『男たちの天地』『女たちの日月』（樹花舎）、共編に『野呂邦暢・長谷川修　往復書簡集』（葦書房）など。

豊田健次

一九三六年、東京生まれ。一九五九年早稲田大学文学部卒業、文藝春秋入社。「文學界・別冊文藝春秋」編集長、「オール讀物」編集長、「文春文庫」部長、出版局長、取締役・出版総局長を歴任。デビュー作から編集者として野呂邦暢を支え続けた。著書に『それぞれの芥川賞　直木賞』（文藝春秋）『文士のたたずまい』（ランダムハウス講談社）。

＊今日の人権意識に照らして不適切と思われる語句や表現については、
時代的背景と作品の価値をかんがみ、そのままとしました。

諫早菖蒲日記・落城記　野呂邦暢小説集成 5

2015 年 5 月 7 日初版第一刷発行

著者 : 野呂邦暢

発行者 : 山田健一

発行所 : 株式会社文遊社

東京都文京区本郷 4-9-1-402　〒113-0033

TEL: 03-3815-7740　FAX: 03-3815-8716

郵便振替 : 00170-6-173020

書容設計 : 羽良多平吉 heiQuiti HARATA@EDiX+hQh, Pix-El Dorado

本文基本使用書体 : 本明朝小がな Pr5N-BOOK

印刷 : シナノ印刷

製本 : ナショナル製本

乱丁本、落丁本は、お取り替えいたします。
定価は、カバーに表示してあります。

　ISBN 978-4-89257-095-7